# DER VERRÄTER

## SCHWERT UND SCHILD, BAND 3

Roman

Joachim Honnef/Tomos Forrest

neobooks

**Impressum**


Texte: © Copyright by Joachim Honnef/ Tomos Forrest/ Der Roman-Kiosk. Mit freundlicher Genehmigung der Edition Bärenklau.

Idee: Thomas Ostwald, Alfred Bekker und Jörg Martin Munsonius.

Lektorat: Kerstin Peschel.

Umschlag: © Copyright by Christian Dörge.

Verlag: Der Romankiosk
Winthirstraße 11
80639 München
www.der-romankiosk.de
webmaster@der-romankiosk.de

Druck: epubli, ein Service der neopubli GmbH, Berlin

Printed in Germany

# Inhaltsverzeichnis

## Das Buch

Der junge Morgan of Launceston, der kürzlich zum Ritter geschlagen wurde, zieht im Auftrag seines Vaters, Sir Ronan of Launceston, dem High Sheriff of Cornwall, durch das Land, um sich einerseits die »Hörner der Jugend« abzustoßen und andererseits für Recht und Ordnung zu sorgen oder manchmal auch nur, um hohen Persönlichkeiten ritterlichen Geleitschutz zu geben, wie der jungen und hübschen Victoria of Graystoke, die er zu ihrem Bräutigam Sir Owain nach Blackstone Castle geleiten soll. Eigentlich ein anspruchsloser Auftrag für einen jungen Ritter wie Morgan. Doch meist entpuppen sich gerade diese augenscheinlich harmlosen Aufträge am Ende als äußerst gefährlich und es geht um Leben und Tod – für alle Beteiligten...

Mit dem spannenden Roman DER VERRÄTER setzt der Romankiosk die große Ritter-Saga SCHWERT UND SCHILD von Tomos Forrest und Joachim Honnef fort.

# 1. Die Bärenfalle

## 1. Kapitel

»Hört, ihr Leute, hört die neueste Ballade von Johel de Vautort!«

Die Menschenmenge, die sich bei der Ankunft des berühmten Minnesängers auf dem Marktplatz angesammelt hatte, drängte näher. Jeder wollte einen Blick auf Johel erhaschen.

Er schlug einen Akkord auf der Laute und blickte mit gewinnendem Lächeln in die Runde. Manch Frauenbusen wogte vor Erregung ob dieses Lächeln, das jeder ganz allein zu gelten schien.

Das Stimmengewirr verstummte, und erwartungsvolle Stille setzte ein. Doch der Minnesänger ließ das Volk noch etwas warten. Entweder genoss er die schmachtenden Blicke seiner Verehrerinnen, die sich allesamt in den ersten Reihen drängten, oder er wollte mit seinem Zaudern die Spannung vergrößern.

»Fang schon an, was du da wieder verzapft hast«, brummte ein Fuhrmann verdrossen. Der Minnesänger lächelte immer noch. Blitzenden Auges sah er zu dem unbeeindruckten Fuhrmann hin.

»Du meinst, ihr könnt es nicht erwarten, dass ich euch zu Gehör bringe, was ich wiederum genial gereimt und intoniert habe«, sagte er ein wenig von oben herab, bedachte eine kleine Wäscherin mit einem glutvollen Blick, und als sie errötend den Kopf senkte, schaute er Beifall heischend in die Runde. »Nun denn, so will ich den schönen Damen zu Ehren meine neue Ballade vortragen.«

Und er sang zum Spiel der Laute.

Gebannt lauschte die Menge. Es war eine atemberaubende Mär von Ritter Morgans neuer Ruhmestat, von den tapferen Soldaten des High Sheriffs of Cornwall, Cynan und Rhodri, von einem geraubten Schatz, von einer reizenden Tänzerin und einer reißenden Bärenbestie, vom Schrecken auf Castel Abhainn, von Ritter Morgans tollkühnem Kampf in der Bärenfalle...

Nur einer war nicht gar so gespannt wie die anderen Zuhörer. Denn er kannte Text und Musik nur zu genau.

Johel de Vautort.

Der Richtige.

Und als der andere die gestohlene Ballade vortrug, dachte Johel de Vautort grimmig:

*Na warte, du Lump, die Sache wird ein Nachspiel haben!*

*

Und so hatte alles begonnen:

Der Truchsess war nervös. Er tupfte sich mit einem Tuch über das hochrote Gesicht, raufte sich die schütteren, grauen Haare und schnäuzte sich in das schon schweißgetränkte Tuch. »Es ist zum Haare raufen!«, seufzte er. Der Mann mit der Trommel spielte falsch.

Er hatte die erstaunliche Gabe, immer dann auf die Trommel zu hauen, wenn es nicht angebracht und bar jeden Taktgefühls war, und er tat rein gar nichts, wenn heftiges Trommelschlagen angezeigt war.

schlägen an. Er tapste nach links, drehte grollend den Kopf, als wollte er sich über den Lärm beschweren, und tapste nach rechts.

Die Zuschauer lachten.

Trommler und Bär waren anscheinend das ideale Gespann. Je wilder die Trommel hallte, desto toller trieb es der Bär. Wie trunken drehte er sich im Kreis, und der Bärenführer hatte Mühe, mit der Kette den Bewegungen zu folgen. Einmal geriet der Bär aus dem Gleichgewicht und plumpste auf alle viere. Doch die schöne Gauklerin sprang kurz für ihn ein, und der Bär richtete sich wieder auf, reckte beide Tatzen hoch und ahmte ihre Bewegungen nach.

Das Publikum lachte und klatschte, und es geriet völlig außer Rand und Band, als die Gauklerin den Bären an einer Tatze nahm und ihn ein paar Takte als Tanzpartner führte.

Selbst der Truchsess musste lachen, und der Schweiß auf seiner Stirn begann zu trocknen.

Der Trommler war von der Darbietung wohl ebenfalls angetan. Er vergaß die Trommel und schaute fasziniert zu. Zum Bedauern aller stellten Bär und Partnerin mit dem letzten Trommelschlag den Tanz ein.

Das Publikum forderte eine Zugabe. Doch weder Bär, Partnerin noch der Trommler rührten sich. Die Begeisterung schlug in Enttäuschung um. Zu kurz hatte die Darbietung gewährt.

»Weiter, weiter!«, rief der Truchsess, doch niemand hörte auf ihn. Die Gaukler zogen mit dem Bären und ihrem Wagen davon.

Der Applaus schlug in Buhrufe um. Und als die Gaukler mitsamt Bär in dem großen Kastenwagen mit dem Bärenkäfig verschwunden waren, setzte eine Stille ein, die für den Truchsess etwas Unheilvolles hatte.

*Das ist dein Ende auf Launceston Castle!,* dachte er und raufte sich wieder die Haare.

Derweil war auch die Stimmung der Gaukler recht beklommen. Auch für sie hatte die Stille etwas Unheilvolles.

»Wir hätten eine Zugabe geben müssen«, sagte die schöne Gauklerin und wischte sich eine Strähne des langen, blonden Haars aus der Stirn. »Ich hatte die Leute gerade so schön angeheizt.«

»Musstest du so mit dem Oberkörper wackeln?«, zischte der Bärenführer ärgerlich. »Wir sind hier auf Launceston Castle, Stella, vor feinen Leuten und nicht im Freudenhaus, wo du früher getanzt hast!«

»Da habe ich nicht getanzt«, schmollte Stella. »Ich weiß gar nicht, weshalb du dich so aufregst. Meine Schau kommt immer an, ob bei reich oder arm, ob bei fein oder gemein. Hast du nicht gesehen, wie die feinen Leute gestarrt haben? Ich wette, sogar dem Sheriff ist es warm ums Herz geworden.«

»Der Sheriff! Wie versteinert wirkte er!«

Stella lachte leise. »Der Sheriff ist eben auch nur ein Mann.«

Aluin wischte sich mit einer fahrigen Bewegung über die Stirn. »Eine solch lasterhafte Schau auf Launceston! Vor Sir Ronan und Lady Gilian! Und noch dazu an ihrem Hochzeitstag!« Er senkte die Stimme und flüsterte: »Man wird uns in den Kerker werfen oder mit Schimpf und Schande davonjagen. Unser ganzer Plan ist im Eimer.«

»Was sollte ich denn machen?«, verteidigte sich Stella. »Ich kann nun mal nicht anders tanzen. Diese verdammten

Musiker waren an allem schuld. Zu diesem seltsamen Takt kann man gar nichts anderes als wackeln.«

»Du hättest vornehmer wackeln können – ich hatte dir gesagt, du sollst dich zurückhalten. Und du zuckst herum wie eine...«

»Fang nicht wieder davon an«, unterbrach ihn Stella. »Ich bin nur zusammengezuckt, als die verdammte Trommel mich erschreckte.« Sie lauschte kurz. Fanfaren setzten ein. »Da hörst du's. Das Programm geht weiter. Noch ist nichts verloren.«

Aluin stieß einen Laut aus, der all seinen Unwillen verriet. »Ich glaube eher, Sir Ronan unterzeichnet unser Todesurteil und sie blasen zu unserer Hinrichtung.«

In diesem Augenblick bewegte sich im Dunkel des Wagens der Bär.

»O Gott!«, seufzte er. Und mit weinerlicher Stimme fügte er hinzu: »Ich habe von Anfang an gewusst, dass das nicht gutgehen kann.«

Und der Bär bekreuzigte sich.

## 2. Kapitel

Derweil äußerte sich der Truchsess ähnlich pessimistisch wie der Bär.

»Ich hab's gewusst«, stöhnte er. »Das konnte nicht gut gehen! Ich werde diesem Schmied den Hals umdrehen, bevor man mich ob dieser Pleite vierteilt!«

»Der Hufschmied ist bärenstark«, warf jemand ein. »Er wird sich wehren.«

Das war in der Tat zu bedenken. Der Truchsess suchte sich flugs leichtere Sündenböcke.

»Die sturen Musiker!«, sagte er ärgerlich. »Ich hätte auf die Trommel verzichten sollen!«

»Zum Tanz des Bären war der gar nicht mal so schlecht«, sagte der Diener. »Man konnte beinahe glauben, der sonderbare Rhythmus sei mit dem tapsigen Viech einstudiert.«

Der Truchsess warf ihm einen zweifelnden Blick zu. Dann fand er ein neues Angriffsziel für seinen Zorn. »Diese verdammten Gaukler! Erst so eine – skandalöse Darbietung, und dann geben sie nicht mal eine Zugabe! Denen werde ich...«

Er verstummte, als sich ein anderer Diener des Sheriffs einen Weg durch die Zuschauer bahnte und sich aufgeregt näherte.

Gerade trat der Feuerschlucker auf.

»Ich bin erledigt«, flüsterte der Truchsess.

Der Diener grinste, unverschämt, wie der Truchsess fand.

»Der Sheriff schickt mich!«, schrie er gegen die wilden Trommelschläge an, die gerade wieder einsetzten. »Ich soll Euch ausrichten...«

»Wann findet meine Hinrichtung statt?«, brüllte der Truchsess in einem Anflug von Galgenhumor.

»Noch vor dem Abendessen«, erwiderte der Diener und grinste immer noch von einem Ohr bis zum anderen.

»So bald?« Der Truchsess schluckte. Er blickte zum Himmel, der zu dunkeln begann. Vielleicht noch eine halbe Stunde. Er schloss die Augen.

Die Stimme des Dieners klang wie aus weiter Ferne, als er fortfuhr:

»...sie können es kaum erwarten... Trommelschlag... begeistert... solche Darbietung hätte man nicht erwartet...« Drei schnelle Trommelschläge.

»Ich auch nicht«, seufzte der Truchsess. Der Diener sprach weiter gegen die Trommelschläge an, doch der Truchsess hörte nicht mehr hin. Seine Gedanken jagten sich.

Flucht?

Unmöglich! Wegen der vielen Ehrengäste war Launceston Castle abgeriegelt wie eine Festung. Die verstärkten Wachen hatten den Befehl, keine Maus herein- oder hinauszulassen.

Nein, eine Flucht war unmöglich.

Er konnte nur noch beten.

Doch er war so aufgeregt, dass ihm kein richtiges Gebet einfiel. Er stammelte nur vor sich hin: »Herr, lass es nicht geschehen... Herr, lass es nicht geschehen!«

Letzteres Stichwort brachte ihn trotz seines verwirrten Zustandes auf die Idee, nicht nur den Herrn im Himmel anzuflehen, sondern auch seinen weltlichen Herrn – Sir Ronan.

Wenn er auf die Knie fiel und um Vergebung bat...

Gedacht, getan.

Seine Beine gaben wie von selbst nach, und dann krächzte er auch schon. »Erbarmen! Habt Erbarmen mit mir!«

Plötzlich war es totenstill.

Jemand packte ihn an den Schultern und zog ihn hoch. *Die Henker!*, durchfuhr es ihn.

»Was ist denn los?«, hörte er einen Diener in sein Ohr raunen. »Gehört diese Nummer auch zum Programm?«

In diesem Augenblick setzte Applaus ein.

»Wunderbar«, hörte er den Mann. »Ich muss schon sagen, Truchsess, diesmal habt Ihr originelle Einfälle. Kein Wunder, dass der Sheriff und seine Gemahlin begeistert sind. Jetzt klatscht er schon Beifall, wenn sein Truchsess wie vorhin der Bär auf die Knie geht. Nun solltet Ihr aber mit den Gauklern sprechen, auf dass sie noch einmal zu Ehren von Lady Gilian mit dem Bärentanz auftreten.«

Der Truchsess öffnete blinzelnd die Augen. Der Applaus verhallte. Alle starrten ihn an. Und Sir Ronan winkte ihm huldvoll zu.

»Aber...« Der Truchsess blickte verständnislos zu dem Diener. Beide grinsten.

»Mich dünkt, er hat bei der Trommelei nicht alles recht verstanden«, sagte der Mann, der ja um die Ängste des Truchsess wusste und genauer hingehört hatte.

Er erklärte dem erstaunten Mann: »Man ist begeistert von der originellen Schau. Der Sheriff hat uns eine Belohnung versprochen, Meister, und wir sollen dafür sorgen, dass die Bärennummer noch einmal aufgeführt wird. Und nun haltet Euch fest, Meister, sie soll mitsamt der reizenden Tänzerin dargeboten werden.«

»Lady Gilian hat eigens darum gebeten«, warf der Diener ein.

»Wieso denn das?«, fragte der Truchsess entgeistert.

»Es gibt bereits Gäste unter den Anwesenden, welche die Trommelkünste des Mannes bewunderten! Der Künstler setzte mit seiner überraschenden Virtuosität neue Maßstäbe in der Musik.«

Der Truchsess sagte nichts. Es hatte ihm die Sprache verschlagen.

## 3. Kapitel

Andere waren an diesem Abend auf Launceston Castle ebenfalls von der Entwicklung der Dinge überrascht:

Der Gaukler, als der vergnügte Truchsess förmlich darum bettelte, dass der Bärentanz noch einmal aufgeführt wurde.

Die Tänzerin, die von Aluin ermuntert wurde, ihren Tanz noch einmal zu wiederholen.

Sir Ronan wunderte sich, dass man seinen Schmied für einen Künstler der Trommel hielt.

Einer war allerdings nicht sonderlich überrascht: der Schmied. Er hatte nie an seinem Talent gezweifelt.

Große Zweifel hatte jedoch der Bär.

Er schwitzte in seinem dicken Fell und kam vor Angst fast um.

»Allmächtiger«, stöhnte er, als Aluin ihn und die Gauklerin nach dem Gespräch mit dem Truchsess über den zweiten Auftritt informierte. »Das kann nicht gut gehen. Das halten meine Nerven nicht aus!«

Aluin klopfte ihm gut gelaunt aufs Fell. »Jammer nicht, es läuft doch alles bestens. Du darfst nicht schlapp machen. Denk daran, dass wir bald reich sind.«

»Oder tot«, sagte der Bär mit dumpfer Stimme.

Die Gauklerin versuchte, ihm ebenfalls Mut zuzusprechen.

Dieser Auftritt war ebenfalls erfolgreich, und man verlangte einen dritten.

Das war nicht in ihrem Plan vorgesehen. Doch es blieb Aluin nichts anderes übrig, als zuzusagen.

»Ich kann nicht mehr«, jammerte der Bärendarsteller, als sie wieder im Bärenwagen waren. »Ich bin schweißgebadet und habe vor Angst weiche Knie. Wir sollten verschwinden, bevor der Schwindel auffliegt.«

Der Chef der Gaukler fluchte unterdrückt. »Das hat man davon, wenn man sich mit Anfängern einlässt.« Er hielt dem Bären drohend die geballte Rechte vor die Nase. »Du tust, was ich dir sage, oder...«

Der Bär wich furchtsam an die Wagentür zurück. Die Kette klirrte.

»Ich – ich will nicht... ich kann nicht«, stammelte er.

»Sei doch nicht so ein Jammerlappen«, schimpfte die Gauklerin.

»Denk an die Juwelen!«, fügte Aluin beschwörend hinzu. Sie redeten ihm gut zu, doch es nützte nichts.

Der Bärendarsteller war in Panik.

Plötzlich stieß er die Tür auf und wollte aus dem Wagen flüchten.

Fluchend packte Aluin ihn am Fell und zerrte ihn zurück.

Der Mann wehrte sich und schlug blindlings im Dunkeln um sich. In diesem Augenblick entwickelte er wahre Bärenkräfte. Statt Aluin traf er jedoch die Frau, die ihn ebenfalls festhalten wollte. Sie konnte einen Aufschrei nicht unterdrücken. Es knallte dumpf, als sie gegen die Wagenwand prallte, sodass der Wagen erzitterte.

Aluin zog die Tür zu und riss den Bären zurück.

»Sei vernünftig...«

Ein Tatzenhieb schleuderte ihn rückwärts.

Fast wäre Aluin über Stella gestolpert. Er konnte sich gerade noch fangen. Wütend zog er den Dolch aus der Lederscheide im Gürtel. Er sprang auf den Bären zu, den er nur schemenhaft im schwachen Lichtschein erkennen konnte, und drückte ihm den Dolch in die Seite. Der Bär stieß einen Laut aus, der eher an das Quieken eines Schweines als an ein Bärenknurren erinnerte.

In diesem Augenblick klopfte es an die Wagentür.

Aluin, Stella und der Bär erstarrten.

»Was ist da los?«, fragte eine besorgte Stimme.

Der Truchsess!

Aluin überwand seinen Schreck. »Der Bär ist unruhig!«, rief er. »Bleibt draußen!«

»Ja, ja«, erwiderte der Truchsess aufgeregt. »Braucht Ihr Hilfe? Soll ich Wachen schicken?«

»Nein, nein«, sagte Aluin hastig. »Ich habe die Bestie völlig unter Kontrolle!« Und er drückte dem Bär den Dolch noch fester ins Fell.

»Dem Himmel sei Dank«, stieß der Truchsess aufatmend hervor. »Ich habe versprochen, dass ihr vor Mitternacht noch einmal auftretet.«

»Ich kann nicht«, flüsterte der Bär Aluin ins Ohr.

»Wir werden auftreten«, rief Aluin, und seine Stimme klang wieder fester.

»Gut«, sagte der Truchsess zufrieden. Dann entfernten sich seine Schritte.

Die drei im Wagen atmeten auf.

Stella erhob sich. Für einen Augenblick waren nur das Rascheln ihres Gewandes und die Musik zu hören, die gedämpft vom Festplatz herüberdrang.

»Ich kann nicht«, wiederholte der Bär.

»Du kannst, oder ich stoße dir den Dolch in die Rippen!«, zischte Aluin.

Betroffenes Schweigen folgte.

Aluin zog den Dolch zurück und tastete über das Fell.

»Man müsste den Riss nähen«, sagte sie. »Aber wie kommen wir an Nadel und Faden?«

»Du könntest den Truchsess darum bitten«, überlegte Aluin. »Ja, du sagst ihm, dein Kleid wäre aufgeplatzt und...«

»Es hat keinen Sinn«, unterbrach ihn der Bär. »Ich bin am Ende. Ich hätte mich nie auf diese Sache einlassen sollen.« Er sank zu Boden, und sie hörten ihn leise weinen.

Einen Augenblick lang starrten Aluin und Stella betroffen auf den dunklen Umriss am Boden.

»Er ist wirklich völlig am Ende«, stellte Stella fest.

»Also gut«, sagte Aluin. »Du brauchst nicht mehr aufzutreten.«

Der Bär seufzte erleichtert auf.

»Willst du den Plan aufgeben?«, fragte Stella enttäuscht.

»Nein«, erwiderte Aluin. »Wir ziehen die Sache ganz einfach vor. Und ich bezweifle, dass danach noch jemand den Bärentanz sehen will.«

## 4. Kapitel

»Ein zauberhaftes Fest, findet Ihr nicht, Sir Morgan?«

Ritter Morgan war nicht ganz bei der Sache. Er schaute gerade zu seinen beiden Soldaten, die sich offenbar recht gut amüsierten.

Da rüttelte ihn jemand am Arm.

»Ein zauberhaftes Fest, nicht wahr?«

Sein Lächeln wurde etwas gequält, als er den Kopf wandte. Die Tischdame, die sich ihm aufgedrängt hatte, war Lady Faing. Fast hätte er geblendet die Augen geschlossen. Alles an ihr glitzerte und funkelte im Schein der Fackeln, die den Festplatz erhellten. Lady Faing trug offensichtlich ihren gesamten Familienschmuck spazieren – Ringe, Colliers, goldene Armreife, gleich drei Broschen am gewaltigen Busen, Perlen auf der Surcotte, die kaum ihre Massen bändigen konnte, ein Diadem im gelockten Haar – doch all das machte sie kein bisschen schöner, allenfalls teurer.

Morgan unterdrückte ein Seufzen.

Seit Beginn der Feier ging sie ihm mit ihrem albernen Geplapper auf die Nerven, und jetzt rüttelte sie auch noch an ihm herum.

»Sehr zauberhaft«, sagte Morgan hastig und hoffte, dass sie von ihm abließ.

Doch sie rüttelte noch weiter an seinem Arm, neigte sich zu ihm und fragte: »Was sagtet Ihr?«

»Zauberhaft«, wiederholte Morgan, doch seine Worte gingen in einem wilden Trommelsolo unter.

»Nur der Lärm stört ein bisschen!«, sagte eine Männerstimme.

Morgan blickte zur Seite.

Sir Fearghas schob sich heran. Jung, gut aussehend, tollkühn. Ein Schönling, der nichts anderes tat, als sein Erbe zu verjubeln. Kein Fest und kein Ball ohne Fearghas. Er war ein flotter und eifriger Tänzer und hielt sich für einen charmanten Plauderer.

Nun, Morgan wusste nicht, wie es mit Fearghas' Tanzkünsten bestellt war, doch er hatte schon eine Probe von Fearghas' Plaudereien ertragen müssen.

Er hielt ihn für einen aufgeblasenen Schwätzer.

»Was sagtet Ihr?«, fragte Lady Faing und wandte sich ihm zu, als die Musiker erneut aufspielten.

»Ich sagte, der Lärm stört ein bisschen«, brüllte Fearghas ihr ins Ohr, ergriff ihre beringte Rechte, verneigte sich vollendet und küsste ihr galant die Hand.

»Ich kann nichts verstehen bei diesem Lärm«, rief die Lady zurück.

Morgan verkniff sich ein Schmunzeln und trank einen Schluck Wein. Es war ein erlesener Tropfen, wie alles an Speis und Trank bei diesem Fest, darauf legten seine Eltern großen Wert.

Morgan sah und hörte, wie Sir Fearghas und Lady Faing gegen die Kapelle und die unregelmäßigen und furiosen Trommelschläge anriefen, und in diesem Augenblick war ihm der Schönling fast sympathisch.

Fearghas hielt ihm schließlich Lady Faing vom Leib.

Er war ihm dankbar, als Fearghas die Dame zum Tanz führte.

## 5. Kapitel

»Ein rauschendes Fest«, sagte der Soldat missmutig. »Wein, Weib und Gesang. Und unsereiner schiebt Wache.«

Er lehnte seine Lanze an die Wand und kratzte sich missmutig hinter dem Ohr.

»In zwei Stunden ist Ablösung«, brummte sein Leidensgenosse hoffnungsvoll. »Da kommen wir auch noch zum Zuge.«

Der andere winkte ab. »Nach Mitternacht ist der beste Wein ausgesoffen, und die Spielleute spielen auch nicht mehr auf.«

Er nahm seine Lanze wieder in die Hand.

»Ich kann dir ja was singen«, bemerkte sein Kamerad kichernd.

»Untersteh dich«, brummte der andere.

Eine Weile herrschte Schweigen, und sie lauschten der entfernten Musik, die wie ein Hauch durch irgendeine Schießscharte in das Gewölbe drang.

»Ich hätte so gern die Gaukler gesehen«, seufzte der Erste schließlich. »Den Feuerschlucker und den Bären...«

»Ich hätte lieber die hübsche Blonde gesehen, die zu der Bärennummer getanzt hat«, bemerkte sein Kamerad.

»Sie hat getanzt?«

»Und sie war besser als der Bär, das kannst du mir glauben. Ich weiß es von dem Diener, der es mir erzählte, als er die Juwelen von irgendeiner Lady in die Schatzkammer brachte. Sein Blick und seine roten Ohren sagten mehr als alle Worte.«

»Hier auf Launceston?«, erkundigte sich der andere zweifelnd.

»Die Zeiten ändern sich, und die Sitten ändern sich auch.«

»Ich sage dir, die feinen Leute sind auch nicht viel feiner als unsereiner«, fuhr der Mann fort.

»Du übertreibst«, meinte er.

Dann zuckten beide Wachtposten zusammen. Vom Ende des Ganges her drang ein dumpfes Grollen zu ihnen.

Sie blickten hin und packten ihre Lanzen fester.

In diesem Augenblick tauchte der Bär auf.

Er stand hoch aufgerichtet, mit vorgereckten Tatzen, im Schein der Fackeln, die links und rechts des Ganges in eisernen Haltern steckten.

Plump und tapsig setzte sich der Bär in Bewegung, und sein Schatten geisterte über die Wände. Es war ein Anblick, bei dem den beiden Männern der Atem stockte.

»Der Bär!«, stellte eine der Wachen etwas verspätet fest und riss seine Lanze ebenfalls an die Hüfte. »Wie kommt der hier rein?«

Die Frage war berechtigt. Am Ende des Ganges gab es eine dicke Eisentür. Ein Wächter war davor postiert, der jedem Unbefugten den Zutritt verwehrte. Zudem war die Tür abgeschlossen, und jeder Befugte wurde ihnen vorher angekündigt. Ob ihnen jemand einen Streich spielen wollte?

Der Bär näherte sich langsam. Die Kette klirrte leicht, als sie über den Boden schleifte. Der Bär brummte, und es klang seltsam gedämpft.

Gebannt starrten die beiden Wachtposten der Bestie entgegen.

»Und was jetzt? So ein dressierter Tanzbär kostet einiges. Wenn wir ihn töten...«

»Willst du dich zerfleischen lassen?«, unterbrach ihn sein Kamerad und stieß entschlossen die Lanze noch weiter vor.

Jetzt blieb der Bär stehen und drehte den Kopf, als wollte er sich vergewissern, ob er ungestört die beiden Zweibeiner zum Nachtisch verschlingen konnte.

»Sieh mal, er bleibt stehen. Vielleicht ist er ganz zahm und greift gar nicht an.«

Der Soldat löste eine Hand von der Lanze und vollführte Bewegungen, als wollte er den Bären wegscheuchen.

»Brav, brav!«, sagte er zu seinen Gesten. »Geh in den Käfig zurück!«

Der Bär schüttelte leicht den Kopf.

In diesem Augenblick tauchte am Ende des Ganges einer der Gaukler auf. Der Bärenführer, wie die beiden Wachtposten erkannten, denn sie hatten die Ankunft der Gaukler beobachtet. Der Mann zeigte alle Anzeichen von Aufregung.

Abwehrend streckte er eine Hand vor, »Nicht – tut ihm nichts. Er ist nicht gefährlich. Er hat sich nur losgerissen!«

»Wie kommt ihr hier rein?«, fragte der Posten misstrauisch. »Draußen steht doch eine Wache!«

Der Bärenführer zuckte mit den Schultern. »Hab' niemanden gesehen.«

Inzwischen war er bei dem Bär angelangt. Er ergriff die Kette und zog daran. »Komm, sie tun dir nichts, und du tust ihnen nichts. Komm, es gibt wieder Honig.«

Der Bär brummte, hob die Tatzen und drehte sich im Kreis.

Die beiden Wachtposten atmeten auf.

»Nehmt die Lanzen weg«, mahnte der Bärenführer. »Sonst könnte er sich bedroht fühlen.«

Die Wachen ließen die Lanzen sinken. Amüsiert schauten sie zu, wie sich der Bär tapsig drehte.

»Hei, so sehen wir doch noch die Bärennummer«, sagte einer der beiden erfreut.

Der Bärenführer lachte, »Oh, ihr seht so was gern? Dann soll der Bär euch schnell ein Kunststück zeigen. Komm, gib den beiden eine Probe deines Könnens!«

Der Bär brummte und schüttelte den Schädel.

Der Gaukler lachte. »Was ist, fehlt dir Musik? Stell dich nicht so an!«

Er zog an der Kette. Der Bär stand jetzt mit seinem Herrn nahe vor den Wachtposten.

Der Gaukler wandte sich lächelnd zu den beiden um. »Es fehlt ihm Musik«, sagte er entschuldigend. »Wenn wir wenigstens den Takt klatschten...«

»Kein Problem«, sagte der Posten, stellte die Lanze an die Wand und begann, in die Hände zu klatschen. Der andere folgte seinem Beispiel. Sofort drehte sich der Bär im Kreis.

Die beiden Wachtposten lachten.

Plötzlich ging alles unglaublich schnell.

Von einem Augenblick zum anderen hielt der Gaukler einen Dolch in der Hand, wirbelte herum und stach dem Ersten die Klinge in die Brust. Mit einem Röcheln brach der Mann zusammen.

Der zweite starrte entsetzt und wie gelähmt. Bevor er einen klaren Gedanken fassen konnte, traf ihn ein Hieb des Bären und schleuderte ihn zu Boden. Er wollte schreien, doch er brachte keinen Laut hervor. Das Grauen hielt ihn im Griff. Voller Todesfurcht starrte er zu der Bestie empor, die drohend vor ihm aufragte.

Dann traf ihn die Lanze – seine eigene – die der Gaukler blitzschnell an sich gerissen hatte. Er verspürte einen Schlag gegen die Brust, hatte das Gefühl, etwas würde in ihm zerreißen, und im nächsten Augenblick wurde es ihm schon schwarz vor den Augen.

Aluin klopfte dem Bären auf das Bärenfell. »Saubere Arbeit.«

»Musstest du sie umbringen?«, fragte der verzagt.

»Ja«, sagte Aluin. »Sonst hätten sie doch alles erzählt, und wir wären niemals aus Launceston Castle herausgekommen. Los, schnell jetzt. Holen wir uns die Juwelen!«

## 6. Kapitel

»Ich habe Euch den nächsten Tanz reserviert«, sagte Lady Faing zu Morgan und strahlte ihn mit ihren blauen Kulleraugen an.

»Oh«, sagte Morgan erschrocken.

Er sah sich unauffällig um, wo Fearghas blieb. Der Kerl hatte sich seit geraumer Zeit nicht mehr blicken lassen. Vermutlich hatte er von Lady Faing die Nase voll und sich klammheimlich davongemacht.

»Da wird Fearghas aber traurig sein«, erwiderte Morgan, während er überlegte, wie er der Dame entkommen konnte.

»Sicherlich wird er ein bisschen eifersüchtig sein, wenn Ihr mich in den Armen haltet, Sir Morgan«, sagte Lady Faing im Brustton der Überzeugung.

Das glaubte Morgan nicht.

»Aber er wird sich gewiss nicht das Leben nehmen«, fuhr sie fort.

Das glaubte ihr Morgan aufs Wort.

In diesem Augenblick verstummte die Musik, und die Spielleute griffen zu den gefüllten Bechern, die ein Diener auf einem Tablett gebracht hatte.

Die Pause bedeutete immerhin eine Gnadenfrist.

»Richtig wohltuend, diese Stille«, bemerkte die Lady. Es war in der Tat so still geworden, dass Morgan erst richtig bewusst wurde, wie unangenehm schrill ihre Stimme klang.

»Jetzt könnt Ihr mir erzählen, wie Ihr den spanischen Stier mit bloßen Händen bezwungen habt«, drängte sie *(vgl. Schwert und Schild – Sir Morgan, der Löwenritter Band 6: Die spanische Braut).*

Doch bevor er etwas erwidern konnte, stieß sie einen wahrlich markerschütternden Schrei aus.

Alle Gespräche verstummten. Alle Köpfe flogen herum. Einem Ritter fiel vor Schreck das Weinglas aus der Hand auf den Schoß einer Nachbarin, und irgendwo begann ein Hund zu bellen, weil ihn der Schrei aus seinem Schlummer gerissen hatte.

Der Truchsess eilte aufgeregt herbei.

»Was ist geschehen?«, rief er atemlos und blickte fragend von der Lady zu Morgan.

Die Herzogin fasste sich an den Busen und rang um Atem. Sie war kreidebleich. Morgan befürchtete schon, sie wolle zu einem neuen Schrei ansetzen, doch dann stammelte sie:

»Mein Diamant... meine Kette... Räuber!«

Morgan fasste den Schmuck genauer ins Auge. Er wusste nicht genau zu sagen, wo irgendetwas fehlte, doch wenn die Dame es sagte, mochte es wohl stimmen.

»Räuber?« Der Truchsess raufte sich die Haare und tupfte sich mit dem Taschentuch über die Stirn. »Auf Launceston Castle? Wer hat Euch überfallen, Gnädigste?«

Nun, niemand hatte Lady Faing überfallen, und mit ihrem geschluchzten Bericht war nicht viel anzufangen.

»Eben war alles noch da, und jetzt ist es weg.«

Morgan versuchte, Lady Faing zu beruhigen. »Vielleicht habt Ihr Euren kostbaren Schmuck beim Tanz verloren.«

Sie bedachte ihn mit einem ärgerlichen Blick. »Ich habe noch nie Schmuck verloren.«

Der Truchsess verlor seine Ratlosigkeit und griff dankbar Morgans Worte auf. Er klatschte in die Hände und gab den Dienern und herbeigeeilten Wachen die Anweisung, auf der Tanzfläche und ringsum zu suchen.

Die halbe Gesellschaft beteiligte sich an der Suche, doch niemand wurde fündig.

Der Truchsess stammelte ein paar nichtssagende Worte zu den Ehrengästen und gab den Spielleuten einen Wink, geschwind etwas Lustiges zu spielen, damit die gute Stimmung nicht getrübt wurde.

»Wir müssen also davon ausgehen, dass Lady Faing bestohlen wurde. Und das im Haus meiner Eltern, im Haus des High Sheriffs of Cornwall«, sagte Morgan betroffen.

Wie ein Lauffeuer verbreitete sich die Kunde unter den Gästen. Ein Dieb im Haus des Sheriffs!

Sir Ronan of Launceston hörte kaum die ersten gezischelten Laute, als er auch schon laut um Ruhe bat.

»Ich werde mich sofort persönlich um diese unangenehme Angelegenheit kümmern, bitte, behaltet alle Eure Sitze. Mein Sohn wird dafür sorgen, dass die Wachen niemand aus der Burg lassen, bevor sich der Schmuck nicht wieder angefunden hat.«

Morgan bedurfte keiner weiteren Aufforderung, er verbeugte sich rasch vor seinem Vater, gab zwei Wachen einen Wink und eilte hinunter in die Wachstube zu dem Hauptmann, der dort zusammen mit ein paar wachfreien Soldaten saß. Er beteuerte sofort, dass seine Männer nicht im Dienst schliefen und niemand Launceston Castle verlassen oder betreten konnte, ohne an seinen Männern vorüber zu müssen.

Morgan hielt anschließend vergeblich nach Fearghas Ausschau, der eine Zeit lang um Lady Faing herumscharwenzelt und dann spurlos verschwunden war. Dann gab er die Anweisung, die gesamte Burg nach dem Mann abzusuchen.

Er selbst eilte zusammen mit seinen beiden treuen Gefährten Cynan und Rhodri durch die Räume, wobei sie die beiden toten Wachposten vor dem Raum entdeckten, der mit einer dicken Eichentüre und eisernen Riegeln geschützt war. Hier wurde alles aufgehoben, was Wert besaß – deshalb hatte sich beim Gesinde die Bezeichnung »Schatzkammer« durchgesetzt. Neben kleinen Truhen mit Schmuck gab es sehr große Truhen, in dem sich kostbare Stoffe befanden.

»Die Truhe meiner Mutter ist verschwunden!«, stellte Morgan mit einem Blick fest. »Ausgerechnet! Sie ist nicht sonderlich groß, enthält aber einige sehr wertvolle Schmuckstücke. Wenn Sie das erfährt, wird sie...«

»Sir Morgan – hier!«, rief Cynan plötzlich aus, bückte sich und hob vom Boden ein kleines Haarbüschel auf.

»Das sind Haare von dem Bären!«, sagte Morgan erstaunt nach kurzer Untersuchung. »Aber das ist doch unmöglich, wie sollte der Bär in diesen Gang gekommen sein? Es sei denn... kommt, wir gehen mal zu dem Wagen der Gaukler!«

Die beiden eilten den Gang zurück und standen gleich darauf im Hof des Anwesens vor dem Karren der Gaukler, als die Hecktür des Fahrzeuges geöffnet wurde.

Die Tänzerin tauchte lächelnd auf.

Anmutig und leichtfüßig stieg sie vom Wagen.

Doch Morgan hatte keine Augen für sie.

»Ich möchte mal einen Blick in deinen Wagen werfen!«, erklärte er knapp und drängte sich an der Frau vorbei.

»Aber natürlich«, sagte Stella mit einem leisen Lachen. »Wir haben das Geschrei der Bestohlenen ja vernommen. Und jetzt verdächtigt Ihr uns natürlich, nicht wahr, Sir Morgan?

Ich kenne das. Als Erstes verdächtigt man immer das fahrende Volk!«

»Wir nehmen niemand davon aus!«

»Durchsucht den Wagen und meinetwegen den Bärenkäfig. Habt keine Angst vor dem Bär, er ist fest angekettet und wird nicht beißen, wenn Ihr ihm nicht nahe kommt. Und nun entschuldigt mich bitte.«

Mit wiegenden Hüften schritt sie davon.

»Du dort drüben die Ecke, ich hier!«, ordnete Morgan an.

Es fand sich in den wenigen Habseligkeiten der Gaukler jedoch nicht der kleinste Hinweis auf Schmuck. Die beiden verließen den Wagen gerade, als der Hauptmann der Wache zu ihnen gelaufen kam. Er berichtete, dass drei Personen heimlich Launceston Castle verlassen hatten:

Lady Eyrin.

Sir Fearghas.

Und Rhodri, der Soldat des Sheriffs sowie ständiger Gefährte von Morgan und Cynan.

Was hatte das zu bedeuten?

## 7. Kapitel

Der Morgen dämmerte. Eine Eule kehrte von der nächtlichen Jagd zurück.

Ein Wildschwein brach durch das Unterholz und störte eine Vogelfamilie. Sir Morgan zügelte am Waldrand sein Pferd und spähte in das sanft abfallende Tal hinab, in dem der Morgennebel wallte.

»Bald haben wir ihn«, sagte Cynan, als er sein Pferd neben dem Ritter parierte.

Damit war Sir Fearghas gemeint.

Nach allem, was man herausgefunden hatte, kamen als Räuber nur die drei Personen infrage, die das Anwesen heimlich und vor der Entdeckung des Raubes verlassen hatten. Der Edelmann und die Lady hatten die Wachen bestochen und unter einem Vorwand Launceston auf getrennten Wegen verlassen. Die Wachen kannten Sir Fearghas sowie Lady Eyrin und hatten sich nichts dabei gedacht. Dafür waren sie im Kerker gelandet und warteten auf die Strafe, die Sir Ronan aussprechen würde. Über das

Verschwinden der Verdächtigen gab es die wildesten Spekulationen auf Launceston Castle.

Man vermutete, dass die beiden gemeinsame Sache gemacht hatten. Möglicherweise hatte der schöne Fearghas ein Verhältnis mit Lady Eyrin. Warum allerdings Rhodri die Burg verlassen hatte, war nicht ganz klar. Morgan war davon überzeugt, dass er Verdacht gefasst hatte und den beiden gefolgt war.

Sein Vater, Sir Ronan, hatte zwei seiner besten Ritter beauftragt, mit ihren Soldaten den Fährten zu folgen, die Verdächtigen zu stellen und nach Launceston Castle zurückzubringen. Der eine von ihnen war sein Sohn, Sir Morgan, der andere Sir Baird, der in die Richtung reiten wollte, in der man Lady Eyrin vermutete.

Nach den Angaben der zerknirschten Wachen waren Morgan und Cynan der Fährte von Sir Fearghas gefolgt, der nach Norden geritten war. Die anderen folgten der eingeschlagenen Richtung der Lady, die sich für ihre Rückreise ein Pferd genommen hatte – sehr ungewöhnlich für die hochgestellten Damen.

Fearghas war über den Fahrweg geritten und hatte sich nicht bemüht, die Fährte zu verwischen. Deutlich waren die Hufabdrücke im weichen Boden zu erkennen.

Morgan trieb sein Pferd an, und Cynan folgte ihm.

Als die Morgensonne über die Fichten auf dem Hügel im Osten spähte, sahen sie den Reiter im Norden. Er trabte über den gewundenen Fahrweg eine Anhöhe hinauf und verschwand hinter einem Waldstück.

Morgan tauschte einen Blick mit seinem Kriegsknecht.

»Na also«, brummte Cynan. »Packen wir ihn. Ich bin gespannt, was uns der schöne Fearghas zu erzählen hat!«

Sie trieben die Pferde zum Galopp.

Als sie das Wäldchen erreicht hatten, trennten sie sich. Morgan folgte der Fährte, und Cynan sollte einen Bogen reiten und Fearghas überholen, damit sie ihn in die Zange nehmen konnten. Sie mussten mit der Möglichkeit rechnen, dass Fearghas sich mit Komplizen oder Freunden traf oder sie gar in eine Falle locken wollte, denn es war doch seltsam, dass er nicht versucht hatte, irgendwo vom Weg abzubiegen oder in der Nacht die Spuren zu verwischen.

Fearghas' Verhalten ließ fast den Schluss zu, dass er unschuldig war. Als er den Hufschlag vernahm, blickte er zurück. Er erkannte den Ritter, zügelte seinen Rappen und hob grüßend die Hand. Er zog den Rappen herum und wartete auf Morgan.

Er lächelte mit blitzenden Zähnen und rief: »Sir Morgan! Ihr habt den gleichen Weg wie ich? Welch ein Zufall!«

Morgan parierte sein Pferd.

»Kein Zufall«, sagte er und musterte Fearghas.

Fearghas' Lächeln erlosch, als hätte man eine Kerze ausgepustet. »Wieso nicht?«, fragte er verwundert.

»Ich bin Euch gefolgt«, sagte Morgan offen. Wieder musterte er Fearghas. Täuschte er sich, oder funkelte es in Fearghas' grünen Augen verräterisch?

»Wieso denn das?«, fragte er.

»Es gibt da einige Fragen«, sagte Morgan. »Steigt aus dem Sattel.«

Fearghas' Augen verengten sich. »Was soll das heißen? Ich lasse mir von Euch nichts befehlen, nur weil Ihr der Sohn des Sheriffs seid...«

»...in dessen Auftrag ich Euch verfolgt habe«, unterbrach Morgan ihn kühl, »und wenn Ihr unbescholten seid, wird sich das herausstellen.«

Fearghas blinzelte, als verstünde er die Welt nicht mehr.

»Was sollen diese Andeutungen?«

»Steigt aus dem Sattel!«

Fearghas presste die Lippen aufeinander. Jetzt schimmerte unverkennbar Zorn in seinen Augen. »Und wenn nicht?«, fragte er aufsässig.

Morgan lächelte leicht. »Dann werde ich gezwungen sein, Euch aus dem Sattel zu holen.«

Fearghas starrte ihn an und zuckte mit den Schultern. »Nun, ich habe nichts zu verbergen. Doch ich werde mich bei Sir Ronan über Euer Benehmen beschweren.«

Er saß ab.

Morgan schwang sich ebenfalls vom Pferd.

Fearghas verschränkte die Hände vor der Brust, als Morgan beiden Tieren einen Klaps auf die Kruppe gab, damit sie ein Stück weitertrotteten. Er maß Morgan mit ärgerlichem Blick.

»Weshalb habt Ihr die Feier vorzeitig verlassen?«, erkundigte sich Morgan.

Fearghas lachte. »Weil es mir nicht mehr gefiel. Lady Faing war mir einfach zu aufdringlich und schließlich unerträglich!«

»Ihr hättet mit einer anderen tanzen können und sie nicht aufzufordern brauchen.«

»Sie war wie eine Klette.«

Fearghas grinste Morgan an. Er gab sich jetzt recht selbstsicher. Wenn er etwas mit dem Raub zu tun hatte, so war ihm das vermutlich kaum zu beweisen. Die Beute konnte Fearghas unterwegs versteckt haben. Es war kaum anzunehmen, dass er damit durch die Gegend ritt. Fearghas brauchte also nur zu leugnen.

»Auf Launceston ist ein Diebstahl geschehen«, sagte Morgan.

Fearghas zuckte mit keiner Wimper. »Ach nein!«

»Außer Euch hat niemand die Burg verlassen«, bluffte Morgan.

Fearghas lächelte gelassen.

»Das stimmt schon mal nicht. Zufällig sah ich, wie Euer Waffenknecht die Burg verließ. Ich beobachtete ihn, weil mir sein Verhalten recht sonderbar vorkam. Er führte seinen Gaul ein gutes Stück, bevor er aufsaß, und blickte sich fortwährend um.«

Diese hämischen Worte versetzten Sir Morgan einen Stich. Im Augenblick hatte es den Anschein, als sei Rhodri zumindest in die Sache verwickelt.

Morgan bemühte sich um eine gleichmütige Miene. »Nun, das lässt sich alles feststellen. Im Augenblick seid Ihr für mich der Hauptverdächtige.« Er versuchte auf den Busch zu klopfen und fügte hinzu: »Und was Eure Komplizen anbetrifft...«

»Was?«, unterbrach ihn Fearghas zornig. »Ihr wagt es, mich zu verdächtigen? Mich, Fearghas of Arailt?« Sein sonst so gut aussehendes Gesicht verzerrte sich. Er trat bis auf einen Schritt auf Sir Morgan zu. Dieser hielt gelassen Fearghas' zornesfunkelndem Blick stand.

»So ist es«, sagte er ruhig.

»Wenn ich ein Schwert hätte, so würde ich Euch damit antworten!«, zischte Fearghas. »Aber ich habe leider keines bei mir.« Er ließ resignierend die Hände sinken. »Und deshalb...«

Fast ansatzlos schlug er zu.

So überraschend, dass Morgan nicht mehr schnell genug reagieren konnte. Er riss noch gedankenschnell den Kopf zur Seite, doch die Faust erwischte ihn am Kinn.

Morgan taumelte zurück und strauchelte.

Fearghas erkannte seinen augenblicklichen Vorteil und setzte entschlossen nach. Morgan riss die Rechte hoch und konnte einen weiteren Hieb abblocken, doch dann traf ihn Fearghas' harte Linke und schleuderte ihn zu Boden.

Fearghas war mit einem Satz bei ihm. Seine Hände krallten sich um Morgans Kehle. Dieser war noch von den Treffern benommen. Er hatte das Gefühl, ein eiserner Ring schnüre ihm die Luft ab. Fearghas' verzerrtes Gesicht verschwamm vor seinen Augen.

*Du hättest ihm gleich das Schwert vor die Brust setzen sollen!*, durchfuhr es ihn. Doch es verstieß gegen die Ritterehre, einen sichtlich waffenlosen Mann mit der Klinge zu bedrohen. Außerdem hatte er Fearghas nicht als ernst zu nehmenden Gegner betrachtet. Doch der weichlich wirkende Schönling besaß erstaunliche Kräfte.

Morgan packte Fearghas' Handgelenke und versuchte, sich aus der Umklammerung zu befreien. Doch Fearghas war stark, und sein Überraschungsangriff hatte ihm einen großen Vorteil verschafft.

Einen Vorteil, der Morgan das Leben kosten konnte. Das wurde ihm schlagartig klar, als er Fearghas hasserfüllt keuchen hörte: »Ich bring dich um, du Hundsfott!«

Und zugleich erkannte Morgan, dass Fearghas Dreck am Stecken haben musste. Der Mann war bereit, einen

Mord zu begehen. Er fühlte sich ertappt und wollte seinen Verfolger beseitigen.

Sir Morgan bäumte sich im Würgegriff auf und versuchte, Fearghas' Hände von seiner Kehle zu zerren. Doch es hatte den Anschein, als schraubten sich dessen Hände nur noch fester um seinen Hals.

Rötliche Schleier wallten vor Morgans Augen.

Verzweifelt riss er ein Knie hoch.

Er traf ihn in den Leib. Fearghas brüllte auf, und der Griff lockerte sich etwas. Morgan wusste, dass er verloren war, wenn es ihm jetzt nicht gelang, das Blatt zu wenden. Er riss Fearghas an den Handgelenken herum und brachte ihn unter sich.

Doch Fearghas, der immer noch Morgans Kehle umklammert hielt, wälzte sich weiter und gewann wieder die Oberhand.

Der Staub des Fahrwegs hüllte die beiden Kämpfenden ein.

Morgan glaubte ersticken zu müssen. In seinem Schädel dröhnte es. Er bäumte sich auf, ließ Fearghas' Handgelenke los und schlug ihm mitten ins Gesicht, das er verschwommen über sich sah.

Fearghas' Kopf zuckte zurück. Er stieß einen Laut aus, der fast an das dumpfe Grollen des Tanzbären erinnerte. Der Griff um Morgans Hals lockerte sich, und er bekam wieder Luft. Tief atmete Morgan ein. Sein Herz hämmerte, und vor seinen Augen drehte sich alles.

Er glaubte, einen entfernten Trommelwirbel zu hören, der anschwoll und in seinem Schädel widerhallte.

Plötzlich ließ Fearghas von ihm ab.

Morgan stemmte sich auf die Knie, schüttelte unbewusst den Kopf und versuchte, den Gegner ins Auge zu fassen.

Fearghas stand breitbeinig zwei Schritte vor ihm und hielt ein Schwert in der Hand. Die Klinge funkelte im Schein der Morgensonne.

Fearghas hatte ihm das Schwert entrissen!

In den grünen Augen des Mannes blitzte es triumphierend auf.

»Stirb, du Hundsfott!«, schrie er.

Und schon stieß er wuchtig mit dem Schwert zu.

## 8. Kapitel

Sir Baird fluchte, und es klang nicht gerade ritterlich. Er hatte die Fährte verloren, parierte seinen tänzelnden Fuchswallach mit harter Hand und spähte in die Runde. Etwas ratlos, wie es den Waffenknechten schien.

»Diese Lady hat ihre Fährte verwischt«, sagte er mit grollender Stimme. »Das kann nur eines bedeuten – sie hat ein schlechtes Gewissen. Und ich wette, sie hat allen Grund dazu.«

Er schwang sich von seinem Wallach, setzte sich am Wegesrand ins weiche Moos und wischte sich das schweißüberströmte Gesicht ab. Dicht daneben führte ein kleiner Bach kristallklares Wasser, mit dem er sich jetzt erfrischte.

»Reitet weiter hinüber zum Wald, ich folge euch später nach!«, gab er kurze Anweisung an die fünf ihn begleitenden Soldaten. Lustlos folgten die Männer dem Waldweg.

Sie hätten auch gern einmal gerastet. Außer einer alten Wagenspur ließ sich nichts entdecken. Etwas raschelte im tiefen Tann, in dem ewige Dunkelheit nistete. Die Männer griffen zu den Schwertern, aber es war nur ein Reh, das über den Waldweg wechselte.

Die Gruppe wollte am Waldrand entlangreiten, um wieder zu der Stelle zurückzukehren, an der sie die Fährte verloren hatten. Doch gerade, als die Pferde herumgezogen wurden, entdeckte einer von ihnen in der Ferne im Nordwesten eine Hütte an einem sanft ansteigenden Hang.

Die Hütte sah ziemlich verfallen aus und wirkte verlassen. Möglicherweise war sie die Unterkunft eines Schäfers. Dann entdeckten sie zwischen Büschen, abseits der Hütte, zwei Pferde.

»Dort hält sich jemand auf!«, bemerkte einer der Reiter.

Zu weiteren Überlegungen blieb keine Zeit mehr. Äste knackten, dann klang Hufschlag auf, und im nächsten Augenblick tauchten keine fünfzig Yards entfernt etwa zwanzig Reiter auf.

»Wer ist das?«, erkundigte sich einer der Männer.

»Es sind auf alle Fälle zu viele für uns, lasst uns abhauen! Gut und gern zwanzig Mann, und alle haben ihre Schwerter in den Händen.«

Schon nach wenigen Yards wurde klar, dass die Männer hinter ihnen her ritten, die Schwerter in den Fäusten.

Die Kriegsknechte ritten eilig zu Sir Baird zurück, dicht gefolgt von den anderen Reitern.

Die Verfolger hatten aufgeholt, als die Gruppe bei Sir Baird eintraf.

»Was ist los?«, rief der wütend, das Schwert in der Hand.

»Sie verfolgen uns!«, stieß einer der Reiter hervor und wies zum Waldweg. Jeden Augenblick mussten die Reiter um die Biegung auftauchen.

Sir Bairds Haltung entspannte sich. Er nahm die Hand vom Schwert und winkte den Reitern zu.

»Dummköpfe!«, sagte er zu den Soldaten. »Das ist Sir Carlton mit seinen Männern! Der Sheriff muss sie von Launceston ausgesandt haben.«

So war das Missverständnis schnell aufgeklärt, und man begrüßte sich.

»Wie kommt Ihr hierher?«, fragte Baird erstaunt.

Sir Carlton lächelte. »Sir Ronan of Launceston meinte, dass wir Euch nützlich sein könnten, schließlich kenne ich Lady Eyrin seit vielen Jahren!

Wir haben ein Stück von hier eine weitere Fährte gefunden, die kurz vor dem Ort, an dem wir Eure Soldaten bemerkten, mit einer anderen zusammenstieß.«

»Dann hat es also doch einen Komplizen gegeben, der dieser Lady geholfen hat. Wer hätte das von ihr gedacht?«, murmelte Sir Baird.

»Noch ist nichts erwiesen«, wandte Sir Carlton ein und strich sich über den blonden Bart.

»Ihr meint, die Lady hat nur zufällig jemand hier draußen getroffen?«

»Möglich ist alles. Wir werden es erfahren, wenn wir sie finden.«

Sir Carlton wandte sich an einen der Soldaten Bairds. »Habt ihr etwas entdeckt?«

»Als wir gerade eine Hütte und daneben Pferde bemerkten, kam Eure Gruppe, Sir Carlton, und wir fürchteten einen Überfall, deshalb kehrten wir zurück.«

»Dann führt uns dorthin!«, befahl der Ritter.

Und so geschah es.

Als sie die Stelle erreichten, von der aus die Hütte und die beiden Pferde sichtbar waren, wollte Sir Carlton sofort losgaloppieren, doch Sir Baird war besonnener und hielt ihn zurück.

»Der Hufschlag könnte sie warnen, und sie könnten die Flucht ergreifen, bevor wir dort sind. Ihre Pferde sind vermutlich ausgeruhter als unsere. Wir ersparen uns eine Verfolgungsjagd, wenn wir die Pferde in dem Waldstück nordöstlich der Hütte zurücklassen und uns zu Fuß anschleichen. Vielleicht überraschen wir sie dabei, wie sie die Beute teilen. Oder wir können etwas Aufschlussreiches belauschen, was darauf hinweist, dass sie die Wachen ermordet und den Raub tatsächlich begangen haben.«

Beides war dann nicht der Fall.

Zum Erstaunen der Ritter stellte sich ein etwas anderer Sachverhalt heraus, der nun auch den Aufbruch des Waffenknechtes rechtfertigte.

In der Hütte befand sich Lady Eyrin, die von dem Waffenknecht Rhodri eingeholt und gestellt worden war. Er behandelte sie höflich und hatte sie auch gerade einem Verhör unterzogen, als die Ritter eintrafen. Rhodri berichtete und Sir Carlton ordnete an, dass man die Lady gemeinsam noch einmal ausführlich befragen wolle.

## 9. Kapitel

*Aus!*, durchfuhr es Sir Morgan.

Er sah das blitzende Schwert, das auf ihn zustieß, und er schnellte sich verzweifelt zur Seite. Die Klinge sauste keine Handbreit an seiner Kehle vorbei.

Mit einem wütenden Aufschrei riss Fearghas das Schwert zurück und holte von Neuem aus.

Morgan rollte sich über den Boden, fort aus Fearghas' Reichweite. Aus der Drehung heraus sah er einen Reiter heranjagen. Cynan! Auch Fearghas hörte ihn jetzt. Er verharrte jäh in seiner Bewegung.

Cynan hielt bereits sein Schwert in der Hand.

»Sir Morgan!«, schrie er.

Morgan sprang auf.

Cynan war noch ein paar Längen entfernt, als er dem Ritter schon das Schwert zuwarf.

Es verfehlte Morgan um Armeslänge und schlitterte ein Stück durch den Staub, doch der Ritter war mit einem Satz bei der Waffe, packte sie und wirbelte zu Fearghas herum.

Alles war blitzschnell gegangen, und Fearghas wirkte immer noch wie erstarrt. Er hatte sich zu siegessicher gefühlt, und die Situation hatte sich überraschend verändert.

»Du wolltest mich töten, als ich wehrlos war!«, rief Morgan unter keuchenden Atemzügen. »Jetzt kämpf um dein Leben!«

Und schon kreuzte er mit Fearghas die Klinge. Hell klirrten die Schwerter. Morgan trieb den Gegner mit wuchtigen Hieben zurück, parierte, fintierte und attackierte. Aus den Augenwinkeln sah er, wie Cynan vom Pferd stieg und abwartend die Arme vor der Brust verschränkte.

Sir Fearghas mochte ein guter Tänzer und kräftig mit den Fäusten sein, doch er war ein miserabler Schwertkämpfer.

Das wurde ihm anscheinend selbst klar, denn plötzlich flackerte Angst in seinem Blick, und sein Gesicht glänzte von Schweiß.

Morgan parierte einen linkisch geführten Schlag des Gegners und trieb Fearghas mit leichten, schnellen Hieben fast im Kreis herum. Seine Schwertspitze streifte Fearghas' Handrücken. Dieser stieß einen wimmernden Laut aus. Er strauchelte über ein Loch im Boden, und Morgan machte es kurz. Als Fearghas um sein Gleichgewicht kämpfte, schlug ihm der Ritter das Schwert aus der blutenden Rechten. Fearghas verlor bei der Wucht des Hiebes vollends die Balance und stürzte.

Seine Augen weiteten sich in jähem Entsetzen, als sein Gegner mit vorgerecktem Schwert auf ihn zusprang. Dann schloss er die Augen vor dem vermeintlichen Todesstoß.

Er schrie auf und zuckte sogar zusammen, doch Morgan stieß nicht zu.

Als nichts geschah, öffnete Fearghas blinzelnd die Augen.

Der Ritter mit den langen, blonden Haaren und dem kräftigen Bartwuchs ragte über ihm auf, und die Schwertspitze war dicht vor seiner Nase.

Von einem Augenblick zum anderen begann der schöne Fearghas zu schielen. Er schluckte krampfhaft, und sein Adamsapfel zuckte auf und ab. Zweimal setzte er zum Sprechen an, dann erst schaffte er es, die Worte hervorzubringen.

»Gnade!«

»Hast du mir sonst nichts zu sagen?«, erkundigte sich Morgan mit harter Stimme.

»Nein – doch!« Wieder zuckte Fearghas in Todesangst zusammen, obwohl Morgans Hand mit dem Schwert sich nicht bewegte.

»Dann sprich endlich!«, forderte Morgan ihn auf.

Und die Worte sprudelten aus Fearghas hervor, als sei ein Damm gebrochen.

»Der Schmuck – die Lady verlor ihn – ich – ich nahm ihn mir – aber ich wollte ihn abliefern...«

Morgan lächelte. Doch dieses Lächeln und der Ausdruck seiner Augen jagten Fearghas einen Schauer über den Rücken.

»Ich habe sie bestohlen – ich habe Spielschulden – die Gelegenheit war so günstig – sie hat während des Tanzes gar nichts davon gemerkt.«

»Und warum hast du die Wachen ermordet?«, fragte Morgan, und Fearghas hatte das Gefühl, der Blick würde ihn durchbohren wie eine Schwertklinge.

»Wachen? Ermordet?« Er brachte es nur krächzend heraus, und seine Miene zeigte völlige Verständnislosigkeit. »Aber – da waren doch gar keine Wachen. Wir tanzten, und während sie sprach...«

Wieder hüpfte sein Adamsapfel auf und ab. Schweißperlen glitzerten auf seiner bleichen Stirn.

»Man sollte mit diesem dreckigen Lügner kurzen Prozess machen!«, forderte Cynan mit dröhnender Stimme. Er hob das Schwert auf, das Morgan Fearghas aus der Hand geschlagen hatte, und trat drohend näher.

»Nein, nicht!«, kreischte Fearghas. »Ich sage alles. Ich sage die Wahrheit. Gnade!«

Und er legte ein ausführliches Geständnis ab.

Er hatte Lady Faing mit Vorbedacht um einen Teil ihres kostbaren Schmucks erleichtert. Sie fanden die Stücke in ein Tuch gehüllt unter der Satteldecke. Sir Fearghas hatte sich sehr sicher gefühlt und gedacht, Lady Faing würde den Verlust erst irgendwann nach dem Fest bemerken und sich gar nicht mehr genau erinnern, wer alles in ihrer Nähe gewesen war. Praktisch jeder auf Launceston Castle hätte als Dieb infrage kommen können. So hatte Fearghas gedacht. Und das alles im Haus des Sheriffs und direkt unter dessen Augen! Wie verzweifelt musste man für eine solche Tat sein!

Er war völlig entgeistert, als Morgan ihm sagte, dass die Schatzkammer ausgeraubt worden war. Morgan stellte ihm einige Fangfragen, doch Fearghas gab sich keine Blöße.

Morgan glaubte ihm schließlich, dass er nichts mit dem großen Verbrechen zu tun hatte. Er hatte schon zuvor gewisse Zweifel gehabt. Fast den ganzen Abend über hatte er Fearghas gesehen, und Lady Faing war wirklich wie eine Klette gewesen. Und nach den Aussagen der Wachen ließ sich errechnen, dass Fearghas etwa zehn Minuten nach dem letzten Tanz mit Lady Faing Launceston Castle verlassen hatte. In dieser kurzen Zeitspanne konnte er kaum die Tat begangen haben.

Er gab zu, dass er Ritter Morgan hatte töten wollen, als er sich entlarvt gesehen hatte. Dieser Tatbestand und der Diebstahl würde ihn einige Jahre Kerker kosten.

Ritter Morgan und Cynan begaben sich mit dem Gefangenen auf den Weg nach Launceston. Und für sie blieb die bange Frage: War Rhodri in dieses schreckliche Verbrechen verstrickt?

»Undenkbar«, sprach Cynan aus, was auch Morgan dachte.

Doch Fearghas berichtete von Rhodris seltsamem Verhalten und stichelte so lange, bis Cynan ihm androhte, ihm die Faust auf die Nase zu setzen. Da schwieg er.

Kurz vor Launceston trafen sie dann auf den Reitertrupp mit Eyrin und Rhodri, und es stellte sich heraus, dass die beiden unschuldig waren.

Das war eindeutig aus dem hervorgegangen, was Rhodri von der völlig verängstigten Lady Eyrin in der Hütte erfahren hatte. Sie erklärte den Männern, dass sie es einfach nicht mehr auf der Feier ausgehalten hätte, da einer der männlichen Gäste sie auf Schritt und Tritt verfolgte. Was Lady Faing sehr lieb gewesen wäre, war dieser Edeldame einfach zu viel geworden. Und da sie nur in Begleitung eines Dienerpaares mit einem fürchterlichen Gefährt nach Launceston Castle gefahren war, zog sie bei ihrem überstürzten Aufbruch ein Pferd vor.

»Der oder die Täter müssen noch im Schloss sein«, fasste schließlich Sir Baird die Überlegungen zusammen.

Doch er sollte sich irren.

Als sie auf Launceston Castle eintrafen, erfuhren sie, dass der Sheriff, Sir Ronan, dem Drängen einer Reihe von Gästen zugestimmt und sie hatte abreisen lassen.

## 10. Kapitel

Alle standen vor einem Rätsel. Der infame Coup grenzte an böse Zauberei. Fest stand, dass weder Sir Fearghas noch Lady Eyrin etwas mit dem Raubmord zu tun hatten. Und sämtliche Gäste, die am Morgen abgereist waren, hatten sich einer Leibesvisitation und einer gründlichen Kontrolle ihrer Wagen und ihres Gepäcks unterzogen. Blieb noch eine Möglichkeit: Der oder die Täter hatten die Beute auf Launceston Castle versteckt oder vergraben, um sie sich irgendwann zu holen. Das Anwesen war bis in den letzten Winkel durchsucht worden.

Auch die Gaukler, die abgereist waren, weil sie woanders erwartet wurden, waren besonders streng kontrolliert worden.

Es war Rhodri, der schließlich auf die Idee mit dem Bären kam.

»Was Neues?«, fragte Rhodri seinen Freund, als sie auf dem Burghof zusammentrafen.

»Nichts«, erwiderte Cynan. »Man könnte an Hexerei glauben. Alle Suche war vergebens. Es ist, als ob die Räuber mit der Beute weggeflogen wären wie die Vögel.«

Rhodri hatte plötzlich eine Eingebung.

»Der Tanzbär, Cynan! Denk doch mal nach. Der Bärenkäfig wäre ein ideales Versteck für den gestohlenen Schmuck!«

»Aber man hat den Wagen fast auseinandergenommen. Und die Gaukler sind genau kontrolliert worden.«

»Auch der Bär?«

»Vermutlich nicht.« Cynan schüttelte den Kopf. »Aber wo sollte bei dem Vieh die Beute versteckt gewesen sein?

Jeder hat ihn vor der Abreise von allen Seiten genau gesehen. Der Truchsess erzählte mir, dass man ihn aus dem Wagen geführt hat, damit man ihn ungestört durchsuchen konnte. Und Meister Petz hätte bestimmt nicht zugelassen, wenn ihm jemand etwas ins Fell genäht hätte!«

»Ich hab' mal auf einem Jahrmarkt einen Gaukler in einem Bärenfell gesehen!«

»Du meinst...«, Cynan starrte ihn verblüfft an.

Der Rest war einfach. Einzelheiten nahmen im Nachhinein an Bedeutung zu. Man rief sich die Auftritte des Bären in Erinnerung. Im Grunde hatte die Blonde mehr getanzt als der Bär. Alle waren von ihr abgelenkt gewesen. Der Gaukler Aluin war äußerst nervös gewesen, als man ihn gedrängt hatte, noch einmal die Bärennummer zu zeigen. Dabei hätte es doch eine Ehre für ihn sein müssen!

Dann der Zwischenfall, als der Bär angeblich unruhig gewesen war. Und die Tänzerin hatte sich Nadel und Faden geliehen, weil angeblich ihr Gewand aufgeplatzt war. Der Truchsess hatte sich keine Gedanken gemacht, doch nun fiel ihm ein, dass sie die gleiche Cotte angehabt hatte. Und schließlich noch ein Widerspruch: Zuerst hatten sich die Gaukler für drei Tage verpflichten lassen. Weshalb war niemand aufgefallen, dass sie plötzlich von einem anderen Auftritt geredet hatten?

Die beiden Kriegsknechte informierten Ritter Morgan.

Und bald darauf schickte Sir Ronan of Launceston seinen Sohn Morgan und seine beiden Begleiter zusammen mit einem Dutzend Reiter los.

## 11. Kapitel

»Wenn das in diesem Schneckentempo weitergeht, sind die Lumpen bald über alle Berge«, murrte Sir Carlton.

Die anderen Männer des Trupps mussten ihm recht geben.

Schuld an dem »Schneckentempo« war ein alter Hund, den man mitgenommen hatte, um die Spur der Gaukler leichter zu finden. Der betagte Hund trottete gemächlich dahin und blieb immer wieder stehen, als versagten ihm die müden Beine den Dienst. Doch sie waren auf seine Spürnase angewiesen, er war der einzige, sofort verfügbare Jagdhund, der die Spur auf dem Burghof aufnahm.

Ein halbes Dutzend Wagenspuren führten zunächst in die gleiche Richtung von Launceston Castle fort, und die Wagen waren dann irgendwann unterwegs abgebogen. Sicher, es waren kleine Trupps unterwegs, die in allen Himmelsrichtungen suchten, doch der Haupttrupp rechnete damit, dass die Gaukler irgendwo in einem Versteck untertauchten. Deshalb hatte man den Hund mitgenommen, in der Hoffnung, dass er den Bären riechen würde.

Doch der Hund war müde.

Er streckte sich aus und war nicht mehr dazu zu bewegen, aufzustehen.

»Wir müssen ihn zurücklassen«, sagte Sir Baird zu Morgan. »Ich schlage vor, wir folgen den Wagenspuren nach Norden und trennen uns jeweils, wenn ein Wagen abgebogen ist.«

Morgan hielt das ebenfalls für das Vernünftigste. »Rhodri, begleite den Hundeführer und das Tier zurück nach Launceston Castle, wir reiten weiter.«

Damit trennte sich die Gruppe, und Rhodri musterte mit bösem Blick den erschöpften Hund und den daneben hockenden Hundeführer. Die beiden waren früher bei den Hetzjagden einmal ein gutes Gespann gewesen, aber jetzt waren sie beide einfach zu alt geworden.

Doch plötzlich erhob sich der alte Jagdhund wieder. Er trottete nicht auf dem Weg zurück, sondern schlug eine andere Richtung ein.

»Komm zurück!«, rief ihm der Hundeführer zu, mit dem er sonst bei der Jagd unterwegs war. Doch der Hund hörte nicht oder wollte nicht hören. Dann ging ihm anscheinend doch die Puste aus. Er stieß ein zweifaches »wuff« aus und sank zwischen einigen Ginsterbüschen zu Boden, als hätten ihn endgültig die Kräfte verlassen.

Rhodri überlegte, wie es weitergehen sollte und wollte sich gerade mit dem Hundeführer anlegen, als er neben dem Hund etwas Braunes zwischen dem Ginster entdeckte. Er kniff die Augen zusammen und spähte genauer hin.

Ein Fell?

Er ritt hin, saß ab und stieß einen leisen Pfiff aus.

Ein Bärenfell.

Und für Rhodri war klar, um welches Bärenfell es sich handelte. Der alte Spürhund hatte sich doch als nützlich erwiesen. Guter Hund.

Rhodri untersuchte den Boden nach Spuren. Er fand Fußabdrücke im Sand zwischen den Büschen, denen er folgte. Sie führten ihn zu einer etwa zweihundert Yards entfernten Baumgruppe. Dort fand er Hufspuren. Die Fährte dreier Pferde. Sie führte zur Straße und dann nach Nordwesten davon.

Die Täter waren vom Wagen umgestiegen. Vermutlich diente die Spur nur dazu, etwaige Verfolger in die Irre zu führen. Der Kutscher war möglicherweise ein Komplize des Trios, der sie erwartet hatte. Irgendwo würde er den Wagen zurücklassen – kein großer Verlust bei der enormen Beute – und sich mit dem letzten der vier Gespannpferde davon machen.

Er und die anderen drei würden ihre Fährten verwischen und untertauchen. Andere Kleidung, ein verändertes Aussehen, und niemand würde sie als die Gaukler wiedererkennen, als die sie sich ausgegeben hatten.

Rhodri war versucht, sofort der Fährte zu folgen. Doch dann entschied er sich dagegen. Morgan und die anderen waren noch nicht weit, und es war besser, er informierte den Ritter.

Also kehrte der Hundeführer mit seinem alten Hund allein nach Launceston zurück.

Rhodri folgte schließlich dem Reitertrupp und holte bald darauf den inzwischen geschrumpften Trupp ein: Sir Morgan, Cynan und Sir Carlton mit seinen Leuten. Der Rest war anderen Wagenspuren gefolgt.

Rhodri erzählte, dass der Hund versorgt war und wollte gleich von seiner Entdeckung berichten, doch Sir Carlton ließ ihn nicht zu Wort kommen. Er wollte von dem alten Jagdhund nichts hören, gab seinen Leute einen Wink und preschte mit ihnen davon, in eine andere Richtung.

So erfuhren die beiden nichts von Rhodris Entdeckung. Morgan verzichtete darauf, Sir Carlton einzuweihen; mochte er und seine Leute den Wagenfahrer stellen. So ritt Morgan mit seinen beiden Soldaten allein auf der Fährte der drei Schurken.

## 12. Kapitel

Indessen war das Trio nicht mehr wiederzuerkennen.

Aus Stella mit den langen blonden Haaren war eine Schwarzhaarige geworden; das Umfärben war für die Gaukler dank ihres Mittels aus Walnussschalen die Sache weniger Augenblicke. Auch ihre auffallende Cotte hatte sie gewechselt.

Aluin hatte jetzt einen grauen Bart angeklebt, und die zuvor kunstvoll überschminkte Messernarbe an seiner linken Wange war wieder zu sehen. Statt in sein Kostüm aus rotem Samt war er jetzt in abgewetztes, fleckiges Wollzeug gekleidet.

Der Darsteller des Bären brauchte keine Verkleidung. Ihn hatte man ja nur als Bär gesehen. Er war einen Kopf größer als Aluin, dick und schwerfällig, und sein breites Gesicht hatte tatsächlich eine gewisse Ähnlichkeit mit einem traurigen Bären. Mit Bären hatte Dubd sonst eigentlich nichts zu schaffen. Er war ein Schneider, der in seiner kleinen Werkstatt unter anderem Kostüme für die Gaukler fertigte.

Das Bärenfell hatte Aluin bei einem Händler schon vor längerer Zeit erworben. Doch für ihn selbst war das Bärenfell viel zu groß gewesen. Und weil er ohnehin einen Komplizen brauchte, hatte er Dubd überredet, bei dem dreisten Lumpenstück mitzuspielen. Er hatte ihm vorgeflunkert, dass es nur um einen Spaß gehe, und erst auf Launceston Castle war er mit dem ganzen, ungeheuerlichen Plan herausgerückt.

Von Mord war nie die Rede gewesen, und Dubd brach kalter Schweiß aus, wenn er an die drei Toten dachte.

Die Gaukler waren nicht allein.

Als sie Launceston verlassen hatten, waren sie von vier furchterregenden Gesellen erwartet worden. Einer davon hatte den Wagen übernommen, um etwaige Verfolger in die Irre zu führen. Die anderen Räuber hatten ihnen befohlen, zu dem Treffpunkt zu reiten, an dem sie jetzt lagerten, um den Pferden eine Rast zu gönnen. Die Kerle hatten sie keinen Augenblick aus den Augen gelassen.

Aluin war zwar der Anführer gewesen und hatte den ganzen Plan in die Tat umgesetzt – doch die Idee dazu hatte jemand anders gehabt.

Und der ließ sie jetzt von den Räubern bewachen, damit sie nicht mit der Beute verschwanden.

Zwei der Kerle saßen an einem kleinen Feuer abseits von Aluin, Stella und Dubd. Sie tranken Bier und aßen kalten Wildschweinbraten. Ihr Kumpan hielt am südlichen Zugang der kleinen Schlucht Wache.

»Ich fühle mich wie eine Gefangene«, raunte Stella und warf einen Blick zu den finsteren Gestalten beim Feuer. »Bist du sicher, dass uns diese Halsabschneider nicht einfach die Beute abnehmen, Aluin?«

»Oh Gott«, seufzte der schwitzende Dubd und fasste sich an die Kehle.

»Keine Sorge«, sagte Aluin. »Unsere Auftraggeberin will nur sichergehen, dass wir nicht mit der Beute verschwinden. Ist doch verständlich, oder?« Er kratzte sich an der Messernarbe, auf der sich kurz eine Fliege niedergelassen hatte, und grinste. »Ich kenne sie lange genug. Schließlich bin ich mit ihr verwandt.«

Das war eine Lüge, die er Stella von Anfang an erzählt hatte, um sie zu täuschen. Er wusste, dass Stella ihn heiraten wollte. Er hatte ihr die Ehe und ein Leben als feine Dame versprochen. Deshalb hatte sie mitgemacht.

Doch er hatte ganz andere Pläne.

Stella war ein schönes Mädchen, doch wie viele von ihrer Art hatte er schon gekannt! Lotterweiber, wie man sie auf jedem Jahrmarkt haben konnte, wenn man nur genug Kupferstücke oder auch mal einen Silberling locker machte. Als er sie kennen gelernt hatte, hatte sie sich als Wahrsagerin bezeichnet. Doch in ihrem primitiven Zelt wurde weder in die gläserne Kugel geschaut, noch aus der Hand gelesen, noch die Zukunft geweissagt. Ihre Qualitäten lagen auf einem ganz anderen Gebiet.

Er hatte die andere Frau bevorzugt und war sich ganz sicher, dass er mit ihr noch sehr viel mehr erreichen konnte. Nach einiger Zeit würde sie dann bei einem bedauerlichen Unglück ums Leben kommen. Später konnte er sich dann einen ganzen Harem zulegen.

Wenn es soweit war, würde Stella ebenso wenig einen Anteil an der Beute erhalten wie Dubd. Die andere Frau würde dafür sorgen, dass sie für immer verschwanden. So war es mit ihr ausgemacht.

Er hatte die beiden nur für seine Zwecke benutzt, denn im Haus des Sheriffs etwas zu stehlen, dafür musste man schon sehr einfallsreich und abgebrüht sein.

Er spürte Stellas Blick auf sich gerichtet und schaute schnell weg. Manchmal hatte er bei ihrem prüfenden, irgendwie wissenden Blick, das Gefühl, dass sie ihn durchschaute. Doch das bildete er sich gewiss nur ein. So großzügig die Natur auch bei ihrem Körper gewesen war, so knauserig hatte sie sich bei ihrem Geist gezeigt.

So dachte Aluin.

Doch in einem Punkt irrte er: Stella war nicht so dumm, wie es den Anschein hatte. Vor allem besaß sie ein feines Gespür. Sie ahnte, dass er ihr etwas verheimlichte. Und ihr Gefühl sagte ihr, dass es etwas mit dieser anderen Frau zu tun hatte, von der jener Plan stammte.

Da war immer so ein seltsamer Ausdruck in seinen Augen, wenn er von ihr sprach. Sie kannte die Frau nicht. Doch sie würde sich diese geheimnisvolle Unbekannte bald genau ansehen können. Und sollte sich herausstellen, dass die Cousine in Wirklichkeit eine Rivalin war, würde sie schon Mittel und Wege finden, um sie auszustechen...

Sie wurde aus ihren Gedanken gerissen. Hufschlag näherte sich. Der wilde Geselle, der Wache gehalten hatte, galoppierte heran.

»Drei Reiter«, meldete er dann atemlos. »Und sie folgen genau unserer Fährte!«

Die Männer am Feuer sprangen auf. Aluin fluchte. Doch Fron, der hünenhafte Wortführer der Männer, die Aluins Komplizin geschickt hatte, blieb gelassen.

»Kein Problem. Erst mal weg hier. Und sollten sie uns weiter folgen, dann...«

Er vollendete den Satz mit der Geste des Halsabschneidens.

## 13. Kapitel

Der Mann auf dem Esel bot einen recht lustigen Anblick. Sein Haupt war statt mit Haaren mit Sommersprossen bedeckt. Oh, man konnte nicht sagen, dass er keine Haare mehr auf dem Kopf hatte. Sie waren nur nach unten gerutscht und wucherten rötlich an Kinn und Wangen, ja sie sprossen sogar aus Ohren und Nase, die wie eine rötliche, sommersprossige Gurke hervorragte. Außer der Nase waren vom Gesicht praktisch nur noch eine faltige Stirn, weiße Augenbrauen und ein braunes Augenpaar zu sehen, das listig und irgendwie vergnügt funkelte. Der Rest wurde vom zottigen Bartgestrüpp verdeckt.

An einem alten Strick war ein Krug mit Rotwein angebunden, die er sich über die Schulter geworfen hatte. Aus seinem schäbigen Gürtel ragte ein Beil, das offensichtlich schon oft benutzt worden war, denn der Stiel war zerkratzt und abgewetzt. Seine Schuhe waren recht luftig. Ein großer, schmutziger und ein kleiner, etwas sauberer Zeh lugten aus dem aufgeplatzten Leder.

»Hallo«, rief der Mann und hielt den Esel an. Er zog ihn herum, sodass er quer zum Weg stand.

Sir Morgan und die Soldaten zügelten ihre Pferde, denn der lustige Bursche blockierte ihnen den Weg. Sie hätten ihre Tiere durch Stechginsterbüsche am Wegesrand treiben müssen, um an ihm vorbeizukommen.

Der Mann musterte die drei Reiter mit listig funkelnden Augen.

Dann klaffte das Bartgestrüpp auf, und Morgan und die Soldaten sahen, dass der Mann nur noch ein paar Schneidezähne im Mund hatte.

»Könnt ihr nicht grüßen, ihr bösen Burschen?«, fragte er.

»Guten Tag«, sagte Morgan mit einem amüsierten Lächeln. Und Cynan fügte hinzu: »Nun sei ein guter Mann und gib den Weg frei. Wir sind in Eile!«

Er wollte sein Pferd antreiben.

Der Mann hob eine Hand, und die Geste wirkte nahezu majestätisch.

»Gemach, gemach, schwarzbärtiger Soldat. Du kommst noch früh genug in die Hölle.«

Er kicherte, hob den angebundenen Weinkrug hoch, zog den Korken heraus und schob den Krug in das Bartgestrüpp. Dann trank er, dass es gluckerte.

Die Soldaten tauschten einen Blick. Solch einen urigen Burschen hatten sie selten gesehen. Der schrullige Mann setzte den Krug ab, stöpselte den Korken wieder ein und ließ ihn baumeln.

»Du fragst dich, woher ich weiß, dass du eine Laus von Soldat bist.« Er kicherte. »Ich weiß alles.« Der Blick der kleinen, braunen Augen heftete sich auf Sir Morgan. »Ich weiß auch, dass Ihr eine Laus von Ritter seid, und dass der Blondschopf da Eure zweite Laus von Soldat ist.«

»Ich hau dir gleich...«, begann Cynan zornig, doch Sir Morgan mahnte ihn mit einem Wink zum Schweigen. Er spürte, dass es mit dem seltsamen Verhalten dieses Unikums eine besondere Bewandtnis haben musste.

»Und woher hast du dein Wissen, Bursche?«, fragte er.

Der Mann kicherte erneut.

»Dass ihr drei Läuse seid, die zerquetscht werden sollen, haben mir die Vögel gezwitschert.«

Cynan und Rhodri tauschten einen Blick. Rhodri tippte sich mit einem Finger an die Stirn.

»Was soll die dreiste Rede?«, fragte Cynan ärgerlich.

Sir Morgan war alarmiert. Sein Blick flog über die Hänge des Hohlweges. Sollte dieser sonderbare Kerl ein Kumpan der Räuber sein, der sie mit seinem komischen Gehabe hinhalten oder ablenken sollte?

»Ihr fragt Euch sicher, welche Vögel mir das gezwitschert haben. Nun, für einen Silberling sage ich's Euch. Und noch eine Menge mehr, was Euch interessieren sollte, wenn Ihr am Leben hängt.«

»Ich kann dir einen Tritt in den...«, begann der temperamentvolle Cynan, doch brachte Morgan ihn erneut mit einer Geste zum Verstummen.

Der Ritter kramte eine Münze hervor und warf sie dem Mann zu. Geschickt fing der sie auf.

»Und nun heraus mit der Sprache«, forderte Morgan, und plötzlich klang seine Stimme hart. »Strapaziere nicht meine Geduld über Gebühr. Und fasse dich kurz!«

Der seltsame Kauz wurde von einem Augenblick zum anderen ernst.

»Nun denn, die Sache ist folgende...«

Derweil ließ Rhodri wachsam seinen Blick schweifen. Auch er hatte ein ungutes Gefühl.

»Mörder lauern euch auf«, sagte der Mann. Einen Augenblick lang herrschte Stille.

»Jetzt kannst du ruhig etwas ausführlicher werden«, antwortete Sir Morgan.

Und der Mann berichtete in seiner wortreichen Art, welch teuflischen Plan er belauscht hatte.

Er war Jäger und Fallensteller. Ein Einsiedler, der irgendwo in diesen Hügeln eine Hütte besaß, von der aus er auf seine Jagdzüge ging. Er hatte einen Reitertrupp beobachtet. Fünf Männer und eine Frau. Der Trupp hatte sich dann getrennt.

Zwei Männer und die Frau waren mit sämtlichen Pferden weitergezogen und nicht weit entfernt in einem Wäldchen verschwunden. Sie sollten dort auf die anderen warten, hatte er gehört, bis alles erledigt sei. Was erledigt? Seine Neugier war geweckt.

Vor seinen Augen und Ohren hatten dann die drei zurückgebliebenen Kerle, die wie Wegelagerer aussahen, seltsame Vorbereitungen getroffen. Unterhalb des Hügels war hinter einer scharfen Wegbiegung, quer über den Weg, ein Seil gespannt worden. Ein Mann war auf den Hügel gestiegen und hatte einen mächtigen Felsbrocken bis an den Rand des Hügels gerollt. Als Hebel hatte er einen vom Blitz gefällten kleinen Baumstamm benutzt. Der Felsbrocken lag fast auf der Kippe.

Der Kerl brauchte nur noch den Baumstamm niederzudrücken, der Felsen würde in die Tiefe stürzen und dabei die Reiter, die vom Seil zumindest für einen Augenblick aufgehalten wurden, unter sich zerschmettern.

»Sie werden wie Läuse zerquetscht werden«, hatte einer der Kerle gesagt.

Ein anderer hatte Bedenken gehabt. Nicht wegen der Tat, denn aus ihren Worten war hervorgegangen, dass ihnen ein Menschenleben nichts bedeutete – außer dem eigenen. Sie hatten über den Tod dreier Menschen gesprochen wie über das Wetter.

»Wenn sie nicht gegen das Seil prallen und früh genug zurückreiten«, hatte der eine besorgt eingewandt, »dann sind wir entdeckt. Und wenn es sich wirklich um einen Ritter und Soldaten des Sheriffs handelt, wie Aluin sagte, könnte es verdammt gefährlich für uns werden.«

»Mach dir nicht in die Hosen«, hatte ein anderer geantwortet. »Auch Ritter sind nicht unsterblich. Aber gut, wir werden ganz sicher gehen. Ich postiere mich dort drüben, und sollten sie nicht zerschmettert werden, putzen wir sie mit Pfeilen weg.«

Die Männer waren anschließend in Deckung gegangen. Der Mann hatte sich davongeschlichen, seinen Esel geholt und sich rasch auf den Weg gemacht, um den Ritter und die Soldaten vor dem gemeinen Hinterhalt zu warnen.

»Ich konnte Euch doch nicht in den Tod reiten lassen«, beendete er seine Ausführungen. »Und allein konnte ich gegen die drei nichts ausrichten.«

Sir Morgan nickte. »Du hast richtig gehandelt. Dich hat der Himmel als Schutzengel geschickt. Ich danke dir. Und wenn diese Sache vorüber ist, wirst du dich nicht nur mit einem Krug Wein begnügen müssen, mein Wort darauf.«

»Nun, dann gebt mir den Weg frei. Ich werde euch drei führen. Ich kenne einen Pfad, auf dem ihr im weiten Bogen um die Falle herumreiten könnt. Da können diese Teufelskerle warten, bis sie schwarz wie ihre Seelen werden.«

Er wollte auf dem Weg zurückreiten, auf dem Morgan und die Soldaten gekommen waren.

Ritter Morgan schüttelte den Kopf.

»So lange werden wir die Kerle nicht warten lassen. Wir werden ihnen alsbald in ihr teuflisches Süppchen spucken!«

Der seltsame Kerl blinzelte. »Was habt ihr vor?«

Und Sir Morgan sagte es ihm.

Da wurden die kleinen, runden Augen des Mannes ein wenig größer.

## 14. Kapitel

»Wo bleiben sie nur?«, murmelte einer der Männer im Hinterhalt. Er kauerte hinter dem Stamm einer mächtigen Blutbuche und starrte zum Weg hin. »Was machen wir, wenn sie irgendwo abgebogen sind und einen ganz anderen Weg nehmen?«

»Blödmann!«, blaffte Fron, der Anführer der drei. »In diesem Fall wären wir sie doch los und brauchten diesen Zauber hier nicht zu veranstalten! Aber ich glaube nicht, dass sie abbiegen. Schließlich haben wir eine deutlich sichtbare Fährte gelegt, damit sie uns in die Falle gehen.«

Eine Weile herrschte Stille bis auf das Summen einer Biene, die auf Nektarsuche war.

»Sie könnten wirklich bald kommen«, maulte der Erste schließlich von Neuem.

Just in diesem Moment kamen sie. Doch anders, als die Räuber es erwartet hatten.

Der Mann, der den Felsbrocken hinabstürzen sollte, wirbelte herum, als er ein Geräusch hinter sich hörte.

Er erschrak bis ins Mark.

Ein Mann mit einem Schwert in der Hand.

Keine drei Schritte entfernt.

Der Mann war Sir Morgan.

»Keinen Laut«, sagte Morgan und hielt dem Räuber das Schwert vor die Brust. »Zur Seite, weg da vom Felsbrocken!«

Morgan wollte verhindern, dass der Kerl in Panik oder auch bewusst den Felsbrocken hinabstürzte. Er konnte zu einer tödlichen Lawine für seine Soldaten werden, wenn es ihnen nicht gelang, die beiden anderen Kerle ebenfalls zu überraschen, und es zum Kampf dort unten auf dem Weg kam.

Vitus gehorchte. Er nahm die Hand von dem Baumstamm, der als Hebel dienen sollte, und wich zur Seite. Voller Furcht starrte er Morgan an, der ihm einen Schritt folgte. Vitus riss die Arme hoch und wich zitternd noch weiter zurück. Er war ein einfacher Mann und wusste nichts von Ritterehre. Er war ertappt, und er glaubte, man würde kurzen Prozess mit ihm machen und ihn auf der Stelle töten, wie er es an der Stelle des anderen getan hätte.

Morgan sah das Verhängnis kommen. Der Räuber war zu weit an den Rand des an dieser Stelle steil abfallenden Hügels geraten. Gestein bröckelte unter einem Stiefelabsatz weg.

»Bleib stehen und...«

Doch die Warnung kam zu spät.

Vitus fand keinen Halt unter seinem Fuß, erschrak und verschlimmerte damit nur die Situation. Er hätte sich nur auf den Hügel zu werfen brauchen und wäre in Sicherheit gewesen. Doch da war der Mann mit dem Schwert, vor dem er Todesangst hatte.

Vitus rang um sein Gleichgewicht.

Sir Morgan steckte im Reflex die Linke aus, um den Kerl festzuhalten, damit er nicht abstürzte. Er wollte ihn und seine Kumpane lebend haben, damit sie ihm ihr Versteck preisgeben konnten. Denn die anderen würden sicherlich mit der Beute fliehen, wenn sie merkten, dass ihr teuflischer Plan nicht aufgegangen war.

Doch bei dieser Bewegung geriet der ohnehin verwirrte Räuber vollends in Panik. Er zuckte zurück. Morgan bekam ihn nur noch am Hemd zu fassen, und der Stoff entglitt seinen Fingern.

Mit einem gellenden Schrei stürzte der Räuber hinunter. Das Kollern von Gestein war in der einsetzenden Stille zu hören.

Morgans Blick zuckte zu den Bäumen auf der anderen Seite des Pfades. Er sah, dass dort gekämpft wurde, konnte aber im Halbdunkel zwischen den Baumstämmen Freund und Feind nicht unterscheiden.

Dann erschrak Morgan.

Durch das abbröckelnde Gestein war der Felsbrocken ins Rutschen geraten. Morgan hörte ein Knirschen und sprang geistesgegenwärtig vom Rand der Hügelkuppe fort. Gerade noch rechtzeitig. Der Felsbrocken rollte den Hang hinunter und riss weiteres Gestein mit sich.

Morgan warf einen schnellen Blick hinunter, und ihm stockte der Atem.

Cynan trieb gerade seinen Gegner mit wuchtigen Schwerthieben zwischen den Bäumen hervor auf den Weg.

Und der Felsbrocken raste auf die beiden Kämpfenden zu!

## 15. Kapitel

Die Soldaten des Sheriffs hatten sich unbemerkt an Fron und seinen Gefährten angeschlichen. Ihr Führer, der in sicherer Entfernung bei den Pferden wartete, hatte ihnen die Position der Schurken, wie er sie nannte, genau beschrieben und den Soldaten den Weg dorthin gewiesen.

Nur noch ein knappes Dutzend Schritte, und sie hätten die Schufte, die zum Weg starrten, mühelos überraschen und überwältigen können.

Da geschah das Unerwartete.

Eine schwankende Gestalt tauchte seitlich des Felsbrockens auf dem Hügel auf, und Steine kollerten den Hügel hinab. Die Soldaten sahen, wie die Räuber erschraken. Dann rollte ihr Kumpan den Hang hinab, und sein Schrei gellte.

Für einen kurzen Augenblick war dort oben neben dem Felsbrocken eine zweite Gestalt zu sehen. Sir Morgan, wie die Soldaten wussten.

Noch bevor der langgezogene grauenvolle Schrei verstummte, hatten die beiden Räuber die Situation erkannt.

»Eine Falle!«, entfuhr es Fron, und sein Kopf ruckte herum.

Cynan und Rhodri wussten, dass es nicht mehr möglich war, die Kerle zu überraschen, und dass es jetzt auf jede Sekunde ankam. Fast gleichzeitig sprangen sie hinter den Baumstämmen hervor und stürmten mit gezücktem Schwert auf die Räuber zu.

Fron erholte sich als Erster von dem Schrecken. Er schwenkte den Bogen herum, spannte die Sehne, auf der schon ein Pfeil lag, und zielte auf Rhodri.

Der Soldat war nur noch ein paar Schritte entfernt. Und erschauernd erkannte er, dass ihm keine Zeit mehr blieb, sein Schwert einzusetzen. Aus vollem Lauf warf er sich zu Boden. Der Pfeil zischte über ihn hinweg und blieb zitternd in einem Baumstamm stecken.

Cynan sah, wie der Bogenschütze unglaublich schnell reagierte. Er riss einen zweiten Pfeil aus dem Köcher, legte ihn in einer kaum wahrnehmbaren Bewegung auf die Sehne und spannte den Bogen.

Rhodri lag hilflos am Boden!

Cynan war noch fünf Schritte von dem Bogenschützen entfernt. Zu weit für einen Schwerthieb. Und er zögerte keine Sekunde. Es ging um Rhodris Leben!

Cynan schleuderte das Schwert wie eine Lanze.

Es traf Fron in die Brust, als er den Pfeil abschoss. Mit einem röchelnden Laut fiel der Räuber auf den Rücken und starb. Der Pfeil flirrte hoch in die Luft und schlug unschädlich zwischen die Blätter.

Der zweite Räuber war vom Auftauchen der Männer überraschter gewesen als Fron. Er war nicht so gut mit dem Bogen und hatte ihn vor Schreck fast fallen gelassen. Er hatte einen der beiden Männer zu Boden stürzen sehen und geglaubt, Fron hätte ihn mit dem Pfeil getroffen. Blieb noch der Zweite.

Er hatte sein Schwert hochgerissen, das er neben dem Baumstamm abgelegt hatte, weil sie ja nicht mit einem Nahkampf gerechnet hatten. Er hielt es in der Hand, als Fron vom Schwert des Schwarzbärtigen getroffen wurde. Der Räuber erkannte, dass der Schwarzbart jetzt waffenlos war, zumindest ohne Schwert, dass der andere noch am Boden lag und dass er nur lebend entkommen konnte, wenn er jetzt schnell handelte und seinen Vorteil nutzte. *Erst den schwertlosen Schwarzbart, dann den anderen. Und anschließend nichts wie weg, bevor der dritte Mann vom Hügel herunter war...*

So dachte er, als er mit erhobenem Schwert auf Cynan zusprang.

Cynan wäre ihm ausgeliefert gewesen. Seine Rechte stieß zum Messer hinab, aber es war ihm klar, dass er es nicht mehr schnell genug ziehen und zum Wurf ausholen konnte.

Doch Rhodri erfasste die gefährliche Situation mit einem Blick, als er sich gerade aufrappeln wollte. Er selbst war zu weit für einen treffsicheren Wurf mit dem Schwert von dem Räuber entfernt und noch nicht auf den Beinen.

»Cynan!«, schrie er und warf ihm sein Schwert zu.

Cynan fing es geschickt auf. Im letzten Augenblick! Er parierte den Angriff, ließ sich nur kurz in die Defensive drängen und trieb den Kerl kurz darauf mit wilden Schlägen zurück.

Sein Gegner hatte nur noch einen Gedanken: Flucht!

Doch Cynan ließ ihn nicht entkommen. Er setzte nach und trieb ihn zwischen den Bäumen hervor auf den Weg. Dann sah Cynan, was der zurückweichende Gegner nicht gewahrte. Der Felsbrocken rollte den Hang hinunter, dabei immer schneller werdend.

Seine Augen weiteten sich vor Entsetzen, er verharrte jäh und hielt mitten in einem Hieb inne.

»Cynan!«

Das war Sir Morgans verzweifelte Stimme von dort oben, und der Ruf riss Cynan aus seiner Erstarrung. Er wirbelte herum und hechtete von dem Räuber fort zwischen die Baumstämme.

Der war von dieser Wendung überrascht. Sein Kopf flog herum, sein Blick zuckte hoch, und er sah noch etwas wie einen Schatten auf sich zurasen. Er kam nicht mal mehr zu einem Schrei.

Der Felsbrocken war heran und zermalmte ihn zwischen den Baumstämmen und der Steinmasse, die dadurch erst zum Stehen kam. Dann senkte sich Stille über den Platz des Schreckens. Die Stille des Todes. Und der Staub rieselte träge über die beiden Toten auf dem Weg und hüllte sie wie ein Leichentuch ein.

Die Falle, die Fron und seine Räuber dem Ritter und seinen Soldaten zugedacht hatte, war zu ihrer eigenen Todesfälle geworden.

## 16. Kapitel

»Zwei Männer und eine Frau, sagt Ihr?«

Der Schmied des kleinen Ortes schielte zu Sir Morgan empor. Der Schmied hatte wässrige, graue Augen und ein rundliches Gesicht. Für einen Mann seines Handwerks war er erstaunlich klein und wirkte beinahe schwächlich.

»Das sage ich bereits zum dritten Mal.«, seufzte Morgan.

Sie waren gerade zu diesem Ort gelangt. Der seltsame Mann hatte versprochen, sich als Totengräber zu betätigen und die drei Leichen unter die Erde zu bringen. Er hatte ihnen den Weg zu seiner Hütte beschrieben, wo sie gelegentlich den Wein abliefern könnten, den er sich redlich verdient hatte.

Morgan und die Soldaten hatten keine Zeit verloren. Trotzdem waren sie zu spät gekommen. Aluin, Stella und Dubd hatten sich aus dem Staub gemacht. Natürlich hatten sie beobachtet und gehört, dass der Plan ihrer Kumpane nicht aufgegangen war, und sie waren durch den Wald geflüchtet.

Der Ritter und die Soldaten waren der Fährte gefolgt und hatten sie dann etwa zwei Meilen südlich dieses kleinen Ortes in der Dunkelheit verloren. Sie hofften, in diesem Ort etwas zu erfahren, was ihnen weiterhelfen konnte. Vielleicht hatte jemand Reiter gesehen, oder die Räuber waren dort gar zu einer kurzen Rast eingekehrt.

»Hab' ich nichts von gesehen«, sagte der Schmied nach sehr langem Zaudern.

Rhodri kehrte aus dem Stall zurück, der an die Schmiede grenzte.

»Im Stall stehen drei Gäule«, meldete er.

Morgan fixierte den Schmied. Der Kerl zuckte kaum merklich zusammen. Morgan spürte, dass er ihnen etwas verheimlichte.

Drei Pferde der Kumpane, die ums Leben gekommen waren?

»Von wem stammen die Pferde?«, fragte Morgan.

Der Schmied zuckte wieder einmal mit den Schultern. »Weiß nicht.«

»Du musst doch wissen, wer bei dir Pferde unterstellt!«, fuhr Cynan ihn an.

»Weiß nicht.«

Der Blick des Schmiedes war verschlagen und ängstlich zugleich. Der Kerl wusste etwas, daran gab es für Morgan und die Soldaten keinen Zweifel.

Cynan ballte die Rechte zur Faust und hielt sie dem kleinen Mann unter die Nase.

»Du weißt was, also spuck's aus, oder ich lockere dir die Zunge. Könnte sein, dass dabei auch ein paar Zähne locker werden!«

Furchtsam schielte der kleine Schmied zu der Faust, schluckte und nahm all seinen Mut zusammen.

»Ich weiß nichts«, sagte er.

Morgan bemerkte, dass Cynan das Temperament durchzugehen drohte. Er schob die Faust des Soldaten zur Seite und versuchte es mit Freundlichkeit.

»Niemand wird dir etwas tun«, sagte er beruhigend. »Wir suchen diese drei Personen. Sie haben geraubt und gemordet. Ich glaube, dass sie hier waren und dass die Pferde ihren Kumpanen gehören. Also hilf uns und gib uns Auskunft, wann sie hier waren und wohin sie weitergezogen sind. Es soll dein Schaden nicht sein.« Er griff in kleinen Beutel an seinem Gürtel und holte Kupfermünzen hervor.

Er hielt sie dem Schmied auf der Handfläche hin. Der Kleine wollte danach greifen, ließ es dann aber sein und sagte zögernd. »Ich weiß nichts.«

»Dafür bekommst du kein Geld«, sagte Morgan ärgerlich, denn auch seine Geduld war am Ende.

»Sondern...« begann Cynan drohend.

»Nur, dass einer von ihnen – äh – der Mann, der mir die Pferde verkauft hat, in die Wegschenke ging«, stammelte der Schmied.

Damit hatte er sich verraten, doch Sir Morgan ging großzügig darüber hinweg. Vielleicht hatten die drei den Schmied mit Drohungen eingeschüchtert oder ihn für sein Schweigen bezahlt. Dann verloren sie nur Zeit, wenn sie sich weiter mit ihm abgaben. Im Gasthaus würde sicher jemand plaudern.

Cynan wollte den Schmied am Kragen packen, doch Morgan hielt den im Zorn oftmals unbesonnenen Soldaten davon ab.

Er drückte dem Schmied eine der drei Münzen in die Hand und sagte: »Für das Wenige, das du weißt. Du hättest dir die beiden anderen ebenfalls verdienen können, aber das wolltest du ja nicht. Versorg unsere Pferde gut. Wir kommen bald wieder. Vielleicht fällt dir inzwischen doch noch etwas ein.«

Damit nickte er den Soldaten zu und wandte sich zum Gehen.

Der Schmied blickte ihnen stumm nach, als sie die Schmiede verließen. Dann atmete er erleichtert auf. Er war noch einmal mit dem Leben davongekommen, wie er glaubte. Er hatte sich drei Pferde verdient, und wenn er jetzt noch tat, was man von ihm verlangt hatte, war er ein gemachter Mann.

Er eilte aus der Schmiede in den Stall, verließ ihn durch die Hintertür und lief zu einem Haus. Er klopfte dreimal an und wartete nervös, bis man ihm öffnete.

Ein großer, stämmiger Mann tauchte im Lichtschein einer kleinen Öllampe auf.

»Es ist so weit«, sagte der Schmied im Flüsterton. »Sie sind da. Ich hab' sie zum Gasthof geschickt. Sie kommen anschließend wieder zum Stall.«

»Hast du was gesagt?«, fragte der Mann, der ihn um zwei Haupteslängen überragte.

»Natürlich nicht«, behauptete der Schmied. »Doch mir klopfte das Herz bis zum Halse. Einer der Kerle wollte mich zusammenschlagen, foltern und umbringen, weil ich so mannhaft schwieg. Zum Glück hielt ihn der Anführer zurück. Beeilt euch, um Himmels willen, beeilt euch!«

»Gut, ich hole die anderen«, sagte der Mann.

Indessen suchten Morgan und seine beiden Soldaten die Schänke auf. Sie bestellten Bier und stellten dem Wirt und den wenigen Gästen Fragen. Die Leute zeigten sich ebenso zugeknöpft wie der Schmied.

Keiner wollte drei Fremde in dem Ort gesehen haben.

Sir Morgan spürte Misstrauen, Feindseligkeit und – Angst!

Morgan ging noch einmal zum Wirt, der blass und angespannt war, während die Soldaten vergebens versuchten, mit den Gästen ins Gespräch zu kommen. Der Wirt wich hinter dem Schanktisch zurück.

»Wovor hast du Angst, mein Freund? Wir sind im Auftrag des Sheriffs von Cornwall hier und suchen diese drei Verbrecher, aber niemand will sie gesehen haben«, sagte Morgan mit einem freundlichen Lächeln.

»Ich – ich habe keine Angst vor Euch. Bestimmt nicht!«, stammelte der Mann, und Morgan sah ihm an, dass er log.

Er wandte sich um und erhob die Stimme, damit alle ihn hören konnten.

»Ich bin Sir Morgan of Launceston, und das sind Soldaten des Sheriffs.« Er wies zu Cynan und Rhodri hin. »Wir sind hinter drei Raubmördern her, einer Frau und zwei Männern. Wir sind sicher, dass diese drei hier waren oder noch hier sind. Weshalb helft ihr ihnen, indem ihr schweigt?«

Er blickte in die Runde.

Schweigen. Misstrauen. Angst.

»Ihr könnt mit einer Belohnung rechnen, wenn ihr Auskunft gebt«, fuhr Morgan fort und warf Cynan einen mahnenden Blick zu, denn er sah, dass der ungeduldig wurde und etwas anderes sagen wollte.

Keiner wollte sich eine Belohnung verdienen. Fluchtartig verließen die Gäste die Schänke. Sogar der Wirt zog sich zurück.

Morgan und die Soldaten schauten sich betroffen an.

»Versteht ihr das?«, fragte Rhodri.

»Sie haben Angst«, stellte Morgan fest.

»Man könnte beinahe meinen, vor uns«, murmelte Rhodri.

»Vielleicht sitzen die drei in einem der Häuser und haben die Bewohner in ihrer Gewalt«, sagte Cynan. »Dann brauchen sie nur abzuwarten, bis wir verschwunden sind, und sie können in die entgegengesetzte Richtung auf Nimmerwiedersehen verschwinden. Ich schlage vor, wir sehen uns hier einmal genau um. Wie heißt dieses Dorf überhaupt?«

Morgan zuckte mit den Schultern. »Keine Ahnung.« Er überlegte. »Ich habe eine bessere Idee«, sagte er schließlich leise. »Wir nehmen uns noch einmal den Schmied vor.«

Cynan ballte die Rechte und rieb sich grinsend mit der Linken über die Knöchel. »So?«

Morgan schüttelte den Kopf. »Keine Gewalt, Cynan! Wie oft soll ich dir das noch sagen?«

»Aber wie wollen wir den verstockten Kerl dann zum Sprechen bringen?«, fragte der zurück.

»Indem wir den Verstand einsetzen, Cynan. Das ist allemal besser als Prügeln.«

Sie begaben sich zur Schmiede.

Dort musste Morgan erkennen, dass sich seine gewaltfreien Worte diesmal nicht in die Tat umsetzen ließen.

Er wollte den Verstand einsetzen. Er hatte vor, den Schmied zu bluffen, indem er behauptete, schon alles erfahren zu haben und nur noch eine belanglose Frage beantwortet haben wollte.

Doch dazu kam es nicht.

Der Schmied hastete davon, bevor Morgan ihn ansprechen konnte. Und plötzlich tauchten ringsum Männer auf. Sie sprangen aus dem dunklen Stall, kamen hinter Kisten und Geräten in dunklen Ecken der Schmiede zum Vorschein und stürmten durch die Straßen und die Hintertür herein.

Sie schwangen Keulen, einer hatte ein Schwert, und der größte und muskulöseste von ihnen war gar mit einem Morgenstern bewaffnet.

Alles ging so schnell und überraschend, dass Morgan und den Soldaten nicht mal Zeit blieb, die Gegner zu zählen. Es waren mindestens ein halbes Dutzend.

»Schlagt sie tot, die Strolche!«, brüllte der Kerl mit dem Morgenstern.

Und da wussten Morgan und die Soldaten endgültig, dass sie um ihr Leben kämpfen mussten.

## 17. Kapitel

*Das ist nie und nimmer Aluins Cousine!,* dachte Stella, als sie der Frau gegenübersaß, die den ganzen teuflischen Plan ausgedacht hatte.

Die Blicke, welche die beiden getauscht hatten, als sie auf der Burg eingetroffen waren und Lady Fionna sie empfangen hatte! Die Art, wie Aluin diese Frau in die Arme geschlossen hatte! Die Art, wie sie mit ihm sprach und das Funkeln in Aluins Augen, wenn er sie ansah!

All das hatte Stellas Misstrauen geweckt, welches ohnehin bereits in ihr geschlummert hatte.

Verstohlen musterte sie die Frau.

Fionna war Mitte dreißig. Sie hatte eine gute Figur, wie Stella zugeben musste, doch sie war von einer kalten Schönheit. Brünettes, gewelltes Haar umfloss ihr herbes Gesicht mit den schiefergrauen Augen und einem etwas zu breiten, vollen Mund und fiel bis auf ihre Schultern. Sie trug eine grüne, reich verzierte Cotte. Ihre Stimme klang dunkelgetönt, leicht vibrierend, und ihre Worte waren so kalt wie der Ausdruck ihrer Augen.

Sie hatte mit keiner Wimper gezuckt, als Aluin ihr von den Ereignissen berichtet hatte. Weder über den Tod der drei Wachtposten noch über den der drei Räuber, die in ihren Diensten gestanden hatten, war sie bestürzt gewesen. Die meiste Zeit über hatte sie auf die prall gefüllte Tasche mit der Beute geblickt, die Aluin auf den großen Tisch gelegt hatte.

Als Aluin jetzt schwieg, legte sie die feingliedrigen langen Finger pyramidenförmig aneinander und sagte in kühlem Tonfall:

»Mal abgesehen von den kleinen Zwischenfällen hat die Sache also wie geplant geklappt.« Sie blickte Aluin in die Augen. »Bist du sicher, dass euch niemand hierher gefolgt ist?«

»Natürlich, Fionna. Wir haben den Ritter und seine Soldaten abgeschüttelt.« Er lachte leise und berichtete die Einzelheiten. »Anschließend haben wir den Ort in drei verschiedenen Richtungen verlassen, uns erst ein paar Meilen vor der Burg wieder getroffen und unsere Spuren hierher verwischt. Selbst wenn der Ritter und seine Soldaten mit dem Leben davonkommen, wird niemals die Spur eines Verdachts auf uns und die Burg fallen.«

»Gut«, sagte Fionna, und ihr breiter Mund verzog sich zu der Andeutung eines Lächelns. »Wir müssen also nur noch dafür sorgen, dass euch niemand sieht, wenn ihr von hier verschwindet.«

Es entging Stella nicht, dass Aluin einen verschwörerischen Blick mit Fionna tauschte.

Die kalte Frau erhob sich. Sie blickte zu Dubd und Stella und sagte: »Ihr erhaltet jetzt eure Anteile. Aluin kann das schon mal aufteilen.«

»Weshalb sollten wir damit eigentlich bis hier warten?«, entfuhr es Stella.

Fionnas Augen verengten sich ein wenig, und ihre Miene nahm für einen Augenblick einen harten Ausdruck an. Doch dann lächelte sie.

»Vielleicht wollte ich meine Komplizen kennenlernen. Ich meine – alle. Aluin kannte ich ja schon.«

Wieder tauschte Fionna einen schnellen Blick mit Aluin, und Stella spürte, dass zwischen den beiden mehr war als eine verwandtschaftliche Beziehung. Aber wie konnte sie sich letzte Gewissheit verschaffen? Wenn sie dafür sorgte, dass die beiden allein blieben, und wenn sie sie belauschen konnte?

Es war Dubd, der ihr einen Vorwand lieferte, als hätte er ihre Gedanken erraten. Dubd schwitzte und bewegte sich unruhig auf dem Stuhl.

»Wenn Ihr erlaubt, Mylady, so möchte ich etwas erledigen, wenn Ihr versteht, was ich meine.«

Die Lady blickte etwas verständnislos, und der plumpe Dubd fügte hinzu:

»Ich muss mich erleichtern.«

»Aber natürlich«, sagte Fionna. »Geh nur. Es ist am Ende des Ganges zur Linken. Du kannst es nicht verfehlen.«

Dubd nickte dankbar und erhob sich eilig. Die Tür war noch nicht zugefallen, als Stella ebenfalls aufstand und sagte:

»Auch ich möchte mich gern ein wenig frisch machen, wenn Ihr erlaubt, Mylady.«

»Aber sicher, meine Liebe«, sagte Fionna. »Geh nur zu meiner Zofe. Die vierte Tür rechts.«

Stella nickte und verließ den Raum. Sie ließ die Tür einen kleinen Spalt offen.

Schnell blickte sie sich um. Dubd schloss gerade die Tür am Ende des Ganges, der von Kerzenleuchtern nur schwach erhellt war. Sonst war keine Menschenseele zu sehen.

Rasch schaute Stella durch den Türspalt.

Und sie sah, wie Aluin Fionna in die Arme riss. Die beiden küssten sich. Und das war gewiss kein verwandtschaftlicher Kuss. Das war ein Kuss voll wilder Leidenschaft.

Und Aluin, dieser Schuft, war die treibende Kraft dabei! Fionna verhielt sich eher zurückhaltend, wie es ihrer kalten, berechnenden Art entsprach. Sie ließ ihn gewähren, zeigte selbst aber kein Feuer. Dann löste sie sich von ihm und sagte etwas. Es war zu leise, und Stella konnte es nicht verstehen.

Sie hielt den Atem an und lauschte.

»Jetzt nicht«, sagte Fionna, als Aluin sie wiederum an sich ziehen wollte.

»Ich konnte es kaum erwarten«, erwiderte Aluin. »Ich überlegte schon, wie ich die beiden wegschicken konnte, ohne ihren Argwohn zu wecken.«

»Sag nur, du hast nichts mit dieser Frau gehabt!« Fionna lachte spöttisch.

»Stella? Nicht das Geringste. Ich habe nur an dich gedacht, Fionna!«

*Dieser Lügner! Dieser Betrüger! Dieser Lump! Und ich habe mich in ihn verliebt*, schoss es Stella durch den Kopf. Nur seinetwegen hatte sie bei dieser Missetat mitgemacht! Erst jetzt wurde ihr richtig bewusst, was sie da getan hatte! Und aus Scham, Zorn und Enttäuschung traten ihr Tränen in die Augen.

»Nun, gleich sind wir sie sowieso los«, hörte sie Fionna kalt sagen.

Ihr Herz pochte heftig, und sie war versucht, in den Raum zu stürmen, Aluin einen Dolch ins Herz zu stoßen und Fionna die Augen auszukratzen.

Eine Welt war für sie zusammengebrochen. Sie hatte geglaubt, mit Aluin ein neues, besseres Leben beginnen zu können, und jetzt musste sie erkennen, dass er sie nur benutzt und schändlich betrogen hatte wie all die anderen

Männer, die sie in ihrem unglücklichen Leben gekannt hatte.

»Hast du alles arrangiert?«, hörte sie Aluin fragen.

»Ja, der Wein steht bereit«, erwiderte Fionna.

Und dann stockte Stella der Atem.

Denn Aluin drohte Fionna scherzhaft mit dem Finger und sagte lachend. »Pass nur auf, dass du uns beide nicht ebenfalls vergiftest.«

## 18. Kapitel

Morgan griff zum Schwert. Auch die Soldaten zückten fast gleichzeitig die Schwerter. Cynan wich einem Keulenhieb aus und schlug dem Angreifer mit der Klinge auf die Finger. Brüllend ließ der Mann die Keule fallen.

Rhodri musste einen Keulenhieb hinnehmen, bevor er den Gegner mit einem Rundschlag von den Beinen fegte.

Doch all das sah Sir Morgan nicht.

Sein Augenmerk galt allein dem Mann mit dem Morgenstern, den er für den Anführer der Kerle und für den gefährlichsten Kämpfer hielt. Der große, schwergewichtige Mann schwang die Waffe mit enormer Kraft und nahm Maß.

Als er von oben herab zuschlug, schnellte sich Morgan zur Seite. Der Morgenstern zischte eine Handbreit an Morgans linker Schulter vorbei und knallte auf den Steinboden der Schmiede. Morgan schlug mit dem Schwert zu. Schreiend taumelte der Mann mit dem Morgenstern zurück. Dann traf ihn das Schwert in der Schulter. Doch er ließ den Morgenstern nicht los, riss ihn mit beiden Händen hoch und holte wieder aus. Da stieß Morgan erneut mit dem Schwert zu. Diesmal ließ der Hüne den Morgenstern los. Mit letzter Kraft schleuderte er ihn. Doch die schreckliche Waffe flog über den Ritter hinweg. Sie krachte gegen die Wand, riss Mörtel heraus und fiel dann einem Mann auf den Kopf, der benommen am Boden saß, weil Rhodri ihn mit einem Schwerthieb dorthin geschleudert hatte.

Der stämmige Kerl, der den Morgenstern geschleudert hatte, brach zusammen, als Morgan das blutige Schwert aus der Schulter riss und zurücksprang.

Morgan gewahrte eine Bewegung zu seiner Linken und warf instinktiv den Kopf zur Seite. Eine Keule streifte seine Schultern, und Schmerzen zuckten durch seinen Arm bis in die Fingerspitzen.

Sekundenlang war Morgan benommen. Doch dann wirbelte er zu dem Angreifer herum und schlug aus der Drehung heraus mit der flachen Klinge zu.

Der Bursche jaulte auf, ließ die Keule fallen und vergaß den Kampf. Er verschwand.

Morgans Blick zuckte in die Runde. Cynan kreuzte mit dem Schwertkämpfer die Klinge, und Morgan sah, dass der Kriegsknecht Herr der Lage war. Rhodri schickte gerade einen Gegner zu Boden und trat einem zweiten, der Cynan von hinten angreifen wollte, in den Hintern, sodass der Kerl einen Satz machte und einen Schritt hinter Cynans Hacken auf das Gesicht fiel.

Zwei weitere Männer flüchteten feige. Sie hatten geglaubt, in der Übermacht leichtes Spiel zu haben. Mit solch schneller und kühner Gegenwehr hatten sie nicht gerechnet.

Cynan schlug gerade seinem Gegner das Schwert aus der Hand. Der Mann brüllte wie am Spieß, weil seine Finger dabei in Mitleidenschaft geraten waren. Cynan sah einen keulenschwingenden Angreifer von der Seite her auf sich zuspringen und reagierte schnell und kaltblütig. Er stieß den schreienden Schwertkämpfer zwischen sich und den Mann mit der Keule, und die Keule landete statt auf seinem Haupt auf dem Schädel des anderen. Damit war für diesen Mann der Kampf ebenfalls aus.

Morgan schlug noch einen Mann nieder, der Rhodri von hinten anfallen wollte.

Jetzt erkannte der Letzte der üblen Horde, dass alles aus war, und er wollte fliehen. Doch Cynan war mit einem mächtigen Satz bei ihm und stellte ihm ein Bein. Der Mann stolperte, konnte seinen Schwung nicht mehr abfangen und schrammte über den Boden. Mit blutender Nase wollte er sich aufrappeln.

Cynan half ihm dabei.

Er packte ihn am Kragen und riss ihn hoch, bis der Kerl in seinem Griff zappelte und rot anlief.

»Lass ihn«, sagte Morgan, der sich mit einem schnellen Blick in die Runde vergewissert hatte, dass der Kampf aus war.

Cynan ließ den Burschen los, und er prallte auf den Boden.

Rhodri, der nahe der Tür zum Stall stand, sprang in den Stall hinein, offenbar um einem Flüchtenden nachzusetzen. Dann hörten Morgan und Cynan ein Poltern, einen Aufschrei, und kurz darauf tauchte Rhodri mit dem zitternden Schmied auf. Mit einer Hand hielt er ihn umklammert und mit der anderen drückte er ihm die Schwertspitze ans Kinn.

Dem Schmied quollen in seiner Todesfurcht fast die Augen aus den Höhlen.

»Erbarmen!«, krächzte er, und es klang wie ein Schluchzen.

»Weshalb habt ihr uns überfallen?«, fragte Morgan.

Der zuvor so schweigsame Schmied redete, als hinge sein Leben davon ab, wie viele Worte er in möglichst kurzer Zeit hervorbringen konnte. Er sprach so schnell, dass Morgan und die Soldaten Mühe hatten, ihm zu folgen.

Doch die Geschichte wurde ihnen klar.

Aluin, Stella und Dubd waren in den Ort gekommen. Anderthalb Stunden vor ihnen, obwohl Morgan und die Soldaten sogleich nach dem Kampf mit den Räubern auf ihrer Fährte geritten waren. Der zeitliche Vorsprung erklärte sich daraus, dass das flüchtende Trio nicht nach Spuren hatte suchen müssen wie die Verfolger, und dass sie unterwegs die Pferde gewechselt hatten. Sie hatten dann dem Schmied eine haarsträubende Geschichte erzählt, die sich wie ein Lauffeuer im ganzen Ort ausgebreitet hatte. Demnach wurden sie von gemeinen Räubern und Mördern verfolgt, aus deren Gewalt sie Stella befreit hätten. Aluin hatte erklärt, Stella sei seine Schwester und wäre von den drei Teufeln, die sich gar als Ritter und Soldaten ausgegeben hätten, entführt worden. Sie hätten sie mit List befreit und seien entkommen.

»Versteckt Eure Töchter vor diesen Bestien«, hatte Aluin gesagt. Verständlich, dass die Leute den vermeintlichen Unholden nur Feindschaft und Angst entgegengebracht hatten. Aluin hatte sie um Hilfe gebeten, ihnen die

Dreckskerle vom Hals zu halten. Der Schmied bekam die drei Pferde geschenkt, und jeder, der die Verbrecher niedermachen würde, könne mit einer reichen Belohnung rechnen. Die drei hätten eine große Beute bei sich. Die Leute des Dorfes könnten sie sich teilen.

So hatten die Männer des kleinen Ortes geglaubt, eine gute Tat zu tun und dabei auch noch reich zu werden.

Jetzt hatten sie sich blutige Köpfe geholt, und sie konnten von Glück sagen, dass keiner von ihnen sein Leben verloren hatte. Nur der Mann mit dem Morgenstern war ernsthaft verletzt; die anderen waren mit Kopfweh, Beulen und Platzwunden davongekommen.

Die Scham und die Reue der Dorfbewohner waren groß, als sie die Wahrheit erfahren hatten. Dass man ihnen nach dem gescheiterten Überfall nicht den Garaus machte, war schon ein Beweis für sie, dass Morgan und die Soldaten die Wahrheit sprachen.

Die Leute wollten ihren schlimmen Fehler wieder gut machen und boten Morgan jede nur mögliche Hilfe an. Schnell waren die drei Fährten gefunden, die in verschiedene Richtungen aus der Stadt führten. Einige Männer boten sich an, mitzureiten, doch Morgan entschied sich dagegen. Einen großen Trupp womöglich lärmender Leute würden die drei Flüchtigen eher bemerken als einen einzelnen Reiter.

Sie bekamen ausgeruhte Pferde – die besten des Ortes – und bald folgten Sir Morgan und die Soldaten getrennt den drei Fährten. Sie nahmen an, dass sie bald wieder aufeinander treffen würden, wenn sich die drei Flüchtigen nicht für immer getrennt hatten. Für alle Fälle machten sie aus, sich wieder im Ort zu treffen, sollte die Suche vergeblich sein.

## 19. Kapitel

»Nun denn, auf euer Wohl – Partner«, sagte Fionna und hob das Glas, in dem rubinroter Wein funkelte.

Aluin lächelte. Er trank als Erster mit gutem Durst.

»Ein vorzüglicher Tropfen«, sagte er und prostete Stella und Dubd mit dem nur noch halbvollen Glas zu.

Auch Stella und Dubd tranken.

Fionna nippte nur an ihrem Glas und stellte es dann auf den Tisch.

»Trinkt nur, trinkt nur«, sagte Fionna. »Ich werde meinem Diener sagen, dass er noch mehr bringen soll. Aluin, du kannst inzwischen die Anteile verteilen.«

Aluin nickte und prostete Stella und Dubd erneut zu. »Auf den großen Reichtum.«

Sie tranken alle drei, während Fionna den Raum verließ.

»Ich bin gleich wieder da«, sagte sie, bevor sie die Tür zuzog.

In diesem Augenblick stieß Aluin einen ächzenden Laut aus. Er schwankte. Sein Gesicht verfärbte sich von einem Augenblick zum anderen. Die Augen quollen hervor. Er griff sich an die Kehle und rang um Atem. Sein Mund öffnete sich, als wollte er schreien, doch er röchelte nur grauenvoll. Er tat noch einen taumelnden Schritt und stürzte anschließend wie ein gefällter Baum zu Boden.

Fassungslos starrte Stella auf die reglose Gestalt.

Das konnte doch nicht sein.

Sie hatte doch die Krüge vertauscht! Und zusätzlich Aluins Glas mit dem Fionnas!

Dubd, den sie gerade noch hatte einweihen können, war ebenso entsetzt.

Er glaubte sich ebenfalls vergiftet. Er drehte durch. In seiner Todesangst hatte er nur noch einen Gedanken: Fionna sollte ebenfalls sterben!

Er sprang zu Aluins regloser Gestalt und riss den Dolch aus der Lederscheide. Bevor Stella etwas sagen oder ihn aufhalten konnte, rannte er zur Tür und riss sie auf.

Erschrocken prallte er zurück.

Fionna hatte in der nur angelehnten Tür gestanden, um sich zu vergewissern, dass ihre Opfer tot umfielen. Sie hatte gesehen, dass Dubd den Dolch genommen hatte und dem Mann an ihrer Seite einen herrischen Befehl gegeben.

Der Mann stieß dem erschrockenen Dubd das Schwert in die Brust, kaum, dass dieser in der Tür auftauchte.

Dubd taumelte zurück, und der Anblick versetzte Stella den zweiten Schock. Ihre Knie gaben nach, und sie stürzte neben dem zusammenbrechenden Dubd auf den Boden. Sie konnte in diesem grauenvollen Augenblick keinen klaren Gedanken fassen. Sie wollte schreien, doch da hörte sie Fionna mit kalter Stimme sagen:

»Na also. Es wunderte mich schon, weshalb die beiden länger auf den Beinen blieben als Aluin. Nun, sie haben nicht so hastig und so viel getrunken wie er.«

Da blieb Stella wie erstarrt liegen und wagte kaum zu atmen. Man hielt sie für tot. Vielleicht war das ihre Chance.

Sie hörte Schritte. Etwas klirrte.

»Wir haben es also geschafft«, sagte eine tiefe Männerstimme. »Welch ein Schatz! Und es gibt keine Mitwisser mehr! Niemand wird uns je verdächtigen. Wir brauchten nicht mal die drei Halsabschneider zu beseitigen, die wir bezahlten, damit sie unsere Werkzeuge sicher herbrachten. Nun, sie wussten ohnehin nicht viel, aber über sie hätte man eine Verbindung zu Aluin und seinen Helfern und zu uns herstellen können.« Nach einer kurzen Pause fügte er hinzu: »Ich frage mich, weshalb Aluin eigentlich so dumm war, nicht einfach mit der Beute zu verschwinden, nachdem er die Bewacher los war.«

Fionna lachte kalt. »Der Dummkopf hatte sich Hoffnungen auf mich und die Burg gemacht, wozu ich ihn geschickt ermunterte. Er wollte nicht nur einen Anteil, sondern alles, indem er mich heiratete, um sich hier in der Burg ins gemachte Nest setzen zu können. So hätte er auch seinen plötzlichen Reichtum erklären können, denn es wissen schon genug Leute, dass er sein Erbe längst verspielt hat. Ja, er wollte sich ins gemachte Nest setzen.«

»In dein Bett«, warf der Mann ein.

»Und er ahnte ja nicht, dass dieses Bett schon von dir belegt war, Hearn.«

»Jetzt muss er mit einem kleinen Plätzchen unter der Erde vorlieb nehmen«, bemerkte Hearn mit einem leisen Lachen. »Werden wir ihn neben deinem Gemahl beisetzen?«

»Manchmal bist du geschmacklos, Hearn. Außerdem will ich kein Aufsehen. Die drei müssen spurlos verschwinden. Schließlich weiß keiner außer uns auf der Burg, was hier gespielt wurde.«

»Aber die Wachen haben die drei gesehen, die ich als deine Verwandten ausgab.«

»Nur im Dunkeln und von Weitem. Und nächste Nacht wirst du mit einem Wagen die Burg verlassen, und wir erzählen, dass die drei mit dem Wagen abgereist sind.«

»Du bist, wie immer, genial, Fionna.« Hearn lachte. »Ist es dir eigentlich schwer gefallen, den guten Aluin ebenso auszubezahlen wie seine beiden Helfer?« Es klang lauernd.

»Ich sagte doch schon, ich ließ mich nur mit ihm ein, weil ich ihn für unseren Plan brauchte. Schließlich konnte ich nicht selbst die Schatzkammer von Launceston ausrauben, weil man mich dort kennt. Und auch dich konnte ich nicht schicken. Da kam mir Aluin genau recht.«

»Wie ich damals, als du deinen Mann beseitigen wolltest, um als trauernde Witwe die Burg zu übernehmen!« Es klang spöttisch.

»Was willst du damit sagen?«, fragte Fionna mit scharfer Stimme.

»Nun, dass du bis jetzt noch jeden Mann außer mir geschafft hast. Lass dir nur ja nicht in den Sinn kommen, mich eines Tages ebenfalls...«

»Wir gehören zusammen«, unterbrach ihn Fionna. »Das wusste ich vom ersten Augenblick an, als ich dich kennenlernte. Wir sind von der gleichen Art. Wir müssen nur noch eine Weile mit der Hochzeit warten, bis die Trauerzeit vorbei ist. Schaff jetzt die Leichen fort.«

Stella erschauerte. Sie hörte Schritte, die sich näherten. Langsam, bedrohlich. Sie glaubte, vor Angst fast den Verstand zu verlieren. Wenn sie feststellten, dass sie noch lebte, würde man sie töten.

Die Schritte verstummten neben ihr.

»Schaff sie in die Gruft, Hearn«, hörte sie Fionna mit kalter Stimme sagen.

»Da muss ich erst den Schlüssel holen«, erwiderte Hearn. »Die Frau sieht recht hübsch aus. Na, ihr Pech, dass Aluin gerade sie als Helferin gewählt hat.«

Eine Hand berührte Stellas Schulter, tastend, prüfend.

Da wurde ihr schwarz vor Augen.

Irgendwann hörte sie eine Tür zuschlagen. Blinzelnd öffnete sie die Augen. Einen Moment lang wusste sie nicht, was geschehen war. Sie wollte sich aufstemmen, und ihre Hand berührte etwas Weiches. Ein menschlicher Körper. Erschrocken zog sie die Hand zurück und sah Blut darauf. Sie hätte vor Entsetzen geschrien, doch ihre Kehle war wie zugeschnürt. Dann erkannte sie, dass es die Leiche von Dubd war, sie sah den toten Aluin nur zwei Schritte entfernt, und jäh setzte die Erinnerung ein.

In Panik sprang sie auf. Sie hetzte zur Tür, öffnete sie einen Spalt und spähte voller Angst auf den Gang hinaus.

Sie zuckte zurück.

Ein Mann tauchte mit einer Fackel am Ende des Ganges auf.

Stella zog die Tür zu und blickte sich verzweifelt um. Das Fenster! Sie lief hin, öffnete es und blickte hinaus. Unter ihr lag der Burggraben im bleichen Schein des Mondes. Viel zu tief. Verzweiflung erfasste sie. Ihr Blick fiel auf eine schwere Vase auf einem kleinen Tisch. Sie eilte hin und nahm die Vase. Dann wartete sie mit heftig pochendem Herzen hinter der Tür.

## 20. Kapitel

Morgan und Rhodri saßen in bedrückter Stimmung in der Schänke des Gasthofes. Speis und Trank, die der Wirt ihnen aufgetischt hatte, schmeckten ihnen nicht so recht.

Ihre Suche war erfolglos gewesen. Sie hatten die Fährte verloren. So war jeder in den Ort zurückgekehrt und hatte gehofft, dass die anderen Erfolg hatten.

Jetzt hofften sie noch auf Cynan.

Er kam am späten Nachmittag, und als sie seine strahlende Miene sahen, wussten sie, dass er mehr Glück gehabt hatte als sie.

In einem stillen Winkel berichtete Cynan.

»Ich hatte die Fährte verloren und wollte schon aufgeben. Da glaubte ich meinen Augen nicht trauen zu können. Aus einem Wäldchen lief eine Frau. Sie stolperte und stürzte, rappelte sich auf und rannte wie von Furien gehetzt weiter. Dabei blickte sie immer wieder furchtsam zurück. Sie bemerkte mich und hielt schreiend auf mich zu. Da tauchte ein Reiter aus dem Wald auf. Er verfolgte das Mädchen. Ich kam der Frau natürlich sofort zu Hilfe. Der Kerl gab Fersengeld. Ich ihm hinterher. Doch sein Pferd war frischer als meins, und ich gab dann auf, denn die Frau war gefallen, und ich wollte die Arme nicht völlig entkräftet und verängstigt dort im Gras liegen lassen. Ich ritt also zurück zu ihr.«

»Du hattest schon immer eine Schwäche für gefallene Mädchen«, bemerkte Rhodri grinsend.

Stella hatte Hearn niedergeschlagen, sich aus einem Fenster abgeseilt und war in der Nacht zu Fuß geflüchtet. Am Morgen hatte sie sich schon in Sicherheit gewähnt.

Doch Hearn, der zu Pferde die ganze Gegend abgesucht hatte, hatte sie doch noch entdeckt. Da war sie um ihr Leben gerannt. Ihrem Retter gegenüber hatte sie sich als Zofe der Burg ausgegeben, die alles belauscht hatte und deshalb verfolgt worden war.

Sie wollte Fionna und Hearn ans Messer liefern, doch nicht sich selbst. Als Mittäterin bei dem dreisten Raub wäre sie gewiss streng bestraft worden. Wie war sie erschrocken, als dieser schwarzbärtige Mann sich als Kriegsknecht des Sheriffs vorgestellt hatte! Zum Glück hatte er sie nicht wiedererkannt!

»Welch eine Geschichte!«, sagte Sir Morgan, der gebannt Cynans Bericht gelauscht hatte. »Wo ist diese Zofe jetzt?«

»Sie nahm ein Fuhrwerk, das zufällig vorüber kam. Fahrer und Begleitmann gewährten ihr Schutz. Sie fährt den Umweg über die Fernstraße und wird am späten Abend hier sein.«

In diesem Punkt sollte sich Cynan irren. Er würde Stella erst durch Zufall eines Tages wiedersehen. Als Wahrsagerin in einem primitiven Zelt auf dem Jahrmarkt...

Morgan ließ sich noch einmal durch den Kopf gehen, was er gehört hatte. Dann beriet er sich mit den Soldaten.

»Ich bin dafür, wir schnappen uns die beiden gleich«, sagte Cynan. »Wie das Mädchen sagte, es geht nur um diese Fionna und ihren lumpigen Geliebten. Niemand sonst auf der Burg ist eine Gefahr.«

»Sie werden damit rechnen, dass die Zofe plaudert«, warf Rhodri ein. »Vermutlich hecken sie irgendeine neue Teufelei aus oder machen sich gar aus dem Staub.«

»Fionna wird kaum die Burg aufgeben wollen«, überlegte Cynan. »Und wenn sie behauptet, ihre Zofe hätte alles nur erfunden, wird ihr kaum etwas zu beweisen sein. Ich befürchte mehr, dass dieser Hearn mit der Beute verschwindet.«

Morgan nickte. »Eile ist geboten. Es dauert seine Zeit, bis wir Verstärkung herangeholt haben. Und wenn wir mit großem Aufgebot ankommen und die Burg umstellen, können die beiden uns mit all ihren Bediensteten als Geiseln erpressen. Für viele Silberlinge finden sie bestimmt ein paar Getreue unter den Wachen, die für sie kämpfen. Nein, wir müssen sie in der Burg schnappen. Doch wie kommen wir rein, ohne dass die beiden Verdacht schöpfen?«

»Vielleicht als Bär verkleidet«, sagte Rhodri scherzhaft.

Morgan war jedoch begeistert. »Keine schlechte Idee!«

»Aber den Trick kennt sie doch. Es war doch ihr eigener Einfall«, wandte Cynan ein.

»Dann werden wir ihn eben ein bisschen abändern«, sagte Morgan. »Hört zu, wie ich mir die Sache denke.«

## 21. Kapitel

Zunächst verlief alles genau nach Plan.

Man gewährte Sir Morgan Einlass in die Burg. Natürlich ohne zu wissen, wer er tatsächlich war. Er hatte sich als Schmied ausgegeben und seine Dienste angeboten. Für alle Fälle hatte er sein Aussehen etwas verändert. Er trug einen schwarzen Bart und andere, schlichte Kleidung, nur aus einem derben Hemd, der Bruche und Beinlingen bestehend, darüber einen Lederschurz, aus dem Bestand des kleinen Schmiedes, der sich jetzt sehr entgegenkommend zeigte.

Morgan frohlockte. Hearn und Fionna empfingen ihn gemeinsam und zeigten Interesse für seine Dienste. Da er zu so später Stunde eingetroffen war, bot man ihm Gastfreundschaft und wies ihm eine kleine Kammer für die Nacht an.

Am liebsten hätte sich Morgan die beiden auf der Stelle geschnappt. Doch das war nicht möglich. Bis auf ein verstecktes Messer war er waffenlos, um keinen Argwohn zu erregen, und vier Männer bewachten das üble Paar, zwei vor der Tür, zwei waren gar bei dem Gespräch zugegen. Und sie waren so, wie Wachen sein sollten – äußerst wachsam.

»Es gehen Räuber um«, hatte Fionna gesagt, als Morgan beiläufig gefragt hatte, ob etwas passiert sei, weil die Wachen so misstrauisch gewesen seien. Beruhigend hatte die Lady hinzugefügt: »Hier seid ihr völlig sicher, Meister.«

Nun, Morgan war dennoch zufrieden. Cynan und Rhodri warteten nur auf ihren Einsatz. Alles war gut vorbereitet worden. Die Soldaten warteten in der Nacht in schwarzer Kleidung an der Burgmauer. Das dreimalige Aufleuchten und Erlöschen einer Kerze würde ihnen anzeigen, in welchem Zimmer sich Morgan befand.

Sie würden mit einem Pfeil ein Seil hochschießen, Morgan würde es befestigen, und die Soldaten würden sich hinaufhangeln. Zu dritt wollten sie dann die Wachen vor Fionnas Gemach überwältigen, in dem sich höchstwahrscheinlich auch Hearn aufhielt.

Sie wollten die beiden im Schlaf überraschen, sie fesseln und knebeln und auf dem gleichen Weg aus der Burg schaffen, auf dem die Soldaten hineingelangt waren. Dann hatten sie Zeit. Sie würden Reiter vom Sheriff anfordern, die Burg umstellen, und die ihrer Herrin beraubten Männer in der Burg würden gewiss keinen Widerstand leisten, wenn sie erfuhren, wem sie gedient hatten. Die Beute würde bestimmt bei systematischer Suche gefunden werden.

So sah es der Plan vor, der darauf ausgerichtet war, dass Fionna und Hearn sich nicht mit Geiseln freien Abzug erpressen konnten und dass ein Kampf, in dem viele Unbeteiligte gefährdet worden wären, vermieden wurde.

Doch der Zufall, dieser unberechenbare Lump, machte Morgan einen Strich durch die Rechnung.

Hearn und zwei Männer der Wache begleiteten Morgan, den vermeintlichen Kunstschmied, zu seiner Kammer. Da trat aus einem Zimmer eine Frau. Es war die Zofe Aima. Ein süßes, liebreizendes Ding, doch in diesem Augenblick konnte sich Morgan über den schönen Anblick nicht freuen.

Sie verharrte jäh, blickte Morgan überrascht an und rief: »Morgan!«

Mit einem Juchzer lief sie ihm entgegen, warf sich ihm förmlich trunken vor Wiedersehensfreude an den Hals und küsste ihn.

Sie war schon immer ein impulsives Mädchen gewesen, das aus ihrem Herzen keine Mördergrube machte. In diesem Augenblick wünschte er sie zum Teufel. Denn er sah, wie Hearn misstrauisch starrte, die Hand ans Schwert legte und den Wachen einen warnenden Blick zuwarf.

So heftig Morgans Herz auch pochte, er versuchte kühles Blut zu bewahren. Noch war nichts verloren. Nicht alle Morgans waren Ritter.

Er tat verlegen und flüsterte in der Umarmung Aima schnell ins Ohr: »Du darfst mich nicht kennen. Ich bin hier als Schmied und...«

Doch Aima war zu erfreut von dem überraschenden Wiedersehen und hörte wohl gar nicht richtig hin.

»Ich dachte, du bist inzwischen Ritter geworden«, rief sie. »Alle Welt erzählt davon. Bist du nicht mehr im Dienst des Sheriffs, deines Vaters?«

Morgan schob sie von sich und bemühte sich um eine peinlich berührte Miene. »Ihr müsst mich verwechseln, gute Frau...« Doch trotz des warnenden Blicks verstand Aima in ihrer Aufregung nicht.

Von Neuem schlang sie die Arme um seinen Hals und drängte sich an ihn. »Nie könnte ich dich mit einem anderen verwechseln. Wie oft habe ich an dich gedacht! Iiih, dein Bart kitzelt ein bisschen. Seit wann hast du den?«

Und sie zupfte liebevoll daran, als wollte sie ihn zärtlich kraulen.

Dann hielt sie den Bart in der Hand und starrte verblüfft.

Bevor Morgan zu irgendeiner Reaktion fähig war, drückte ihm Hearn schon das Schwert in den Rücken und zischte:

»Dreckiger Strolch! Ha, irgend so eine Ahnung hatte ich schon. Los, Männer, schnappt ihn!«

Die Wachen gehorchten, wie sie es gewohnt waren. Sie packten Morgan rechts und links, und Hearn drückte ihm nach wie vor das Schwert ins Kreuz.

Aima wich bestürzt zurück. »Aber das ist ein Irrtum! Lasst ihn, er ist...« Dann schrie sie voller Entsetzen, und Morgan schrie ebenfalls unbewusst auf, als ihn von hinten das Schwert traf. Er hatte das Gefühl, sein Schädel müsste zerspringen, und er glaubte den Boden auf sich zurasen zu sehen.

Noch einmal schlug Hearn mit der Breitseite der Klinge zu, und die Schleier vor Morgans Augen wurden pechschwarz, und von einem Augenblick zum anderen hüllte ihn tiefe Stille ein.

## 22. Kapitel

»Da muss etwas schief gegangen sein«, sagte Cynan sorgenvoll.

Auch Rhodri war voller Unruhe. Längst hätte Morgan das Signal geben müssen.

»Aber was sollen wir tun?«

Cynan zuckte mit den breiten Schultern. »Wir können nur weiter warten.«

Er blickte zur hoch aufragenden Mauer empor. Kein Fenster war erhellt. Die Burg schien in tiefem Schlaf zu liegen.

Die Soldaten hatten das Gefühl, die Zeit dehnte sich zu Stunden. Immer noch kein Zeichen von Sir Morgan.

»Ob sie ihn vielleicht beim Gesinde einquartiert haben?«, überlegte Rhodri.

»Doch keinen berühmten Schmied mit Empfehlungen von den besten Herrschaften«, brummte Cynan. »Nein, da muss etwas passiert sein. Wir müssen etwas unternehmen. Rhodri, halte hier die Stellung. Informiere mich mit einem zweifachen Käuzchenruf, sollte sich was tun. Ich versuche, mir einen der Wachtposten vorzunehmen und zu befragen.«

»Aber das gefährdet doch den ganzen Plan«, wandte Rhodri ein. »Dann wissen sie, dass wir hier sind und...«

»Wenn Morgans Spiel aufgefallen ist, können sie sich ohnehin ausrechnen, dass wir ebenfalls in der Nähe sind. Lass mich nur machen. Ich habe schon eine Idee.«

Er huschte davon, ein schwarzer Schatten, der mit der Dunkelheit verschmolz.

»Beeil dich«, flüsterte Rhodri ihm nach, doch Cynan hörte es nicht mehr.

Rhodris Geduld wurde auf eine harte Probe gestellt. Eine Ewigkeit schien vergangen zu sein, als ihn ein Geräusch zusammenzucken ließ. Er riss sein Schwert hoch. Dann atmete er auf.

Es war Cynan.

»Ich erkundigte mich bei einer Magd, warum die Wachen verstärkt seien, und sie erzählte mir, man hätte einen gefährlichen Räuber gefangen, der sich als Schmied ausgegeben hätte.«

»Morgan«, entfuhr es Rhodri betroffen.

»Ja«, sagte Cynan mit dumpfer Stimme. »Eine Zofe soll ihn verraten und ihm den falschen Bart abgerissen haben, hörte die Magd. Er schmachtet jetzt im Kerker. Die Lady will gleich morgen früh einen Boten zu Sir Ronan schicken und ihn abholen lassen.«

»Zu Sir Ronan? Das kann doch nicht stimmen!«

»Natürlich nicht. Die miese Lady und ihr Kumpan wollen offenbar jedes Aufsehen vermeiden und den Schein wahren. Vergiss nicht, dass keiner auf der Burg etwas von ihrem teuflischen Spiel weiß. Sie wollen mitsamt ihrem

Raub weiterhin als ehrbar dort leben. Ich denke mir ihren Plan etwa so:

Hearn reitet morgen, das heißt heute früh, etwas durch die Gegend, angeblich um den Sheriff zu informieren. Vielleicht hat er sogar die Dreistigkeit, das tatsächlich zu tun – dann natürlich zu spät. Inzwischen kommen irgendwelche Kumpane oder gedungene Halsabschneider, holen angeblich in des Sheriffs Auftrag den vermeintlichen Schurken ab und lassen ihn irgendwo auf Nimmerwiedersehen verschwinden. Fionna und Hearn können dann behaupten, ihr Bestes getan zu haben und irgendwelchen Lumpen aufgesessen zu sein. Wer will ihnen das Gegenteil beweisen, wenn man ihnen überhaupt auf die Schliche kommt? So oder ähnlich stelle ich mir das vor.«

»Sind die raffiniert«, seufzte Rhodri. »Und was machen wir jetzt?« Er schlug sich vor die Stirn.

»Aber ich habe schon eine andere Idee. Wir nehmen einfach den Plan, den Sir Morgan in Erwägung gezogen und dann verworfen hat, weil er zu viel Zeit und Aufwand erforderte.«

»Aber wie sollen wir an einen Bären kommen?«, fragte Rhodri.

»Denk an den Eselreiter«, erwiderte Cynan. »Der ist doch Jäger und Fallensteller. Hat er nicht erwähnt, dass er bei seiner Hütte einen Bärenzwinger hat?«

»Hoffen wir, dass er nicht leer ist«, murmelte Rhodri, doch es klang wenig hoffnungsvoll.

## 23. Kapitel

Morgan erwachte in tiefer Dunkelheit. Er lag im Kerker, wie er feststellte, nachdem die Erinnerung eingesetzt hatte. Er war an Händen und Füßen gefesselt, was sicherlich überflüssig war, denn gewiss gab es aus dem Kerker kein Entkommen.

Sein Schädel schmerzte, und er hatte einen bitteren Geschmack im Mund.

Doch noch bitterer waren seine Gedanken. Er wusste nicht, wie lange er bewusstlos gewesen sein mochte. Er wusste nur, dass seine Soldaten vergeblich auf das vereinbarte Signal warten würden.

Und alles wegen Aima!

Er dachte mit Zorn an sie, als der Riegel der Tür zurückgeschoben wurde. Kurz darauf schwang die schwere Eisentür knarrend auf, und der Schein von Fackeln fiel in den Kerker.

Schnell blickte sich Morgan um. Er lag am Boden inmitten des kahlen, fensterlosen Raums, der nur durch schießschartenähnliche Schlitze belüftet war. Er sah rostige Eisenringe und Ketten an den Wänden, sonst nichts.

Sein Blick zuckte wieder zur Tür. Zwei Männer schoben ein Mädchen in den Kerker.

Aima.

Sie hatte die Hände auf dem Rücken gefesselt. Morgan sah noch die Angst in ihren sonst so schönen, haselnussbraunen Augen und die Verzweiflung auf ihrem hübschen Gesicht. Dann fiel die Tür hinter Aima zu, und tiefe Dunkelheit umgab sie. Der Riegel knirschte, und gedämpfte Schritte entfernten sich.

»Morgan«, flüsterte Aima.

»Hier«, erwiderte er, damit sie sich im Dunkel orientieren konnte.

Er hörte ihre tastenden Schritte und ihre Atemzüge. Dann war sie an seiner Seite. Sie ließ sich neben ihm nieder und schmiegte sich an ihn.

»Oh, Morgan, es tut mir alles so leid. Ich wusste doch nicht, dass sie hinter dir her sind. Ich freute mich so sehr, dich zu sehen.« Sie schluchzte an seiner Schulter, und Morgan vergaß seinen Zorn. Wie gerne hätte er sie tröstend in seine Arme genommen.

»Sie – sie haben mich geschlagen, dieser – Hearn – und sie sagten, ich würde mit dir sterben, weil ich alles verraten könnte.«

Er spürte, wie sie zitterte, und tiefes Mitleid stieg in ihm auf. Im Grunde hatte er sie in diese Lage gebracht, obwohl sie ihn hatte auffliegen lassen. Aber sie hatte ja nichts von seinem Plan ahnen können. Einen Augenblick lang machte er sich Vorwürfe, und er sagte es ihr.

»Dich trifft keine Schuld, Morgan. Wie konntest du wissen, dass ich seit einem halben Jahr hier bin. Hätte ich mich doch nicht wie eine dumme Gans benommen! Aber ich glaubte, mein Herz müsste vor Glück zerspringen, als ich dich sah.«

Er spürte die Wärme ihres Körpers, als sie sich noch dichter an ihn drängte.

»Erzähl mir, was sie sonst noch gesagt haben«, forderte er sie auf.

Und Aima berichtete. Den Wachen hatten die beiden erzählt, dass Morgan ein gefährlicher Räuber sei. Hearn würde Sir Ronan über den guten Fang informieren, und der Sheriff würde diesen Verbrecher in spätestens vier Tagen abholen lassen. Dazu seine Komplizin – Aima – die zusammen mit ihm die Burg ausrauben wollte.

»Hearn will irgendwelche Räuber anwerben, die uns abholen und töten sollen«, schluchzte Aima.

»Vier Tage«, sagte Morgan nachdenklich und drückte seine Wange an Aimas glühendes Gesicht, das von Tränen benetzt war. »Das lässt mich hoffen. Da kann noch viel geschehen.«

Im nächsten Augenblick spürte er Aimas Lippen auf seinen. Sie waren warm und weich und süß. Bilder der Erinnerung zogen vor seinem geistigen Auge vorüber, und er glaubte wieder, Aimas zarte Haut zu spüren. Als sie sich schließlich schwer atmend voneinander lösten, flüsterte er: »Dreh dich mit dem Rücken zu mir, Aima.«

Morgan tastete ihre Handfesseln ab und begann, die Knoten zu lösen. Es war sehr mühevoll, aber schließlich waren die Stricke locker genug, um sie abzustreifen. Dann begann die junge Frau, seine Fesseln zu lösen.

## 24. Kapitel

»Ein Tanzbär?«, fragte Fionna, und ihre grauen Augen verengten sich.

Hearn nickte. »Ja, eine urige Type mit einem Braunbären. Er sagt, er käme auf seiner Reise von Burg zu Burg vorbei, um seine Vorstellung anzudienen.«

»Ein Trick!«, sagte Fionna. »Mein Trick! Gewiss sind es seine Soldaten, die ihn befreien wollen. Es war ja damit zu rechnen, dass sie in der Nähe sind, nachdem er hier auftauchte. Welche Unverfrorenheit, den gleichen Trick anzuwenden!« Sie lachte böse. »Hm, besser kann es gar nicht kommen. Die werden die Überraschung ihres Lebens erleben. Und zwar die letzte!«

Sie ging zum Tisch und schenkte sich Rotwein ein.

»Pass auf, dass es kein vergifteter ist«, sagte Hearn grinsend.

»Quatsch, von diesem haben die Hunde gesoffen, und der andere, an dem einer einging, wurde weggeschüttet.« Sie trank einen Schluck und drehte nachdenklich das Glas in der Hand. »Ist mir immer noch ein Rätsel, wie dieses Luder die Krüge unbemerkt vertauschen konnte.«

Hearn zuckte mit den Schultern. »Als sie unter dem Vorwand wegging, sich frisch machen zu wollen, muss sie dich beobachtet haben, als du dich als Giftmischerin betätigt hast.«

»Ja, sie muss es gesehen haben. Dann ging ich zu dir, um kurz mit dir zur reden und kehrte dann zu Aluin zurück. Bevor du die Krüge holtest, um als Diener zu servieren, damit alles echt wirkte, muss sie den Inhalt vertauscht haben. Aber in dieser kurzen Zeit?«

Sie musterte ihn misstrauisch und prüfend, doch er bemerkte es nicht. Der Gedanke, dass er vielleicht ein falsches Spiel getrieben und die Krüge vertauscht hatte, hielt sich hartnäckig, obwohl vieles dagegen sprach. Er hätte nach ihrem Tod mit der Beute verschwinden können. Doch dafür hätte er auf sie und die Burg verzichten müssen...

»Ich wurde noch aufgehalten, weil der Koch Anweisungen haben wollte«, sagte Hearn. »Sie hat Zeit genug gehabt, den Inhalt der Krüge zu vertauschen. Mich wundert nur eines: Weshalb hast du dem lieben Aluin von dem vermeintlich unvergifteten Rotwein eingeschenkt? Wolltest du ihn gar am Leben lassen?«

Jetzt blickte er lauernd, denn er misstraute ihr genauso wie sie ihm.

»Das Luder muss die Gläser vertauscht haben, als alle von der Beute abgelenkt waren.«

Das stimmte nicht so ganz. Im Großen und Ganzen hatte es sich so abgespielt, wie Fionna vermutete. Doch Stella hatte nicht Aluins Tod gewollt, trotz allem nicht. Sie hatte geglaubt, Fionna würde Aluin aus dem Krug mit dem unvergifteten Wein einschenken, also dem inzwischen vergifteten. Deshalb hatte sie in der Tat die Gläser vertauscht, um Aluin zu retten. Fionna sollte ihr Gift trinken, und Stella war enttäuscht gewesen, dass Fionna nur an ihrem Glas genippt hatte. Aluin dagegen hatte den vergifteten Rotwein getrunken.

»Aber wieder zur Sache. Sind die Männer, die du gedungen hast, absolut zuverlässig?«

»Absolut. Für Silber tun die alles. Natürlich habe ich ihnen verkleidet den Auftrag gegeben. Übermorgen werden sie die Gefangenen abholen und für immer verschwinden lassen. Sie bekommen zwei Drittel des versprochenen Silbers erst, wenn sie einen Beweis vom Ableben der beiden bringen.«

»Welchen Beweis?«

»Nun, sie werden ihnen etwas Wichtiges abschneiden«, erklärte Hearn mit bösem Grinsen.

»Gut«, sagte Fionna gefühllos. »Und sie werden noch zwei weitere Beweise liefern müssen. Wir geben ihnen die beiden Soldaten gleich mit. Lass sie ein, die falschen Gaukler. Instruiere die Wachen. Erkläre ihnen, dass Bärenführer und Bär mit größter Wahrscheinlichkeit Räuber sind, die ihren Kumpan und seine Helferin befreien wollen. Sobald ihr Trick auffliegt, sollen sie niedergeschlagen und in den Kerker geschafft werden, bevor sie unseren Leuten irgendeinen Floh ins Ohr setzen können.«

»Wie ein Soldat des Sheriffs sieht der Bärenführer wirklich nicht aus«, warf Hearn ein.

»Der Schein kann trügen«, bemerkte Fionna.

»Trotzdem – er ist ein schrulliger Kerl. Die Wachen haben mächtig gelacht, als sie ihn sahen und reden hörten.«

»Die sollen nur ja auf ihren Posten bleiben!« Fionna trank einen Schluck Rotwein.

»Vielleicht sind wir ein bisschen übernervös«, fuhr Hearn fort. »Warum sollte nicht zufällig...«

»Ich will keinerlei Risiko eingehen«, unterbrach ihn Fionna schroff. »In meinem Alter glaubt man nicht mehr an solche Zufälle. Und auch du solltest daran denken, was auf dem Spiel steht. Geh jetzt, wir werden ja gleich Gewissheit haben.«

Als sie dann später den Bärenführer mit seinem Bär sah, kamen auch ihr Zweifel. Besonders, als ihr die Wachen meldeten, dass man den Wagen durchsucht hatte und dass sich niemand darin aufhielt.

Der Bärenführer hatte den Braunbär an der langen Kette aus dem Wagen geführt und an einen Pflock gekettet, den er mit einem Schmiedehammer tief in den Boden trieb.

Er hüpfte jetzt im Tanzschritt um den Bären herum und spielte auf einer recht verstimmten Fiedel. Der Bär schien keine große Lust zum Tanzen zu haben.

»Du böser Bube!«, rief der Bärenführer. »Wirst du wohl tanzen?«

Daraufhin ließ der Bär ein leichtes Knurren hören und erhob sich schwerfällig.

Der Mann mit dem sommersprossigen Haupt und dem nach unten gerutschten Haar fiedelte eine andere Weise. Der Bär drehte sich einmal tapsig und ging dann wieder auf alle viere nieder.

»Willst du nicht mehr, du fauler Kerl?«, rief der Besitzer.

Der Bär schüttelte den Kopf.

Einige Männer der Wache, die ringsum verteilt waren, begangen zu lachen. Fionna und Hearn lachten nicht. Sie beobachteten angespannt jede Bewegung des Bären.

»Mich dünkt, man muss ihm ein bisschen Feuer machen!«, rief Fionna und gab Hearn einen Wink.

Hearn trat mit der Lanze näher. Vorsichtig kitzelte er den Bären mit der Lanze.

Der Bär wandte ihm den Kopf zu und stieß ein grollendes Brummen aus. Er hob eine Tatze, und sein Maul klaffte auf.

Hearn tippte ihn noch etwas fester mit der Lanzenspitze an. Der Bär grollte stärker, und es war, als fasste er Hearn ins Auge, um mit der Tatze Maß zu nehmen.

»Lass das, du böser Bube, du!«, rief der Bärenführer entsetzt. »Mach mir meinen Bären nicht verrückt. Ich habe ihn noch nicht so lange, und er ist noch nicht ganz fertig abgerichtet!«

Gerade das weckte Hearns Verdacht, und nun stieß er dem Bär die Lanze fester ins Fell.

Das Grollen, das der Bär ausstieß, ließ Hearn erschauern. Bevor er zurückspringen konnte, schlug ihm die Bärenpranke die Lanze aus der Hand. Hearn strauchelte und stürzte.

Und der Bär griff an. Trotz seines Gewichts war er erstaunlich behände.

Schreiend rollte sich Hearn fort. Doch er hätte es nicht geschafft, wenn der Bärenführer den Bären nicht abgelenkt hätte:

»Du böser Bube!«, rief er und fiedelte ein paar bestimmte Takte. Der Bär verharrte und drehte den Kopf. Geifer troff von seinen Fangzähnen. Blut tränkte das Fell, wo ihn die Lanze getroffen hatte. Und sein tiefes, grollendes Knurren hallte über den Burghof.

Indessen hatten zwei beherzte Männer der Wache Hearn gepackt und aus der Gefahrenzone gezerrt.

Der Bär beruhigte sich nur allmählich beim Klang der Fiedel, bei beruhigenden Worten und schließlich etwas Honig.

Es gab keinen Zweifel mehr. Es war ein echter Bär.

Sein Besitzer schritt zu Fionna. Mit einem zornigen Blick zu dem noch verdatterten Hearn sagte er: »Verzeiht mir, Mylady, aber ich bin zutiefst betrübt. Überall werde ich mit Applaus, mit Speis und Trank und großzügigen Gaben empfangen, doch auf Eurer Burg quält man meinen Bären! Deshalb werde ich mit ihm jetzt weiterziehen. Verzeiht mir, wenn ich über Eure Burg nichts Erfreuliches zu berichten haben werde.« Damit wandte er sich um und schritt davon.

Fionna starrte einen Moment lang betroffen.

»Komm, Kamerad «, sagte der schrullige Mann, »hier haben wir nichts mehr zu suchen.« Und er schickte sich an, die Kette von dem Pfosten zu lösen.

»Wartet«, rief da Lady Fionna, die bei den Wachen und den anderen Zuschauern, die sich eingefunden hatten, enttäuschte und betroffene Mienen gesehen hatte.

Der Bärenbesitzer wandte sich ihr fast unwillig zu.

»Es – tut mir leid, dass mein Diener deinem Bären wehgetan hat«, fuhr Fionna fort. Sie bedachte Hearn mit einem strafenden Blick. »Natürlich sollte er nicht richtig zustechen. Und natürlich werdet ihr hier empfangen, wie es sich gebührt. Es soll euch an nichts fehlen, und ihr werdet reich entlohnt werden, wenn ihr bleibt und uns die Bärennummer vorführt.«

Der Bärenbesitzer kraulte sich am Kinn. Er entdeckte etwas in dem roten Bartgestrüpp, blickte interessiert darauf und schnippte es anschließend fort.

»Nun«, sagte er, »Hunger und Durst hätte ich schon nach der langen Reise, und ich will auch nicht nachtragend sein. Jedoch kann ich mit einem Auftritt des Bären heute nicht mehr dienen. Er wurde zu sehr gereizt und braucht jetzt Ruhe!«

»Die soll er haben«, sagte Fionna gönnerhaft. »ihr könnt die Nacht über hierbleiben und euren Auftritt zeigen, wann es euch beliebt.«

Der Bärenbesitzer bedankte sich artig. Er bat zwei Männer der Wache, ihm zu helfen wie zuvor, den Bär in den Wagen zu bringen.

»Fehlanzeige«, raunte Hearn den Wachen zu. »Geht wieder auf eure Posten und haltet die Augen auf. Niemand sonst kommt in die Burg herein, ohne dass ich es ausdrücklich im Namen von Mylady befehle.«

Die Wachen gingen, und die anderen Zuschauer verließen den Burghof.

»Jetzt kann ich einen guten Schluck gebrauchen«, sagte Hearn und wischte sich mit fahriger Hand über die Stirn. »Ich hab' doch gleich gesagt, dass das ein echter Gaukler mit einem echten Bär ist, Fionna.«

»Wir mussten uns Gewissheit verschaffen«, sagte Fionna. »Gib Anweisung, dass der komische Kauz gut versorgt wird. Ich möchte nicht, dass er schlecht über uns spricht. Wir können kein Aufsehen gebrauchen.«

Derweil sagte ein Bär im Wagen:

»Prächtig, wie geschickt du das gemacht hast!. Ich dachte schon, du wolltest wirklich die Burg verlassen. Wie konntest du nur so bluffen?«

Der Mann klopfte dem Bär aufs Fell und kicherte leise.

»Viele Frauen sind eitel, Rhodri. Ich wusste, dass sie darauf hereinfällt. Notfalls hätte ich klein beigegeben. Wie fühlst du dich in dem Fell?«

»Ich schwitze«, stöhnte Rhodri. »Am schlimmsten war es in der engen Geheimkammer hinter dem Bärenkäfig. Aber die Jungs haben auf die Schnelle gute Arbeit geleistet. Sie standen dicht vor mir, und keinem ist aufgefallen, dass der Wagen innen kleiner ist als draußen.«

Der Bär, der richtige, brummte.

»Ruhig, Bube«, sagte der Bärenführer. »So schlimm waren die Piekser nun auch wieder nicht. Schließlich hast du ein dickes Fell. Du hast dich prächtig gehalten, nach der kurzen Dressur. Ich bin mächtig stolz auf dich. Wir beide werden vielleicht noch mal ganz groß herauskommen. Dann gebe ich die Jagd auf – zumindest so lange, bis es mich nach dem Trubel wieder in die Einsamkeit zieht.«

Er klopfte Rhodri aufs Fell. »Und wie geht es jetzt weiter?«

»Wie geplant. Wir müssen auf die Nacht warten. Hoffentlich hat Cynan bei dieser Magd Erfolg, die er hier wiedergetroffen hat. Sie heiratete, verließ deshalb Launceston Castle und steht jetzt im Dienst der Burgherrin.«

Am späten Abend hörten sie dann den zweimaligen Ruf eines heiseren Käuzchens.

Cynan hatte Erfolg gehabt.

Und so begann der letzte Teil des tollkühnen Plans.

## 25. Kapitel

Der Schrei gellte über den nächtlichen Burghof. Es war der Schrei einer Frau, und er klang, als sei sie in Todesangst.

»Hilfe! Hilfe! Ein Bär!«

Den Wachen stockte der Atem, und einige wurden aus einem verbotenen Nickerchen gerissen.

Rufe schallten hin und her, und bald wusste es auch der Letzte:

»Der Bär ist los!«

Immer noch schrie die Frau, und andere fielen ein, als setzte der Bär auch ihnen zu.

»Oh Gott!«, stöhnte Hearn, der von den Schreien alarmiert in den Burghof gestürmt war. »Er ist in der Kemenate! Das gibt ein Blutbad!«

»Verschont meinen Bären!«, rief der Besitzer. »Greift ihn nicht an! Er tut keinem etwas!«

»Das habe ich gesehen!«, knurrte Hearn.

»Lasst mich mit ihm reden, ich beschwöre euch!«

»Nichts da!«, fuhr Hearn ihn an. »Wenn auch nur einer von deinem verdammten Bären verletzt wird, gibt es einen Braten, das kannst du mir glauben!«

Frauen hetzten schreiend, zum Teil nur im bodenlangen Hemd, aus der Kemenate in den Burghof. Es herrschte Chaos. Alle brüllten durcheinander. Jede wollte den Bären gesehen haben. Rund zwei Dutzend Männer stürmten mit Lanzen, Keulen und Schwertern bewaffnet in die Kemenate. Bogenschützen gingen auf dem Burghof in Position.

Der Bärenführer hatte schlimme Ahnungen. Er lief zum Wagen zurück.

Hearn erreichte als Erster die Kammer, in der immer noch Schreie gellten. Er stieß die Tür mit dem Fuß auf und spähte mit vorgerecktem Schwert vorsichtig hinein. Kein Bär zu sehen. Stattdessen eine Magd, die im Bett saß, das Laken vor sich hochgezogen hatte und schrie, als sei der Bär in ihrem Bett, was aber nicht der Fall war.

Hearn hütete sich, das Zimmer zu betreten. Der Bär konnte hinter der Tür stehen und auf ihn lauern.

»Wo ist er?«, brüllte er gegen das Schreien der Magd an. Sie verstummte sofort. »Wer?«

»Der Bär, verdammt!«

»Weg!«, stieß sie atemlos hervor. »Als ich schrie, lief er weg!«

»Dann brauchst du ja nicht weiter zu schreien!«, knurrte Hearn, machte auf dem Absatz kehrt und prallte gegen die Männer, die ihm gefolgt waren.

Er fluchte und fuhr die Männer an: »Los, sucht, sucht! Er muss hier irgendwo sein!«

## 26. Kapitel

Cynan grinste, als er den Riegel der Kerkertür zurückschob. Die Magd machte ihre Sache gut. Er warf einen schnellen Blick über den Gang, der nur von einer Fackel erhellt war. Keine Menschenseele. Alle machten Jagd auf den vermeintlichen Bären, der gar nicht in der Kemenate war. Nun, eine Weile würden sie beschäftigt und abgelenkt sein, und dann konnte Rhodri im Bärenfell für eine Suche an anderer Stelle sorgen. Blieb Zeit genug, Morgan zu befreien, die Lady und ihren Geliebten zu schnappen und durch die Kammer der Magd zu verschwinden. Nur der richtige Bär würde in der Burg zurückbleiben.

Cynan huschte in den Kerker und zog schnell die schwere Eisentür hinter sich zu.

»Morgan? Ich bin's, Cynan.«

Er stieß mit dem Fuß gegen etwas, vermutlich ein Bein.

»Hier bin ich«, erklang Morgans belegte Stimme von der anderen Seite.

»Richtig, ihr seid ja zu zweit. Seid ihr noch gefesselt?«

»Nein«, antwortete Morgan.

»Dann schnell weg«, mahnte Cynan.

Er lief zur Tür, öffnete sie einen Spalt und spähte hinaus. Der Gang war verlassen.

Zwei Männer tauchten am Ende des Ganges auf. Cynan zuckte zurück und zog die Tür schnell zu.

Hastig informierte er Morgan. Links und rechts der Tür gingen sie in Position. Beide hielten ein Messer in der Hand. Sie hofften, die Männer zu überwältigen, wenn sie die Tür öffneten und in den Kerker blickten.

Diese Hoffnung erfüllte sich nicht. Niemand schaute in den Kerker hinein. Man wähnte die Gefangenen nach wie vor gefesselt. Und im Vorbeilaufen schob einer den Riegel zu. Er sah in der Eile und Aufregung und im schwachen Licht wohl nicht, dass der Riegel ganz zurückgeschoben war und glaubte, die Tür sei nur nachlässig verriegelt worden.

»Weiter!«, rief er seinem Begleiter zu. »Vermutlich hat sich das Vieh irgendwo versteckt.

Dann entfernten sich die Schritte.

Cynan rüttelte an der Tür. Er war mit Morgan und dem Mädchen gefangen!

Er fluchte unterdrückt. Und voller Sorge dachte er an Rhodri, der vergebens auf sein Zeichen warten würde.

## 27. Kapitel

Genau nach Plan tauchte Rhodri gegenüber der Kemenate am Wirtschaftsgebäude auf. Sofort entdeckte einer den vermeintlichen Bären, und das Geschrei war groß. Alle stürmten aus der Kemenate über den Hof am Bergfried vorbei. So weit, so gut. Cynan musste inzwischen die Gefangenen befreit haben und auf dem Weg zur Kemenate sein. Rhodri wollte die Aufmerksamkeit auf sich ziehen. Die Jagd auf ihn war also eingeplant, nur eines nicht: Dass man den vermeintlichen Bären erlegen wollte!

Der Besitzer war überzeugt davon, dass man den Bären verschonen würde. Dafür würde er schon sorgen, mit dem Versprechen auf eine Belohnung, mit der Drohung zu erzählen, dass Lady Fionna und ihre Männer gemeine Tierquäler seien. All das musste nichts genutzt haben.

Ein eisiger Schreck durchfuhr Rhodri, als ihn der erste Pfeil traf. Zum Glück blieb er in der dicken Polsterung unter dem Fell stecken und drang nicht tief in seine Seite. Doch er spürte den Schmerz und glaubte, ernsthaft getroffen zu sein.

Schlagartig wurde ihm klar, dass er um sein Leben rennen musste. Er warf sich herum und verzichtete auf einen tapsigen Gang. Zum Glück fiel es im Dunkeln niemand auf, zumal er sich in dem dicken aufgepolsterten Bärenfell auch nur schwerfällig bewegen konnte.

Zurück ins Wirtschaftsgebäude!

Bevor er die Tür erreichte, knallte eine Keule gegen den Bärenschädel. Rhodri taumelte unter dem Anprall und stürzte.

»Ich hab ihn getroffen!«, brüllte ein Mann aus einem der Fenster über Rhodri.

Rhodri rappelte sich auf und stolperte auf die Tür zu. Ein Pfeil knallte keine Handbreit neben seiner Schulter in die Tür. Dann riss Rhodri die Tür auf und warf sich ins Gebäude.

»Ihm nach!«, schrie jemand auf dem Burghof, und auch im Wirtschaftsgebäude wurden Stimmen laut.

Rhodri hetzte über einen dunklen Gang. Sein Herz hämmerte, und er war in Schweiß gebadet. Seine rechte Seite schmerzte. Schritte hallten hinter ihm. Er hatte fast das Ende des Ganges erreicht, als ein Mann mit einer Fackel vor ihm auftauchte.

Die Augen des Mannes weiteten sich vor Entsetzen, und sein Mund klaffte auf, als er den Bären heranstürmen sah. Vor Schreck ließ er die Fackel fallen. Er warf sich herum und wollte schreiend die Flucht ergreifen.

Da war Rhodri heran und streckte ihn mit einem Tatzenhieb nieder. Rhodri hetzte weiter. Eine Tür. Er riss sie auf. Er war in der Burgkapelle. Das sah er nicht nur im Kerzenschein, das hörte er auch:

»In der Kapelle! Er ist in der Kapelle!«, brüllte jemand auf dem Gang.

»Tötet ihn, tötet ihn!«, schrie ein anderer, und Rhodri erkannte die Stimme des Mannes, den er nieder geschlagen hatte, damit er nicht in die gleiche Richtung mit ihm flüchtete und mit seinem Brüllen verriet, wo sie suchen mussten.

Weiter. Die Tür zum Burghof. Er öffnete sie und spähte hinaus. Zwei Männer mit Schwertern verschwanden gerade im Wirtschaftsgebäude. Rhodri wusste, dass er die erbarmungslose Hetzjagd auf Dauer nicht überstehen konnte. Es waren zu viele Jäger, und sie waren schneller und beweglicher als er in dem gepolsterten Fell. Er musste sich in Sicherheit bringen. Zum Wagen. Kurz entschlossen zog er die Tür hinter sich zu und wandte sich nach links. Im Dunkel rannte er an der Mauer des Wirtschaftsgebäudes vorbei.

»Da ist er!«, brüllte jemand. Und sofort schoss ein Bogenschütze, der sich inzwischen auf dem Bergfried postiert hatte, seinen Pfeil ab. Der Pfeil ratschte an Rhodris linker Schulter über das Fell. Bevor Rhodri den Wagen erreichte, traf ihn ein zweiter Pfeil. Er bohrte sich durch die Polsterung und blieb in Rhodris rechter Gesäßbacke stecken.

Gottlob hatte der Bärenführer den gleichen rettenden Gedanken gehabt wie Rhodri. Es tat ihm in der Seele weh, seinen Buben zu opfern, doch der Bube war ein Bär und Rhodri war ein Mensch. So hatte Roger den richtigen Bären losgekettet, und die Abwechslung ging recht reibungslos vonstatten.

Rhodri sprang mit zitternden Beinen in den Wagen und schleppte sich mit letzter Kraft am Bärenkäfig vorbei in die Geheimkammer, die bereits geöffnet war. Hastig schloss sie der Besitzer hinter dem völlig erschöpften Rhodri, in dessen Fell zwei Pfeile steckten. Dann hastete er zum Bärenkäfig und öffnete ihn.

»Los, Bube, zeig's ihnen! Und pass auf dich auf!« Mit einem Stock trieb er den grollenden Bären hinaus und stieß ihm den Stock ins Kreuz, als er aus dem Wagen war. Er sah noch, wie der gereizte Bär die Freiheit nutzte und mit einem einzigen Prankenhieb einen heranstürmenden Mann zur Seite schleuderte. Dann tauchten andere Gestalten beim Wagen auf.

»Da drüben an der Mauer!«, schrie jemand. »Gleich haben wir ihn!«

Die Männer liefen vom Wagen fort.

»Mein armer Bube«, seufzte der Bärenführer, der sich beim Erscheinen der Männer ohnmächtig gestellt hatte. »Hoffentlich hält er sie noch ein bisschen hin.«

Er eilte zu der Geheimkammer und öffnete sie einen Spalt.

»Ich konnte es nicht verhindern, dass sie dich so beharkten«, flüsterte er entschuldigend. »Hatte eine Heidenangst, dass sie dich umbringen!«

»Ich auch«, bekannte Rhodri und zwängte sich aus der engen Kammer. »Hat Cynan das vereinbarte Signal gegeben?«

»Nein.«

Rhodri fluchte. »Da muss etwas passiert sein! Er hätte Morgan längst befreit haben müssen. Vielleicht stehen Wachen vor dem Kerker, und sie haben ihn geschnappt. Zieh mir mal die Pfeile raus!«

Er stöhnte auf, als der Bärenführer sie nacheinander entfernte.

»Was hast du jetzt vor?«

»Ich muss zum Kerker! Beteilige dich an der Jagd auf deinen Bären und schick die Leute nach Möglichkeit auf falsche Spuren. Wenn du das Signal hörst, mach dich durch die Kemenate davon wie abgesprochen!«

Rhodri hastete bereits aus dem Wagen. Vorsichtig verharrte er im tiefen Dunkel neben dem Wagen. Er sah Männer über den Burghof rennen. Die Jagd konzentrierte sich auf das Vorratshaus. *Guter Bär!,* dachte Rhodri auf dem Weg zum Kerker.

Gut, dass sie alle Örtlichkeiten kannten. Im Dorf hatte ein ehemaliger Stallbursche der Burg ihnen alles genauestens beschrieben, und sie hatten sich die Einzelheiten eingeprägt. Überhaupt waren die Leute im Dorf sehr hilfreich gewesen, auch beim Herrichten des Wagens.

Mehrmals musste sich Rhodri in dunkle Nischen drücken, wenn Männer auf einem Gang auftauchten und vorbei hasteten. Man suchte offenbar in der gesamten Burg nach dem Bären. Sicherlich trug sein Besitzer mit falschem Alarm zur allgemeinen Verwirrung bei.

Rhodri erreichte atemlos den Gang zum Kerker. Niemand war zu sehen. Er schob den Riegel der Kerkertür zurück. Er wollte gerade die Tür öffnen, als am anderen

Ende des Ganges ein Mann mit einer Fackel auftauchte. Und dieser Bursche erschrak nicht so wie der andere.

»Da ist er!«, schrie er über die Schulter, dass es durch den Gang hallte. »Beim Kerker!«

Und schon setzte er sich in Bewegung.

Rhodri hieb in der Drehung noch mit der Tatze gegen die schwere Eisentür. Dann gab er Fersengeld. Er nahm an, dass Cynan gescheitert war, und dass die Gefangenen noch im Kerker waren; schließlich war die Tür verriegelt gewesen. Er musste den Jägern entkommen, sich irgendwo verstecken, und er konnte erst zurückkehren, wenn die Luft rein war.

Atemlos lauschte er dann in einer dunklen Kammer hinter der Tür. Schritte hämmerten auf dem Gang vorbei.

Er holte tief Luft. *Jetzt zurück zum Kerker!*

## 28. Kapitel

Morgan, Cynan und Aima hatten das Knirschen des Riegels und den Schlag gegen die Tür gehört. Dann die Rufe der Jäger.

»Das muss Rhodri sein«, flüsterte Cynan. »Der Gute hat genau das Richtige getan, nachdem er vergebens auf mein Signal wartete!«

Sie lauschten, bis sich die Schritte entfernt hatten. Vorsichtig öffnete Morgan die Tür einen Spalt und spähte hinaus.

Er sah gerade den letzten Mann um die Biegung des Ganges verschwinden.

»Die Luft ist im Augenblick rein«, raunte Morgan. »Übernimm die Führung, Cynan, und bring uns zur Kammer dieser Magd.«

Morgan spürte, wie Aima nach seiner Hand tastete und sich Schutz suchend an ihn drängte. Er ergriff die Hand und drückte sie sanft.

»Ich hab' solche Angst«, wisperte Aima an seiner Seite.

»Wir schaffen es«, flüsterte Morgan, und es klang zuversichtlicher, als er war.

Rhodri war derweil auf den Gang hinausgetreten. Er grinste, als er den Bären sah. Rhodri hatte also die Jäger abgeschüttelt und war zum Kerker zurückgekehrt.

Cynan trat auf ihn zu und klopfte ihm aufs Fell.

»Das hast du prächtig gemacht, du Bärenbengel!«, sagte er grinsend.

Im nächsten Augenblick traf ihn ein Prankenhieb. Cynan flog durch die Luft und krachte ein paar Schritte entfernt gegen die Wand. Entsetzt sah Morgan, was mit seinem Soldaten geschah. Für einen Augenblick war er wie betäubt. Dann überstürzten sich die Ereignisse.

Es war der richtige Bär! Und er griff an.

Er war bis aufs Blut gereizt, was nach der Jagd auf ihn eigentlich auch verständlich war.

Aima schrie auf, lief in Panik davon, stolperte über Cynan und stürzte.

Der Bär hieb mit der Tatze nach Morgan.

Geistesgegenwärtig schnellte sich Morgan zur Seite, und die Pranke verfehlte ihn.

Morgan riss sein Messer hervor. Der Bär brüllte, und es hallte schaurig über den Gang. Morgan wich einem weiteren Hieb aus und stieß mit dem Messer zu. Er traf den

Bären unterhalb der Kehle. Bis zum Heft drang das Messer ein. Morgan wollte es herausreißen, schaffte es jedoch nicht. Mit einem wütenden Grollen versuchte der Bär, ihn zu packen. Morgan sah, wie sich die Pranken auf ihn senkten und hechtete verzweifelt von dem Bär fort. Sekundenlang dachte er an Flucht, denn er war der Bestie waffenlos ausgeliefert. Doch dann fielen ihm Aima und Cynan ein. Und wenn er mit bloßen Händen kämpfen musste, er würde alles versuchen, um die beiden zu retten.

Der Bär fuhr zu ihm herum. Geifer troff aus dem weit aufgerissenen Maul mit den gewaltigen Fängen.

Mit einer Tatze hieb der Bär nach dem Messer, als wollte er es hinwegfegen. Doch es blieb stecken. Blut schoss aus der Wunde.

Morgan sah, dass Aima sich aufgerappelt hatte.

»Cynans Messer!«, rief er ihr zu.

Sie war ein tapferes Mädchen. Obwohl sie am liebsten fortgelaufen wäre, half sie Morgan. Sie warf ihm das Messer zu.

Der Bär fuhr zu Aima herum. Sie blieb wie erstarrt stehen. Sie hatte den Mund zum Schrei geöffnet, und ihre Augen waren vor Schreck geweitet.

Morgan zögerte keine Sekunde. Er sprang auf den Bären zu und stieß ihm von hinten das Messer ins Fell. Sofort duckte er sich und die Bärenpranke zischte über ihn hinweg. Morgan riss das blutige Messer zurück. Der Bär vergaß Aima und griff Morgan an.

Der Ritter wich mit vorgehaltenem Messer zurück.

Das schaurige Brüllen des verletzten Bären hallte in seinen Ohren und zerrte an seinen Nerven.

Flüchtig dachte Morgan daran, dass der Besitzer um seinen Bären trauern würde, den er schon fast gezähmt hatte. Cynan hatte ihm ja alles erzählt. Doch dann sagte ihm sein Verstand, dass er den Bären töten musste. Das Tier war eine reißende Bestie. Selbst wenn Aima und ihm die Flucht gelang, war nichts gewonnen, und der Bär konnte wohl kaum lebend eingefangen werden. Cynan lag bewusstlos am Boden und war in Gefahr. Und alle anderen auf der Burg ebenfalls. Er musste den Bären bezwingen, und zwar schnell, wenn sie noch eine Chance zum Entkommen haben wollten. Jeden Augenblick konnten Fionnas Männer auftauchen.

Morgan holte mit dem Messer aus und zielte genau.

Er traf den Bären ins linke Auge.

In diesem Augenblick hörte Morgan Schritte hinter sich, die eilig nahten. Dann übertönte das Brüllen der verletzten Bestie alle anderen Geräusche.

Morgan warf einen schnellen Blick über die Schulter. Männer stürmten heran. Vier Männer, und alle waren mit Schwertern bewaffnet.

»*Aus!*«, durchfuhr es Morgan. *Selbst wenn ich den Bären bezwinge, sind wir wieder Gefangene.*

Noch hatten Fionnas Männer die Situation nicht richtig erfasst. Sie sahen nur den verletzten Bären, einen Mann, der offenbar gegen ihn gekämpft hatte, ein vor Schreck fast ohnmächtiges Mädchen und eine Gestalt am Boden.

Sie blieben abrupt stehen, als der Bär den Mann angriff, der gegen ihn gekämpft hatte. Sie sahen, dass der Mann waffenlos war, und einer von ihnen reagierte schnell.

»Fang!«, rief er, und als Morgan vor der Bestie zurückwich und herumfuhr, warf er ihm das Schwert zu.

Morgan fing es auf und wirbelte bereits zu dem Bären herum. Mit einem Schwerthieb aus der Drehung schlug er die vorschnellende Tatze zur Seite. Der Bär prallte in seiner Vorwärtsbewegung fast gegen Morgan. Mit einem Satz brachte sich Morgan in Sicherheit, und als der Bär dicht vor ihm auf allen vieren schwankte, versetzte Morgan ihm den Todesstoß.

Schnell sprang er zurück, denn die Bestie schlug in ihrem Todeskampf um sich, wobei sie alles zermalmt hätte, was sie getroffen hätte.

»He, das sind doch die Gefangenen!«, rief jetzt einer der Männer, die gebannt Morgans tollkühner Tat zugeschaut hatten.

Und Morgan blieb keine Atempause.

Mit zwei schnellen Schritten war er bei den verdutzten Männern und entriss einem das Schwert. Dann stellte er sich den beiden noch bewaffneten Männern zum Kampf. Einem schlug er mit wuchtigem Hieb das Schwert aus der Hand. Dann kreuzte er mit dem zweiten die Klinge, während der Bär hinter ihm verendete.

Schreiend rannten zwei der Männer fort, und für einen Augenblick schöpfte Morgan neue Hoffnung. Vielleicht konnten sie doch noch entkommen.

Sein Gegner fiel auf eine Finte herein, und Morgan streckte ihn nieder. Er wirbelte herum.

Da sah er am Ende des Ganges Gestalten auftauchen.

Fionna und Hearn. Und mit Schwertern und Keulen bewaffnete Männer folgten ihnen auf dem Fuße!

»Der Bär!«, rief Hearn.

»Die Gefangenen!«, kreischte Fionna. »Schnappt sie! Macht sie nieder!« Sie wich zur Seite, und die Männer stürmten an ihr vorbei.

Morgan eilte an Aima und Cynan vorbei, um sie zu schützen. Er stellte sich todesmutig der Übermacht der Angreifer. Er hatte den Bären bezwungen und war mit einigen von Fionnas Mannen fertig geworden. Doch diese Männer waren überrascht gewesen, während die neuen Angreifer die Situation überschaut und einen klaren Befehl erhalten hatten, den sie entschlossen befolgten.

Morgan konnte sich eines Angreifers erwehren, doch dann traf ihn der Schwerthieb eines anderen und warf ihn zu Boden. Hearn sprang auf Aima zu und riss sie an sich. Sie bäumte sich in seinem Griff auf, doch sie war seiner Kraft nicht gewachsen.

Morgan sah, wie einer der Männer auf ihn zusprang und mit einem triumphierenden Schrei sein Schwert vorstieß.

Verzweiflung erfasste Morgan.

Doch da geschah Unerwartetes. Der Triumphschrei des Mannes verstummte jäh, und er sank vor Morgan röchelnd zu Boden.

Der sprang auf, war aber noch benommen und sah alles verschwommen. Doch er erkannte, dass Cynan in den Kampf eingegriffen hatte. Der Kriegsknecht des Sheriffs schlug gerade einen der Angreifer mit einem Fausthieb nieder und riss ein zu Boden gefallenes Schwert an sich.

Hearn war mit Aima beschäftigt. Sie wehrte sich nach Leibeskräften, spuckte und versuchte zu beißen und zu kratzen.

Morgan war mit einem Satz bei dem Schurken und schlug ihn mit dem Schwert nieder. Hearn ging gemeinsam mit Aima zu Boden, doch Aima schaffte es, sich aus der Umklammerung zu befreien und ein Stück zur Seite zu kriechen, fort vom Kampfgetümmel.

Morgan kämpfte mit dem nächsten Gegner. Auch Cynan kreuzte die Klinge mit einem Angreifer. Und weitere Männer tauchten auf, herbeigerufen von Fionnas Schreien.

Fionna trieb sie mit wilden Rufen an.

»Macht sie nieder! Es sind Räuber und Mörder! Macht sie...«

Da legte sich etwas von hinten um ihren Hals, gar nicht mal fest, doch als ihr Kopf herumruckte, erstarb ihr Schreien, und sie wurde vor Schreck ohnmächtig.

Der Bär, der sie umklammert hielt, erkannte, dass sie in seinem Griff schlaff wurde, und er ließ sie zu Boden sinken.

Dann schnappte er sich das Schwert eines Bewusstlosen und griff mit einem wahren Bärengebrüll in den Kampf ein.

Das war zu viel für Fionnas Männer.

Sie erschraken bis ins Mark.

Sie sahen einen zweiten Bären. Und dieser Bär schwang gar ein Schwert!

Sie wussten ja nicht, dass der Bär Rhodri war, und in der Aufregung bemerkten sie auf dem nur schwach erhellten Gang nicht, dass dem Bären eine Tatze und ein Stück Fell fehlten und er das Schwert mit menschlicher Hand hielt.

Das Grauen erfasste sie, als der Bär einen von ihnen mit dem Schwert niederstreckte und dabei furchtbar brüllte.

Sie verloren allen Mut und suchten ihr Heil in der Flucht.

Fionna erwachte – vielleicht von Rhodris Gebrüll – aus ihrer Ohnmacht, sah den Bären über sich und wurde von Neuem ohnmächtig.

»Schade«, sagte Bären-Rhodri. »Ich wollte sie gerade fragen, wo die Beute ist.«

Das erfuhren sie schießlich von Hearn, als er zu sich kam und eine Schwertspitze an seiner Kehle spürte.

Sir Morgan brauchte ihn nur einmal zu fragen.

Cynan half Rhodri aus dem Bärenfell, dann holten beide die Beute aus dem Schlafgemach der Lady.

Auf dem Burghof hatte sich derweil eine aufgeregte Menschentraube versammelt. Ungläubig, staunend, aber auch furchtsam lauschten die Leute dem Bericht einiger Männer, die behaupteten, dass die Bärenbestie inzwischen sogar mit einem Schwert kämpfte. Viele bekreuzigten sich.

Von einem dunklen Fenster aus hielt Hearn dann eine kleine Ansprache:

»Männer!«, rief er mit heiserer, angespannter Stimme. »Spannt Pferde vor den Wagen des Bärenführers. Ich habe ihm und seinem Bären freien Abzug versprochen! Öffnet das Tor und zieht euch alle in die Kapelle zurück. Dies ist ein Befehl von Lady Fionna!«

Niemand sah, dass Hearn mit einem Dolch im Nacken sprach.

Man befolgte den Befehl. Einige wunderten sich, doch keiner stellte Fragen. Der Bärenführer brachte den Wagen dann vor eine Tür, und niemand sah, was da eingeladen wurde.

Und so kam es, dass Morgan, die Soldaten des Sheriffs und Aima mit dem Wagen unbehelligt die Burg verließen.

Sie hatten die gefesselten Fionna und Hearn dabei. Und den geraubten Schmuck.

## Nachspiel

Lächelnd blickte sich der Minnesänger um, als er die gestohlene Ballade beendet hatte. Er wartete auf Applaus, doch nichts geschah. Sicherlich waren die Zuhörerinnen noch wie betäubt vor Spannung nach dieser aufregenden Ballade von Johel de Vautort. So dachte er.

Immer noch kein Beifall. Jetzt wurde der Minnesänger ein wenig nervös. Wo blieb der Jubel?

Da klatschte einer in die Hand – Johel – und endlich setzte der Beifall ein. Doch es war nicht ganz die überschäumende Begeisterung, die ihm sonst entgegenschlug, und der wie ein Schlüssel zu den Herzen der Schönen war. Die meisten Damen hielten sich sonderbar zurück. Sie tuschelten miteinander, und er spürte wachsende Ablehnung in den Blicken, ja, plötzlich gar etwas wie Feindseligkeit!

Was war geschehen?

Eine Frauenstimme erhob sich, und der ohnehin nur noch klägliche Beifall verstummte vollends.

»Mich dünkt, das war Eure bisher schlechteste Ballade«, rief eine ältere Frau streitlustig.

Der Minnesänger blickte irritiert. Wieder Getuschel. Einige Männer lachten, wohl über die geflüsterten Worte der Frauen.

»Und ich habe immer von ihm geträumt«, schluchzte die kleine Wäscherin. »Dabei ist er auch nur ein Kerl wie jeder andere!«

»Ist doch meine Rede!«, rief der Fuhrmann, der ohnehin nichts von Johel de Vautort hielt, diesem verdammt gut aussehenden Kerl, den er beneidete, weil die Frauen jubelten, wenn sie ihn nur sahen. »Da seht ihr mal, was dieser Sänger von euch hält: Dumm, schwatzhaft, verrucht und verkommen – das sind die Frauen für ihn. Und ihr lasst euch von seinem Gesäusel einwickeln!«

Er blickte Beifall heischend in die Runde.

Wütende Rufe wurden laut. Das böse Wort vom Frauenfeind ging um. In diesem Augenblick hielten alle Anwesenden weiblichen Geschlechts zusammen, ob jung, ob älter. Sie drängten sich näher um den Minnesänger und machten drohende Mienen.

Grinsend stimmten der Fuhrmann und einige andere Männer in die Buh-Rufe ein.

Der verzweifelte Blick des Minnesängers irrte in die Runde. Er war völlig durcheinander. Er dachte nur noch an Flucht.

Da trat ein Mann in den Kreis. Er lächelte. Ein schlanker, gut aussehender und elegant gekleideter Mann. Er hob in unnachahmlicher Eleganz die Rechte, und schlagartig verebbten die Rufe, und nach und nach wurde es völlig still.

»Ihr tut ihm gewiss unrecht«, sagte der Mann und schaute lächelnd in die Runde. »Diese Ballade mag den Eindruck erweckt haben, dass er nicht viel von Frauen hält, obwohl sie doch das Schönste und Beste sind, was diese Welt für einen Mann zu bieten hat.« Er legte eine wohlberechnete

Pause ein und sah, wie sich weibliche Wangen diesmal nicht vor Zorn röteten und selbst die feindlichsten Mienen weicher wurden. »Aber diese Ballade schrieb das Leben«, fuhr er fort, »und im Leben kommt manchmal durch Zufall alles zusammen. Es ist nicht seine Schuld, dass einige Damen mitspielten, die nicht gerade zu den feinsten zählten.«

Er blickte zu dem Minnesänger und fing seinen dankbaren Blick auf.

»Aber es ist seine Schuld, dass er nicht die ganze Ballade vortrug, und somit die Frau unterschlug, die für alle guten und liebreizenden Damen ein Symbol ist.«

Geraune setzte ein. Besänftigtes. Bewundernde Blicke trafen den Fremden, der eine so charmante und trefflich gesetzte Rede zu halten wusste. Manches Herz schlug schneller beim Anblick dieses stolzen Mannsbildes.

Er streckte die Hand aus. »Gib mir die Laute, und ich werde nachholen, was du versäumt hast.«

Der Minnesänger tat es, verwirrt von der Entwicklung der Dinge. Glühende und erwartungsvolle Blicke waren auf den Mann gerichtet, der den berühmten Minnesänger so überlegen und selbstsicher behandelte, als sei es sein Stallbursche.

Dann schlug Johel den ersten Akkord, und das Stimmengewirr verstummte.

Und Johel sang denjenigen Teil des Textes, den der falsche Johel ausgelassen hatte. *Gut zu wissen, wie die Damen denken*, dachte er, schmückte diesen Teil noch ein wenig aus und nahm sich vor, bei künftigen Balladen mehr das Gute der Damen zu preisen.

Er sang von Aima. Von ihrer reinen Liebe, ihrer Anmut, ihrem tapferen Herzen, der Magd, die ihnen geholfen hatte, und all den anderen Frauen, die Sir Morgan und seine beiden Gehilfen unterstützt hatten.

Die Begeisterung war groß, als Johel geendet hatte.

»So sieht das ja ganz anders aus!«, rief die Wortführerin der Frauen.

»Welch rührendes, versöhnendes Ende«, seufzte die Wäscherin. »Wie gerne wäre ich an Aimas Stelle gewesen!«

»Wer seid Ihr?«, rief eine der Frauen und lächelte Johel huldvoll an. »Welche Stimme und welche Vortragskunst! Mich dünkt, Ihr seid viel besser als der da!«

Sie nickte zu dem anderen Minnesänger hin, den man anscheinend schon abgeschrieben hatte. *Gar grausam ist manchmal das Publikum*, dachte Johel, doch nichts verriet seine Gedanken.

»Johel de Vautort«, stellte er sich mit einem blitzenden Lächeln vor.

Verblüffte Stille.

Der andere starrte offenen Mundes. Das schlechte Gewissen stand ihm plötzlich im Gesicht geschrieben. Gehetzt blickte er sich um und wollte die Flucht ergreifen.

Doch das gelang ihm nicht.

Er keilte sich im Kreis der Zuschauer fest, und dann geriet er in arge Bedrängnis. »Betrüger! Frauenfeind! Lügner!« So hallte es in seinen Ohren, als er versuchte, sich der aufgebrachten Menge zu erwehren. Sie rissen ihn an den Haaren, ohrfeigten ihn und zogen ihm Fingernagel durchs Gesicht.

Nun, der dreiste Balladen-Dieb hatte Strafe verdient, doch Johel de Vautort fand, dass er jetzt gestraft genug war. Er gebot Einhalt. »Lasst ihn! Er versuchte sich als – Schüler von mir, und er wird niemals mehr eine Ballade von mir vortragen.«

Der arg zerrupfte, falsche Johel nickte heftig. »Nie mehr, das schwöre ich!«, krächzte er.

Man ließ von ihm ab, und er rannte wie von Furien gehetzt davon.

Johel jedoch wandte sich lächelnd den Damen zu.

# 2. Mörder heiratet man nicht

## 1. Kapitel

Sir Buchanan erbleichte, als er das Porträt sah. Es war das Bild eines Mannes, der durch sein Messer gestorben war!

Für Augenblicke stieg die Erinnerung an jene Nacht des Schreckens in ihm auf, als ihn die Gier nach Reichtum übermannt hatte. Erneut glaubte er, Odulfs Flehen um Gnade zu hören und das Entsetzen in den weit aufgerissenen Augen zu sehen. Es war ihm, als halle der schaurige Todesschrei in seinen Ohren.

»Was ist das?«, fragte er mit belegter Stimme und wies mit leicht zitternder Hand auf die Zeichnung.

Der Mann, der sich als Hyras, der Bote eines alten Freundes, ausgegeben hatte, grinste verschlagen.

»Das ist ein Bild«, sagte er spöttisch. »Eine Zeichnung von Odulf. Gut getroffen vom Künstler, nicht wahr? Ich soll dir Grüße von Odulf bestellen. Grüße aus der Hölle!«

Und dann zog er langsam die Hand unter seiner abgewetzten Cotte hervor. Die Klinge eines Dolches funkelte im Schein der Kerzen.

Buchanan starrte benommen auf den Dolch. Dann sah er in die kleinen, braunen Augen des Mannes auf. Der Blick ließ ihn frösteln.

»Ich... ich brauche nur die Wachen zu rufen«, krächzte Buchanan.

»Nur zu«, antwortete Hyras gelassen und reinigte sich mit der Dolchspitze die Fingernägel.

Erst jetzt fiel Buchanan auf, dass der Kerl dreckige Hände hatte, als hätte er in schwarzer Erde gewühlt. Er schalt sich einen Dummkopf, den Burschen überhaupt empfangen zu haben. Aber er war neugierig auf die Botschaft eines *alten Freundes* gewesen.

»Nur zu«, wiederholte Hyras und blickte spöttisch auf. »Dann erzähle ich den Wachen, dass ihr Herr ein Mörder ist.«

Buchanan schluckte.

»Es war kein Mord«, sagte er mit gepresster Stimme. »Es war ein Duell.«

»Ziemlich ungleiches Duell«, erwiderte Hyras. »Odulf waffenlos und verletzt am Boden, du aber mit dem Schwert.«

Schlagartig verlor sich Buchanans Beklemmung. Er gewann seine Selbstsicherheit zurück. Da hatte irgendeiner von Odulfs alten Kumpanen Vermutungen über Odulfs Tod angestellt und sich eine Geschichte zusammengebastelt, die zwar im Kern stimmte, doch nicht in den Einzelheiten. Odulf hatte zwar hilflos am Boden gelegen, doch er war nicht verletzt gewesen. Und er, Buchanan, hatte ihn nicht mit dem Schwert getötet, sondern mit dem Messer.

Ein Bluff, den dieser Kerl versuchte, nichts weiter.

Buchanan bemühte sich, seine Gedanken zu verbergen.

»Wer hat dieses Lügenmärchen erzählt?«, fragte er.

»Odulf«, erwiderte Hyras. »Erst vorgestern...« Er verstummte wie jemand, der sich verplappert hat.

Buchanans Augen verengten sich. Sollte tatsächlich sein erster Verdacht zutreffen und Odulf noch am Leben sein? Nein, das war unwahrscheinlich.

»Wieso vorgestern?«, fragte er lauernd. »Sagtest du nicht vorhin, ich hätte ihn ermordet?«

Hyras erkannte, dass er einen entscheidenden Trumpf aus der Hand gab, wenn er die Wahrheit sagte.

Denn Odulf lebte. Und Odulf hatte Rachepläne. Hyras hatte belauscht, was Odulf mit seinem Unterführer besprochen hatte. Dabei war auch von dem damaligen Ereignis die Rede gewesen. Hyras hatte sich das Wissen zunutze machen wollen, um sein eigenes Süppchen zu kochen.

»Vorgestern fand ich heraus, dass du hier der neue Burgherr bist«, log Hyras, denn das hatte Odulf schon vor Monaten ermittelt, und seit Hyras das Gespräch belauscht hatte, wusste auch er es. »Da erinnerte ich mich an die Geschichte, die mir Odulf erzählte, bevor er starb.«

Buchanan atmete auf. Natürlich war Odulf tot. Dieser Hyras versuchte ihn mit einem billigen Bluff zu erpressen.

»Niemand wird dir dieses Lügenmärchen glauben«, sagte er mit fester Stimme.

»Der hier glaubt es«, sagte Hyras wieder selbstsicher und hob den Dolch an. »Und wenn du nach den Wachen rufst...«

»Hast du keine Chance«, unterbrach ihn Buchanan, und er öffnete den Mund zu einem Schrei.

»Du aber auch nicht!«, zischte Hyras und stieß die Hand mit dem Dolch weiter vor.

Buchanan wich zurück.

Seine Gedanken jagten sich. Er zwang sich zur Ruhe. Zeit gewinnen, den Kerl hinhalten und dann... Ja, dieser Hundsfott musste zum Schweigen gebracht werden. Selbst wenn Wort gegen Wort stand, konnte es Ärger geben.

Irgendjemand von der damaligen Bande konnte Wind bekommen haben, dass er jetzt hier als Burgherr lebte und ihn mit seinem Wissen erpressen wollen. Außerdem konnte er es sich vor der Hochzeit nicht leisten, dass sein guter Ruf beschmutzt wurde. Lady Aine of Kyrton war eine reiche Partie. Sie konnte es sich anders überlegen, wenn sie von seiner dunklen Vergangenheit erfuhr. Ja, der Kerl musste zum Schweigen gebracht werden.

»Was willst du also?«, fragte Buchanan und setzte eine hilflose Miene auf.

Hyras ließ den Dolch sinken und grinste. »Na also. Auf diese vernünftige Frage warte ich schon die ganze Zeit. Ich mache dir einen Vorschlag zur Güte. Du gibst mir die Hälfte von der damaligen Beute, die du Odulf abgenommen hast, und keine Menschenseele wird je etwas erfahren.«

»Ich habe viel Geld für die Burg, für Waffen, Rüstungen und meine Männer gebraucht. Da ist nicht mehr viel übrig.«

Hyras nickte wissend. Das hatte Odulf auch gesagt. Deshalb hatte dieser auch einen ganz besonderen Plan, wie er Buchanan dennoch »melken« konnte. Doch von diesem Plan hatte Odulf nur etwas erwähnt. Einzelheiten hatte Hyras nicht gehört, als er gelauscht hatte.

»Ich könnte dir fünfzig Silberlinge geben«, fuhr Buchanan fort, und er dachte daran, dass er beim Auszahlen ein Messer in die Rippen dazu geben würde.

*Fünfzig Silberlinge!,* dachte Hyras. Das war mehr, als er je auf einem Haufen gesehen hatte. Einen Augenblick lang war er versucht, sich damit zufriedenzugeben. Doch dann gewann seine Gier die Oberhand.

»Ich hörte, dass du reich heiratest«, sagte er mit einem verschlagenen Grinsen.

»Woher weißt du das?«, fragte Buchanan lauernd.

»Das hat sich inzwischen im Lande herumgesprochen«, antwortete Hyras ausweichend. »Gib mir die fünfzig als Anzahlung, und den Rest hole ich mir nach der Hochzeit. Einverstanden?«

Buchanan schluckte seinen Zorn hinunter.

»Es bleibt mir wohl keine Wahl. Aber ich kann die fünfzig Silberlinge erst in drei Tagen zahlen. Ich habe Geld verliehen und...«

»Erzähl mir nichts. Also gut, ich will dir drei Tage Zeit lassen. Ich erwarte dich dann bei der ausgebrannten Mühle südlich von Lahnydrock Castle. Weißt du, wo das ist?«

Buchanan nickte.

»Gut. Du kommst allein nach Einbruch der Dunkelheit und gibst dich mit einem dreifachen Eulenschrei zu erkennen. Wenn du nicht kommst und zahlst, werde ich deine Zukünftige über deine Vergangenheit informieren. Dann ist es mit der reichen Partie aus. Verstanden?«

Buchanan nickte. Und in ihm reifte schon ein Plan, wie er Hyras für immer zum Schweigen bringen konnte.

## 2. Kapitel

Es dunkelte. Die Ruine der ausgebrannten Mühle hob sich düster vom bewölkten Himmel ab. Bei dem Brand war damals die Familie des Müllers im Schlaf überrascht worden und in den Flammen umgekommen. Die Müllerin und vier Kinder. Der Müller war im nahen Ort gewesen, hatte Mehl geliefert und anschließend bis in die Nacht hinein im Wirtshaus gezecht. Als er zurückgekehrt war, hatte er in den schwelenden Trümmern die verkohlten Leichen seiner Angehörigen gefunden. Bei dem grauenvollen Anblick hatte er vermutlich den Verstand verloren. Man fand ihn später erhängt in der Ruine.

Man sagte, dass heute noch die Geister der Toten in der Ruine spukten.

Hyras fühlte sich unbehaglich an diesem Ort. Etwas raschelte zwischen Asche und verkohlten Holzresten. Hyras zuckte zusammen und packte das Schwert fester. Dann entspannte er sich. Es war vermutlich eine Maus oder Ratte, die davongehuscht war.

*Verdammt, wo bleibt er?,* fragte sich Hyras. Wachsam spähte er in die Runde. Er konnte das Gelände weit in alle Richtungen überblicken, weit genug, um zu seinem Pferd zu gelangen, das zwischen Büschen am Bach versteckt war. Falls Buchanan mit all seinen Männern anrückte, um ihm den Garaus zu machen, konnte er unbemerkt durch das tiefliegende Bachbett verschwinden.

Schließlich hörte Hyras den Hufschlag von Nordwesten und spähte angestrengt in die zunehmende Dunkelheit.

Ein einzelner Reiter näherte sich.

Hyras blieb wachsam.

Er hielt sich im tiefen Dunkel zwischen Mauerresten und verkohlten Balken, beobachtete den Reiter und blickte auch in die anderen Richtungen. Niemand sonst war zu entdecken. Es konnte sich auch tagsüber niemand in einen Hinterhalt gelegt haben. Seit zwei Tagen hatte Hyras die Mühle und die weitere Ebene beobachtet.

Der Reiter war schließlich bis auf ein paar Dutzend Klafter (Spanne zwischen den ausgestreckten Armen eines Erwachsenen Mannes) heran und parierte das Pferd. Sichernd blickte er sich um. Dann gab er das verlangte Erkennungszeichen.

»Das ist keine Eule, sondern ein kranker Rabe!«, rief Hyras laut. Er lachte, als Buchanan erschrocken im Sattel herumfuhr.

»Wo bist du?«, fragte Buchanan, und sein Kopf flog in die Richtung, aus der die Stimme im tiefen Dunkel erklungen war.

Hyras änderte schnell die Position und ahmte ein Echo nach:

»Hier... hier... hier!«

»Lass den Blödsinn«, sagte Buchanan grollend.

»In Ordnung«, ertönte Hyras Stimme von einer anderen Stelle. »Hast du die fünfzig Silberlinge?«

»Ja«, erwiderte Buchanan mit dumpfer Stimme.

»Dann wirf sie her, und du kannst verschwinden.«

Buchanan zögerte.

»Falls du gedacht hast, du könntest mich mit einem Messer oder so etwas überraschen, so hast du dich geschnitten«, rief Hyras spöttisch. Und er bluffte: »Im Übrigen ziele ich mit einem Pfeil auf deine Brust. Also los, her mit den Silberlingen! Mein Arm schläft bei dem gespannten Bogen fast ein, und wenn der Pfeil losfliegt...«

»Du willst doch nicht die Kuh töten, die du weiterhin melken willst«, sagte Buchanan.

»Den Ochsen, meinst du wohl.« Hyras lachte. »An deiner Stelle würde ich's nicht darauf ankommen lassen. Könnte ja sein, dass ich mich mit den fünfzig zufriedengebe. Also...«

»Schon gut«, rief Buchanan hastig. »Ich binde die Tasche los.«

Hyras sah, wie sich Buchanan im Sattel drehte und an irgendetwas herumfummelte. Anschließend holte er mit der Satteltasche aus und warf sie zu der Ruine hin. Sie landete etwa fünf Schritte entfernt mit leisem Klirren am Boden.

»Kannst du nicht weiter werfen?«, sagte Hyras ärgerlich, denn jetzt musste er aus dem Dunkel der Ruine heraustreten, und gerade lugte der Vollmond zwischen Wolken hervor.

»He, du hast doch nicht etwa einen faulen Trick vor?«, fragte Hyras misstrauisch. Angespannt blickte er in die Runde. Es war nichts Verdächtiges zu bemerken.

»Quatsch«, rief Buchanan. »Sei nicht so überängstlich.«

»Der Einzige, der Angst haben sollte, bist du!«, gab Hyras zurück. »Und damit du dir nicht in die Hosen machst, lasse ich dich jetzt reiten. Ich hoffe, dass kein Silberstück fehlt. Sollte das der Fall sein, wird's beim nächsten Mal teurer für dich.«

»Es fehlt an nichts«, erwiderte Buchanan. »Zähl nur nach.«

Dann zog er sein Pferd herum und ritt im Schritt davon.

Hyras wartete, bis er weit genug entfernt war. Dann eilte er aus dem Dunkel der Ruine zu der Ledertasche.

Er warf einen Blick zu dem Reiter, doch Buchanan wandte sich nicht um. Und selbst wenn er jetzt noch zurück galoppiert wäre, hätte er keine Chance gehabt. Mit ein paar Sätzen wäre Hyras wieder in der Dunkelheit der Ruine gewesen und hätte ihm dort auflauern können.

Hastig öffnete Hyras mit der linken Hand den Riemen der Ledertasche, die fest verschlossen war. Der zweite Gurt ließ sich schwerer öffnen, und Hyras legte das Schwert ab und nahm die Rechte zu Hilfe. Er schlug die Tasche auf und griff mit beiden Händen in das Silber hinein.

Dann stieß er einen markerschütternden Schrei aus.

Die Silberstücke waren da. Doch zusätzlich hatte Buchanan noch etwas anderes eingepackt.

Etwas ringelte aus der Tasche hervor über Hyras' Arme, und gleichzeitig spürte er schon, wie er gebissen wurde.

Schlangen. Mindestens drei.

Giftschlangen!

Buchanan hatte sein Pferd gezügelt. Er wandte den Kopf und sah, wie der Erpresser verzweifelt um sich schlug, schreiend die Schlangen abschüttelte, dann das Schwert hochriss und wie besessen um sich schlug.

Ein kaltes Lächeln spielte um Buchanans Lippen.

Er sah, wie der Mann schließlich schwankte und in die Knie brach. Das Schwert entglitt Hyras' kraftlosen Fingern.

Ein guter Bekannter, ein alter Einsiedler, der Schlangen fing, um die Häute zu verkaufen, hatte ihm drei Exemplare für ein paar Goldstücke besorgt und Buchanan gewarnt, dass der Biss der Schlangen absolut tödlich sei.

Der Alte hatte nicht zu viel versprochen.

Buchanan wartete, bis die Schreie verstummt waren. Grinsend hörte er sich an, wie ihn der Sterbende verfluchte. Schließlich verstummten auch die letzten geröchelten Laute, und die Gestalt am Boden rührte sich nicht mehr.

Schließlich ritt Buchanan zurück, um sich die Tasche mit dem Silber zu holen. Mit aller Vorsicht, versteht sich. Er brauchte nur noch einer Schlange den Kopf abzuschlagen. Die anderen hatte Hyras getötet.

Als Buchanan schließlich davonritt, war es ihm, als hätte er einen endgültigen Schlussstrich unter das üble Kapitel seiner Vergangenheit gezogen.

Er ahnte nicht, dass Odulf bereits seit langem auf den Tag der Rache wartete. Ein paar Tage später erhielt Buchanan dann die Morddrohung.

## 3. Kapitel

Es war ein berauschendes Fest. Buchanan feierte Hochzeit mit Lady Aine of Kyrton. Erlesene Speisen und Getränke wurden aufgetragen, und dann ergötzten sich die vielen Gäste an Musik, Tanz und dem Spiel der Gaukler. Johel de Vautort, der berühmte Minnesänger, trug seine neueste Ballade vor. Er pries darin Lady Aines Schönheit und Buchanans Klugheit, woraufhin beide geschmeichelt lächelten. Ja, der charmante Minnesänger wusste, wie er die Gunst seines Publikums erobern konnte. Flugs fügte er noch ein paar Komplimente für alle anderen auf der Burg hinzu und vergaß nicht, Ritter Morgan und seine Gefährten zu rühmen, die vom Sheriff, Sir Ronan of Launceston, zu dieser Hochzeit entsandt worden waren. Ja, es war eine Feier, die alle Gäste rundum zufriedenstellte.

Buchanan konnte sich glücklich preisen. Aine war reich und schön. Sie war Mitte zwanzig, blond und blauäugig. Ihr Lächeln hatte etwas Schwermütiges. Gewiss dachte sie in dieser schicksalhaften Stunde an ihre Angehörigen, die nicht an der Feier teilnehmen konnten. Jeder wusste, welch tragische Schicksalsschläge Lady Aine erlitten hatte. Nach einem knappen Jahr Ehe war ihr Mann, ein junger Ritter, an den Folgen einer schweren Erkältung gestorben. Und dann hatte Aine ihre gesamte Familie bei einem Unglücksfall verloren. Sie hatte Burg Kyrton geerbt, und es war seit langem kein Geheimnis, dass sie dafür einen Burgherrn suchte. Jetzt war sie mit Buchanan, einem Mann von ihrem Stande, vermählt. Buchanan war Anfang vierzig, ein stämmiger, großer Mann, dessen Schläfen schon grau wurden und dessen Gesicht stets verdrossen und grimmig wirkte, selbst wenn er lächelte. Aber das lag vielleicht an seinen augenblicklichen Sorgen.

Daran musste der Soldat Rhodri denken, als er Buchanan beim Vortrag der Ballade lächeln sah.

»Johel trägt ein bisschen dick auf«, murmelte Rhodri. »Findest du nicht auch, Cynan?« Er blickte den Gefährten an, der neben ihm an der Tafel saß.

Cynan kratzte sich am schwarzen Bart.

»Der Erfolg gibt dem Schmeichler recht«, brummte er. »Sieh doch nur, wie Buchanan vor sich hin grinst, wenn Johel seine Klugheit rühmt. Und wie die schöne Aine ob seiner Lobhudeleien dahin schmilzt.«

Dann grinste Cynan, denn Johel de Vautort sang zum Klang der Laute von der Tapferkeit Morgans und seiner Soldaten.

»Da hat er recht«, fügte er hinzu und erwiderte den glühenden, bewundernden Blick einer jungen Zofe mit einem blitzenden Lächeln. Sie lächelte zurück.

»Eine süße Zofe«, bemerkte Rhodri an Cynans Seite.

»Das kann man wohl sagen«, brummte Cynan.

In diesem Augenblick beendete Johel seine Ballade, die eine Lobeshymne auf das Brautpaar und auf alle Anwesenden der Burg war. Lächelnd verneigte sich der berühmte Minnesänger und nahm die Ovationen hin.

Eine der Hofdamen warf ihm gar eine Kusshand zu. Die Musikanten spielten auf, und Johel forderte die Dame zum Tanze auf.

Rhodri seufzte. Zu gern hätte er auch getanzt, aber das war in seiner Position unmöglich. Er dachte betrübt an den Auftrag, den Ritter Sir Morgan von seinem Vater, Sir Ronan, erhalten hatte.

Sie sollten das Brautpaar bewachen. Nicht nur in der Hochzeitsnacht, auch auf der anschließenden Hochzeitsreise.

Buchanan hatte eine Morddrohung erhalten. Wenn er nicht tausend Silberlinge an einem bestimmten Ort hinterlege, ginge es ihm wie den Herren Atair und Dhorie, deren Ermordung kürzlich geschah und wochenlang das Gespräch in ganz Cornwall war.

Buchanan nahm die Drohung ernst. Der eine der beiden Ritter war vergiftet, der andere erschlagen worden. Beide in der Hochzeitsnacht!

Deshalb hatte Buchanan Vorsorge getroffen. Die Wachen waren verstärkt worden, und zusätzlich hatte Buchanan Morgan und seine Soldaten um Schutz gebeten. Der Sheriff hatte Morgan zur Hochzeit gesandt, weil Lady Aines Familie mit seiner Gemahlin Lady Gilian befreundet war.

Der Ritter saß jetzt an der Seite des frisch vermählten Paars, und des Nachts würden die Soldaten im Nebenzimmer des Schlafgemachs wachen, bis Sir Morgan die Ablösung übernahm und die beiden ein paar Stunden schlafen konnten, bevor sie die Bewachung fortsetzten.

Am nächsten Tag würden sie dann abreisen und das Paar begleiten.

Rhodri seufzte und trank einen Schluck Bier. Der Ochsenbraten zum Abendessen war mit pikanten Kräutern gewürzt gewesen, und der Soldat verspürte Durst. Rhodri schielte zu dem Krug mit Wein, aus dem der Mundschenk den anderen Gästen eingoss. Wie gerne hätte er Wein statt des abgestandenen Bieres getrunken! Doch Sir Morgan hatte es verboten, damit ihnen nicht bei der Wache die Augen zufielen.

Morgan hielt Buchanans Sorge für übertrieben. Es war sicherlich Zufall, dass zwei Burgherren ausgerechnet in der Hochzeitsnacht ermordet worden waren. Doch aus Rücksichtnahme auf seine Mutter, Lady Gilian, und die verwandtschaftlichen Beziehungen zu Buchanans Braut. erfüllte er Buchanans Wunsch.

Buchanan bangte tatsächlich um sein Leben, denn bei der zweiten Morddrohung war der Brief mit *Odulf* unterzeichnet. Doch davon hatte Buchanan Morgan nichts gesagt...

Auch Cynan musste mit dem abgestandenen und zudem verdünnten Bier vorlieb nehmen, statt sich an dem guten Wein zu laben wie die anderen Gäste.

So waren die beiden Gewappneten hellwach, als sie um Mitternacht auf ihren Posten im Zimmer neben dem Schlafgemach des Brautpaars waren, das sich soeben zurückgezogen hatte.

Deshalb hörten sie auch die Geräusche: Ein Aufstöhnen, ein Poltern und einen dumpfen Aufprall im Nebenzimmer.

Rhodri tauschte einen überraschten Blick mit Cynan.

Cynan grinste. »Die gehen aber gleich heftig zur Sache«, murmelte er.

Die beiden lauschten. Jetzt war es still im Nebenzimmer. Schon beinahe unnatürlich still.

»Sollen wir fragen, ob alles in Ordnung ist?«, flüsterte Rhodri.

Cynan schüttelte den Kopf. »Der Takt verbietet es, das frischvermählte Paar zu stören. Außerdem wüssten sie dann, dass wir an der Tür gelauscht haben.«

»Du glaubst also auch nicht, dass die Drohung ernst zu nehmen ist?«

»So ist es. Es wird ein dummer Scherz sein. Außerdem hat sich der Briefeschreiber nicht mehr gemeldet, obwohl Buchanan die Frist verstreichen ließ, ohne zu zahlen. Weiß der Kuckuck, weshalb der Gute solch eine Heidenangst hat, dass er uns reich entlohnen will, wenn wir ihn heute Nacht und auf der Reise zur Burg Kyrton beschützen. Gewiss will er nur bei Lady Aine protzen, dass er sich den ruhmreichen Morgan und seine ebenso berühmten Geführten als Lakaien halten kann.« Er grinste Rhodri an. »Vertreiben wir uns die Zeit mit Würfeln oder Knobeln?«

Rhodri entschied sich für Knobeln, weil er bei den letzten Würfelpartien eine Pechsträhne gehabt hatte.

Diesmal verlor er beim Knobeln.

Schon nach fünf Minuten hatte Cynan ihm fünf Kupferstücke abgeknöpft, und Rhodri dachte betrübt, dass es eine teure Nacht werden würde, wenn er weiterhin solches Pech hatte.

Sie hielten im Spiel inne, als jemand draußen auf dem Gang an die Tür des Nebenzimmers klopfte.

Im Schlafgemach blieb alles still.

Wieder klopfte es. Dann ertönte eine Männerstimme auf dem Gang. Die Soldaten erkannten die Stimme eines Dieners.

»Verzeiht die Störung, Herr, aber ich hörte das Glöckchen klingeln.«

Stille.

In diesem Augenblick ertönte in der Burg ein langgezogener Schrei, dann war ein Klatschen zu hören, und der Schrei verstummte wie abgeschnitten.

Die Soldaten sprangen auf und ergriffen ihre Schwerter.

Auf dem Gang klopfte der Diener heftig gegen die Tür des Schlafgemachs.

»Was ist passiert?«, rief er mit angespannter Stimme.

Cynan hielt sich nicht mit Anklopfen auf. Er ahnte, weshalb sich niemand im Nebenzimmer meldete. Zudem schrie jetzt jemand in der Burg Alarm.

Cynan warf sich gegen die Tür, die Buchanan verriegelt hatte, wie der Soldat wusste.

Beim ersten Anlauf hielt die Tür stand. Beim zweiten Versuch landete Cynan buchstäblich mit der Tür im Haus. Er rappelte sich auf.

Das Zimmer war dunkel, doch im Schein des Mondes, der durch das Fenster hereinfiel, erkannten die Soldaten die dunkle Gestalt auf dem Boden neben dem Bett.

Buchanan!

Von Lady Aine war nichts zu sehen.

Cynan kniete sich neben Buchanan und tastete nach dem Puls. Gleich darauf atmete der Soldat auf. Buchanan lebte.

Rhodri hatte derweil die Öllampe auf der Kommode neben dem Bett angezündet. Jetzt sahen sie das Blut am Hinterkopf des Burgherrn. Am Boden lag ein schwerer Leuchter. Cynan sah Blut daran und wusste, dass Buchanan damit niedergeschlagen worden war.

Er eilte zum offenen Fenster. Eine Strickleiter hing in den Burggraben hinab.

Rhodri nahm ein Blatt Papier vom Bett, und seine Augen weiteten sich, als er die Botschaft las.

»Oh Gott«, sagte er. »Sie haben die Lady entführt und fordern Lösegeld!«

Er tauschte einen Blick mit Cynan.

Cynan gürtete sein Schwert und hieb fluchend mit der geballten Rechten in die linke Handfläche.

»Verdammt, verdammt! Und alles praktisch vor unserer Nase! Was wird uns Sir Morgan sagen?«

Dieser war bald darauf zur Stelle. Kein Wort des Tadels kam über seine Lippen, als die Soldaten zerknirscht berichteten. Morgan machte sich selbst Vorwürfe. Dass jemand unbemerkt über eine Strickleiter in das Gemach gelangen könnte, hatte er nicht in Erwägung gezogen.

Es war nicht viel, was die Soldaten inzwischen herausgefunden hatten. Jemand musste bereits im Zimmer gelauert und gleich zugeschlagen haben. Ein Wachtposten hatte einen Mann mit einer Frau über der Schulter beim Abstieg auf der Strickleiter entdeckt. Als er Alarm hatte schreien wollte, wurde er von einem Pfeil getroffen, stürzte ab und hatte sich im Burggraben das Genick gebrochen. Andere Wachtposten hatten dann noch gesehen, wie der Entführer mit der Frau über der Schulter im Wäldchen verschwunden war, das sich östlich der Burg erstreckte. Von dort aus hatten die Entführer den Weg zu Pferd fortgesetzt. Nach den Spuren zu schließen, mochten es ein halbes Dutzend Reiter sein. Sie waren nach Osten geritten.

Buchanan erwachte bald darauf aus seiner Ohnmacht. Er wusste nur zu berichten, dass ihn etwas am Kopf getroffen hatte. Er wirkte völlig verstört und bat Morgan inständig, die Verfolgung der Entführer aufzunehmen. Ihr Vorsprung war nicht groß, und Buchanan hoffte, dass Morgan und ein Reitertrupp die Kerle noch fassen und Aine befreien konnten, bevor sie in irgendeinem Versteck verschwanden.

Einiges an Buchanans Verhalten und seinen Worten kam Morgan seltsam vor, doch er führte es auf den Schock zurück.

Buchanan hatte tatsächlich einen Schock bekommen, als er die Lösegeldforderung gelesen hatte. Sie war in Odulfs Handschrift abgefasst.

Doch all das konnte Morgan nicht wissen.

So ritt er mit den Soldaten und einem Dutzend von Buchanans Männern durch die Nacht. Buchanan ließ sich derweil auf Morgans Rat hin von Johel de Vautort und zwei anderen Männern bewachen. Morgan bezweifelte, dass Buchanan noch in Gefahr war. Schließlich wollten Aines Entführer das Lösegeld, und Tote können bekanntlich nicht zahlen. Doch Morgan wollte ganz sicher gehen.

In einem dunklen Waldstück verlor der Trupp die Fährte. Morgan ließ die Männer ausschwärmen und systematisch suchen. Er selbst hatte dann Glück und fand am östlichen Waldrand einen Steigbügel. Der Gurt des Steigbügels war frisch abgerissen. Morgan suchte die nähere Umgebung ab und entdeckte schließlich im weichen Boden die Hufspuren.

Ein Teil von Buchanans Mannen suchte noch auf der anderen Seite des Waldstücks. Morgan wollte keine Zeit verlieren und gleich der frischen Fährte folgen. So nahm er nur die Gefährten und vier weitere Männer mit, die in der näheren Umgebung gesucht hatten und geschwind zur Stelle waren, als er sie rief. Er schickte einen Boten zum Rest des Trupps, der die Männer informieren sollte, wo die Fortsetzung der Spuren gefunden worden war. Die Reiter sollten dann folgen.

An einer Weggabelung zügelte Morgan sein Pferd Die Gewappneten und Buchanans Männer hielten hinter ihm.

»Sie haben sich getrennt«, stellte Cynan fest, als er wie Morgan die Hufabdrucke im lehmigen Boden musterte.

»Folglich werden wir dasselbe tun«, sagte Sir Morgan. Er teilte schnell die Männer ein und mahnte sie: »Unternehmt nichts, was das Leben der Gefangenen gefährden könnte. Wenn die Kerle mit der Geisel freien Abzug erpressen, dann lasst sie reiten. Versucht anschließend vorsichtig herauszufinden, wohin sie die Gefangene bringen.«

Die Männer nickten.

Morgan ritt mit Rhodri und einem Junker auf den Spuren zweier Reiter, die nach Nordwesten abgebogen waren. Die anderen folgten unter Cynans Führung der anderen Fährte.

## 4. Kapitel

Odulfs Reiter und Lady Aine galoppierten durch die Nacht.

Evan, der Anführer des Trupps, fluchte. Sein Hengst hatte den rechten Steigbügel verloren. Der Gurt war eingerissen und durchgebrochen. Gewiss war ein Pferd auch mit nur einem Steigbügel oder ganz ohne zu reiten, doch Evan fand es ungewohnt und unbequem. Er wusste nicht, wohin mit dem rechten Bein, und er hatte das Gefühl, sein ganzes Gewicht laste auf der linken Seite, wo er den Fuß im Bügel hatte. Schließlich zog er den linken Fuß aus dem Steigbügel und ließ das Bein ebenfalls herabhängen. So fand er es schon etwas bequemer.

Er blickte zu der Frau an seiner Seite. Er bewunderte ihre perfekte Haltung im Sattel, ihre stolze Schönheit. Er bewunderte die ganze Frau. Vom ersten Augenblick an war er verrückt nach ihr gewesen.

Dann dachte Evan an Odulf, der diese Frau als sein Eigentum betrachtete, und seine Miene verfinsterte sich.

Es war nicht alles nach Plan verlaufen. Ein Wachtposten hatte sie beim Abstieg über die Strickleiter entdeckt und

Alarm geschlagen. Zum Glück hatte der Mann, der für alle Fälle am Burggraben gewartet hatte, die Gefahr schnell beseitigt. Sein Pfeil hatte den Wachtposten getroffen, und so waren sie entkommen. Doch eigentlich hätte Lady Aines Verschwinden erst am Morgen bemerkt werden sollen, wenn sie längst über alle Berge gewesen wären.

Jetzt mussten sie mit Verfolgern rechnen.

Evan fing einen Blick der Frau auf. *Ein Gutes hat die Sache*, dachte er. *So habe ich einen triftigen Grund, mich mit ihr abzusetzen.*

Er blickte besorgt zurück.

»Wir sollten uns trennen«, rief er durch das Trommeln des Hufschlags. »Ich reite mit Lady Aine allein weiter. In der Dunkelheit werden die Verfolger nicht bemerken, dass jemand abgebogen ist. Ihr lockt die Verfolger hinter euch her, und wenn es euch nicht gelingt, sie abzuhängen, lockt ihr sie in einen Hinterhalt und erledigt sie. Wir treffen uns dann auf der Burg. Noch Fragen? Warum grinst du so, Arn?«

Der Angesprochene zuckte mit den breiten Schultern. »Ich frage mich, weshalb du nicht bei uns bleibst. Mit ihr als Geisel kann uns doch gar nichts passieren.«

»Ihr tut, was ich befehle!«, gab Evan zornig zurück.

»Und was sollen wir Odulf sagen? Ich meine, weshalb du mit ihr allein...«

Er nickte zu Aine hin und ließ den Rest unausgesprochen. Doch sein Grinsen verriet seine Gedanken.

Jeder in der Bande wusste, wie eifersüchtig Odulf darüber wachte, dass keiner Lady Aine zu nahe kam. Und ebenso wusste jeder, dass Evan vernarrt in Aine war. Keiner wagte es, das Odulf zu sagen. In seinem Jähzorn und seiner verletzten Eitelkeit war Odulf fähig, einen Informanten auf der Stelle umzubringen.

Es war besser, man hielt sich da heraus, und Arnulf bereute schon seine Worte, als er Evans zornfunkelnden Blick sah.

»Das ist meine Sache«, erwiderte Evan mit scharfer Stimme. »Ich werde Odulf schon klarmachen, dass es keine andere Möglichkeit gab, als uns zu trennen. Da vorne ist die Weggabelung. Verschwindet jetzt!«

Die Männer trennten sich. Während Arnulf und die anderen den Waldweg nach Nordosten wählten, ritt Evan mit Aine nach Nordwesten weiter.

»Die sind wir los«, sagte Evan, als sie außer Hörweite waren. Er lachte und blickte zu der schönen Frau an seiner Seite.

»Hast du wirklich Sorge, dass wir verfolgt werden?«, fragte sie.

Er schüttelte den Kopf. »Unser Vorsprung müsste groß genug sein. Im Dunkeln können sie lange nach Spuren suchen. Außerdem haben wir mehrfach die Richtung geändert. Ich habe die anderen nur weggeschickt, um mit dir allein zu sein. Schließlich ist es deine Hochzeitsnacht. Ich denke, wir beide werden sie fortsetzen. Freust du dich, Liebling?«

»Ja, Evan«, erwiderte sie lächelnd.

Sein Herz pochte schneller bei diesen Worten. Doch zugleich fragte eine innere Stimme zweifelnd: Ob das tatsächlich stimmt?

## 5. Kapitel

Es stimmte nicht ganz.

Gewiss, Evan sah nicht schlecht aus. Er hatte ein kühn geschnittenes Gesicht und eine stattliche Figur. Er war nicht so ungehobelt wie die anderen Kerle aus Odulfs Bande. Trotz seiner rauen Schale hatte er einen weichen Kern. Er pflegte sich, wusste charmant zu plaudern und war nicht grob, sondern sanft und zärtlich. Kurzum, Aine fand ihn keineswegs zuwider, und bisweilen fragte sie sich, wenn er sie in seinen starken Armen hielt, ob nicht doch Liebe ihrerseits mit im Spiel war. Doch dann musste sie an die schrecklichen Umstände denken, die sie zusammengeführt hatten, und sie sagte sich, dass ihre Gefühle für Evan allenfalls als tiefe Dankbarkeit zu bezeichnen waren.

Evan war ihre einzige Hoffnung.

Der rettende Strohhalm, an den sie sich verzweifelt klammerte.

Zunächst einmal hatte er sie vor Odulf, diesem Unhold, bewahrt, den sie hasste, wie sie noch nie einen Menschen gehasst hatte.

Odulf hatte ihre Familie in seine Gewalt gebracht. Zuerst die Mutter, um Aines Vater zu erpressen, und schließlich Aines ältere Schwester und den jüngeren Bruder. Der Vater war beim verzweifelten Versuch, seine Familie zu befreien, von Odulf getötet worden. die anderen vegetierten im Kerker von Odulfs Burg dahin.

Sie galten offiziell als verstorben. Odulf hatte Aine versprochen, ihrer Mutter und ihren Geschwistern die Freiheit zu schenken, wenn sie seinen Plan erfüllte. Doch Aine wusste von Evan, dass Odulf gar nicht daran dachte, sein

Versprechen zu halten. Er hatte dem Vertrauten mit kaltem Grinsen erklärt: »Wozu soll ich mir Mitwisser als Läuse in den Pelz setzen? Sie bleiben meine Gefangenen. Ich brauche ein Druckmittel, damit Aine nach meiner Pfeife tanzt. Wenn ich mit Buchanan abgerechnet habe und seine Burg besitze, halte ich mir Aine als Weib. Sie wird meine Sklavin sein und sich hüten, mein Geheimnis preiszugeben, wenn ich ihr stets mit dem Tod ihrer Lieben drohe.«

Welch teuflischer Plan!

Selbst Evan war es ob dieser Unmenschlichkeit kalt über die Wirbelsäule gelaufen, und er war voller Mitleid mit Aine und ihren Angehörigen gewesen. Vor einem Raub um materieller Beute willen schreckte er nicht zurück. Doch er konnte nicht ertragen, dass Frauen Leid angetan wurde.

Bei diesem Gedanken empfand Aine wiederum tiefe Dankbarkeit.

Als Odulf ihr androhte, sie mit Gewalt zu nehmen, verhinderte Evan das mit einem Trick. Er bestach die Wahrsagerin, die Odulf sich auf der Burg hielt und deren Prophezeiungen für Odulf wie Gebote waren. Die Wahrsagerin hielt ihn mit ihren »Weissagungen« davon ab, seine Drohung in die Tat umzusetzen. Evan bezahlte sie dafür.

Aine blickte zu dem Mann an ihrer Seite und fing seinen bewundernden, glühenden Blick auf.

*Er liebt mich!,* dachte sie. Sie sah es ihm an den Augen an. Verwirrt stellte sie fest, dass sie sich tatsächlich auf die Rast mit ihm freute!

Sie zwang sich, an etwas anderes zu denken. Schließlich war Evan ein Räuber!

Sie dachte an Odulfs teuflischen Plan.

Er hatte sie gezwungen, Buchanan zu heiraten.

Odulf und Buchanan waren einst Räuberkumpane gewesen. Sie hatten reiche Beute gemacht, und beim Teilen war es dann zum Streit gekommen. Buchanan, den alle im Lande für einen Biedermann hielten, hatte den Kumpan hinterrücks erstechen wollen. Doch Odulf hatte seinen Schatten gesehen und war herumgewirbelt. Hilflos hatte er vor Buchanan im Staub gelegen und um sein Leben gefleht. Buchanan hatte zugestochen. Dann hatte er den vermeintlichen Toten liegen gelassen und sich mit der Beute davongemacht.

Odulf war von einem Kräutersammler gefunden und gesund gepflegt worden.

Seither wartete er auf den Tag der Rache.

Er suchte lange nach Buchanan, bis er herausfand, dass der Lump inzwischen Burgherr geworden war und sich einen Adelstitel zugelegt hatte. Buchanan heiratete eine reiche Dame, die bald darauf verstorben war und ihm ihren Reichtum hinterlassen hatte. Odulf vermutete, dass Buchanan seine Gemahlin umgebracht hatte – und damit hatte er recht.

Buchanan hatte bei einem Ausritt dafür gesorgt, dass seine Gemahlin mit ihrem scheuenden Pferd in eine Schlucht stürzte. Genaues wusste Odulf nicht, doch er schloss von sich auf andere. Schließlich hatte er sich selbst auf ähnliche Weise seine Burg angeeignet.

Nun hätte Odulf gewiss eine Gelegenheit gefunden, Buchanan zu ermorden. Doch dann wäre er nicht an die Beute des damaligen Raubüberfalls herangekommen, Geld und Geschmeide von unermesslichem Wert. So ersann Odulf einen Plan, wie er sich nicht nur den Schatz, sondern die gesamte Burg gleich mit aneignen konnte. Er wusste, dass Buchanan eine Frau suchte, und deshalb entführte er Lady Aine und ihre Angehörigen. Danach zwang er Aine, ihre Rolle zu spielen. Er sorgte geschickt dafür, dass Buchanan sich für die junge, schöne Witwe interessierte. Aine bot sich zudem als reiche Partie an, und Buchanan biss sofort an.

Nach der Trauung sollte Buchanan beseitigt werden, und anschließend, nach der Trauerzeit, sollte die Witwe Odulf ehelichen, womit ihm die Burg zufiel.

Damit kein Verdacht auf ihn fiel, hatte er die Erpressung eingeleitet. Wenn sie zahlten, war das ein kleines Nebengeschäft, wenn nicht, dann stiftete es Verwirrung. Jeder musste annehmen, dass irgendeine Räuberbande am Werk sei, und Odulf wäre über jeden Verdacht erhaben.

All dies wusste Aine von Evan.

Bis jetzt war Odulfs Plan im Großen und Ganzen ausgeführt worden; Evan hatte nur eine Kleinigkeit geändert. Doch es sollte eine ganz andere Fortsetzung geben, als Odulf dachte.

Und diesem Tag fieberte Aine entgegen!

## 6. Kapitel

Sir Morgan zügelte sein Pferd am Waldrand. Nebelschleier waberten über der Lichtung, an deren westlichem Rand die kleine Hütte stand.

Morgans Blick glitt zu den beiden Pferden, die zwischen den Birken bei der Hütte angebunden waren.

Wenn nicht alles täuschte, dann waren es die Tiere, deren Spuren sie bis hierher gefolgt waren.

»Ich verstehe nicht, warum sich zwei von den anderen getrennt haben«, murmelte Rhodri und blickte zu dem Junker an seiner Seite.

»Vielleicht sind wir einer falschen Fährte gefolgt«, meinte der und blickte Sir Morgan fragend an.

»Das werden wir gleich wissen«, erwiderte Morgan. Er gab den beiden Anweisungen. Sie ließen ihre Pferde im Wald zurück und schlichen sich von zwei Seiten in der Deckung der Bäume an die Hütte an.

Eines der Pferde schnaubte, als Morgan sich näherte.

Morgan verharrte und lauschte.

In der Hütte blieb alles still.

Morgan musterte die Pferde. Ihr Fell war verschwitzt und schmutzig. Die Tiere wirkten erschöpft und waren gewiss hart gefordert worden.

Morgan schlich weiter bis zu einem der kleinen Fenster. Vorsichtig spähte er in die Hütte.

Dann stockte ihm der Atem.

Auf einem Strohlager an der rückwärtigen Wand lag ein nacktes Paar.

Der Mann verdeckte weitgehend die Sicht auf die Frau, doch Morgan sah ihr blondes Haar, und mit einem schnellen Blick zu den Kleidungsstücken, die auf einem Schemel lagen, erkannte Morgan, dass die Frau Lady Aine war.

Hilflos war sie einem der Räuber ausgeliefert!

Morgan zog sein Schwert und stürmte in die Hütte.

## 7. Kapitel

»Sie kommen!«, rief einer der Männer, als er von der Eiche aus die Reiter gewahrte, die sich wie gespenstische Schemen aus dem Grau des Morgennebels schälten.

Die anderen Räuber lagen zwischen den Büschen oberhalb des Hohlwegs. Sie zückten ihre Schwerter, und einer von ihnen packte den Morgenstern fester.

Vor einer knappen Stunde hatten sie die Reiter entdeckt. Sie hatten beobachtet, wie einer aus dem Trupp vom Pferd gestiegen war und den Boden nach Spuren abgesucht hatte. Dann hatten sie sich eine geeignete Stelle für einen Hinterhalt gesucht.

Ihr Plan war einfach.

Die Verfolger würden hinter der Wegbiegung mit den Pferden gegen ein straff gespanntes Seil prallen und brauchten dann nur noch niedergemacht zu werden.

Der Hufschlag trommelte heran.

Der große, schwarzbärtige Mann an der Spitze des Trupps führte die Männer ahnungslos ins Verderben.

So dachten Odulfs wilde Gesellen.

Doch sie hatten einen gewaltigen Fehler begangen und die Rechnung ohne den Wirt gemacht, der in diesem Fall Cynan hieß.

Cynan war ein erfahrener Soldat des Sheriffs. Er kannte die Tricks solcher Kerle. Vor einer Viertelstunde hatte ihm ein dampfender Pferdeapfel auf dem Weg verraten, dass die Lumpen, deren Fährte sie gut hatten folgen können, dicht vor ihnen sein mussten. Vor einiger Zeit hatte Cynan Vögel an dieser Stelle auffliegen sehen, die von irgendetwas aufgescheucht worden sein mussten. Jetzt herrschte Totenstille, und es war, als hielte die Natur den Atem an.

Der Hohlweg war ideal für einen Hinterhalt, und Cynan war gewarnt. Dennoch entdeckte er das Seil hinter der Wegbiegung zu spät. Als er es gewahrte, wusste er, dass er sein Pferd nicht mehr rechtzeitig parieren konnte, dass er kein Kommando zum Sprung mehr geben konnte und dass der Aufprall unvermeidlich war. Er handelte instinktiv und blitzschnell. Er riss die Füße aus den Steigbügeln und warf sich vom Pferd, just in dem Augenblick, als es gegen den Strick prallte.

Das Pferd stolperte und stürzte. Ihm half nicht viel, dass die Räuber ein zu schwaches Seil genommen hatten, das der Wucht des Anpralls nicht standhielt. Doch es half den nachfolgenden Reitern und ihren Pferden. Nur der Nächste prallte gegen Cynan gestürztes Pferd. Der Mann fiel zu Boden, doch er verletzte sich nicht. Die anderen Reiter konnten ihre Pferde an den gestürzten Tieren vorbeilenken.

Die Räuber glaubten, die Falle sei zugeschnappt. Brüllend sprangen sie zwischen den Büschen hervor in den Hohlweg. Sie schwangen Schwerter, und einer holte mit dem Morgenstern aus.

Cynan war zwischen Brennnesseln am Rande des Hohlwegs gelandet. Er sprang gerade auf, als der Mann mit dem Morgenstern über ihm auftauchte.

Cynan zog sein Schwert und schnellte sich zur Seite. Gerade noch rechtzeitig. Der Morgenstern knallte in die Brennnesseln. Mit einem Satz war der Soldat wieder auf den Beinen. Bevor der Kerl den Morgenstern hochreißen konnte, schlug Cynan ihm mit dem Schwert auf die Finger.

Schreiend ließ der Räuber den Morgenstern los und taumelte zurück.

Ein Pfeil zischte an Cynan vorbei und bohrte sich in den Stamm einer Buche am Wegesrand. Der Bogenschütze auf der Eiche hatte den Pfeil überhastet abgeschossen, als er seinen Kumpan in Bedrängnis gesehen hatte.

Cynan suchte den Nahkampf, denn dann würde sich der Bogenschütze gewiss hüten, weitere Pfeile abzuschießen, weil er damit die eigenen Kumpane treffen konnte. Der Soldat wirbelte zu einem weiteren Angreifer herum. Er parierte den wuchtigen Schwerthieb des Mannes und kreuzte mit ihm die Klinge.

Das Blatt hatte sich gewendet. Cynan sah aus den Augenwinkeln, dass sich Buchanans Männer ebenfalls zum Kampf gestellt hatten. Hell klirrten die Schwerter auf dem Hohlweg.

Cynan fintierte, und als sein Gegner darauf hereinfiel, schlug ihm der Soldat mit kraftvollem Hieb das Schwert aus der Hand. Schreiend warf sich der Kerl herum und ergriff die Flucht. Er wäre vielleicht entkommen, wenn ihn nicht ein Pfeil getroffen hätte, der Cynan zugedacht war.

Als der Schütze sah, dass er den eigenen Kumpan getroffen hatte, erschrak er so sehr, dass er vom Zweig abrutschte und auf den Hohlweg plumpste, direkt vor die Hufe eines durchgehenden Pferdes.

Sein schauriger Schrei erstarb, als er unter die Pferdehufe geriet.

Cynan sah sich rasch um. Seine Augen weiteten sich entsetzt. Keine vier Schritte von ihm entfernt sank einer von Buchanans Männern, von einem Schwerthieb getroffen, zu Boden. Und der Räuber, der ihn niedergeschlagen hatte, holte mit dem Schwert aus, um ihm den Todesstoß zu versetzen.

»Hier!«, schrie Cynan.

Der Räuber zögerte nur kurz, doch dieser Augenblick reichte Cynan, um den Mann zu retten. Cynan schleuderte sein Schwert wie eine Lanze. Die Klinge bohrte sich dem Räuber in die Brust, und sein Stoß ging ins Leere. Der Mann stürzte neben seinen Gegner, der flugs sein Schwert vom Boden riss und dem Mann die Klinge über den Schädel schlug, obwohl das gar nicht mehr nötig gewesen wäre. Cynan erkannte, dass der Kampf entschieden war. Nur einer der Halunken war noch auf den Beinen. Er rannte davon, als sei der Leibhaftige hinter ihm her.

Cynan lief zu einem der reiterlosen Pferde, warf sich in den Sattel und nahm die Verfolgung auf. Gehetzt blickte sich der Räuber um, als er den Hufschlag hörte. Cynan preschte auf ihn zu und hielt das Schwert in der erhobenen Rechten. Doch nicht um den Räuber niederzumachen. Er wollte den Burschen lebend haben, um ihn zum Reden zu bringen.

»Halt, oder du bist des Todes!«, brüllte Cynan trotzdem drohend und holte mit dem Schwert aus, als wolle er den Mann im Vorbeigaloppieren köpfen.

Der Räuber blieb tatsächlich stocksteif stehen und starrte Cynan furchtsam entgegen.

»Erbarmen!«, stammelte er.

Dann war Cynan heran, parierte hart das Pferd und drückte dem Räuber die Klinge gegen die Brust.

»Darüber können wir vielleicht reden, wenn du mir ein paar Fragen beantwortest«, sagte Cynan und zeigte grinsend seine blitzenden Zähne im schwarzen Vollbart.

## 8. Kapitel

Morgan hatte geglaubt, leichtes Spiel zu haben und den Räuber zu überraschen. In seinem Zorn und seiner Sorge um Lady Aine hatte er sogar vergessen, Rhodri und den Junker zu informieren.

Morgan hatte die Tür der Hütte noch nicht ganz aufgerissen, als Evan schon reagierte. Er hatte das Schnauben eines Pferdes gehört und kurz gelauscht. Und dann hatte ihn das Kollern eines Steinchens gewarnt.

Evan riss sein Schwert hoch, das neben dem Strohlager lag, sprang auf und schleuderte das Schwert auf die Gestalt zu, die in die Hütte sprang.

Morgan zuckte geistesgegenwärtig zurück. Das Schwert knallte gegen die Tür.

Aine schrie erschrocken auf und wich an die Wand zurück.

»Ergib dich, oder...«

Morgan verstummte.

Denn wiederum bewies Evan seine Schnelligkeit und Kaltblütigkeit. Wie durch Zauberei hielt er einen Dolch in der Hand.

»Vorsicht, Aine!«, rief Morgan besorgt und stürmte mit erhobenem Schwert auf den Räuber zu.

Doch die Warnung kam zu spät. Aine schien vor Entsetzen wie gelähmt zu sein, und Morgan hatte in diesem Augenblick das Gefühl, sie hätte vor dem Mann, der sie retten wollte, mehr Furcht als vor dem Räuber.

Sie hätte sich in Sicherheit bringen können, doch sie blieb wie erstarrt auf dem Lager.

Evan packte sie, zog sie vor sich und hielt ihr den Dolch an die Kehle.

Morgan war bis auf zwei Schritte heran. Jetzt verharrte er.

»Lass dein Schwert fallen«, zischte Evan, »oder ich töte die Frau!«

Zorn wallte in Morgan auf. Er ärgerte sich, weil er zu überhastet gehandelt hatte. Jetzt war Lady Aine nach wie vor in der Gewalt des Kerls, und der Anblick schnitt Morgan ins Herz.

Er ließ das Schwert fallen. Jetzt konnte er nur noch hoffen, dass der Kerl einen Fehler beging. Der Bursche musste sich ankleiden, und dabei konnte er Aine nicht mit dem Dolch bedrohen. Außerdem waren Rhodri und der Junker auch noch da. Gewiss hatten sie beobachtet, wie er in die Hütte eingedrungen war, und Aines Schrei musste sie alarmiert haben.

Evans Haltung entspannte sich. Aine hing stocksteif in seinem Griff.

»Wie habt ihr uns gefunden?«, fragte der Räuber und blickte sichernd zu den Fenstern und zur Tür. Er nahm also an, dass Morgan nicht allein war.

Der Ritter zuckte mit den Schultern. »Ich kam zufällig des Weges und sah euch...«

Vielleicht hätte der Kerl das geschluckt, denn er kannte Morgan ja nicht.

Doch Aine machte den Bluff zunichte, mit dem Morgan Rhodri eine Chance verschaffen wollte.

»Er ist Sir Morgan«, rief sie, »und gewiss hat Buchanan ihn nicht allein geschickt.«

Morgan sah sie an. Sie war von erregender Schönheit, und bislang hatte Morgan sie nicht für dumm gehalten. Doch diese Äußerung enttäuschte ihn.

Er konnte ja nicht ahnen, dass Aine gar nicht befreit werden wollte!

Als ob sie ihm die Enttäuschung ansah, fügte sie mit einem Blick zu dem Entführer hinzu: »Gewiss ist die Hütte umstellt. Du Lump hast also keine Chance!«

Der Lump lachte. »Das werden wir sehen. Immerhin habe ich jetzt einen Ritter als Geisel.«

*Und Aine dazu!*, dachte Morgan bitter.

Evan zerrte Aine mit sich auf Morgan zu. Sie errötete, als sie Morgans Blick auf ihren nackten Körper gerichtet sah. Gewiss hatte sie in der Aufregung gar nicht daran gedacht, dass sie nackt war.

»Dreh dich um!«, befahl der Räuber.

Morgan zögerte. Doch dann schrie Aine in der Umklammerung des Entführers voller Angst auf, wie es Morgan schien, und er gehorchte.

Evan zwinkerte Aine zu und hob Morgans Schwert auf.

Morgan spürte eine Bewegung hinter sich, duckte sich noch instinktiv, doch es war schon zu spät.

Ein Schwerthieb warf ihn zu Boden. Er glaubte noch, farbige Sterne vor seinen Augen zerplatzen zu sehen, dann prallte er auf und nahm nichts mehr wahr.

## 9. Kapitel

Rhodri schluckte, als er am Fenster der Hütte sah, wie der Mann Morgan hinterrücks niederschlug. Der Soldat hatte gehofft, noch eingreifen zu können, doch alles war zu schnell gegangen. Und jetzt drückte der Verbrecher Morgan die Schwertspitze in den Nacken.

Dann ertönte die Stimme des Mannes. »Ich weiß, dass ihr dort draußen seid, Leute! Kommt waffenlos und mit erhobenen Händen auf die Lichtung, damit ich euch von der Tür aus sehen kann. Wenn irgendeiner den Helden spielen will, sterben Sir Morgan und Buchanans Gemahlin!«

Unheilvolle Stille folgte. Rhodris Handflächen wurden feucht.

»Hört ihr mich?«, ertönte die Stimme aus der Hütte. »Antwortet, oder meine Geiseln müssen es büßen!«

Er tauschte einen Blick mit Aine. »Vielleicht ist er tatsächlich allein gekommen«, flüsterte er.

»Aber er hat doch immer zwei Soldaten mit dabei«, gab Aine ebenso leise zurück.

»Schrei mal«, raunte Evan ihr zu.

Aine schrie auf.

Rhodri, der hastig am Fenster zurückgezuckt war, weil er sich entdeckt gefühlt hatte, sah vor seinem geistigen Auge, wie Aine misshandelt wurde, und rief hastig:

»Nicht! Verschone die Geiseln. Ich tue, was du verlangst!«

»Dann los! Tretet alle vor der Hütte an! Und zwar schnell!«

Rhodri warf einen Blick zu dem Junker und gab ihm einen Wink, sich zurückzuhalten. Dann schritt er vor die Tür. Das Schwert hielt er immer noch in der Hand.

»Wirf das Schwert weg!«, schrie der Mann in der Hütte.

Rhodri gehorchte.

»Wo sind die anderen?«

»Ich bin allein«, erwiderte Rhodri und bemühte sich, seiner Stimme einen festen Klang zu geben, obwohl er glaubte, einen Kloß in der Kehle zu haben.

Eine Weile herrschte Stille.

Dann ertönte wieder die Stimme aus der Hütte.

»Nun, es ändert auch nichts, wenn sich dort draußen ein weiterer Soldat herumtreibt oder ihr gar ein paar Dutzend seid. Ich werde die Geiseln töten, wenn einer versuchen sollte, mich anzugreifen. Du da holst jetzt die Pferde. Und lass dir nicht einfallen, dich davonzumachen. Wenn du nicht in Kürze zurück bist, müssen meine Gefangenen leiden!«

Rhodri beeilte sich. Er hoffte, bei den Pferden den Junker anzutreffen, um sich mit ihm abzusprechen, doch der war nicht auf die Idee gekommen, sich zu den Pferden zurück zu schleichen.

*Immerhin ein Pferd, das wir zurückbehalten*, dachte Rhodri, als er Morgans Hengst angebunden im Wald ließ und die beiden anderen Pferde zu der Hütte führte.

Evan und Aine waren inzwischen angekleidet.

Evan befahl Rhodri, in die Hütte zu kommen.

Dem Soldaten wurden die Knie weich, und Angst schnürte ihm die Kehle zu. Er sah Sir Morgan bewusstlos und gefesselt am Boden liegen. Der Räuber, ein muskulöser schwarzhaariger Mann mit kühn geschnittenem Gesicht, bedrohte Aine mit dem Schwert. Mit großen blauen Augen blickte sie Rhodri an. Hilfesuchend, wie er fand.

Evan befahl Rhodri, den Ritter zu einem der Pferde zu bringen. Rhodri mühte sich ab. Er packte Morgan unter den Achseln und zog und schleifte die schlaffe Gestalt. Dann musste Aine ihm helfen, den Ritter quer über den Pferderücken zu legen und ihn festzubinden. Die ganze Zeit über bedrohte der Räuber sie mit dem Schwert. Dann zwang er Aine, hinter Morgan aufzusitzen.

Rhodri versuchte verzweifelt, ihr verstohlen zu signalisieren, dass sie einfach davongaloppieren sollte. Doch sie bemerkte es in ihrer Angst wohl nicht, und dann saß der Entführer schon im Sattel des anderen Pferdes, und die Chance war vertan.

Evan befahl Rhodri, die beiden Pferde neben der Hütte loszubinden, die Tiere, auf denen der Entführer und die Gefangene zur Hütte gelangt waren. Rhodri musste die Zügel aneinanderbinden und hilflos zusehen, wie der Verbrecher mit drei angeleinten Pferden anritt. Der Kerl hielt sein Schwert nachlässig in einer Hand, und Rhodri spielte mit dem Gedanken, ihn anzuspringen, wenn er ihn passierte.

Doch Evan schien seine Gedanken zu erraten. Bevor Rhodri sich ein Herz fassen konnte, schlug Evan fast ansatzlos mit dem Schwert zu. Rhodri zuckte zurück, doch die Klinge streifte ihn an der Schläfe. Rhodri glaubte, sein Schädel werde gespalten. Er strauchelte.

Da fegte ihn ein zweiter Schwertstreich zu Boden. Als er zu sich kam und blinzelnd die Augen öffnete, sah er verschwommen ein Gesicht, das sich über ihn neigte. Allmählich nahm das Gesicht Konturen an, und er erkannte, dass es ein äußerst besorgtes Gesicht war, das ihm bekannt vorkam.

Stöhnend tastete Rhodri an seinen schmerzenden Kopf. Er berührte Stoff, der feucht war. Dann wurde ihm klar, dass es sich um einen Verband handeln musste.

»Wo bin ich?«, krächzte Rhodri. »Und wer bist du?«

»Wyn, der Junker. Erkennst du mich nicht?«

»Jetzt schon«, murmelte Rhodri, und plötzlich setzte seine Erinnerung ein.

Er fluchte und setzte sich auf. Es wurde ihm schwindelig.

»Wie lange sind sie schon weg?«, fragte er und verzog schmerzlich das Gesicht.

»Noch nicht lange«, erwiderte der Junker.

»Und warum hast du sie nicht verfolgt?«

»Ich konnte dich doch nicht so hier liegen lassen. Glaubst du, du kannst dich bis zur nächsten Ortschaft im Sattel halten? Ich meine, du musst zu einem richtigen Medicus.«

Wyn half Rhodri auf. Er musste den Soldaten stützen. Rhodri schwankte, und alles drehte sich vor seinen Augen. Als er es dann endlich mit Junker Wyns Hilfe geschafft hatte, auf Morgans Hengst zu klettern, wurde es Rhodri schlecht, und er musste sich übergeben.

## 10. Kapitel

Morgan hatte das Gefühl, ein Dutzend böse Trolle hämmerten in seinem Schädel herum, einige kitzelten ihn am Gesicht und weitere flogen summend um ihn herum.

Er schlug mit einer Hand danach, und das Summen ließ nach. Doch das Dröhnen in seinem Kopf blieb.

Blinzelnd öffnete er die Augen und sah einen dieser verdammten Burschen, der sich gerade über ihn neigte. Seine Faust zuckte hoch.

Jetzt spürte Morgan, dass seine Handgelenke schmerzten, und sein Blick fiel auf zerschnittene Stricke, die neben ihm im Gras lagen.

Und verschiedenes anderes erkannte er gleichzeitig. Was da summte, waren Insekten, was ihn an der Wange kitzelte, waren Ameisen, und das Hämmern in seinem Kopf wurde nicht von Trollen verursacht.

»Wer bist du?«, fragte er den alten Mann, der ihm gegenüber auf einem Baumstamm saß und ihn betrachtete.

»Ich bin Brain, der Kräutersammler. Und wer bist du?«

»Sir Morgan of Launceston.«

Brain kicherte. »Hui, ein Ritter. Und ich dachte, es sei ein Sack, den das Pärchen hier im Wald ablud. Na, ich sah es nur von Weitem, und meine Augen können sich nicht mehr ganz mit denen eines Adlers messen.«

Die unzähligen Falten und Runzeln in seinem tiefgebräunten Gesicht verzogen sich, als er vergnügt lächelte.

Schlagartig hatte Morgans Erinnerung eingesetzt.

»Du hast den Entführer gesehen?«, fragte er überrascht. »Und die Frau, die in seiner Gewalt ist? Wann war das, und in welche Richtung sind sie geritten?«

»Sah nicht so aus, als ob sie in seiner Gewalt sei«, antwortete der Alte. »Die beiden wirkten eher wie ein Liebespaar.«

»Wie ein Liebespaar?«, fragte Morgan zweifelnd.

»Sie haben sich geküsst«, erklärte Brain mit einem Schulterzucken.

Morgan erinnerte sich an das, was er in der Hütte gesehen hatte. Vor seinem geistigen Auge sah er noch einmal die nackte Aine in ihrer erregenden Schönheit.

»Er hat sie gezwungen«, sagte er.

Brain schüttelte den Kopf. »Das glaube ich nicht. Sie hat sich kein bisschen gewehrt und ganz schön mitgemacht. Das habe ich genau gesehen.«

»Mit deinen ehemaligen Adleraugen«, sagte Morgan mit leichtem Spott.

Brain kicherte. »Bei so was sehe ich scharf wie in meiner Jugendzeit.«

Morgan lächelte. Brain war ein origineller Kauz. Aber gewiss hatte er sich nur eingebildet, was er da gesehen haben wollte. Vermutlich hatte Aine erkannt, dass Gegenwehr keinen Sinn hatte und die Belästigung des Verbrechers zitternd über sich ergehen lassen.

Dann dachte Sir Morgan daran, dass er keine Zeit verlieren durfte. Drängend wiederholte er seine Frage:

»Wann ließen sie mich hier zurück, und in welche Richtung ritten sie davon?«

»Ich sah vom Hügel jenseits des Weges, wie sie hier in den Wald ritten. Man kann von dort oben diesen Platz gut sehen. Dann turtelten die beiden miteinander, bevor sie zum Weg zurück und nach Norden ritten. Neugierig, wie ich nun mal bin, schaute ich nach, was sie hier abgeladen hatten. So fand ich dich vor kurzer Zeit und befreite dich von den Fesseln...«

»Danke«, warf Morgan ein.

»...und wartete, bis du ausgeschlummert hattest.«

Brains Augen funkelten. Die rote Knollennase leuchtete.

»Dank für deine Hilfe!«, sagte Morgan.

Brain ergriff die Hand des Ritters und drückte sie erfreut.

»Schade, dass ich dir nicht mit einem Gaul dienen kann«, sagte Brain betrübt. »Aber ich habe keinen. Beim Kräutersammeln genügen meine zwei Hufe. Und wenn ich genug gesammelt habe und über Land fahre, um die Kräuter feilzubieten, leihe ich mir immer einen Wagen und ein Pferd.«

Auch er erhob sich, und jetzt sah Morgan, dass er klein und krummbeinig war. Sitzend hatte er größer gewirkt.

»Wo ist der nächste Ort oder ein Gehöft, wo ich mir ein Pferd beschaffen kann?«, fragte Morgan.

»Drei Stunden weg. Das heißt für mich. Bei deinen langen Beinen und deinen jungen Jahren schaffst du's gewiss schneller. Geh dort zum Schmied. Der kauft und verkauft nebenbei Pferde. Bestell ihm Grüße von Brain, dem Kräutermann, und er wird dich mit dem Preis nicht übers Ohr hauen.«

Morgan bedankte sich noch einmal. Brain begleitete ihn zum Weg, und dort verabschiedeten sie sich.

Morgan wandte sich nach Norden. Er brauchte nur etwas über eine Stunde bis zu dem Dorf. Den größten Teil der Strecke bewältigte er im Dauerlauf. Verschwitzt und außer Atem traf Morgan im Ort ein und erkundigte sich bei einem spielenden Knaben, wo er die Schmiede finden konnte.

Der sommersprossige Bursche wies ihm den Weg. Morgan belohnte ihn mit einem Kupferstück, und der Junge flitzte davon. Der Schmied erwies sich als geschwätziger Mann. Bevor Morgan so richtig zu Wort kam, erzählte der ihm von den jüngsten Sensationen des Ortes: Dass die Kuh eines Bauern gekalbt hatte und dass die Tochter des Dorfältesten Zwillinge zur Welt gebracht hatte und alle im Ort, einschließlich der jungen Mutter, nun rätselten, wer der Vater sein könne. Als der Mann noch weiter ausholte, unterbrach Morgan den Redefluss schroff, denn die Zeit brannte ihm unter den Nägeln.

»Ich bin in Eile, und es interessiert mich herzlich wenig, wer hier wann und wo gekalbt hat.«

Das Mondgesicht des Mannes verzog sich beleidigt. »Die Welt ist im Umbruch! Aus ist's mit Ruhe und Beschaulichkeit! Jeder hetzt sich ab, als gelte es, der Erste im Grabe zu sein. Nicht mal die Liebespaare haben heute noch Zeit für ein ruhiges Schäferstündchen. Erst vorhin war ein Paar da und hat völlig erschöpfte Pferde gegen ausgeruhte Tiere eingehandelt. Mit einem Aufpreis, versteht sich. Als ich fragte, sagten sie, sie seien auf Hochzeitsreise. Ich erkundigte mich, weshalb sie es denn so eilig hätten. Mein Freund hat eine schöne Herberge am Ende der Straße, wo sie nächtigen können, sagte ich. Der Herr sagte, dazu hätten sie keine Zeit. Ich hörte nebenan im Stall, wie sie miteinander tuschelten. Der Mann sagte: ›Auf das Bett müssen wir leider verzichten, aber wenn wir uns jetzt sputen, können wir uns am Morgen noch eine Pause gönnen, bevor wir zur Burg reiten.‹ Und dabei verschlang er sie förmlich mit glühenden Blicken, als hätte er sich besagte Pause noch in der Schmiede mit ihr gegönnt. Notfalls auf dem Amboss.« Er grinste vielsagend und verdrehte die Augen. »Verstehe einer die Welt. Die Leute hetzen sich ab, um sich später mal eine Pause zu gönnen!«

Morgan hatte den schwatzhaften Schmied noch schroffer als zuvor unterbrechen wollen. Doch als der Mann von dem Paar sprach, horchte er auf und ließ ihn weiterreden.

»Wie sahen die beiden aus?«, fragte er angespannt, als der Schmied endlich eine Pause einlegte, wohl um Luft zu schnappen.

Wortreich beschrieb er die beiden.

Das »Paar« war niemand anders als Aine und ihr Entführer!

Morgan erinnerte sich daran, dass auch der alte Brain von einem »Liebespaar« gesprochen hatte. Auch hier hatte man das gedacht. Offenbar hatte der Kerl Aine mit Drohungen so sehr eingeschüchtert, dass sie nicht mal versucht hatte, um Hilfe zu schreien oder zu flüchten. Eine andere Erklärung konnte sich Morgan nicht denken.

Er stellte noch ein paar Fragen, die der Schmied bereitwillig beantwortete.

Morgan ließ sich alles noch einmal durch den Kopf gehen. Die beiden waren also nach Süden geritten. Sie wollten eine Rast einlegen, bevor sie zu einer Burg weiterreiten würden. Das war ein wichtiger Hinweis. Ihr Ziel war eine Burg südlich dieses Dorfes. Der Vorsprung betrug etwas über zwei Stunden. Wenn er im Gegensatz zu den beiden auf eine Rast verzichtete, konnte er sie vielleicht noch vor ihrem Ziel einholen.

Sir Morgan grüßte von Brain und kaufte eine Fuchsstute, ein Tier mit hohem Stockmaß, das kräftig und ausdauernd wirkte und gut im Futter war. Brain, der Kräutersammler, hatte nicht zu viel versprochen. Der Schmied verlangte von einem Freund Brains in der Tat keinen zu hohen Preis.

Morgan ritt zufrieden aus dem Stall neben der Schmiede, als er die seltsamen Reiter nahen sah. Zwei Männer auf einem Pferd. Einer war ein rundlicher Bursche mit einem Turban, der andere war ein wenig größer und schlanker.

Irgendetwas kam Sir Morgan vertraut vor, und er blickte genauer hin.

Das Pferd!

Er hätte den Hengst unter tausend anderen erkannt.

*Na wartet, ihr Lumpen!*, dachte Morgan. Dann fiel ihm ein, dass er waffenlos war. Er ärgerte sich darüber, dass er vergessen hatte, sich im Ort ein Schwert oder wenigstens ein Messer zu besorgen. Doch Morgan zögerte keine Sekunde. Entschlossen trieb er die gerade erworbene Stute an und jagte auf das seltsame Reiterpaar zu. Er war bereit, die Kerle mit bloßen Fäusten von seinem Pferd zu schlagen!

Dann erkannte Morgan die Reiter. Der rundliche Mann war niemand anderer als sein Kriegsknecht Rhodri. Und Rhodri trug keinen Turban, wie es von Weitem ausgesehen hatte, sondern einen blutgetränkten Verband. Der Soldat sah ziemlich mitgenommen aus, und der andere Mann stützte ihn im Sattel.

»Morgan!«, rief Rhodri überrascht.

Jetzt erkannte Sir Morgan auch den zweiten Mann auf dem Hengst, Junker Wyn.

Rhodri und Wyn berichteten von ihren Erlebnissen. Morgan erzählte in knappen Worten, wie es ihm ergangen war. Er trug Wyn auf, Rhodri in der Herberge einzuquartieren und einen Heilkundigen zu Rate zu ziehen, der sich um Rhodris Verletzung kümmerte. Der Junker sollte dann den Hengst vom Schmied versorgen lassen. Das Tier hatte doppelte Last getragen und brauchte eine Pause. Währenddessen sollte Wyn im Ort warten, falls Buchanans Reiter doch noch auftauchten. Dann sollte ihm der Junker allein oder mit den anderen nach Süden folgen.

Morgan war froh, sein Schwert und sein Messer wiederzubekommen. Der Entführer hatte die Waffen in der Hütte liegen gelassen, und der Junker hatte sie an sich genommen.

Morgan gürtete das Schwert und galoppierte nach Süden aus dem Ort.

Er war recht zufrieden mit der Entwicklung der Dinge. *Hoffentlich haben Cynan und die anderen ebenfalls Glück gehabt!*, dachte er. *Und hoffentlich ist auf Buchanans Burg alles in Ordnung. Na, Johel wird schon aufpassen.*

## 11. Kapitel

Cynan und seine Gefährten waren inzwischen auf den Rest von Buchanans Reitern gestoßen, die der großen Fährte gefolgt waren.

Jetzt brachten sie den gefangenen Räuber zu Buchanans Burg.

Der Kerl hieß Brath, und er war einer der verstocktesten Gefangenen, die Cynan je kennengelernt hatte. Weder gutes Zureden, noch Drohungen halfen – der Kerl plauderte nichts aus. So ängstlich sich Brath auch zunächst gezeigt hatte, so verschlagen und listig zeigte er sich hinterher. Er erzählte eine Geschichte, an der jeder Märchenerzähler seine helle Freude gehabt hätte. Demnach kannte er Buchanan nicht, war weder jemals bei der Burg gewesen, noch wusste er etwas von einer Entführung. Er sei zufällig auf die anderen gestoßen, und sie hätten ihm gesagt, es gelte, Räuber zu stellen. Da hätte er gemeint, ein gutes Werk zu tun. Die Kumpane, die an dem gemeinen Hinterhalt beteiligt gewesen waren, konnten nichts mehr sagen. Sie waren im Kampf gefallen.

Später witterte Cynan dann doch noch eine Chance, etwas von dem Burschen zu erfahren. Der Gefangene klagte auf dem Ritt zu Buchanans Burg über Durst. Cynan hielt an und trank genüsslich aus einem mitgeführten Krug.

»Wir haben nur den Auftrag, euch Lumpenkerle zu schnappen, und nicht zu tränken«, erklärte er dann grinsend. »Und warum sollte ich dir einen Gefallen tun, wenn du dich so stur zeigst und mir nicht mal sagst, wer euer Auftraggeber beziehungsweise der Anführer ist?«

Brath schielte zu dem Krug und nagte an der Unterlippe.

»Es gibt keinen Auftraggeber«, log er dann. »Ich sagte doch schon, dass ich zufällig...«

»Geschenkt«, unterbrach ihn Cynan ärgerlich. Er sah dem Kerl an, dass er fast schon in Versuchung gekommen war, und baute ihm eine Brücke.

»Du hast nicht zufällig gehört, wie die anderen, diese bösen Burschen, mit denen du ja nichts zu tun hast, den Namen ihres Häuptlings nannten?«

Er trank wieder genüsslich und sah, wie der Mann gierig auf den Krug starrte.

»Und wenn ich etwas gehört hätte?«, fragte Brath lauernd.

»Ich zähle bis drei, und wenn du mir bis dahin den Namen genannt hast, kannst du von diesem köstlichen Wein trinken«, sagte Cynan. »Und blitzschnell fügte er hinzu: »Eins, zwei...«

»Odulf!«, stieß Brath hastig hervor.

So schnell war ihm kein falscher Name eingefallen, das spürte Cynan. Zufrieden sah er, dass der Bursche erschrak und die Lippen zusammenpresste, als der Name heraus war. So verschlagen der Kerl auch war, im Denken schien er nicht der Schnellste zu sein.

»Und weiter?«, fragte Cynan in beiläufigem Tonfall. »Eins, zwei...«

»Odulf von St... St. Ives.«

»Stotterst du immer, wenn du lügst?«, fragte Cynan. Es war ihm klar, dass Brath diesmal schneller geschaltet hatte. Aber das Stottern nach dem hastig hervorgestoßenen St... ließ den Schluss zu, dass der Räuber nur den Rest des Nachnamens verändert hatte.

»Ich schwöre, dass es die Wahrheit ist!«, rief Brath. »Ich schwöre es bei den Heiligen...«

Cynan winkte grimmig ab, und Brath verstummte.

»Na, dann trink mal, du kleiner Meineidstotterer«, sagte Cynan. Er trieb sein Pferd, das sich bei dem Sturz gottlob nicht verletzt hatte, näher neben den gefesselten Gefangenen und setzte ihm den Krug an die Lippen.

Gierig trank Brath.

Cynan gewährte ihm nur drei Schlucke. Dann zog er den Krug zurück.

»Mehr ist nicht drin für einen Vornamen, den es recht häufig gibt und ein St...«, erklärte er. »Aber vielleicht fällt dir im Laufe der Zeit noch mehr ein. Zum Beispiel, wo wir diesen Odulf St... finden können und wohin die Gefangene gebracht wird.«

Brath fluchte.

Cynan verstaute den Krug am Sattel. Dann setzten sie den Ritt fort.

## 12. Kapitel

Auf der Burg war nichts Außergewöhnliches geschehen. Buchanan hatte sich von den Folgen des Schlags auf den Hinterkopf einigermaßen erholt. Sein Gesicht war nicht mehr so bleich, wie es gewesen war, als Cynan ihn zuletzt gesehen hatte.

Doch er wurde noch bleicher, als Cynan ihm berichtet hatte und den Namen Odulf erwähnte.

Immer wieder hatte sich Buchanan einzureden versucht, dass jemand Odulfs Schrift nachgeahmt hatte, dass Odulf nicht leben könne. Doch jetzt war für ihn endgültig klar, dass der ehemalige Kumpan lebte und hinter der Entführung steckte.

»Könnt Ihr mit dem Namen Odulf von St... etwas anfangen?«, fragte Cynan gespannt. »Wisst Ihr, wer das sein könnte?«

Buchanan schenkte mit leicht zitternder Hand Wein ein. Er leerte den Becher in einem Zug, während er schnell überlegte. Odulf durfte nicht geschnappt werden. Dann kam alles ans Tageslicht. Er selbst musste sich Odulf vom Hals schaffen. Ohne Zeugen.

»Nein«, log Buchanan. »Ich kenne keinen Odulf, der mit dieser Sache etwas zu tun haben könnte. Wo ist der Gefangene?«

»Im Kerker«, antwortete Cynan. Er war enttäuscht, nachdem er schon gedacht hatte, Buchanan hätte irgendeine Ahnung, wer Odulf von St... sein könnte.

»Hat er sonst noch etwas gesagt?«, fragte Buchanan angespannt.

Cynan schüttelte den Kopf. »Mehr war aus dem Kerl bis jetzt nicht herauszubekommen.«

Langsam bekamen Buchanans Wangen doch etwas Farbe. Er war bemüht, sich seine Erleichterung nicht anmerken zu lassen. Der Räuber war einer von Odulfs Männern. Und wenn er wie Hyras Einzelheiten von Odulf erfahren hatte und plauderte, war alles aus!

»Bleibt nur die Hoffnung, dass sir Morgan Erfolg hat«, sagte Buchanan, um das Thema zu wechseln.

Das hoffte auch Cynan.

In dieser Nacht verzichtete Buchanan auf die Bewachung von Johel de Vautort, die ihm in seiner ersten Angst hochwillkommen gewesen war. Auch Cynans Dienste nahm Buchanan nicht in Anspruch. Er ließ zwei seiner eigenen Männer wachen. Nach Mitternacht schickte er sie dann fort.

Johel war froh, diese Nacht nicht wachen zu müssen. Er freute sich auf eine ruhige Nacht.

Weniger angenehm wurde die Nacht für den Räuber Brath im Kerker. Und sie währte auch nicht lange.

## 13. Kapitel

Brath blickte überrascht auf, als die Kerkertür geöffnet wurde.

Buchanan gab den Fackelträgern einen herrischen Wink. »Lasst mich mit ihm allein. Wartet draußen, bis ich rufe!«

Er nahm einem der Männer die Fackel ab, betrat den Kerker und schloss die schwere Tür hinter sich.

Danach steckte er die Fackel in einen Halter an der Wand neben der Tür. Sein Schatten geisterte über die Wand, als er langsam auf den Gefangenen zuschritt.

Buchanan zog ein Messer hervor.

»Du hast die Wahl«, sagte er grimmig. »Entweder die Freiheit oder den Tod!«

Entsetzt starrte Brath auf das Messer. Sein Mund öffnete sich.

»Wenn du schreist, gilt mein Angebot nicht mehr!«, sagte Buchanan drohend und hielt dem Gefangenen die Messerspitze an die Kehle.

Brath schluckte.

Buchanan sah die Todesangst in den Augen des Gefangenen und grinste zufrieden.

»Wie ich schon sagte«, fuhr er wie im Plauderton fort. »Du kannst dir die Freiheit erkaufen, wenn du mir ein paar Fragen beantwortest.«

Brath schielte zu dem Messer hin und nickte, ganz vorsichtig, denn die Messerspitze berührte seine Haut.

In seiner Angst war er nicht fähig, einen klaren Gedanken zu fassen. So kam ihm gar nicht in den Sinn, dass Buchanan nur bluffen könnte, dass er es nicht wagen würde, einen Gefangenen in seinem eigenen Kerker zu ermorden.

»Du arbeitest für Odulf?«, fragte Buchanan.

»Ja.«

»Er lebt also tatsächlich«, murmelte Buchanan.

Diese Äußerung verwunderte Brath. Er kannte nicht die großen Zusammenhänge, weder die Vorgeschichte, noch wusste er Einzelheiten über Odulfs Absichten. Er hatte mit den anderen Buchanans Gemahlin entführen sollen, weil Odulf vermutlich Lösegeld erpressen wollte.

»Wo lebt er?«, fragte Buchanan angespannt.

»Auf Burg...«

Brath verstummte jäh, als er daran dachte, was Odulf mit Verrätern machte. Doch dann sah er, wie sich Buchanans Gesicht verzerrte, sah, wie der Mann mit dem Messer ausholte, und in seiner Verzweiflung stammelte er. »St. Climsland.«

Buchanan grinste. »Und dabei sagte der Soldat, du seist ein verstockter Bursche. Vermutlich hat er dich nicht hart genug angefasst.« Er musterte Brath, der immer noch furchtsam zu ihm aufstarrte.

»Eigentlich brauche ich dich nun nicht mehr«, sagte er.

Brath erschrak.

»Aber ich will nicht so sein«, fuhr Buchanan nach einer wohlberechneten Pause fort. »Ich werde dir die Freiheit schenken.«

Brath atmete erleichtert auf.

Buchanan ließ das Messer sinken.

Noch einmal zuckte Brath zusammen, als Buchanan näher herantrat und sich mit dem Messer in der Hand über ihn beugte.

»Keine Panik, Junge!«, zischte Buchanan. »Ich will dir nur die Fesseln durchschneiden.«

Und so geschah es tatsächlich.

Brath konnte sein Glück noch nicht fassen.

»Ich werde dir jetzt zur Flucht verhelfen«, erklärte Buchanan und klopfte Brath vertraulich auf die Schulter. »Natürlich darf kein Verdacht auf mich fallen. Deshalb gilt es, die Wachen dort draußen zu narren. Das verstehst du doch?«

Brath nickte, doch er verstand im Grunde überhaupt nichts. Seine Gedanken wirbelten nur so durch den Kopf, dass kein einziger vernünftiger dabei herauskam.

»Folglich wirst du mich mit dem Messer bedrohen und als Geisel nehmen«, fuhr Buchanan fort. »Ich werde den Wachen befehlen, dass sie alles tun sollen, was du verlangst. Und so spazierst du als freier Mann durch das Tor. Natürlich musst du mich dann unverzüglich freilassen, klar?«

»Klar.«

Buchanan reichte ihm das Messer.

»Ich klopfe jetzt an die Tür, und wenn sie öffnen, bedrohst du mich zum Schein«, sagte Buchanan.

Brath nickte. Er musste heute seinen Glückstag haben. Und in diesem Augenblick dachte er: *Du sollst dich verrechnet haben! Warum soll ich dich nur zum Schein bedrohen?*

Buchanan hämmerte mit der Faust gegen die Tür. Die Kerkertür schwang knarrend auf.

Brath legte von hinten einen Arm um Buchanans Hals und hielt ihm das Messer seitlich an den Hals.

»Keine Bewegung, oder ich töte ihn!«, zischte Brath drohend.

Die beiden Wachtposten erstarrten.

»Tut, was er verlangt«, sagte Buchanan mit gepresster Stimme. Doch dabei signalisierte er mit Blicken seinen Männern das Gegenteil, was Brath hinter ihm nicht sehen konnte.

»Werft die Lanzen weg und gebt den Weg frei!«, forderte Brath. »Denkt an das Leben eures Herrn.«

Die Wachen zögerten und blickten zu Buchanan.

Er kniff ein Auge zu und sagte: »Tut, was er verlangt. Legt die Lanzen ab. Gebt ihm den Schlüssel zum Tor!«

Wieder zwinkerte er den beiden zu.

Sie nickten. Sie hatten seine Zeichen verstanden. Sie stellten die Lanzen an die Wand. Einer kramte in der Tasche und zog einen Schlüssel hervor. Es war nicht der Torschlüssel, sondern der Kerkerschlüssel, doch Brath fragte sich nicht mal, weshalb ausgerechnet einer dieser Männer den Torschlüssel haben sollte.

Er nahm die Hand von Buchanans Hals und streckte die Linke nach dem Schlüssel aus.

Und dann ging alles blitzschnell. Buchanan wirbelte herum, schlug aus der Drehung heraus zu und schrie: »Tötet ihn!«

Brath strauchelte. Buchanans Männer rissen bereits die Lanzen hoch. Buchanan schnellte sich zur Seite und hielt schon den Dolch in der Hand, den er zusätzlich zu seinem Messer mitgenommen hatte.

Brath fing sich. Er holte mit dem Messer zum Wurf aus und brüllte: »Du verdammter...«

Weiter kam er nicht mehr.

Eine Lanze bohrte sich in seinen Rücken. Er warf noch das Messer, doch es prallte weit neben Buchanan gegen die Wand.

Buchanan schleuderte seinen Dolch. Er traf den zusammenbrechenden Brath, der schon tot war, als er zu Boden stürzte.

»Gut gemacht«, sagte er zu seinen Männern. Sie wussten nichts von seinem gemeinen Doppelspiel und waren stolz darauf, ihren Herrn gerettet zu haben.

Buchanan schritt zu der Leiche und starrte mit grimmiger Miene auf sie nieder.

»Wie konnte er Euch überlisten?«

Buchanan bemühte sich um einen zornigen Tonfall. »Ich war zu gutgläubig. Er jammerte, dass ihn die Stricke schmerzten. Er werde mir alles sagen, was ich wissen will, wenn ich ihn von den Fesseln befreie. Nun, ich wusste euch draußen und fühlte mich völlig sicher.

Schließlich war ich bewaffnet und er nicht. Wie konnte ich nur so unvorsichtig sein! Als der Kerl seiner Handfesseln ledig war, gelang es ihm, mich zu überrumpeln. Er packte mein Handgelenk, verdrehte es und brachte das Messer an sich. Den Rest habt ihr ja erlebt. Gut, dass ihr meine Zeichen verstanden und so prächtig reagiert habt. Gewiss hätte er mich umgebracht, wenn er erst einmal mit mir als Geisel aus der Burg heraus gewesen wäre. Ich danke euch und werde euch gut belohnen.«

Die beiden grinsten erfreut.

»Schafft ihn weg!«, sagte Buchanan.

Zufrieden schaute er dann zu, wie die beiden Männer die Leiche fortbrachten.

Dieses Problem war gelöst. Brath konnte nicht mehr ausplaudern wo Odulf zu finden war. Denn das sollte niemand wissen. Wenn Odulf nämlich geschnappt wurde, war er, Buchanan, ebenfalls geliefert. Odulf würde gewiss nicht schweigen, wenn er nichts mehr zu verlieren hatte.

Odulf musste ohne Zeugen beseitigt werden.

## 14. Kapitel

Odulf von St. Climsland starrte in das Kaminfeuer, und der Flammenschein zuckte über sein Gesicht. Das breite Gesicht war aufgeschwemmt und mit rötlichen Äderchen durchzogen. Graue Bartstoppeln bedeckten Kinn und Wangen. Tränensäcke waren unter seinen grauen Augen, deren Ränder gerötet waren, als wären sie entzündet.

Er hatte die ganze Nacht über kein Auge zugetan. Evan und die anderen hätten längst zurück sein müssen. Was war geschehen? War der Plan misslungen?

Er erhob sich und schritt zum Tisch. Odulf war groß und breitschultrig. Seine Cotte spannte sich über dem Bauch. Sein Blick glitt zu dem Krug mit Wein.

Unruhig schritt er auf und ab.

Weshalb kamen sie nicht? Der Morgen graute bereits.

Mit jeder Minute wuchs seine Unruhe. Schließlich schenkte er sich doch Wein ein und trank hastig.

Sein Magen krampfte sich zusammen, doch der Wein schmeckte gut. Odulf leckte sich über die Lippen, rülpste leicht und goss sich von Neuem ein. Das Magendrücken nahm zu, doch Genuss ohne Reue gab es für Odulf seit langem nicht mehr.

Er dachte an den Rat der Weisen Frau, dem Wein zu entsagen und am besten nur noch verdünntes Bier zu trinken.

»Der Tod kommt über einen langen Weg«, hatte sie ihm prophezeit. »Du verkürzt ihn nur mit Völlerei und Sauferei.«

Diese alte Hexe!

Das Schlimme war, dass sie recht hatte. Doch so sehr er jeden anderen Ratschlag von ihr beherzigte, so schwer fiel es ihm in diesem Punkt.

Er stellte den Becher ab und eilte zur Tür. Er schritt über den verlassenen Gang, und im Schein der Öllampen, die mit Haken an der Wand hingen, zuckte sein Schatten über den Gang.

Er hämmerte gegen eine Tür. »Arius!«

Es kam Odulf wie eine Ewigkeit vor, bis sich die schläfrige Stimme des Dieners meldete.

»Ja, Herr?«

»Geh rüber und hol mir sofort die Alte!«

»So früh? Sie wird noch schlafen.«

»Dann wirf die alte Vettel aus dem Bett, verdammt!« Die Ader an Odulfs Stirn schwoll an. »Ich will sie sofort bei mir haben, oder ich lasse euch beide auspeitschen!«

Es dauerte nur nicht lange, bis sie zur Stelle war. Sie torkelte ins Zimmer hinein, und bei ihrem Anblick verzog Odulf angewidert die wulstigen Lippen. Die Alte hatte wohl wieder die ganze Nacht durchgezecht.

Oftmals bedauerte Odulf, dass er diese alte, hässliche Hexe vom Scheiterhaufen gerettet hatte und keine junge, hübsche. Doch damals war Eile geboten gewesen. Einer seiner Räuber hatte sich als Hexenmeister aufgespielt und ihm die Führerschaft streitig gemacht. Er hatte gedroht, ihn zu verhexen, wenn er ihn nicht von dem anstehenden Raubzug zum neuen Anführer anerkenne, dem der Löwenanteil der Beute gebühre.

Nun, Odulf wollte weder verhext werden, noch sich einem anderen fügen und auf den Löwenanteil der Beute verzichten. Es musste ein Gegenmittel her, das den Zauber des Hexenmeisters durchbrach.

So rettete Odulf die erstbeste Hexe, um sie sich dienstbar zu machen.

Ihr Gegenmittel war recht einfach: Ein Zaubertrank, der dem Hexenmeister heimlich in den Wein gemischt wurde. Was der Trank genau enthielt, verriet sie nicht, doch er hatte sehr wirksam den Zauber des Hexenmeisters durchbrochen.

Der Kerl war nach einem einzigen Schluck tot zu Boden gestürzt.

Odulf war ein wenig abergläubisch, manchmal hegte er den Verdacht, dass es gar kein richtiger Hexenmeister gewesen war, sondern nur ein dreister Täuscher, und dass der Zaubertrunk nichts anderes als ein starkes Gift gewesen war.

»Hast du wieder Wein getrunken?«, fragte sie und musterte ihn mit durchdringendem Blick.

Odulf verspürte just in diesem Augenblick das dringende Bedürfnis, etwas Luft abzulassen, um den Druck loszuwerden. Er versuchte es zu unterdrücken, um ihr keinen Beweis zu liefern, dass er gesündigt hatte. Doch es war wie Zauberei. Bei ihrem stechenden Blick konnte er sich nicht zurückhalten.

Und es wurde fast ein Donnergrollen, das ihm da entwich. Odulf erschrak selbst über diese überraschende Entladung.

»Setz dich!«, sagte er schroff. »Ich brauche deinen Rat.«

Sie nahm am Tisch Platz. Er setzte sich ihr gegenüber.

»Geht es um deine Beschwerden?« Ihre schwarzen Augen funkelten.

»Das auch.« Er verzog das Gesicht und presste eine Hand auf den Leib. »In letzter Zeit wird es immer schlimmer, auch wenn ich keinen Tropfen Wein anrühre.«

Sie drohte ihm mit einem knochigen Zeigefinger. »Lüg nicht. Du hast meinen Rat in den Wind geschlagen.«

»Abstinenz hilft auch nicht mehr«, sagte er mit einem resignierten Schulterzucken. »Ich habe es versucht, doch mein Magen peinigte mich trotzdem wie eh und je.«

Sie kratzte sich an der Warze neben der Nase, dann unter dem Gewand an einer anderen Stelle.

»Abstinenz hat tatsächlich nicht geholfen?« Nachdenklich blickte sie ihn an. »Dann solltest du mal Aine nehmen.«

Odulf grinste erfreut.

»Ein vortrefflicher Rat. Ha, den werde ich mit Freuden beherzigen.«

Seine buschigen Augenbrauen ruckten plötzlich hoch, und er blickte verdutzt. »Aber warst du es nicht, die mich beschwor, die Finger von Aine zu lassen, weil die Sterne ungünstig stünden und Donner und Impotenz über mich kämen, wenn ich mich nicht gedulde?«

Sie kicherte.

»Nicht diese Aine meine ich, Odulf. Ich denke an die Ainewurzel. Sie hilft innerlich bei Magenbeschwerden und

Blähungen und äußerlich zum Einreiben. Diese Aine solltest du ausprobieren.«

»Ach, wieder so ein Kräuterkram«, erwiderte er enttäuscht. »Auch Baldrian, Kamille und Johanniskraut sollten mein Magengrimmen vertreiben. Eimerweise hab' ich das Zeug gesoffen, ohne dass es geholfen hat.«

»Nun, das war vermutlich zu viel. Es kommt auf die richtige Dosierung an. Ich werde dir Aine herrichten.«

»Die andere wäre mir lieber«, sagte er grinsend.

Die Alte dachte an die Silberlinge, mit denen Evan sie bestach.

Sie richtete ihren Blick über Odulf hinweg in weite Ferne, breitete die Arme weit aus und murmelte eine Beschwörungsformel, die für Odulf wie immer unverständlich war, ihn jedoch beeindruckte.

Schließlich schaute sie ihn besorgt an und schüttelte den Kopf. »Die Geister sind nach wie vor dagegen. Die Hölle wird über dich hereinbrechen, wenn du dich nicht in Geduld übst und wartest, bis die Geister mir ein Zeichen geben.«

»Hoffentlich tun sie das bald«, knurrte er. »Und jetzt frag deine Geister, wo Evan bleibt.«

Wieder richtete sie den Blick über Odulf hinweg, breitete die dürren Arme aus und murmelte Beschwörungsformeln.

Gespannt wartete Odulf. Es kam ihm wie eine Ewigkeit vor, bis sie endlich aus ihrer Trance zu erwachen schien.

»Sie haben sich verspätet«, sagte sie.

»Das weiß ich selbst«, grollte Odulf. »Dafür brauche ich mir keine Hexe zu halten. Ich will wissen, warum sie sich verspätet haben.«

Nun, das hätte sie selbst auch gern gewusst. Die Geister blieben aber seltsam stumm.

»Dunkle Wolken dräuen«, sagte sie, weil ihr im Augenblick nichts anderes einfiel.

»Ja, es gibt ein Gewitter«, erwiderte Odulf gereizt. »Das spüre ich im Bauch, verdammt! Ich will wissen, ob etwas schiefgegangen ist.«

»Was soll denn schiefgehen?«, fragte sie vorsichtig.

»Das will ich von dir wissen.«

»Die Geister haben mir nichts gesagt«, bekannte die Alte. »Es wird alles so geschehen, wie du dir das denkst.«

»Buchanan wird vor mir im Dreck liegen und um sein Leben wimmern, bevor ich ihn töte?«, fragte er, und in seinen Augen loderte es auf.

Hass tobte in ihm, wenn er nur an Buchanan dachte.

Sie grinste, weil sie wusste, dass das sein Lieblingsthema war, bei dem er alles andere vergaß. Manchmal redete er sich dabei so sehr in Rage, dass er am ganzen Leib zu zittern begann.

Sie redete ihm nach dem Munde, bekräftigte, dass der Tag der Rache nicht mehr fern sei und erzielte die gewünschte Wirkung. Dann sagte sie erschrocken:

»Du zitterst ja! Und du bist krebsrot! Wieder einer deiner Anfälle! Gut, dass ich ein Stärkungsmittel bei mir habe!«

Sie zog ein Fläschchen aus der Tasche ihres Gewandes und träufelte ein paar Tropfen des Zaubertrunks in den Becher.

Odulf verzog angewidert das Gesicht. Das Teufelszeug schmeckte bitter, und später erwachte er immer mit einem

Brummschädel und konnte sich nicht mehr erinnern, was in den letzten Stunden passiert war.

Doch als sie den Becher großzügig mit Wein auffüllte, trank er.

Sie wartete, bis sie den veränderten Ausdruck seiner Augen sah.

## 15. Kapitel

Dumpf grollte der Donner im Norden. Düstere Wolken zogen herauf.

Es war, als hätte sich der beginnende Tag verstimmt wieder schlafen gelegt. Es wurde dunkler, anstatt heller.

Die ersten Regentropfen klatschten Morgan ins Gesicht.

Sein Blick glitt zu Aine und ihrem Entführer. Die beiden saßen an einem kleinen Feuer.

Der Mann legte eine Hand um Aines Hüfte und zog sie an sich. Sie wich nicht zurück, sondern ließ ihn gewähren.

Sie wirkten in der Tat wie ein vertrautes Paar!

*Unsinn!,* sagte sich Morgan. *Sie ist ihm ausgeliefert, von ihm durch wüste Drohungen eingeschüchtert und hat sich in ihr Schicksal ergeben, damit er ihr nicht noch schlimmeres zuleide tut.*

Morgan schaute sich um. Die Pferde der beiden waren ein paar Dutzend Schritte jenseits des Feuers zwischen Birken angebunden. Das Feuer brannte auf einer freien Fläche im Wald, wo eine Baumgruppe gefällt worden war. Die Stämme lagen aufgestapelt nur ein paar Schritte vom Feuer entfernt. Wenn er unbemerkt dahinter gelangen konnte, würde alles kinderleicht sein.

Er hatte Glück gehabt.

Er war dem Weg nach Süden gefolgt, ohne in der mondlosen Nacht eine frische Fährte zweier Reiter erkennen zu können.

Als der Tag begonnen hatte, war er einem Bauern begegnet, der mit seinem Wagen unterwegs war. Der Mann hatte das »Paar« gesehen, etwa drei Meilen zuvor.

Später hatte Morgan dann im ersten Licht des Tages die Hufspuren gesehen, die vom Weg in den Wald führten. Er hatte sein Pferd im Wald zurückgelassen und bald darauf Aine und den Entführer entdeckt. Jetzt brauchte er sich nur noch bis zu den gefällten Baumstämmen anzuschleichen und Aine aus der Gewalt dieses Mannes zu befreien.

Morgan zog sein Schwert und pirschte sich an.

## 16. Kapitel

Evan blickte besorgt zum Himmel. Die ersten Regentropfen fielen. Es war kühl.

Er schaute zu Aine hin. Die Strapazen des Ritts waren ihr kaum anzusehen, und sie erschien ihm begehrenswerter denn je.

Er lächelte sie an.

»Hast du dich aufgewärmt?«, fragte er mit belegter Stimme.

Sie nickte und strich eine Strähne des blonden Haares aus der Stirn.

Er legte einen Arm um ihre Taille und zog sie an sich.

»Wir können uns noch ein paar Stündchen Zeit nehmen, bis wir zu Odulf reiten«, sagte er.

Sie nickte wortlos.

Er küsste sie sanft und zärtlich. Ihre Lippen waren weich und warm, und sein Puls beschleunigte sich.

Manchmal hatte er das Gefühl gehabt, sie ließe alles nur über sich ergehen, weil sie seine Hilfe brauchte. Doch diesmal erwiderte sie den Kuss, als empfinde sie echte Zuneigung für ihn!

Als sie sich voneinander lösten, blickte er ihr in die Augen und suchte nach Anzeichen darauf, dass auch sie von dem Kuss erregt war.

»Ich liebe dich«, sagte er.

Sie lächelte, doch ein herber Zug lag um ihren Mund.

Sie glaubte ihm, und ihr Herz schlug schneller bei seinen Worten und seinen Küssen. War es wirklich nur Dankbarkeit, was sie für ihn empfand, oder war es mehr?

Sie erschrak bei diesem Gedanken.

Er war ein Räuber!

Es durfte nicht sein, dass sie ihr Herz an einen Schurken verlor!

Er küsste sie von Neuem. »Wir sollten uns einen Platz suchen, an dem wir vor dem Regen geschützt sind«, sagte er mit belegter Stimme.

In diesem Augenblick hoppelte bei den Baumstämmen ein Kaninchen hervor, gerade als sich Morgan hinter dem Stapel aufrichtete, um den Räuber zu überraschen.

Das Kaninchen warnte Evan.

Evan wirbelte bei dem Geräusch herum, sah Morgan und ergriff sofort sein Schwert, das er neben sich abgelegt hatte.

Aines Kopf flog ebenfalls herum, und sie schrie auf, als sie Morgan sah, der mit einem gewaltigen Satz an den Baumstämmen vorbei auf Evan zusprang.

Das Überraschungsmoment war dahin. Morgan war zum Kämpfen gezwungen.

Evan stieß sein Schwert vor. Zum Glück konnte Morgan seinen Schwung rechtzeitig abfangen. Die Schwertspitze verfehlte ihn um eine Handbreit.

Sir Morgan parierte Evans nächsten Hieb. Hell klirrten die Schwerter aufeinander, und es war, als blitzten sie auf. In Wirklichkeit zuckte ein Gewitterblitz über den Himmel und tauchte die Szenerie für einen Sekundenbruchteil in gleißendes Licht.

Dann ging das Klirren der Schwerter im Donnern unter. Der Regen setzte heftig ein.

Evan wusste sich gut zu schlagen. Das war keiner, der ungelenk seine Kraft vergeudete. Er taktierte geschickt und hatte eine gute Technik.

Morgan erkannte, dass er diesen Gegner nicht unterschätzen durfte.

»Reitet weg, Lady Aine!«, rief er und parierte eine überraschende Attacke.

Aine rührte sich nicht von der Stelle.

»Bringt Euch in Sicherheit!«, drängte Morgan und griff ungestüm an, um den Gegner von Aine fortzutreiben. Er musste verhindern, dass sich der Kerl erneut Aine schnappte und ihn damit zur Aufgabe zwang.

Aine schien ihn gar nicht zu hören. Wie gebannt stand sie da und schaute dem Kampf zu.

Evan wich zurück, ließ sich scheinbar in die Defensive drängen, doch urplötzlich ging er wieder zum Angriff über. Der Konter kam unerwartet für Morgan.

Der Ritter reagierte noch instinktiv, doch die Schwertklinge ratschte über sein Handgelenk und riss eine blutige

Furche. Schmerzen zuckten durch Morgans rechten Arm bis zur Schulter.

Er wich zurück und stolperte über eine Baumwurzel.

Evan erkannte seine Chance. Mit vorgerecktem Schwert sprang er auf Morgan zu, der um sein Gleichgewicht rang.

Es war Morgans Glück, dass er stürzte.

Evan hatte wohl nicht mehr damit gerechnet. Mit einem Triumphschrei stieß er das Schwert vor.

Das Schwert schoss über Morgan hinweg.

Evan verharrte jäh und holte von Neuem aus.

Morgan rollte sich über den nassen Boden aus seiner Reichweite und sprang auf, bevor der Gegner heran war. Abermals prallten die Schwerter aufeinander.

Inzwischen donnerte und blitzte es in immer kürzeren Zeitabständen, und der Regen prasselte auf die Kämpfenden und Aine nieder.

Aine!

Morgans Blick zuckte zu der Frau.

Sie stand immer noch wie angewurzelt da und verfolgte aus weit aufgerissenen Augen den Kampf. Ihr Gewand war völlig durchnässt und klebte wie eine zweite Haut auf ihrem Körper.

*Gewiss bleibt sie, weil sie überzeugt davon ist, dass ich den Kerl besiege!*, dachte Morgan.

Evan nutzte Morgans schnellen Blick zu Aine. Ein wuchtiger Hieb streifte Morgan an der Schulter. Er taumelte zurück und rutschte im aufgeweichten Boden aus, konnte sich aber rechtzeitig fangen, um einen weiteren Angriff des Gegners zu parieren.

Diesmal fiel Evan auf eine Finte herein. Morgan stieß das Schwert vor. Evan wich geschickt aus, doch Morgan änderte im letzten Augenblick die Stoßrichtung. Er hatte sich für links entschieden, weil der Gegner bisher meistens nach links ausgewichen war, und Morgans Rechnung ging auf. Er erwischte den Kerl nicht entscheidend, denn Evan war zu schnell gewesen. Doch die Klinge streifte Evan am Ärmel und riss eine lange Wunde. Blut tränkte den Stoff.

Morgan setzte nach, doch der Gegner bewies, dass er zu kämpfen verstand. Nur einen kurzen Moment wirkte er benommen, dann parierte er Morgans Attacke und griff selbst wieder ungestüm an.

Sie kämpften stumm und verbissen, so konzentriert, dass keiner von beiden mehr an Aine dachte.

Morgan gelang es, den Gegner zurückzudrängen, bis er fast mit dem Rücken zu den Baumstämmen stand und ihm der Weg nach hinten blockiert war.

Evan erkannte wohl Morgans Absicht. Er wich nach links aus und versuchte seinerseits, Morgan gegen die Stämme zu treiben. Morgan musste fast bis an die abgesägten Enden der Holzstämme zurückweichen.

Er trat auf einen nassen Ast und strauchelte.

Und Evan schnellte auf ihn zu und stieß sein Schwert vor!

Morgan sah die Klinge auf sich zurasen und erkannte, dass er den Stoß nicht mehr parieren konnte. Er sprang zur Seite.

Evans Schwert stieß kaum eine Handbreit an Morgans linker Schulter vorbei und bohrte sich in einen Baumstamm.

Aine schrie auf.

Morgan sah seine große Chance gekommen, doch da prallte er gegen einen Ast oder ein vorspringendes Stück eines Baumstamms, das nicht glatt abgesägt war.

Da hatte Evan sein Schwert auch schon aus dem Stamm gerissen, und die Chance für Morgan, dem Gegner das Schwert an die Kehle zu setzen und somit den Kampf zu beenden, war dahin.

Nichts anderes wollte Morgan. Es verstieß gegen die Ritterehre, einen geschlagenen Gegner zu töten. Außerdem erhoffte sich Morgan noch einige Auskünfte von dem Kerl.

Evan war so froh, sein Schwert wieder in der Hand zu haben, dass er seine Absicht vergaß, Morgan gegen die Baumstämme zu treiben.

Morgan vergaß seine Taktik nicht. Und bald darauf hatte er Evan in die Enge getrieben. Evan war mit dem Rücken nur noch einen großen Schritt von den Enden der Baumstämme entfernt.

Morgan stieß sein Schwert vor, als wollte er den Gegner gegen die Stämme spießen. Es war eine Finte, denn Morgan hatte vor, den Stoß rechtzeitig abzufangen und Evan bei einer Abwehrbewegung das Schwert aus der Hand zu schmettern.

Evan erkannte diese Absicht nicht. Wie zuvor Morgan sah er jetzt das Schwert auf sich zuschnellen. Er wusste nicht, wie nahe die Baumstämme hinter ihm waren und glaubte, sich noch zurückwerfen zu können. Ein mächtiger Sprung zurück, Morgans Schwert würde ins Leere stoßen, und er, Evan, konnte den entscheidenden Hieb landen.

So dachte Evan.

Er sprang zurück, Morgans Schwert stieß auch ins Leere, doch dann geschah etwas anderes, womit niemand gerechnet hatte.

Evans Mund öffnete sich wie zu einem Schrei, doch nur ein Röcheln kam über seine Lippen. Das Schwert entglitt ihm, und die Augen quollen aus den Höhlen.

Etwas Rötliches, Spitzes ragte aus seiner Brust.

Ein Blitz erhellte den grauenvollen Anblick, und Aines Entsetzensschrei ging im Krachen des Donners unter.

Morgan zog die Hand mit dem Schwert zurück und verharrte benommen.

Der Räuber hatte sich selbst aufgespießt!

Bei seinem Sprung war ihm ein langes, spitz zulaufendes Stück des Baumstammes in den Rücken gedrungen.

Ein ächzender Laut kam tief aus der Kehle des Mannes, dann rührte er sich nicht mehr.

»Nein!«, schrie Aine.

Morgan wandte den Kopf. Erst jetzt spürte er, wie sehr ihn der Kampf mitgenommen hatte. Sein Arm schmerzte, und die Knie waren ihm weich.

Aine lief herbei.

Der Ritter stellte sich vor den Toten, um ihr den schrecklichen Anblick aus der Nähe zu ersparen.

»Es ist vorbei«, sagte er.

Sie schien ihn gar nicht wahrzunehmen. Sie wollte an ihm vorbei. Vermutlich hatte sie einen Schock erlitten. Er hielt sie auf.

»Ihr solltet das nicht sehen«, sagte er. »Es ist alles vorbei. Ihr seid frei.«

Sie riss sich heftig los. Und bevor er es verhindern konnte, war sie bei der Leiche.

»Evan!«, schrie sie. »Evan!« Und beim zweiten Mal war der Name bei ihrem Aufschluchzen kaum noch zu verstehen.

Sie streckte eine Hand nach dem Toten aus, berührte seine Wange.

Morgan zog sie sanft zurück. Sie fuhr zu ihm herum. Zorn flammte in ihrem Blick.

»Fasst mich nicht an!«, schrie sie. »Ihr seid schuld an seinem Tod. Mörder!«

Morgan blickte verdutzt. Weshalb diese Feindseligkeit? Er hatte nicht damit gerechnet, dass sie ihrem Retter vor Freude um den Hals fallen würde; schließlich war sie Buchanans Gemahlin. Aber dass sie ihn als Mörder beschimpfte, ging zu weit.

»Ich wollte ihn nicht töten«, sagte Morgan. »Und ich habe es auch nicht getan. Ich konnte nichts dafür, dass er sich aufspießte.« Zorn stieg in ihm auf. Das klang ja gerade, als müsste er sich verteidigen!

Sie beschimpfte ihn, anstatt ihm zu danken, und es sah fast aus, als weine sie um diesen Lumpen.

Gewiss stand sie unter Schockeinwirkung und war zu durcheinander, um zwischen Freund und Feind unterscheiden zu können.

Er ließ sie los und zuckte mit den Schultern. »Wie gesagt, ich hätte ihn lieber lebend gehabt, damit mir der Verbrecher...«

Da klatschte ihm ihre Hand ins Gesicht.

Er verharrte wie vom Blitz getroffen. Das konnte doch nicht wahr sein!

Sie wirkte erschrocken. Tränen rannen über ihr regennasses Gesicht.

»Verzeiht!«, schluchzte sie. »Aber ich habe ihn doch geliebt.«

Während des Kampfes, als ihr klargeworden war, wie sehr sie um Evan bangte, hatte sie erkannt, dass er ihr mehr bedeutete, als sie es sich eingestanden hatte.

*Sie hat sich in ihren Entführer verliebt,!* dachte Morgan betroffen.

»Und Buchanan...?«, entfuhr es ihm, und im nächsten Augenblick bereute er seine Worte. Es stand ihm nicht zu, sich in die persönlichen Dinge der beiden einzumischen.

Er lächelte Lady Aine entschuldigend und tröstend zu. »Er wird von mir nichts erfahren...«

Sie klammerte sich plötzlich an ihn. »Ihr müsst mir helfen, Morgan! Ihr seid jetzt meine einzige Hoffnung!«

»Ich werde für Euch tun, was in meiner Macht steht«, versicherte Morgan.

»Ihr müsst einen Mann töten, ein Scheusal, ein...«

»Ich bin kein Mörder, Lady Aine!«, unterbrach Morgan sie heftig. »Ich kann verstehen, dass Euch der Tod eures Geliebten mitgenommen hat. Aber...« Er fand keine Worte mehr.

Aine rang mit sich. Sie war versucht, Morgan alles zu erzählen. Ob sie ihn dann umstimmen konnte? Sie hatte von Sir Morgans Tapferkeit gehört, aber auch von seiner Untadeligkeit. Gewiss würde der Ritter ihr helfen, doch wie konnte er gegen Odulf und seine Männer in ehrlichem Kampf bestehen? Ihre Gedanken jagten sich. Sie musste eine List anwenden, damit er seine Bedenken vergaß.

»Ich bringe Euch zu Buchanan«, bot Morgan an.

»Nein!« Es klang fast wie ein Aufschrei.

Er blickte sie verwundert an.

»Nicht zu Buchanan«, sagte sie ruhiger. Sie war auf eine Idee gekommen, wie sie nachhelfen konnte, dass Morgan gar nichts anderes übrigblieb, als seine Bedenken zu vergessen und Odulf zu töten. »Bringt mich zu Odulf!«

»Odulf?«, fragte Morgan, der ja noch nicht die Zusammenhänge kannte. »Wer ist dieser Odulf?«

»Ein guter Bekannter. Bringt mich zu ihm. Ich muss erst mit mir ins Reine kommen.« Sie senkte den Blick.

Er spürte, dass sie ihm etwas verschwieg. Wen hatte sie töten wollen? Weshalb war sie so verzweifelt gewesen, als er sich erboten hatte, sie zu Buchanan zurückzubringen?

Morgan war versucht, Aine einige Fragen zu stellen. Doch ihre Miene war jetzt verschlossen, und sein Gefühl sagte ihm, dass es wenig Sinn haben würde. Er musste ihr etwas Zeit lassen. Vielleicht würde sie ihm unterwegs von sich aus erklären, was das alles zu bedeuten hatte.

## 17. Kapitel

Odulf war guter Laune.

Die alte Hexe hatte ihm einen Trunk aus Ainewurzel zubereitet. Und in der Tat wirkte er! Seither verspürte er keinerlei Magen- und Darmbeschwerden mehr, obwohl er zu Mittag kräftig gewürzten Braten verspeist hatte.

Er schielte zum Wein hin. Die Versuchung war groß. Doch die Alte hatte behauptet, die Wirkung ihres Aine-Gebräus sei dahin, wenn er nicht wenigstens ein paar Tage auf den Wein verzichte. Gewiss hatte sie recht. Es war besser, er hielt sich an ihren Rat.

Er wollte sie gerade zu sich rufen, damit sie noch einmal die Geister befragte, wo Evan und die anderen blieben. Sie hatte ihm zwar zur Geduld geraten und behauptet, alles verlaufe nach Plan, doch diese Geduld konnte er einfach nicht aufbringen.

Die Alte kam von selbst zu ihm.

»Wie fühlst du dich?«, fragte sie.

»Prächtig«, erwiderte er grinsend. »Du scheinst mir wahrlich eine vortreffliche Hexe zu sein.«

Sie kicherte.

»Ich habe mit den Geistern gesprochen«, sagte sie.

Seine Augenbrauen zogen sich hoch. »Und?«, fragte er angespannt.

»Das Gewitter ist vorüber«, sagte sie.

»Klar.« Er rieb sich über den Bauch. »Dein Trunk hat gewirkt.«

»Doch dunkle Wolken ziehen auf.«

»Was, schon wieder?«

»Du wirst deinen Plan ein wenig ändern müssen«, fuhr sie fort. »Aine kommt nicht mit Evan zurück.«

Das wusste sie nicht von den Geistern. Sie hatte soeben Aine mit einem fremden Reiter eintreffen sehen.

Odulf starrte sie offenen Mundes an. »Was ist passiert?«, fragte er.

»Genaues haben die Geister nicht gesagt. Doch du solltest vorsichtig sein und...«

In diesem Augenblick klopfte es. Schon ging die Tür auf, und der Diener Arius tauchte auf.

»Verzeiht die Störung, Herr! Aine ist eingetroffen. Sie wünscht Euch zu sprechen.«

Odulf blickte erfreut und tauschte einen Blick mit der Alten. »Ist Evan auch da?«

Der Diener verneinte.

»Wie ich sagte«, trumpfte sie auf.

»Was stehst du da noch herum und hältst Maulaffen feil«, fuhr Odulf den Diener an. »Herein mit Aine!«

Der Diener schaute zu der Alten. »Sie bat darum, unter vier Augen mit Euch zu sprechen, Herr.«

»Kein Problem«, sagte Odulf. Er gab einen Wink. »Geh nach nebenan.«

Kurz darauf stand Aine Odulf gegenüber. Sie berichtete von Evans Tod.

»Evan sonderte sich von den anderen ab, weil wir verfolgt wurden«, sagte sie. »Er wollte mir dann Gewalt antun.« Sie errötete, doch nicht aus Scham, an die Odulf dachte. Sie schämte sich der Lüge; Evan hätte ihr niemals Gewalt angetan. Doch in ihrer Verzweiflung wusste sie keine andere Möglichkeit. Diese Lüge gehörte zu ihrem Plan.

Sie wollte Morgan gegen Odulf ausspielen.

»Dieser Dreckskerl von Evan!« Odulf hieb mit der Faust auf den Tisch. »Und – ist es ihm gelungen?«, fragte er lauernd.

Sie schüttelte den Kopf. »Ein Mann tauchte auf. Er kämpfte gegen Evan und besiegte ihn.«

»Gute Tat. Wie heißt der Mann?«

»Er ist ein Ritter«, sagte sie und bemühte sich um einen schwärmerischen Tonfall. »Er heißt Morgan, und ich bin ihm ja so dankbar. Deshalb bat ich ihn, mich herzubringen. Er ist ein so edler Mann...« Sie hauchte es und bemühte sich um eine verzückte Miene.

Odulf hieb wieder mit der Faust auf den Tisch.

Dann erschrak sie, als sie den Ausdruck seiner Augen und Odulfs boshaftes Grinsen sah.

»Sir Morgan, sagtest du?«, fragte er lauernd. »Wo ist er jetzt?«

»Ich bat den Diener, ihn bewirten zu lassen. Gewiss wirst du ihn als Gast beherbergen. Schließlich hat er mich vor Evan gerettet. Er ist so ein edler Mann. Ganz anders als...«

Sie verstummte und senkte den Blick.

»Als ich, wolltest du sagen?«

Sie tat, als käme es ihr ungewollt über die Lippen: »Ja, er würde mich niemals zwingen. Ihm würde ich ganz freiwillig...«

Sie presste eine Hand vor den Mund.

Zu ihrer Überraschung blieb Odulf gelassen. Weder Zorn noch Eifersucht waren ihm anzumerken.

»Der Ritter hat dich wohl stark beeindruckt«, sagte er mit ruhiger Stimme.

»Ich bin ihm so dankbar.«

Odulf nickte. »Nun, dein Wunsch ist mir Befehl, meine liebe Aine.«

Aine schöpfte neue Hoffnung. Sie wusste, wie riskant ihr Plan war und wie viele Unwägbarkeiten es gab. Sie wollte Odulf eifersüchtig machen. Erst diese schwärmerischen Worte, und später würde jemand beobachten, wie sie mit Morgan flirtete, wie sie ihn gar küsste. Das würde Odulf nicht hinnehmen. In seinem Zorn würde er auf Morgan losgehen. Und Morgan würde gar nichts anderes übrigbleiben, als ihn zu besiegen.

»Dein Ritter wird mein Gast sein«, sagte Odulf grinsend.

Aine atmete auf. »Danke.«

»Er wird das schönste Gemach zugewiesen bekommen«, fuhr Odulf wie im Plauderton fort. Dann erstarb von einem Augenblick zum anderen sein Grinsen, und er schlug mit der Faust auf den Tisch. »Und zwar den Kerker!«, schrie er.

»Aber...« Sie fand vor Schreck keine Worte.

»Ich weiß, wer Sir Morgan ist, und ich weiß, dass er in Buchanans Diensten steht!«, fuhr Odulf fort und erhob sich drohend. »Warum versuchst du, mich für dumm zu verkaufen?«

Er hob eine Hand, als wolle er sie schlagen, und sie wich furchtsam zurück.

Wie dumm sie gewesen war, dass sie diese Möglichkeit nicht in Betracht gezogen hatte! Entweder gab es unter Buchanans Mannen einen Verräter, oder Odulf hatte einen Spitzel in Buchanans Burg!

Verzweifelt suchte Aine nach einer Ausrede.

»Raus mit der Wahrheit!«, fuhr Odulf sie an. »Weshalb hast du mir Buchanans Mann hier angeschleppt? Hast du versucht, ein doppeltes Spiel zu treiben?«

»Nein! Er weiß von alldem nichts. Er glaubte mich zu befreien. Dann wollte er mich zu Buchanan zurückbringen. Aber dann hätte doch alles noch einmal von vorn angefangen. Ich hatte Angst um meine Mutter und Geschwister. Deshalb wollte ich zu dir zurück.«

Sie weinte, und ihre Tränen waren echt.

»Du hast also nichts ausgeplaudert?« Odulf musterte sie eindringlich.

Sie schüttelte heftig den Kopf. »Dann wäre doch alles aus gewesen.«

Er überlegte.

»Was hast du ihm denn gesagt, weshalb du ausgerechnet zu mir willst?«

»Ich sagte, du seist ein alter Freund, den ich auf einem Weg besuchen möchte.«

»Während Buchanan angeblich sehnsüchtig auf dich wartet?« Er schüttelte den Kopf. Seine Zweifel waren groß.

»Wie dem auch sei«, sagte er. »Morgan wird sterben, und damit ist das Problem gelöst.«

»Nein!« Aine erschauerte. Sie wollte nicht schuld am Tod von Sir Morgan haben. »Du darfst ihn nicht töten. Er hat mich doch vor Evan gerettet.«

Odulf kraulte sich am Kinn. Das war ein Punkt, der zu denken gab. Das glaubte er ihr. Er hatte immer schon den Verdacht gehabt, dass Evan es auf Aine abgesehen hatte...

»Ich werde alles tun, was du verlangst, wenn du Sir Morgan am Leben lässt«, sagte Aine. In diesem Augenblick war sie bereit, sich zu opfern, um nicht am Tod des Ritters schuld zu sein, den sie schließlich in diese Situation gebracht hatte. Mit einem aberwitzigen Plan, wie sie sich jetzt eingestand. Sie hätte Morgan alles sagen müssen.

Odulf grinste. Er spürte, dass er einen weiteren Trumpf in die Hand bekommen hatte.

Er zog Aine an sich.

»Du bittest fast für ihn, als hättest du dich in ihn verliebt.«

»Ich bin ihm dankbar, weil er mich vor Evan gerettet hat.«

»So dankbar, dass du alles tun würdest, damit er am Leben bleibt?«

Sie nickte.

Er wollte sie küssen, doch dann fielen ihm die Worte der Hexe ein. Die Geister waren noch dagegen. Er musste sich noch gedulden, hatte sie gesagt. Doch zum Teufel, die Geister konnten nichts dagegen haben, wenn sie von sich aus bereit war. Er wollte sie gleich in diesem Punkt befragen.

»Also gut«, sagte er. »Ritter Morgan soll vorerst noch am Leben bleiben. Wie lange, hängt davon ab, wie du mir deine Dankbarkeit erweist, weil ich dir diesen Wunsch erfülle.«

## 18. Kapitel

Sir Morgan war gespannt darauf, diesen Odulf von St. Climsland kennenzulernen. Aine wusste, dass ihr Mann Buchanan voller Sorge auf sie wartete, doch sie hatte diesen »alten Freund« besuchen wollen!

Morgan spürte, dass an Aines Geschichte etwas nicht stimmen konnte. Auf dem Ritt zur Burg hatte sie sich mehrmals in Widersprüche verwickelt. Auf seine vorsichtigen Fragen hin hatte sie durchblicken lassen, dass er auf der Burg eine Antwort bekommen werde.

Und die bekam er auch, doch anders, als er erwartet hatte.

Er schob gerade ein Stück Schweinebraten in den Mund, als die Männer in den Raum stürmten.

Zwei waren mit Schwertern bewaffnet, zwei mit Lanzen.

Morgan blieb fast der Bissen im Hals stecken.

Selbst ein Dummkopf hätte erkannt, dass die Männer nicht kamen, um ihm guten Appetit zu wünschen. Und Morgan war kein Dummkopf.

Er reagierte schnell und überraschend für die Kerle, die offenbar mit keinerlei Gegenwehr gerechnet hatten.

Er packte den Tisch und wuchtete ihn hoch, alles flog den Angreifern entgegen.

Schreiend taumelten die ersten beiden zurück und behinderten ihre Gefährten.

Einer der Lanzenträger vergaß seinen Auftrag, den Ritter lebend in den Kerker zu schaffen. Mit einem Wutschrei stieß er die Lanze vor. Doch Morgan stemmte ihm den Tisch entgegen. Die Lanze bohrte sich in die dicke Platte.

Morgan erfasste mit einem schnellen Blick, dass die beiden Schwertträger noch mit sich beschäftigt waren. Der eine rieb sich die Nase, an der ihn ein Teller getroffen hatte, der andere wischte sich Speisereste aus den Augen und vom struppigen Bart. Bevor der dritte Mann seine Lanze aus der Tischplatte ziehen und der vierte ihm zu Hilfe kommen konnte, handelte Morgan. Er warf den beiden Lanzenträgern den Tisch mitsamt der aufgespießten Lanze an den Kopf. Brüllend gingen die beiden zu Boden.

Morgan zückte sein Schwert und wirbelte zu den beiden anderen herum. Den Ersten streckte er mit einem Schwerthieb nieder, als der Kerl wütend angreifen wollte.

Der andere war besonnener. Doch er war kein geübter Schwertkämpfer. Morgan parierte den ungelenken Angriff. Dreimal klirrten die Schwerter aneinander, und dann schlug Morgan dem Mann das Schwert aus der Hand. Ein schneller Hieb mit der Breitseite der Klinge, und der Gegner sank neben seinen Gefährten und war im Augenblick keine Gefahr mehr.

Doch inzwischen hatten sich beide Lanzenträger aufgerappelt. Morgan schlug einem auf die Finger, als er die Lanze hochreißen wollte. Schreiend vergaß der Mann seine Absicht.

Der andere griff mit der Lanze an. Morgan konnte dem vorstürmenden Mann gerade noch ausweichen. Als er an ihm vorbei sprang, versetzte Morgan ihm einen Tritt in die Kehrseite. Der Mann landete drei Schritte weiter auf dem Bauch, und die Lanzenspitze bohrte sich in den Boden.

Morgan wusste, dass die Schreie und der Kampflärm nicht ungehört geblieben waren. Er musste verschwinden und zwar schnell, bevor die Kerle Verstärkung erhielten.

Er eilte zur Tür.

Doch es war zu spät.

Ein wahrer Riese tauchte in der Tür auf und blockierte Morgan den Weg. Er hielt ein Schwert in der vorgereckten Faust.

Morgan konnte sich gerade noch zurückwerfen.

Der Ritter war entschlossen, sich den Weg freizukämpfen. Er sprang auf den Hünen zu, der von Neuem mit dem Schwert ausholte, fing den Stoß der Waffe ab und kreuzte mit dem Riesen die Klinge.

Fast hätte Morgan es geschafft. Seine Schwerthiebe trieben den Koloss bereits von der Türschwelle zurück. Im Türrahmen hatte der schwergewichtige Gegner kaum eine Ausweichmöglichkeit. Zudem bewegte er sich äußerst plump.

Der Hüne wich zurück auf den Gang. Der Weg war fast frei.

Da bohrte sich etwas in Sir Morgans Rücken und eine zornige Stimme schrie:

»Gib auf!«

Einer der Lanzenträger.

Morgan kribbelte es eisig zwischen den Schulterblättern. Es blieb ihm keine Wahl. Er ließ das Schwert fallen.

Der Hüne hielt ihm grinsend sein Schwert unters Kinn, während ihn der Lanzenträger weiterhin von hinten bedrohte.

»Alle Wetter!«, sagte der Mann, der Morgan noch um Haupteslänge überragte und gewiss doppelt so schwer war. »Du weißt zu kämpfen. Wenn ich nicht rechtzeitig zur Stelle gewesen wäre, hättest du die vier Schwachköpfe glatt bezwungen.«

»Wir hatten ihn fest im Griff«, maulte der Mann hinter Morgan.

»Das habe ich gesehen.« Der Hüne lachte dröhnend.

»Was soll das Ganze?«, fragte Morgan, obwohl er die Antwort längst zu wissen glaubte. »Bin ich hier unter Räuber geraten?«

Der Koloss grinste. »Werd' nicht frech. Wir haben zwar den Befehl, dich in einem Stück in den Kerker zu bringen, doch keiner hat gesagt, auf welche Weise. Wenn du also nicht hübsch brav und freundlich bist, schleifen wir dich an den Ohren dorthin.«

Ein Mann zog Morgan das Messer aus der Lederscheide am Gurt. Morgan spürte den Druck einer weiteren Lanze im Rücken.

Morgan sah ein, dass er keine Chance mehr hatte. Deshalb leistete er keine Gegenwehr.

Der Weg zum Kerker führte über den Burghof.

Morgans Blick fiel zu einem Fenster des Palastes. Dort stand Lady Aine. Sie wischte sich mit einem Tuch über die Augen, als weine sie.

Im Kerker zermarterte sich Morgan das Hirn, was das alles zu bedeuten hatte. Er fand keine Erklärung. Er hatte keine Antwort auf seine Frage bekommen, weshalb man ihn einsperrte. Er hatte verlangt, den Burgherrn Odulf zu sprechen, doch dieser Wunsch war ihm nicht erfüllt worden.

Morgan ließ sich noch einmal alles durch den Kopf gehen. Er konnte sich einfach keinen Reim auf all die Ereignisse machen.

Schließlich übermannte ihn die Müdigkeit. Die letzten Tage und Nächte waren turbulent gewesen, und er hatte kaum Schlaf gefunden.

Auch diesmal war es ihm nicht vergönnt, lange zu ruhen.

Ein Knirschen ließ ihn aufschrecken. Die Kerkertür schwang auf, und im schwachen Lichtschein, der vom Gang her in das Verlies fiel, erkannte Morgan eine Frauengestalt.

Die Tür wurde geschlossen. Erneut hüllte Finsternis Morgan ein.

»Sir Morgan?«, wisperte die Frau. »Ich bin's, Lady Aine. Wo seid Ihr?«

»Hier.«

Er hörte huschende Schritte und nahm die Bewegung im Dunkel wahr.

Eine Hand betastete ihn. Im schwachen Mondlicht, das durch die Belüftungsschlitze in das Verlies fiel, konnte er erkennen, dass sie sich neben ihn setzte.

»Ich bin gekommen, um Euch zu befreien«, sagte sie. »Dieses Verlies wird nicht bewacht, und Odulf schläft.«

»Na fein«, sagte Morgan und wollte sich erheben. »Gehen wir.«

Sie hielt ihn am Arm fest.

»Die Burg wird streng bewacht«, sagte sie. »Aber ich weiß, wie Ihr unbemerkt entkommen könnt. Doch zuvor müsst Ihr mir einen Dienst erweisen. Gebt mir Euer Ritterwort, dass Ihr meine Forderung erfüllt.«

Dieser Frau traute Morgan inzwischen die absonderlichsten Forderungen zu, und so sagte er erst einmal vorsichtig:

»Was fordert Ihr?«

Sie war zu aufgeregt, um sich erst seines Ritterwortes zu versichern. Er hatte kaum ausgesprochen, als sie auch schon hasserfüllt zischte:

»Ihr müsst Odulf töten!«

Morgan war verblüfft. Jetzt verstand er überhaupt nichts mehr. Hatte sie nicht behauptet, dieser Odulf sei ein guter alter Freund?

»Ich sagte bereits, dass ich keine Mordaufträge erledige«, erwiderte Morgan. »Außerdem habe ich keinerlei Waffe.«

Sie fiel darauf herein. »Ich habe ein Messer mitgebracht. Und ich helfe Euch, aus der Burg zu entkommen, wenn Ihr...«

Sie verstummte mit einem erschrockenen Aufschrei, als Sir Morgan sie wenig ritterlich packte. Er umklammerte sie mit einer Hand und tastete sie mit der anderen ab. Zwar grob, doch in allen Ehren, denn er suchte nach dem Messer. Er fand es in ihrem Gürtel und schob es in die Lederscheide an seinem Gurt.

Lady Aine zappelte in seiner Umklammerung. Sie wollte sich losreißen, doch er hielt sie fest. Schließlich wurde sie stocksteif und begann zu weinen.

»Und nun solltet Ihr mit einer Erklärung herausrücken«, sagte er. »Weshalb wollt Ihr Odulf umbringen lassen? Was wird hier gespielt?«

Da erzählte sie alles. Schluchzend und stammelnd zuerst, dann zusammenhängender. Es war, als breche ein Damm. Alles, was sich in ihr aufgestaut hatte, sprudelte plötzlich hervor.

Schon nach den ersten Worten gab Morgan sie frei, doch sie schien es gar nicht zu bemerken. Sie sank gegen ihn, als hielte er sie immer noch fest, und sie redete sich alles von der Seele. Morgan glaubte seinen Ohren nicht trauen zu können.

Buchanan, der angesehene Burgherr, ein Räuber und Mörder!

Aines Heirat unter Zwang!

Die vorgetäuschte Entführung und Odulfs teuflischer Plan!

Aines und Evans Gegenplan!

Jetzt verstand er die Zusammenhänge und begriff, weshalb so vieles scheinbar widersprüchlich gewesen war. Lady Aine hatte alles getan, um ihre Angehörigen zu retten. Er verspürte Mitleid mit ihr.

»Ihr müsst mir helfen!«, flehte sie, als sie alles erzählt hatte. »Bitte!«

»Das werde ich, Lady Aine. Und darauf gebe ich Euch mein Ritterwort.«

»Ihr werdet Odulf töten?«, fragte sie hoffnungsvoll.

»Nein«, sagte er.

»Aber...«

»Ihr habt Euch in Euren Hass auf Odulf verrannt und gar nicht mehr daran gedacht, dass es eine andere Lösung geben könnte.«

»Ja«, stieß sie hervor. »Ich hasse ihn, wie ich noch nie einen anderen Menschen gehasst habe. Ich wusste gar nicht, was Hass ist, bevor ich ihn kennenlernte.«

»Hass ist eine schlimme Sache«, warf Morgan ein. »Euch hätte er fast dazu getrieben, selbst schuldig zu werden.«

»Odulf hat meinen Vater umgebracht, und er hält meine Mutter und meine Geschwister im Kerker gefangen. Mich hat er gedemütigt und als sein Werkzeug benutzt, um seine Rachepläne an Buchanan zu verwirklichen. Und anschließend will er mich als seine Sklavin halten...« Sie konnte nicht mehr weitersprechen.

Morgan wartete, bis sie sich wieder etwas gefasst hatte.

»Ja«, fuhr sie fort. »Ich hasse ihn. Er ist ein Teufel in Menschengestalt.«

»Er wird seine Strafe bekommen«, sagte Morgan. »Doch nicht wir werden über ihn richten. Der Henker wird das Urteil vollstrecken.«

Er stellte Aine noch eine Reihe gezielter Fragen, und allmählich nahm ein Plan Gestalt an...

## 19. Kapitel

Odulf war an diesem Morgen prächtig gelaunt.

Jetzt brauchte er nur noch darauf zu warten, dass die Geister einverstanden waren. Er wollte die Alte gerade rufen lassen, damit sie mal wieder anfragte, als ihn die schlechte Kunde erreichte.

Der Gefangene war aus dem Kerker verschwunden!

Zu anderen Zeiten hätte Odulf jeden köpfen lassen, der als Verantwortlicher für diese Schlappe in Frage kommen konnte, doch die Ainewurzel schien nicht nur beruhigend auf sein Gedärm, sondern auch auf sein Gemüt zu wirken, und er zeigte sich gnädig. Zumal die Hexe sich für die Männer einsetzte.

Sie hatte ein schlechtes Gewissen. Lady Aine hatte am Abend mit ihr gesprochen. Sie hatte gedroht, zu verraten, dass sie sich von Evan hatte bezahlen lassen, wenn sie Odulf nicht weiterhin in diesem Sinne beeinflusse.

»Er wird dir keinen Glauben schenken«, hatte sie gesagt, doch sie war zutiefst erschrocken, denn es war ihr klar, dass Odulf Lady Aine für seine Pläne mehr brauchte als sie. Und in der letzten Zeit hatte sie manchmal das Gefühl, dass er ihrem Rat misstraute. Er würde zumindest misstrauisch werden und sich fragen, weshalb ihn die Geister immer wieder vertrösteten. Nein, es war besser, es nicht darauf ankommen zu lassen. So war sie auf Aines Forderung eingegangen. Sie ahnte, dass Aine etwas mit dem Verschwinden des Gefangenen zu tun hatte, doch sie schwieg aus Furcht, Aine könnte plaudern, wenn sie aufflog. So schob sie alles auf einen Fluch der Geister und setzte sich für Odulfs Männer ein, die beteuerten, dass der Gefangene nur durch Zauberei entkommen sein könnte.

Doch von alldem ahnte Odulf nichts.

Er zeigte sich gnädig. Der Mann, der Sir Morgan in den Kerker gesperrt und nach Odulfs Vermutung vergessen hatte, den Riegel vorzuschieben, wurde nur mit zwanzig Peitschenhieben bestraft.

Sir Morgan konnte zu einer Gefahr werden. Selbst wenn Aine aus Furcht um das Leben ihrer Angehörigen nichts ausgeplaudert hatte, konnte der Ritter aussagen, dass er von einem gewissen Odulf gefangen gehalten worden war. Doch dafür gab es ebenfalls eine Lösung. Er, Odulf, würde behaupten, dass es ein Missverständnis gewesen sei. Aine hätte erzählt, ihr Begleiter hätte sie belästigt, und er hätte das auf Morgan bezogen, statt auf den Entführer. Irgendetwas in dieser Art. Lady Aine würde gezwungen sein, in seinem Sinne auszusagen.

Sir Morgan würde natürlich sofort zu Buchanan reiten und ihn informieren, aber das änderte nicht viel. Das Versteckspiel war ohnehin vorbei. Buchanan würde genau das tun, was er von ihm verlangte. Wenn Morgan etwas wusste, würde Buchanan ihn in seinem eigenen Interesse beseitigen, damit er nicht mit aufflog. Und wenn Morgan nichts wusste, außer, dass er Aine zu seiner Burg begleitet hatte, würde Buchanan sich hüten, zu erzählen, wer hinter der Entführung steckte. Er würde die Sache herunterspielen und vorgeben, Lady Aine bei ihrem Freund und seinem guten Bekannten abzuholen. Eine entsprechende Botschaft hatte Odulf am frühen Morgen per Eilkurier losgeschickt. Möglicherweise war der Kurier sogar noch vor Sir Morgan bei Buchanan, denn er hatte ein Ersatzpferd zum Wechseln mitgenommen, und der Ritter hatte sich nach seiner Flucht erst irgendwo ein Reittier besorgen müssen.

Odulf war durch Morgans Verschwinden nicht sehr beunruhigt. Zudem hatte ihm die Alte prophezeit, dass alles gut gehen werde.

Am Vormittag erhielt Odulf dann eine versiegelte Nachricht, die von einem Reiter bei der Torwache abgegeben worden war.

Odulf kannte das Siegel. *Buchanan antwortete so schnell auf die erste Botschaft mit der Lösegeldforderung?*, dachte er verwundert. Aber das ist zeitlich doch gar nicht möglich.

Schnell brach er das Siegel und las. Es war keine Antwort auf seine Forderung. Buchanan war ihm zuvorgekommen.

*Ich habe einen Deiner Räuber, Brath, der nach der Entführung geschnappt wurde, ausgequetscht. Du steckst also hinter allem, Du Schweinehund. Ich mache Dir einen Vorschlag zur Güte: Du bekommst die Hälfte der damaligen Beute, wenn Du Aine freilässt. Du darfst vorschlagen, wo wir die Schätze austauschen. Es liegt auch in Deinem Interesse, dass dieses Treffen nur unter uns stattfindet und dass Aine dabei nichts über unsere gemeinsame Vergangenheit erfährt. Vergiss nicht, dass ich dich genauso ans Messer liefern kann, wie du mich. In alter Freundschaft, Buchanan.*

*Noch eines, Du rachsüchtiger Bastard. Ich kenne zwar Deine Geldgier und nehme an, dass Du nicht auf den halben Schatz verzichten willst. Aber sollte Dir Deine Rache mehr wert sein, und Du spielst mit dem Gedanken, mir einen Mörder auf den Hals zu schicken, so habe ich vorgesorgt. Man wird ein Dokument von mir finden, in dem all Deine Untaten fein säuberlich aufgeführt sind. Du siehst also, dass Du mir auch nichts anhaben kannst, wenn wir uns zur Übergabe treffen.*

Odulf ließ die Botschaft sinken und grinste breit. Buchanan wusste noch nichts von der neuen Entwicklung und hatte den ersten Schritt getan. *Dieser Hurensohn!* , dachte Odulf. *Hält sich für ungemein gerissen. Dabei ist er schon so gut wie in der Hölle. Und das Dokument werde ich gleich mitsamt der Burg übernehmen, wenn ich ihn erledigt habe.*

Er lachte laut. Buchanan bot von sich aus Lösegeld für Aine an! Er ahnte ja nicht, aus welchem Zweck sie ihn geheiratet hatte!

Odulf war so gutgelaunt, dass er in Gedanken Wein trank, während er eine neue Botschaft an Buchanan abfasste.

## 20. Kapitel

Johel de Vautort und der Soldat Cynan kamen aus dem Staunen nicht mehr heraus, als Sir Morgan berichtete.

»Welch gewaltiger Stoff für eine Ballade!«, murmelte der Minnesänger, als Morgan schließlich geendet hatte.

»Leider ist es gefährliche Wirklichkeit«, sagte Morgan.

»Und es fehlt noch das gute Ende«, brummte Cynan.

Johel nickte. »Hoffen wir, dass es ein gutes wird. Aber nach allem, was Morgan in die Wege geleitet hat, könnte eigentlich nichts schiefgehen. Wir brauchen nur noch Buchanan zu folgen, wenn er sich mit Odulf zur vermeintlichen Lösegeldübergabe trifft, und uns beide zu schnappen.«

»Warum schnappen wir uns nicht Buchanan sofort und anschließend Odulf?«, fragte Cynan und blickte Morgan verwundert an.

»Damit wäre nichts gewonnen«, erklärte Morgan, der ja von Lady Aine die Zusammenhänge in allen Einzelheiten kannte. »In diesem Fall würden die beiden natürlich ihre üble Vergangenheit leugnen. Sie brauchen nur zu behaupten, Aine hätte alles erfunden. Wer will ihnen das Gegenteil beweisen?«

»Aber die Entführung?«, sagte Cynan. »Das ist doch eine Tatsache. Wenn sie auch keine richtige Entführung war.«

»Odulf kann leugnen, etwas damit zu tun zu haben. Nur Evan war eingeweiht, und der ist tot. Ebenso die anderen, die an der Sache beteiligt waren.«

»Gibt es keine anderen Zeugen?«, fragte Johel. »Ehemalige Bandenmitglieder oder sonstige Mitwisser?«

Morgan zuckte mit den Schultern. »Möglicherweise gibt es welche, die aussagen könnten. Die Frage ist jedoch, ob sie das tun. Sicher werden sich solche Kerle ihr Schweigen bezahlen lassen oder den Mund halten, weil sie sich selbst mit reinreißen würden. Aber es spricht noch anderes gegen eine sofortige Festnahme der beiden. Ich deutete es schon an. Odulf hält Aines Angehörige gefangen. Er hat ihr gedroht, sie von irgendeinem Vertrauten vergiften zu lassen, wenn ihm etwas zustoßen sollte.«

»Wir müssen die Gefangenen also sofort befreien, wenn wir Odulf geschnappt haben. Bevor man auf der Burg etwas erfährt.«

Morgan nickte. »Lady Aine hat sich bereit erklärt, eine wichtige Rolle in meinem Plan zu übernehmen. Sie hält Kontakt mit Rhodri und den anderen, und wenn Odulf die Burg verlässt, verschafft sie ihnen Einlass. Dann befreien sie die Gefangenen und verschwinden mit Lady Aine aus der Burg. So können die Gefangenen nicht als Geiseln genutzt werden, und es läuft alles ohne Blutvergießen ab.«

Morgan war auf dem Rückritt dem Junker Wyn begegnet. Wyn war Morgan gefolgt, hatte seine Spur verloren und sich entschieden, zurückzureiten. In der Ortschaft hatten sie Rhodri informiert. Rhodri ging es schon besser. Er hatte im Gasthaus gezecht und gewürfelt, mit Brain, dem Kräutersammler. Morgan hatte Brain ins Vertrauen gezogen. Der Kräutersammler hatte ein paar vertrauenswürdige Freunde, unter anderem den Schmied, und sie alle waren sofort bereit gewesen, bei einer guten Sache mitzuhelfen. Morgan war froh darüber, denn auf Buchanans Männer konnte er nicht zurückgreifen. Die Gefahr des Verrats war zu groß.

»Ich schlage vor, du reitest zu Rhodri und den anderen und leitest die Befreiungsaktion«, sagte Morgan zu Johel de Vautort, der nicht nur Minnesänger, sondern auch ein kampferprobter Ritter war. »Ich übernehme mit Cynan Buchanan. Laut Aine bestellt Odulf seinen ehemaligen Kumpan Buchanan zu einer angeblichen Lösegeldübergabe.«

»Wieso angeblich?«, fragte Cynan. »Fordert er nicht tatsächlich Lösegeld?«

»Warum sollte er das, wenn ihm mit der Burg ohnehin alles zufällt? Er will sich rächen und Buchanan töten. Dann zwingt er – nach einer angemessenen Frist Aine, ihn zu heiraten und damit fällt ihm Buchanans ganzer Besitz zu. Denkt er jedenfalls.«

»Buchanan wird nicht so dumm sein, in die Falle zu reiten«, gab Johel zu bedenken. »Schließlich hat er von Odulf

St... gehört und kann sich an fünf Fingern abzählen, dass sein alter Kumpan hinter der Entführung steckt.«

»Buchanan wird Vorsorge treffen und seinerseits versuchen, Odulf hereinzulegen.«

»Am besten ist, die beiden bringen sich gegenseitig um«, warf Cynan ein.

»Möglicherweise nimmt uns Buchanan zur Lösegeldübergabe mit«, überlegte Morgan. »Natürlich wird er verlangen, dass wir uns im Hintergrund halten und erst eingreifen, wenn er ein Zeichen gibt. Schließlich kann er nicht riskieren, dass Odulf in unserem Beisein über die gemeinsame Vergangenheit plaudert.«

»Vermutlich will er irgendeinen Trick anwenden, so in der Art, wie er den Gefangenen Brath zum Schweigen gebracht hat, ohne dass ihm jemand etwas beweisen kann. Im Nachhinein betrachtet, hat er die Wachen für einen Mord missbraucht.«

Morgan nickte. Johel und Cynan hatten ihn über die seltsamen Umstände von Braths Tod informiert.

»Uns wird er nicht missbrauchen«, sagte Morgan.

Johel de Vautort lächelte. »Doch höchstwahrscheinlich hat er so etwas vor. Schließlich kann er nicht ahnen, dass wir über alles im Bilde sind.«

In diesem Punkt irrte Johel.

Das Gespräch war belauscht worden.

## 21. Kapitel

Buchanan wurde blass, als sein Diener ihm in allen Einzelheiten berichtete, was er belauscht hatte.

Einen Augenblick lang war Buchanan versucht, den Mann zu töten, um einen Mitwisser zu beseitigen. Doch dann zwang er sich zur Besonnenheit. Der Diener konnte ihm noch von großem Nutzen sein, besonders nach der für ihn neuen Entwicklung der Lage. Später, wenn alles mit Odulf erledigt war, konnte er ihn immer noch beseitigen.

Denn Buchanan hatte längst einen Plan, wie er Odulf überlisten konnte. Daran änderten auch die neuen Tatsachen nichts.

Buchanan grinste den Diener an, der unterwürfig da stand und alles erzählt hatte, als könne er es nicht recht glauben.

»Wie viel verlangst du für dein Schweigen?«, fragte Buchanan rundheraus.

Der Diener blinzelte. »Nie hätte ich gewagt, Herr...«

*Knechtseele!,* dachte Buchanan.

»Nicht so bescheiden, mein Lieber«, sagte er. »Ich werde dich reich belohnen, wenn du zu niemanden ein Sterbenswort sagst. Ja, ich werde dich sogar befördern...«

*Zur Hölle!* , dachte er, doch er vollendete das Angebot:

»...sagen wir mal, zu meinem Vertrauten und Ratgeber. Da brauchst du nichts zu tun und bekommst das Dreifache von dem, was du jetzt verdienst.«

Der Diener grinste erfreut. »Ich werde schweigen, Herr«, sagte er und verbeugte sich.

Buchanan nickte zufrieden. Die Informationen, die er ihm gegeben hatte, waren in der Tat Gold wert. Jetzt konnte er Morgans Plan durchkreuzen.

Ja, er würde sogar Odulf warnen, damit ihm ebenfalls niemand zum Treffpunkt folgte.

»Hör gut zu«, sagte er. »Du wirst so einiges für mich erledigen.«

## 22. Kapitel

»Der Herr bittet Euch zu sich«, sagte der Diener eine Viertelstunde später zu den Anwesenden, und Morgan, Johel und Cynan folgten ihm zu Buchanan.

Buchanan bat sie, Platz zu nehmen. Ohne Umschweife kam er zur Sache.

»Ich habe eine Botschaft der Entführer erhalten«, sagte er mit schwerer Stimme.

Morgan tat überrascht. »Geht daraus etwas hervor? Ich meine, wer hinter allem steckt? Wer dieser Odulf St... ist?«

Buchanan schüttelte den Kopf. Die Lüge kam ihm glatt über die Lippen.

»Nein. Odulf St... gibt es gewiss eine Menge, und ich neige zu der Annahme, dass uns dieser Brath einen Bären aufgebunden hat. Aber was soll's. Jetzt werden wir uns den Kerl schnappen. Ich gehe zum Schein auf seine Bedingungen ein und werde allein zum Übergabeort reiten.«

»Aber es könnte eine Falle sein«, wandte Morgan ein. »Wer garantiert Euch, dass dieser Verbrecher Lady Aine tatsächlich freilässt, wenn Ihr das Lösegeld zahlt?«

»Das Risiko muss ich auf mich nehmen«, erklärte Buchanan. »Aber schließlich habe ich ja Euch. Ihr werdet Euch im Hintergrund halten und den Kerl auf mein Zeichen hin packen.«

Er lächelte vielsagend.

*Und bevor wir ihn packen können, willst du ihn umbringen!*, dachte Morgan.

»Wie viel fordern die Entführer?«, fragte er laut.

»Das ist meine Sache«, erwiderte Buchanan. »Ich möchte vermeiden, dass die Summe bekannt wird. So könnten später andere auf den Gedanken kommen, mich auf ähnliche Weise zu erpressen. Oder womöglich bekommt jemand davon Wind und überfällt mich noch unterwegs, um mir das Lösegeld abzunehmen.«

»Ihr wollt das Lösegeld tatsächlich mitnehmen?«, fragte Johel überrascht. »Genügt es nicht, wenn Ihr nur eine Tasche voller Steine...?«

Buchanan schüttelte den Kopf. »Ich halte mich an die Forderung. Er könnte darauf bestehen, das Lösegeld zu sehen, bevor er Aine freilässt, und ich will alles verhindern, was sie gefährden könnte. Ihr werdet zur Stelle sein, und auf mein Signal hin, Odulf – oder wie immer der Kerl heißen mag, schnappen. Alles verstanden?«

Morgan nickte. Mehrere Fragen beschäftigten ihn. Vor allem die eine: Wie wollte Buchanan Odulf für immer zum Schweigen bringen, ohne dass es als Mord ausgelegt werden konnte? Schließlich würde sich ja alles vor ihren Augen abspielen. Und er war der Beauftragte des Sheriffs von Cornwall!

»Wann und wo soll die Übergabe stattfinden?«, erkundigte er sich.

»Übermorgen Abend in einer Schäferhütte westlich von Lahnydrock. Ich male Euch eine genaue Lageskizze. Dort werdet Ihr Euch frühzeitig in den Hinterhalt legen. Ihr solltet gleich losreiten und Euch dort gut verstecken. Möglicherweise trifft der Entführer die gleiche Vorsorge wie ich. Seid also vorsichtig.«

Als Buchanan schließlich wieder allein war, rieb er sich die Hände. *Die bin ich los!*, dachte er zufrieden. *Sie werden ihr Wissen mit in den Tod nehmen, während ich an einem ganz anderen Ort Odulf zur Hölle schicke.*

## 23. Kapitel

Aine atmete auf. Die Alte hielt sich an ihre Forderung. Odulf hatte mal wieder die Geister beschworen, ob eine Vorwegnahme der späteren Hochzeitsnacht möglich sei.

Die Geister hatten Schlimmes angedroht, wenn er sich nicht noch etwas gedulde.

Wütend schickte Odulf sowohl die Alte als auch Aine aus dem Zimmer. Dann trank er Wein.

Auf dem Gang flüsterte die Hexe: »Du hast gesehen, dass er auf mich hört. Du kannst mich nicht erpressen. Du wirst mir fortan jedes Mal drei Silberlinge geben, wenn ich dafür sorge, dass dir Odulf vom Leib bleibt.«

Dann huschte sie in einen dunklen Seitengang und war plötzlich wie durch Zauberei verschwunden.

Lady Aine fröstelte. Doch dann sagte sie sich, dass sie dieser alten Erpresserin dankbar sein konnte. Bald würde der ganze Spuk ein Ende haben.

Sie wollte gerade in ihre Kammer gehen, um eine Botschaft für den Mann in den Burggraben zu werfen, den Sir Morgan ihr geschickt hatte, und mit dem sie ständig in Kontakt bleiben sollte.

Da hörte sie ein Wortgefecht am Ende des Ganges.

»Ich soll das deinem Herrn persönlich ausrichten«, sagte eine näselnde Stimme.

»Das kannst du auch mir sagen«, erwiderte Odulfs Diener. »Mein Herr will nicht gestört werden, und außerdem vertraut er mir völlig.«

»Meiner mir auch«, erwiderte die näselnde Stimme. »Ich habe den Befehl, nur mit Odulf persönlich zu sprechen, und daran halte ich mich. Und an deiner Stelle würde ich Odulf fix benachrichtigen, denn es ist eine sehr wichtige Angelegenheit.«

Diese näselnde Stimme! Lady Aine erkannte sie wieder. Das war Buchanans Diener Arius!

Geschwind huschte Aine in den dunklen Seitengang. Schritte nahten.

Sie presste sich an die dunkle Wand und lauschte mit angehaltenem Atem.

Sie hörte, wie Buchanans Diener zu Odulf eingelassen wurde, und wie Odulf seinen eigenen Diener beauftragte, Wein zu holen und sich eine Weile nicht blicken zu lassen. Er wollte ungestört mit dem Besucher plaudern.

Aine wartete, bis Odulfs Diener Arius gegangen war. Sie vergewisserte sich mit einem schnellen Blick, dass der Gang verlassen war. Auf Zehenspitzen schlich sie zur Kammer neben Odulfs Zimmer. Das Herz klopfte ihr bis zum Hals, als sie an der Verbindungstür lauschte.

Es verschlug ihr den Atem, als sie hörte, was der Diener in Buchanans Auftrag sagte.

Als sie genug gehört hatte, zog sie sich auf Zehenspitzen zurück. In ihrer Kammer schrieb sie auf, was sie belauscht hatte. Dann warf sie die Warnung an der vereinbarten Stelle in den Burggraben.

## 24. Kapitel

Silberner Mondschein lag über der Lichtung. Im Süden schrie eine Eule, und im Norden antwortete irgendein Vogel.

Dann herrschte wieder tiefe Stille.

»Ich frage mich, wo Buchanan bleibt«, raunte Cynan. Er lag neben Johel de Vautort am Waldrand und spähte zu der Schäferhütte hinüber. Sie hatten sich bei ihrer Ankunft davon überzeugt, dass die Hütte verlassen war. Auch in der Umgebung hatten sie nichts Verdächtiges feststellen können.

»Morgan hätte auch längst mit der Verstärkung zurück sein müssen«, murmelte Johel. »Ich hab' auf einmal ein ungutes Gefühl.«

Morgan war zu Rhodri und den anderen geritten, die sich in der Nähe von Burg St. Climsland versteckten und mit Aine Kontakt hielten. Er wollte sie über den Ort der Lösegeldübergabe informieren. Möglicherweise erfuhr Aine von Odulf gar nichts darüber, oder es klappte nicht mit Aines Botschaften. Natürlich wurde die Burg beobachtet, und Rhodri und die anderen würden bemerken, wenn ein Reiter die Burg verließ. Doch Morgan wollte vermeiden, dass Odulf Verfolger auf seiner Fährte bemerkte und dass Rhodri und die anderen ihm erst mühsam bis zum Übergabeort folgen mussten und ihn möglicherweise in der Dunkelheit aus den Augen verloren.

»Vielleicht haben die beiden Lumpen das Treffen verschoben«, überlegte Johel. »Es bleibt uns nichts anderes übrig, als zu warten und...«

In diesem Augenblick knackte ein Zweig im Wald hinter ihnen.

Johel verstummte. Sein Kopf ruckte herum. Er nahm gerade noch eine schemenhafte Bewegung wahr. Ein Schatten huschte hinter einen Baumstamm.

Ein Tier?

Johel wartete und spähte angestrengt in den dunklen Wald. Da sah er wieder eine Bewegung im Dunkel. Eine Gestalt schob sich um den Baumstamm herum und schlich zum nächsten Stamm.

»Wir bekommen Besuch«, flüsterte Johel und drückte sich tiefer zwischen die Büsche, in denen sie sich versteckt hatten.

»Schon bemerkt«, gab Cynan ebenso leise zurück. »Da duckte sich gerade jemand rechts von uns hinter einen Baumstamm.«

»Vermutlich rechnet Odulf mit einem Trick von Buchanan und will den Spieß umdrehen«, raunte Johel.

Sie lauschten und spähten in den dunklen Wald. Etwas raschelte, und Johel entdeckte einen weiteren Schatten, seitlich von der Stelle, an der er den ersten ausgemacht hatte.

»Drei Mann«, flüsterte Johel. »Mir gefällt nicht, dass sie sich zu zielstrebig anschleichen, als wüssten sie genau, dass wir hier sind.«

»Mir gefällt das alles nicht«, gab Cynan im Flüsterton zurück.

Er packte das Schwert fester.

Ein Eulenschrei ertönte hinter ihnen, und jenseits der Hütte antwortete wieder ein Vogel. Jetzt wussten Johel und Cynan, dass weder Eule noch Vogel echt waren.

Cynan sprach aus, was auch Johel dachte: »Sie haben uns in die Zange genommen.«

Als sei das ein Stichwort gewesen, ging es auch schon los.

Dunkle Gestalten sprangen zwischen den Bäumen am anderen Waldrand und bei der Hütte hervor, und auch die Kerle hinter Johel und Cynan bemühten sich nicht mehr, leise zu sein. Sie hatten sich durch Eulen und Vogelschrei verständigt und einen immer engeren Kreis gezogen.

Cynan und Johel waren nicht nur in die Zange genommen, sondern regelrecht umzingelt worden.

Jetzt sollte die Falle zuschnappen.

Johel und Cynan sprangen auf. Es sah aus, als ergriffen sie die Flucht. Doch sie liefen auf die Lichtung hinaus, um die Kerle aus ihren Deckungen zu locken, hinaus aus dem Dunkel in den Mondschein. Dann gab es vielleicht eine Möglichkeit, den Ring zu durchbrechen. Solange sie nicht genau wussten, wie viele Gegner es waren und wo sie überall steckten, hatten sie keine Chance.

Es waren sechs Männer, die mit Schwertern und Keulen bewaffnet waren.

Sie hatten von Odulf den Auftrag bekommen, drei Räuber gefangen zu nehmen und zur Burg zu bringen. Sie wussten nichts von Odulfs Verbrechen und ahnten nicht, dass ihr Burgherr die drei auf der Burg töten und für immer verschwinden lassen wollte, wie es Buchanan vorgeschlagen hatte; Odulfs kleine Bande, die von Evan geführt worden war, existierte ja nicht mehr.

Zunächst einmal waren die Männer überrascht, dass sie nur zwei »Räuber« gestellt hatten, anstatt drei. Aber noch überraschter waren sie, als sich die beiden tollkühn zum Kampf stellten. Odulf hatte gesagt, es seien kleine Gauner, die ihn erpressen wollten. Die Burschen würden sich sicher fühlen und leicht zu überrumpeln sein, weil sie nicht ahnten, dass ihr Versteck verraten worden sei.

Doch die beiden kämpften unerschrocken, und schon lagen zwei von Odulfs Leuten im Gras.

Johel kreuzte die Klinge mit dem Anführer der Kerle, der ständig den anderen Anweisungen zurief, als fühlte er sich als großer Stratege.

Cynan kämpfte ebenfalls und verschaffte sich mit wuchtigen Schlägen Platz. Er verzichtete auf elegante Schwertführung. Er hieb sein Schwert in einem niedrig angesetzten Rundschlag gleich drei Angreifern gegen die Beine. Brüllend gingen die Kerle zu Boden.

Johel wich geistesgegenwärtig einem Schwerthieb aus, und als die Hand mit dem Schwert hinunter sauste, schlug er zu. Dem Gegner fehlte plötzlich die Daumenspitze, und vor Schreck ließ er sein Schwert fallen. Mit weit aufgerissenen Augen und aufklaffendem Mund starrte der Mann auf seinen verkürzten Daumen.

Johel nahm sich nicht die Zeit, dem Kerl sein Beileid auszusprechen. Die Angreifer waren in der Überzahl, und es galt, sich zu verteidigen. Mit einem schnellen Hieb fegte er den Mann zu Boden.

Dann traf ihn eine Keule.

Er hatte noch die Bewegung hinter sich bemerkt und instinktiv den Kopf zur Seite gerissen, doch die Keule streifte ihn am Ohr und an der Schulter.

Johel stürzte.

Einen Augenblick lang war er zu benommen, um überhaupt etwas wahrzunehmen. Erst als eine Gestalt neben ihm zu Boden krachte, sah er wieder etwas klarer. Die Gestalt war der Kerl, der ihm den Keulenhieb verpasst hatte. Cynan hatte den Mann niedergeschlagen.

Der Kerl wollte sich ächzend aufrappeln, doch Johel de Vautort entriss ihm schnell die Keule und schickte ihn wieder zu Boden.

Schwankend kam Johel auf die Beine.

Cynan kämpfte gegen drei der Angreifer.

Er ging getroffen zu Boden!

Und zwei seiner Gegner ließen von Cynan ab, um Johel anzugreifen, der noch nicht im Vollbesitz seiner Kräfte war.

Todesmutig wehrte sich Johel. Er war ja nicht nur ein Minnesänger, sondern auch ein Ritter, und manch einer hatte erfahren müssen, dass Johel de Vautort mit dem Schwert genauso gut umzugehen verstand wie mit einem Instrument.

Geschickt wich er einem Angreifer aus, täuschte ihn und streckte ihn nieder. Doch dann schlug ihm der zweite

Gegner das Schwert aus der Hand, gottlob ohne Johels Künstlerfinger zu beschädigen.

Johel strauchelte und stürzte erneut. Er fiel neben einen Mann, der am Boden hockte und benommen um sich stierte. Es war der Kerl, der sein Stück Daumen suchte, doch das nahm Johel gar nicht wahr.

Bevor er auf die Beine kommen konnte, schleuderte ihn ein Stiefeltritt zurück.

Johel sah einen Schatten drohend über sich aufragen, sah im Schein des Mondes ein verzerrtes Gesicht und eine Hand mit dem silbern funkelnden Schwert, die sich auf ihn zu senkte.

*Aus*!, durchfuhr es ihn. *Es waren zu viele!*

Da klang Hufschlag auf. Das Trommeln schwoll an. Reiter preschten zwischen den Bäumen hervor auf die Lichtung.

Der Mann bei Johel erschrak. Er verharrte in seiner Bewegung, und sein Kopf flog herum.

»Eine Falle!«, schrie er mit sich überschlagender Stimme.

Johel nutzte die Ablenkung des Mannes. Mit aller Kraft warf er sich gegen die Beine des Kerls, rammte ihn und riss ihn um.

Das Schwert entglitt dem überrumpelten Gegner. Er schlug nach Johel und traf ihn am Kinn, doch es war ein kraftloser Hieb. Johel schlug mit der geballten Rechten zu. Und das war ein Volltreffer. Der Gegner verdrehte die Augen und sank zurück.

Binnen kürzester Zeit war der Kampf entschieden. Die Reiter hatten Odulfs völlig überraschte Leute niedergestreckt.

Dann erkannte Johel den Kriegsknecht Rhodri.

Rhodri sprang vom Pferd und eilte zu Cynan, der reglos am Boden lag.

»Oh Gott, Cynan!«, rief Rhodri bestürzt, und seine Sorge um den Gefährten klang in seiner Stimme mit.

Johel stemmte sich auf. Alles drehte sich vor seinen Augen, und jetzt spürte er die Schmerzen in der Schulter und an der Hüfte, wo ihn einer der Angreifer getreten hatte. Er tastete nach seinem Ohr und atmete auf. Es war noch dran.

Schwankend ging er zu Cynan und Rhodri, während die anderen Reiter Odulfs Männer fesselten.

Cynan regte sich. Johel und Rhodri waren erleichtert, als Cynan mit dröhnender Stimme einen ellenlangen Fluch ausstieß. Er schien nicht ernsthaft verletzt zu sein.

»Ihr kamt im letzten Augenblick«, sagte Johel. »Woher wusstet ihr...«

»Lady Aine hat es uns mitgeteilt«, erwiderte Rhodri. »Sie hat Odulf und Buchanans teuflischen Plan belauscht. Wir müssen uns beeilen. Morgan ist Odulf allein gefolgt, um ihn bei der Lösegeldübergabe zusammen mit Buchanan zu schnappen.«

»Aber dann brauchen wir doch nur hier zu warten«, wandte Johel ein, »um sie in Empfang zu nehmen.«

Rhodri schüttelte den Kopf. »Buchanan hat irgendwie erfahren, dass ihr über seine Vergangenheit und dunklen Machenschaften im Bilde seid. Er hat euch zu einem falschen Ort geschickt und Odulf den Auftrag gegeben, euch zu töten.«

»Dann verdanken wir Morgan unser Leben«, murmelte Johel bewegt.

»Eigentlich mehr Lady Aine«, sagte Rhodri. »Wenn sie uns nicht gewarnt hätte, hätte Morgan uns nicht herschicken können.«

Cynan kratzte sich am Bart. Er wirkte immer noch ein wenig benommen.

»Hab' ich das richtig verstanden?«, brummte er. »Morgan ist ganz allein zu dem richtigen Treffpunkt unterwegs?«

Rhodri zuckte mit den Schultern. »Wir haben nur ein paar Männer als Helfer zur Verfügung, noch dazu keine Kämpfernaturen. Und du weißt doch, die Gefangenen in der Burg waren ihm wichtiger als alles andere. Schnell jetzt. Wir müssen allerhand erledigen. Einer bewacht die Gefangenen in der Hütte. Ein paar von uns befreien mit Lady Aines Hilfe die Gefangenen aus dem Kerker der Burg. Und der Rest reitet zu Morgans Verstärkung zum richtigen Treffpunkt der Verbrecher.«

»Viel zu tun«, murmelte Cynan und richtete sich ächzend auf. »Hoffentlich schaffen wir das alles.«

»Und hoffentlich schnell genug«, fügte Rhodri sorgenvoll hinzu.

## 25. Kapitel

Die Ruine der ausgebrannten Mühle hob sich gespenstisch vor dem Sternenhimmel ab. Der Mond wurde immer wieder von Wolkenfetzen verdeckt, die wie Nebelschwaden dahinzogen.

Morgan verharrte im tiefen Schatten eines rußgeschwärzten Mauerstücks. Er trug die Kleidung des

Schmiedes. Falls Buchanan vor ihm bei der Ruine eingetroffen war, sollte er Morgan nicht erkennen und annehmen, jemand komme zufällig des Weges. Doch die Vorsichtsmaßnahme war überflüssig gewesen. Niemand hatte sich bei der niedergebrannten Mühle aufgehalten, als Morgan dort eingetroffen war.

Das Warten begann.

Morgan ließ sich noch einmal alles durch den Kopf gehen. Es war eines der unglaublichsten Abenteuer, die er je erlebt hatte. Ein teuflisches Spiel um Mord, Heimtücke, Verrat, Rache und Geldgier.

Zwei Verbrecher hatten ein tödliches Netz gesponnen, in dem eine schöne Frau gefangen war, und in das sich auch Sir Morgan und die Waffenknechte des Sheriffs verstrickt hatten. Ein wahrhaft aufregender Fall!

Morgans Geduld wurde auf eine harte Probe gestellt, bis endlich ein Reiter nahte. Gemächlich trabte er heran.

Es war Buchanan.

Der Wolf im Schafspelz hielt ein paar Dutzend Yards vor der Mühlenruine.

»Bist du schon da?«, rief er mit angespannter Stimme.

Nur der Schrei einer Eule antwortete ihm.

»So zeige dich!«

Als niemand antwortete, saß Buchanan ab.

Morgan fragte sich, weshalb Buchanan sich allein zu dem Treffpunkt wagte. Nach allem, was er inzwischen durch Aine über Buchanan wusste, konnte der Kerl doch nicht so naiv sein, sich ohne Schutz zu dem Mann zu wagen, der blutige Rache geschworen hatte. Welchen Trumpf konnte Buchanan haben, um solch ein Risiko einzugehen?

Buchanan band einen Sack vom Pferd los und wuchtete ihn zu Boden.

Das Lösegeld?

Buchanan stellte den Sack ab und führte das Pferd am Zügel in die Ruine. Das Tier wieherte, als ob es Morgan gewittert hätte.

Morgan zog sich lautlos ein Stück zurück.

Buchanan band das Pferd an und kehrte zu dem Sack zurück. Er setzte sich ein Stück daneben auf den Boden.

Für einen Augenblick spielte Morgan mit dem Gedanken, sich Buchanan einfach zu schnappen und später Odulf ebenso einzukassieren. Doch er bezwang sich. Lady Aines Aussage allein reichte nicht. Die beiden würden natürlich zusammenhalten, notgedrungen, und alles leugnen. Außerdem war Lady Aine noch in der Burg und nicht in Sicherheit. Vielleicht schafften es Rhodri und die anderen, noch rechtzeitig zu kommen, um Zeuge dieses Treffens zu werden. Im Grunde arbeitete die Zeit gegen Buchanan und Odulf.

Der Mond lugte wieder einmal hinter einem Wolkenstreifen hervor. Morgan spähte in die Runde. Jeder Reiter war früh genug zu entdecken. Gut, dass Brain, der Kräutersammler, die alte Mühle kannte und Morgan gewarnt hatte, dass keiner dort unbemerkt hingelangen konnte. So hatte Morgan Vorsorge getroffen, wie die anderen mit einem Trick dorthin kommen konnten.

Plötzlich sprang Buchanan auf, packte den Sack und schleppte ihn ins Dunkel der Ruine.

Keine zehn Yards von Morgan entfernt. Morgan lauschte mit angehaltenem Atem.

Dann hörte er entfernte Geräusche. Er blickte nach Norden. Ein Fuhrwerk nahte. Deshalb hatte Buchanan sich zurückgezogen.

Morgan glaubte schon, dass mit dem Fuhrwerk seine Leute kamen, doch die Hoffnung erfüllte sich nicht.

Es war irgendein Reisender, der über den Weg an der Ruine vorbeifuhr und dabei mit seinem Pferd sprach.

»Los, du müder Hengst! Streng dich noch ein bisschen an, damit wir noch vor Mitternacht bei unseren Stuten sind.«

Der müde Hengst schnaubte, ein Lachen ertönte, und das Rumpeln des Wagens entfernte sich.

Buchanan wartete noch eine Weile. Dann hörte Morgan dessen Schritte, und kurz darauf sah er ihn hinter einem Mauerrest aus dem Schatten treten und Ausschau halten.

Buchanan ging auf und ab. Seine Haltung wirkte angespannt, und Morgan spürte, wie nervös der Mann war.

Auch in Morgan stieg die Spannung.

Er überlegte gerade, ob es irgendeinen Fehler in seinem Plan geben könne, als Buchanan den Kopf abrupt drehte. Dann sah auch Morgan, was Buchanans Aufmerksamkeit geweckt hatte.

Von Norden her näherten sich zwei Reiter.

Der Hufschlag war wegen der großen Entfernung noch nicht zu vernehmen, und so wirkten die Reiter wie gespenstische Schemen, die sich lautlos näherten.

Morgan spähte aus zusammengekniffenen Augen.

Dann stockte ihm der Atem.

Er konnte langes blondes Haar erkennen. Eine der beiden Personen war eine Frau. Doch nicht Lady Aine?

»Na also«, murmelte Buchanan in diesem Augenblick. »Wurde auch Zeit.«

Er trat noch ein paar Schritte vor und sah den Reitern entgegen.

Jetzt konnte Morgan die Frau erkennen. Es war Lady Aine.

Morgan unterdrückte einen Fluch. Damit hatte er nicht gerechnet, doch im Nachhinein betrachtet, hätte er damit rechnen müssen. Er hatte geglaubt, Odulf würde Aine auf der Burg lassen und sich allein mit Buchanan treffen, um mit ihm abzurechnen. Dann hätte Lady Aine Rhodri und den anderen Einlass in die Burg verschaffen und mit ihren Angehörigen verschwinden können.

Wollte Odulf seinen Racheplan vor den Augen der Frau in die Tat umsetzen? Oder hatte Buchanan tatsächlich einen Trumpf, der Odulf zwang, ihm Aine zurückzugeben?

Die Reiter zügelten die Pferde ein Dutzend Schritte von Buchanan entfernt.

»Ich sehe, du hältst dich an die Abmachung, Odulf?«, rief Buchanan. »Guten Abend, Aine!«

»Buchanan!«, rief sie in gespielter Freude.

»Gib dir keine Mühe«, erwiderte Buchanan. »Ich weiß, dass du genau im Bilde bist. Mein Diener hat ein Gespräch belauscht, aus dem hervorging, dass du alles weißt und es Sir Morgan verraten hast. Odulf, wir brauchen also kein Blatt vor den Mund zu nehmen.«

»Sie weiß alles?« Odulf blickte überrascht die Frau an seiner Seite an. »Natürlich kennt sie den Plan im groben«, fügte er dann hinzu. »Schließlich habe ich sie ja selbst...«

»Sie weiß jede verdammte Einzelheit«, unterbrach Buchanan. »Von einem deiner Männer. Evan hieß er, glaube ich.

Die beiden haben hinter deinem Rücken gemeinsame Sache gemacht und wollten dich hereinlegen.«

In diesem Augenblick geriet Lady Aine in Panik. Mit einem Aufschrei trieb sie ihr Pferd an und wollte flüchten. Doch Odulf reagierte schnell. Er galoppierte an ihre Seite, neigte sich vor, packte die Frau und riss sie aus dem Sattel.

Aine stürzte zu Boden. Morgan presste die Lippen aufeinander. Er konnte nichts für Aine tun. Noch nicht.

Er sah, wie Odulf sein Pferd parierte, aus dem Sattel stieg und zu der Frau lief. Sie rappelte sich gerade auf.

Odulf packte sie so grob am Gewand, sodass der Stoff zerriss, und zerrte sie hoch. Dann schlug er ihr mit dem Handrücken ins Gesicht.

»Ich hatte schon so eine Ahnung, dass du dich mit Evan gegen mich verschworen hattest!«, knurrte er.

»Lass sie los«, forderte Buchanan. »Kommen wir zum Geschäftlichen.«

Odulf gab Aine einen Stoß, sodass sie wieder zu Boden fiel, und zückte sein Schwert.

»Wie lange habe ich auf meine Rache gewartet!«, keuchte er.

Buchanan zeigte sich unbeeindruckt. Er verschränkte die Arme vor der Brust und sagte:

»Du wirst deine Rache vergessen müssen. Ich teilte dir doch schon mit, dass alle deine Schandtaten ans Licht kommen, sollte mir etwas zustoßen. Ein entsprechendes Dokument habe ich hinterlegt, und es wird nach meinem Tode geöffnet. Dann kannst du einpacken. Du siehst also, dass wir uns gütlich einigen müssen.«

Odulf verharrte mit dem Schwert in der Hand.

»Hätte nie gedacht, dass du noch am Leben bist«, fuhr Buchanan fort. »Nicht einmal, als mich Hyras mit seinem halben Wissen über meine Vergangenheit erpressen wollte.«

»Hyras?«

»Ja. Er tauchte mit einem Bild von dir auf und wollte mich erpressen. Geschah das in deinem Auftrag?«

Odulf ließ die Hand mit dem Schwert sinken. »Davon wusste ich nichts. Woher sollte der Kerl etwas von meinen Plänen wissen?«

»Manchmal haben die Wände Ohren«, warf Buchanan ein.

»Ich dachte, er hätte sich davongemacht«, murmelte Odulf. »Hast du ihn bezahlt?«

»Hyras bekam das, was ihm gebührte. Er weilt nicht mehr unter den Lebenden.«

Odulf grinste. »Ich trauere nicht um ihn. Ich hätte ihn selbst umgebracht, wenn ich herausgefunden hätte, dass er mich hintergeht.«

Buchanan nickte. »In diesem Punkt sind wir uns ähnlich. Aber zurück zum Thema. Dein schöner, raffinierter Plan ist durch meinen kleinen Schachzug durchkreuzt. Du kannst nichts gegen mich unternehmen, weil du dann selbst mit dran bist. Aber ich bin bereit, mich mit dir zu einigen. Du sollst die Hälfte von dem Schatz bekommen, und wir vergessen, was war. Und damit du siehst, dass ich es ehrlich meine, habe ich Gold, Geschmeide und Edelsteine mitgebracht.«

»Wo hast du's?«, fragte Odulf lauernd.

Buchanan grinste.

»Ich traue dir nicht«, sagte Odulf. »Aber solltest du Hundsfott irgendeinen Trick geplant haben, so muss ich dich enttäuschen. Auch ich war nicht so dumm, in eine Falle zu reiten. Ich habe mich abgesichert. Ich habe einen Mann in deiner Burg, sozusagen als Laus in deinem Pelz. Er wird dich umlegen, wenn mir etwas passiert.«

»Ein Bluff!«, sagte Buchanan, doch es klang alarmiert.

Odulf lachte. »Du kannst es ja drauf ankommen lassen.«

Er blickte zur Ruine, und Morgan hatte das Gefühl, der Verbrecher würde ihm direkt in die Augen starren. Das war natürlich nur Einbildung, denn er stand in tiefer Finsternis.

»Also, wo hast du meinen Anteil an der Beute?«, wiederholte Odulf.

»Darauf kommen wir gleich. Zunächst einmal meine Bedingungen. Du wirst...«

Er verstummte und fluchte.

»Schon wieder ein Wagen! Sonst sieht man hier keine Menschenseele. In Deckung!«

Odulf packte Aine und zerrte sie in den Schatten der Ruine.

»Kein Laut, oder du stirbst!«, drohte er.

Das war ein Bluff, denn Odulf dachte nicht daran, seinen ursprünglichen Plan zu ändern. Er wollte Aine nach wie vor heiraten und mit ihr Buchanans Burg übernehmen, mitsamt dem Diener, der plaudern konnte, und der Urkunde, die Buchanan aufgesetzt hatte und als seinen besten Trumpf wähnte. Nach der neuen Entwicklung der Dinge brauchte er den Plan nur geringfügig zu ändern. Er hatte da schon einige Ideen. Zum Beispiel, Buchanan gefangen zu nehmen und ihn zu zwingen, diese Urkunde vom Diener überbringen zu lassen. Etwas in dieser Art. Doch zuvor wollte er die Beute haben.

Buchanan hatte schnell die Pferde in die Ruine geführt. Eines der Tiere schnaubte laut.

»Halt ihnen die Nüstern zu, damit keiner uns hört«, rief Odulf besorgt.

»Dasselbe empfehle ich dir, mit Aine zu tun«, gab Buchanan zurück.

Jetzt sah Morgan den Wagen ebenfalls. Er war noch weit entfernt und fuhr gerade den bewaldeten Hügel hinab in die Ebene.

Morgan fragte sich, ob es das Fuhrwerk war, auf das er wartete.

Es war das richtige Fuhrwerk! Das erkannte Morgan, als der Fahrer nicht über den Fahrweg weiterfuhr, sondern an der anderen Seite der ausgebrannten Mühle vorbeifuhr.

So konnten Odulf und Buchanan nicht sehen, welche Fracht im Dunkel und vom Wagen verdeckt, dort abgeladen wurde.

Der Fahrer knallte mit der Peitsche und brüllte laut auf das Gespann ein. Morgan wusste, dass damit andere Geräusche übertönt und die Verbrecher abgelenkt werden sollten.

Der Ritter frohlockte. Die Verstärkung war da. Besser hatte es nicht klappen können. Ursprünglich sollten die Männer in erster Linie als Zeugen dabei sein; Sir Morgan hätte die beiden allein schnappen können. Doch jetzt konnte er Hilfe nur zu gut gebrauchen. Denn Aines Anwesenheit verkomplizierte die Dinge. Leicht konnte einer der beiden Verbrecher sie als Schutzschild an sich reißen und freien Abzug verlangen.

Die Fahrgeräusche und der Hufschlag verklangen im Süden.

»Hast du dich eigentlich vergewissert, dass sich niemand hier herumtreibt?«, fragte Odulf lauernd.

Buchanan lachte. »Was soll die misstrauische Frage? Wozu sollte ich mit Verstärkung kommen, wenn ich dich doch in der Hand habe und du mir kein Härchen krümmen kannst, weil du sonst am Galgen landen würdest. Deshalb konnte ich auch sicher sein, dass du es nicht wagst, mir einen Hinterhalt zu legen. Das hat mein Diener dir doch alles erklärt.«

Morgan hörte Schritte. Dann sah er, wie Odulf mit Aine wieder aus dem Schatten der Ruine trat. Buchanan gesellte sich zu ihnen.

»Kommen wir endlich zum Abschluss«, sagte Odulf. »Her mit meinem Anteil!«

»Eigentlich ist es dumm, dir überhaupt etwas zu geben«, sagte Buchanan.

»Ich denke, du willst Aine zurück haben?«, sagte Odulf. Er bedrohte Aine zum Schein mit dem Schwert. Er hatte weder vor, sie zu töten, noch sie Buchanan zurückzugeben.

Buchanan zuckte mit den Schultern.

»Das ist dein Trumpf«, sagte er in resigniertem Tonfall. »Deshalb habe ich die Beute ja auch mitgebracht. Moment, ich hole sie.«

Er verschwand in der Ruine und kehrte kurz darauf mit dem prallgefüllten Sack zurück.

»Gib Aine frei!«, verlangte er.

»Erst meinen Anteil her!«

Buchanan seufzte. »Solltest du irgendeinen Trick im Sinn haben, so erinnere ich dich noch mal daran, dass ich dich in der Hand habe.«

Er stellte den Sack ab. Es polterte dumpf.

»Klingt fast, als hättest du Mauersteine eingepackt«, sagte Odulf lauernd.

»Du traust mir nicht?«

»Nicht von hier bis da!« Odulf spuckte aus, um die Entfernung anzuzeigen, etwa einen halben Schritt weit.

Buchanan zuckte mit den Schultern. »Du kannst ja nachsehen.«

»Das werde ich auch!«, sagte Odulf.

»Da fällt mir noch eine wichtige Sache ein«, sagte Buchanan hastig, und Sir Morgan hatte wie Odulf das Gefühl, dass Buchanan Odulf ablenken und verhindern wollte, dass er sich tatsächlich den Inhalt des Sacks ansah.

Was hatte Buchanan vor? Welche Teufelei hatte Odulf in der Hinterhand? Denn Morgan spürte, dass die beiden sich belauerten und jeder nur auf seinen großen Augenblick wartete.

Morgans Spannung wuchs ins Unerträgliche.

»Was fällt dir noch ein?«, fragte Odulf misstrauisch.

»Hast du Sir Morgan und die beiden anderen, die ich zur Schäferhütte schickte, erledigt, wie ich es dir empfahl?«

»Die können wir vergessen«, sagte Odulf wider besseres Wissen.

»Gut. Dann gibt es nur noch einen, der uns gefährlich werden könnte. Dein Diener. Den übernehme ich selbst.«

»Und Aine?«, fragte Odulf. »Sie weiß doch auch Bescheid!«

»Auch die übernehme ich«, erwiderte Buchanan. »Mir steht immerhin noch eine Hochzeitsnacht mit ihr zu. Und dann...«

Er ließ den Rest unausgesprochen, doch Morgan überlief es kalt, obwohl es eine laue Nacht war.

Odulf gab Aine einen Stoß. Sie taumelte ein paar Schritte zur Seite, Buchanan sprang auf sie zu.

Odulf hob die Hand mit dem Schwert, weil er irgendeinen Trick von Buchanan vermutete. Doch Buchanan unternahm nichts gegen Odulf. Er packte Aine und zog sie an sich. Sie bäumte sich in seinem Griff auf.

»Wer wird denn so widerspenstig sein, meine Gemahlin?«, fragte er höhnisch. Dann wandte er sich zu Odulf. »Hast du etwas dagegen, wenn wir schon mal unsere Pferde holen?«

»Du kannst gehen. Aber Aine bleibt dort stehen, als Sicherheit, bis ich die Beute gesehen habe. Und solltest du im Sinn haben, mich aus dem Dunkel der Ruine anzugreifen, so denk daran, dass ich außer Aine noch eine zweite Sicherheit habe.«

*Wölfe unter sich!*, dachte Morgan.

»Du kannst unbesorgt sein«, antwortete Buchanan mit einem Schulterzucken und schlenderte zur Ruine.

Odulf rammte sein Schwert in den Boden, um die Hände freizuhaben. Er band schnell den Sack auf und griff hinein, wobei sein Blick misstrauisch zu Buchanan zuckte.

Dann schrie Odulf auf.

Morgan starrte ebenso entsetzt wie Aine.

Schlangen krochen über Odulfs Arm! Brüllend schleuderte er eine fort und riss eine weitere von seinem Handgelenk.

Buchanans Lachen hallte schaurig durch die Ruine der ausgebrannten Mühle.

Odulfs Augen quollen aus den Höhlen. Er schwankte und brach in die Knie. Er fiel auf die Schlange, die er gerade von sich geschleudert hatte.

Er riss sein Schwert aus dem Boden und hieb wie besessen um sich. Weitere Schlangen krochen aus dem geöffneten Sack.

Diesmal hatte Buchanan noch mehr giftige Exemplare eingepackt, die der Diener in seinem Auftrag bei dem Schlangenfänger gekauft hatte.

»Du Schwein!«, keuchte Odulf und versuchte, sich aufzustemmen, doch er schaffte es nicht. Das Gift lähmte ihn bereits. Ein Zucken ging durch seinen Körper. Sein Gesicht war eine entsetzliche Grimasse.

»Aber, aber«, sagte Buchanan höhnisch und trat aus dem Schatten der Ruine hervor. »Hast du wirklich geglaubt, mich schaffen zu können? Viel Spaß in der Hölle.«

Dann schritt er zu Aine, die wie erstarrt dastand und voller Entsetzen auf Odulf starrte, der sich in Krämpfen wand, während eine Schlange über seinen Oberkörper kroch und sich zu seinem Gesicht schlängelte.

Dann verstummten Odulfs Schreie.

»Und nun zu unserer Hochzeitsnacht, Aine«, sagte Buchanan und streckte die Hand nach ihr aus.

Da schleuderte Morgan sein Messer. Es blieb ihm keine andere Wahl. Wenn Buchanan Aine erst gepackt hatte, besaß er ein Faustpfand.

Mit einem Aufschrei taumelte Buchanan zurück, und Aine konnte aus seiner Reichweite springen.

Morgan stürmte aus dem Schatten der Ruine hervor. Mit drei langen Sätzen war er zwischen Buchanan und Aine. Das Messer hatte Buchanan nur in die linke Schulter getroffen. Der verbrecherische Burgherr zückte sein Schwert.

Doch er hatte keine Chance. Morgan hielt sein Schwert bereits in der Hand und schlug Buchanan die Waffe aus der Hand. Dann streckte er ihn mit der Breitseite der Klinge nieder.

Buchanan stürzte fast bis auf Odulf.

Morgan atmete auf. *Der Schrecken ist vorüber!,* dachte er.

Er sah, wie Schatten aus der Ruine hervorsprangen. Es waren drei Männer, die vom fahrenden Wagen abgesprungen waren und sich von der Hinterseite der ausgebrannten Mühle angeschlichen hatten.

Morgan blickte zu Buchanan, den er bewusstlos wähnte.

»Fesselt ihn und bindet ihn auf sein Pferd!«, rief er den Männern zu. »Vorsicht vor den Schlangen.«

Er ging zu Aine, um sie von der Stätte des Grauens fortzuführen.

Da gellte ein schauriger Schrei!

Morgan fuhr herum.

Buchanan war nicht bewusstlos, sondern von Morgans Hieb nur benommen gewesen. Zuerst glaubte Morgan, der Mann sei von einer Schlange gebissen worden. Doch dann sah der Ritter die Bewegung hinter Buchanan. Eine Hand mit einem Messer. Die Hand riss das Messer aus Buchanans Brust und stieß erneut mit der blutigen Klinge zu.

Es war ein grauenvoller Anblick.

Buchanan regte sich nicht mehr, und dann verkrampfte sich die Hand um den Messergriff, der aus seiner Brust ragte.

»Viel – Spaß – in – der – Hölle«, keuchte Odulf noch. Dann sank er tot zurück.

## 26. Kapitel

»Macht auf, Freunde!«, rief der Mann auf dem Bock des Fuhrwerks. »Ich bin Brain, der Kräutersammler, und bringe die bestellten Ainewurzeln und sonstigen erlesenen Kräuter für Euren Herrn, damit er keine Sorgen mehr mit der Verdauung hat.«

Die Wachen grinsten. Sie kannten ja Odulfs Beschwerden. Und sie kannten auch den urigen Brain, der mit seinem Vehikel von Burg zu Burg und Ort zu Ort fuhr, um seine Kräuter feilzubieten.

»Odulf ist nicht da«, rief einer. »Aber die Medizin gegen seine Furzerei kannst du bei der alten Hexe abliefern.«

Flugs ließen sie die Brücke herab und öffneten das Tor.

Keiner kam auf die Idee, dass diesmal auf Brains Wagen etwas anderes außer seinen Kräutern war.

Nicht nur Ainewurzeln, sondern die leibhaftige Aine und Ritter Morgan. Johel de Vautort und die Soldaten warteten in einem Waldstück südwestlich der Burg.

Während Brain mit der Alten feilschte und ihr sein Kräutersortiment vorführte, kletterten Morgan und Aine auf dem dunklen Burghof vom Wagen. Aine wies Morgan den Weg zum Verlies, in dem ihre Angehörigen gefangen gehalten wurden. Es war ein anderes Verlies als das, in dem Morgan eingesperrt worden war, und es wurde bewacht.

Die beiden Posten vor dem Kerker schöpften keinen Verdacht, als auf dem halbdunklen Gang Aine auftauchte. Sie schritt vor einem Mann in Odulfs Kleidung.

»Öffnet!«, rief sie schon von Weitem in einem Tonfall, der keinen Widerspruch duldete.

Die Männer hielten Aines Begleiter für ihren Herrn und beeilten sich, den Befehl auszuführen, den die zukünftige Herrin ihnen erteilt hatte.

Der Mann, der die Kerkertür aufschloss, hörte einen dumpfen Aufprall, wandte den Kopf und sah, dass der vermeintliche Odulf gerade seinen Gefährten mit einer Keule niedergeschlagen hatte.

Verwundert wollte er fragen, was das zu bedeuten hatte, doch dazu kam er nicht mehr.

Der Mann mit der Keule schlug erneut zu, und der Wachtposten vergaß seine Frage.

Morgan fing den Bewusstlosen auf und ließ ihn zu Boden gleiten.

Lady Aine weinte vor Freude, als sie ihre Mutter und ihre Geschwister aus dem Verlies holte.

Morgan sperrte an ihrer Stelle die beiden Wachtposten ein.

»Na, waren die Geschäfte gut?«, fragte ein Mann der Torwache Brain, als der Kräutersammler zehn Minuten später den Wagen vor dem Tor anhielt.

»Sie hat jede Menge gekauft«, erwiderte Brain lachend.

»Na, dann wird Odulf ja bald seine Blähungen los sein.«

»Ja, der furzt nicht mehr!«, rief Brain und ließ die Peitsche knallen.

In schneller Fahrt rollte der Wagen dann aus der Burg.

»Ich danke Euch, Morgan«, wisperte Aine unter der Plane im dunklen Wagen.

»Ihr habt Eure Angehörigen doch selbst befreit«, sagte Morgan mit einem leisen Lachen.

Er spürte ihre zarte Hand an seiner Wange. »Ihr seid ein guter Mensch, Morgan. Und ihr hattet recht. Hass ist etwas Schlimmes. Als ich Odulf da sterben sah, da verspürte ich auf einmal keinen Hass mehr, schon eher Mitleid. Es tut mir leid, dass ich Euch nicht gleich ins Vertrauen gezogen habe. Aber ich liebte Evan und war so verzweifelt und ich weiß nicht, wie ich alles erklären soll.«

»Es bedarf keiner Erklärung«, sagte Morgan leise. »Wir sind alle nur Menschen, und Fehler machen wir alle im Leben.«

Eine Weile herrschte Schweigen.

»Das Schicksal wollte es so«, flüsterte Lady Aine schließlich dicht neben Morgan. »Gewiss war Evan doch nicht der Richtige.«

Morgan schwieg.

»Bringt Ihr uns zur Burg St. Climsland?«, fragte Aine nach einer Weile.

Morgan zögerte. Eigentlich wurde er von seinem Vater, dem Sheriff, erwartet.

Da spürte er Aines sanfte Hand auf seiner Wange.

»Bitte!«, flüsterte sie.

»Ich stehe natürlich zu Euren Diensten«, erwiderte Morgan, und er dachte: *Mein Vater wird noch etwas warten müssen. Gewiss hat er Verständnis dafür, dass ich Aine diesen Wunsch erfülle, nach allem, was sie durchgemacht hat.*

# 3. Im Bann der schönen Hexe

## 1. Kapitel

Durial hatte keine Chance.

Die Übermacht war zu groß. Ein wuchtiger Keulenhieb schleuderte ihn gegen den Schanktisch. Ein Bierhumpen fiel um, und der Inhalt schwappte bis zu dem Mädchen, das mit einem Aufschrei hinter dem Schanktisch zurücksprang.

Sir Morgan erfasste die Situation mit einem Blick.

Der Mann, der sich gegen fünf verwegen aussehende Kerle zur Wehr setzte, war ein alter Bekannter: Durial, ein schlanker, hellblonder Draufgänger Ende Dreißig, dessen markantes Gesicht mit den blaugrauen Augen stets lächelnd wirkte, sogar jetzt, als eines der Augen geschwollen war.

Durial war kein Bekannter, an den sich Sir Morgan nicht gern erinnerte. Er war einer jener Gesellen, bei denen man seine Finger nachzählen musste, wenn man ihm die Hand gereicht hatte. Doch er brauchte Hilfe. Und Sir Morgan war kein Mann, der tatenlos zusah, wenn fünf wilde Kerle einen Mann zusammenschlugen. Auch wenn dieser ein zwielichtiger Bursche wie Durial war.

Der Ritter griff in den ungleichen Kampf ein.

Durial trat verzweifelt nach dem Mann mit der Keule. Der Kerl jaulte auf und taumelte zurück. Die Keule entglitt ihm. Zwei seiner Kumpane packten Durial und pressten ihn mit hartem Griff gegen den Schanktisch. Ein breitschultriger, hünenhafter Mann mit kahlem Haupt und wucherndem rotem Bart holte mit der geballten Rechten aus, wie um Maß zu nehmen.

Sir Morgan war mit drei langen Sätzen hinter dem Kerl. Seine Rechte packte den vorschnellenden Arm des Angreifers, umklammerte das Handgelenk und riss den Mann herum. Die Faust streifte Durial nur noch an der Schulter.

Erst jetzt schienen sie ihn wahrzunehmen.

Durial reagierte als Erster. Er nutzte die Überraschung seiner Gegner und riss sich los.

Sir Morgan sah es nur aus den Augenwinkeln. Der Schläger fuhr zu ihm herum. Morgan blickte in ein gerötetes, zorniges Gesicht mit funkelnden grünen Augen und sah eine Faust auf sich zurasen. Gedankenschnell riss er den Kopf zur Seite und schlug selbst mit der Linken zu, wobei er das Handgelenk des Gegners losließ. Der Hieb trieb den Mann gegen den Schanktisch.

Die Magd schrie auf.

Einer der fünf wilden Gesellen sprang Sir Morgan von hinten an. Hände krallten sich um seinen Hals.

Der Ritter ging in die Hocke, packte die Unterarme des Angreifers und warf ihn über seinen Kopf hinweg. Der Bursche schrie auf und krachte gegen den Hünen, der sich vom Schanktisch abgestoßen hatte und gerade wütend auf Morgan zustürmen wollte. Beide stürzten zu Boden, als Durial mit einem Fußtritt in die Kehrseite des Hünen nachhalf. Schon wirbelte Durial zu einem weiteren Angreifer herum, wich einem wilden Schwinger aus und schlug dem Gegner die Rechte ans Kinn. Der Mann taumelte auf Sir Morgan zu und hatte die Arme ausgebreitet, als wolle er

Morgan in die Arme schließen. Nun, Morgan hatte nicht vor, sich von dem verkommenen Kerl umarmen zu lassen. So sprang er flugs zur Seite, und der schon angeschlagene Geselle krachte der Länge nach hin.

Das Mädchen hatte sich vom Schreck erholt und ergriff die Flucht. Sie verschwand durch die Tür hinter dem Schanktisch. Augenblicke später hörte Morgan sie laut um Hilfe rufen.

Durial ging gerade von einem Fausthieb getroffen zu Boden.

Sir Morgan musste auch einige Hiebe einstecken. Und von Durial war keine Unterstützung mehr zu erwarten. Einen Moment lang bedauerte Morgan, nicht gleich zum Schwert gegriffen zu haben. Doch es war eines Ritters unwürdig, mit dem Schwert gegen Fäuste zu kämpfen, und Durial wäre von der Faust des Hünen schlimm getroffen worden, wenn Morgan nicht sofort eingegriffen hätte. Außerdem hatten zwei der Kerle Durial festgehalten, und einer hätte Durial oder gar das Mädchen mit einem Messer bedrohen und Morgan zur Aufgabe zwingen können.

Morgan erwehrte sich eines Angreifers und schleuderte ihn gegen zwei Kumpane. Alle drei gingen zu Boden. Das verschaffte Morgan Luft, und er griff zum Schwert. Er wollte sich und dem arg mitgenommenen Durial eine Fortsetzung des Kampfes ersparen. Schließlich war er auf ein Bier in die Schenke gegangen und nicht auf eine Schlägerei.

»Schluss!«, sagte er und hielt dem nächsten Angreifer das Schwert unter die Nase.

Der Kerl verharrte stocksteif, als sei seine Nase schon aufgespießt, und er wurde blass. Angst flammte in seinen dunklen Augen auf.

»Nicht, bitte, Herr!«

»Wenn ihr vernünftig seid...«, sagte Morgan und zog das Schwert zurück. Der Gesell, der sich vorhin noch so tapfer gefühlt hatte, als er mit vier Kumpanen auf einen hilflosen Mann eingeprügelt hatte, warf sich herum und hetzte zur Tür, als sei der Leibhaftige hinter ihm her.

Der Ritter ließ den Feigling laufen, auch die anderen Kerle, die sich inzwischen aufgerappelt hatten und ebenfalls Fersengeld gaben.

Der kahlköpfige Hüne sprang zu der Keule, die am Boden lag, doch Sir Morgan klopfte ihm mit der Breitseite des Schwertes auf die Finger. Da vergaß der Mann die Keule. Und so groß und kräftig er auch war, einer der Tapfersten schien auch er nicht zu sein. Oder er war nicht so dumm, wie sein einfältiges Gesicht vermuten ließ und erkannte, dass er waffenlos gegen einen Schwertkämpfer nicht bestehen konnte. Auch er ergriff die Flucht.

Sir Morgan steckte sein Schwert zurück in die Scheide.

Auf der Straße riefen aufgeregte Stimmen durcheinander. Schritte nahten. Hufschlag klang auf und entfernte sich. Dann tauchte die Magd in der Tür auf, gefolgt von einem halben Dutzend Männern, wohl Bewohner des Dorfes, die sie alarmiert hatte.

Das Mädchen sah Morgan aus großen, schwarzen Augen an. Immer noch flackerte Furcht in ihren Augen. Ihr Blick glitt zu Durial, der sich gerade am Schanktisch hochstemmte und dabei ächzte und stöhnte, als liege er in den letzten Zügen.

Einer der Männer schob das Mädchen zur Seite und riss sein Schwert hoch.

»Du Hundsfott!«, brüllte er und stürmte auf Morgan zu.

Dem Ritter blieb keine Zeit für lange Erklärungen. Er riss das Schwert erneut heraus, parierte den Angriff und kreuzte mit dem zornigen Mann die Klinge. Hell klirrten die Schwerter durch die aufgeregten Rufe.

Alle in der Schenke schrien durcheinander.

Die aufgebrachten Bewohner des kleinen Ortes, die in Sir Morgan, dem Fremden, offenbar den Bösewicht wähnten, feuerten ihren unerschrockenen Freund an.

»Mach ihn fertig!«, war nur einer der Schlachtrufe.

Durial brüllte etwas von »Missverständnis«, und »Aufhören«, und auch das Mädchen versuchte sich in dem allgemeinen Durcheinander Gehör zu verschaffen.

Morgan war gewiss kein schlechter Schwertkämpfer, doch der Gegner wusste, wie man ein Schwert führte. Vielleicht verlieh ihm auch das Gefühl, für eine gute Sache zu streiten, ungeahnte Kampfkraft. Zudem war Morgan noch mitgenommen vom vorherigen Kampf, sein Gegner erwies sich als ebenbürtig, und es war nur eine Frage der Zeit, wann Morgans Kräfte erlahmen würden. Der Angreifer kämpfte geschickt und griff überlegt an. Morgan parierte seine Angriffe, doch im Zurückweichen rutschte er in einer Bierlache aus. Er strauchelte und stürzte.

Panik stieg in ihm auf. Schon wollte der andere das Schwert an seine Kehle setzen.

Da traf ihn die Keule.

Durial hatte sich und die Keule aufgerafft und Morgans Gegner hinterrücks niedergeschlagen. Der Schwertkämpfer verdrehte die Augen und sank über Morgan, der sich schnell zur Seite rollte, um ihm Platz zu machen und nicht von dem Schwert getroffen zu werden.

Mit einem dumpfen Laut prallte der Mann neben ihm auf, und die Dielen der Schenke erzitterten.

Morgan riss sein Schwert hoch und sprang auf, denn da waren noch ein halbes Dutzend Männer, die immer noch nicht wussten, was los war und ihrem bewusstlosen Freund zu Hilfe eilen wollten. Sie waren nicht mit Schwertern bewaffnet, doch einer schwang eine Mistgabel, einer hatte ein Messer in der Hand, und einer hatte sich mit einem Eisenstab aus der Schmiede bewaffnet.

Sie verharrten, als Morgan das Schwert hob und Kampfstellung einnahm. Der Besiegte war weit über den Ort hinaus als hervorragender Schwertkämpfer bekannt, und dieser fremde Recke dort hatte sich gut zu verteidigen gewusst. Das warnte sie. Plötzlich herrschte Totenstille, bis auf Morgans und Durials keuchende Atemzüge. Morgan sah Furcht in den Augen der Dörfler, die auf sein Schwert starrten.

Er lächelte.

»Gewiss seid Ihr jetzt so nett und erklärt alles«, bat er die Schankmagd.

Das tat sie dann, unterstützt von Durial.

Sie war die Tochter des Wirtes, der gerade Waren im Nachbarort einkaufte. Fünf Strolche hatten sie belästigt. Durial, der sechste Tagedieb – was nur Morgan wusste – war ihr tapfer zu Hilfe gekommen, doch er wäre verloren gewesen, wenn Morgan nicht im rechten Moment aufgetaucht wäre und die Kerle in die Flucht geschlagen hätte.

Geraune setzte ein, als Durial Morgan als den Ritter des Sheriffs vorstellte. Die Kunde von seinen Taten war auch bis in diesen Ort gelangt, und immer mehr Leute eilten herbei, um den Ritter leibhaftig zu sehen.

Der einzige Schwertkämpfer des kleinen Ortes war wieder zu sich gekommen; jemand hatte ihm einen Eimer Wasser über den Kopf geschüttet. Er zürnte mit Durial, weil er ihm »den Kampf seines Lebens« vermasselt hatte.

»Es wäre gewiss dein letzter geworden«, sagte Durial und betastete grinsend seine Beulen. »Morgan hätte dich mit seinem berühmten Trick reingelegt, wenn ich dich nicht gnädig flachgelegt hätte.«

Der Mann blinzelte. »Trick?«

Durial grinste. »Ja, er lässt sich fallen, um den Gegner auf sich zu ziehen, und dann...«

Er beließ es bei dieser Andeutung, und das war gut so.

In Wahrheit hatte es rabenschwarz für Morgan ausgesehen, und er war ehrlich genug, sich das selbst einzugestehen. Doch die anderen brauchten das nicht zu wissen. So lenkte er geschwind von dem vermeintlichen »Trick« ab. Er reichte dem Mann die Hand und lobte ihn als vorzüglichen Schwertkämpfer.

Irgendjemand wollte wissen, wer die fünf Tagediebe gewesen seien, die den Streit vom Zaun gebrochen hatten. Es waren Fremde, und sie waren wie von Furien gehetzt zu ihren Pferden gelaufen und davon galoppiert. Man war sich darin einig, dass es keinen Sinn hatte, kurz vor Einbruch der Dunkelheit ihrer Fährte zu folgen.

Durial gab die nächste Runde Bier aus, und bald herrschte eine recht gemütliche Stimmung in der Schenke. Durial versuchte mit der Schankmmagd zu schäkern, doch sie war zu beschäftigt. Fast alle Dorfbewohner hatte es in die Herberge gezogen und wollten etwas zu trinken haben. Morgan zog sich mit Durial an einen Tisch im Hintergrund zurück. Er musterte Durial.

Er hatte blaugraue Augen und einen Unschuldsblick, auf den schon viele Leute hereingefallen waren, bis sie ihn besser kennengelernt hatten. Jetzt war sein linkes Auge klein und geschwollen, und trotz seines Grinsens loderte Zorn in seinem Blick.

»Diese Dreckskerle«, sagte er mit seiner rauen Stimme. »Wollten mir doch tatsächlich die Schankmagd vor der Nase wegschnappen!«

Morgan stellte den Bierhumpen ab und sah Durial an. Das klang anders als vorhin, als er Morgan zugeflüstert hatte: »Ist meine neue Freundin nicht ein prächtiges Weibsbild?«, Im Nachhinein betrachtet, fiel Morgan auf, dass sich das Mädchen Durial gegenüber eher reserviert verhalten hatte, keineswegs wie eine Freundin. Sie hatte ihn – Morgan – mit einem scheuen Lächeln bedacht, als sie das Bier an den Tisch gebracht hatte, doch sie hatte kein Lächeln für Durial gehabt und auch kein Wort mit ihm gewechselt.

»Kennst du sie schon länger?«, klopfte Morgan auf den Busch.

»Seit heute Mittag«, erwiderte Durial.

»Sie ist also gar nicht deine Freundin«, stellte Morgan fest.

Durial warf einen schnellen Blick zum Schanktisch, wo das Mädchen hantierte, und zwinkerte Morgan dann verschwörerisch zu.

»Noch nicht. Aber ich werde sie schon erobern. Ich habe noch immer bekommen, was ich wollte, keine Sorge.«

Nun, Morgan hatte gewiss keine Sorge in dieser Hinsicht, eher in einer anderen. Durial war bekannt dafür, dass er sich einfach nahm, was man ihm nicht geben wollte.

Dreimal war Morgan Durial bisher begegnet. Und nie unter erfreulichen Umständen.

Beim ersten Mal war Durial noch ein kleiner Dieb und Wegelagerer gewesen. Morgan hatte ihn laufen lassen, nachdem Durial seine Kumpane verpfiffen und das Versteck der Beute preisgegeben hatte, genauer gesagt, er hatte auf eine Verfolgung verzichtet, als sich der Bursche aus dem Staub gemacht hatte. Durial hatte zuvor treuherzig Besserung gelobt. Doch wenn er die guten Vorsätze tatsächlich gehabt hatte, so waren sie von kurzer Dauer gewesen.

Bei der zweiten Begegnung hatte Morgan diesen windigen Burschen vor einem Lynchmob retten müssen. Durial hatte sich als Wunderdoktor ausgegeben, vornehmlich bei den Damen, und er hatte einfaches Brunnenwasser als Zaubermittel und einfaches Mehl als »Liebespulver«, zu Wucherpreisen verkauft. Weder bei den Damen noch bei den Herren hatten sich die erhofften Erfolge eingestellt. Man war Durial auf die Schliche gekommen, und die aufgebrachten Geschädigten hatten sich zusammengerottet und ihn erschlagen wollen.

Morgan hatte das verhindert. Beinahe hätte man ihn mit erschlagen.

Durial hatte dann im Kerker einige Zeit gehabt, um über seine Sünden nachzudenken und sich auf Besserung vorzubereiten. Gewiss hatte er all die Mußestunden ungenutzt verstreichen lassen. Denn als Morgan ihm zum dritten Mal begegnet war, hatte sich Durial kein bisschen gebessert. Im Gegenteil. Er war Mitglied einer Räuberbande geworden, die Mädchen entführte und Lösegeld erpresste. Morgan war von der Bande gefangengenommen worden, als er ihr Versteck entdeckt hatte. Der Anführer hatte ihn umbringen wollen. Doch Durial hatte Morgan befreit. Als er dabei ertappt worden war und ein Kumpan im Räuberlager Alarm geschlagen hatte, war Durial mit Morgan geflüchtet. Mithilfe seiner Tipps war es Morgan und einem Trupp des Sheriffs gelungen, die Bande samt Anführer in eine Falle zu locken und die gefangenen Mädchen zu befreien. Morgan hatte alles angeführt, was zu Durials Gunsten sprach – was nicht viel war – und die Strafe war milde ausgefallen...

Doch Morgan hegte Zweifel daran, dass aus dem schwarzen Schaf inzwischen ein Unschuldslamm geworden war.

»Wie kommst du überhaupt her?«, fragte Durial und riss Morgan aus seinen Gedanken.

»Mit dem Pferd«, erwiderte Morgan trocken.

Durial lachte. »Wieder einer großen Sache auf der Spur?«

Er fragte es immer noch in heiterem Tonfall, doch Morgan hatte das Gefühl, dass die Heiterkeit nur vorgetäuscht war und dass die Frage irgendwie lauernd geklungen hatte.

Natürlich wollte er dem Kerl seine Pläne nicht auf die Nase binden.

Er sah Durial prüfend in die Augen und gab mal einen Schuss ins Blaue ab. »Ich wollte mal sehen, was du so treibst. Du weißt doch, dass ich im Auftrag des Sheriffs von Cornwall unterwegs bin. Der Sheriff ist mein Vater, was mich besonders verpflichtet.«

Durial hielt dem Blick mit einem großen und einem geschwollenen Auge stand. Der Schuss war wohl kein Volltreffer gewesen. Der ehemalige Räuber hatte mit keiner Wimper gezuckt. Allerdings hatte Durial schon immer eine Unschuldsmiene aufsetzen können, selbst wenn er gerade bei einem neuen Raubzug ertappt wurde. Der Kerl hätte Mime statt Räuber werden sollen.

»Ich bin auf Brautschau«, erklärte Durial mit einem schnellen Blick zur Schankmagd.«Ich bin verrückt nach ihr.«

»Sie scheint nicht so verrückt zu sein«, bemerkte Morgan.

Durial grinste. »Das kommt noch. Ich habe noch immer bekommen, was ich wollte.«

»Auch die Kerkerzeit, die du vermutlich nicht wolltest«, erinnerte Morgan.

Durials Grinsen wurde etwas säuerlich. »Lass doch die alten Geschichten. Die sind doch längst vorbei.«

»Hoffen wir das«, murmelte Morgan.

Durial trank hastig aus dem Bierkrug und wischte sich mit dem Handrücken Bierschaum von den Lippen.

»Ich werde ihr Herz erobern«, fuhr er wie im Selbstgespräch fort. Dann zwinkerte er Morgan wieder in seiner treuherzigen Unschuldslamm-Miene zu. »Sie tut zwar, als würde sie mich nicht bemerken, aber ich werde sie schon noch erobern.«

»Hoffentlich nicht mit Gewalt«, sagte Morgan und musterte ihn prüfend.

Diesmal wich Durial seinem Blick aus. Seine Miene nahm einen beleidigten Ausdruck an.

»Warum hackst du dauernd auf mir herum?«, fragte er in weinerlichem Tonfall. »Ich sagte doch, die alten Zeiten sind vorbei. Ich bin jetzt sauber. Seit der letzten Sache habe ich wie ein Mönch gelebt, ach was, noch braver als der bravste dieser Brüder.« Er konnte die tiefbetrübte Miene nicht beibehalten. Ein Grinsen stahl sich um seine Mundwinkel. »Das musst du mir glauben. Ehrlich. Glaubst du mir das?«

Die blaugrauen Augen blickten jetzt beschwörend.

Morgan drückte sich um eine Antwort, indem er Bier trank.

Durial verfolgte das Thema nicht weiter. Er schwärmte von der Schankmagd, sprach von Liebe auf den ersten Blick, und Morgan gewann den Eindruck, dass Durial ehrliche Absichten hatte.

Morgan übernachtete in der Herberge, und als er den Ort verlassen wollte, lief ihm Durial wieder über den Weg. Die Schwellungen und blauen Flecke waren etwas abgeklungen, und der Mann sah trotz der blauen und gelben Flecken im Gesicht recht passabel aus. Er berichtete freudestrahlend, dass sein Buhlen um das Mädchen die ersten Erfolge zeitigte. Seine Einladung zu einem abendlichen Spaziergang am Ententeich hatte sie mit »vielleicht mal an meinem freien Tag« beantwortet, und Durial strotzte vor Optimismus.

»Na, ich hoffe, du kannst dich benehmen!«, mahnte Morgan, obwohl er wusste, dass solche Ratschläge nur selten etwas nutzten. Und er reichte Durial die Hand. Es war ein windiger Bursche und ehemaliger Räuber, doch er hatte Morgan das Leben gerettet, und so etwas vergaß der Ritter nie.

Vielleicht war bei Durial doch noch nicht Hopfen und Malz verloren.

Durial lachte. »Klar, muss ja nicht gerade wie ein Mönch sein, wenn du in Hinblick auf das Mädchen verstehst, was ich meine.«

Morgan trieb lächelnd sein Pferd mit leichtem Schenkeldruck an. Er hoffte Durial nicht so bald wiederzusehen. Und wenn, dann allenfalls als glücklichen Familienvater und ehrbaren Bürger.

Doch diese Hoffnung sollte sich nicht erfüllen...

## 2. Kapitel

Evan of Torrington hatte Schwein.

Die Wahrsagerin hatte ihm das Richtige prophezeit. Glück im Spiel, Glück in der Liebe. Beides schien ihm an diesem Tag hold zu sein.

Beim Turnier in Torrington hatte Evan zwar nicht den Sieg davongetragen, doch einen achtbaren dritten Platz bei äußerst starker Konkurrenz errungen, was ihm als Preis eine stattliche Sau eingebracht hatte – und das verheißungsvolle Lächeln der schönen Eyra. Evan war überzeugt davon, dass beim Turnier nicht die Dame Fortuna, sondern allein sein Können ausschlaggebend gewesen war. Doch jetzt war nur Glück im Spiel. Er hatte den ganzen Abend beim Kartenspiel gewonnen. Und auch jetzt, als er die neuen Karten entgegennahm und auseinander fächerte, lachte ihm der größte Trumpf – die Sau entgegen.

Evan bemühte sich um eine gleichgültige Miene. Er spürte die Blicke der Mitspieler auf sich gerichtet. Lauernde, angespannte Blicke, wie es ihm schien.

Er schaute von einem zum anderen.

Der Wirt der Schenke schwitzte. Mit fahriger Hand wischte er sich eine rötlichblonde Haarsträhne aus der Stirn. Er hatte bisher nur verloren, und der Verlust war schmerzlich für ihn, denn das Geschäft lief in der letzten Zeit schlecht.

Der dicke, rotgesichtige Fuhrunternehmer trank seinen Weinbecher leer. Er war recht betucht und konnte gelassen verlieren, doch er war ein leidenschaftlicher Spieler, der sich auch aufgeregt hätte, wenn er in einem Spiel ohne Einsatz verloren hätte.

Der Schmied verlor mit einem lachenden und einem weinenden Auge. Er hatte gerade einen fetten Auftrag von Burg Torrington bekommen, und es war gut, wenn man als Handwerker den Sohn und Erben der Torringtons bei Laune hielt. Die großen Geschäfte machten den kleinen Verlust beim Kartenspiel bei Weitem wett. Er schob sich ein Stück Speck in den Mund und kaute schmatzend. Er wischte sich die fettigen Finger an der Hose ab und sah seine Karten an.

Evan erkannte an der angewiderten Miene, dass sein Mitspieler kein gutes Blatt haben konnte. Er war gewiss kein abgebrühter Spieler. Man konnte ihm jede Gefühlsregung an der Miene ablesen. So wie jetzt. Enttäuschung und Ärger spiegelten sich auf seinem breiten Gesicht mit der Knollennase.

Weder Evan noch die anderen Mitspieler ahnten, dass er absichtlich seine Karten verriet, wenn er selbst keinerlei Siegchance hatte, um Evan in die Hand zu spielen.

»Mich dünkt, dies ist nicht mein bester Tag«, murmelte er kauend und griff von Neuem nach einem Würfel Speck.

Der Mann an seiner Seite blickte von den Karten auf.

Er war der Einzige in der Runde, den Evan nicht kannte. Ein schwarzbärtiger, verwegen aussehender Mann. In Diensten irgendeines Ritters, hatte Arian erklärt, als er den Fremden, der bei ihm logierte, zum Mitspielen aufgefordert hatte.

Der Schwarzbart war Cynan, Sir Morgans Gefolgsmann und Soldat des Sheriffs.

Er lächelte seinen Nebenmann an.

»Vielleicht solltest du dir mal die Finger waschen«, bemerkte er mit tiefer Stimme. »Die Karten werden schon ganz fettig.«

Die anderen Mitspieler lachten, bis auf den Angesprochenen. Der Schmied kaute genussvoll Speck und wischte sich mit der fettigen Hand über den feisten Bauch.

»So fettig die Karten auch sind, bei mir lässt sich keine Sau blicken«, erklärte er mit einem Schulterzucken und verriet damit den Mitspielern, dass er wiederum ein schlechtes Blatt bekommen hatte.

Evan frohlockte. Er war überzeugt davon, dass er auch diese Partie gewinnen würde. *Der gute, einfältige Schmied*, dachte er. *Ein schlechter Kartenspieler, aber ein guter Schmied. Ich werde Vater empfehlen, alle Arbeiten bei ihm in Auftrag zu geben...*

»He, wenn mich das Glück bei den Karten im Stich lässt, sollte ich vielleicht tatsächlich mal... Ja, vielleicht sollte ich mal mein Glück bei Eyra versuchen.«

»Eyra?«

Zwei Männer stießen den Namen gleichzeitig überrascht hervor.

Evan of Torrington.

Und der Soldat Cynan.

Sie schauten sich nach diesem Ausruf gegenseitig an, verwundert, irgendwie betroffen. Und dann blickten sie fragend zum Schmied, der sich die plötzlich spannungsgeladene Atmosphäre nicht recht erklären konnte.

»Warum nicht?«, murmelte der Schmied mit einem Schulterzucken.

Der rotgesichtige Fuhrmann schien noch eine Spur roter zu werden, als er den Namen hörte, und seine kleinen, braunen Augen nahmen einen schwärmerischen Ausdruck an.

»Ein tolles Weibsbild«, sagte er. »Aber ich bezweifle, dass da was zu machen ist.«

»Warum nicht?«, fragte der Schmied und nahm von Neuem einen Speckwürfel vom Holzbrett.

»Spielen wir oder quasseln wir über die verdammte Eyra, die ganz Burrington verrückt macht?«, sagte Arian verdrossen. Er schob seinen Einsatz in die Mitte des Tisches. Auch die anderen setzten.

Evan und Cynan dagegen wirkten immer noch angespannt.

»Es kann ein Zufall sein«, sagte Evan wie im Selbstgespräch. »doch es würde mich interessieren, von welcher Eyra die Rede ist.« Er sah den Schmied fragend an.

»Der Engel von Burrington«, erklärte der Schmied und rollte verzückt mit den Augen. »Das müsste sich doch bis zur Burg Torrington herumgesprochen haben.« Er streifte Cynan mit einem schnellen Blick. »Selbst Fremde reisen schon an, um Eyra zu sehen, oder sollte ich mich da irren?«

Alle schauten jetzt Cynan an.

Der Gewappnete zwang sich zu einem Lächeln. Es war kein Geheimnis mehr. Bei seiner Ankunft hatte er den Wirt nach Eyra gefragt.

»Gewiss will ich eine Eyra in Burrington besuchen«, bekannte er. »Doch ich weiß nicht, ob es die gleiche Frau ist, die ihr meint. Eyras gibt es schließlich viele.«

»So eine nicht«, sagte der Schmied mit einem Seufzen. »Von diesem Prachtexemplar gibt es bestimmt nur eins auf der ganzen Welt.«

»Man sollte sie als Hexe verbrennen«, giftete der Wirt. »Wenn sie weiterhin allen Männern in Burrington die Köpfe verdreht, kann ich meinen Laden hier glatt dichtmachen. Mein Umsatz ist rapide zurückgegangen, seit dieses Weib drüben in der Schenke an der Fernstraße bedient.« Missmutig blickte er auf seine Karten. »Also was ist, spielen wir endlich weiter?«

»Erst will ich wissen, von welcher Eyra die Rede ist«, sagte Evan und dachte im Augenblick nicht an seine guten Karten. »Wie heißt sie mit Nachnamen?«

Der Schmied zuckte mit den Schultern. »Weiß ich nicht. Das weiß wohl keiner hier. Alle nennen sie nur Eyra mit der süßen...«

»Wie sieht sie aus?«, unterbrach Evan angespannt.

Der Schmied beschrieb sie wortreich. Demnach war sie groß, schlank, doch an den richtigen Stellen rund. Nach seinen verzückten Gesten musste sie eine vollendete Figur haben.

»Ein Traumweib«, endete er, als ihm nicht mehr einfiel, wie er Eyras Schönheit weiter preisen konnte.

»Das ist sie«, murmelte Evan.

Cynan nickte.

Sie starrten einander an.

Evans jungenhafte Miene verhärtete sich. Das Blut schoss ihm in die Wangen. In seinen Augen blitzte es feindselig auf.

Er sah vor seinem geistigen Auge Eyra, ihr Lächeln, ihre sanften Worte. Sofort nach dem Turnier war er nach Burrington geritten, um sie wiederzusehen, nachdem er sie in einer Pause kurz gesehen hatte. Sie hatte nicht bis zum Ende des Turniers bleiben können. Sie sei ab zehn am Abend in der Schenke an der Fernstraße, hatte sie gesagt. Voller Ungeduld freute er sich auf das Wiedersehen. Mit dem Kartenspiel hatte er nur die Zeit totschlagen wollen, die so quälend langsam verging. Gewiss, er freute sich über seine Glückssträhne, doch mehr noch freute er sich auf Eyra.

Und dieser Schwarzbart dort war nach Burrington gekommen, um sie ebenfalls zu besuchen!

Der fette Schmied sprach von ihr, als sei sie eine Frau für jedermann. Und der Wirt wollte sie gar als Hexe verbrannt wissen!

Zornig blickte Evan von einem zum anderen, bis er schließlich wieder dem schwarzbärtigen Fremden in die Augen sah:

»Die Dame gehört mir!«, stieß er mit belegter Stimme hervor.

Die Bürger von Burrington blickten überrascht. Sie kannten Evan of Torrington seit vielen Jahren. Sie wussten, dass ihm die unermesslichen Reichtümer seines Vaters in den Schoß fallen würden, wenn er das Zeitliche segnen sollte. Alle paar Wochen kam Evan nach Burrington, um zu trinken und zu spielen, und gelegentlich ließ er die Zeche anschreiben, weil ihn der Vater knapp bei Kasse hielt, denn er kannte die wilden Eskapaden seines einzigen Sohnes nur zu gut.

Ein Torrington bekam immer Kredit, denn jeder wusste, dass der Alte sofort die Schuld begleichen würde, wenn er davon erfuhr. Doch man hütete sich, es ihm zu sagen. Keiner wollte es sich mit Evan, dem Erben von Burg Torrington, verderben, und von Zeit zu Zeit tauchte Evan ja auch mit genug Silberlingen auf, um zu bezahlen, was er auf dem Kerbholz hatte. Wie dieses Mal.

Seit Langem rätselte man im Lande, für welche adlige Schöne sich der reiche und gutaussehende Evan entscheiden würde. Er hatte wirklich eine große Auswahl. Und jetzt hatte er sich entschieden. Doch nicht für irgendeine von seinem Stande, sondern für Eyra, die Schankmagd. Die Sensation war perfekt. Das klang ja fast wie ein Märchen!

Keiner hatte gewusst, dass Evan Eyra überhaupt kannte. Seit sie in Burrington arbeitete, war er nicht mehr hier gewesen.

Die Bürger von Burrington bestürmten Evan mit Fragen. Sie wollten wissen, ob sein Vater Bescheid wusste, ob er die Wahl billige, wann die Hochzeit sei, warum Eyra die Sache geheim halte und dergleichen mehr.

Evan hüllte sich in geheimnisvolles Schweigen.

Das hatte einen triftigen Grund.

Weder sein Vater noch Eyra wussten etwas von der Sache. Bis vor einer Minute hatte er selbst nicht im Traum daran gedacht, Eyra zu ehelichen.

Das war auch gar nicht möglich.

Sein Vater würde sofort das Testament ändern.

Eine Bürgerliche kam für den alten Tyrannen niemals in Frage.

Und Eyra? Sie kannten sich ja gar nicht! Außer ihrem Lächeln und ein paar artigen Worten war da nichts gewesen. Er hatte an ein kurzes Abenteuer gedacht, hatte gehofft, von der schönen Frau für eine Nacht oder zwei erhört zu werden.

Jetzt hatte er sich mit seinen unbedachten Worten praktisch in einen Erfolgszwang hineinmanövriert. Wenn Eyra ihn abwies, machte er sich zum Gespött im ganzen Land. Niemand hatte etwas davon erfahren sollen, dass er – der zukünftige Herr von Burg Torrington – einem einfachen Mädchen aus dem Volke nachstieg. Wenn die Kunde davon bis zu seinem Vater drang, würde der ihm glatt das ohnehin zu knapp bemessene Taschengeld streichen. Der Alte hatte kein Verständnis für seine Abenteuer.

Einen Augenblick lang spielte Evan mit dem Gedanken, die ganze Sache als Scherz abzutun. Doch da war dieser schwarzbärtige Fremde mit der imponierenden Gestalt, der eigens nach Burrington gekommen war, um Eyra zu besuchen. Der Mann, der jetzt ganz ruhig fragte:

»Habt Ihr irgendwelche Rechte auf Sie?«

*Hätte ich doch meine Zunge gehütet!*, dachte Evan. Wenn er jetzt einen Rückzieher machte, verlor er das Gesicht. Man würde überall im Lande erzählen, dass Evan of Torrington vor einem Nebenbuhler gekniffen hatte. Und dass es ein Nebenbuhler war, spürte Evan ebenso wie die anderen Männer der Schenke.

»Die Dame gehört mir!«, wiederholte Evan zornig.

Wenn Blicke töten könnten, wäre Cynan auf der Stelle umgefallen. Doch so zuckte er nur gelassen mit den Schultern und sagte mit ruhiger Stimme:

»Ihr habt meine Frage nicht beantwortet. Die Dame sagte, sie sei ungebunden, als sie mich ermunterte, sie hier zu besuchen. Ich glaube, wir sollten doch lieber die Dame entscheiden lassen, oder?«

Plötzlich herrschte Totenstille in der Schenke, wenn man von dem Summen eines Fliegenpärchens absah, das um das Speckbrett herumschwirrte.

Immer noch maßen sich Evan und Cynan mit Blicken.

»Wer Eyra zu nahe tritt, ist des Todes«, sagte Evan fast flüsternd in die lastende Stille.

Cynan zeigte sich unbeeindruckt. »Ich habe nicht vor, dem Mädchen zu nahe zu treten«, sagte er gelassen.

Evan entspannte sich sichtlich. Gewiss hatte er den Schwarzbart mit seiner Drohung genug eingeschüchtert. Er begann triumphierend zu lächeln.

Da fügte Cynan hinzu: »Aber ich habe auch nicht vor, mir irgendwelche Drohungen gefallen zu lassen, Kleiner.«

Evans Lächeln erstarb im Ansatz.

»Was soll das heißen?«, fragte er.

»Das soll heißen, dass Ihr den Mund nicht so voll nehmen sollt.«

Der Wirt bewies in dieser gespannten Situation wenig Einfühlungsvermögen und Geschick. Als Wirt hätte er eigentlich wissen sollen, wie man mit Taktik vermittelt und die Wogen glättet. Doch er verstand sich mehr aufs Ausschenken von Wein und Bier, als auf das Glätten von Wogen. Er war von schlichtem Gemüt, und deshalb lachte er über Cynans Worte. Der Schmied und der Fuhrmann konnten sich ein Grinsen nicht ganz verkneifen. Konnte dem Papasöhnchen Evan nicht schaden, wenn ihm mal jemand die Stirn bot, oder?

Dann erinnerte sich der Schmied an den Auftrag von Burg Torrington und schlug sich geschwind auf Evans Seite.

»He, wie sprichst du mit Evan of Torrington?«, sagte er und blickte Cynan böse an.

Der Gewappnete lächelte. »Auch ein von Dingsbums sollte seine Zunge im Zaum halten und sich überlegen, was er sagt.«

Evan lächelte nicht. Der junge Heißsporn war es als einziger Sohn und Erbe gewohnt, dass man in Ehrfurcht vor ihm erstarrte, wenn man nur den Namen hörte.

Arians Lachen hallte wie Hohngelächter in seinen Ohren.

Und die ruhige, selbstsichere Art des Schwarzbartes war wie eine zusätzliche Herausforderung.

Mit einem Wutschrei sprang er auf und griff den Fremden mit den Fäusten an.

»Dich Großmaul werde ich lehren...«

Weiter kam er nicht mehr.

Cynan wich gedankenschnell der vorschnellenden Faust aus, und im nächsten Augenblick klatschte seine flache Hand in Evans Gesicht. Evan strauchelte, als er bei der überraschenden Ohrfeige zurückzuckte. Er prallte gegen die Tischkante. Münzen fielen vom Tisch und rollten klimpernd über den Boden. Geistesgegenwärtig fing der Fuhrmann seinen Weinbecher auf, der ins Tanzen geraten war, und der Schmied riss den letzten Speckwürfel vom Brett, das vom Tisch zu rutschen drohte.

Evan hätte von der schnellen Aktion des schwarzbärtigen Rivalen gewarnt sein sollen. Doch in seinem Zorn konnte er keinen klaren Gedanken fassen. Blindlings drosch er auf Cynan ein. Seine Faust streifte Cynan am Kinn, strich über den Bart, und der nächste Hieb hätte gewiss die Nase des Soldaten getroffen, wenn Cynan nicht instinktiv die Linke hochgerissen und den Schlag abgeblockt hätte.

Im nächsten Augenblick war Cynan auf den Beinen. Sein Stuhl kippte polternd um.

Und jetzt gingen auch Cynan die Gäule durch. Der Soldat des Sheriffs war für sein feuriges Temperament bekannt. Wie oft hatte Morgan ihn schon ermahnt, ruhig Blut zu bewahren, wenn auch der Zorn noch so heiß in ihm aufloderte! Doch jetzt war Morgan nicht zur Stelle, um mäßigend eingreifen zu können. Der Ritter und der Soldat Rhodri würden erst später in Burrington eintreffen. Cynan war voraus geritten.

Cynan machte es kurz. Er packte Evan, der gewiss nicht schmächtig und fast ebenso groß war, am Kragen und versetzte ihm links und rechts schallende Ohrfeigen. Als Evan darauf immer noch nicht zur Vernunft kam und weiterhin angriff, ließ Cynan seine Fäuste wirbeln.

Evans Oberlippe platzte auf. Eine Beule wuchs an seiner Wange. Benommen fand er sich plötzlich am Boden wieder. Cynan hatte ihn mit einem letzten Schwinger niedergestreckt.

Cynan rieb sich mit der Linken über die rechte Faust. Die Knöchel schmerzten ein wenig, und die Haut war aufgeschrammt.

»Ich denke, jetzt sollten wir alle einen trinken und friedlich...«, *weiterspielen,* hatte Cynan sagen wollen. Sein Zorn war verraucht, und er war nicht nachtragend. Sein Gefühl sagte ihm dass sich der junge, hochmütige Evan in seiner Eifersucht vergessen hatte. Offenbar machte er sich Hoffnungen auf Eyra und das konnte Cynan nur zu gut verstehen. Auch ihn hatte Eyra mit ihrem Lächeln verzaubert. Und bis vorhin hatte er gar nicht in Betracht gezogen, dass andere Männer natürlich ebenfalls um die Gunst dieses schönen Mädchens buhlten. Eyra hatte mit keinem Wort anklingen lassen, dass es einen anderen für sie gab. Im Gegenteil, sie hatte ihn ermuntert, sie in Burrington zu besuchen. Nun, wenn Evan berechtigte Hoffnungen hatte, würde sich das ja bald klären lassen. Cynan war also bereit, den kleinen Zwischenfall zu vergessen.

Doch Evan war auf einmal wie von Sinnen.

Plötzlich hielt er einen Dolch in der Hand.

Cynan sah es fast zu spät. Er blickte zum Wirt, um Bier zu bestellen. Da bemerkte er, wie sich dessen Augen entsetzt weiteten. Der Mund des Wirtes klaffte auf, als wollte er schreien.

Cynan wirbelte herum.

Gerade als Evan mit einem Wutschrei aufsprang und mit dem Dolch zustoßen wollte.

Cynan sah die Klinge im Kerzenschein funkeln, sah die Hand mit dem Dolch auf sich zu schnellen und handelte im Reflex. Er ließ sich hintenüber fallen. Die Hand mit dem Dolch stieß dicht über seinem Kopf durch die Luft. Im Fallen riss Cynan die Beine hoch, und als Evan, von seinem Schwung auf ihn zugetragen, die Hand mit dem

Dolch zurückriss, um von Neuem auszuholen, trat der Soldat zu.

Seine Stiefel trafen Evans Knie und schleuderten ihn zurück. Evan taumelte ein paar Schritte von Cynan fort und prallte gegen den Schmied. Er plumpste ihm auf den Schoß. Dem massigen Schmied kam der Speck hoch. Er versetzte Evan mit beiden Händen einen Stoß, um ihn von seinem bedrückten Bauch zu befördern. Evan taumelte wieder auf Cynan zu.

Cynans Stiefelspitze schnellte vor.

Doch er verfehlte die Hand mit dem Dolch.

Evan stieß zu. Er raste vor Zorn. Die Klinge streifte Cynan an der rechten Schulter, schnitt durch den Stoff seines Waffenrockes und riss eine blutige Furche in seinen Oberarm. Cynan hechtete auf Evan zu und riss ihn zu Boden. Er umklammerte das Handgelenk und schlug es auf die Dielen, bis Evan schreiend den Dolch losließ.

Evan stieß Cynan mit dem Knie in den Leib.

Da schlug der Soldat mit der geballten Rechten zu.

Evan verdrehte die Augen und sank bewusstlos zurück.

Cynan erhob sich schwer atmend. Er blickte zu seiner Schulter. Blut tränkte den Stoff an der aufgeschlitzten Schulter.

Mit finsterem Blick streifte er Evan. Dann bückte er sich und hob den Dolch auf. Er nahm ihn an sich. Es war ein fein gearbeiteter Dolch mit einem besonderen Griff.

»Den behalte ich als Pfand«, erklärte er den anderen.

Evan regte sich. Ächzend stemmte er sich auf und tastete an sein Kinn. Er sah recht lädiert aus. Als er die Hand vom Gesicht fortzog, bemerkte er das Blut an seinen Fingern. Am Kinn war die Haut aufgeplatzt. Er starrte einen

Augenblick lang verständnislos auf das Blut an seiner Hand, und sein Blick war noch glasig. Dann nahm seine Miene einen weinerlichen Ausdruck an. Sein Blick suchte Cynan, und als er ihn klarer sah, glomm Hass in seinen Augen auf.

Kalt erwiderte Cynan den Blick.

»Das war kein Spaß mehr, sondern ein Mordversuch«, sagte Cynan, und seine Stimme bebte leicht vor mühsam unterdrücktem Zorn.

Er warf einen Blick zu den drei Männern am Tisch, die immer noch stumm starrten. »Ihr seid meine Zeugen.«

»Ich habe nichts gesehen«, sagte der Schmied hastig. »Es ging alles so schnell und...«

Er verstummte unter Cynans eisigem Blick.

»Beschwören könnte ich auch nicht...«, begann der Wirt. Auch er wollte es sich nicht mit denen von Torrington verderben. Cynan verzog angewidert das Gesicht. Es war ihm klar, dass er sich nicht auf die Aussagen der drei verlassen konnte. »Gibt es hier einen Büttel?«

»In Torrington«, erwiderte der Wirt. »Aber der...«

»Liegt vermutlich krank im Bett«, unterbrach Cynan ihn gereizt. »Na, lassen wir das.« Er heftete seinen Blick auf Evan.

»Du hast genau eine Minute, um von hier zu verschwinden. Und ich rate dir gut, mir nicht mehr unter die Augen zu kommen, solange ich hier in Burrington bin. Du hast einen Soldaten des Sheriffs angegriffen. Sei froh, wenn du so davonkommst!«

Evan setzte zu einer Erwiderung an, doch etwas an Cynans Miene und dem Ausdruck seiner Augen ließ ihn schweigen.

Hastig klaubte er seinen Gewinn auf. Es dauerte keine Minute, bis er an der Tür war.

»Wie lange wollt Ihr denn bleiben?«, fragte der Wirt den Soldaten.

»Das weiß ich noch nicht«, erwiderte Cynan. *Das kommt auf Eyra an und auf die Pläne Sir Morgans,* dachte er.

»Du wirst nicht mehr lange in Burrington sein!«, rief Evan hasserfüllt von der Tür her. »Höchstens unter der Erde von Burrington!«

Dann knallte er die Tür hinter sich zu, und seine Schritte entfernten sich.

Einen Augenblick lang herrschte Stille in der Schenke.

Der Wirt seufzte. »Unter dieser Voraussetzung muss ich Euch bitten, die Zeche sogleich zu bezahlen.« Er wich Cynans grimmigem Blick aus. »Nicht, dass Ihr meint, ich hielte Euch für einen Zechpreller... aber Tote können nicht mehr zahlen, wenn Ihr versteht, was ich meine... Ich werde sofort Euer Pferd satteln.«

Cynan winkte ab. »Ich habe nicht vor, zu reiten.«

»Er will nicht reiten!«, sagte der Wirt verwundert und tauschte einen Blick mit dem Schmied.

»Ich würde die Drohung nicht auf die leichte Schulter nehmen«, murmelte der Schmied. »Nicht, dass ich Evan einen Mord zutraue«, fügte er hastig hinzu. »Aber...«

»Der Klügere sollte nachgeben«, stimmte der Wirt zu. »Ihr könntet Ärger mit Sir Torrington bekommen, und der ist mächtig und hat viele Mannen...«

»Mörder?«, fragte Cynan spöttisch.

»Nein – nein – gewiss nicht. Aber er könnte Euch davonjagen lassen. Er hat schon einmal einen Mann auspeitschen lassen, der Evan verprügelte.«

»Wie der Sohn, so der Vater?«, fragte Cynan. Sie wichen seinem Blick aus.

»Evan ist sein und alles«, sage der Wirt. »Er wird höchstpersönlich her kommen, wenn er erfährt, dass jemand Hand an seinen Evan gelegt hat.«

»Soll er kommen«, sagte Cynan. »Ich bleibe. Ich halte Evans Worte für eine leere Drohung. Was tut es dem Mond, wenn ihn ein Köter ankläfft?«

Er nahm wieder am Tisch Platz und bestellte Bier.

Doch ganz so selbstsicher, wie er sich gab, fühlte Cynan sich nicht. Bei Evans Worten, die wie ein Racheschwur geklungen hatten, war ein unbehagliches Gefühl in ihm aufgestiegen. Keine Furcht, sondern eher eine Ahnung, dass der Köter bald nicht nur kläffen, sondern zuschnappen würde. Heimtückisch, unerwartet. Mehr als die Worte hatte ihm Evans hasserfüllter Blick gesagt, dass die Drohung ernst zu nehmen war.

Cynan nahm sich vor, auf der Hut zu sein.

## 3. Kapitel

»Küss mich, Durial.«

Das schwarzhaarige, vollbusige Mädchen schmiegte sich an ihn. Durial küsste sie. Doch er war nicht recht bei der Sache.

Er dachte an eine andere.

Er begehrte sie nicht mehr. Aus den hell auflodernden Flammen der Leidenschaft war ein Flämmchen der Zuneigung geworden.

Und wie sehr hatte er sie begehrt, als er sie damals in der Schenke kennengelernt hatte! Flüchtig dachte er an den Zwischenfall in dem kleinen Gasthof, als er sich für sie geschlagen hatte und ihm Ritter Morgan zu Hilfe gekommen war. Gegen eine Übermacht hatte er gekämpft, weil das Mädchen ihn vom ersten Augenblick an entflammt hatte. Wie ein verliebter Gockel hatte er sie anschließend umworben. Er lächelte unbewusst bei dem Gedanken daran, wie leicht es schließlich beim Stelldichein am Ententeich gewesen war.

Er war schnell ans Ziel seiner Wünsche gelangt, und die Wirtstochter hatte ihm gestanden, dass er ihr auch von Anfang an gefallen hatte und dass sie sich nur geziert hatte, weil es sich für eine Frau so geziemte.

Sie schlang die Arme um seinen Nacken und zog ihn zu sich. In ihren Augen schimmerte Zärtlichkeit.

*Sie liebt mich!*, durchfuhr es ihn. Ein seltsames Gefühl stieg in ihm auf, eine eigenartige Mischung aus Dankbarkeit für ihre Liebe, aus Zuneigung und – Mitleid.

Sie konnte nichts dafür, dass sich seine Gefühle von einem Augenblick zum anderen geändert hatten. Sie war mit ihm von zu Hause durchgebrannt, nur mit dem, was sie auf dem Leib getragen hatte, und sie hatte für ihn, Durial, ihre Familie und ihr Heim verlassen.

Sie wusste nichts von seiner Vergangenheit als Räuber, und sie wusste nichts von seinen gegenwärtigen Taten. Ihr Vertrauen in ihn war grenzenlos. Sie stellte keine Fragen, wenn er sich verabschiedete, um mit seiner kleinen Räuberbande auf Beutezug zu gehen. Sie beklagte sich nicht, dass sie in der Abgeschiedenheit des Waldes in einer alten

Jägerhütte hausen musste. Sie war ganz Hingabe und Liebe.

Sie hätte einen besseren verdient, dachte Durial mit Bitterkeit.

Er erwiderte ihre Zärtlichkeiten, doch sie weckte kein Verlangen in ihm, eher ein Schuldgefühl und das Bedauern, dass es nicht die andere Frau war, die er in den Armen hielt.

Eyra.

Seit er sie in Burrington gesehen hatte, war er in ihrem Bann. Mit einem Blick, einem Lächeln hatte sie ihn verzaubert. Es war wie ein Fieber in ihm. Vielleicht war sie tatsächlich eine schöne Hexe, wie einer der Männer neulich in Burrington behauptet hatte? Nein, sie war keine Hexe. Der Kerl war nur wütend gewesen, weil sie ihn mit einem Lächeln abgewiesen hatte. Für alle war sie wie eine unerreichbare Göttin.

Er unterdrückte ein Seufzen.

Es war hirnverbrannt.

Hier hielt er ein schönes, hingebungsvolles Mädchen in den Armen, das ihn liebte. Er hätte sich glücklich preisen können. Doch er konnte nur noch an Eyra denken. Ihr Bild verfolgte ihn des Nachts in seinen Träumen und selbst tagsüber.

Sie löste sich aus seinen Armen und setzte sich auf dem Lager auf. Der flackernde, rötliche Schein des Feuers schimmerte auf ihrem nackten Körper. Mit einer anmutigen Bewegung strich sie eine schwarze Haarsträhne aus der Stirn.

»Du hast dich verändert, Durial«, sagte sie leise.

Er kam sich wie ein ertappter Sünder vor.

»Wieso?«

Er erhob sich vom Felllager, schritt zu dem wackligen Tisch und schenkte Rotwein in einen Becher. Hastig trank er.

»Du bist in letzter Zeit so still, so anders – wie soll ich das erklären?«

Ja, es war schwierig zu erklären.

Er hatte sich in der Tat verändert.

Eyra hatte ihn verändert.

Lyall hielt die Hände im Schoß gefaltet und senkte den Kopf.

»Bist du meiner überdrüssig geworden?«

Durial trank hastig Rotwein.

»Hast du eine andere im Sinn – etwa dieses Weib in Burrington?«

Durial verschluckte sich fast.

Er flüchtete sich in gespielten Zorn. »Wie kommst du denn auf so was? Deine Eifersucht ist unerträglich und völlig...«

»Unbegründet?«

Er spürte ihren prüfenden Blick und zwang sich, sie anzusehen. Ihr Blick schien bis in die Tiefen seiner Seele zu dringen.

*Sie ahnt etwas*!, durchfuhr es ihn.

»Ich kann keine eifersüchtigen Weiber leiden!«, schrie er.

»Und ich keine untreuen Männer«, erwiderte sie leise.

»Wir sind nicht verheiratet!«, fuhr er sie an.

Sie nickte, und der schmerzliche Ausdruck in ihren Augen rührte ihn. Er bereute seine harten Worte. Das hatte sie nicht verdient.

Sie senkte den Blick.

»Ich habe dich geliebt«, sagte sie, »und ich glaube, ich liebe dich immer noch. Obwohl...« Sie wischte sich über die Lider, und als sie ruckartig den Kopf hob und ihn ansah, schimmerte es feucht in ihren Augen.

»Obwohl...?«, murmelte er und glaubte einen Kloß in der Kehle zu haben.

»Obwohl du mich belogen hast. Ich wusste um deine Vergangenheit, als ich mit dir ging.«

Er hatte Mühe, seine Überraschung zu verbergen.

»Ich wusste, dass du ein Räuber warst und im Kerker für deine Taten gebüßt hast.«

Sie sah kurz auf. Er schwieg. Ihre Worte hatten ihm die Sprache verschlagen.

»Ich wusste es, doch ich gab trotzdem deinem Werben nach. Es – es war stärker als mein Wille.«

Er schluckte. »Woher...?«, hörte er sich fragen.

»Mein Bruder belauschte durch Zufall dein Gespräch mit Sir Morgan. Er kam erst nach dem Kampf im Gasthof ins Dorf zurück. Er wollte durch die Hintertür eintreten, da hörte er dich und den Ritter, wurde neugierig und lauschte. Er hörte, dass du dem Ritter sagtest, du liebst mich, und du seist jetzt sauber. Er warnte mich vor dir, doch ich wollte nichts davon hören. Es war bei mir gewiss wie bei dir und Eyra.« Sie lächelte schmerzlich.

*Sie weiß es genau*!, dachte er.

»Eyra?«, tat er erstaunt.

»Gib dir keine Mühe. Ein Pilzsammler erzählte mir, was in Burrington los ist. Ich bat ihn um den Gefallen, herauszufinden, ob du auch hinter diesem Weibsstück her bist. Er berichtete mir, dass du um sie buhlst.«

»Wer ist dieser verdammte...«, brauste Durial auf und tastete unbewusst zum Dolch unter seinem Hemd. Zu spät erkannte er, dass sein Ausbruch einem Schuldbekenntnis gleich kam. »Dieser infame Lügner, dieser...«

»Es hat keinen Sinn zu leugnen. Ich weiß, dass du hinter Eyra her bist, wenn du angeblich Geschäfte erledigst oder mit deinen Freunden am Spieltisch sitzt.«

Er atmete auf. Immerhin wusste sie nicht, welcher Art die *Geschäfte* waren und um welche *Freunde* es sich handelte. Sie konnte ihm nichts anhaben, wenn er ihr den Laufpass gab. Sie konnte sich nicht rächen, indem sie ihr Wissen preisgab. Gut, dass sie in nichts eingeweiht war.

Unruhig schritt er auf und ab. Sein Schatten geisterte über die Hüttenwand. Eine Weile herrschte Schweigen.

»Liebst du sie?«, fragte Lyall leise.

Er fuhr auf dem Absatz zu ihr herum und konnte sich nicht mehr zurückhalten. Das Versteckspiel war ohnehin vorbei. Sie hatte ihm nachspioniert. Sie hatte ihm nicht so vertraut, wie er geglaubt hatte...

»Ja, ich liebe sie!«, schrie er. »Sie hat nur gelächelt, und ich liebe sie! Was kann ich dafür?« Er presste die Hände an die Schläfen, und ein stöhnender Laut kam tief aus seiner Kehle.

Lyall erhob sich. Sie schritt zu ihm. Ihre Augen hatten sich mit Tränen gefüllt. Sie streckte die Hand aus und streichelte sanft seine Wange. Es war eine Geste voller Zärtlichkeit. Sie rührte ihn.

»Du weißt nicht, wie das ist«, sagte er, und es klang entschuldigend und war auch so gemeint.

Sie sah ihm in die Augen.

»Doch«, sagte sie. »ich weiß, wie das ist. Es ist bitter und süß zugleich. Es schmerzt und doch glaubt man, das Herz müsste einem vor Glück zerspringen. Ich weiß, wie das ist.« Von Neuem streichelte sie seine Wange. »Du musst dich entscheiden – für sie oder mich. Willst du mich behalten, dann mach Schluss mit ihr.«

»Aber es war doch noch gar nichts«, begehrte er auf.

»Doch«, sagte sie, und ihr Blick schien ihn zu durchdringen. »Ich weiß, dass sie dich noch nicht erhört hat. Doch sie ist in deiner Seele, deinem Herzen, deinem Blut. Sie wird dich nicht mehr loslassen. Sie hat dich verhext – wie du mich verhext hast!«

Zornig fuhr er sie an. »Na schön! Hat sie mich eben verhext! Dann passen wir ja prächtig zusammen. Die Hexe und der Hexer!«

Wütend kleidete er sich an.

»Du willst fort?«

»Das siehst du doch!«, brüllte er gereizt. »Ich habe es satt!«

Sie sah ihm mit tränenfeuchten Augen nach, als er zur Tür stürmte.

»Ich werde auf dich warten«, rief sie ihm nach.

»Von mir aus bis in alle Ewigkeit.«

»Nein, nur sieben Tage lang, Durial. Genau so lange, wie du auf mich gewartet hast.«

»Meinetwegen!«, rief er über die Schulter zurück. »Oder geh zum Teufel!«

Dann knallte er die Tür hinter sich zu.

## 4. Kapitel

Cynan freute sich auf das Wiedersehen mit Eyra. Auf dem Weg zum Wirtshaus, in dem sie an diesem Abend erst ab zehn Uhr arbeitete, wie Cynan ja erfahren hatte, sah er sie vor seinem geistigen Auge. Vor vier Wochen hatte er sie bei einem Ritt kennengelernt. Sie war auf dem Weg nach Burrington gewesen, während er mit einem eiligen Auftrag von Sir Morgan unterwegs gewesen war und keine Zeit gehabt hatte, die kurze Bekanntschaft gleich zu vertiefen.

Dann hatte Morgan einen neuen Auftrag für seinen Vater, den Sheriff, erledigen müssen und Cynan war unabkömmlich gewesen. Erst jetzt hatte er die Zeit gefunden, auf dem Rückweg nach Launceston Castle einen Abstecher nach Burrington zu machen, um Eyra zu besuchen. Wie oft hatte er seither an sie gedacht, an ihr Lächeln, an die sanfte wohlklingende Stimme, an die schönen großen Augen, deren Blick vom ersten Augenblick an Verlangen in ihm geweckt hatte.

»Gewiss werde ich mich freuen, Euch wiederzusehen«, hatte sie gesagt, als sich ihre Wege getrennt hatten.

Er hoffte, dass es keinen anderen für sie gab...

Ein Geräusch riss ihn aus seinen Gedanken.

Er fuhr herum, als er aus dem Augenwinkel eine Bewegung im tiefen Dunkel bei einer Haustür wahrnahm.

Dann sah er sie.

Schatten tauchten links und rechts in der finsteren Gasse auf und sprangen auf ihn zu.

Sie schwangen Keulen. Dem ersten Hieb konnte der Soldat entgehen und den Angreifer mit einem Fausthieb niederstrecken. Dann fielen die anderen über ihn her, und Schläge schleuderten ihn zu Boden. Cynan schaffte es nicht mehr, zum Schwert zu greifen, das er nach Evans Drohung vorsichtshalber mitgenommen hatte. Aber selbst mit dem Schwert hätte er kaum eine Chance gegen die Übermacht gehabt.

Es waren fünf, sechs Kerle, genau konnte Cynan das in der Dunkelheit nicht erkennen. Es ging auch alles zu schnell.

Sie mussten von Evan geschickt worden sein.

Der Köter hatte sich nicht mit Kläffen begnügt...

Cynan lag am Boden und wehrte sich verzweifelt. Er sah, wie einer der Angreifer mit seiner Keule ausholte, und er wollte noch den Kopf zur Seite reißen. Doch es war zu spät. Die Keule traf ihn seitlich am Kopf. Er glaubte, rötliche Sterne vor seinen Augen zerplatzen zu sehen und in eine finstere Schlucht zu stürzen. Dann prallte er auf und nahm nichts mehr wahr.

»Hoffentlich hast du ihn nicht tot geschlagen«, sagte Durial, der Anführer der üblen Gesellen.

»Du weißt doch, dass unser Auftraggeber ihn lebend haben will.«

Der Räuber, der Cynan mit dem letzten Keulenhieb niedergestreckt hatte, spuckte aus. »Der Kerl hatte mir ein Ding ans Kinn verpasst. Da wurde ich wütend und habe ein bisschen fester zugelangt, als ich eigentlich wollte.«

»Deine Wut könnte uns einen Haufen Silberlinge kosten«, sagte Durial ärgerlich.

»Was will die Maske eigentlich mit ihm machen?«, fragte der andere.

»Sich wegen irgendetwas rächen, glaube ich. Genaues sagte er nicht. Ist mir auch egal. Hauptsache er zahlt gut für den Schwarzbart, ist zufrieden mit unserer Arbeit und gibt uns weitere Aufträge.«

Durial drehte die reglose Gestalt auf den Rücken in den Streifen Mondlicht, der in die Gasse fiel. Er untersuchte Cynan und atmete auf.

»Es ist gut gegangen. Wir können ihn lebend überreichen.«

Plötzlich stutzte er. Irgendetwas an dem Gesicht des Bewusstlosen kam ihm bekannt vor. Er grübelte, wo er den Mann mit dem schwarzen Bart schon gesehen haben konnte. Doch es fiel ihm nicht ein. Vermutlich täuschte er sich.

Ein leiser Pfiff ertönte am Ende der Gasse, die vor den Werkstätten von Handwerkern gesäumt wurde. Ein Schatten huschte heran.

Es war einer der Räuber, die auf Posten waren, damit kein zufällig vorbeikommender Passant Zeuge ihres üblen Tuns werden konnte. Doch damit war ohnehin kaum zu rechnen. Burrington war wie ausgestorben. Wer noch nicht im Bett lag, war jetzt in dem Gasthaus, um Eyra zu sehen.

»Zwei Reiter kommen von Süden«, raunte der Räuber. »Sie werden in Kürze hier sein.«

»Schnell weg«, flüsterte Durial. »Schafft ihn auf den Wagen und bringt ihm zum Versteck. Ich komme nach, wenn ich Vollzug gemeldet habe.«

Die Männer packten den Bewusstlosen und schleppten ihn fort.

Kurz darauf rasselte ein flacher Wagen mit einer Plane nach Norden davon und verschwand über den Weg, der durch das Wäldchen jenseits des Ortes führte.

Die beiden Reiter hatten jetzt den südlichen Ortsrand erreicht. Sie ritten gemächlich.

Durial begab sich auf den Weg zum Gasthaus. Bevor er sich im Wäldchen nördlich von Burrington mit dem unbekannten maskierten Auftraggeber treffen würde, war noch Zeit für ein Bier. Es drängte ihn, Eyra zu sehen.

## 5. Kapitel

Sir Morgan of Launceston zügelte sein Pferd. Rhodri schloss zu ihm auf und hielt neben ihm. Sein Gaul ließ einen Pferdeapfel fallen und schnaubte erleichtert.

Morgans Blick schweifte über die Fenster des Wirtshauses, aus denen nur schwacher Lichtschein auf die Straße fiel. Die Schrift auf dem Schild über der Tür war abgeblättert. Mit ein wenig Phantasie und Scharfsinn war so gerade noch »Zur Linde« zu entziffern.

»Sieht nicht sehr einladend aus«, murmelte Morgan und wandte sich an Rhodri. »Bist du sicher, dass Cynan hier abgestiegen ist?«

»Er sagte was von Lindenhof oder so«, sagte Rhodri.

»Konnte er kein Quartier bei seiner Tante bekommen?«, fragte Morgan.

*Das hofft er*, dachte Rhodri, denn Cynan hatte ihn eingeweiht.

Rhodri wusste auch, dass Cynan keineswegs eine Tante besuchen wollte, wie er Sir Morgan erklärt hatte. Cynan hatte zu dieser List gegriffen, um den Ritter zu diesem Umweg über Burrington zu überreden. Morgan drängte es, nach Launceston Castle zu kommen, wo ein neuer Auftrag auf ihn wartete. Doch bei einer Verwandten, die Cynan in ihrer Not besuchen wollte, war er eher zu diesem Zeitverlust bereit, als bei einem Techtelmechtel seines Soldaten.

»Sie ist alt«, log Rhodri zu Cynans Gunsten, »und...«

»Krank und gebrechlich«, vollendete Morgan. »Ich weiß.«

Er verbarg ein Schmunzeln. Er wusste es nicht genau, doch er ahnte etwas. Cynan hatte sich zwar um eine Leichenbittermiene bemüht, als liege seine Tante in den letzten Zügen, doch beim Abschied hatte er in einem Augenblick, in dem er sich unbeobachtet wähnte, so verklärt vor sich hin gelächelt und ein gewisses Funkeln in den Augen gehabt, dass Morgan eher an eine junge hübsche Tante dachte, als an eine alte, kranke.

»Vielleicht ist er auch woanders«, sagte Morgan und musterte Rhodri.

»Woanders? Nein, bestimmt nicht. Er sagte ausdrücklich ›Zur Linde‹.«

»Dann sind wir hier falsch«, sagte Morgan, dem das Spielchen Spaß zu machen begann. Er wies zu dem Baum schräg gegenüber des Gasthofes und sagte: »Das ist keine Linde.«

Rhodri schaute hin und blinzelte. Tatsächlich. Es war eine Eiche. Ein prächtiges Exemplar, doch Rhodri vermochte sich nicht über den Anblick zu freuen. Er erschrak. Er wusste, dass Cynan die »Tante« im Gasthaus »An der Eiche« treffen wollte. Cynan hatte ihm ausdrücklich eingeschärft, im anderen Gasthof ein Zimmer zu nehmen, damit der Ritter nicht in das Stelldichein platzte und damit das kleine Geheimnis bewahrt blieb.

Rhodris Blick glitt zu dem Schild über der Tür, und er blinzelte von Neuem.

»Aber – da steht doch ›Zur Linde‹«, sagte er verdattert.

Morgan lächelte. Er spürte, dass er den Knappen mit seinem kleinen Scherz in Verlegenheit gebracht hatte.

»Ich kannte mal ein Gasthof, die hieß »Königshof« doch da gab es weder einen König, noch einen Hof, sondern nur einen großen Misthaufen direkt unter dem Fenster der verlausten Schlafkammer.«

Er wies zu dem Baumstumpf im Dunkel zwischen den schwachen Lichtbahnen, die aus den Fenstern fielen.

»Vermutlich stand dort mal eine Linde«, sagte er.

Und so war es auch, wie der Wirt bestätigte. Die altersschwache Linde war gefällt worden, und der Wirt hatte das Gasthaus nicht nach der Eiche benennen können, weil sein Konkurrent diesen Namen bereits für sein Lokal beanspruchte. Außerdem hätte er dann ein neues Schild malen und anbringen müssen.

Nun war es ein amüsanter Zufall, dass auch vor der Gaststube »An der Eiche« der falsche Baum stand. Die Eiche war vor Jahren vom Blitz getroffen worden und hatte entfernt werden müssen, weil der Stamm quer vor dem Eingang gelegen hatte. Ein Stückchen weiter in der Gasse prunkte eine vortreffliche Linde. Die beiden Wirte hätten nur die Schilder auszutauschen brauchen, und alles wäre im Lot gewesen. Eiche zu Eiche und Linde zu Linde.

Doch die beiden Wirte waren so verfeindet, dass sie voreinander ausspuckten, wenn sich ihre Wege in dem kleinen Ort kreuzten, was recht oft der Fall war – notgedrungen.

Sie bekämpften einander, wann immer das möglich war. Sie versuchten sich mit dem Angebot an Speisen und Getränken zu übertrumpfen und einander mit allerlei Tricks die Gäste abzuwerben.

Nur in einem Punkt waren sie sich einig – in den Preisen.

Erhöhte der eine den Bierpreis, verlangte der andere zur gleichen Stunde denselben Preis. Erklärte der eine seinen befremdeten Gästen, dass er für den Krug Wein ein Kupferstück mehr nehmen müsse, weil er sonst noch draufzahle, dann verteuerte sich auch bei Arian am gleichen Tag der Krug Wein um ein Kupferstück.

Diese Eintracht der beiden verfeindeten Wirte grenzte schon an ein kleines Wunder.

Doch einige Leute in Burrington, die nicht an Wunder glaubten, mutmaßten, dass nicht der Zufall seine Hand im Spiel hatte, sondern dass es am Spucken lag.

In der Tat sprach einiges für diese Theorie, sofern die Aussage eines alten Dorfbewohners stimmte. Der Alte wollte beobachtet haben, dass die beiden Wirte entgegen ihrer sonstigen Gepflogenheit zweimal voreinander ausgespuckt hatten, als sie sich begegnet waren. Und am nächsten Tag, dem großen Schlachtfest, für das beide Wirte warben, hatten beide für die Schlachtfestplatte zwei Kupferstücke mehr verlangt als beim letzten Mal.

Gewiss, das war kein Beweis, denn der Alte war halb blind und außerdem war es dunkel gewesen, und beide Wirte bestritten mehr als einmal Spucke füreinander übrig zu haben.

Dies und noch viel mehr hörte Sir Morgan von dem geschwätzigen Wirt, als er beim Bier im Gasthaus saß.

Als Morgan erfuhr, dass Cynan in der Herberge »An der Eiche« sei, wollte er mit Rhodri dorthin gehen.

Rhodri geriet ins Schwitzen, denn genau das sollte er verhindern, und er war schon verzweifelt, als Morgan lächelnd erklärte, bei der Gelegenheit könne Cynan ihm auch gleich die Tante vorstellen.

Da gab der Wirt sehr zu Rhodris Erleichterung flugs für den Ritter und den Soldaten ein Getränk ihrer Wahl aus. Er wollte nicht seine beiden einzigen Gäste verlieren. Selbst der Schmied und der Fuhrmann hatten kurz vor zehn die Schenke verlassen – und der Wirt hatte an die Ratten denken müssen, die von Bord des sinkenden Schiffes gingen.

Rhodri bestellte Bier, und Morgan entschied sich für Wein.

Entweder schmeckte Rhodri das Bier nicht, oder er verspürte ein dringendes Bedürfnis. Er hatte kaum daran genippt, als Sir Morgan noch einmal erwähnt, dass er gewiss an diesem Abend noch die alte Tante kennenlernen würde oder vielleicht am nächsten Morgen, da entschuldigte Rhodri sich bei seinem Ritter. Er müsse an die frische Luft, um sich nach dem langen Ritt ein wenig die Beine zu vertreten. Rhodri wurde noch unruhiger, als der Wirt auf Morgans Frage hin sagte, Cynan sei in der Schenke »An der Eiche«, die leicht an der Linde zu erkennen sei.

Morgan blickte dem davon hastenden Rhodri mit einem amüsierten Lächeln nach.

»Weshalb hat es Euer Freund denn so eilig?«, fragte Arian verwundert.

»Entweder muss er mal, oder es zieht ihn zu Cynan und der Tante«, murmelte Morgan lächelnd.

»Tante?«, fragte sagte der Wirt verdutzt. »Aber Euer Soldat sagte, er wolle Eyra besuchen, und das ist mit Sicherheit nicht dessen Tante. Ich schätze sie auf etwas über Zwanzig, und wenn Ihr mich fragt, so ist sie eine Hexe.«

»Interessant«, sagte Morgan und trank Wein. »Gewiss eine schöne?« Er konnte sich nicht vorstellen, dass Cynan sich eine hässliche Hexe als Tante aussuchte.

»Ja«, grollte der Wirt. »Ein großer Schlag gegen mich! Ich wunderte mich schon, weshalb er sechsmal spuckte, als wir uns damals über den Weg liefen. Sechs Mal! Ich dachte, das kann doch nicht wahr sein – gleich auf sechs zu erhöhen...«

»Was zu erhöhen?«, fragte Ritter Morgan belustigt, weil der Wirt bei seiner Erzählung vorhin jede Preisabsprache mit empörter Miene weit von sich gewiesen hatte.

»Nun, ich will Euch nicht mit Nebensächlichkeiten langweilen«, lenkte er hastig ab. »Kurz gesagt: Ich fiel nicht darauf rein. Ha, da hätte ich schön aus der Wäsche geguckt, wenn ich mich darauf eingelassen hätte.« Er schüttelte ein paarmal den Kopf, als er sich daran erinnerte, dass er mit dem Gedanken gespielt hatte, den Bierpreis, dessen Erhöhung anstand, gleich auf sechs Kupferstücke zu erhöhen. Das hätte sogar die treuesten Gäste so abgeschreckt, dass sie zu dem anderen an der Fernstraße übergelaufen wären, der nach seiner Spuckerei natürlich nicht erhöht hatte, dieser verdammte Kerl!

»Aber reingelegt hat er mich doch«, fuhr er mit finsterer Miene fort. Er sah Morgan an. »Ihr müsst nämlich wissen, am nächsten Tag kam das Weib nach Burrington – diese Eyra, für die sich Euer Soldat geschlagen hat...«

»Cynan hat sich geschlagen?«, unterbrach Morgan überrascht.

»Ja, das gab beinahe Mord und Totschlag. Aber lasst mich doch von Anfang an erzählen.«

Sir Morgan hatte Mühe, seine Neugier zu zügeln. Das waren ja überraschende Neuigkeiten!

»Das war also folgendermaßen«, fuhr der geschwätzige Wirt fort. »Das Weib kam, und schon am Abend gab es einen Ansturm auf die Kaschemme. Bei mir ließ sich kaum einer blicken, nur ein paar Frauen, die aufgeregt ihre Männer suchten. Alle Kerle, ob verheiratet oder ledig, zog es zu Eyra. Mann, die Hölle war los! Jeder wollte sie sehen, jeder wollte der Erste sein...«

»Sie ist ein Mädchen der Sünde?«, warf Morgan ein.

Der Wirt schüttelte den Kopf. »Nicht direkt.«

»Aber sie animiert die Gäste zum Trinken?«

»Nein, auch nicht direkt.« Er zuckte mit den Schultern. »Es ist schwer zu erklären. Sie ist nur einfach da und lächelt, erzählt man, und sie unternimmt nichts, um den Männern das Geld aus der Tasche zu locken. Sie gibt sich tugendhaft wie ein Engel. Sie treibt es mit keinem. Das wäre auch sofort bekannt, weil jeder jeden beobachtet. Außerdem hat sie eine Kammer in dem Haus, und der Wirt hat eigens einen Leibwächter angestellt, der wie ein Schießhund aufpasst. So ein Kerl!« Er hob beide Hände weit über seinen Kopf. Demnach musste der Leibwächter auch im Sitzen ein enormer Riese sein.

»Nein, seit sie hier ist, hat sie keinen an sich rangelassen«, fuhr er fort. »Aber zurück zum Thema. Wo war ich stehen geblieben? Ah, beim ersten Abend. Am Tag nach dem Eintreffen der Hexe begegnete ich meinem Konkurrenten auf der Straße. Wir spuckten aus, ich einmal, er wieder sechsmal. Da konnte ich nicht an mich halten. Ich fragte ihn offen, was die Sechs zu bedeuten hat...«

Denn diesmal war eine Preiserhöhung durchaus logisch, fügte er in Gedanken hinzu. Denn bei ihm würden sie auch eine so drastische Erhöhung zahlen, nur um Eyra zu sehen...

»Ich denke, ihr sprecht nicht miteinander?«, sagte Morgan verwundert.

»So ist es. Ich würde mir eher die Zunge abbeißen, als mit dem Dreckskerl auch nur ein Wort zu wechseln oder jemals seine Gaststube zu betreten. Ich schrieb mit einem Kreidestein an die Hauswand: Verdammt, was heißt Sechs?«

In Wirklichkeit hatte er noch dahinter geschrieben: Bei Bier? Wein? Met? Doch das verschwieg er tunlichst, ebenso, dass der andere hinter die Getränke jeweils eine Zwei gemalt hatte.

»Er blieb stehen und verlangte mit einem Wink den Kreidestein. Dann strich er die Sechs durch und schrieb Sexus darüber. Das ist Latein, hörte ich, und soll irgend so ein Schweinkram sein. Da wusste ich, welchen Trumpf er einsetzte, um mich zu ruinieren: Sexus. Diese Hexe.«

Morgan schüttelte ob dieser Folgerung lächelnd den Kopf.

»Aber sie lässt sich doch mit keinem ein«, wandte er ein.

»Das ist es ja gerade!«, sagte der Wirt und wischte sich erregt eine Haarsträhne aus der Stirn. »Sie teilt die Kammer mit der Wirtin, diesem Drachen, der sie bemuttert und jeden zu Tode erschrecken würde, dem es gelänge, den Leibwächter zu überlisten und in die Schlafkammer einzusteigen. Sie gibt sich wie die Keuschheit in Person, und damit weckt sie den Mann im Manne und lässt ihn nicht schlafen, obwohl er es so gerne möchte. Sie ist eine Hexe!«

Morgan lächelte. Er glaubte nicht, dass diese Eyra eine Hexe war. Er glaubte eher, dass sein Wirt, dieser schrullige Kauz, alles ein wenig verdrehte. Vielleicht hatte er auch nicht alle Tassen im Schrank. Allein der Spuckkontakt mit dem Konkurrenten ließ darauf schließen. Jedenfalls spielten sich gar amüsante Dinge in Burrington ab.

Dann dachte er daran, dass der Wirt zuvor im Zusammenhang mit Cynan davon gesprochen hatte, dass es beinahe Mord und Totschlag gegeben hätte, und sein Lächeln verlor sich.

»Was war hier mit meinem Soldaten los?«, fragte er.

Bevor der Wirt antworten konnte, tauchte Morgans Soldat auf, als hätte er nur auf das Stichwort gewartet. Doch es war nicht dieser kampfstarke Schwarzbart, der es Evan gezeigt hatte, sondern der mollige, blonde Rhodri.

Und jetzt war dieser Rhodri kaum wiederzuerkennen. Er wirkte wie ein glücklicher Schlafwandler, der im Traum von einer sinnenbetörenden Fee aufgefordert worden war, in ihre Arme zu kommen.

Seine Wangen waren gerötet, und seine Augen funkelten eher erregt als schläfrig. Er sank neben Morgan auf den freien Stuhl.

»Was ist?«, fragte Morgan, »hast du eine Erscheinung gehabt?«

»Und was für eine«, sagte Rhodri. »Das bezauberndste Geschöpf, das ich mir vorstellen kann. Diese Augen, diese Anmut, dieses Lächeln...«

Er hatte vor lauter Schwärmen wohl einen trockenen Mund bekommen. Geistesabwesend griff er nach Morgans Becher und trank das Bier aus.

»Von wem sprichst du?«, fragte Morgan, obwohl er die Antwort zu wissen glaubte. »Von Cynans Tante?«

Rhodri blinzelte. Die Frage schien ihn ein wenig aus seiner Verzückung zu reißen. Ihm fiel ein, dass er Cynan in der Schenke nicht angetroffen hatte und dass Cynan dort auch nicht gesehen worden war. Gewiss lag Cynan längst in den Armen der »Tante« – und wie sollte er ihn da vorwarnen, dass Morgan in Burrington eingetroffen war?

Rhodri wusste ja nicht, dass Cynans »Tante« Eyra war. Den Namen hatte er nicht genannt.

»Nein, nicht von der Tante«, erwiderte Rhodri auf Morgans Frage. »Von einer Magd im Gasthaus drüben.«

»Eyra!«

Rhodri lächelte. »Heißt sie so? Ich vergaß ganz, danach zu fragen. Ein schöner Name. Eyra...« Er wiederholte den Namen andächtig, als wolle er ihn auf der Zunge zergehen lassen.

»Mein Gott, sie hat ihn verhext!«, sagte der Wirt und schaute Rhodri mit dem mitleidsvollen und verständnisvollen Blick an, den er vermutlich auch einem armen Irren schenken würde.

»Den Eindruck habe ich auch«, sagte Morgan. Er warf einen Blick zu Arian. »Hat diese Eyra auf alle solch eine Wirkung?

»Auf die meisten, doch nur wenige lassen sich das so sehr anmerken«, erwiderte der Wirt mit einem Schulterzucken und einem Grinsen zu Rhodri hin.

Er sprach Rhodri an wie einen kleinen Jungen, dem es gut zuzureden galt.

»Was hat sie getan?«

»Bier ausgeschenkt«, erwiderte Rhodri recht sachlich. Doch dann kam der Rückfall, und seine Miene nahm wieder den verzückten Ausdruck an. »Und gelächelt.«

»Da habt Ihr's«, sagte der Wirt und sah Morgan triumphierend an.

»Und ihre Stimme...«, fuhr Rhodri fort, als nehme er alles ringsum gar nicht wahr.

»Was hat sie gesagt?«

»Guten Abend«, antwortete Rhodri.

»Das gehört sich auch so«, bemerkte Morgan und schickte einen Blick zur Decke, die die Sicht zum Himmel verbarg.

»Und weiter?«, drängte der Wirt.

»Weiter? ›Ich bringe es sogleich‹, sagte sie... und dabei hat sie mich angelächelt, und als sie es dann brachte, sagte sie, es möge mir gut munden.«

»Klingt eher nach Schankmagd als nach Hexe«, stellte Morgan trocken fest. Allmählich gewann er den Eindruck, in Burrington in ein Tollhaus geraten zu sein.

»War das wirklich alles?«, fragte der Wirt den Soldaten enttäuscht.

Rhodri nickte und trank geistesabwesend Bier. »Aber wie sie das gesagt hat!«

Morgan klopfte ihm leicht auf die Schulter. »Komm zu dir, Rhodri. Hast du Cynan gesehen?«

»Nein«, antwortete Rhodri wahrheitsgemäß.

»Na, dann wird er seine Tante pflegen«, bemerkte Morgan.

Der Wirt setzte zu einem gewiss längeren Vortrag über Hexen im Allgemeinen und über Eyra im Besonderen an, doch Morgan unterbrach ihn recht schroff.

»Genug von dem Geschwätz. Berichte mir, was sich hier mit meinem Soldaten abspielte. Und zwar nur die Tatsachen, und das Ganze kurz und bündig.«

Er erzählte von dem Zwischenfall mit Evan. Er war kein Mann, der sich kurzfassen konnte, und Morgan musste ihn immer wieder ermahnen, nicht vom Thema abzuschweifen.

Morgan wurde immer nachdenklicher. Und Rhodri war wie betäubt, als sei er aus dem Siebten Himmel hinab auf die Erde gepurzelt.

Das Mädchen, das ihn förmlich verzaubert hatte, war niemand anders als die Magd, die Cynan in Burrington besuchen wollte! Das ging deutlich aus den Worten des Wirtes hervor. Er, Rhodri, schwärmte für Cynans Schwarm! Nein, das konnte, das durfte er dem Gefährten nicht antun...

»Fassen wir zusammen«, hörte Rhodri Morgan wie aus weiter Ferne sagen:

»Cynan kommt nach Burrington, um seine Tante zu besuchen. Diese alte, gebrechliche Dame entpuppt sich zu einer gewissen Eyra, die offenbar für Umsatz sorgt, indem sie die Männer anlockt. Ein gewisser Evan sieht in Cynan einen Rivalen, weil er Eyra heiraten will. Er schlägt sich mit Cynan. Er will ihn gar hinterrücks erdolchen. Cynan schlägt ihn nieder. Dann jagt er ihn davon. Evan stößt wüste Drohungen hervor. Man legt Cynan nach der Morddrohung nahe, den Ort zu verlassen, doch er bleibt.«

Morgan bedachte Rhodri mit einem Lächeln. »Cynan geht in das Gasthaus zu Tante Eyra, die auch noch meinen zweiten Soldaten verrückt macht, indem sie lächelnd guten Abend sagt.«

Rhodri senkte verlegen den Kopf, und seine molligen Wangen schienen noch eine Spur roter zu werden.

»Folglich schlage ich vor, mein lieber Rhodri, du holst jetzt Cynan, und wir reiten zum nächsten Ort weiter, damit wir nicht noch alle drei den Verstand in Burrington verlieren.«

»Oh Gott«, sagte der Wirt betrübt. »Ihr wollt nicht bei mir übernachten?«

Morgan lächelte. »Es ist zurzeit ein wenig unruhig im schönen Burrington.« Er wandte sich an Rhodri. »Hol, Cynan. Sag ihm, dass es mir allmählich zu bunt wird. Wenn er nicht binnen kurzer Zeit hier ist, hole ich ihn.«

»Aber – er ist nicht da«, stammelte Rhodri. »Ich habe beim Wirt gefragt. Cynan war überhaupt nicht in der Gaststube!«

Morgan blickte seinen Wirt fragend an.

Der zuckte mit den Schultern. »Er sagte, dass er zu Eyra will, und ich sah ihn hinübergehen.«

Morgan dachte an Evans Morddrohung, und es war ihm, als streiche eine eisige Hand über seine Wirbelsäule.

Dann mahnte er sich zur Ruhe. *Unsinn*, sagte er sich, *es wird schon eine ganz einfache Erklärung für Cynans »Verschwinden«, geben. Vielleicht wartete er in einer Kammer auf Eyra. Vielleicht hatte Rhodri ihn im Bann der schönen »Hexe«, nur übersehen.*

»Gehen wir«, sagte Morgan zu Rhodri und erhob sich.

»Wohin?«, fragte der Mann ein wenig ratlos.

»Zu Eyra. Sie wird uns vielleicht doch sagen können, wo wir Cynan finden. Und außerdem bin ich nun doch ein wenig neugierig auf diese Frau geworden.«

## 5. Kapitel

Durial lächelte bei dem Gedanken an Eyra, als er die Schenke betrat. Dann verfinsterte sich seine Miene.

Eigentlich war alles wie sonst, und doch spürte er, dass sich die Atmosphäre irgendwie verändert hatte.

Der Raum war bis auf ein paar Plätze an den vielen Tischen gefüllt. Sämtliche Männer von Burrington und Umgebung schienen sich eingefunden zu haben.

Denn Eyra war da.

Und die Männer buhlten je nach Temperament um sie.

Die Schüchternen begnügten sich damit, sie mit schwärmerischen Blicken förmlich zu verschlingen. Einige Mutigere versuchten, sie in ein Gespräch zu verwickeln oder mit Scherzen und Komplimenten ihre Aufmerksamkeit auf sich zu ziehen. Temperamentvollere priesen offen ihre Schönheit und versuchten sie zu einem Stelldichein zu überreden. Ältere Herren versuchten es auf die väterliche Masche. Einige mittlere Jahrgänge boten sich als Beschützer an. Betuchte Männer versuchten sich im Spendieren von Getränken zu übertrumpfen. Jeder bemühte sich auf seine Art.

Der Poet saß wieder in einer Ecke und verfasste glühende Reime. Sogar ein Pater war anwesend und sah sie mit wohlgefälligem, väterlichen Blick an, als sie ihm Wein kredenzte.

Und was tat sie?

Sie bediente jeden, als sei er der beste und liebste Gast in der Herberge. Sie wechselte dort ein freundliches Wort mit einem Gast, lachte da über einen Scherz, prostete mal hier einem Möchtegern-Freier zu, der ihr einen Wein ausgegeben hatte – und vor allem lächelte sie. Und dieses sanfte Lächeln schien jeden zu verzaubern.

So war es an jedem Abend gewesen, an dem Durial die Gaststube besucht hatte, um Eyra zu sehen.

So war es auch heute.

Doch Durial spürte, dass irgendetwas anders war. Die Atmosphäre war noch angespannter als sonst.

Eyra bedachte ihn mit einem Lächeln, als sie seine Bestellung aufnahm.

Der Blick ihrer großen, glutvollen Augen schien sein Herz zu entflammen. Schmachtend sah er sie an und sagte mit belegter Stimme:

»Mich dünkt, du bist noch schöner geworden seit gestern, obwohl das eigentlich gar nicht möglich ist.«

Sonst hätte sie über dieses Kompliment herzlich gelächelt. Doch heute senkte sie den Blick und sagte irgendwie zurückhaltend und mit leiser, fast trauriger Stimme:

»Das sagen alle.«

Und schon wandte sie sich um und schritt davon.

Durial blieb benommen zurück. Sie hatte es in ihrer freundlichen Art gesagt, doch trotzdem hatte es fast wie eine Abfuhr geklungen.

Durial fing den Blick eines Tischnachbarn auf und glaubte, Schadenfreude darin zu erkennen.

Der Mann neigte sich vor und flüsterte ihm zu: »Ich glaube, wir haben alle keine Chance mehr. Sie hat sich wohl entschieden.«

Er nickte zu einem Tisch im Hintergrund hin. Eyra verweilte dort bei einem Gast. Er saß ganz allein am Tisch.

Eyra trank mit dem Gast Wein und unterhielt sich leise mit ihm.

Ein verdammt gutaussehender Kerl, musste Durial zugeben. Gekleidet wie ein Edelmann. Der Kerl musste von höherem Stande sein.

Eyra und der Elegante sahen sich lange in die Augen.

Der schlanke Mann lächelte sehr selbstsicher, als hege er keinerlei Zweifel daran, ans Ziel seiner Wünsche zu gelangen.

Eifersucht stieg in Durial auf.

Er sah, dass die Blicke der meisten anderen Männer ebenfalls auf Eyra und den Fremden gerichtet waren.

»Wer ist dieser Fatzke überhaupt?«, wandte sich Durial leise an seinen Tischnachbarn.

Der Mann, ein korpulenter Fünfziger mit schütterem, graumeliertem Haar, grinste säuerlich.

»Ich kann ihn auch nicht leiden. Ein reicher Kaufmann oder so. Soll aus Exeter kommen. Wirbt ganz offen um sie.«

Durial schluckte. »Und?«, fragte er angespannt. »Wie reagiert sie darauf?«

»Das sieht man doch.«

Der elegante Fremde ergriff gerade Eyras Hand und sah ihr dabei tief in die Augen. Sie lächelte.

»Wenn Ihr mich fragt«, fuhr der Korpulente fort, »so hat sie angebissen. So eine reiche Partie wird sie wohl nicht ausschlagen. Vielleicht hat sie es von Anfang an darauf angelegt, sich einen zu angeln. Ich bin ein bisschen enttäuscht von ihr.«

Das war Durial auch. Er fühlte sich wie betäubt.

Immer noch unterhielt sich Eyra mit dem eleganten Fremden. Sie hatte anscheinend sogar das Bier vergessen, das er, Durial, bestellt hatte.

Zorn wallte in ihm auf.

»Wirt, wo bleibt mein Bier!«, rief er laut zum Schanktisch hin, an dem der Wirt einschenkte.

»Kommt sofort!«, rief der mit dröhnender Stimme durch das Stimmengewirr.

Eyra sagte hastig etwas zu dem Kavalier, schaute mit einem entschuldigenden Lächeln zu Durial und eilte mit anmutigem Gang zum Schanktisch.

Sie entschuldigte sich bei Durial für die Verzögerung, als sie das Bier brachte. Dann bediente sie einige andere Gäste, und schließlich verweilte sie wieder am Tisch des Fremden.

Durial sah sich im Gastraum um. Er sah den Mienen einiger Männer an, dass auch sie spürten, dass sich zwischen diesem verdammten Fremden und Eyra etwas anbahnte.

Kurz spielte Durial mit dem Gedanken, sich den Kerl zu schnappen und ihm vor aller und vor allem Eyras Augen eine Abreibung zu verpassen.

Doch ein anderer kam ihm offenbar mit der gleichen Absicht zuvor. Leicht schwankend nach reichlichem Biergenuss trat er zu dem Eleganten an den Tisch. Durial kannte den Mann. Es war der Schmied. Ein kurzer, hitziger Wortwechsel, den Durial von seinem Platz aus nicht verstehen konnte, und dann ging der Schmied auf den

Eleganten los. Der Mann hatte nicht viel Mühe, sich den schwankenden Kerl vom Hals zu halten. Der betrunkene Schmied taumelte unter einem Fausthieb zurück. Er versuchte sich an der Tischkante festzuhalten, fegte dabei den Weinkrug und ein Glas vom Tisch und stürzte zu Boden.

Im Nu war der Leibwächter zur Stelle, ein Koloss, der alle in dem Raum in Höhe und Breite übertraf. Er packte den betrunkenen Schmied am Kragen und trug ihn hinaus auf die Straße.

Der Fremde hatte keinen Treffer hinnehmen müssen. Er hatte nur ein paar Weinspritzer abbekommen.

Der Wirt war ebenso herbeigeeilt wie Eyra.

Der Fremde lächelte Eyra an, deren Miene ernst blieb. Sie sagte etwas zu ihm, was Durial nicht verstehen konnte, und er nickte. Dann neigte er sich vor und flüsterte ihr etwas zu.

Auch sie nickte.

Dann verließ der elegante Fremde die Herberge. Er schritt stolz wie der Sieger eines Turniers davon. An der Tür tauschte er ein paar Worte mit dem Leibwächter und drückte ihm etwas in die Hand.

Der Riese blickte auf seine gewaltige Handfläche, und Durial sah etwas golden schimmern. Nach der erfreuten Miene des Leibwächters zu schließen, musste es ein äußerst großzügiges Trinkgeld sein.

Durial versuchte einen klaren Gedanken zu fassen. Es drängte ihn, jetzt Eyras Aufmerksamkeit auf sich zu ziehen, ihr Wein zu spendieren und vorsichtig herauszufinden, wie ihr Verhältnis zu dem Kavalier war. Doch sein Gefühl sagte ihm, dass dies nicht der richtige Augenblick war. Eyra war zu beschäftigt. Außerdem musste er zu dem Treffen mit seinem geheimnisvollen Auftraggeber.

Er trank sein Bier aus. Eyra lächelte ihn an, als er bezahlte.

»Darf ich Euch an Eurem freien Tag zum Essen einladen?«, hörte Durial sich plötzlich fragen. Die Einladung war ihm ohne Überlegung über die Lippen gegangen.

Sie sah ihm in die Augen, schien seine Gedanken zu erraten, und es wurde ihm heiß unter ihrem Blick.

Sie zögerte mit der Antwort. »Ich – bin schon verabredet. Vielleicht ein andermal.«

Er nickte benommen. Sein Herz pochte heftig. Sie hatte abgelehnt, aber dennoch Hoffnung geweckt.

Durial hatte Mühe, mit dem Aufruhr seiner Gefühle fertig zu werden, als er die Herberge verließ. Eine Mischung aus Eifersucht, Zorn, Enttäuschung und zugleich Hoffnung erfüllte ihn.

*Wenn dieser verdammte Kerl nicht wäre, hätte sie ja gesagt!*, dachte er.

Durial sah den Mann am Ende der Gasse.

Mit brennenden Augen starrte er ihm nach.

Der betrunkene Schmied lehnte ein paar Schritte vom Eingang entfernt an der Hauswand, als wolle er sie stützen.

»Man sollte ihn zur Hölle – hicks – schicken«, lallte er.

Das war genau Durials Meinung. Der Satz hallte förmlich in seinen Ohren wider. Man sollte ihn zur Hölle schicken...

Durial hastete durch die dunkle Gasse hinter dem Mann her. Unbewusst tastete er nach dem Dolch unter seinem Wams.

Durial ahnte nicht, dass auch ihm ein Mann wie ein Schatten folgte.

## 6. Kapitel

*Das kann nicht wahr sein!,* dachte Morgan. Doch es stimmte. Er kannte Eyra. Und wie er sie kannte!

Sie war mal seine große Liebe gewesen. Eine unglückliche Liebe seinerseits. Wochenlang hatte er sie verehrt und sich Hoffnungen gemacht. Damals war es ihm so ähnlich wie Rhodri an diesem Abend ergangen. Auch ihn, Morgan, hatte sie mit ihrem Lächeln förmlich verzaubert.

Doch sie hatte seine glühende Liebe nicht erwidert.

Sie hatte einen anderen geheiratet, einen reichen Burgherrn.

Eine Zeit lang hatte Morgan sich mit dem Gedanken getröstet, dass sie berechnend war, es nur auf Reichtum abgesehen hatte und seiner Liebe gar nicht würdig war.

Doch es war ihr anscheinend nicht um Geld und Gut gegangen – eines Nachts hatte sie ihren reichen Gemahl verlassen und war mit einem armen Kerl durchgebrannt. Der Gaukler war dann von irgendeinem Räuber getötet worden. Eyra war daraufhin in ein Kloster gegangen.

Das war das Letzte, was Morgan über sie gehört hatte.

Und jetzt traf er sie hier in dem kleinen Ort Burrington wieder.

Bevor er sich von seiner Überraschung erholt hatte, sah sie ihn und erkannte ihn ebenfalls wieder.

Sie eilte auf ihn zu.

»Morgan«, sagte sie lächelnd, »wie freue ich mich, dich wiederzusehen!«

»Und ich mich erst«, erwiderte er mit belegter Stimme. »Du bist noch schöner, als ich dich in Erinnerung hatte.«

Sie lächelte.

»Ich habe oft an dich gedacht«, sagte sie leise.

»Ich auch an dich. Ich wähnte dich im...«, *Kloster*, hatte er sagen wollen, doch sie legte ihm schnell einen Finger auf die Lippen. Dazu tat sie etwas Überraschendes.

Sie neigte sich vor und küsste ihn sanft auf die Wange. Wie damals beim Abschied, als sie mit dem anderen davongefahren war...

Er spürte ihre weiche Haut, nahm den Duft ihrer Haare wahr, und es wallte heiß in ihm auf. Und er gestand sich ein: *Du hast sie nie vergessen können.*

Sie sahen sich in die Augen. Sie hatte große, dunkelbraune Augen. Es entstand eine Pause, die etwas Peinliches hatte. Es drängte ihn, so vieles zu fragen. Doch vor all den Leuten... Erst jetzt bemerkte er, dass es in der Gaststube still geworden war. Er hatte das Gefühl, alle Augen starrten sie an.

»Können wir uns irgendwo ungestört unterhalten?«, fragte Morgan leise.

Ihr Blick schien tief in seine Seele zu dringen und seine geheimsten Gedanken zu erraten.

»Auch ich möchte gern mit dir allein sein«, sagte sie ebenso.

Ihre Worte und ihr Lächeln verwirrten ihn. Es war nicht vorbei, wie er geglaubt hatte...

»Ich muss jetzt arbeiten«, sagte sie mit einem schnellen Blick zum Schanktisch, wo der Wirt vorwurfsvoll herüber starrte. Sie fügte flüsternd hinzu: »Komm nach Mitternacht in den Hof hinter dem Gasthaus und warte, bis ich in der Kammer eine Kerze anzünde.«

Sie bedachte ihn noch mit einem glutvollen Blick und einem Lächeln, das ihm verheißungsvoll erschien, und wollte sich abwenden.

Erst jetzt fiel Morgan ein, dass er sich eigentlich nach Cynan hatte erkundigen wollen. Er hielt sie am Arm zurück und stellte seine Fragen bezüglich Cynan.

Sie zeigte sich überrascht. »Ich wusste gar nicht, dass er in Burrington ist. Ich hatte auch keine Ahnung, dass er einer deiner Soldaten ist. Wir plauderten zusammen bei einem zufälligen Zusammentreffen. Ich hätte nicht gedacht, dass er sich nach Wochen überhaupt noch an mich erinnert.«

»Wer könnte dich vergessen«, hörte sich Morgan sagen.

Sie lächelte.

Dann wurde sie ernst. »Hier war er aber nicht. Bist du sicher, dass er hierher wollte?«

Er zuckte mit den Schultern. »Nach allem, was ich weiß, wollte er dich besuchen.«

»Vielleicht hat er's sich anders überlegt«, sagte sie.

»Eyra!«

Die Stimme des Wirtes tönte vom Schanktisch herüber. Vorwurfsvoll, ärgerlich. Es hatte sich schon ein Gast beschwert, dass Eyra ihn nicht bediene, sondern mit diesem Fremden sprach. Verdammt, sie sollte mit jedem freundlich tun, doch an diesem Abend übertrieb sie es schon zum zweiten Mal. Erst mit dem Vornehmen und jetzt mit diesem Kerl dort, der noch nicht mal was zu trinken bestellte. So was stieß die anderen Gäste vor den Kopf.

»Ja, sofort«, rief Eyra. Und sie raunte Morgan zu: »Nach Mitternacht. Und pass auf, dass dich niemand sieht. Ich werde auf dich warten.«

Dann schritt sie anmutig davon, um andere Gäste zu bedienen.

Morgan sah ihr benommen nach. Welch eine Überraschung, für die der Zufall oder das Schicksal gesorgt hatte!

Morgan wandte den Kopf, als ihn jemand am Arm zupfte. Es war Rhodri. Erst jetzt fiel Morgan ein, dass der ihn ja begleitet hatte. Rhodri, hatte bewiesen, dass er sich zu benehmen wusste, was ihm in seiner derzeitigen Verfassung gewiss nicht leicht gefallen war. Er hatte sich diskret zurückgezogen, um bei der Unterhaltung nicht zu stören. Erst jetzt hatte er sich von einem Stuhl an einem der Tische erhoben und war herüber geschlendert.

»Du kennst sie!«, flüsterte Rhodri und starrte mit verzücktem Blick zu Eyra, die gerade mit dem Wirt sprach.

»Ja«, erwiderte Morgan. »Wir kennen uns.«

»Und sie hat dich geküsst!«, Rhodri wirkte immer noch wie ein Schlafwandler.

Morgan ärgerte sich, dass er plötzlich verlegen war und das Gefühl hatte, sich rechtfertigen zu müssen. »Das hat nichts zu bedeuten«, log er. »Eine gute Bekannte aus früheren Tagen.«

»Na Gott sei Dank«, murmelte Rhodri. »Erst Cynan, dann ich...«, er sah Morgan mit dem Blick eines liebeskranken Ebers an. »Nicht auszudenken, wenn wir alle drei in sie verliebt...« Er verstummte erschrocken und nagte an der Unterlippe.

»Komm auf die Erde zurück«, sagte Morgan. »Sie ist schon vergeben. Lass uns nach Cynan suchen.«

*Damit die Zeit bis Mitternacht nicht so quälend langsam vergeht,* dachte er bei sich.

## 7. Kapitel

Roger glaubte zu schweben, als er zum Stall schritt, wo er den Frachtwagen zurückgelassen hatte. Eyra hatte seinen Antrag nicht abgelehnt, im Gegenteil, sie hatte ihm Hoffnung gemacht. Er spürte, dass er bald am Ziel seiner Wünsche sein würde. Bald würde sie ihm gehören.

Seit er sie mehr oder weniger durch Zufall kennengelernt hatte, träumte er davon. Sie hatte durchblicken lassen, dass er ihr nur noch einen letzten Dienst erweisen sollte, sozusagen als Liebesbeweis. Vermutlich sollte er ihr weitere Informationen über die von Torrington beschaffen oder etwas in dieser Erbschaftsangelegenheit regeln, von der sie in Andeutungen gesprochen hatte. Das würde kein Problem sein. Für diese Frau würde er alles tun.

Es war gut, dass er sich zu Anfang zurückgehalten hatte und nicht so plump zu Werke gegangen war wie all die anderen Kerle. Die spendierten etwas und glaubten, schon zum Ziel zu kommen. Einfaltspinsel! Eine solche Frau musste richtig umworben werden, mit Ausdauer!

Schritte rissen Roger aus seinen Gedanken. Er wandte den Kopf und blickte über die Schulter. Dann weiteten sich seine Augen, und das zufriedene Lächeln erstarb.

Ein Schatten schnellte auf ihn zu. Eine schnelle Bewegung, die er im Dunkel der Gasse mehr erahnte als genau erkennen konnte. Er fuhr halb herum und riss im Reflex schützend einen Arm hoch. Da stach etwas in seine Brust.

Schmerzen zuckten durch seinen Oberkörper. Er schwankte. Keuchender Atem schlug ihm ins Gesicht. Er wollte schreien, doch seine Kehle war wie zugeschnürt. Schleier wallten vor seinen Augen. Seine Beine gaben nach.

Unbewusst klammerte er sich haltsuchend an die dunkle Gestalt.

Etwas traf ihn an der Schläfe.

Dann spürte er nichts mehr.

Durial ließ die schlaffe Gestalt zu Boden gleiten. Sein Atem ging keuchend. Es war ihm, als walle rötlicher Nebel vor seinen Augen. Er zog die Hand mit dem Dolch zurück und spürte, wie etwas warm über seine Finger rann.

Blut!

Was hatte er getan? Sekundenlang war er nicht fähig, einen klaren Gedanken zu fassen. Es war über ihn gekommen. In seiner rasenden Eifersucht hatte er getötet.

Ein Gefühl der Panik stieg in ihm auf. Gehetzt glitt sein Blick durch die Gasse.

Tappende Schritte näherten sich vom Gasthof her, die er erst vor Kurzem verlassen hatte. Eine Gestalt trat schwankend in einen schmalen Streifen Mondschein, der in die schmale Gasse einfiel.

Durial erkannte den betrunkenen Schmied, der etwas vor sich hin brummelte.

*Nichts wie weg!,* dachte Durial.

Er huschte davon.

»He, Freund, hick, warte! Saufen wir noch einen!«, rief der Schmied mit schwerer Stimme.

Durial verharrte ein paar Yards von der Leiche entfernt in einem Durchgang zwischen zwei Handwerksläden.

Wenn der Kerl jetzt zur anderen Schenke ging, würde er über die Leiche stolpern!

Durial widerstand dem Impuls, die Flucht zu ergreifen. Der Betrunkene war ein Problem. Er musste nur verhindern, dass der Mann Krach schlug, bevor er sich unbemerkt davonmachen konnte.

Durial tastete nach einer der Latten, die in dem schmalen Durchgang aufgestapelt waren. Er spähte um die Ecke des länglichen Gebäudes in die Gasse.

Der Schmied näherte sich mit unsicheren Schritten. Dann verharrte er.

»Eh – bist du da eingepennt oder was?«

Durial hielt den Atem an. *Komm näher*!, dachte er.

Der Schmied trat auch näher. Er neigte sich über die reglose Gestalt und klopfte ihr auf die Schulter.

»Was ist, Freund?«

Keine Antwort. Tote reden bekanntlich nicht.

»Komm, Freund, ich gebe einen aus!« Er rüttelte an der Schulter. Dann stutzte er, tastete über die Gestalt am Boden und wurde plötzlich stocksteif.

Durial wollte in die Gasse springen und ihn niederschlagen. Doch da warf sich der Schmied bereits herum und rannte davon. Er schien nüchtern geworden zu sein.

»Mein Gott!«, stieß er hervor. »Mein Gott! Damit will ich nichts zu tun haben.«

*Das ist auch besser für dich!,* dachte Durial grimmig. Er wollte jetzt flüchten, doch dann dachte er daran, dass er bei dem elegant gekleideten Opfer vielleicht Beute finden konnte. Als die Schritte verhallt waren, huschte Durial aus dem Durchgang in die Gasse. Schnell durchsuchte er die Taschen seines Opfers.

Er fand nicht viel. Ein paar Silberlinge, einen Ring. *Wenig Beute für einen Mord*, dachte er, und Ärger stieg in ihm auf. Zorn auf sich selbst, weil er sich für praktisch nichts zu dieser Tat hatte hinreißen lassen. Er spürte Ekel in sich aufsteigen. Er hatte manches Verbrechen begangen, doch immer war es um lohnende Beute gegangen.

Diesmal bestand die Beute im Grunde genommen in einer Frau, in Eyra. Er hatte den größten Rivalen ermordet. Aber damit hatte er immer noch nicht Eyra. Es wäre besser gewesen, sich gleich das Weib zu schnappen, sagte ihm eine innere Stimme.

Er schalt sich einen Narren, dass er erst jetzt auf diese Idee gekommen war. Ja, wozu länger warten?

Flüchtig dachte er an Lyall. Sie würde Bescheid wissen, wenn sie erfahren würde, dass Eyra ebenso spurlos aus Burrington verschwand wie er. Sie würde sich einen Reim darauf machen können. Doch sie hatte keine Beweise. Zum Teufel mit dem Weib!

Noch in dieser Nacht würde er sich Eyra holen!

Durial zog schnell die Leiche in den stockfinsteren Durchgang. Er deckte sie mit ein paar Latten zu. Er hätte sie lieber spurlos verschwinden lassen sollen, doch die Zeit drängte. Aber was machte es schon, wenn es sich der Schmied doch noch überlegte und Krach schlug. Niemand konnte ihn mit der Sache in Zusammenhang bringen...

Durial beeilte sich, zu seinem Pferd zu gelangen, das zwei Gassen weiter bei einem Schuppen angebunden war.

*Zuerst zu dem geheimnisvollen Auftraggeber*, dachte er, *und dann, wenn in Burrington alles schläft, zu Eyra.*

Den Schatten, der ihm lautlos folgte, bemerkte er nicht.

## 8. Kapitel

Die Suche nach Cynan war erfolglos gewesen. Die wenigen Bewohner von Burrington, die noch auf waren, zum Teil Gäste, die inzwischen das Wirtshaus verlassen hatten, wussten nichts von Cynans Verbleib. Sie hatten den schwarzbärtigen, breitschultrigen Fremden in Burrington gesehen, aber das war auch alles, was sie wussten.

Sir Morgan und Rhodri hatten Cynans Pferd im Stall gefunden.

»Ich kann mir das nicht erklären«, sagte Rhodri. »Zu Fuß wird er doch Burrington nicht verlassen haben. Außerdem freute er sich so sehr auf die Tante – äh – Eyra«, korrigierte er sich hastig, als ihm einfiel, dass Morgan ja längst Bescheid wusste.

Er ärgerte sich ein wenig über Cynan. Um seinetwillen hatte er den Ritter angelogen, und Cynan selbst war so dumm gewesen, bei diesem Schwätzer von Wirt hinauszuposaunen, wen er besuchen wollte! Gut, die »Tante« konnte auch Eyra heißen, aber Cynan hätte doch bedenken müssen, dass der Wirt sofort auf die eine Eyra schloss!

»Ich kann mir das alles nicht erklären«, wiederholte Rhodri.

Morgan kratzte sich am Kinn und nahm sich vor, die Bartstoppeln abzuschaben, bevor er zu Eyra ging.

»Es besteht immerhin die Möglichkeit, dass ihm hier irgendeine andere – Tante über den Weg lief«, sagte er mit einem Schulterzucken. Vielleicht eine alte Bekannte, in deren Kammer er jetzt nächtigt.«

»Das wäre aber ein Zufall«, gab Rhodri zu bedenken.

»Das Leben ist voller Zufälle«, sagte Morgan, und er dachte an Eyra. Nie hätte er gedacht, sie hier wiederzusehen. Ohne Mann, nicht mehr im Kloster... Und in seinen kühnsten Träumen hätte er nicht erwartet, dass sie ihn zu einem Stelldichein mitten in der Nacht einladen würde. Diese Hoffnung hatte er nur damals gehegt, als er sie kennengelernt hatte. Und sie hatte sich nie erfüllt.

Die Glocke der kleinen Kapelle am Ortsrand schlug.

»Zwölf«, zählte Rhodri richtig, als der letzte helle Glockenschlag verhallt war.

Noch eine Stunde, dachte Morgan.

»Gehen wir zurück zur Lindenschenke – die mit der Eiche meine ich. Vielleicht ist Cynan inzwischen dort eingetroffen.«

Das war nicht der Fall.

Morgan bestellte Bier. Er trank wenig und langsam. Er wollte nicht schläfrig werden. Vielleicht würde es eine lange, lange Nacht.

Rhodri wünschte sogleich eine gute Nacht und begab sich gähnend auf seine Kammer. Dort angelangt, verlor sich alle Schläfrigkeit. Rhodri wusch und kämmte sich schnell und verließ die Kammer durch das Fenster.

Sein Ziel war das Gasthaus »An der Eiche«. Er wollte noch einmal Eyra sehen. Sir Morgan brauchte ja nichts davon zu wissen.

Morgan plauderte mit dem Wirt, um die Zeit totzuschlagen. Nach einer Weile ging ihm das Geschwätz auf die Nerven. Doch dann horchte Morgan auf, als der Wirt schließlich etwas von einem Leichenfund erwähnte.

»Was hörte ich da gerade?«, fragte er.

Froh, ein neues Gesprächsthema und Morgans Interesse geweckt zu haben, berichtete der Wirt in seiner weitschweifigen Art.

Als der Schmied totenbleich in die Schenke zur Linde gewankt war, um auf den Schreck hin etwas zu trinken, hatte der Wirt das Blut an den Händen des alten Stammkunden gesehen. Sie kannten sich seit vielen Jahren, und auf eindringliches Befragen hatte sich der Schmied dem Wirt schließlich anvertraut und von dem grausigen Fund erzählt.

»Eine Leiche in Burrington?«, hatte der zweifelnd gefragt. »So etwas hat es noch nie hier gegeben.«

»Aber wenn ich's dir sage!«

Der Schmied beschwor den Wirt, mitzukommen und sich selbst zu überzeugen. In der Gasse hatten sie keine Leiche entdecken können.

»Er hat natürlich im Suff phantasiert«, erklärte der Wirt abschließend mit einem Schulterzucken. »Der eine sieht weiße Mäuse, der andere eine Leichen. Der dritte…«

»War der Schmied verletzt?«, fragte Morgan, nur um den Wirt von einer langatmigen Aufzählung abzulenken.

»Nein, wieso?«

»Na wegen des Bluts an seinen Händen«, bemerkte Morgan.

Der Wirt blickte verdutzt. Er war offenbar schneller im Ausschenken von Getränken als im Denken. »Na ja, erst dachte ich, er wäre im Suff gefallen oder hätte sich irgendwo gestoßen. Er behauptete zwar steif und fest, er sei stocknüchtern, aber das kennt man ja von den Trunkenbolden.«

Er zwinkerte Morgan vertraulich zu, als zähle er auch ihn zum Kreis der Säufer.

Just in diesem Augenblick wurde die Tür aufgerissen, und ein Gast stürmte herein. Er war bleich und verstört.

Der Wirt grinste ihn freundlich an. »Was ist denn? Wolltest du dich nicht schlafen legen. Hast du noch Durst?«

»Ich – ich konnte nicht einschlafen«, stammelte der Schmied. »Es ließ mir keine Ruhe. Ich nahm eine Lampe und ging noch mal hin.« Er wies mit zitternder Hand zur Tür hinaus, die er in seiner Hast offen gelassen hatte. »Und da sah ich es!«

»Was?«

»Das Blut – und die Leiche.«

## 9. Kapitel

Durial wartete seit über einer Stunde vergebens auf seinen Auftraggeber, für den er mit der Gefangennahme des schwarzbärtigen Mannes nun schon den dritten Streich durchgeführt hatte.

Es war halb Eins, wie Durial am Glockenschlag der Kapelle gehört hatte, der bis zum nahen Wäldchen im Norden von Burrington zu hören war.

Doch der Mann mit der Maske ließ sich nicht blicken.

Wie schon so oft fragte sich Durial, wer der geheimnisvolle Maskierte sein mochte. Der Mann war eines Tages wie aus dem Erdboden in ihrem Versteck aufgetaucht und hatte ihnen den ersten Auftrag gegeben.

*Nein*, korrigierte sich Durial in Gedanken, *eigentlich war es mehr ein Befehl gewesen.*

»Ich kenne euch«, hatte der Unheimliche mit dumpfer Stimme gesagt. »Ich habe euch schon einige Zeit beobachtet und weiß, was ihr so treibt. Ihr werdet ab sofort für mich arbeiten, oder ich verpfeife euch. Es nützt euch auch nichts, wenn ihr von hier verschwindet. Ich würde euch überall finden. Ihr werdet nämlich von meinem – Freund auf Schritt und Tritt beobachtet.«

Einer hatte ihn angreifen wollen. Schließlich waren sie zu sechst gegen einen. Doch wie durch Zauberei hatte der Maskierte plötzlich ein Schwert in der Hand gehalten, das unter dem langen, schwarzen Umhang verborgen gewesen war. Und bevor einer der Räuber mit der Keule hatte zuschlagen können, war er vom Schwert des Maskierten niedergestreckt worden.

Im nächsten Augenblick hatte Durial die Klinge an der Kehle gespürt.

»Verhandeln wir jetzt?«, hatte der Maskierte spöttisch gefragt.

Unter diesen Umständen war Durial gar nichts anderes übrig geblieben, als sich bereit zu erklären. So war es zu dem ersten Auftrag gekommen: Ein Diebstahl auf Burg Torrington. Nicht die ganz fette Beute, doch sozusagen ohne Risiko.

Die Tipps des Maskierten waren richtig gewesen, goldrichtig im wahrsten Sinne des Wortes. Alle Angaben hatten bis ins kleinste Detail gestimmt – der Zeitpunkt der Wachablösung, der Grundriss der Burg und die Örtlichkeiten, die er skizziert hatte.

Der Maskenmann musste sich bestens auf Burg Torrington auskennen. Im Grunde hätte er den Diebstahl ganz allein begehen können.

Auf eine diesbezügliche Frage hatte der Maskierte nur geheimnisvoll erklärt: »Gewiss hätte ich die Sache allein erledigen können, doch ich habe noch andere Pläne...«

Ein weiterer Beutezug auf einer anderen Burg war nicht so problemlos verlaufen. Ein Turmposten hatte sie beim Abseilen von der Burgmauer erspäht. Der Bogenschütze der Bande, der für alle Fälle auf Durials Befehl hin beim Burggraben postiert gewesen war, hatte den Wächter zwar sofort mit einem Pfeil getroffen, doch der Mann konnte noch Alarm schlagen.

Sie waren nur mit knapper Not entkommen.

Dies war jetzt der dritte Auftrag. Fünfzig Silberlinge wollte die Maske bei der Ablieferung des Gefangenen springen lassen. Und er hatte weitere Aufträge angekündigt. Die Zusammenarbeit entwickelte sich äußerst erfreulich. Dennoch hatte Durial bisweilen ein ungutes Gefühl. Der Maskierte konnte ihn und die anderen ans Messer liefern, wenn mal etwas nicht klappte. Durial nahm sich vor, herauszufinden, wer der geheimnisvolle Mann war. Dann hatte er einen Trumpf in der Hand. Der Kerl würde sich hüten, den Mund aufzutun, wenn er sich damit selbst herein riss...

Durial zog fröstelnd die Schultern hoch. Ein kühler Wind war aufgekommen. Die Luft roch nach Regen.

Irgendwo schrie eine Eule, dann herrschte wieder tiefe Stille.

Es hatte keinen Sinn, länger zu warten. Der Maskenmann war stets bis spätestens Zwölf aufgekreuzt, seit sie diesen neuen Treffpunkt nahe der Stadt vereinbart hatten, weil für die Maske der Weg bis zum Versteck ungünstiger gewesen war.

Durial zog die Schieferplatte aus der Aushöhlung des abgestorbenen Baumstammes hervor. Er nahm ein Stück Kreide und schrieb eine kurze Notiz für den geheimnisvollen Unbekannten auf die Schiefertafel. So hielten sie es immer, wenn sie einander verpassten, oder wenn der Maskenmann einen neuen Auftrag hatte und sein Kommen ankündigte.

Durial ging zu seinem Pferd, zog den Sattelgurt an und saß auf.

Bald würde auch der letzte in Burrington schlafen.

Er dachte an Eyra, als er zum Ort zurück ritt...

## 10. Kapitel

Morgan verharrte im tiefen Dunkel des Hofes hinter dem Gasthaus »An der Eiche«. Seine Ungeduld wuchs. Alle Fenster zum Hof waren dunkel. Es blieb ihm nichts anderes übrig als zu warten, bis Eyra die Kerze anzündete; er wusste schließlich nicht, welches ihre Kammer war.

Natürlich hatte auch sie von dem Fund der Leiche gehört.

Möglicherweise wartete Eyra, bis wieder alles im Ort schlief.

Morgan dachte an das Wechselbad der Gefühle, das hinter ihm lag.

Der Schmied hatte ihn und den Wirt zu der Stelle geführt, an der er die Leiche gefunden hatte.

Die letzten Zweifel an seiner Behauptung waren verschwunden, als Morgan im Schein der Lampe den Blutfleck in der Gasse und die Schleifspur gesehen hatte, die zu dem engen Durchgang führte.

Ein eisiger Schauer war ihm über den Rücken gekrochen, als er dann in dem Durchgang den dunklen Umriss der Leiche hatte erkennen können.

Denn er hatte an Cynan denken müssen, an das, was er vom Wirt gehört hatte: Die Auseinandersetzung in der Schenke, Evan of Torringtons Morddrohung, Cynans mysteriöses Verschwinden...

Cynan hatte zweifelsohne zu Eyra gewollt, und der Wirt hatte ihn weggehen sehen. Diese Gasse war der nächste Weg zur anderen Schenke, und Cynan war dort nicht eingetroffen.

Und dort lag jetzt eine Leiche.

Sollte Evan of Torrington oder ein gedungener Mörder Cynan aufgelauert haben?

Bei diesem schrecklichen Gedanken hatte Morgan das Gefühl gehabt, eine eisige Faust krampfe sein Herz zusammen.

Er hatte kaum hinsehen können, als der Wirt den Toten mit der Lampe beleuchtet hatte. Er hatte sich zwingen und gegen das Gefühl der Übelkeit ankämpfen müssen.

Dann die unsagbare Erleichterung darüber, dass der Tote nicht Cynan war.

Morgan wurde aus seinen Gedanken gerissen, als er ein leichtes Scharren hörte. Sein Kopf ruckte herum. Er spähte in die Dunkelheit und lauschte angespannt mit angehaltenem Atem.

Täuschte er sich, oder bewegte sich dort etwas an der Hauswand im tiefen Dunkel zwischen Kisten und Fässern, deren Umrisse mehr zu erahnen, als zu erkennen waren?

Jetzt war alles still.

Vielleicht war eine Katze oder Ratte unterwegs.

Morgan entspannte sich.

Sein Blick glitt zu den Fenstern. Alles dunkel.

Weshalb ließ Eyra ihn warten?

Längst war es in Burrington wieder ruhig geworden, waren auch die letzten Kerzen und Lampen gelöscht worden. Der Totengräber hatte die Leiche fortgebracht, und die letzten Zecher und ein paar Neugierige, die aus dem Schlaf gerissen und herbeigeeilt waren, hatten ihre Heime wieder aufgesucht.

Morgan verspürte Müdigkeit. Ein langer Ritt bis Burrington lag hinter ihm, und wenn es seit seiner Ankunft nicht einige Überraschungen gegeben hätte, dann hätte er gewiss längst in den Federn gelegen.

Er gähnte.

In diesem Moment fiel Lichtschein aus einem der vier Fenster, die zum Hof wiesen. Sofort vergaß er seine Müdigkeit.

Eyra hatte die Kerze angezündet. Im ersten Fenster links, in dessen Nähe die Kisten und Fässer standen. Kein Problem, dort hinaufzuklettern.

Kurz tauchte die brennende Kerze hinter dem Fenster auf, und Morgan sah für einen Augenblick Eyras Gesicht. Dann verschwanden Gesicht und Kerze hinter dem Fenster, und Eyra zog einen Vorhang vor. Nur noch durch einen schmalen Spalt fiel schwacher Kerzenschein in den Hof. Gewiss spähte Eyra jetzt durch diesen Spalt in den dunklen Hof hinaus.

Morgan wollte sich in Bewegung setzen.

Da hörte er das Geräusch. Ein Scharren wie vorhin. Das Knirschen von Sand oder Steinchen unter Stiefeln. Und jetzt nahm er eine Bewegung bei den Kisten und Fässern wahr.

Es war weder eine Katze, noch eine Ratte.

Ein menschlicher Schatten huschte bis unter das Fenster.

Sollte Eyra noch jemand anders bestellt haben?

Nein, das glaubte er nicht.

Ihre Wiedersehensfreude war echt gewesen, und sie hatte ihn schließlich eingeladen, ohne dass er darum gebeten hatte. Gäbe es einen anderen, den sie erwartete, hätte sie ihn, Morgan, bestimmt nicht zur gleichen Zeit bestellt.

Es musste also ein ungebetener Besucher sein.

*Na warte*, dachte Morgan grimmig.

Der Ritter schlich im tiefen Dunkel an der Hauswand entlang, bemüht, keine Geräusche zu verursachen. Dennoch kollerte ein Steinchen unter seinen Stiefeln fort. Morgan verharrte jäh. Das Geräusch war leise, doch in der Stille kam es ihm wie ein Donnerschlag vor.

Doch zum Glück verursachte der Schatten unter Eyras Kammerfenster gerade ebenfalls Geräusche. Er schob ein Fass unter das Fenster und stieß dabei gegen eine Kiste oder irgendein anderes Hindernis.

Morgan sah, wie der Schatten ebenso erschrocken innehielt wie er und offenbar lauschte.

Dann setzte der Mann seine Arbeit fort.

Er schob das Fass weiter, bis es seitlich vom Fenster stand. Er kletterte hinauf. Die Gestalt streckte sich, und der Mann wollte offenbar durchs Fenster spähen. Doch die improvisierte Leiter war zu kurz. Sein Haupt reichte nur bis eine Handbreit unter die Fensterkante.

Er stieg wieder vom Fass und stellte noch zwei Kisten darauf.

Morgan schlich sich weiter an.

Als der andere die Arbeit erledigt hatte und auf Fass und Kisten hinaufklettern wollte, war Morgan hinter ihm und tippte ihm mit der Schwertspitze ins Kreuz.

»Hiergeblieben!«, zischte er dem Mann in den Nacken.

Morgan spürte förmlich, wie der Kerl zusammenzuckte. Gewiss war der Mann zu Tode erschrocken.

Morgan lächelte unbewusst, als er daran dachte, dass er mal in einer ähnlichen Situation gewesen war. Damals hatte er bei einer jungen Frau einsteigen wollen, noch als Knappe, und er hatte sich im Fenster geirrt und war von einem eifersüchtigen Ehemann überrascht worden.

Damals hatte er geglaubt, sein Herz würde aussetzen.

Daran erinnerte er sich in diesem Augenblick.

Er hätte besser daran getan, sich völlig auf den Mann zu konzentrieren.

Denn es war kein Knappe, sondern ein abgebrühter, wesentlich älterer und erfahrener Räuber.

Durial, bei Eingeweihten auch »Der Raubmann«, genannt.

Sicherlich, Durial war furchtbar erschrocken. Doch in seinem wilden Leben hatten sich in ihm die Instinkte eines Wolfes entwickelt, und er reagierte wie immer, wenn er sich in die Enge getrieben glaubte: kaltblütig und blitzschnell. Er hatte sich gerade an den Kisten hochziehen wollen. Jetzt wirbelte er herum, unglaublich schnell, und aus der Drehung heraus schleuderte er die oberste Kiste.

Natürlich hätte Morgan ihm trotzdem den Garaus machen können. Er brauchte ja nur mit dem Schwert zuzustoßen. Doch er wollte nicht töten. Niemals hätte er einen Gegner hinterrücks niedergemacht.

So zauderte er. Er zuckte im Reflex zurück, doch er war nicht schnell genug. Die Kiste knallte gegen sein Schwert und prallte gegen seine Brust.

Und schon riss Durial seinen Dolch hervor!

Morgan packte die aufgespießte Kiste mit der Linken und riss das Schwert mit der Rechten aus dem Holz heraus. Im Unterbewusstsein hörte er einen gedämpften Schrei vom Gasthof her, dann fiel Lichtschein aus dem Fenster.

Eyra hatte alles beobachtet, entsetzt aufgeschrien und den Vorhang zurückgezogen.

Morgan sah das matte Funkeln der Dolchklinge, sah, wie der Mann die Hand hochriss und zum Wurf ausholte.

Dem Ritter blieb keine Wahl.

Er schleuderte sein Schwert wie eine Lanze. Just in dem Augenblick, in dem der Gegner den Dolch warf.

Durial hatte keine Zeit zum genauen Zielen. Er zuckte ebenso wie Morgan zur Seite, während der Dolch aus seiner Hand schoss, und das war Morgans Glück. Denn Durial war ein geübter Messerwerfer, und der Dolch hätte gewiss getroffen, wenn Durial nicht im letzten Augenblick beim Wurf zur Seite geruckt wäre.

Der Dolch zischte keine Handbreit an Morgans linker Schulter vorbei, und erst einen Lidschlag später knallte Morgans Schwert dicht neben Durial in das Fass.

Gedankenschnell packte der Räuber das Schwert und wollte es aus dem Fass zerren.

Morgan hechtete auf ihn zu.

Bevor Durial die Klinge aus dem Holz gezogen hatte, prallte Morgan gegen ihn und riss ihn um.

Die Kiste flog vom Fass gegen den Stapel der anderen Kisten, und das Fass fiel unter dem Anprall der beiden Körper um.

Es gab ein Krachen und Scheppern, das Bersten von Holz.

In der herberge wurden aufgeregte Stimmen laut.

Morgan wälzte sich mit dem Gegner am Boden, fort von dem Schwert. Hände schlossen sich um seinen Hals. Die Luft wurde ihm knapp und vor seinen Augen begann es zu flimmern. Er packte die Handgelenke des Gegners und sprengte die Umklammerung. Er schlug mit der geballten Rechten zu, doch er traf nicht genau. Seine Faust streifte nur das Kinn des Gegners.

Durial stieß Morgan das Knie in den Leib.

Der Ritter taumelte zurück

Durial war katzenhaft auf den Beinen. Er schnellte auf das Schwert zu, das er schon fast aus dem Fass gerissen hatte, bevor Morgan ihn angesprungen hatte. Die Klingenspitze steckte zwar noch im Holz, doch der Griff war bereits bis zum Boden herab gerutscht.

Morgan wälzte sich herum und zog sein Messer.

Er wusste, dass es auf jeden Augenblick ankam. Er lag am Boden, der Gegner sprang auf das Schwert zu und seine Hand stieß bereits darauf zu.

Morgan warf das Messer.

Der Mann vor ihm, der nur schemenhaft im schwachen Lichtschein auszumachen war, schrie auf, als die Messerklinge über seine Hand ratschte und eine blutige Furche riss. Das Messer klatschte gegen das Fass, ohne stecken zu bleiben.

Morgan sprang auf.

Durial spürte die Schmerzen seiner Hand und verlor in seinem Schreck die Zeit, die Morgan brauchte.

Von Neuem warf sich der Ritter im Hechtsprung auf den Gegner.

Morgan war zornig auf sich, weil er den Kerl unterschätzt hatte und zu unvorsichtig gewesen war.

Der Mann hatte bewiesen, wie gefährlich er war. Er hatte eiskalt und entschlossen gehandelt. Das konnte kein harmloser Verehrer von Eyra sein, der mal des Nachts an ihre Kammer klopfte, um sein Glück bei der Angebeteten zu versuchen. Ein solcher Mann hätte sich erschrocken ergeben und vermutlich seine Absicht geleugnet. Er hätte nicht so kaltblütig gekämpft.

Morgan legte all seine Kraft in die Fausthiebe, die er jetzt austeilte – und ein bisschen Zorn dazu, als der Kerl ihn zweimal empfindlich traf.

Morgan blockte den Konter des Gegners ab, täuschte ihn mit einer Finte der Rechten und schlug im nächsten Augenblick mit der geballten Linken zu. Seine Knöchel schmerzten, als er traf.

Der Kopf des Gegners flog zurück und stieß gegen das umgekippte Fass, das ein Stück davon rollte. Der Widerstand des Gegners war gebrochen.

Noch ein Hieb von Morgan, und Durial blieb benommen am Boden liegen.

Morgan richtete sich schwer atmend auf. Mit einem Satz war er bei seinem Schwert, riss es hoch, und im nächsten

Moment drückte er es dem angeschlagenen Mann auf die Brust.

Laternenschein fiel in den Hof. Alle Fenster waren jetzt erhellt. Am Fenster links lehnte Eyra. Sie hatte eine Hand auf den Mund gepresst. Das hätte die Frau in der Kammer nebenan besser auch getan. Ihr Kreischen schrillte in Morgans Ohren.

Das dritte Fenster flog auf, und der Umriss eines Mannes hob sich vor dem gelben Kerzenschein ab.

»Was ist denn los?«, röhrte eine Stimme im Haus. Eine Tür klappte. Schritte hämmerten heran.

»Pack den Kerl!«, schrie der Mann im dritten Fenster.

»Ich habe ihn«, rief Morgan. »Alles in Ordnung.«

Er behielt den Mann, den er vor dem Schwert hatte, scharf im Auge. Noch einmal wollte er sich nicht überraschen lassen.

Durial sah alles noch ein bisschen verschwommen. Doch sein Verstand arbeitete, wenn auch langsamer als sonst. Er wusste, dass er verspielt hatte. Der Mann mit dem Schwert würde sich nicht noch einmal überrumpeln lassen. Das war ein harter Hund, der verdammt gut zu kämpfen wusste. Außerdem erhielt er schon Verstärkung.

Sein Plan, Eyra zu entführen, war fehlgeschlagen. Vermutlich ließ sie sich bewachen, und der Mann mit dem Schwert hatte im Hof auf Posten gestanden. Vielleicht war es gar ein Freund. Durials Blick wurde klarer. Er sah vom Schwert auf seiner Brust auf zu dem Mann, der ihm ins Gesicht starrte. Dann war der gewaltige Leibwächter heran, den Durial natürlich in der Schenke gesehen hatte. Der Koloss hielt eine Lampe in der Linken und eine Keule in der Rechten.

Drei Schritte entfernt verharrte er, hielt Keule und Lampe hoch und starrte mit offenem Mund.

»Was geht hier vor?«, knurrte er und schielte auf Morgans Schwert, dem er sich nur mit der Keule bewaffnet nicht ganz gewachsen fühlte.

Morgan sagte es ihm. Natürlich erzählte er nicht die ganze Wahrheit, um Eyra nicht bloßzustellen. Niemand brauchte etwas von ihrer Verabredung zu wissen. Morgan sagte, er sei auf der Suche nach Cynan gewesen und hätte beobachtet, wie jemand in Eyras Kammer hatte einsteigen wollen.

»Ich hatte keine schlechten Absichten«, beteuerte Durial hastig. »Ich sah Licht in der Kammer und wollte der Dame nur meine Verehrung...«

In diesem Augenblick erkannte er den Mann mit dem Schwert, und er verstummte jäh.

Und Morgan, dem der Klang der Stimme irgendwie bekannt vorgekommen war, sah gleichzeitig, mit wem er da gekämpft hatte.

»Morgan!«, stieß Durial überrascht hervor.

»Durial!«, sagte Morgan und zog das Schwert zurück. »So sieht man sich wieder. Ich kann nicht sagen, dass mir das Wiedersehen Freude macht. Was treibst du hier?«

Durial zuckte mit den Schultern. »Ich bin schon seit einigen Wochen hier.« Er grinste mit Unschuldsmiene. »Du kennst doch meine Vorliebe für schöne Damen.«

Morgan nickte grimmig. »Ich kenne dich. Leider. Wolltest du nicht diese, na wie hieß sie noch...?«

»Lyall«, antwortete Durial. Und bevor er recht überlegte, log er: »Sie hat mich nicht erhört. Ich zog in meinem Liebeskummer weiter. Und hier sah ich die schöne Eyra. Ist das ein Verbrechen? Entschuldige, dass ich dich angriff. Ich war so erschrocken und dachte, du wolltest mich überfallen... Es soll hier schon ein Mord passiert sein, hörte ich, und ich dachte, der Mörder schleicht noch hier herum.«

Er zuckte mit den Schultern und verzog seine Unschuldsmiene in gespieltem Grimm.

»Konntest du dich nicht zu erkennen geben?«, fragte er vorwurfsvoll.

»Dazu hast du mir keine Zeit gelassen«, erwiderte Morgan. »Außerdem wusste ich nicht, dass du es warst, und ich stelle mich nicht jedem Lumpen vor.«

Durial grinste.

Für Morgan war der Fall klar. Dieser Windhund war mal wieder hinter einem Frauenrock her. Diesmal hinter Eyra. Ja, sie war genau der Typ, auf den Durial besonders scharf war. Und wenn der Kerl in eine Frau vernarrt war, dann versuchte er mit allen Tricks ans Ziel seiner Wünsche zu gelangen. Nun, Morgan hatte ein gewisses Verständnis dafür, dass Durial sich für die schöne Eyra interessierte, und noch hatte er keinen Grund, ihm mehr als das zu unterstellen, auch nicht, wenn er an Durials ruchlose Vergangenheit dachte.

Er blickte zu dem Riesen, der immer noch mit offenem Mund starrte und nicht wusste, was er von allem zu halten hatte.

»Es ist alles in Ordnung«, sagte er beruhigend. »Er wollte nur sein Glück bei der Dame versuchen.«

Morgan schaute zu Eyra hin. Sie stand immer noch am Fenster, das sie geöffnet hatte, und blickte in den Hof hinab. Ihre Miene war ernst. Ihre großen Augen waren auf ihn gerichtet.

Sie bot einen erregenden Anblick.

*Dieser verdammte Durial!,* dachte Morgan. Ausgerechnet jetzt musste mir der Kerl in die Quere kommen...

Durial hatte sich aufgerappelt und den Dreck von seiner Kleidung geklopft. Er betrachtete seine Rechte, die von Morgans Messer aufgerissen worden war. Blut quoll aus der Schramme.

Irgendetwas weckte Morgans Argwohn, doch er wurde abgelenkt und vergaß den aufkeimenden Gedanken. Denn inzwischen war der hiesige Wirt auf dem Hof aufgetaucht. Er zeterte mit dem Riesen, weshalb er nicht auf seinem Posten gewesen sei. Der Leibwächter entschuldigte sich, Eyra hätte ihn ausnahmsweise diese Nacht schlafen geschickt. Das ging hin und her, doch Morgan überhörte es nicht. Das »ausnahmsweise« gefiel ihm, denn es ließ den Schluss zu, dass Eyra sonst keinen Besuch in ihrer Kammer empfing und dass sie die Ausnahme seinetwegen gemacht hatte. Umso ärgerlicher war er, als der Wirt den Koloss anwies, zur Strafe den Rest der Nacht im Hof auf Posten zu bleiben, damit kein weiterer Strolch versuche, bei Eyra einzusteigen.

Er schien äußerst bedacht darauf, dass niemand mit Eyra anbandelte.

Damit war das Stelldichein geplatzt.

Als hätte auch Eyra diesen Gedanken gehabt, rief sie vom Fenster her: »Morgen – ist auch noch ein Tag.« Sie betonte das morgen und sah Morgan dabei an, und er hatte das Gefühl, dass sie ihm damit eine versteckte Botschaft geben wollte. »Die Nacht ist fast um«, fuhr sie fort. »Ich bin müde. Wir sollten jetzt alle zu Bett gehen.«

»Ihr habt es gehört«, sagte der Wirt grimmig und starrte von Morgan zu Durial. »Trollt euch. Und wer Eyra sehen will, kann von Elf bis halb Eins in meine Schenke kommen.« Er blickte Morgan an. »Aber dann möge er auch etwas verzehren.« Er sah Durial an, den er ja als guten Gast kannte. »Und er möge nicht über den Hinterhof kommen, sondern durch die Eingangstür.«

Dann wandte er sich an den Riesen. »Du bleibst hier und passt auf.«

Damit schritt er davon. Erst jetzt nahm Morgan wahr, dass der Wirt nur mit einer Hose bekleidet und barfuß war.

Dann fiel die Tür hinter ihm zu.

Morgan warf einen Blick zu den Fenstern. Nur Eyra stand noch dort. Sie hob kurz die Hand in einer fast majestätischen Geste und wünschte mit ihrer sanften Stimme »Gute Nacht«.

»Gute Nacht«, sagten Morgan und Durial wie aus einem Munde, und Durial, der Windhund, fügte hinzu: »Schlaft wohl, schöne Frau!«

Dabei verneigte sich dieser verdammte Kerl auch noch wie ein vollendeter Kavalier.

Eyra, die sich schon halb abgewandt hatte, blickte noch einmal zurück und fasste Durial ins Auge, als erkenne sie ihn erst jetzt. Dann nickte sie kurz, warf noch einen Blick zu Morgan, lächelte, und im nächsten Augenblick war sie verschwunden.

Morgan sah Durial an. Lächelnd starrte der Kerl zu dem Fenster, hinter dem jetzt das Licht erlosch. Morgan bemerkte das begierige Glitzern in Durials Augen.

Dann wandte Durial den Kopf zu Morgan, und das Lächeln wurde gezwungen.

»Wie kommst du eigentlich her?«

»Das fragst du jedes Mal«, erwiderte Morgan gereizt. »Mit dem Pferd natürlich.«

Durial grinste. »Das antwortest du jedes Mal. Aber ich meinte nicht, wie du nach Burrington kommst, sondern auf diesen Hof, zu dieser Stunde?« Sein Blick wurde lauernd. »Du hast doch nicht etwa auch Absichten, alter Freund...« Er sprach nicht weiter, doch sein Blick glitt zum dunklen Fenster von Eyras Kammer, und das war deutlich genug.

»Ich kann nicht sagen, dass wir befreundet sind«, gab Morgan bissig zurück. Die Anspielung ärgerte ihn.

»Schon gut, schon gut.« Durial hob beschwichtigend die Hände und fügte mit einem Grinsen zweideutig hinzu: »Ich weiß schon Bescheid.«

»Ich war auf der Suche nach Cynan«, sagte Morgan, und im nächsten Augenblick ärgerte er sich über diesen Rechtfertigungsversuch.

Doch seine Worte hatten eine überraschende Wirkung.

Durial hatte in seinem benommenen Zustand zuvor Morgans Worte nicht richtig mitbekommen. Er hatte auch keine Zeit gehabt, darüber nachzudenken. Jetzt hörte er deutlich »Cynan«, und es fiel ihm wie Schuppen von den Augen. Schlagartig erkannte er, weshalb ihm das Gesicht des schwarzbärtigen Mannes, den sie niedergeschlagen und gefangengenommen hatten, irgendwie bekannt vorgekommen war.

Das war Cynan, ein Soldat des Sheriffs von Cornwall, unterwegs mit dessen Sohn – Sir Morgan.

Er hatte ihn ja früher schon gesehen.

Durial hatte sich nicht in der Gewalt wie sonst, wenn er beim schärfsten Verhör gelassen blieb und seine mimischen Talente ausspielte. Er zuckte zusammen und wurde bleich.

Morgan sah es ganz deutlich, weil der gewaltige Leibwächter immer noch die Laterne hoch hielt und ihr Schein auf Durials Gesicht fiel.

Morgan sah das Erschrecken, das Aufblitzen in den Augen, die sich ein wenig weiteten, die plötzliche Blässe.

Der Kerl wirkte noch erschrockener als vorhin.

Warum?

Diesmal spürte er keine Schwertspitze im Kreuz. Diesmal war nur von Cynan die Rede gewesen!

Durial hatte sich schnell wieder unter Kontrolle und grinste, Morgan hatte genug gesehen.

Da war etwas faul.

Normalerweise roch es schon nach Verdruss, wenn er Durial begegnete.

Diesmal stank es geradezu.

Morgan bemühte sich um eine ausdruckslose Miene.

»Was grinst du so?«, fragte er und tat, als hätte er Durials Erschrecken gar nicht wahrgenommen.

Durial ließ sich dadurch wohl auch täuschen. Er war auf einmal wieder selbstsicher und gelassen. Sogar die Farbe war in sein Gesicht zurückgekehrt, und sein Grinsen wurde noch breiter und echter.

»Und ich dachte schon, du seist auf Freiersfüßen«, sagte Durial und drohte Morgan scherzhaft mit dem Finger, wobei er ihm zuzwinkerte. »Aber wenn du nur deinen Soldaten suchst...« Er zuckte mit den Schultern. »Wo ist er denn?«

Diese Wandlung war verblüffend. Vorhin hatte ihm das schlechte Gewissen im Gesicht gestanden, jetzt war er wieder ganz das Unschuldslamm. *Ein perfekter Schauspieler, wie man sie öfter auf Launceston Castle sah*, dachte Morgan, doch dann korrigierte er sich: *Nur fast perfekt. Eine kleine Blöße hatte ihn entlarvt.*

Nichts verriet Morgans Gedanken.

»Das frage ich mich ja«, sagte er und fügte beiläufig hinzu: »Du hast ihn nicht zufällig gesehen?«

Durial zuckte mit keiner Wimper. »Nein, wie sollte ich? Ich war heute nur mal kurz auf ein Bier im Wirtshaus und komme gerade erst von zu Hause, um mein Glück zu versuchen, wie du es vorhin nanntest. Da konnte ich deinen Soldaten ja gar nicht sehen.«

Irgendein Gedanke wollte Gestalt annehmen wie vorhin, als Durial sich ein Tuch um die Hand gewickelt hatte, doch Morgan kam nicht darauf. Etwas an Durials Worten war widersprüchlich gewesen, aber was? Jedenfalls spürte Morgan, dass Durial log. Warum? Was wurde da gespielt?

Er zwang sich zur Ruhe.

»Hätte ja sein können, dass ihr euch begegnet seid«, sagte er mit einem Schulterzucken.

»Was ist?«, fragte der Leibwächter verdrossen, »wollt ihr den Rest der Nacht hier herum quatschen?«

Morgan gähnte. »Nein, ich bin hundemüde.« Er ging zu seinem Messer und hob es auf. Durial fand nach kurzer Suche seinen Dolch und nahm ihn an sich.

Morgan wandte sich zum Gehen. Durial schloss sich ihm an.

»Bleibst du länger hier in Burrington?«, fragte Durial. Er sagte es wie beiläufig, doch Morgan hörte das Lauern aus der Frage heraus.

»Nur so lange, bis ich meinen Gewappneten gefunden habe«, sagte er und musterte Durial aus dem Augenwinkel. Er sah, wie Durial kurz an der Unterlippe nagte.

*Der Kerl weiß etwas*, dachte Morgan. *Vielleicht hat er sogar etwas mit Cynans Verschwinden zu tun...*

Kurz spielte er mit dem Gedanken, sich unter vier Augen mit Durial zu unterhalten – nur mit dem Schwert an Durials Kehle. Doch er verwarf den Gedanken sofort. Der Lump war zu gerissen. Der wusste genau, dass ein Ritter sich nicht an einem Wehrlosen vergreift. Der würde das Blaue vom Himmel herunter lügen.

Nein, es war besser, er wiegte ihn in Sicherheit und beschattete ihn...

»Vielleicht hat dein Soldat irgendwo ein Techtelmechtel und taucht bald wieder auf«, sagte Durial.

Er überlegte, ob er den Mann freilassen sollte. Mit Sir Morgan wollte er sich auf keinen Fall anlegen. Gottlob hatte Cynan ihn – Durial – nicht gesehen. Sie würden sich ein neues Versteck suchen müssen, doch das war besser als einen neuen Kopf. Denn für Durial war klar, dass die rechte Hand des High Sheriffs nicht ruhen würde, bis er herausgefunden hatte, was mit seinem Soldaten geschehen war. Zum Teufel mit dem Maskenmann. Nicht für alle Silberstücke der Welt würde er ihm den Gefangenen übergeben. Er würde einfach behaupten, der Mann sei geflüchtet oder befreit worden – irgendetwas würde ihm schon einfallen. Der Soldat musste wieder auftauchen, und Sir Morgan musste aus Burrington verschwinden. Denn erst dann konnte er sich Eyra schnappen und weiter den »Geschäften« nachgehen. Solange sich der Ritter hier herumtrieb, war da nichts zu machen.

»Ja, ich hoffe, dass er bald wieder auftaucht«, sagte Morgan. Sie verließen den Hof. Auf dem weiteren Weg wechselten sie noch ein paar belanglose Worte. Dann trennten sich ihre Wege.

Morgan sagte, er wolle zum Gasthof »Zur Linde«, um endlich schlafen zu gehen, und Durial erklärte, auch er sei hundemüde und wolle zu seiner Hütte in der Nähe der Stadt reiten.

Beide hatten jedoch ganz anderes im Sinn.

## 11. Kapitel

Eyra lag in dieser Nacht noch lange wach. Sie war zu aufgewühlt, um schlafen zu können.

Roger war tot. Sie hatte in der Gaststube gehört, dass man den Kaufmann erstochen aufgefunden hatte.

Sie hatte Betroffenheit und Trauer gezeigt, doch das war nur gespielt gewesen.

Roger hatte ihr nichts bedeutet. Sein Antrag war rührend, doch von Anfang an erfolglos gewesen. Roger war nur nützlich für ihre Pläne gewesen.

Ein Werkzeug.

Sie überlegte, ob sie Morgan eingeladen hatte, weil auch er ihr von Nutzen sein konnte. Nein, das Wiedersehen hatte etwas in ihr zum Leben erweckt, das sie längst abgestorben gewähnt hatte. Sie wusste, wie ihre Schönheit auf Männer wirkte. Ein Blick, ein Lächeln, und sie lagen ihr zu

Füßen. Doch da gab es keinen, der Gefühle in ihr geweckt hatte, oder gar das Verlangen, ihm zu gehören.

Auch bei Sir Morgan war es kein Verlangen. Und doch... Irgendetwas war da. Zuneigung wegen der Erinnerung an alte, bessere Zeiten?

Sie hatte sich ehrlichen Herzens auf ihn gefreut! Ein Gedanke, der sie verwirrte.

Denn sie hatte geglaubt, kein Mann bedeute ihr mehr etwas seit dem Tag, an dem Tyrai gestorben war, die einzige, wahre Liebe in ihrem Leben. Gestorben vom Schwert Torringtons, dem Mann, den sie geheiratet hatte, weil sie geglaubt hatte, ihn zu lieben, und der in der Hochzeitsnacht die Maske fallen gelassen hatte. Er hatte sie gedemütigt, und seine ganze Grausamkeit war hervorgebrochen, sein wahres Ich, das er zuvor so geschickt verborgen hatte.

Dann war Tyrai auf die Burg gekommen, der arme Gaukler, der für Speis und Trank ein paar Zaubertricks vorgeführt hatte...

Es war Liebe auf den ersten Blick gewesen.

Noch in derselben Nacht nach ihrer Begegnung war sie mit ihm von der Burg geflüchtet.

Eyra dachte an die kurze, glückliche Zeit mit ihm. Sie hätte ihr Leben für ihn gegeben.

Ihr Mann hatte sie aufgespürt und das Glück mit einem einzigen Schwertstoß zerstört. In diesen schrecklichen Sekunden war etwas in Eyra zerbrochen, und sie hatte geglaubt, nie wieder lieben zu können.

Weshalb musste sie jetzt an Sir Morgan denken?

Weshalb erfasste sie Unruhe und ein Gefühl, das sie nicht recht zu erklären vermochte?

Sie zwang sich, wieder an Tyrai zu denken, an die Vergangenheit.

Sie hatte ihren Mann beschworen, sie ebenfalls zu töten, denn ohne Tyrai wollte sie nicht leben.

Er hatte sie gewiss nicht aus Barmherzigkeit am Leben gelassen. Sein grausames Lächeln verfolgte sie noch heute in ihren Träumen. Sie glaubte noch seine höhnischen Worte zu hören: »Weshalb sollte ich dich töten? So viel Strafe verdienst du gar nicht, du Luder, das die Stirn hatte, mich mit einem dahergelaufenen Strolch zu betrügen. Du wirst meine gehorsame Sklavin sein, bis ich dich satt habe. Dann kannst du meinetwegen zum Teufel gehen...«

Irgendjemand in der Herberge hatte Eyras Schreie gehört. Der Wirt und aufgeschreckte Gäste waren zu der Kammer durch das Fenster geeilt. Ihr Mann war durch das Fenster geflüchtet...

Eyras Aussage führte zu nichts. Der von Torrington hatte Dutzende Zeugen, die beschworen, dass er in jener Nacht auf Burg Torrington gewesen war, bei einer Feier mit Freunden.

Eyra wollte in den Tod flüchten, doch sie hatte nicht die Kraft dazu. Der erste Selbstmordversuch schlug fehl, und ein Pater nahm sich ihrer an, bewachte sie und brachte sie in ein Kloster, um sie der Obhut der Schwestern zu übergeben.

Dort fand Eyra Fürsorge und Nächstenliebe. Sie fand den Glauben an die Menschheit wieder und hoffte, vergessen zu können. Sie wollte in der Abgeschiedenheit des Klosters ein Leben in Demut und Gottesfurcht führen. Doch so sehr sie auch dagegen ankämpfte, immer wieder brach der Hass hervor, wenn sie des Nachts schweißgebadet aus einem Albtraum erwachte und ihrem Mann den Tod wünschte. Sie betete, dass der Herr ihr ihren Hass verzeihen, aber auch den Mörder ihres Geliebten bestrafen möge. Und in jedes Gebet schloss sie Tyrai mit ein.

Bis er ihr dann eines Nachts im Traum erschien.

Sie glaubte, ihr Herz müsste vor Glück zerspringen, als sie erwachte und den Geliebten sah.

Sie wollte ihn in die Arme schließen. Doch er war nicht zu greifen. Er war wie – Luft.

»Tyrai!«, schrie sie verzweifelt. »Tyrai!«

»Ich bin nicht Tyrai. Ich bin Sothon!«

Fassungslos hatte sie ihn angestarrt. Es war das Gesicht von Tyrai, seine Stimme, seine Gestalt. Doch alles war wie aus einer anderen Welt.

»Tyrai ist tot«, sagte er. Seine Hand streichelte zärtlich über ihr Haar.

Ihr Körper zitterte noch jetzt bei der Erinnerung daran.

»Doch du kannst wieder mit ihm vereint sein«, fuhr die Stimme fort, und das Gesicht zeigte, das Lächeln, das sie so sehr geliebt hatte.

»Aber wie...?«

»Du brauchst nur zu tun, was Sothon dir befiehlt.«

»Aber...«

»Erst wenn Tyrais Tod gerächt ist, wirst du wieder mit ihm vereint sein. Hör zu, was Sothon dir sagt...«

Sie erschauerte.

Sie lag noch lange wach in dieser Nacht und hielt stumme Zwiesprache mit Tyrai. Mit Sothon.

Doch immer wieder schob sich das Bild Sir Morgans dazwischen. Was hat er nur in mir verändert? Die Frage quälte sie. Sie fand keine Antwort darauf.

Erst im Morgengrauen nahm der Schlaf sie gnädig in seine Arme.

## 12. Kapitel

Eine andere Frau fand ebenfalls keinen Schlaf in dieser Nacht.

Lyall.

Am Tag zuvor war Sothon gekommen, Sothon, der alte Pilzsammler mit dem langen grauen Bart. Sothon, der es so gut mit ihr meinte.

Er hatte ihr die Augen über Durial geöffnet, hatte ihr erzählt, dass Durial verrückt auf eine andere war, auf Eyra, diese Hexe.

Durial selbst hatte es dann zugegeben. Lyall hatte geglaubt, eine Welt stürze für sie zusammen. Der Mann, den sie über alles liebte, war vernarrt in eine andere!

Eifersucht, Zorn und Hass waren in ihr aufgestiegen.

Doch die Liebe zu Durial war geblieben.

Sieben Tage Frist.

Ein Hoffnungsfunke war geblieben.

Sie hatte gebetet, dass Durial sich in dieser Zeit anders besinnen würde. An diesen Gedanken hatte sie sich geklammert an wie den rettenden Strohhalm.

Vielleicht wollte Durial sich nur beweisen, wollte die Frau haben, die alle Männer verrückt machte. Und wenn er sein Ziel erreicht hatte, würde vielleicht das große Erwachen kommen, die Ernüchterung nach einem Rausch, in den er sich hineingesteigert hatte.

Was konnte ihm diese Hure schon anderes bieten als sie?

Mehr Liebe, mehr Hingabe, mehr Lust?

Gewiss nicht.

Auch mit Reichtum konnte sie ihn nicht ködern – sie war noch weniger als die Tochter eines Wirtes, sie war nichts weiter als eine Dienstmagd, die die Männer zum Trinken animierte. Sothon hatte zwar gesagt, dass sie es mit keinem treibe, aber alles konnte der Pilzsammler auch nicht wissen. Vielleicht holte sie sich heimlich die Kerle in die Kammer.

Wenn Durial erkannte, dass sie auch nicht anders als andere Frauen war, dazu noch ein Lotterweib, dann würde er zur Vernunft kommen. Es war wohl nur der Jagdinstinkt des Mannes, der ihn trieb. Er redete sich ein, ausgerechnet diesen Hasen fangen zu müssen. Und wenn er ihn hatte, stellte er fest, dass er genauso schmeckte wie die anderen Hasen.

*Er kehrt zu mir zurück! Ich bin auch schön, und ich gebe ihm alles, was diese Hexe ihm geben kann. Er kehrt zu mir zurück!*

Immer wieder sagte sich Lyall das.

Bis dann Sothon kam.

Sie hatte ihn beauftragt, Durial zu beobachten und ihr über die Entwicklung der Dinge zu berichten. Sie musste Gewissheit haben, bevor die sieben Tage vorbei waren. Sothon hatte nichts für seine Dienste verlangt. Er hatte versprochen, Durial wie ein Schatten zu folgen. Der gute Sothon...

Um Mitternacht war er zu ihr gekommen. Lautlos war er aufgetaucht, ein wenig unheimlich wie immer, doch sie hatte keine Angst vor ihm. Sie vertraute ihm.

Dann hatte er das Entsetzliche berichtet.

Durial hatte einen Mord begangen. Er hatte einen Nebenbuhler erdolcht!

Der Mann ihrer Liebe war ein Mörder!

Lyall hatte Abscheu empfunden. Doch dann war ein anderes Gefühl in ihr aufgestiegen – Mitleid.

Durial hatte es nur um dieser Hexe willen getan. Sie hatte ihn dazu getrieben.

Nie hätte Durial so etwas getan, wenn er nicht von dem Gedanken besessen gewesen wäre, diese Frau besitzen zu müssen.

Ihr Durial?

Ja, er war noch immer ihr Durial. Ganz gleich, was er getan hatte. Sie liebte ihn immer noch.

Die Tränen versiegten.

Ein Gedanke reifte in ihr. Jetzt glaubte sie zu wissen, wie sie die andere ausschalten konnte. In ihrer Verzweiflung hatte sie schon mit dem Gedanken gespielt, diese Eyra zu vergiften. Im Grunde hatte sie das Gleiche vorgehabt, was Durial getan hatte: Sie hatte die Rivalin umbringen wollen, wie er den Rivalen getötet hatte.

Sie hatte sich des Gedankens geschämt. Sie hätte es nicht getan, zu tief war ihr Glaube und das Gefühl für das Rechte. Sie hätte es niemals getan, doch die Erinnerung daran, dass sie in der ersten Verzweiflung mit dem schlimmen Gedanken gespielt hatte, mahnte sie, nicht über Durial zu richten. Sie brauchte kein Gift, um die andere aus dem Weg zu räumen. Sie brauchte nur ihr Wissen einzusetzen. Dann würde Durial für immer ihr gehören... Mit diesem Gedanken schlief Lyall ein.

## 13. Kapitel

Dunkle Wolkenfetzen trieben am Himmel. Im Osten verkündete ein schmaler, heller Streifen den nahenden Tag.

Ein leichter Nieselregen setzte ein, als Durial das Versteck seiner Bande erreichte. Es war eine Höhle in einem bewaldeten Hügel, deren Zugang halb von Büschen verborgen war.

Durial wiederholte zum zweiten Mal den dreifachen Käuzchenschrei, das vereinbarte Signal. Nervös wartete er. Endlich meldete sich ein anderer falscher Kauz, dessen Schrei recht verschlafen klang.

Durial schwang sich müde aus dem Sattel und band die Zügel des Pferdes an den tief herabhängenden Ast einer Blutbuche, nur ein paar Yards vom Zugang der Höhle entfernt.

Eine dunkle Gestalt tauchte zwischen den Büschen auf.

»Bist du's Durial?«, raunte eine heisere Stimme.

»Wer sonst?«, blaffte Durial gereizt.

Die Wache ließ die vorgereckte Lanze sinken. »Hätte ja sein können, dass ein richtiges Käuzchen unterwegs ist«, murmelte er und gähnte.

»Du hast gewiss gepennt«, sagte Durial ärgerlich. »Hast du den Hufschlag nicht gehört? Dreimal musste ich das Signal geben!«

»Ich dachte nicht, dass du so spät – äh – so früh kommst«, erwiderte Theo.

»Du sollst nicht denken! Das ist bei deinem Strohkopf verlorene Mühe!«, zischte Durial ärgerlich.

»Ist dir ’ne Laus über die Leber gelaufen?«, fragte Theo besorgt. Selten hatte er Durial so übelgelaunt und gereizt erlebt.

»Das kann man wohl sagen«, erwiderte Durial grollend. »Eine Laus namens Sir Morgan. Und wenn wir nicht schnell schalten, könnte es sein, dass sie bald nicht nur über meine Leber läuft, sondern uns alle den Kopf kostet!«

Theo schwieg betroffen. Er wusste nur zu gut, wer Sir Morgan war. Er war damals mit Durial im Kerker gewesen, und Durial hatte ihm erzählt, wer ihn dorthin gebracht hatte.

»Hölle und Verdammnis!«, stieß er hervor, als er sich von der schlimmen Kunde ein wenig erholt hatte.

Er reckte die Lanze vor, und sein Blick zuckte hin und her.

»Ist er hinter dir her?«, fragte er angespannt.

»Quatsch«, sagte Durial. »Er schläft in Burrington.«

Theo entspannte sich.

»Aber er sucht seinen Soldaten«, fuhr Durial fort. »Und wenn der Ritter jemand sucht, dann findet er den.«

»Was haben wir denn mit seinem Soldaten zu tun?«, fragte Theo verständnislos.

»Wir halten ihn gefangen.«

Theos wuchernder Bart klaffte auf, wie Durial am Schimmern der kräftigen weißen Zähne sah.

»Hölle und Verdammnis!«

»Fällt dir nichts anderes ein?«, fuhr Durial ihn gereizt an.

»Nein«, bekannte Theo einfältig.

Durial bezwang seinen Zorn. »Was macht der Gefangene?«, fragte er ruhiger.

»Liegt gefesselt in der Nebenhöhle. Ich nehme an, er schläft.«

»Wen von euch hat er gesehen?«, fragte Durial angespannt.

»In Burrington, als wir ihn...«

»Quatsch. Da war es zu dunkel. Ich meine hier.«

Die Wache zuckte mit den Schultern. »Er war noch bewusstlos, als wir ihn hier abluden. Wir legten ihn in der Höhle ab und fesselten ihn, wie du gesagt hattest. Eysd hat später mal kurz nach ihm gesehen. Er sagte, dass alles in Ordnung wäre. Ob der Schwarzbart wach war und ihn sah, weiß ich nicht.«

»Gut, das wird mir Eysd ja sagen. Ich brauche jetzt einen kräftigen Schluck. Und dann müssen wir überlegen, wie es weitergeht. Ausliefern an die Maske können wir ihn auf keinen Fall.«

»Du willst auf das Geld verzichten?«

»Ich verzichte lieber auf alles Gold der Welt als auf meinen Kopf.«

»Sollen wir den Mann für immer verschwinden lassen?« Er machte die Geste des Halsabschneidens.

»Das überlege ich gerade. Aber der Gedanke gefällt mir nicht. Der Ritter würde herumschnüffeln, und wenn's der Teufel will, könnte er eine Spur zu uns finden.«

»Aber wie soll er denn...?«

»Dem Hund traue ich alles zu. Damals dachte ich auch, er könnte uns niemals auf die Schliche kommen. Doch er kam wie der Geschwänzte und Gehörnte persönlich über uns. Ich sage dir, der Kerl ist mit dem Teufel im Bunde. Erst heute Nacht hat er mir...« Er verstummte. Der Mann brauchte nichts von der Niederlage wissen, die Morgan ihm zugefügt hatte. »Nein, wir müssen uns etwas einfallen lassen«, fuhr er fort. »Ich habe auch schon eine Idee.«

Da bin ich aber gespannt!«

*Ich auch!,* dachte Morgan.

## 14. Kapitel

Er war Durial gefolgt. Der Räuber war ziemlich sorglos gewesen. Dennoch hatte Morgan Glück gehabt. Immer wieder hatte er angehalten und gelauscht, und beim letzten Mal war gerade der Hufschlag vor ihm verstummt. Morgan war zu nahe aufgerückt, und wenn er weiter geritten wäre, dann wäre Durial gewiss durch das Pochen der Hufe auf den Verfolger aufmerksam geworden.

Die Käuzchenschreie hatten Morgan verraten, dass der Räuber am Ziel war. Er hatte sein Ross zurückgelassen und war zu Fuß weitergeschlichen. Die wiederholten Käuzchenschreie hatten ihm die Richtung gewiesen. Morgan hatte nur den Schluss der Unterhaltung belauschen können. Doch das reichte völlig aus. Er wusste, dass Cynan lebte und von Durial und seinen Kumpanen gefangen gehalten wurde.

Morgan schlich sich im Dunkel an die Höhle ran, als Durial und der Wächter in der Schwärze des Höhlenschlunds verschwunden waren.

Unbehelligt gelangte er zwischen die Büsche, die den Zugang zur Höhle fast verdeckten.

Er lauschte.

Gedämpfte Stimmen waren zu hören. Stimmen mehrerer Männer. Morgan konnte nicht verstehen, was gesprochen wurde.

Vorsichtig spähte er in die Höhle hinein.

Er nahm schwachen Feuerschein hinter einer Biegung wahr. Vorsichtig und langsam tastete er sich weiter. Längst hielt er das Schwert in der Hand.

Jetzt konnte er die Stimmen deutlicher hören.

»Keine Namen, verdammt!«

Das war Durials Stimme.

»Das kann er doch dort hinten nicht hören«, murmelte eine andere Stimme. »Du bist heute aber mies gelaunt, Durial.«

»Dazu habe ich auch allen Grund! Der Mann, für den die Maske zahlen will, ist Sir Morgans Soldat. Wer Sir Morgan ist, brauche ich euch nicht zu sagen.«

Wüste Flüche folgten.

Morgan lächelte.

So viele Beschimpfungen hatte er selten auf einmal gehört. Es mussten mindestens fünf Männer außer Durial sein, die ihn, Morgan, in den finstersten Winkel der Hölle verfluchten.

Abgesehen von den wüsten Beschimpfungen, waren die Worte recht aufschlussreich: Durial war der Anführer der üblen Kerle, und es musste sich um Mitglieder der ehemaligen Bande handeln, die damals nicht vollständig gefasst worden war. Aus diesem Grund und weil Morgan es nur mit Unterstützung geschafft hatte, die Bande zu zerschlagen, hatte sein Vater, Sir Ronan of Launceston – High Sheriff of Cornwall, nicht gerade mit Vorwürfen gespart.

Vielleicht gelang es ihm heute, diese Scharte auszuwetzen!

Er konzentrierte sich wieder auf das Gespräch der Räuber.

Morgan war überzeugt davon, dass Durial schon bei der letzten Begegnung der Anführer dieses Räuberhaufens gewesen war. Durial war vermutlich nicht auf Brautschau gewesen, sondern auf Raubschau.

Morgan lauschte angespannt.

Er erfuhr eine Reihe von Einzelheiten. So wurde von einem früheren Raubzug gesprochen, und von weiteren Aufträgen des Maskierten war die Rede. Aber das Wichtigste für Morgan war: Sie wollten Cynan freilassen. Cynan hatte keinen von ihnen gesehen, nur im Dunkeln; auch Eysd hatte ihn nur kurz mit einem Zündholz angeleuchtet, als Cynan das Bewusstsein wiedererlangt hatte. Cynan konnte seine Entführer also nicht beschreiben.

Sie wollten ihm ein Betäubungsmittel einflößen und ihn weit genug entfernt irgendwo im Wald ablegen.

»Wenn er aus seinem Rausch erwacht, wird er vielleicht sogar denken, alles nur geträumt zu haben«, sagte Durial. »Und selbst wenn er sich an die Höhle erinnert, wird er sie niemals wiederfinden. Schließlich weiß er nicht, wie er dorthin gekommen und auf welchem Weg er von dort fortgebracht worden ist. Wir brauchen uns also kein neues Versteck zu suchen.«

*Aber ich werde die Höhle wiederfinden*, dachte Morgan zufrieden. *Ihr Lumpen werdet eine gewaltige Überraschung erleben!*

»Fassen wir also zusammen«, fuhr Durial fort. »Ihr bringt den Mann jetzt gleich fort, in die Nähe von Burrington. Betäubt ihn nicht zu stark. Er soll am Mittag oder

Nachmittag bei dem Ritter auftauchen. Vielleicht verschwindet Morgan dann gleich, und ich kann mich um...« Er verstummte.

Einer der Männer lachte leise. Er hatte bei einem Besuch in Burrington erfahren, dass Durial es auf die schöne Schankmagd in der Herberge »An der Eiche« abgesehen hatte.

»Denkst du an Eyra?«, fragte er, und Morgan hörte förmlich am Klang der Stimme, dass der Kerl dabei grinste.

Es gab ein klatschendes Geräusch und einen dumpfen Aufprall.

»Nimm diesen Namen nicht noch einmal in dein dreckiges Maul!« Durial schrie es fast, und seine Stimme klang so zornig wie die eines fanatisch Liebenden, der seine Herzdame gegen eine üble Beleidigung verteidigt.

Morgan dachte daran, dass Durial versucht hatte, in Eyras Kammer einzusteigen. Durial war ebenso hinter Eyra her wie viele andere in Burrington, die sie mit ihrem Lächeln »verhexte«, wie der Wirt es genannt hatte.

*Viele andere?*

Da war etwas, das einen Gedanken in Morgan weckte, der schon einmal Gestalt hatte annehmen wollen, auf dem Hof hinter der Schenke. Da war irgendeine Kleinigkeit gewesen, die ihn stutzig gemacht hatte.

Er überlegte.

Durial war offenbar verrückt auf Eyra. Und ein Mann wie er versuchte mit allen Mitteln zum Ziel zu kommen. Kürzlich, bei ihrer ersten Begegnung, hatte er gegen fünf wilde Kerle gekämpft.

*Viele andere?*

Hier in Burrington gab es viele andere. Cynan, zum Beispiel, Evan of Torrington, und der Kaufmann, den man erdolcht aufgefunden hatte, einer der aussichtsreichsten Kandidaten, wie Morgan gehört hatte.

Und plötzlich war der Gedanke klarer. Es fiel ihm wie Schuppen von den Augen.

Das Tuch, das Durial sich um die verletzte Hand gewickelt hatte! Es war schon blutig gewesen, bevor es vom Blut der Schnittwunde getränkt worden war.

Dann ein Widerspruch, der Morgan aufgefallen war, ohne dass er eine Erklärung dafür gehabt hatte; er hatte nur gespürt, dass Durial log.

Durial hatte auf die Frage, ob er den Soldaten gesehen hatte, in etwa gesagt: »Ich komme gerade von zu Hause.« Trotzdem hatte er von dem Mord an dem Kaufmann gewusst, obwohl er gerade erst in Burrington eingetroffen war.

Durial der Mörder des Kaufmanns?

Fast war Morgan überzeugt davon.

*Langsam, langsam!,* mahnte er sich dann. Das alles ist kein Beweis. Die Schlüsse müssen nicht stimmen. Das Blut am Tuch, das Durial achtlos aus seiner Tasche gezogen hatte, konnte von ihm selbst stammen. Vielleicht hatte er sich irgendwo geschnitten oder Nasenbluten gehabt. Und Durial konnte auf dem Weg zum Ort doch irgendjemand getroffen haben, der ihm von dem Mord erzählt hatte.

Dennoch blieb ein so starker Verdacht, dass er fast an Gewissheit grenzte.

All das ging Morgan innerhalb weniger Augenblicke durch den Kopf.

Jetzt lauschte er wieder angestrengt.

Die Spannung zwischen Durial und dem Räuber, der Eyra erwähnt hatte, hatte sich wieder gelegt.

Durial sprach wieder in ruhigem Tonfall.

»Ich werde Kontakt mit der Maske aufnehmen und ihm sagen, dass uns der Mann leider entkommen ist.«

»Muss das sein?«, fragte einer der Räuber. »Ich meine, könnten wir nicht einfach kassieren und der Maske statt des Gefangengenen ein Messer zwischen die Rippen geben?«

»Dann bekommen wir keine weiteren Aufträge. Außerdem ist mir das zu riskant. Der Kerl wird sich abgesichert haben. Sein Freund könnte uns verpfeifen, wenn ihm etwas passiert. Nein, wir müssen spuren, bis wir herausgefunden haben, wer die Maske ist.«

»Warten wir ab, bis Petr zurück ist. Vielleicht haben seine Nachforschungen etwas ergeben, und wir kommen dem Kerl auf die Schliche. Wir machen es also wie besprochen. Ihr erledigt jetzt die Sache mit dem Schergen des Sheriffs. Ich kümmere mich derweil um die Maske. Sollte Petr inzwischen auftauchen und etwas in Erfahrung gebracht haben, schickt ihn nach Burrington. Dort wird er mich schon finden.«

Stiefel scharrten.

Morgan zog sich zurück.

Er hatte genug gehört.

## 15. Kapitel

Lyall setzte sich auf dem Lager auf, als Durial die Hütte betrat. Sie musterte ihn lächelnd, doch ihr Lächeln war anders als sonst.

Irgendetwas hatte sich verändert, das spürte Durial mit seinem scharfen Instinkt.

»Du kommst spät«, sagte sie, »ich habe die ganze Nacht auf dich gewartet.« Sie ließ sich auf das Lager zurücksinken.

Er warf die Tür hinter sich zu und schritt zu ihr. Er starrte auf sie hinab. Oh, sie war schön, doch selbst jetzt, als sie dort verlockend lag, musste er an Eyra denken.

»Ich habe dir gesagt, dass du warten kannst, bis du schwarz wirst«, sagte er gereizt. »Es ist aus! Aus und vorbei!«

»Du liebst sie.« Es klang nicht wie eine Frage, sondern wie eine Feststellung.

»Ja, ich liebe sie.«

»Du bist sogar fähig, ihretwegen zu töten...«

»Ja, verdammt, ich...«

Durial verstummte erschrocken.

»Wie kommst du denn auf so was?«

Sie lächelte, und er wusste den Ausdruck ihrer Augen nicht zu deuten.

Er setzte sich auf die Bettkante und zog die Stiefel aus. Er war verwirrt. Weshalb schaute sie ihn so seltsam an? Er wich ihrem Blick aus.

»Du wirst sie vergessen müssen, Durial.«

»Den Teufel werde ich...«

»Ich weiß alles, Durial.«

Sein Kopf ruckte zu ihr herum.

»Was – alles?«

Sie schob sich zu ihm heran, kroch förmlich auf ihn zu, umklammerte ihn und schmiegte ihren Kopf gegen seine Brust. Ihre Schultern bebten. Sie weinte.

Er starrte auf ihr glänzendes schwarzes Haar. Schwarzes Haar wie das von Eyra. Das Weinen rührte ihn.

Er hielt eine Hand unter ihr Kinn und hob ihren Kopf. Sie sah ihm von unten herauf in die Augen.

Er streichelte über ihr Haar. »Ich weiß, wie dir zumute ist«, sagte er unbeholfen.

Eine Träne löste sich aus einem Augenwinkel und rann über ihre Wange.

»Nein, Durial, du weißt nicht, wie mir zumute ist.« Sie klammerte sich an ihn wie eine Ertrinkende.

»Verdammt nochmal, du wirst darüber hinwegkommen. Wie viele Männer gibt es auf der Welt. Du wirst einen anderen finden.«

Sie schüttelte leicht den Kopf. »Ich brauche keinen anderen zu finden. Ich habe dich. Und du wirst mir für immer gehören.«

Ein triumphierendes Funkeln war plötzlich in ihren Augen.

»Du spinnst.« Unwillig wollte er sie von sich stoßen, doch sie klammerte sich an ihm fest.

»Ich weiß alles, Durial«, wiederholte sie. Und dann verlor sie den letzten Rest ihrer Beherrschung. Jedes einzelne Wort hatte sie sich überlegt, als sie diesem Augenblick entgegengefiebert hatte. Sie hatte sich genau zurechtgelegt, wie sie ihm klarmachen wollte, dass sie ihn von nun an in der Hand hatte. Sothon hatte den Mord beobachtet. Er und sie wussten davon. Sie beide konnten Durial an den Galgen bringen, wenn sie ihn verrieten. Damit konnte sie drohen. Es war eine Erpressung, darüber war sie sich völlig im Klaren, doch sie glaubte, keine andere Wahl zu haben.

»Ich weiß, dass du in Burrington einen Nebenbuhler erdolcht hast«, fuhr Lyall fort.

Durial hatte das Gefühl, mit einer Keule geschlagen worden zu sein. Fassungslos starrte er sie an.

»Sothon hat alles gesehen«, sagte Lyall. »Er ist dir wie ein Schatten gefolgt, überall hin. Er hat gesehen, wie du um diese Hexe gebuhlt hast, er hat gehört, dass du sie eingeladen hast, und er hat dich beobachtet, als du den Kaufmann in der dunklen Gasse erdolcht hast.«

Durial war kaum fähig, einen klaren Gedanken zu fassen.

»So-Sothon?«, stammelte er.

»Ja, mein Sothon. Ein guter Geist. Der Pilzsammler, von dem ich dir erzählt habe.«

Sie lächelte Sothon an. Er stand neben der Tür in der Hütte und sah und hörte alles mit. Es störte sie nicht. Er war ihr so vertraut wie ein Vater geworden. Sie wusste, dass Sothon ihr größter Trumpf war.

Durial warf einen hastigen Blick über die Schulter. Nichts und niemand war zu sehen. Aber weshalb starrte sie an ihm vorbei in ein Luftloch?

Er sah sie wieder an. Ihr Blick kehrte zu ihm zurück. Die Tränen waren versiegt. Eine feuchte Tränenspur schimmerte noch auf der zarten Haut ihrer Wange.

Sie streichelte über seine stoppelbärtige Wange, und ihre Fingerspitzen berührten zärtlich seine Lippen.

»Du brauchst keine Angst zu haben. Wir beide werden schweigen, Durial. Sothon hat es mir versprochen. Nicht wahr, Sothon?«

Wieder blickte sie über Durials Schulter hinweg.

Sie sah, wie Sothon gemessen nickte.

Durials Kopf ruckte herum. Sein Blick zuckte durch die Hütte.

Nichts.

*Sie hat den Verstand verloren!,* durchfuhr es ihn.

Lyall lächelte und nickte dem Nichts zu.

»Sothon wird schweigen«, wiederholte sie und sah wieder Durial an. Unendliche Zärtlichkeit war in ihrem Blick, doch das nahm er gar nicht wahr.

»Niemand wird unser Geheimnis erfahren, Durial. Du gehörst von jetzt an mir. Du wirst diese Hure schnell vergessen. Ich weiß, dass du es nur ihretwegen getan hast. Du wirst wieder zur Vernunft kommen und mich lieben. Wir gehen fort von hier, und bald wird es sein wie vorher, als hätte es sie nie gegeben.«

Verlangend hob sie den Kopf, bot ihm ihre Lippen dar.

Durials Gedanken jagten sich. Sie wusste Bescheid! Sie konnte ihn bis an sein Lebensende erpressen! Doch das war für ihn nicht einmal das Schlimmste: Sie verlangte, dass er auf Eyra verzichtete!

Dieser Sothon existierte offenbar nur in ihrer Phantasie. Den wollte sie wohl als geheimnisvollen Unbekannten ins Spiel bringen, um ein zusätzliches Druckmittel gegen ihn zu haben. Aber der Pilzsammler? Gut, den mochte es geben. Irgendein Hampelmann, der ihm in ihrem Auftrag nachspioniert hatte. Keine Gefahr. Wenn der Kerl ihn erpressen wollte, würde er einen Dolch zwischen die Rippen bekommen. Und wenn er aussagte, konnte er, Durial, alles leugnen. Doch Lyall als Zeugin dazu? *Eyra... Ich muss dich haben!* Hass auf Lyall stieg in ihm auf. Sie wollte sein Glück zerstören!

Seine Gedanken verwirrten sich. Es war wie in der dunklen Gasse in Burrington, als dieser sonderbare Nebel vor seinen Augen gewallt hatte und nur ein Gedanke ihn getrieben hatte: Eyra.

Er riss seinen Dolch unter dem Wams hervor.

Er sah, wie sich Lyalls Augen weiteten, wie sich ihr Mund zu einem Schrei öffnete.

Er stach zu.

»Sothon! So...«

Der Schrei gellte in seinen Ohren und verhallte. Lyall wurde schlaff und sank zurück.

Durial hatte das Gefühl, Trommeln schlugen wild in seinem Schädel. Er war wie betäubt, konnte noch nicht begreifen, was er getan hatte.

Der Trommelwirbel schwoll an. Die wogenden Schleier vor Durials Außen lösten sich auf. Und dann erkannte er, dass es kein Trommelwirbel war.

Hufschlag.

Ein Reiter nahte.

Der Schrei war gehört worden!

Gehetzt sah sich Durial um. Jeden Augenblick konnte der Reiter bei der Hütte sein. Panik erfasste den Mörder. *Nur weg!,* dachte er. Er hetzte zur Tür, entschied sich dann jedoch anders und rannte zum hinteren Fenster. Er riss es auf und sprang hinaus. Erst jetzt fiel ihm ein, dass er die Stiefel ausgezogen hatte. Der Hufschlag verstummte vor der Hütte. Ein Pferd schnaubte. Schritte hasteten zur Tür.

Durial hetzte zu seinem Pferd, das nur ein paar Yards entfernt zwischen den Bäumen stand. Er warf sich hinauf und preschte durch den Wald davon...

## 16. Kapitel

Morgan war Durial vorsichtig gefolgt. Immer wieder hatte er gelauscht und sich bemüht, den Abstand zu halten. Die Fährte war im aufgeweichten Boden und bei Tageslicht deutlich zu erkennen.

Morgan hoffte, dass Durial ihn zu dem geheimnisvollen Maskenmann führen würde. Er hatte aus Durials Worten in der Höhle geschlossen, dass Durial zu einem Treffen mit dem Unbekannten reiten wollte. Zu dem Mann, der Cynan ausgeliefert haben wollte, aus welchen Gründen auch immer.

Wieder einmal zügelte Morgan seinen Hengst, um zu lauschen und um die Hufabdrücke auf dem Waldweg genauer anzusehen.

Da hörte er den Schrei. Weit entfernt, doch unverkennbar der Schrei einer Frau in größter Not.

Morgan trieb sein Pferd zum Galopp. Der Hengst streckte sich und flog förmlich dahin.

Eine Lichtung tat sich vor Morgan auf. Er entdeckte eine Hütte, halb versteckt zwischen einer Baumgruppe, die wie eine Zunge aus der Linie des Waldrands hervorragte. Als hätte ein Jäger oder sonst wer die Bäume absichtlich stehen gelassen, als er die freie Fläche gerodet hatte, um die Hütte vor Sturm, Schnee und Regen zu schützen.

Morgan preschte auf die Hütte zu. Er parierte den Hengst mit hartem Zügeldruck, zog sein Schwert und sprang bereits aus dem Sattel.

Sein Herz hämmerte, und sein Atem ging keuchend. Er lauschte angespannt. In der Hütte herrschte Stille. Eine unheimliche Stille, die etwas Bedrohliches hatte.

Morgan stieß die Tür auf und sprang mit vorgerecktem Schwert in die Hütte. Er war bereit, sich zum Kampf zu stellen. Doch dann ließ er das Schwert sinken.

Er erschrak, als er die Frau sah. Eine schöne, schwarzhaarige Frau. Ein Dolch ragte aus ihrem Rücken!

Morgans Blick zuckte zu dem offenstehenden Fenster.

Der Mörder, vermutlich Durial, war geflüchtet. Gewiss hatte er den Hufschlag gehört. Morgan wollte sofort die Verfolgung aufnehmen. Da hörte er einen röchelnden Laut.

Die Frau lebte!

Er eilte zu ihr und untersuchte sie. Sie war bei Bewusstsein. Ihre Lippen bewegten sich. Sie flüsterte etwas, das Morgan nicht verstehen konnte.

Es klang wie »So – thon... Sothon...«

»Nicht sprechen«, sagte er und drückte die Frau sanft zurück, als sie sich erheben wollte. »Bleibt ganz ruhig liegen. Keine Angst, ich helfe Euch.«

Er hob lauschend den Kopf. Hufschlag klang auf und entfernte sich. Der Kerl flüchtete durch den Wald nach Norden.

Für Morgan gab es keinen Zweifel, dass es Durial war.

Seine Fährte führte zu der Hütte und sicherlich von dort fort.

Durial musste warten. Vorsichtig drehte er die junge Frau auf die Seite. Jetzt sah er das Gesicht deutlicher. Ein reizvolles Gesicht, auch wenn es bleich war und sich noch das Entsetzen in den schönen Augen widerspiegelte. Sie war mehr noch ein Mädchen, obwohl ihr Körper voll entwickelt war.

Plötzlich stutzte er. Das Gesicht kannte er.

Er überlegte schnell. Dann fiel ihm ein, wo er das Mädchen schon gesehen hatte, und er entsann sich auch des Namens. Er hatte ja erst vor Kurzem mit Durial darüber gesprochen.

»Du bist Lyall«, sagte er sanft. »Sag nichts. Schließ nur die Augen, wenn es stimmt.«

Sie schloss die Augen, nickte leicht und öffnete sie wieder.

»Und du hast mit Durial hier gelebt«, fuhr Morgan fort.

Sie starrte ihn stumm an, und erst jetzt schien sie ihn klar zu sehen.

»Du – bist nicht – Sothon«, flüsterte sie.

»Nein. Ich bin Sir Morgan of Launceston und im Auftrag des Sheriffs von Cornwall unterwegs. Sprich nicht und bewege dich nicht, ich helfe dir.« Er setzte die Untersuchung fort. Er war kein Medicus oder Heilkundiger, doch er hatte genug Verletzte gesehen. Wie es aussah, würde Lyall den Mordversuch überleben.

## 17. Kapitel

Rhodri kam aus dem Staunen nicht heraus, als Morgan ihm berichtete. Der Soldat hatte in der Nacht zwar unruhig geträumt, doch immerhin hatte er geschlafen.

Morgan dagegen hatte in der vergangenen Nacht kein Auge zugetan. Die Müdigkeit war ihm anzusehen.

Lyall war im Dorf in der Obhut eines Heilkundigen. Morgan hatte sie verbunden, dann war ein Pilzsammler aufgetaucht. Morgan hatte ihn zum nahen Ort geschickt, und der Pilzsammler hatte den Heilkundigen in einem Wagen geholt. Der Mann war fest davon überzeugt, dass Lyall durchkommen würde. Sie musste einen Schutzengel gehabt haben. Nur eine Daumenbreite weiter links, und der Dolchstoß wäre tödlich gewesen. Der Heilkundige hatte ihr eine Kräutermixtur eingeflößt und gesagt, damit würde sie sich »gesund schlafen«.

Sowohl der Pilzsammler als auch der Heilkundige waren von Morgan zu strengstem Stillschweigen verpflichtet worden. Durial durfte nicht wissen, dass Lyall überlebt hatte.

»Warum greifen wir uns Durial nicht einfach?«, fragte Rhodri und riss Morgan aus seinen Gedanken.

»Ich will den geheimnisvollen Maskierten«, sagte Morgan und wischte sich müde über die Augen. »Außerdem will ich vermeiden, dass Durial den Kopf aus der Schlinge ziehen kann. Cynan kann nicht gegen ihn aussagen – er hat ihn nicht gesehen. Es stünde also mein Wort gegen das dieses gerissenen Verbrechers, solange Lyall nicht aussagt. Und wenn du mich fragst, so ist möglicherweise sogar damit zu rechnen, dass sie ihn deckt. Ich sprach noch einmal mit ihr, bevor der Heilkundige ihr die Kräutermixtur gab. Sie war natürlich nicht mehr völlig klar, doch sie sagte mit so seltsamem Blick auf meine Frage nach Durial: »Ich liebe ihn – trotz allem.«

»Verstehe einer die Weiber«, murmelte Rhodri kopfschüttelnd.

»Verliebte sind manchmal nicht im Vollbesitz ihrer geistigen Kräfte«, sagte Morgan mit einem Schulterzucken und streifte Rhodri mit einem Blick. Er erinnerte sich noch daran, dass sein Gewappneter wie in Trance gewesen war, nur weil er Eyra gesehen hatte.

Morgan löffelte die Hühnerbrühe, die der Wirt ihm gebracht hatte, und aß dazu von dem Kanten Brot. Rhodri hatte bereits ausgiebig gefrühstückt, fünf Eier mit Schinken, dazu Brot. Der kräftige Soldat war für seinen guten Appetit bekannt.

»Außerdem sprach sie dauernd von einem gewissen Sothon«, fuhr Morgan fort. »Sie nannte den Pilzsammler so, doch der sagte mir, er heiße Gys.«

»Gewiss hat sie phantasiert«, meinte Rhodri mit einem Schulterzucken.

»Ich weiß nicht recht. Sie starrte ihn beschwörend an und bat ihn, das »Geheimnis« zu hüten. Vielleicht gibt es da noch einen Unbekannten im Spiel. Ich frage mich nämlich, weshalb Durial die schöne Lyall erdolchen wollte.«

»Aber du sagtest doch, er wäre hinter Eyra her«, warf Rhodri ein. »Das hat sie vielleicht spitzgekriegt und ihm in ihrer Eifersucht eine Szene gemacht.«

»Möglich«, sagte Morgan und schnitt ein Stück vom Brotkanten ab. »Bald werden wir alles genau wissen.«

»Und wie soll es weitergehen?«, fragte Rhodri.

»Wir warten, bis Cynan hier auftaucht. Dann wird sich auch Durial hier sehen lassen. Schließlich weiß er nicht, dass ich ihm folgte und belauscht habe. Er weiß nicht einmal, dass Lyall lebt. Er wird annehmen, dass irgendein Reiter Lyalls vermeintlichen Todesschrei hörte. Der Mann kann ihn nicht gesehen haben. Durial wird seine Spur verwischt haben und in dem Glauben sein, dass ihn niemand mit dem vermeintlichen Mord in Verbindung bringen kann. Folglich wird er ganz harmlos hier in Burrington auftauchen. Er sprach in der Höhle davon, dass er dort anzutreffen sei. Wir tun, als wenn wir am Abend den Ort verlassen, und er wird sich sicher fühlen. Fortan verfolgen wir ihn auf Schritt und Tritt und greifen zu, wenn er sich mit dem Maskierten trifft. Dann brauchen wir nur noch die Räuber in der Höhle zu schnappen...« Er hielt überlegend inne. »Wenn Cynan wieder da ist, sind wir zu dritt. Einer von uns sollte auf Eyra aufpassen. Für den Fall, dass der Leibwächter nicht ausreicht. Durial scheint verrückt auf sie zu sein und wird möglicherweise versuchen, mit Gewalt an sie heranzukommen.«

Rhodri schlug sich gegen die Stirn. »Das hätte ich beinahe vergessen. Ich traf Eyra heute Morgen.« Er griff in die Tasche. »Sie gab mir eine Nachricht für dich mit.«

»Woher weiß Sie denn, dass du zu mir gehörst bist?«, fragte Morgan. »Ich vergaß ganz, dich vorzustellen.«

Rhodris mollige Wangen röteten sich. Er hatte noch in der Nacht, als er angeblich schon in der Kammer geschlafen hatte, mit Eyra in der Schenke geplaudert und sich dabei als Morgans Soldat vorgestellt.

»Sie – sie hat uns doch zusammen gesehen«, sagte Rhodri.

Er reichte Morgan die versiegelte Botschaft.

Morgans Puls beschleunigte sich, als er die zierlich geschriebenen Worte las:

*Morgan! Ich habe morgen meinen freien Tag. Ich werde mit dem Leibwächter eine Spazierfahrt unternehmen. Komm zum See im Birkengrund westlich von Burrington. Ich werde dafür sorgen, dass wir eine Weile allein sein werden. Ich freue mich auf dich.*

*Eyra.*

»Was Gutes?«, fragte Rhodri neugierig.

*Und ob!,* dachte Morgan. Ein warmes Gefühl stieg in ihm auf.

Es würde doch noch zu einem Stelldichein mit Eyra kommen.

»Ich hoffe es«, sagte er lächelnd.

## 18. Kapitel

Evan of Torrington kochte vor Zorn. Sein Vater hatte ihn gedemütigt und geschlagen. Und alles nur, weil er von der Niederlage in Burrington und von Eyra erfahren hatte. Ein Bediensteter war durch Zufall in Burrington gewesen und hatte alles von dem geschwätzigen Wirt erfahren und prompt dem Alten weitererzählt.

»Eine dahergelaufene Bürgerliche? Nie und nimmer! Schlag dir dieses Weib aus dem Kopf!«

Die knochige Hand des weißhaarigen Mannes krampfte sich um den silbernen Knauf des Stocks, auf den er sich stützte. Seit einem Reitunfall hatte er Schwierigkeiten beim Gehen.

Evan schluckte.

»Vater – ich liebe sie! Ich – ich habe sie nur einmal gesehen, beim Turnier, aber ich kann nicht mehr ohne sie sein.«

Sir Torrington starrte seinen Sohn an, als sehe er ihn zum ersten Mal.

»Du musst endlich ein Mann werden«, grollte er. »Ein richtiger Torrington. Ein Mann wie Gyan, Gott habe ihn selig.«

Gyan! Der Erstgeborene!

Evan konnte den Namen seines Bruders nicht mehr hören. Seit seiner Kindheit war ihm der Ältere als leuchtendes Vorbild hingestellt worden. Alles was er – Evan – tat, war falsch, alles was Gyan getan hatte, war richtig.

»Auch Gyan hatte sich in eine Bürgerliche verliebt«, begehrte Evan auf. »Er hat sie sogar geheiratet und...«

Ein Hieb mit dem Stock ließ ihn jäh verstummen. Zitternd in seinem Jähzorn hatte der alte Mann zugeschlagen. Evans Wange platzte auf. Er presste eine Hand auf die blutige Stelle.

»Schweig von Gyan«, stieß der Burgherr mit bebender Stimme hervor. »Er hat seinen Fehler wiedergutgemacht. Er hat dieser Hure und ihrem Liebhaber das gegeben, was sie verdienten. Er war ein ganzer Mann. Du dagegen, du bist ein Nichtsnutz, ein Spieler und Herumtreiber, der nichts anderes kann, als mein Geld zu verschwenden. Noch dazu ein Feigling, der den Namen Torrington in den Dreck zieht. Der sich wegen eines Weibsstücks verprügeln lässt!«

Mit zitternder Hand hob er den Stock, Evan zuckte unwillkürlich zusammen und wich einen Schritt zurück.

»Ich – ich bin kein Feigling, Vater!« Er schrie es fast. »Ich werde es dir beweisen. Ich werde dir den Kopf des Kerls bringen, der mir Eyra wegnehmen wollte. Er hat mich nur mit hinterlistigen Tricks besiegt. Ich werde ihn...«

Er verstummte, weil sein Vater bleich wurde.

»Was hast du, Vater? Weshalb starrst du mich so an?«

»Wie sagtest du, heißt das Weibsstück? Eyra?«

Evan nickte verständnislos.

»Beschreibe sie!«

Evan wertete das als einen Fortschritt. Immerhin zeigte der Vater Interesse. Vielleicht ließ er sich doch noch erweichen. Er beschrieb Eyra voller Begeisterung und er sah sie vor seinem geistigen Auge, ihre Schönheit, den verheißungsvollen Blick, ihr Lächeln, mit dem sie ihn regelrecht verzaubert hatte.

Der alte Mann stützte sich auf seinen Stock. Die Knöchel traten weiß hervor, so fest umkrampfte er den silbernen Knauf.

Sekundenlang starrte er seinen Sohn an, fassungslos, dann wandte er sich wortlos um und humpelte zu einer Vitrine.

»Was ist, Vater? Du sagst ja gar nichts.«

Evans Stimme klang kläglich. Er konnte sich das sonderbare Verhalten seines Vaters nicht erklären.

Sir Torrington entnahm etwas aus der Vitrine. Als er zu seinem Sohn zurückhumpelte, hielt er ein kleines Bild in der Hand.

»Ist sie das?«, fragte er, und es klang wie ein Flüstern.

Evan blickte auf die Kohlezeichnung. Er glaubte seinen Augen nicht trauen zu können.

»Aber – das ist ja – Eyra!«, stieß er überrascht hervor.

Der Blick des alten Mannes schien über Evan hinweg in weite Ferne zu gehen. Er sah seinen Sohn Gyan. Gyan war so vernarrt in diese Eyra gewesen, dass er sogar auf sein Erbe verzichtet hatte. Zum ersten Mal war er – der Vater – weich geworden und hatte nachgegeben. Dem geliebten Sohn aus erster Ehe hatte er keinen Wunsch abschlagen können. Er hatte widerwillig der Heirat zugestimmt. Und was hatte dieses verkommene Weibsbild getan? Kaum war die Hochzeitsnacht vorüber, war sie mit einem Gaukler durchgebrannt, der bei der Hochzeitsfeier seine Gaukeleien vorgeführt hatte. Sie hatte Gyan betrogen!

Nun, Gyan hatte seine Ehre wiederhergestellt, so sah es jedenfalls der Vater. Er hatte das Paar aufgestöbert und den Gaukler und die Untreue mit dem Schwert getötet. Das hatte er jedenfalls zunächst erzählt, und sein Vater war stolz auf seinen Lieblingssohn gewesen. Ein Jahr später war Gyan bei einem Jagdunfall ums Leben gekommen. Bevor er gestorben war, hatte er seinem Vater noch anvertraut, dass er Eyra nicht getötet hatte. Sie war in ein Kloster geflüchtet. Sir Torrington hatte geglaubt, nie wieder etwas von dieser Eyra zu hören. Und jetzt machte sich das Weib an seinen Sohn Evan heran! Zum zweiten Mal wollte sie einen Torrington so verrückt machen, dass er sogar auf sein Erbe verzichtete!

Sir Torrington hasste diese Frau, die seinem geliebten Sohn Gyan nichts als Unglück gebracht hatte. Fast wäre Gyan des Mordes angeklagt worden, wenn er, der Vater, nicht für ein Alibi gesorgt hätte!

Jetzt war Evan der einzige Erbe. Und er spürte das nahe Ende. Die Burg würde Evan zufallen. Und Eyra würde über die Torringtons triumphieren. Nein, das konnte nicht sein, das durfte nicht sein.

Seine Augen nahmen einen entschlossenen Ausdruck an, als er den Blick wieder auf seinen Sohn heftete.

Evan erschrak vor diesem fanatischen Feuer, das in den Augen des Alten aufloderte.

»Hör zu, mein Sohn«, sagte Sir Torrington mit fast flüsternder Stimme. »Du warst damals in England, als dein Bruder heiratete.« Er wies mit zitternder Hand auf das Bild. »Und zwar dieses Weib!«

Er riss Evan das Bild aus der Hand, warf es zu Boden und trampelte wie von Sinnen darauf herum.

Evan war fassungslos. Es war ihm, als sterbe Eyra unter dem zornigen Stampfen seines Vaters. Diese Tat versetzte ihm einen Stich ins Herz. Einen Atemzug lang war er zu benommen, um einen klaren Gedanken zu fassen. Dann erst begriff er die Worte seines Vaters.

»Eyra – war die Frau meines Bruders Gyan?«, fragte er entgeistert.

»Ja«, sagte der Vater mit schwerer Stimme. »Und sie hat ihm nichts als Unglück gebracht. Sie hat seinen guten Namen besudelt, sie hat ihn zum...« Er unterbrach sich. »Zum Mörder gemacht«, hatte er sagen wollen, doch keiner sollte das Geheimnis erfahren. »Sie hat ihn zu einem anderen gemacht, ihn verhext«, fuhr er fort. »Und jetzt hat sie dich verhext.«

Evan hörte kaum die Worte seines Vaters. Seine Gedanken überschlugen sich förmlich. Eyra, die Frau, in die er sich auf den ersten Blick verliebt hatte wie noch nie in eine Frau, diese Eyra sollte dem Bruder Gyan gehört haben, Gyan, den er von klein auf beneidet hatte, weil er immer Vaters Liebling gewesen und ihm vorgezogen worden war! Das konnte doch nicht wahr sein! Gewiss, er hatte nach seiner Rückkehr aus England gehört, dass sein Bruder Gyan überstürzt geheiratet hatte und dass die Braut schon zwei Tage später unter tragischen Umständen ums Leben gekommen sein sollte. Das hatte man ihm jedenfalls bei seiner Rückkehr aus England erzählt... Doch welch ein Zufall, dass er sich ausgerechnet in diese Eyra verliebte!

Evan konnte nicht ahnen, dass alles kein Zufall war, dass Sothon die Fäden zog...

Gyan war wie immer der Erste gewesen! Dieser Gedanke traf Evan wie ein Faustschlag in die Magengrube. Er hatte Eyra vor ihm gehabt! Alles in ihm bäumte sich gegen diese Vorstellung auf. Doch dann wandelte sich der Zorn in ein Triumphgefühl, das immer mächtiger wurde. Diesmal würde er – Evan – der Sieger sein. Gyan war tot. Er hatte Eyra nur für eine Nacht gehabt. Doch ihm – Evan – würde sie für immer gehören! Jetzt war er noch besessener von dem Gedanken, diese Frau zu besitzen. Und nichts und niemand würde ihn davon abbringen können, nicht einmal der Vater, dieser alte Tyrann.

Wie aus weiter Ferne hörte er die Stimme des Vaters, der Gyan in den Himmel lobte, der die verstorbene zweite Frau verfluchte, dass sie ihm solch einen schändlichen Sohn wie Evan geboren hatte, der ebenso Eyra verfluchte und sie mit den gemeinsten Schimpfworten bedachte.

Zorn wallte in ihm auf. Zorn und Hass.

Er hatte es sich nie eingestehen wollen, doch jetzt erkannte er es mit erschreckender Deutlichkeit.

Er hasste seinen Vater. Er hatte ihn schon immer gehasst.

Wie grausam er zu Mutter gewesen war! Wie hart und lieblos zu ihm, dem Zweitgeborenen, den sein Vater im Rausch immer als »Kuckucksei« bezeichnet hatte.

In diesem Augenblick keimte ein schlimmer Gedanke in ihm, der schon immer im Unterbewusstsein geschlummert hatte. Er hatte schon mehrmals mit dem Gedanken gespielt, den Vater umzubringen – wenn er geschlagen und gedemütigt worden war wie vorhin. Früher, als der Vater die Mutter geschlagen hatte. Doch er hatte es nicht über sich gebracht, Hand an seinen Erzeuger zu legen. Er war überzeugt davon, dass er es niemals tun könnte. Aber er konnte es von jemand anders erledigen lassen. Er hatte ja Männer an der Hand, die für Geld so etwas taten...

»Ich werde Eyra heiraten«, hörte er sich sagen, und eine seltsame Ruhe war plötzlich in ihm.

Sir Torrington starrte seinen Sohn an, lange und schweigend.

»Du wirst sie nicht heiraten«, sagte er dann mit schwerer Stimme, »sondern du wirst sie töten, mein Sohn!«

## 19. Kapitel

Evan of Torrington dachte an diese schrecklichen Worte, als er beim Treffpunkt im Wäldchen nördlich von Burrington wartete.

Er erschauerte, als er in Gedanken noch einmal erlebte, was nach diesen Worten geschehen war. Genau wusste er gar nicht, wie alles gekommen war. Es war alles so schnell gegangen, und im Grunde war er erst wieder zu sich gekommen, als es vorbei gewesen war.

Ein heftiger, hasserfüllter Wortwechsel. Schläge mit dem Stock. Dann hatte Evan plötzlich selbst den Stock in der Hand gehalten und mit dem silbernen Knauf zugeschlagen. Als er wieder klar gesehen hatte, war sein Vater tot gewesen.

In seiner Panik hatte Evan fliehen wollen. Dann war plötzlich wieder diese seltsame Ruhe über ihn gekommen. Sein Verstand hatte wieder klar gearbeitet. Er hatte einen Raubmord vorgetäuscht. Dann Alarm geschlagen. Er hatte behauptet, noch einen flüchtenden Räuber gesehen zu haben. Burg Torrington war vor Kurzem schon mal von Räubern heimgesucht worden. Und beim nächsten Mal würde man sie schnappen, dafür hatte Evan als neuer Burgherr vorgesorgt. Er würde dann den Anführer der Räuber als den Mörder seines Vaters wiedererkennen. Es würde der letzte Auftrag sein, den er als Maskierter Durial und seinen üblen Gesellen geben würde.

Gewiss, sie waren ihm von Nutzen gewesen. Er hatte ständig Geldsorgen gehabt. Sein Vater hatte ihn knapp gehalten, und es hatte hinten und vorne nicht für Wein, Weib und Spiel gereicht. Durch Zufall hatte er belauscht, wie Durial mit seinen Räubern gerade einen Beutezug plante. So war er auf die Idee gekommen, die kleine Bande für seine Zwecke einzuspannen.

Er hatte den eigenen Vater und befreundete Adlige bestehlen und berauben lassen wollen, auf deren Burgen er sich auskannte wie auf der eigenen. Das war jetzt nicht mehr nötig. Jetzt besaß er die Burg und Vaters Reichtum. Jetzt konnte er sich das Pack vom Hals schaffen. Auf ganz raffinierte Art. Sie kannten ihn nicht, und wenn sie auf frischer Tat ertappt wurden, gab es kein Herausreden. Er würde sie in die tödliche Falle schicken.

Evan schreckte aus seinen Gedanken, als er den Hufschlag hörte. Er duckte sich ins Dunkel hinter einen Baumstamm und stieß den Vogelschrei aus.

Der Reiter gab sich mit dem gleichen Schrei zu erkennen.

Evan entspannte sich.

Der Reiter hielt und saß ab. Er band das Pferd an.

Evan schlich sich lautlos an.

Dann tippte er dem Mann das Schwert auf die Schulter.

Durial fuhr erschrocken herum.

Evan zog das Schwert zurück und lachte.

»Lass den Blödsinn«, knurrte Durial. »Musst du mich jedes Mal mit diesem Spielchen erschrecken?«

»Vielleicht macht mir das Spaß«, antwortete der Maskierte, und er sprach mit dumpfer, verstellter Stimme wie immer, wenn er den Räuber traf.

»Weshalb warst du gestern Nacht nicht zur Stelle?«, fragte Durial. »Ich hatte gewartet, um dir Vollzug zu melden.«

»Das war nicht nötig«, erwiderte Evan. »Ein Pilzsammler, der des Weges kam, erzählte mir, dass in Burrington ein Mann spurlos verschwand. Da konnte ich gleich weiterreiten.«

*Der Pilzsammler!* Durial dachte daran, dass dies auch noch ein Problem werden konnte, das es zu lösen galt. *Aber eines nach dem anderen*, sagte er sich.

Evan riss ihn aus seinen Gedanken.

»Du lieferst mir den Kerl morgen Nacht zur alten Ruine bei...«

»Das geht nicht«, unterbrach Durial.

»Warum nicht?« Evan starrte ihn durch die Augenschlitze der Maske überrascht an.

»Weil...«

Durial verstummte. Beide Männer wandten lauschend den Kopf.

Ein Wagen rasselte von der Stadt über den Fahrweg heran. Sie zogen sich tiefer ins Dunkel des Wäldchens zurück. Durial hielt seinem Pferd, das er im tiefen Dunkel bei einer Buche angebunden hatte, die Nüstern zu. Der Wagen fuhr nach Norden davon, und die beiden Männer entspannten sich.

»Warum geht das nicht?«, fragte Evan ärgerlich. Er nahm an, dass Durial nur den Preis hochtreiben wollte.

»Er ist befreit worden«, log Durial. »Irgendjemand muss meinen Jungs bis zur Höhle gefolgt sein. Wir hielten ihn gefesselt in der Nebenhöhle. Am Morgen war er verschwunden.«

Evan fluchte.

Er hatte mit dem Schwarzbart abrechnen wollen. In einem offenen Kampf hätte er kaum eine Chance gehabt. Der Kerl hatte seine Überlegenheit bewiesen. Deshalb hatte Evan Durial den Auftrag gegeben, den Schwarzbart aus Burrington verschwinden zu lassen. Dann hatte er dem Gefangenen die Niederlage heimzahlen wollen. Daraus wurde jetzt nichts.

Eine Weile herrschte Schweigen. Irgendwo schrie eine Eule, dann herrschte wieder tiefe Stille.

Evan dachte daran, dass dieser Cynan gesagt hatte, er solle ihm nicht mehr unter die Augen kommen.

»Du brauchst dir aber keine Sorgen zu machen«, sagte Durial, als hätte er Evans Gedanken erraten. »Der Schwarzbart wird dir keine Konkurrenz mehr bei Eyra machen. Er hat heute Abend Burrington verlassen.«

Evan freute sich, das zu hören. Dann stutzte er. »Woher weißt du, dass ich, dass er...« Er verhaspelte sich.

Durial lachte leise. »Ich weiß alles, Evan.«

Das war in der Tat der Fall. Der Kundschafter Durials hatte herausgefunden, wer der unheimliche Maskierte war. Es war ihm gelungen, nach einem Treffen Evans Fährte bis nach Burg Torrington zu verfolgen. Und von den Wachen hatte er erfahren, dass der Reiter, den sie gerade eingelassen hatten, Evan, der Sohn des Hauses, war. Durial selbst hatte in Burrington erfahren, was sich zwischen Evan und Cynan in der Gaststube abgespielt hatte, bevor ihm der geheimnisvolle Unbekannte den Entführungsauftrag gegeben hatte. Er wusste auch, dass Evan davon gesprochen hatte, Eyra zu heiraten.

»Du kannst die Maske also abnehmen«, sagte Durial spöttisch. »Ich weiß genau, wer du bist. Und ich weiß auch, dass du Eyra haben willst. Leider wird daraus nichts, denn sie gehört mir.«

Und bevor er ganz ausgesprochen hatte, stieß er dem völlig überraschten Evan den Dolch in die Brust. Er hatte den Dolch die ganze Zeit über im Ärmel gehabt und ihn in der Dunkelheit unbemerkt in seine Hand rutschen lassen.

Röchelnd sank Evan zurück.

Durial stieß einen Eulenschrei aus.

Sofort huschten Gestalten heran, die ringsum im Dunkel gelauert hatten. Durials Räuber. Durial hatte sie zu diesem Treffen bestellt, um keinerlei Risiko einzugehen.

Die ganze Zeit über hatte der Bogenschütze der Bande auf den Maskierten gezielt.

»Alles klar«, rief Durial gedämpft.

Doch da irrte er gewaltig. Von dem Wagen, der vorhin so harmlos vorbeigefahren war, waren drei Männer abgesprungen, als sie gesehen hatten, dass Durials Fährte vom Weg abbog. Im Schutz von Büschen und Blumen hatten sich die drei Männer unbemerkt anschleichen können.

Sir Morgan und seine Soldaten.

Und jetzt kamen sie wie ein höllisches Ungewitter über Durial und seine Räuber.

Der Schreck fuhr den üblen Gesellen durch Mark und Bein.

Morgan streckte Durial mit einem Schwerthieb nieder. Er fiel direkt neben Evan. Das war sein Pech. Morgans Schwerthieb hatte Durial nur das Bewusstsein genommen. Er hätte noch ein wenig leben dürfen – bis zur Hinrichtung für seine Missetaten. Doch Evans Dolchstoß nahm ihm auch noch diese gewiss nicht lange Galgenfrist. Evan war nämlich nicht tot, noch nicht. Er hatte sich den Dolch aus der Brust gerissen und erstach Durial, bevor Morgan Evan mit einem Schwerthieb den Dolch aus der Hand schlagen konnte.

Derweil kümmerten sich die Soldaten um die überraschten Räuber. Besonders Cynan, der ja inzwischen von Morgan erfahren hatte, wer ihn niedergeschlagen und entführt hatte. Cynan kämpfte mit dem Schwert, und in seinem Groll war er nicht gerade zimperlich. Immer noch verspürte er Kopfschmerzen, seit er am Mittag im Wald erwacht war und in Burrington dann Morgan und Rhodri wiedergesehen hatte, die ihn schon erwartet hatten.

Auch Rhodri trug seinen Teil bei, und es wurde ein sehr kurzer Kampf, denn keiner der Räuber war mit einem Schwert bewaffnet, und der Schreck über das plötzliche Auftauchen der drei Schwertkämpfer steckte ihnen noch in allen Gliedern.

Als drei Räuber besinnungslos am Boden lagen, ergaben sich die anderen.

Morgan und die Soldaten fesselten die Räuber.

Durial war tot.

Evan lebte noch, doch Morgan erkannte, dass der Mann im Sterben lag. Es war für Cynan keine Überraschung mehr, Evans Gesicht zu sehen, als Morgan ihm die Maske abnahm. Er hatte ebenso wie Morgan und Rhodri den Schluss dessen gehört, was Evan und Durial besprochen hatten.

Evan verlangte nach einem Priester.

»Ich kann nicht zaubern«, sagte Morgan.

»Aber ich«, sagte da eine Stimme aus der Dunkelheit.

Morgan zuckte mit dem Schwert in der Hand herum.

Ein Schatten trat zwischen Baumstämmen hervor. Als er in einen Streifen fahles Mondlicht trat, sah Morgan, dass der Mann das schwarze Gewand eines Paters trug.

»Wie kommt Ihr denn her?«, fragte Morgan verblüfft.

Sothon lächelte.

»Ich wollte ein bisschen in frischer Waldluft wandeln, um Zwiesprache mit meinem Herrn zu halten«, sagte Sothon. »Da taucht ihr hier auf.«

Morgan gürtete sein Schwert und wies auf Evan.

»Er möchte beichten, Pater.«

»Ich weiß«, sagte Sothon. »Ich hörte es.« Er kniete sich neben Evan. »Nun, mein Sohn, erleichtere dein Gewissen.«

Das tat Evan. Und seine Stimme war noch so kräftig, und er sprach in der Erregung so laut, dass Morgan und die Gewappneten alles mithören konnten, obwohl sie sich einige Schritte zurückgezogen hatten.

»Mein Gott, ein Vatermörder«, flüsterte Rhodri betroffen.

Getroffen war auch Morgan, als er erfuhr, dass Evans Bruder Gyan Eyras Mann gewesen war. Und es stieg in ihm der Verdacht auf, dass Eyra nicht durch Zufall nach Burrington gekommen war...

## 20. Kapitel

Dieser Verdacht bestätigte sich dann am nächsten Tag bei dem Stelldichein am See. Und Morgan hatte das Gefühl, von einer rosaroten Wolke des Glücks in einen finsteren Abgrund der Enttäuschung zu stürzen.

Ja, es war ein menschlicher Abgrund, in den er da schaute.

Dabei hatte alles so schön angefangen.

Eyra war da. Sie hatte den Leibwächter unter einem Vorwand wegeschickt. Sie und Morgan waren allein.

Sie küsste ihn, und sie sanken ins weiche Gras neben dem Fuhrwerk. Morgan konnte sein Glück nicht fassen. Die große Liebe von damals, die nie ganz vorbei gewesen war! Er fühlte sich so glücklich wie nie.

Es war wie ein süßer Traum.

Dann kam das schreckliche Erwachen.

»Ich will dir gehören«, sagte Eyra mit ihrer sanften Stimme und küsste ihn voller leidenschaftlicher Hingabe.

»Ich liebe dich«, hörte Morgan sich sagen, und es war die Stimme seines Herzens, die gesprochen hatte. Es war einfach aus ihm hervorgebrochen. »Ich liebe dich noch immer.«

»Ich will dir gehören«, wiederholte Eyra, doch zuvor musst du mir noch einen Dienst erweisen.«

Normalerweise hätte eine innere Stimme Morgan gewarnt, wenn eine Dame Bedingungen stellte. Doch in seiner glückseligen Verfassung hörte er gar nicht genau hin.

»Ich werde dir jeden Wunsch erfüllen«, hörte er sich sagen.

Zärtlich sah er ihr in die Augen, in diese großen braunen, seelenvollen Augen. Ihr Lächeln hatte etwas seltsam Verlorenes, ja Trauriges.

Und dann verzerrte sich ihr Gesicht, dieses schöne Gesicht, das er so oft seit damals vor seinem geistigen Auge gesehen hatte, wenn er an Eyra gedacht hatte.

»Töte Sir Torrington!«, stieß sie hervor.

In diesem Augenblick erstarb etwas in Morgan. Ein Traum zerbrach.

Einen Augenblick lang war er zu benommen, um Worte zu finden.

»Warum?«, fragte er dann.

»Ich hasse ihn! Ich hasse ihn! Er hat mein Glück zerstört! Du musst ihn töten! Ich will dir gehören, wenn du es tust!«

Tiefe Bitterkeit erfüllte Morgan. Die Frau, die er liebte, wollte in ihrem Hass töten! Töten lassen! Dafür wollte sie sich praktisch verkaufen. Sie liebte ihn nicht. Sie wollte ihn nur benutzen.

»Mit diesem Ziel bist du nach Burrington gekommen«, sagte er. »Du hast gewusst, dass Burg Torrington nicht weit ist, und du hast von Anfang an vorgehabt, dich zu rächen. Und vermutlich hast du von Anfang an einen Helfer gesucht, der für dich morden sollte.«

Sie sagte nichts, doch er spürte, dass er den Nagel auf den Kopf getroffen hatte.

Das flaue Gefühl verstärkte sich.

Sie lächelte und sah ihm tief in die Augen. Lockend. Verheißungsvoll. Alles Glück dieser Welt versprach ihm dieser Blick. Doch er spürte nichts mehr. Er fühlte sich wie leer.

»Bin ich dir das nicht wert?«, fragte sie mit ihrer sanften Stimme, und ihr Körper drängte sich an ihn. Doch diesmal weckte die Berührung kein süßes Prickeln, kein Verlangen nach ihr. Eher Ekel.

»Keine Frau der Welt ist es wert, dass ein Mann deswegen zum Mörder wird«, sagte Morgan. Er schob sie von sich.

Er erhob sich. Seine Knie waren weich.

»Morgan!«

Er konnte sie nicht mehr anblicken.

Er schritt zu seinem Pferd, das er zwischen den Bäumen angebunden hatte.

»Morgan!«

Er saß auf. Er fühlte sich so elend wie nie in seinem Leben.

Der Traum der großen Liebe war dahin. Die Flamme, die nie ganz ausgegangen war und nach dem Wiedersehen von Neuem zu einem verzehrenden Feuer aufgelodert war, diese Flamme war jetzt endgültig erloschen.

Er zwang sich, ein letztes Mal zurückzublicken. Da lag sie im Gras, halb aufgerichtet, schön und lockend, doch er empfand nichts mehr für sie.

»Übrigens«, sagte er mit belegter Stimme, »brauchst du dir keinen anderen Mörder zu suchen. Sir Torrington ist tot. Ebenso Evan. Alle Torringtons sind tot. Du kannst deine Rache vergessen.«

Dann trieb er den Hengst an und galoppierte in gestrecktem Galopp davon.

## 21. Kapitel

Ritter Morgan sah Eyra noch einmal in Burrington, als sie am nächsten Tag mit einem Fuhrwerk den Ort verließ.

Fast ganz Burrington hatte sich eingefunden, um bei der überraschenden Abreise der schönen Eyra zugegen zu sein.

Für viele Männer, die sich Hoffnungen gemacht hatten, war Eyras plötzliche Abreise eine große Enttäuschung.

Der Poet überreichte ihr einen Brief – sicherlich eine glühende Liebeserklärung – und sagte mit hochrotem Kopf: »Für die schönste Frau, die ich je sah.«

Cynan und Rhodri hatten sich schon von Eyra verabschiedet. Beide waren traurig. Sie hielten Eyra nach wie vor für einen Engel. Morgan hatte ihnen nichts von seiner bitteren Enttäuschung erzählt.

Morgans Augen brannten. Einer der Männer trat zurück, und gab die Sicht auf Eyra frei. Ihre Blicke trafen sich.

Sie lächelte, seltsam traurig und verloren.

Und bevor er sich's versah, schritt er auf sie zu. Sie sahen sich in die Augen.

Sie nahmen nichts ringsum wahr.

»Lebwohl«, sagte er mit belegter Stimme.

»Lebwohl, Morgan. Verzeih. Es – tut mir alles leid.« Und dann hielt sie ihm die Hand hin.

Er zögerte. Er las eine stumme Bitte in ihren Augen.

Es war eine Geste, die ihn zutiefst aufwühlte.

Dann ruckte das Fuhrwerk an und rollte davon.

»Die Hexe sind wir los!«, rief einer der Umstehenden.

Morgan wandte sich ab. Er wollte Lyall am Krankenbett auf Wiedersehen sagen und dann mit seinen Leuten Burrington verlassen.

Hexe? Er lauschte in sich hinein. Nein, eine Hexe war Eyra gewiss nicht. Auch kein Engel. Ein Mensch. Eine schöne Frau, die geliebt und gehasst hatte.

Er hoffte, dass mit den Torringtons auch ihr Hass gestorben war.

Er ging mit den Soldaten in die Schenke zur Linde, um den bitteren Geschmack hinunterzuspülen.

## Nachspiel

Auf dem Fuhrwerk sagte der Pater, der sich als Eyras Begleiter angeboten hatte:

»Du hast deine Sache gut gemacht, Eyra.«

Sie wandte den Kopf. »Sothon!«, sagte sie überrascht. »Aber wieso...«

Sothon lächelte. Sie fragte sich, weshalb sie ihn vorhin nicht erkannt hatte.

»Du weißt, was geschehen ist?«, fragte sie.

»Natürlich«, erwiderte er. »Ich war stets dabei. Mal als Pilzsammler, mal als Pater, mal als einer der Gäste in der Schenke. Ich habe gestern Nacht sogar Evan of Torrington sterben sehen. Ich wusste auch, dass Gyan längst tot ist.«

Sie starrte ihn fassungslos an.

»Du hast davon gewusst? Aber warum hast du mir das nicht gesagt, bevor...«

»Bevor du Morgan zum Mord verführen wolltest, meinst du?«

Sie senkte den Kopf. Ihre Augen füllten sich mit Tränen. Er legte sanft eine Hand auf ihre Schulter.

»Ich wollte dich prüfen, in Tyrais Auftrag. Im Großen und Ganzen hast du die Prüfung bestanden. Ach, wie du die Männer verrückt gemacht hast! Du hättest jeden haben können. Doch du bist standhaft geblieben. Nur bei Sir Morgan wärst du schwach geworden. Tyrai wäre sehr enttäuscht gewesen, wenn du ihn betrogen hättest. Und das hättest du, wenn der Ritter nicht so stark gewesen wäre und dich abgewiesen hätte, nicht wahr?«

Sie schluckte und sagte nichts, doch er wusste die Antwort.

Sothon fuhr fort: »Ja, so sehr du auch allen anderen Männern widerstanden hast, Morgan hättest du nicht widerstehen können. Im Geiste hast du Tyrai schon mit ihm betrogen. Ich sprach heute Nacht mit Tyrai. Er verlangt einen neuen Beweis deiner ewigen Treue.«

Ihr Kopf ruckte hoch. Sie sah ihn überrascht an. »Ich – ich werde ihn noch nicht wiedersehen? Aber du hast doch gesagt, wenn die Torringtons tot sind...«

Er schüttelte leicht den Kopf.

»Tyrai will noch einen letzten Beweis deiner Liebe und Treue zu ihm. Wir sind auf dem Wege, um diesen Beweis zu erbringen.«

»Wohin fahren wir?«

»Nach Launceston Castle«, erwiderte Sothon.

Sie sah ihn fassungslos an.

Er lächelte. »Ja, Eyra, ich weiß, was du denkst. Du wirst all deine Zauberkraft brauchen. Denn es wird ein Wiedersehen mit Sir Morgan geben.«

# 4. Ein Engel als Köder

## 1. Kapitel

Der Mond, der durch das kleine Fenster der Herberge in die Kammer lugte, schien auf eine seltsame Szene. Da lag auf der Bettstatt eine wunderschöne Frau unter einer dünnen Decke. Und auf dem Fußboden davor lag ein junger Ritter, zusammengerollt, das Schwert neben sich.

Morgan auf Launceston hatte wieder einmal eine ehrenvolle Aufgabe erhalten. Es ging um Elisabeth Terciere, eine Comtesse aus Burgund, über die er wachen musste. Plötzlich wurde er durch ein Knarren aus seinem leichten Schlaf geweckt.

Die Tür.

Wie von Geisterhand schwang sie langsam auf!

Mit dem Schwert in der Hand sprang Morgan auf.

Drei Männer stürmten in den Raum, drohende Schatten im Halbdunkel der Kammer.

Der Mann an der Spitze hielt ein Schwert in der erhobenen Rechten, die beiden anderen waren mit Keulen bewaffnet. Ebenso der vierte Kerl, der sich jetzt durch das Fenster herein schwang.

Elisabeth Terciere schrie unterdrückt auf und zog die Decke hoch.

Morgan stellte sich tollkühn der Übermacht.

Der Mann mit dem Schwert verharrte wie vom Donner gerührt. Gewiss hatte er sich alles viel einfacher vorgestellt.

Er hielt die Hand mit dem Schwert erhoben, doch er war wohl zu überrascht von Sir Morgans blitzschneller Reaktion, um zu handeln.

Auch die beiden Kerle hinter ihm blieben unvermittelt stehen, und der Mann am Fenster verlor vor Schreck gar seine Keule.

Er hatte gedacht, es sei die einfachste Sache der Welt, einen Mann im Schlaf zu überraschen. Doch dieser Mann musste einen äußerst leichten Schlaf gehabt haben, und er kam über sie wie der Teufel.

Der Anführer des Quartetts schrie auf, als Morgans wuchtiger Hieb sein Schwert traf. Fast wäre es Morgan gelungen, ihm das Schwert aus der Hand zu schlagen, doch der Gegner strauchelte nur, konnte sich fangen und hielt das Schwert fest.

Elisabeth stieß einen gedämpften Schrei aus. Wie gebannt starrte sie auf die Kämpfenden.

»Ergib dich!«, keuchte der Kerl mit dem Schwert.

Morgan prallte gegen die Bettkante und taumelte. Der Kerl mit dem Schwert sah seine große Chance gekommen, als Morgan auf dem Bett lag.

Er stürmte mit einem triumphierenden Schrei auf den Ritter zu.

Verzweiflung stieg in Morgan auf. Er hatte sich noch nicht gefangen, und wenn der Kerl mit dem Schwert zustieß, war alles aus. Es blieb keine Zeit mehr, seinen Stoß zu parieren.

Doch zu seiner grenzenlosen Erleichterung stieß der Angreifer nicht mit dem Schwert zu, sondern er schwang es plötzlich, als wollte er Morgan mit mächtigem Streich enthaupten.

Blitzschnell zog der jedoch beide Beine an und stieß sie mit aller Kraft vor, just in dem Moment, in dem der Mann mit dem Schwert heran war.

Er traf den Angreifer in die Magengrube. Brüllend taumelte der Mann zurück, flog gegen seinen keulenschwingenden Kumpan und ging mit ihm zu Boden.

Morgan schnellte sich vom Bett hoch.

Mit zwei Sätzen war er bei den beiden.

Der eine presste stöhnend eine Hand auf seinen Leib. Der andere tastete nach seiner Keule, die ihm der eigene Kumpan beim Aufprall aus der Hand gestoßen hatte.

Morgan verlor keine Zeit. Er hieb dem Burschen, der die Keule ergreifen wollte, die Breitseite der Klinge auf die Finger und schlug mit einem weiteren schnellen Hieb den Anführer nieder, der nach dem Schwert greifen wollte, das ihm beim Sturz aus den Fingern geglitten war.

Der zweite Keulenschwinger und der Mann am Fenster lösten sich aus ihrer Erstarrung. Beide griffen ungestüm an.

Der eine hielt wohl nichts vom Nahkampf. Er warf seine Keule mit voller Wucht.

Morgan duckte sich geistesgegenwärtig, packte den jetzt keulenlosen Mann am Gewand und schleuderte ihn gegen den Kumpan. Beide gingen zu Boden, und Morgan glaubte die Atempause zu haben, die er dringend brauchte.

Doch daraus wurde nichts.

Der Schwertkämpfer war zu sich gekommen; Morgan hatte ihn wohl nicht richtig getroffen. Der Kerl sprang mit dem Schwert in der Hand auf.

Morgan konnte gerade noch den Kopf zur Seite reißen. Doch das Schwert streifte ihn an der Schulter, und ein heißer Schmerz zuckte durch seinen Arm.

»Du Hund!«, keuchte der unbekannte Angreifer, der das Schwert schwang. »Ich werde dich...«

Er konnte nicht zu Ende reden.

Morgans mächtiger Schwerthieb fegte ihn zu Boden. Doch diesmal blieb der Anführer liegen und rührte sich nicht mehr.

Jetzt lagen zwei Männer bewusstlos am Boden, und Sir Morgan war von grimmiger Zuversicht erfüllt.

Diese Lumpen hatten sich verrechnet.

Morgan wirbelte zu den beiden anderen herum, die sich inzwischen aufgerappelt hatten. Die Kerle sollten ihr blaues Wunder erleben. Aber für sie schien der Kampf vorüber zu sein. Der erste warf sich kopfüber aus dem Fenster, und auch der zweite ergriff panikartig die Flucht.

Die Burschen hatten es so eilig, dass sie sogar vergaßen, ihre Keulen mitzunehmen.

Morgan hob eine auf und warf ihnen ihr Eigentum nach. Er hörte ein dumpfes Klatschen und einen Fluch, der in ein Ächzen überging. Treffer!

Schritte entfernten sich eilig.

Morgan warf einen schnellen Blick durch die Kammer. Zwei reglose Gestalten am Boden, von denen eine Weile gewiss keine Gefahr drohte. Elisabeth, die sich ihre Decke bis zum Busen gezogen und im Bett aufgesetzt hatte, starrte ihn aus großen Augen entsetzt an, fast so, als sei er der Bösewicht.

Gewiss war sie immer noch zu Tode erschrocken.

Die Gefahr war gebannt. Doch Morgan wollte die beiden anderen nicht entkommen lassen. Elisabeth hatte voller Sorge von den Räubern gesprochen, die in dieser Gegend Reisende überfielen. Die Kerle waren zielstrebig in Elisabeths Kammer eingedrungen, und sie konnten weitere Scherereien machen, wenn sie entkamen.

Morgan zögerte nicht.

»Bringt Euch in Sicherheit und holt den Wirt!«, rief er Elisabeth zu und lief zum Fenster.

Sie streckte eine Hand aus, als wollte sie ihn festhalten.

»Bleibt, Sir Morgan...«

Er sprang bereits durch das Fenster hinaus und landete weich auf dem Kerl, den er mehr oder weniger zufällig mit der Keule getroffen hatte, und der sich gerade stöhnend aufstemmen wollte.

Mit einem schnellen Fausthieb legte Morgan ihn wieder hin.

Sein Blick zuckte über den Hinterhof.

Der Letzte des üblen Quartetts hatte einen Bretterzaun am Ende des Hofes erreicht und kletterte gerade hinauf.

»Bleib stehen!«, rief Morgan. Der Mann kümmerte sich jedoch nicht um seinen Ruf.

Morgan zögerte einen Lidschlag lang. Ob er nicht doch besser bei der Comtesse Elisabeth blieb? Vielleicht war sie zu erschrocken, um die paar Schritte aus der Kammer zu tun und sich in Sicherheit zu bringen. Morgans Blick flog zum Fenster zurück. Dort war jetzt der Schein einer Lampe zu sehen und das tiefe Organ eines Mannes zu vernehmen. Der Mann erkundigte sich, was der Lärm zu bedeuten habe. Elisabeths aufgeregte Stimme antwortete. Morgan atmete auf. Er erkannte die Stimme des Mannes wieder. Es war einer der Gäste, die er am Abend kennengelernt hatte. Er würde sich um Elisabeth kümmern.

»Hier liegt noch einer!«, rief Morgan. »Hebt ihn gut auf.«

Dann lief er auf den Zaun am Ende des Hofes zu.

Sir Morgan zog sich am Zaun hoch und spähte hinüber. Der Bursche war nur etwa zwanzig Klafter entfernt. Gehetzt blickte er zurück und übersah dabei ein Loch im Boden. Er stolperte und stürzte.

Morgan sah es mit grimmiger Zufriedenheit.

Er warf das Schwert über den Zaun, weil es ihn beim Klettern behinderte und sprang hinterher. Federnd landete er, packte das Schwert und eilte weiter. Der Räuber hatte sich gerade aufgerappelt. Jetzt rannte er davon, als sei der Leibhaftige persönlich hinter ihm her.

Er schlug einen Haken und verschwand hinter einem dunklen Schuppen. Seine Schritte hämmerten durch die Stille der Nacht. Hühner begannen zu gackern, aus einem anderen Stall war das Grunzen von Schweinen zu vernehmen.

Morgan bog vorsichtig um die Ecke des dunklen Stalles. Er hielt das Schwert in der vorgereckten Rechten, weil er mit einem Angriff aus dem Dunkel rechnen musste. Doch der Mann dachte offenbar nicht an Kampf. Morgan konnte ihn nicht sehen, doch er hörte die Schritte in einer Seitengasse jenseits der Stallgebäude davoneilen.

Morgan erreichte die Gasse und sah den Flüchtenden gerade noch an ihrem Ende über einen Zaun klettern.

Der Ritter rannte durch die Gasse.

Als er an die Stelle gelangte, an der der Flüchtende verschwunden war, zog er sich am Zaun hoch und spähte vorsichtig hinüber.

Tiefe Finsternis nistete zwischen den Apfelbäumen und dunklen Gebäuden, die sich am Rande eines kleinen Gartens abhoben.

Morgan lauschte mit angehaltenem Atem. Er glaubte nur das Pochen seines Herzens zu hören. Kein fliehender Schatten war zu sehen, und er konnte keine Schritte hören.

Morgan sprang über den Zaun hinab in den Garten.

Dann fluchte er.

Er landete weich, doch leider in einem recht würzig riechenden Misthaufen. Den Duft hatte er schon wahrgenommen, doch nicht gedacht, dass der Haufen ausgerechnet unterhalb des Zaunes war.

»Verdammt!«

Fluchend kämpfte sich Morgan aus dem Misthaufen. Als er stand, rutschte er aus und landete in der Vertiefung, die er zuvor mit seinem Aufprall geschaffen hatte.

Von Neuem rappelte er sich auf und wischte sich über Mund und Wangen.

Angestrengt spähte er durch die Dunkelheit. Wo sollte er jetzt nach dem Entkommenen suchen? Vermutlich kannte sich der Kerl besser in den Örtlichkeiten aus. Vielleicht versteckte er sich ja auch.

Morgan wurde aus seinen Überlegungen gerissen. Hufschlag klang auf und entfernte sich nach Nordwesten. Nun, das konnte auch Zufall sein, doch er glaubte nicht an solche Zufälle.

Der Mann war entkommen.

Es blieb ihm nichts anderes übrig, als zur Herberge zurückzukehren. Er tröstete sich mit dem Gedanken, dass immerhin drei der üblen Gesellen geschnappt worden waren.

## 2. Kapitel

Der Ritter kletterte wieder über den Zaun und schritt durch die Gasse, in die nur ein Streifen Mondlicht fiel.

»Oh!«

Der Laut ließ Morgan herumwirbeln.

Instinktiv riss er die Hand mit dem Schwert hoch.

Dann entspannte er sich. In einem offenen Fenster konnte er den schwachen Umriss einer Gestalt ausmachen. Unverkennbar eine weibliche Gestalt.

Morgan atmete auf. Es drohte keine Gefahr.

»Was – was tut Ihr da?«

Eine süße, aber etwas furchtsame Stimme.

»Keine Sorge, gute Frau«, sagte Sir Morgan beruhigend. »Ich mache nur einen kleinen Spaziergang.«

Er wollte sich in Bewegung setzen, doch offenbar deutete die Maid das falsch.

»Rührt Euch nicht von der Stelle, oder ich schreie um Hilfe!«

Morgan verharrte.

»Ihr braucht Euch nicht zu ängstigen«, sagte er und lächelte, obwohl sie das in der Dunkelheit gewiss nicht erkennen konnte. »Ich gehe zurück zur Herberge und...«

Morgan verstummte, denn die Frau hielt eine Laterne aus dem Fenster und beleuchtete ihn.

»Wer seid Ihr?« Es klang wie ein Hauch.

»Morgan ist mein Name.«

Morgan war die Situation ein wenig peinlich weil er so stank, und er fühlte sich bemüßigt, eine Erklärung abzugeben. Doch es wollte ihm nichts Gewandtes und Charmantes einfallen, und während er noch überlegte, nahm sie ihm das Wort aus dem Munde:

»Ihr seid in einen Misthaufen gefallen«, stellte sie heiter fest, und im Schein der Laterne sah Morgan ihr Lächeln. Es war ein süßes Lächeln, sogar bar jeder Schadenfreude, doch Morgan ärgerte sich in seiner beschämenden Situation darüber.

»So ist es, und wenn Ihr mich jetzt entschuldigen wollt...«

Damit ging er weiter. Er spürte förmlich ihren Blick auf seiner nackten Kehrseite, doch es war ihm gleichgültig.

»So wartet doch, Ihr könnt bei mir...«

Morgan schluckte. Hatte er da gerade so etwas wie eine Einladung vernommen?

Er wollte schon stehenbleiben und nachfragen, wie ihre hastig hervorgestoßenen Worte zu verstehen waren, als in dem Haus eine tiefe, grollende Stimme ertönte:

»Anne, was ist da los?«

Gewiss Annes Mann!

»Nichts!«, beteuerte Anne zwar, doch Morgan hörte ein Poltern und stampfende Schritte, und er machte sich davon. Schnell tauchte er in der Dunkelheit unter. Als er einen Blick über die Schulter warf, sah er Anne, die sich immer noch weit aus dem Fenster lehnte und die Laterne vorreckte, als wolle sie noch bis zu ihm leuchten.

Sofort dachte er an die Lumpen, die er bewusstlos bei Elisabeth zurückgelassen hatte, und sein Grinsen verschwand.

Die Burschen würden ihm ein paar harte Fragen beantworten müssen.

Das taten sie jedoch nicht. Als Morgan durch das Fenster in die Kammer stieg, lag nur noch einer am Boden neben dem Bett.

Die Comtesse Elisabeth war weg.

Morgan zündete schnell die Öllampe an. Der Mann am Boden war keiner der Räuber. Es war der Gast, mit dem Morgan am Abend geplaudert hatte, ein dicker Weinhändler, der ihm beim Essen mit seinem Geschwätz auf die Nerven gegangen war.

Der Dicke regte sich. Er stemmte sich ungeschickt auf und tastete stöhnend an seinen Hinterkopf. Dann blinzelte er zur Lampe und zu Morgan hin.

»Was ist passiert?«, ächzte er.

»Das möchte ich auch gern wissen«, erwiderte Morgan.

»Die Räuber!«, stieß der dicke Weinhändler hervor. »Sie lagen hier, als ich ins Zimmer kam! Und die arme Dame! Ich fragte sie gerade, was los war, da hörte ich hinter mir ein Geräusch, und gleich darauf traf mich etwas am Kopf.«

Ein schlimmer Verdacht stieg in Morgan auf. Wenn der Weinhändler niedergeschlagen worden war, dann war möglicherweise nicht alles so abgelaufen, wie er gedacht hatte.

»Hat der Wirt nicht die Kerle...«

Morgan verstummte und hob lauschend den Kopf. Ein Fuhrwerk verließ den Ort. Hufschlag und Räderrasseln entfernten sich in der Nacht. Flüchtig fragte er sich, wer zu dieser späten Stunde durch die Nacht fuhr.

Dann dachte er an Elisabeth Terciere, und er fluchte lautlos.

»Was geht hier vor?«

Ein kleiner, kahlköpfiger und krummbeiniger Mann stürmte mit allen Anzeichen von Aufregung in das Zimmer. Sein graues Schnurrbärtchen, die letzte Bastion seiner Haare, sträubte sich. Die blauen Schweinsäuglein blickten Morgan vorwurfsvoll an.

Morgan berichtete mit knappen Worten und gürtete sein Schwert.

»Wo sind die Kerle, und wo ist die Lady?«, fragte er schließlich.

Die Antwort war wie ein Fausthieb für ihn.

»Welche Kerle? Hab' keine Kerle gesehen. Und die Dame?« Der Kleine zuckte mit den schmächtigen Schultern. »Soeben abgereist.«

»Abgereist?«, entfuhr es Morgan verblüfft. »Wieso habt Ihr überhaupt nichts gehört?«

Der Wirt zuckte mit den schmalen Schultern.

»Ich schlief. Da weckte mich die Comtesse und verlangte, dass ich auf der Stelle anspanne.«

*Sonderbar!*, dachte Morgan. *Weshalb diese überstürzte Abreise?*

»Hat sie etwas gesagt?«, erkundigte er sich.

Er konnte sich einfach nicht vorstellen, dass Elisabeth in der Nacht die Reise fortsetzte. Voller Sorge hatte sie von den Gefahren gesprochen, die einer nur mit zwei Kutschern reisenden Dame in dieser Gegend drohten.

Irgendetwas stimmte da nicht!

Der Wirt nickte heftig, und sein Adamsapfel zuckte auf und ab.

»Gewiss hat sie etwas gesagt.«

»Spann mich nicht auf die Folter!«, sagte Morgan schroff.

»Sie sagte – auf Wiedersehen.«

Morgan unterdrückte ein Seufzen.

»Sonst nichts?«, vergewisserte er sich.

»Sonst nichts.«

»Ich verlange eine Erklärung!«, sagte der Weinhändler zornig.

Auch Morgan hätte gern eine Erklärung gehabt, doch von dem Wirt war nichts zu erfahren. Die Räuber waren weg und mit ihnen auch Elisabeth. Zum Glück nur mit ihren Kutschern und wohlbehalten, wie der Wirt beteuerte, der bei der Abfahrt zugegen gewesen war. Morgan hatte schon an eine Entführung gedacht.

Trotzdem war die ganze Sache recht seltsam.

Er ließ sich noch einmal alles durch den Kopf gehen und kam zu dem Schluss, dass er ein rechter Dummkopf gewesen war. Vermutlich waren die Eindringlinge kleine Räuber gewesen, die schnelle Beute hatten machen wollen. Er hätte bei Elisabeth und den Bewusstlosen bleiben sollen, anstatt wie ein Tölpel auf Verfolgungsjagd zu gehen und in einem Misthaufen zu landen. Er ärgerte sich über sich selbst, und als er den Wirt grinsend schnuppern sah, juckte es ihm in den Fingern.

»Ich denke, das riecht nach...« Der Wirt kratzte sich am Kinn und legte die Stirn in Falten. »Lasst mich raten...«

»Ja, verdammt!«, fuhr Morgan ihn so zornig an, dass der kleine Wirt erschrocken zurückhüpfte.

Die Schweinsäuglein blickten entgeistert, dann trotzig, dann verschlagen und schließlich schadenfroh.

»Ich glaube, Ihr seid schlechter Laune«, sagte er hämisch. »Doch Ihr solltet Euch mäßigen, anstatt Eure Wut an mir auszulassen.«

Morgans Zorn war verraucht, und es tat ihm jetzt leid, dass er den Wirt etwas unfreundlich behandelt hatte. Schließlich konnte der nichts für die Ereignisse.

Kurz spielte er mit dem Gedanken, der Kutsche nachzureiten, doch schließlich entschied er sich dagegen. Sie hätte nicht so überstürzt abzureisen brauchen. Er konnte sich ihr Verhalten nicht erklären. Ritterlich hatte er ihren Schutz übernommen, aus dem sie sich selbst nun entlassen hatte. Jetzt galt es, auf das Eintreffen der Kriegsknechte Rhodri und Cynan zu warten, die am nächsten Morgen eintreffen würden.

Sie waren nicht zum Vergnügen unterwegs.

Sie sollten den Räubern das Handwerk legen, die offenbar nun auch Morgan und Elisabeth überfallen hatten. Gewiss hätte sein Vater, Sir Ronan of Launceston, der High Sheriff of Cornwall, ihn nicht damit beauftragt, wenn die Burschen sich bisher mit bescheidener Beute zufrieden gegeben hätten. Doch die Bande hatte, wahrscheinlich ohne es zu wissen, bei einem ihrer Überfälle ein prominentes Opfer ausgenommen, eine Verwandte seiner Frau Lady Gilian, Morgans Mutter. Die beiden Kriegsknechte hatten sich einer Reisegesellschaft angeschlossen, während Morgan den Schutz der Comtesse auf ihrer Durchreise übernommen hatte.

»Kann man hier baden?«, fragte Morgan den Wirt, der sich immer noch mit dem Weinhändler herumstritt.

Er grinste, als er Morgans grimmige Miene sah.

»Da müsst Ihr schon zu Annes Badehaus gehen«, fuhr er fort. »Aber das kostet einiges. Anne nimmt bestimmt den doppelten Preis, wenn Ihr zu dieser späten Stunde Einlass bei ihr begehrt.«

Morgan überlegte, ob er sich in diesem stinkenden Zustand zur Ruhe begeben sollte. Nein, das kam nicht in Frage.

»Wo ist der Brunnen?«, fragte Morgan sein Gegenüber.

»Am anderen Ende der Stadt. Aber da könnt Ihr gewiss nicht baden.«

»Wo ist dieses Badehaus?«, fragte er interessiert.

Der Wirt erklärte ihm den Weg. Durch die Gasse jenseits des Hofes und links das fünfte Steinhaus.

Kein Zweifel, es konnte sich bei Anne nur um die Frau handeln, die er flüchtig kennengelernt hatte. Im Nachhinein musste Morgan schmunzeln. Jetzt wurde ihm klar, weshalb sie ihn hatte zurückhalten wollen. Sie hatte in ihm nichts anderes als einen Kunden gewittert.

Der Gedanke an ein Wiedersehen mit dieser Anne amüsierte ihn.

## 3. Kapitel

Das Fuhrwerk rumpelte durch die Nacht. Die beiden Kriegsknechte dösten vor sich hin. Cynan und Rhodri waren die einzigen Passagiere. Beim Überrollen eines größeren Steines wachte Cynan auf. Gelangweilt blickte er aus dem Fenster. Bäume und Büsche schienen vor der hellgelben Scheibe des Mondes vorbeizufliegen.

Es war eine milde Juninacht. Bestimmt lagen alle vernünftigen Menschen in ihren Betten, statt in einer ungemütlichen Kutsche zu hocken und durch die Nacht zu rumpeln.

Cynan dachte an den Auftrag und gähnte. Morgan hatte sie vermutlich umsonst auf Reisen geschickt. Seit vier Tagen gondelten sie schon durch die Gegend, um Hinweise auf die Räuber zu finden oder gar selbst überfallen zu werden. Doch nichts hatte sich getan. Und ihre Reisegruppe hatte sich im letzten Ort aufgelöst.

Plötzlich gellte ein Schrei, und mit einem Ruck kam das Fuhrwerk zum Stehen, als sei es gegen eine Barriere geprallt.

Cynan und Rhodri flogen durch den Passagierraum und fanden sich benommen auf den gegenüberliegenden Bänken wieder.

Ein Pferd wieherte schrill und gequält. Hufe stampften. Die Kutsche ruckte auf und ab.

»Ergebt euch, ihr habt keine Chance!«, ertönte eine raue Stimme aus der Nacht. »Runter vom Bock, ihr beiden!«

»Und jetzt?«, flüsterte Rhodri und suchte im Halbdunkel der Kutsche Cynans Blick.

»Ruhe bewahren und tun, was sie sagen«, raunte der Freund. »Merk dir genau die Typen und die Richtung, in die sie verschwinden. Dann brauchen wir nur noch die Verfolgung aufzunehmen und festzustellen, wo ihr Versteck ist.«

Er lauschte angespannt.

Eines der Pferde schnaubte. Hufe stampften. Schritte näherten sich.

»Runter, hab' ich gesagt!«, rief die raue Stimme. »Wird's bald, oder sollen wir nachhelfen?«

»Neeei...«

Der Aufschrei verstummte wie abgeschnitten. Ein dumpfer Aufprall folgte.

»Wer nicht hören will, muss fühlen«, sagte die raue Stimme. Jemand kicherte.

»He, ihr da in der Kutsche! Kommt alle mit erhobenen Händen heraus!«

Cynan nickte Rhodri aufmunternd zu. Beide legten die Schwerter auf die Sitze. Es war abgesprochen, dass sie bei einem Überfall keinerlei Gegenwehr leisten sollten. Sie sollten nur beobachten und Hinweise sammeln. Bei den meisten Überfällen war alles zu schnell gegangen, und die Reisenden waren so erschrocken gewesen, dass sie kaum etwas Brauchbares ausgesagt hatten.

Cynan stieg als Erster aus. Sein Blick glitt nach vorne an dem Wagen entlang. Ein Baumstamm blockierte den Fahrweg. Die ersten beiden Gespannpferde lagen zusammengebrochen im Geschirr. Pfeile ragten aus ihrem Fell. Die anderen vier Tiere scheuten und wollten zurückweichen, doch der Kutscher hatte die Bremse festgedreht, und es gab kein Vor und Zurück für die erschreckten Pferde.

Einer der Fahrer stand mit erhobenen Händen neben dem Wagenbock. Sein Gefährte lag reglos und verkrümmt am Boden.

Ein hünenhafter Kerl mit wirr abstehendem, blonden Bart und Haupthaar stand mit einer Keule in der Hand neben ihm. Cynan sah einen Bogenschützen und zwei weitere Männer, die mit Schwertern bewaffnet waren. Die Kerle sahen bis auf einen, der offenbar der Anführer war, recht zerlumpt aus. Der war groß und schlank und gut gekleidet. Vermutlich hatte er die Cotte einem reichen Reisenden ausgezogen.

»Ist das alles?«, fragte der Elegante. Es war eine raue Stimme, und für die Soldaten bestand kein Zweifel mehr, dass es sich um den Anführer handelte.

Der zweite Schwertträger sprang auf die beiden zu und fuchtelte Cynan mit dem Schwert vor der Brust herum.

»Antworte, Schwarzbart, wenn wir dich etwas fragen!«

Der Bursche beging einen großen Fehler. Er fühlte sich zu sicher. Cynan hätte das Handgelenk packen und den Kerl überrumpeln können. Es juckte ihm in den Fingern, doch er bezwang sich. Da waren die anderen, vor allem der Bogenschütze, der abseits stand und nachlässig einen Pfeil auf der Sehne hielt.

»Wir sind die einzigen Reisenden«, sagte Cynan und bemühte sich, seinen Zorn zu unterdrücken und ruhig zu sprechen.

Der Kerl in der zerlumpten Kleidung zog sein Schwert zurück und blickte den Anführer an.

»Magere Beute«, murmelte er.

Der Anführer gab einen herrischen Wink. »Sieh mal nach.«

Der Mann mit der Keule eilte zur Kutsche. Er verschwand darin.

Sie hörten einen dumpfen Aufprall wie von einem Schlag. Die Haltung des Eleganten straffte sich, und er hob das Schwert.

»Was ist los?«, rief er angespannt.

»Zwei Schwerter«, meldete Tyrus aus der Kutsche. »Sonst nichts.«

»Ist doch schon mal was«, sagte der Anführer. »Hol das Gepäck!«

Der Mann warf die Beutel der Soldaten neben die Kutsche. Er durchwühlte sie und meldete ein wenig enttäuscht, dass sie nicht viel von Wert enthielten.

»Zieht euch aus, ihr beiden!«, sagte der Anführer und gab Cynan und Rhodri einen Wink mit dem Schwert.

Die Soldaten tauschten einen schnellen Blick. Damit hatten sie nicht gerechnet. Bisher hatten die Überfallenen nur die Taschen leeren müssen.

»Ich habe fünf Kupferstücke und einen Silberling, und...«, begann Cynan.

»Ausziehen!«, unterbrach ihn der Räuber. »Oder wir ziehen euch aus. Dann aber entkleiden wir eure Leichen!«

Rhodri schluckte. Hastig begann er sich auszuziehen. Nach kurzem Zögern gehorchte auch Cynan.

Der andere nahm ihnen die Sachen weg. Er probierte sofort einen von Cynans Stiefeln an.

»Genug der Kleideranprobe«, rief der Anführer. »Sorgt dafür, dass uns keiner folgen kann.«

Der Bogenschütze nickte.

Er spannte den Bogen, zielte und traf das nächste Pferd.

Das gepeinigte Wiehern der gequälten Kreatur stach Cynan ins Herz.

»Lasst die Tiere am Leben!«, rief er wütend.

»Du hältst das Maul, oder ich schieße dir einen Pfeil in den Hintern!«, rief der Bogenschütze und zog bereits den nächsten Pfeil, aus dem Köcher.

Cynan ballte die Hände in ohnmächtigem Zorn.

»Lasst meine guten Pferde!«, flehte auch der Kutscher. »Ihr könnt sie doch mitnehmen.«

»Wir haben bereits genug Pferde!«, antwortete der Anführer.

»Aber...«

Ein Keulenhieb schleuderte den Kutscher zu Boden.

Rhodri vergaß, dass er sich Gesichter und Kleidung der Räuber einprägen sollte. Er schloss die Augen, als er das qualvolle Wiehern sterbender Pferde und das Schlegeln der Hufe im Todeskampf hörte.

Cynan indessen beobachtete genau. Er hatte sich die Gesichter und Stimmen eingeprägt, und er glaubte, die Kerle wiederzuerkennen.

Doch was nutzte das?

Sie verschwanden schließlich im Dunkel der Nacht, und bald darauf entfernte sich Hufschlag nach Norden.

Zurück blieben zwei bewusstlose Kutscher, sechs tote Pferde und zwei Soldaten in ihren Bruchen und Beinlingen.

»Oh Gott«, murmelte Rhodri. »Was wird nur Sir Morgan sagen, wenn er vergebens auf uns wartet?«

## 4. Kapitel

Anne, die auf sein Klopfen hin geöffnet hatte, lächelte. Sie hatte ein bezauberndes Lächeln, bei dem sich Grübchen um ihren Mundwinkel bildeten und Morgan die ebenmäßigen weißen Zähne sehen konnte. Große haselnussfarbene Augen strahlten Morgan an. Ihr langes blondes Haar fiel wie ein goldenes Vlies über ihre Schultern und reichte fast bis zum Ansatz des Busens.

»Verzeiht, dass ich zu so später Stunde störe, aber...«

Sie unterbrach ihn lachend. »Ich weiß, Ihr wollt baden. Das Wasser ist schon angeheizt.«

Morgan blickte verdutzt.

»Ich wusste, dass Euch der Wirt zu mir schickt«, erklärte Anne. »Er ist ein Verwandter, und er schickt uns immer Kunden, die baden wollen. Und dass Ihr baden wolltet, verriet mir meine Nase.«

Sie krauste das zierliche Näschen, und der Blick dieser großen seelenvollen Augen beunruhigte ihn.

»Kommt Ihr mit mir?«, fragte sie und musterte ihn irgendwie prüfend.

»Nur zu gerne«, entfuhr es Morgan.

Sie lachte leise und wandte sich um. Sie nahm die Laterne vom Tisch und schritt zum Nebenzimmer. Eine einfache Kammer, die zweckmäßig eingerichtet war. Ein großer Holzzuber, in dem Wasser dampfte. Daneben ein Lager aus Decken.

Anne wirkte verlegen. »Nun, sprechen wir über die Preise«, sagte sie plötzlich ganz geschäftsmäßig. »Fünf Kupferstücke für ein Bad, und wenn Ihr besondere Wünsche habt...«

»Zum Beispiel?«, hörte Morgan sich fragen.

»Zum Beispiel eine Massage zur besseren Gesundheit«, antwortete Anne, ohne ihn anzusehen. »Das macht drei weitere Kupferstücke.«

Fünf Kupferstücke für ein Bad war ein stolzer Preis. Da kam es auf die drei auch nicht mehr an.

»Gemacht«, antwortete Morgan.

Sie sah ihm lächelnd in die Augen, und ihre Lider flatterten leicht.

»Ich wusste, dass Ihr ein guter Kunde seid. Ihr könnt Euch schon entkleiden. Ich hole derweil noch einen Eimer heißes Wasser.«

So geschah es. Morgan entkleidete sich in Windeseile und stieg in den Badezuber. Das Wasser war nicht mehr sehr warm. Anne kehrte mit heißem Wasser zurück.

»Und was hättet Ihr mit dem angerichteten Bad gemacht, wenn ich nicht gekommen wäre?«, fragte er.

Anne lachte. »Dann hätte ich selbst gebadet oder das Wasser morgen wieder aufgewärmt.«

»Ich werde Eure Sachen säubern«, sagte sie und nahm seine Kleidungsstücke mit. »Wenn Ihr fertig gebadet habt, so ruft zur Massage.«

Ein letztes Lächeln, ein funkelnder Blick ihrer haselnussbraunen Augen, dann schritt sie anmutig in den Nebenraum, und Sir Morgan war allein.

Er genoss das Bad und fühlte sich anschließend erfrischt und sauber. Schließlich freute er sich auf die Massage. Anne hatte zarte, feingliederige Hände.

Er band das Handtuch um seine Lenden und rief leise nach ihr. Nichts tat sich, und er rief etwas lauter.

Endlich klappte nebenan eine Tür, und Schritte näherten sich.

Doch das konnte nicht die leichtfüßige Anne sein!

Da stampfte irgendein Riese heran!

Schlagartig war Morgan alarmiert. Eine Falle?

Er sprang zu dem Stuhl neben dem Tisch. Sein Schwert hatte Anne nicht mitgenommen, wie er aufatmend feststellte. Er ergriff es und wirbelte zur Tür herum.

Dann stockte ihm der Atem.

Es war kein Riese, sondern eine Riesin. Eine gewaltige Dame, die sich ducken und förmlich ihre Massen zusammenquetschen musste, um überhaupt durch den Türrahmen zu passen.

Morgan sah ein rundes Gesicht mit roten Pausbacken und einem dreifachen Kinn. Kulleraugen musterten ihn. Der breite Mund verzog sich zu einem Grinsen. Silberne Ringe baumelten an den rosigen großen Ohren. Hellblonde Locken umrahmten das Gesicht.

Eine enorme Frau, gut eine Haupteslänge größer als der Ritter und wohl doppelt so groß in Breite und Tiefe.

Morgan musste unwillkürlich an den Koloss vom Lake Syrior denken, die gepanzerte Gigantin mit dem goldenen Herzen, mit der er vor einiger Zeit kämpfen musste.

»Lass den Blödsinn«, sagte die Dame mit tiefer, grollender Stimme.

»Ich bin Anne«, sagte sie, blieb breitbeinig stehen und stemmte die enormen Hände in die enormen Hüften. Sie kicherte, als sie Morgans Miene sah. »Anne die Große – im Gegensatz zu meiner mageren Nichte Anne. Willkommen in meinem Badehaus.«

Sie stampfte näher und musterte Morgan, als wolle sie Maß nehmen. Unbewusst sah sich der Ritter nach einem Fluchtweg um.

»Anne sagte mir, du seist ein besonders guter und lieber Kunde«, fuhr Anne die Gewaltige fort und kicherte. Wenn jemals jemand grollend kichern konnte, dann diese Frau. Das Kichern klang, als käme es tief aus ihren gewaltigen Massen.

»Nun leg dich schon hin, damit dich Anne gesundknetet«, sagte sie und wies mit einem enorm dicken Finger auf das Lager neben dem Badezuber.

»Ich – bin nicht krank«, wandte Morgan ein.

Sie nickte, und ihr dreifaches Kinn und ihr Busen wogten heftig.

»So siehst du auch nicht aus. Aber du hast für eine Massage bezahlt und...« Sie stutzte. »Hast du überhaupt schon bezahlt?«

»Nein«, sagte Morgan. Dann fiel ihm ein, dass Anne, die »Kleine«, seine Sachen mitgenommen hatte, und er schalt sich den größten Dummkopf aller Zeiten. Er musste unter besonders gerissene Räuberinnen geraten sein! Anne hatte ihn wohl nur abgelenkt und bediente sich derweil aus seinen Taschen, während das Riesenweib ihn in die Flucht schlagen oder jedenfalls beschäftigen sollte! Natürlich würden die beiden bestreiten, ihn ausgenommen zu haben, und er würde als Gespött dastehen, wenn die Sache bekannt wurde.

Zorn stieg in ihm auf.

Er wollte gerade ein paar harte Worte mit der Riesendame und ihrer offenbar verkommenen Nichte sprechen, doch da tauchte Anne auf. Sie lächelte und zwinkerte ihm verschwörerisch zu.

»Doch, doch, Tante«, rief sie hastig. »Der Herr hat bezahlt. Er hat mir seine Kleidung anvertraut, und ich habe den Preis entnommen. Nichts fehlt!« Wieder dieser verschwörerische Blick. »Es hat alles seine Ordnung, Anne!«

Anne die Große holte tief Luft, und der gewaltige Busen schien noch anzuschwellen.

»Er hat dir seine Kleidung anvertraut?«, fragte sie mit dröhnender Stimme und fixierte Morgan mit düsterem Blick.

»Solltest du dir falsche Gedanken gemacht haben...«

»Gewiss nicht«, beteuerte Morgan. Er sah, wie Anne, die Hübsche, hastig Zeichen machte, auf das Lager wies und mit den Fingern eine Massage andeutete.

Anne die Gewaltige blickte zweifelnd. »Nun, ganz geheuer ist mir die Sache nicht. Ich überlege mir, ob ich die Kunden in Zukunft nicht selbst begrüßen sollte, damit sie nicht annehmen, die Kleine sei hier die Chefin. Nun leg dich hin, wenn du nicht mit Hintergedanken gekommen bist.«

Morgan zögerte, dachte an seine Knochen, aber dann sah er den fast flehenden Blick der schönen Anne und legte mannhaft das Schwert ab.

Die junge Anne atmete sichtlich auf und zog sich zurück.

Die nächsten zehn Minuten waren dann wie ein Albtraum für Morgan.

Mehrmals spielte der Ritter mit dem Gedanken an Flucht, doch es gab kein Entrinnen aus den knetenden, hämmernden, walkenden, mitleidlosen Pranken der Riesendame. Gegen einen Mann hätte sich der Ritter glatt verteidigt, doch einer Dame gegenüber, noch dazu einer, die offenbar davon überzeugt war, etwas Gutes zu tun, schickte sich das nicht.

Morgan glaubte, sie wollte ihm sämtliche Knochen aus dem Körper auslösen und seine Muskeln und das Gewebe zerdrücken.

Mannhaft kämpfte er den Wunsch nieder, um Gnade zu flehen. Er schloss die Augen, als Anne ihm in ihrer Begeisterung das Tuch von den Lenden riss und ihre Pranken auf seine Hüften eintrommelten und sein Gesäß bearbeiteten, dass ihm Hören und Sehen verging.

Irgendwann ließ sie dann von ihm ab. Ein letzter, fast sanfter Klaps, der vermutlich einen Pfosten in den Boden gerammt hätte, und dann richtete sich die Riesendame auf und sagte zufrieden:

Das war's, junger Freund. Übrigens hast du eine bemerkenswerte Muskulatur, die kaum einer Massage bedurfte. Solltest du einmal wirklich verkrampft sein, werde ich dich richtig durchkneten. Doch diesmal war nur eine sanfte Streichelmassage angezeigt. Empfiehl mich weiter und beehre mich bald wieder.«

Damit stampfte sie davon.

Morgan blieb wie erschlagen liegen. Er betastete seinen Körper. Es schien noch alles drin und dran zu sein. Und seltsam, nachdem sein Angstschweiß getrocknet war und sich sein Puls normalisiert hatte, fühlte er sich erstaunlich entspannt und trotzdem frisch. Sollte diese Riesendame tatsächlich eine »Gesundkneterin« sein?

## 5. Kapitel

Vögel begrüßten zwitschernd den neuen Tag. Die Sonne lugte über die Tannen auf dem Hügel im Osten und färbte das zarte Gespinst des Morgennebels mit rötlichem Schimmer. Tau glänzte auf Gräsern und Büschen.

»Ich habe Hunger«, sagte Rhodri bekümmert. »Bist du sicher, dass das der richtige Weg ist?«

»Sicher! Sicher!«, erwiderte Cynan gereizt. »Du hast doch gehört, was die Kutscher sagten. Bis zur Weggabelung im Süden und dann immer der Nase nach.«

»Vielleicht hätten wir bei ihnen bleiben und warten sollen, bis jemand vorbeikommt«, murmelte Rhodri.

Cynan stieß sich den nackten dicken Zeh an einem scharfkantigen Stein und fluchte.

»Da hätten wir lange warten können. Und inzwischen wartet der Ritter auf uns. Verdammt, warum haben wir keinen Bauernhof gefunden oder einen Ort, in dem wir uns Pferde beschaffen könnten?«

»Womit?«, wandte Rhodri bedrückt ein. »Ohne Geld gibt uns keiner einen Kanten Brot.«

Sein Magen knurrte wie zur Bestätigung.

»Du denkst immer nur ans Fressen«, bemerkte Cynan ärgerlich.

Gegen Mittag sahen sie eine Kate. Sie schritten schneller aus, doch ihre Hoffnung, ein Essen zu bekommen, erfüllte sich nicht. Die baufällige Kate war verlassen. Cynan fand einen Kerzenstummel, doch nichts Essbares.

»Der nächste Ort kann nicht mehr weit sein«, murmelte er.

Doch er sollte sich täuschen. Am Nachmittag erreichten sie einen Bach. Sie kühlten ihre wunden Füße im klaren Wasser, und Cynan kam auf die Idee, eine Mahlzeit zu angeln.

Eine Weidenrute war schnell abgebrochen, und Cynan benutzte ein Stück von seinem Gürtel als Angel. Rhodri übernahm sie, vom Hunger getrieben. Er sah einen huschenden Schatten im klaren Wasser und hielt lockend den Köder hin.

»Nun beiß, nun beiß!«

Rhodri frohlockte und glaubte schon den Duft gebratener Forelle zu riechen.

»Er beißt an!«, raunte er Cynan zu, der mit grimmiger Miene am Ufer hockte und lustlos Rhodris Bemühungen zuschaute.

»Was ist es?«, rief Cynan leise.

»Ein Riesending«, behauptete Rhodri, als es ruckte und er die Angel aus dem Wasser zog. Allerdings hatte der Fisch sich nur den Köder geholt, den sie auf ein Holzstück gesteckt hatten.

»Eine Kutsche«, rief Cynan, spähte nach Südosten und sprang auf.

Rhodri ließ die Angel ins Wasser fallen und eilte ans Ufer. Ein wenig zu eilig, denn er rutschte auf einem glitschigen Kiesel aus und plumpste ins Wasser.

Cynan wollte zwischen den Pappeln und Weiden am Ufer hervor dem Fuhrwerk entgegenlaufen. Plötzlich verharrte er.

»Was ist?«, fragte er nasse Rhodri atemlos, als er heran war und Cynans angespannte Haltung sah.

»Sieh dir das an!«, Cynan nickte zum breiten Fahrweg hin, der auf einer Seite von Pappeln und auf der anderen von Brombeersträuchern gesäumt war.

Rhodri spähte zwischen den Bäumen am Ufer hervor, und sperrte seinen Mund auf.

Vor ihren Augen wurde die Kutsche überfallen!

Die Führpferde des Gespanns brachen von Pfeilen getroffen zusammen. Dann sprangen hinter den Büschen am Wegesrand wilde Gesellen hervor, schwangen Keulen und Schwerter und liefen auf die Kutsche zu, die in einer Staubwolke stehenblieb. Die Kutscher reckten die Hände hoch.

»Ob das dieselben Kerle sind, die uns überfallen haben?«, flüsterte Rhodri angespannt.

»Möglich«, brummte Cynan. »Läuft jedenfalls nach dem gleichen Schema ab. Da! Da ist der Kerl in der vornehmen Cotte. Es sind dieselben Lumpen!«

»Wenn wir Pferde hätten, könnten wir sie verfolgen und...« Rhodri verstummte unvermittelt, und seine Augen weiteten sich.

Aus der Kutsche sprang eine Gestalt. Unverkennbar eine Frau mit wohlgeformter Figur. Sie trug eine lange, schwarze Cotte. Die langen schwarzen Haare der Frau flogen. Und sie schwang ein Schwert!

Furchtlos sprang sie dem Anführer entgegen.

Der Kerl riss sein Schwert hoch, um den Hieb zu parieren, doch er war wohl von dieser Attacke zu überrascht und reagierte nicht schnell genug.

Die Frau fegte ihm das Schwert aus der Hand und streckte ihn mit einem schnellen, fast ansatzlosen Hieb aus dem Handgelenk zu Boden!

Schon wirbelte sie zu einem der anderen Räuber herum.

Der Bursche vergaß vor Verblüffung, seine Keule zu benutzen. Bevor er wusste, wie ihm geschah, traf ihn die Klinge in die Schulter, und brüllend ließ er seine Keule los und brach zusammen.

Die Frau zog ihr Schwert zurück. Die Klinge blitzte im Schein der Sonne.

Ihre Bewegungen waren geschmeidig, fast katzenhaft, und sie handhabte das Schwert mit einer unglaublichen Gewandtheit.

So hatten die Knappen noch nie eine Frau mit dem Schwert kämpfen sehen. Ihre Kampftechnik war eines Ritters ebenbürtig!

Wie gebannt beobachteten die beiden die Kämpfenden.

Ein Pfeil klatschte neben der Frau in den Boden. Sie fuhr herum, entdeckte den Bogenschützen zwischen den Pappeln am Wegesrand und sprang hinter der Kutsche in Deckung.

Sie schrie den Kutschern etwas zu.

Die Soldaten sahen, wie die beiden Männer vom Kutschbock herabsprangen. Einer ergriff das Schwert des Anführers, das am Boden lag. Der Anführer kam zu sich und wollte den Kutscher anspringen. Der Kutscher stieß ihm das Schwert in die Brust.

Und die Frau stürmte wie ein Racheengel auf einen weiteren Räuber zu. Der Kerl warf sich herum und ergriff die Flucht.

Die Frau raffte mit der Linken ihr Gewand und eilte mit fliegenden Haaren und blitzendem Schwert hinter ihm her.

Der Bogenschütze gab jetzt ebenfalls Fersengeld.

Einer der Kutscher machte den Räuber nieder, der von dem Schwert der Frau in die Schulter getroffen worden war, aber mit der Linken sein Messer auf sie schleudern wollte.

»Wird Zeit, dass wir etwas unternehmen«, brummte Cynan.

»Aber sie hat doch schon alles im Griff«, sagte Rhodri mit unverhohlener Bewunderung.

Cynan nickte. »Ein Teufelsweib. Aber gewiss macht es einen guten Eindruck, wenn wir so tun, als wollten wir sie retten. Los!«

Damit rannte er wild brüllend zum Fahrweg auf die Kutsche zu, als gelte es, eine Horde Hunnen zu vertreiben. Rhodri folgte ihm und stimmte in das Gebrüll mit ein.

Der flüchtende Räuber warf mit der Keule nach der Verfolgerin.

Die Frau duckte sich geistesgegenwärtig, stolperte jedoch und stürzte. Der Räuber lief davon.

Die Frau raffte ihr Gewand, erhob sich und lief zur Kutsche zurück. Sie blickte Cynan und Rhodri entgegen und verharrte.

Cynan hatte die Kutsche fast erreicht und stellte das Schaugebrüll ein. Einer der Kutscher raffte eine Keule vom Boden und stürmte auf Cynan zu. Der andere riss das Schwert hoch.

Cynan blieb stehen, als sei er gegen ein unsichtbares Hindernis geprallt. »Verdammt, wir wollen helfen!«

Doch der Kutscher schlug wütend mit der Keule zu. Cynan riss im Reflex den Kopf zur Seite. Aber die Keule streifte ihn noch an der Schulter, und der Soldat hatte das Gefühl, der Hieb hätte ihm den Arm abgetrennt.

Jetzt sah Cynan rot und packte den Kutscher am Hemd, fing das Handgelenk mit der Keule ab und schleuderte den Mann gegen seinen Partner, der gerade sein Schwert vorstieß, um Rhodri anzugreifen. Die Schwertspitze bohrte sich in den Hintern des Kutschers, und der Mann brüllte wie am Spieß.

Beide gingen zu Boden. Cynan atmete auf. Doch zu früh. Die Dame sprang heran wie eine angreifende Raubkatze. Ihre grünen Augen schienen Funken zu sprühen, und ihre roten Lippen waren aufeinandergepresst.

Wild und verwegen stürmte sie auf den schwarzbärtigen Soldaten zu, der einen Kopf größer und ihr körperlich weit überlegen, doch eben waffenlos war.

Er wich zurück.

»Lasst Euch erklären...«

Ohne eine Antwort zu geben, schlug sie aus der Drehung heraus Rhodri nieder, der wie angewurzelt dastand und sie offenen Mundes anstarrte. Dann wirbelte sie schon zu Cynan herum, und dabei stieß sie einen Laut aus, der tatsächlich wie das Fauchen einer Katze klang.

Cynan sah die Schwertklinge aufblitzen.

»So hört doch...«

Er sprang zurück, strauchelte über eine Keule und landete auf dem Rücken.

Im nächsten Augenblick stand die Frau über ihm und hielt ihm das Schwert an die Kehle. Ihr straffer Busen hob und senkte sich unter heftigen Atemzügen.

»Ergib dich, du Lump, oder du bist des Todes!«, keuchte sie, und ihre grünen Augen schienen Funken zu sprühen.

»Wir gehören nicht zu den Räubern, wenn Ihr das meint«, sagte Cynan mit heiserer Stimme. »Wir sahen vom Ufer aus, wie Ihr überfallen wurdet und wollten helfen.«

Sie musterte ihn fast angewidert, wie Cynan fand.

Er sah den Zweifel in ihrem Blick und fügte schnell hinzu: »Wir wurden selbst überfallen, schöne Dame, und ich kann verstehen, dass Ihr uns für Räuber hieltet.«

Sie entspannte sich etwas und lächelte kaum merklich, als er »schöne Dame« sagte.

Cynan setzte nach.

»Wir sind Kriegsknechte des Sheriffs von Cornwall, und wir wollten Euch zu Hilfe kommen.«

»Ich kam schon allein mit diesem feigen Gesindel zurecht«, sagte sie, und ihre sinnlich geschwungenen Lippen verzogen sich zu einem spöttischen Lächeln.

»Ihr habt bewundernswert gekämpft, schöne Dame«, sagte Cynan. »Um ehrlich zu sein, nie sah ich eine Dame mit zarter Hand so gekonnt das Schwert schwingen.«

»Das habe ich in Burgund gelernt«, erwiderte sie, und es klang sehr stolz. Sie zog ihr Schwert zurück und musterte ihn prüfend. »Die Kriegsknechte des Sheriffs, behauptest du...«

»Ein verdammter Hundsfott!«, rief der Kutscher, der sich mit schmerzverzerrtem Gesicht sein Gesäß hielt. Cynan bedachte ihn mit einem grimmigen Blick und verneigte sich. »Mein Name ist Cynan, mein Gefährte heißt Rhodri. Wir bitten Euch, uns bis zum nächsten Ort...«, fuhr Cynan fort, doch die schöne Frau unterbrach ihn.

»Sag nur, ihr gehört zu Sir Morgan?«

Cynan war verdutzt. Er hatte absichtlich Morgans Namen nicht genannt. Morgan gab sich bei seinen Ermittlungen nicht als Ritter aus. Die Räuber sollten nicht gewarnt werden.

»Woher wisst ihr...?«, entfuhr es Cynan.

Die wehrhafte Dame, die so meisterhaft den Schwertkampf in Burgund gelernt hatte, lächelte. Ihre grünen Augen funkelten belustigt.

»Ich lernte euren Ritter kennen«, sagte sie und ließ das Schwert sinken. »Allerdings sprach Morgan nicht von Kriegsknechten, sondern von Freunden, auf die er warte.«

»Aber woher wisst Ihr dann, dass er ein Ritter ist?«, fragte Cynan verwundert. »Hat er das gesagt?«

Sie strich mit der Linken eine Strähne des glänzenden, schwarzen Haares aus der Stirn.

»Nein, aber ich sah ihn mal vor längerer Zeit bei einem Turnier.«

Sie nagte an der Unterlippe und schien zu überlegen.

Rhodri rappelte sich auf und tastete stöhnend an seinen Kopf.

»Wie der Zufall so spielt! Ich überlegte schon, wie ich Morgan wiedersehen...«

Sie verstummte, nagte abermals an der Unterlippe und blickte von Rhodri zu Cynan. Sie schien zu überlegen.

»Nun, ich hätte nichts dagegen einzuwenden, wenn ihr beide mich begleitet«, sagte sie schließlich. »In diesen gefährlichen Zeiten kann eine Dame männlichen Schutz gebrauchen.«

Ihr Lächeln war für Cynan blanker Hohn.

»Wir wären für Euren Schutz dankbar, schöne Dame«, erwiderte er und zeigte grinsend seine kräftigen weißen Zähne im schwarzen Bart.

## 6. Kapitel

Sholto schob einen Ast in das kleine Feuer. Funken stoben zur hohen Decke der großen Höhle auf.

Der rötliche Schein des Feuers geisterte über sein Gesicht. Es war ein wüstes Gesicht mit schwarzen, stechend blickenden Augen unter buschigen Augenbrauen, die über der breiten, mehrmals gebrochenen Nase zusammengewachsen waren, ein Gesicht mit wulstigen Lippen und einem kantig vorspringenden Kinn. Die Haut war großporig und von Pusteln übersät. Sie glänzte fettig. Er rieb ständig die Salbe ein, die ihm ein Quacksalber aufgeschwatzt hatte, doch bisher hatte sie nicht gegen Pickel, Pusteln und Mitesser geholfen.

Sholto hatte dreierlei Haarfarben. Das Haupthaar, das sich um einen kahlen Fleck auf dem gewaltigen Schädel zu lichten begann, war rötlichblond. Die breiten Koteletten, die bis zu den Mundwinkeln reichten, begannen wie das Haupthaar rötlichblond und wurden zu den Enden hin dunkler bis zu einem tiefen Rostbraun. Die Augenbrauen waren schneeweiß.

Sholto war von stämmiger Statur, breitschultrig, groß und bärenstark. Kein schöner Mann, doch ein imponierendes Mannsbild voller Saft und Kraft, wie Hyrgard fand.

Er trug ein Kettenhemd, ein Beutestück seiner Räuber.

An dem breiten, mit Silber beschlagenen Ledergurt hing ein Beil in einer Schlaufe. Sholto war mal Schlächter gewesen, bis er im Jähzorn statt eines Ochsen den stets meckernden Meister getötet hatte. Seither lebte er ständig auf der Flucht. Der Schlächter wurde wegen Mordes gesucht, und er lebte mit seiner kleinen Räuberschar von den Beutezügen, vornehmlich von Überfällen auf Reisende.

Es war das Beil, auf das die Räuber furchtsam starrten, als sie ihrem Anführer berichteten.

Sholto war in seinem schnell geweckten Zorn fähig, einem den Schädel zu spalten, wenn etwas nicht nach seinen Plänen ablief.

»Wir konnten wirklich nichts tun«, beteuerte der Bogenschütze. »Das war ein Teufelsweib. Auch der beste Schwertkämpfer hatte nicht die geringste Chance.«

»Unsinn!«, blaffte Sholto und legte die Hand auf den Stiel des Beils. »Dieses Weib hat wohl einen Zufallstreffer gelandet.«

Der Bogenschütze schluckte. »Nein, sie hat ihn niedergekämpft wie der kampfstärkste Mann.«

Der andere nickte heftig. »So was hab' ich noch nicht gesehen. Sie muss den Teufel im Leib haben.«

»Das kann man exorzieren«, brummte Sholto. Doch seine überraschend gute Stimmung war schnell wieder dahin. Eine Weile starrte er finster ins Feuer.

»Ich glaube, ihr wollt mir einen Bären aufbinden. Eine Frau, die mit vier von euch fertig wird und besser mit dem Schwerte kämpft als ihr! Dass ich nicht lache!« Und er schickte ein kräftiges »Ha!« hinterher.

»Aber es ist die Wahrheit!«

Der Blick der schwarzen Augen schien sie zu durchbohren. Obwohl es in der Höhle beim Feuer warm war, fröstelten die beiden.

Sholto kratzte sich am Kinn. Er wirkte unschlüssig.

»War sie hübsch?«, fragte er.

»Und wie, ein Vollblutweib!«

Eine steile Falte bildete sich auf Sholtos Stirn, und die buschigen weißen Augenbrauen schienen noch mehr zusammenzuwachsen.

»Das ist es!«, knurrte er. »Da habt ihr nur geglotzt und das Kämpfen vergessen! Ich sollte euch...«

Finster starrte er in das Feuer und nagte an der Unterlippe.

»Ein Weib, das schön ist und auch noch was kann«, er schüttelte den Kopf, »so was ist mir noch nicht untergekommen.«

Er blickte auf. »Dieses Frauenzimmer interessiert mich, sollte es so etwas tatsächlich geben. Wenn ihr die Wahrheit gesagt habt, dann muss das wirklich ein Teufelsweib sein«, sagte er nachdenklich und winkte ab, als die beiden zu einer Beteuerung ansetzten. »Und solche Weiber interessieren mich. Nun denn, schafft mir diese Wunderfrau heran. – Hört zu, wie ich mir die Sache denke!«

Doch sie waren nicht die Einzigen, die lauschten.

Hyrgard hörte alles mit, und heißer Zorn tobte in ihr. Sie konnte weder lesen noch schreiben, doch sie war nicht so dumm, wie Sholto dachte. Und bis drei konnte sie allemal zählen: Eins: Sholto war ihrer überdrüssig. Zwei: Er wollte eine andere, die angeblich besser war! Pah, nur weil sie mit dem Schwert kämpfen konnte! Sholto hatte es noch nie nach einem Schwertkampf gelüstet, wenn er sie auf sein Lager gezerrt hatte! Drei: Die Nebenbuhlerin musste verschwinden. Sie, Hyrgard, musste verhindern, dass Sholto die andere nahm und sie seinen miesen Kerlen überließ. Sie war entschlossen, mit allen Mitteln zu verhindern, dass ihr jemand ihren Platz streitig machte.

## 7. Kapitel

Morgan lächelte.

»Du bist in der Zwischenzeit noch schöner geworden«, sagte er zu Elisabeth Terciere.

Am späten Abend war sie mit den Kriegsknechten wieder in der Herberge eingetroffen.

Elisabeth lachte. »Du bist ein Schmeichler, Morgan. Genau wie dein schwarzbärtiger Soldat, der mich auf der Fahrt mit Komplimenten überhäufte.«

»Ja, Cynan und Rhodri berichteten mir, du hättest bei dem Überfall tollkühn gekämpft wie der beste Ritter.«

Ihre grünen Augen funkelten. »Es war nur Glück. Gewiss, ich habe den Schwertkampf in Burgund gelernt, und ich hatte einen strengen Lehrmeister.« Ein herber Zug war plötzlich um ihren Mund, und sie wich seinem Blick aus.

»Gewiss ein Meister des Schwertes«, sagte Morgan.

»Ja«, sagte sie mit bitterer Stimme. »Er war ein Meister, aber sprechen wir nicht mehr davon.«

Sie lächelte, und Morgan spürte, dass es ein gezwungenes Lächeln war.

»Doch ich hätte niemals gegen diese vier Räuber bestehen können, wenn mir die Kutscher nicht geholfen hätten.«

»Begleitest du mich weiterhin?«, fragte sie und streichelte über seinen Handrücken.

Morgan überlegte schnell.

Eigentlich musste er an den Auftrag seines Vaters denken. Er hatte vorgehabt, sich am nächsten Morgen mit den Soldaten zum Ort der beiden Überfälle zu begeben und nach Spuren zu suchen. Doch es widerstrebte ihm, Elisabeths Wunsch abzuschlagen. Schon zweimal war sie in Überfälle verwickelt gewesen. Vielleicht versuchten es die Räuber ein drittes Mal.

»Oder hast du Wichtigeres zu erledigen?«, fragte sie, und Morgan entging nicht, dass ihre Miene auf einmal angespannt wirkte. »Vielleicht einen Auftrag deines Vaters?«

Morgan bemühte sich um eine ausdruckslose Miene. Es genügte schon, dass sie wusste, wer er war, weil sie ihn irgendwann einmal bei einem Turnier gesehen hatte. Es wunderte ihn nur, dass er sich nicht an sie erinnern konnte. Eine solch atemberaubende Frau hätte ihm doch in Erinnerung bleiben müssen. Gewiss hatte man versäumt, sie einander vorzustellen.

Kurz war er versucht, seinen Auftrag anzudeuten, doch dann widerstand er dem Impuls. Niemand sollte etwas von seiner Mission wissen.

»Noch Wein, die Herrschaften?«, fragte in diesem Augenblick die Schankmaid.

»Nein, besten Dank, wir müssen morgen früh raus!«, antwortete Morgan.

In dieser Nacht schlief er ziemlich unruhig.

## 8. Kapitel

In seiner Zuflucht schlief Sholto, der Schlächter, ebenfalls unruhig. Er sah im Traum die Frau, von der ihm seine Räuber berichtet hatten. Eine unglaubliche Schönheit, die mit unnachahmlicher Grazie ein Schwert schwang. Eine gefährliche Schönheit, doch ihm, Sholto, würde sie gehorchen.

Schweißgebadet schreckte er aus dem Schlaf. Schließlich hörte er ein leises Schnarchen neben sich auf dem Lager. Er ertastete einen warmen Körper. Hyrgard.

Angewidert hörte er eine Weile dem Schnarchen zu. Dann rüttelte er sie ärgerlich an der Schulter. Das Schnarchen verstummte, und die junge Frau drehte sich im Schlaf auf die andere Seite. Dabei rammte sie ihm ein angezogenes Knie gegen die Hüfte.

»Blöde Kuh«, knurrte er und drehte sich auf die andere Seite.

Und noch einer schlief unruhig in dieser Nacht.

Barnas.

Der Mann, der ein ganz anderes Spiel trieb als der Räuber Sholto.

Barnas, der wie die Spinne im Netz auf sein Opfer lauerte, um es langsam zu töten...

Kurz vor Mitternacht wurde Barnas geweckt und erfuhr, dass der Überfall in der Herberge misslungen war.

Der Überfall war misslungen!

Die Kerzen im Leuchter neben dem Lager flackerten im Luftzug, der durch die offenen Fensterhöhlen in den Raum drang. Ihr Schein verlieh Barnas etwas Dämonisches.

Barnas war fünfunddreißig, doch man hätte ihn auf über Fünfzig schätzen können. Vielleicht waren daran die vielen Jahre im Kerker schuld, die er hinter sich gebracht hatte.

Die braungelblichen Augen lagen tief in den Höhlen. Die Wangen in dem schmalen Gesicht waren eingefallen, und die Haut spannte sich über die vorstehenden Wangenknochen. Er hatte ein spitzes Kinn und einen schmalen Mund mit vorstehenden Schneidezähnen. Vom linken Mundwinkel bis zur Schläfe hinauf schimmerte eine schlecht verheilte Narbe rötlich. Das linke Ohr war nur ein kümmerlicher Stummel. Ein Schwerthieb hatte ihm das Ohr abgetrennt, damals als sie ihn geschnappt hatten.

»Ja, er ist ein Teufel«, wiederholte Barnas mit dumpfer Stimme, und Hass loderte in seinen tiefliegenden Augen, deren Pupillen wie die Lichter eines Raubtieres leuchteten.

»Sollen wir es noch einmal versuchen?«, erkundigte sich der Mann, der ihm die schlechte Nachricht überbracht hatte.

Langsam schüttelte Barnas den Kopf mit dem wirr abstehenden Haar, das vorzeitig an den Schläfen ergraut war.

»Wir haben noch unseren Haupttrumpf«, sagte er. »Du reitest mit den anderen zurück, und wenn er dort nicht mehr ist, nehmt ihr seine Fährte auf. Aber fragt euch unauffällig durch. Haltet euch zurück und beobachtet nur. Könnte er euch wiedererkennen?«

»Nein. In der Kammer war es fast dunkel, und als er mich verfolgte, konnte er auch nicht viel sehen.«

»Gut«, sagte Barnas. »Also beobachtet ihn. Wir greifen erst zu, wenn unser As nicht sticht. Ich will über jeden seiner Schritte auf dem Laufenden gehalten werden. Ist das klar?«

Der Mann beeilte sich, eifrig zu nicken.

»Sag den anderen, dass ich das Doppelte zahle, wenn alles zu meiner Zufriedenheit erledigt ist.«

Als er gegangen war, saß Barnas noch lange auf dem Lager und streichelte seine Katzen.

Blicklos starrte er vor sich hin.

»Bald ist es so weit«, flüsterte er einmal und tastete unbewusst zu seinem verstümmelten Ohr. »Bald, Morgan...«

Es dauerte lange, bis er schließlich wieder einschlief. Und dann wurde er mit der Erinnerung an die Vergangenheit im Traum gequält.

## 9. Kapitel

Es war ein strahlender Morgen, als Morgan Elisabeth galant den Arm bot, um ihr auf das Fuhrwerk zu helfen.

Ein paar Leute hatten sich eingefunden, um die Abfahrt der Kutsche zu beobachten: Der schmächtige, krummbeinige Wirt, seine Tochter und ein paar neugierige Dorfbewohner, für die jeder Fremde und erst recht eine Comtesse aus dem fernen Burgund so etwas wie eine Sensation war.

Nach einem halben Tag machten sie in einem Wirtshaus Rast.

Die Gaststube war sauber und gemütlich eingerichtet. Es roch nach Braten und Wein.

Der Wirt war ein graubärtiger, rotgesichtiger Kerl, der im Gegensatz zu der gepflegten Wirtsstube schmuddelig und ziemlich verkommen wirkte. Zudem grinste er ständig recht dümmlich, und Morgan entging nicht, dass der Mann die Comtesse mit lüsternem Blick betrachtete, als er Wein einschenkte.

Elisabeth schien es nicht zu bemerken.

Verwandte des Wirtes nahmen die Bestellungen am Tisch der Kutscher und bei den beiden auf.

Morgan fühlte sich auf einmal schläfrig und ertappte sich dabei, dass er ebenso gähnte wie Elisabeth. Wieder einmal grinste der Wirt und starrte verstohlen auf Elisabeths Busen.

Morgan spielte mit dem Gedanken, den Kerl zurechtzuweisen, doch da geschah es.

Elisabeth Terciere verdrehte die Augen, stieß einen Laut aus, der wie ein langgezogenes Seufzen klang und sank vom Stuhl.

Fast gleichzeitig polterte es am Tisch der Kutscher. Einer der Männer stürzte ebenfalls zu Boden, während der Kopf des anderen auf die Tischplatte sank.

Morgan sah das Grinsen des Wirtes, und es fiel ihm wie Schuppen von den Augen.

Eine Falle!

Er zückte sein Schwert und wollte aufspringen.

Da traf ihn etwas am Hinterkopf, und die Schleier, die plötzlich vor seinen Augen wallten, wurden pechschwarz, gleich darauf war es totenstill um ihn.

Er spürte nicht mehr, wie er zu Boden schlug.

»Na also«, sagte der Räuber, der Morgan mit einem Knüppel niedergeschlagen hatte. Es war der Kerl, der so tat, als würde er dem Wirt helfen. In Wahrheit hatte er nur darauf gewartet, dass das Pulver wirkte, das sie in die Getränke getan hatten.

Der falsche Wirt blickte grinsend auf Elisabeth nieder.

»Wirklich ein reizendes Weibchen«, sagte er. »Schade, dass Sholto auf sie wild ist. So eine könnte mir auch gefallen.«

Er stieß einen Pfiff aus, und aus der Küche kamen zwei Kumpane.

»Schafft sie in die Kutsche! Und dann nichts wie weg!«

Die beiden Räuber packten Elisabeth unter den Achseln und an den Beinen und trugen sie zur Kutsche.

Als Morgan wieder zu sich kam, fand er die betäubten Kutscher. Er biss die Zähne zusammen, weil sein Schädel schmerzte, kämpfte gegen das Schwindelgefühl an und lief hinaus.

Es war nicht schwer, sich zusammenzureimen, was geschehen war. Man hatte sie in der Herberge erwartet, und vermutlich hatte Elisabeth schon beim ersten Überfall in dem Gasthaus entführt werden sollen.

Morgan eilte in die Schenke zurück. Er wollte Wasser aus der Küche holen, um die Kutscher mit einem kalten Guss zu wecken. Da fand er die gefesselten und geknebelten Wirtsleute.

Morgan befreite sie. Der Wirt stellte ihm sofort sein Wagenpferd zur Verfügung. Er hatte die Abfahrt der Kutsche gehört und wusste, dass der Vorsprung der Räuber nicht sehr groß war.

Morgan folgte der Wagenspur.

Den Mann, der schon den ganzen Vormittag über der Kutsche in sicherem Abstand gefolgt war und der sich jetzt auf seine Fährte heftete, bemerkte der Ritter nicht.

## 10. Kapitel

»Und jetzt?«, fragte Rhodri ratlos.

Cynan zuckte die Schultern.

»Wir werden wohl unverrichteter Dinge umkehren müssen. Bald wird es dunkel, und wo zum Teufel sollen wir noch suchen?«

Rhodri seufzte resigniert.

Dabei hatte ihre Suche so vielversprechend begonnen. Sie hatten sich getrennt, waren zu den Orten der beiden Überfälle geritten und dann den Spuren gefolgt, die von dort wegführten. Rhodri hatte in einem Waldstück die Spuren verloren und war auf gut Glück in der bisherigen Richtung weitergeritten und auf Cynan gestoßen, der seinerseits deutlich sichtbaren Spuren gefolgt war.

Sie waren überzeugt gewesen, auf der richtigen Fährte zu sein. Doch dann hatten sich alle Spuren wie in Luft aufgelöst, und jede Suche war vergebens gewesen.

»Mein Gefühl sagt mir, dass wir nahe dran waren«, sagte Rhodri betrübt.

Die Dämmerung senkte sich über das Land.

Plötzlich verengten sich Cynans Augen.

Ein Fuhrwerk nahte von Süden.

Rhodri hatte es ebenfalls bemerkt.

»Vielleicht haben sie etwas gesehen«, sagte er. »Wir sollten fragen... He, das ist ja Elisabeths Kutsche!«

Cynan nickte. Auch er hatte die Kutsche wiedererkannt.

»Aber was machen Elisabeth und Morgan hier?«

»Das werden wir gleich erfahren«, brummte Cynan.

Sie warteten auf die Kutsche, doch sie bog vom Fahrweg ab und verschwand in einem Eichenwald.

Cynan trieb sein Pferd an. Rhodri folgte ihm.

Sie galoppierten zum Eichenwald, folgten den Wagenspuren und sahen schließlich ein paar hundert Yards entfernt die Kutsche, die gerade anhielt. Die Fahrer sprangen vom Kutschbock. Einer eilte zur Kutsche und riss den Schlag auf.

Gleich darauf stockte den Soldaten der Atem.

Zwei Männer sprangen aus der Kutsche. Sie zerrten eine Frau heraus. Elisabeth. Sie war gefesselt.

»Zurück«, warnte Cynan und trieb sein Pferd in die Deckung der Bäume. Rhodri folgte seinem Beispiel. Angespannt beobachteten sie, wie die vier Männer die Frau zwischen Büsche schleppten und verschwanden.

Rhodri blickte Cynan mit großen Augen an. »Mein Gott, sie haben Elisabeth entführt! Aber Morgan – er war doch bei ihr! Ob sie ihn...« Er schluckte und konnte nicht weitersprechen.

Cynan war ebenso betroffen.

»Kampflos hat der Ritter bestimmt nicht zugeschaut, wie sie Elisabeth entführten«, sagte er mit dumpfer Stimme. »Mir schwant Schlimmes.«

Er schwang sich vom Pferd.

»Was willst du tun?« Rhodri war noch so verwirrt, dass er kaum einen klaren Gedanken fassen konnte.

»Das fragst du noch? Wir müssen Elisabeth befreien. Sie wird uns sagen, was mit Morgan geschehen ist.«

»Aber es sind mindestens vier...«, wandte Rhodri ein.

»Dann machen wir ein paar weniger draus«, erwiderte Cynan grimmig. Er wollte sich in Bewegung setzen.

Da tauchten wie durch Zauberei zwei Männer bei der Kutsche auf.

Die Soldaten verharrten und beobachteten.

Die beiden Männer stiegen auf den Kutschbock. Einer nahm die Zügel und trieb das Gespann an. Die Kutsche rollte davon.

Cynan und Rhodri tauschten einen Blick.

»Die schnappen wir uns zuerst«, sagte Cynan.«

## 11. Kapitel

Morgan zügelte sein Pferd, als er die Kutsche sah. Er hatte gehofft, die Entführer eher einzuholen. Doch das Pferd, das ihm der Wirt geliehen hatte, war nur ein Wagengaul, ein Kaltblüter, der zwar stark und ausdauernd war, aber in punkto Schnelligkeit nicht viel zu bieten hatte.

Morgan spähte zu der Kutsche hin. Legten die Kerle eine Rast ein? Oder waren sie am Ziel?

Keiner saß auf dem Kutschbock, und nichts regte sich bei der Kutsche.

Morgan saß ab, führte das Pferd vom Waldrand fort, tiefer zwischen die Eichen und band es fest. Anschließend schlich er zu Fuß weiter. Dichtes Gestrüpp gab ihm Deckung, und zudem dunkelte es.

Kurz darauf verharrte er bei der Kutsche und spähte hinein. Leer. Sein Blick glitt zu den Büschen seitlich der Kutsche. Schritte nahten.

Morgan versteckte sich schnell.

Er lauschte mit angehaltenem Atem.

Stimmen wurden lauter.

»Sie ist verdammt sauer, weil Sholto die Neue nimmt«, sagte ein Mann. »Hast du gesehen, wie wütend sie aussah? Am liebsten hätte sie ihrer Nachfolgerin die Augen ausgekratzt.«

Jemand lachte leise. »Ja, die ist in Fahrt. Lass uns schnell die Kutsche wegfahren, damit wir von der Nacht noch etwas haben.«

Die Männer kletterten auf den Kutschbock.

Morgans Gedanken jagten sich. Sie hatten Elisabeth in ihr Versteck gebracht. Dieser Sholto musste der Anführer sein. Und es gab eine Frau, die in Elisabeth eine Nebenbuhlerin sah. Waren es die Räuber, die Elisabeth schon zweimal überfallen hatten? Vermutlich.

Die Kutsche fuhr davon.

Morgan war entschlossen, sich eine Antwort auf seine Fragen zu holen. Er schlich sich durch die Büsche, aus denen die beiden Räuber gekommen waren.

Er ahnte nicht, dass er gleich von zwei Augenpaaren beobachtet wurde.

## 12. Kapitel

Die Kutsche wurde tief in einen dunklen Tann gefahren. Niemand sollte sie in der Nähe des Verstecks finden und bei der Höhle herumschnüffeln. Einer der Männer wollte gerade mit einem Tannenzweig die Spuren verwischen, als sich ihm von hinten ein Arm um den Hals legte und ihm die Luft abschnürte. Zugleich wurde sein Handgelenk umklammert und verdreht, sodass er das Messer loslassen musste.

Es war Cynan, der den Räuber in eisernem Griff hielt.

Cynan hieb jetzt mit der Faust zu. Der Räuber wurde schlaff in seinem Griff. Er warf einen schnellen Blick zu dem Kerl, der mit den Pferden beschäftigt war. Verdammt, wo blieb Rhodri?

»Bist du so weit?«, rief die Stimme des zweiten Mannes, der sich auf eines der Gespannpferde schwingen wollte.

Cynan verharrte zwischen den Tannen, als der Räuber in seine Richtung blickte.

»He, was ist los bei dir?«

Ein Schatten tauchte hinter ihm auf. Rhodri. Ein Schwerthieb schleuderte den Räuber vom Pferd.

Cynan atmete auf. Rhodri hatte den zweiten Räuber ausgeschaltet.

»Alles in Ordnung, Rhodri!«, rief er.

Rhodri atmete erleichtert auf und wischte sich Schweiß von der Stirn.

Sie fesselten die beiden Räuber. Cynan nahm sich einen vor, als er zu sich kam. Er setzte dem Mann das Schwert an die Kehle. »Der andere hat mir schon alles verraten«, log er. »Erst wollte er die Zähne nicht auseinander kriegen, und dann nuschelte er ein bisschen durch die Lücken, aber ich weiß im Großen und Ganzen, was wir wissen müssen. Von dir brauche ich nur noch ein paar zusätzliche Erklärungen. Wollen wir wetten, dass du mir die gibst?«

Der Mann hielt nichts vom Wetten. Es war ihm klar, dass er so oder so verlieren würde.

## 13. Kapitel

Sir Morgan verharrte zwischen den Büschen und lauschte.

Gedämpftes Lachen drang an sein Ohr. Es schien aus der Tiefe des Berges zu kommen. Er musste ganz nahe am Versteck der Räuber sein. Vermutlich gab es Wachtposten. Etwas raschelte seitlich von ihm, und er hob die Hand mit dem Schwert.

Jetzt herrschte Totenstille.

Morgan fühlte sich unbehaglich. Er spürte fast körperlich die Gefahr.

Vorsichtig tastete er sich weiter und bemühte sich, keine Geräusche zu verursachen.

Er zuckte zusammen, als links von ihm ein Vogelschrei ertönte. Es klang wie das Krächzen eines Raben. Morgan hätte schwören können, dass es kein echter Rabe war. Er orientierte sich an dem Geräusch und schob sich weiter nach links. Seine Sinne waren bis zum Äußersten angespannt.

Ein Rascheln rechts von ihm.

Morgan wirbelte herum.

Ein Schatten schnellte auf ihn zu.

Morgan duckte sich zur Seite. Der Schatten schien ins Riesenhafte zu wachsen. Dann gab es einen dumpfen Aufprall, und eine Gestalt stürzte neben Morgans Stiefelspitze.

»Achtung, er...«

Morgan schlug blitzschnell zu, und der Alarmschrei verstummte im Ansatz.

Die Gestalt, die im Dunkel zwischen den Büschen am Fuße des Berges mehr zu erahnen, als zu erkennen war, rührte sich nicht mehr. Morgan beugte sich wachsam und angespannt über den Mann am Boden. Im nächsten Augenblick taumelte er erschrocken zurück.

Der vermeintlich Bewusstlose sprang auf und rammte ihn mit dem Schädel. Er musste ihn nicht richtig getroffen haben.

Morgan fing sich und holte mit dem Schwert aus. Da spürte er einen Stich im Rücken, und eine Stimme zischte:

»Lass fallen, oder du hast ein Loch im Balg!«

Ein eisiger Schauer kroch Morgan über die Wirbelsäule.

Die Gestalt am Boden rollte sich fort und sprang auf.

Morgan unterdrückte einen Schrei, als sich etwas Spitzes – ein Messer oder ein Schwert – schmerzhaft in seinen Rücken bohrte. Er spürte, wie es warm über seine Haut rieselte. Blut lief seinen Rücken hinab.

»Wird's bald?«

Morgan wusste, dass er verspielt hatte. Die Dunkelheit war der Verbündete dieser Kerle gewesen. Sie kannten sich hier aus, und er war in die Falle getappt wie ein Anfänger. Aber was hätte er anderes tun können, als nach dem Versteck der Räuber zu suchen? Bei Tageslicht hätten ihn die Wachtposten erst recht entdeckt. Außerdem hatte ihn die Sorge um Elisabeth angetrieben.

Morgan ließ sein Schwert fallen.

Jetzt ertönte hinter ihm der Rabenschrei. Weiter links antwortete ein anderer falscher Rabe. Und von rechts näherte sich die schattenhafte Gestalt des Kerls, der ihn zuvor angesprungen hatte und den er schon bezwungen gewähnt hatte.

Es waren also mehrere, und er hatte von Anfang an keine Chance gehabt.

»Verschränke die Hände hinter dem Nacken und geh vorwärts!«, zischte ihm die Stimme in den Rücken.

»Wohin?«, fragte Morgan in dem verzweifelten Bemühen, Zeit zu gewinnen und die Kerle abzulenken. Doch was nutzte das schon?

Wieder stach ihm der Kerl in den Rücken.

»Mein Schwert weist dir den Weg!«

Morgan verschränkte die Hände im Nacken und setzte sich schnell in Bewegung. Und als der Druck der Schwertspitze verschwand, setzte er noch einmal alles auf eine Karte.

Er wirbelte herum, und sein Bein schnellte aus der Drehung heraus vor, um dem Mann das Schwert aus der Hand zu treten.

Fast hätte er es geschafft, doch der Räuber war auf der Hut. Er wich geschickt aus, und plötzlich sah Morgan nur noch eine flirrende Bewegung, etwas traf ihn an der Schläfe, und er fand sich auf einmal am Boden wieder.

»Du hättest ihn gleich kaltmachen sollen«, sagte eine Stimme wie aus weiter Ferne.

»Quatsch. Wir müssen wissen, weshalb er hier herumschnüffelt. Bringt ihn in die Höhle.«

Raue Hände packten Morgan und rissen ihn hoch. Er kämpfte gegen eine Ohnmacht an. Er war so schwach, dass seine Knie nachgaben.

Sie schleppten ihn in ihr Versteck.

In seinem Schädel dröhnte es, und er wunderte sich, dass er trotz der Finsternis gelbliche Schleier vor seinen Augen wallen sah.

Irgendwann ließen sie ihn einfach fallen wie einen Sack. Er prallte hart auf und rang nach Atem.

Feuerschein schien ihm in die Augen zu stechen.

Eine Gestalt näherte sich. Er hörte gedämpfte Stimmen, die aus einer anderen Welt zu kommen schienen.

Er blinzelte und nahm alles nur verschwommen wahr.

Ein Schatten fiel auf ihn. Eine Gestalt ragte vor ihm auf. Riesig. Drohend. Aus den gelblichen Schleiern nahm ein Gesicht Konturen an. Ein wüstes Gesicht, das böse grinste.

Morgan versuchte sich zu erinnern, was geschehen war, weshalb er an diesem Ort gelandet war. Er musste einige Zeit ohnmächtig gewesen sein und war immer noch in einer Art Dämmerzustand.

Morgan erschrak.

Die Gestalt hielt ein Beil in der Hand. Rötlich schimmerte das scharfe Blatt durch die Schleier, die vor Morgans Augen wogten.

Die Hand mit dem Beil ruckte hoch.

»Neeeiin!«

Der helle Schrei hallte wie aus tausend Kehlen durch die schummrige Höhle.

Morgan empfand nichts in diesem schrecklichen Augenblick. Es war ihm, als sei er ein anderer, der das Beil auf sich zusausen sah, als geschehe alles in einem Traum.

Unbewusst schloss er die Augen.

*Er wird dir den Schädel spalten!*, dachte er noch, doch es war ihm seltsam gleichgültig.

Und plötzlich traf ihn etwas wie Donner und Blitz, und er dachte und spürte gar nichts mehr.

»Du hast ihn erschlagen!«

Elisabeth Terciere sagte es mit tonloser Stimme.

Sholto richtete sich über Sir Morgans regloser Gestalt auf. Das Beil schimmerte im Schein des flackernden Feuers.

Langsam wandte sich der Räuberhauptmann zu Elisabeth Terciere um. Ihre Hände waren weit ausgebreitet und an zwei eiserne Ringe gefesselt, die in die Höhlenwand eingeschlagen waren.

Er grinste. »Na und?«

Elisabeth senkte den Kopf.

Breitbeinig schritt Sholto auf sie zu. Er schob das Beil in die Schlaufe an seinem Gurt. Zwei Schritte vor der Gefangenen blieb er stehen. Der Blick seiner schwarzen Augen tastete über ihren Körper.

»Mein kleiner Finger sagt mir, du kennst den Schnüffler.« Er musterte sie lauernd.

»Ich...« Sie verstummte und biss sich auf die Unterlippe.

»Ja, du kennst ihn. Wäre ein zu großer Zufall gewesen, wenn ausgerechnet jetzt jemand hier auftaucht.«

Elisabeth schwieg.

Er grinste. »Du wirst ihn vergessen, denn ab jetzt gehörst du mir.«

»Eher bringe ich mich um!«, stieß Elisabeth zornig hervor, und sie spuckte voller Verachtung nach ihm. Er wich schnell zurück, und sie traf ihn nur am Bein.

Sein Grinsen erstarb. Die weißen Augenbrauen rückten noch mehr zusammen, und der Blick seiner schwarzen Augen schien sie zu durchdringen.

Sein linkes Augenlid zuckte. Er hob eine Hand, als wollte er sie schlagen, doch schließlich lachte er auf und ließ die Hand sinken.

»Ein widerspenstiges Weib!«, sagte er. »Ja, meine Männer haben nicht übertrieben. Sie berichteten mir, dass du den Teufel im schönen Leib hast. Und ich werde ihn dir austreiben!«

Sie starrte ihn nur stumm und verächtlich an.

»Du hast die Wahl«, sagte er, und seine Augen glitzerten begehrlich. »Entweder unterwirfst du dich, oder ich lasse dich dort an den Eisen, bis du mich anflehst, dass ich mich für dich interessiere. Also?«

Ihre Antwort verblüffte selbst einen abgebrühten Räuber wie Sholto.

Es war ein obszöner Fluch.

»Aber nicht doch, so was sagt doch keine Dame!« Sholto lachte spöttisch. »Und so was tut sie erst recht nicht. Außerdem wirst du dazu auch keine Gelegenheit haben. Nun, wie steht es? Willst du dort eine unangenehme Nacht verbringen, oder eine angenehme mit mir?«

Ihr Blick sagte mehr als alle Worte.

Sholto zuckte mit den Schultern. »Dann eben nicht. Ich kann warten.«

Er wandte sich ab und hob die Stimme, sodass es durch die Höhle hallte. »Hyrgard!«

Elisabeth Terciere drehte den Kopf. Eine Gestalt löste sich aus dem Dunkel und schritt näher. Es sah aus, als sei sie aus der Felswand getreten, doch der Schein trog. Es gab mehrere Kavernen in der großen Höhle – Kammern der Natur, die von den Räubern als Lager hergerichtet und mit einem Vorhang aus Decken versehen waren. Sholto hatte eine dieser Kammern, Hyrgard ebenfalls eine, und die Räuber schliefen in zwei anderen Quartieren, wenn sie nicht Wache hielten.

Die Frau war nur als Schatten zu erkennen. Sie verharrte außerhalb des Feuerscheins.

Elisabeth konnte nur nackte, schmutzige Füße und Waden sehen.

»Ja, Herr, was soll ich?«

»Geh schon voraus und bereite mir das Lager.«

Der Schatten wandte sich wortlos um und verschwand in der Dunkelheit.

Sholto gab seinen Räubern einen herrischen Wink. »Fesselt ihn und bringt ihn in die Felsspalte.«

Zwei der Räuber eilten zu Morgans regloser Gestalt.

»Er ist nicht tot?«. fragte Elisabeth, und es klang fassungslos.

Sholto grinste dämonisch. »Noch nicht. Ich habe ihn nur ein bisschen mit dem Beil gestreichelt.«

Lauernd betrachtete er sie.

»Es liegt an dir, was mit ihm geschieht«, fuhr er fort. »Ich gebe dir diese Nacht Bedenkzeit. Du solltest dir mein Angebot überlegen.«

Er lauerte auf eine Antwort, doch sie schwieg.

Da wandte er sich ab und schritt zu seinem Lager.

## 14. Kapitel

Morgan öffnete blinzelnd die Augen. Er sah nichts als Dunkelheit. Doch er spürte heftige Atemzüge an seiner Seite.

»Hallo?«, krächzte er.

Eine Hand legte sich schnell auf seinen Mund.

»Still«, flüsterte ihm jemand ins Ohr. Eine weibliche Stimme, die aufgeregt klang.

Morgan verhielt sich still. Dann spürte er die Schmerzen sowie einen üblen Geschmack im Mund, und er hatte das Gefühl, sich übergeben zu müssen.

Die Hand lockerte sich etwas über seinem Mund.

»Ich bin Hyrgard«, hörte er sie flüstern.

*Hyrgard?*, überlegte er. *Wer zum Teufel mag das sein?*

»Ich will dir helfen.«

»Was ist passiert?«, raunte er.

Da sagte sie es ihm. Sie musste es langsam wiederholen, bis Morgans Erinnerung einsetzte und er alles begriff.

»Sholto schläft«, flüsterte Hyrgard. »Er hat sich verausgabt und ist völlig betrunken. Ich befreie dich unter einer Bedingung.«

»Und?«, flüsterte Morgan angespannt.

»Du musst auf der Stelle mit der Fremden verschwinden.«

»Ich wüsste nicht, was ich lieber täte«, erwiderte Morgan.

»Es gibt nur einen Wachtposten vorn an der Höhle«, raunte Hyrgard. »Doch der rechnet nicht mit Gefahr von hier. Du musst ihn lautlos überwältigen. Dann gehst du ungefähr fünfhundert Yards nach rechts am Hügel entlang. Da gibt es eine kleinere Höhle. Darin stehen Pferde. Sie werden nicht bewacht. Du verschwindest mit der Frau, und Sholto wird annehmen, es sei jemand von außen eingedrungen und hätte euch befreit.«

»Gute Idee«, flüsterte Morgan, und seine Schmerzen waren vergessen. Er verspürte tiefe Dankbarkeit gegenüber der unbekannten Helferin.

Sie machte sich an seinen Stricken zu schaffen. Er stöhnte auf, als ihn etwas am Handgelenk ritzte. Ein Messer hatte ihn gestreift. Sie schnitt die Fesseln durch.

»Danke«, flüsterte er und rieb sich die Gelenke.

Sie neigte sich über seine Fußfesseln. Er hörte das Rascheln von Stoff und spürte ihre tastenden Hände an seinen Beinen.

Auf gut Glück griff er nach ihr, erfasste etwas Weiches und zog sie zu sich.

»Warum spielst du die gute Fee?«

Sie entzog sich ihm. Ihr Atem ging heftig.

»Sholto gehört mir«, zischte sie. »Verschwinde mit dieser Frau! Wenn du versuchen solltest, dir Sholto zu schnappen, schlage ich Alarm. Ich werde dich genau beobachten. Du hast nur wenig Zeit.«

Im nächsten Augenblick war er seiner Fußfesseln ledig. Er nahm noch eine huschende Bewegung wahr, dann war Hyrgard verschwunden.

Jetzt fiel ihm ein, was die beiden Männer gesagt hatten, die er belauscht hatte, und es war ihm klar, weshalb Hyrgard ihn befreit hatte. Sie dachte in erster Linie an sich. Sie wollte Elisabeth loswerden, weil sie in ihr eine Rivalin sah.

Unzählige Fragen stürmten auf Morgan ein. Wer waren diese Räuber? War es die gleiche Bande, die Elisabeth schon zweimal überfallen hatte? Weshalb war sie entführt worden? Nur, weil der Anführer eine neue Geliebte haben wollte? Oder steckte mehr hinter allem?

Er verdrängte die Gedanken. Sie mussten verschwinden.

Schnell erhob und orientierte er sich. Er sah einen schwachen Lichtschimmer zu seiner Rechten. Auf Zehenspitzen schlich er darauf zu. Dann erkannte er, dass er in einer breiten Felsspalte gelegen hatte. Er spähte in die Höhle. Das Feuer war heruntergebrannt. Die Glut schimmerte rötlich. Keiner der Räuber war zu sehen.

Morgan schlich in die Höhle und hielt sich im Dunkel an der Wand.

Dann erkannte er Elisabeth. Sie stand gefesselt an der Höhlenwand. Ihr Kopf war vornüber gesunken. Sie nahm ihn erst wahr, als er nach ihren Handfesseln tastete. Ihr Kopf flog hoch, und sie stieß einen erschreckten Laut aus.

»Ruhig«, flüsterte Morgan. »Ich bin's, Morgan!«

Er hörte sie tief ausatmen.

Er befreite sie von den Fesseln. Sie sank gegen ihn, und er hielt sie fest.

»Wie hast du dich befreit?«, flüsterte sie.

»Das war ganz einfach«, erwiderte Morgan leise. »Ich erzähle es dir später. Erst müssen wir verschwinden.«

Dann griff er nach Elisabeths Hand und zog sie mit sich.

Der Wachtposten war kein Problem. Der Bursche war eingenickt. Morgan nahm ihm das Schwert ab, ohne dass der Räuber es merkte. Er schreckte nur kurz aus dem Schlaf, als Morgan mit dem Schwert zuschlug. Morgan musste noch einmal nachsetzen. Dann schlief der Räuber weiter.

Der Ritter atmete auf. Der Weg war frei.

## 15. Kapitel

Es war eine Ironie des Schicksals, dass ausgerechnet die Kriegsknechte unfreiwillig dafür sorgten, dass die Flucht frühzeitig bemerkt wurde.

Sie glaubten, alles Wichtige erfahren zu haben. Kurz nach Mitternacht trafen sie bei der Höhle ein. Die Gefangenen hatten sie gefesselt im Tann bei der Kutsche zurückgelassen.

Den Wachtposten, den Morgan gefesselt und geknebelt hatte, und der im tiefen Dunkel zwischen Büschen lag, bemerkten die beiden nicht.

Sie wussten, dass der Zugang zur Höhle bewacht wurde, und dass man sie passieren lassen würde, wenn sie den Posten mit dem vereinbarten Signal in Sicherheit wiegten.

Cynan stieß einen dreifachen Eulenschrei aus.

Zunächst tat sich nichts, wie die beiden glaubten. Sie nahmen an, dass der Posten eingeschlafen war.

Doch in der Höhle tat sich so einiges. Einer der Räuber schreckte aus dem Schlaf. Früher hätte ihn der Eulenschrei nicht irritiert. Doch vor einigen Wochen hatten sie das Erkennungssignal verändert. Einer der Räuber hatte sich davongemacht und den gesamten geraubten Schmuck mitgehen lassen. Alle Suche nach dem vermaledeiten Verräter war vergebens gewesen. Sholto hatte schon mit dem Gedanken gespielt, das Versteck zu wechseln, sich dann jedoch gesagt, dass der Mann es nicht wagen würde, wiederzukommen, um noch einmal Beute zu stehlen.

So hatten sie nur das Erkennungssignal geändert.

Der Räuber, der den dreifachen Eulenruf vernommen hatte, weckte flugs seinen Anführer.

Sholto war nicht so betrunken, wie Hyrgard angenommen hatte.

Von Neuem ertönte der dreifache Eulenschrei.

Sholto lauschte und schaltete schnell.

»Antworte ihm«, raunte er. »Vielleicht ist es der Verräter, der die Wache narren will.« Er rückte da Beil zurecht. »Dann wird er sein blaues Wunder erleben.«

Ondur imitierte einen Eulenschrei. Dreimal hallte der Schrei durch die Höhle.

Cynan und Rhodri atmeten auf. Damit war der Weg in die Höhle freigegeben. Man hielt sie offenbar für die zurückkehrenden Räuber.

Die beiden ahnten nicht, dass sie von den beiden Räubern hereingelegt worden waren.

Die beiden gefesselten Räuber trösteten sich jetzt in ihrer misslichen Lage mit dem schadenfrohen Gedanken, dass sie ihre beiden Bezwinger in eine Falle geschickt hatten.

In der Höhle blieb alles totenstill, als sie hineinschlichen. Kein Wachtposten hatte sich blicken lassen.

Sie verharrten im tiefen Dunkel an der Felswand am Ende des Ganges, der sich zur Höhle verbreiterte. Cynan spähte in die Höhle hinein. Schwacher rötlicher Schein des herabgebrannten Feuers fiel aus der Höhle. Keine Menschenseele war zu sehen.

»Einer hat auf das Signal geantwortet«, gab Cynan leise zurück. »Mir gefällt das nicht. Weshalb gab es keinen Wachtposten vor der Höhle?«

»Vielleicht haben uns die Kerle belogen«, flüsterte Rhodri.

»Glaube ich nicht«, widersprach Cynan. »Die schlotterten doch vor Angst.«

»Und wo ist Elisabeth?« wisperte Rhodri und spähte angespannt an Cynans Schulter vorbei.

»Vielleicht gibt es eine weitere Höhle. Ich sehe mich mal vorsichtig um. Bleib hier.«

Lautlos schlich Cynan an der dunklen Felswand entlang in die Höhle.

Am liebsten hätte Rhodri ihn festgehalten. Die Höhle wirkte gespenstisch und bedrohlich, und Rhodri fühlte sich äußerst unwohl.

Er packte das Schwert fester mit seiner feuchten Handfläche.

Im nächsten Augenblick zuckte Rhodri zusammen und erschrak.

Ein unterdrückter Aufschrei ertönte, fast schon ein Röcheln. Ein dumpfer Aufprall folgte.

Und dann ging alles rasend schnell.

Bevor Rhodri einen klaren Gedanken fassen konnte, flog etwas aus dem Dunkel auf ihn zu und riss ihn zu Boden.

Heißer Atem schlug Rhodri ins Gesicht. Hände krallten sich um seinen Hals. Das Schwert wurde ihm aus der Hand geschlagen oder getreten.

Rhodri war vom Sturz und Schreck wie betäubt.

Da traf ihn schon ein Fausthieb. Der Soldat stieß sich den Hinterkopf auf dem Felsboden und glaubte, die dunkle Höhlendecke verwandelte sich in das Sternenzelt.

Cynan erging es nicht anders. Im Nu war er von drei Männern umringt. Er wehrte sich verzweifelt, doch er hatte keine Chance. Der Kampf war vorbei, bevor er für die beiden Kriegsknechte überhaupt begonnen hatte.

Beide blieben ohnmächtig liegen.

Einer der Räuber warf trockenes Holz ins niedergebrannte Feuer. Hell loderten die Flammen auf.

»Sie werden uns sagen, weshalb sie hier herumschnüffeln«, knurrte Sholto gereizt. »Fesselt sie und bringt sie zu den anderen Gefangenen. Morgen früh nehmen wir sie uns in aller Ruhe vor, bis sie singen wie die Amseln.«

Er wollte zu der Gefangenen blicken und stutzte. Da war ja gar nichts an der Felswand!

Er blinzelte und glaubte, der Wein hätte sein Augenlicht beeinträchtigt.

Doch da rief Hyrgard: »Das Weib – es ist weg!«

Alle starrten zur Felswand.

Sholto tobte und fluchte. Es dauerte eine Weile, bis er sich wieder gefasst hatte. Dann gab er zornig Befehle. Sie suchten die Umgebung ab und fanden die gefesselten Kameraden. Und bald darauf ritten zwei Räuber auf Morgans und Elisabeths Fährte.

## 16. Kapitel

Der Bach plätscherte leise. Morgan beugte sich darüber, um zu trinken.

Plötzlich fiel der Schatten über ihn, und es war ihm, als stürze er in einen rabenschwarzen Abgrund.

Ein Schwert bohrte sich in seinen Rücken.

»Ergib dich, oder du fährst zur Hölle!«, sagte eine kalte Stimme.

Morgan war einen Augenblick lang vor Schreck wie betäubt.

Auch Elisabeth schien zu erstarren.

Langsam wandte Morgan den Kopf.

Er sah ein bärtiges, grinsendes Gesicht. Der Kerl hielt ihm das Schwert zwischen die Schulterblätter.

Sie hatten den ganzen Tag über nach Verfolgern Ausschau gehalten, doch keinen entdecken können. Sie hatten sich in Sicherheit gewiegt, doch Sholtos Räuber hatten sie gefunden.

Morgans Blick glitt zu dem Schwert, das er abgelegt hatte.

»Was willst du?«, fragte er, um Zeit zu gewinnen und um den Kerl abzulenken.

»Steh auf!«

Morgan erhob sich. Der Druck der Schwertspitze verschwand.

Der Ritter gab sich resigniert. Langsam wandte er den Kopf zu dem Mann.

»Bei uns ist nicht viel zu holen...«, begann er, und noch während seiner Worte wirbelte er herum.

Fast hätte er den Kerl überwältigt.

Aus der Drehung heraus traf er das Handgelenk des Bärtigen.

Doch der Mann hielt sein Schwert fest und sprang zurück, als Morgan auf ihn zuflog.

Der Ritter stürzte ins Gras. Er rollte sich ab und wollte aufspringen, doch plötzlich verharrte er in seiner Bewegung.

Zwei weitere Männer tauchten bei den Pferden auf. Sie mussten sich ebenso lautlos angeschlichen haben wie der dritte Kerl. Auch sie waren mit Schwertern bewaffnet. Einer stürmte auf Morgan zu, und der andere packte Elisabeth und riss sie hoch , dabei schrie sie auf.

Der Räuber hielt die Frau von hinten umklammert und drückte ihr sein Schwert gegen den Körper.

»Gib auf!«, keuchte der Bärtige, »oder die Frau ist fällig!«

Morgan erkannte, dass es keine Chance mehr gab.

»Lasst die Frau in Ruhe. Ich ergebe...«

Sie ließen ihn nicht einmal aussprechen.

Ein Schwerthieb traf Morgan, und es wurde dunkel und still um ihn.

Als er zu sich kam, lag er quer über einem Pferd. Sie hatten ihn an Händen und Füßen gefesselt und auf dem Tier festgebunden.

Er drehte den Kopf und wollte nach Elisabeth sehen, die wahrscheinlich ebenso gefesselt war wie er. Doch es war nichts von ihr zu sehen. Er war mit dem Bärtigen allein.

»Wo ist die Frau?«, fragte er mit krächzender Stimme.

»Elisabeth?« Der Bärtige lachte. »Um die brauchst du dir keine Sorgen mehr zu machen.«

Ohnmächtiger Zorn stieg in ihm auf. Elisabeth war in der Gewalt dieser Schurken!

Morgan machte sich bittere Vorwürfe. Wäre er doch wachsamer gewesen!

»Wohin reiten wir?«, fragte er.

Der Bärtige lachte. »In die Hölle, mein Lieber. In die Hölle.«

## 17. Kapitel

Düster und drohend ragte die alte Burg auf. Die Mauern waren schwarz und verrußt, und Morgan sah, dass die Ringmauer eine große Bresche aufwies. Die Zugbrücke war ebenso zerstört wie verschiedene Türme und Zinnen.

Die Burg war erobert worden, und der Zahn der Zeit hatte an der ausgebrannten Ruine genagt.

Sie ritten durch die Bresche in der zerstörten Ringmauer.

Morgan sah einen grellbemalten Wagen im Burghof beim Ziehbrunnen. Der Wagen von fahrendem Volk, auf dem rote Lettern Tierattraktionen anpriesen.

Der Bärtige zügelte sein Pferd. Das Tier, auf das Morgan gebunden war, blieb ebenfalls stehen. Der Bärtige löste die Zügel, die er an seinen Sattel gebunden hatte.

Vier Männer tauchten auf. Morgan erkannte zwei der Kerle wieder, die ihn beim Bach gefangengenommen hatten.

Einer band ihn los und warf ihn wie einen Mehlsack vom Pferd. Morgan stieß sich beim Aufprall den Kopf. Er konnte sich mit den gefesselten Händen nicht abfangen, um den Sturz zu mildern.

»Bringt ihn zu Barnas!«, befahl der Bärtige.

Zwei Männer packten Morgan unter den Achseln und an den Füßen und schleppten ihn in den zerstörten Palas.

Flackernde Kerzen spendeten in dem großen Raum, der offensichtlich als Quartier der Räuber hergerichtet war, nur spärlich Licht.

Morgan brauchte einen Augenblick, bis sich seine Augen an das schummrige Licht gewöhnt hatten.

Er sah ein großes Lager aus Decken und Fellen.

Da erst bemerkte Morgan die Gestalt auf dem Lager. Er hatte sie zuvor nicht erkannt, weil sie mit dem gleichen Fell bekleidet war wie das Lager.

Einer der Räuber zündete weitere Kerzen an.

Morgan sah den Anführer der Räuber jetzt genauer. Braungelbliche Augen, die tief in den Höhlen lagen, musterten ihn. Dünne Lippen zogen sich von den vorstehenden Schneidezähnen. Ein Grinsen, als blecke ein Raubtier die Zähne, wurde ihm entgegengebracht. Rötlich schimmerte eine Narbe, die vom linken Mundwinkel bis hinauf zur Schläfe reichte. Morgan sah, dass der Mann ein verstümmeltes Ohr hatte.

Das Gesicht kam ihm irgendwie bekannt vor, doch es wollte ihm nicht einfallen, wo er es schon einmal gesehen hatte.

»So sieht man sich wieder«, sagte Barnas mit dumpfer Stimme. »Erkennst du mich wieder?«

»Nein.«

Breitbeinig blieb Barnas vor Morgan stehen und starrte auf ihn hinab.

»Ich bin Barnas«, sagte er. »Barnas du Polignac. Erinnerst du dich daran, wie sie mir damals den Prozess machten?«

Da fiel es Ritter Morgan wie Schuppen von den Augen.

Barnas du Polignac!

Morgan glaubte wieder die grausigen Ereignisse vor seinem geistigen Auge zu sehen:

Barnas hatte eines ihrer Dörfer überfallen. Es waren rund drei Dutzend Verbrecher gewesen. Als Morgan mit den beiden Kriegsknechten zufällig dort vorüberkam, war es bereits zu spät. Überall lagen die Toten vor den geplünderten Häusern.

Ein paar Wochen später waren Barnas und ein Teil seiner Mordgesellen gestellt worden. Erneut waren sie in einen kleinen Ort eingefallen, um zu rauben und zu vergewaltigen. Doch diesmal war man vorbereitet gewesen. Einer von Barnas Räubern hatte den Raubzug verraten. Ein starker Reitertrupp des Sheriffs unter Morgans Führung hatte im Hinterhalt auf die Räuber gewartet. Die Falle war zugeschnappt.

Ein Dutzend Räuber waren im Kampf gestorben, doch ausgerechnet einer hatte verletzt entkommen können: Barnas. Morgan hatte ihn mit seinem Schwert am Ohr verletzt.

Man schnappte ihn drei Tage später, weit vom Ort des Überfalls entfernt. Er bestritt, jemals in diesem Ort gewesen zu sein und leugnete, irgendetwas mit den gefangenen Räubern zu tun zu haben. Niemand konnte ihm das Gegenteil beweisen, seine Verletzung war dafür nicht ausreichend.

Aber ein Augenzeuge erkannte in Barnas zweifelsfrei den Anführer der üblen Horde wieder.

Auf diese Aussage hin wurde Barnas zum Tode verurteilt. Morgan hatte nie wieder etwas von der Sache gehört.

»Sie hätten mich damals um ein Haar aufgehängt«, sagte Barnas mit dumpfer Stimme. Er tastete über die wulstige Narbe zum verstümmelten Ohr. »Doch ich konnte dem Henker ein Schnippchen schlagen. In der Nacht vor der Hinrichtung entkam ich mithilfe einer Verwandten aus dem Kerker. Und seither freue ich mich auf den Tag der Rache.«

Hass loderte in den braungelblichen Augen des Verbrechers auf.

»Es hat lange gedauert, bis ich dich endlich fand«, fuhr er mit rauer Stimme fort. Unbeherrscht trat er nach dem gefesselten Gefangenen, der zu seinen Füßen lag. Morgan schossen vor Schmerz Tränen in die Augen. Er presste die Zähne zusammen.

»Du wirst dafür zahlen, dass du mich verstümmelt hast, und zwar mit deinem Leben!«, zischte der Verbrecher. »Und ich habe mir einen besonders feinen Tod für dich Hundsfott ausgedacht. Einen Tod, der eines Ritters würdig ist!«

Er lachte, und Morgan lief ein kalter Schauer über den Rücken.

Gleich darauf rief Barnas nach einem seiner Räuber.

Es war der Bärtige.

»Bereitet alles vor!«, befahl der Anführer.

Morgan hörte, wie er im Burghof lautstark Anweisungen gab. Irgendetwas sollte aufgebaut werden.

Welche Teufelei hatte Barnas vor?

Dieser starrte auf Morgan herab.

»Hast du noch einen letzten Wunsch?«, fragte er spöttisch.

Morgan schwieg. Es war ihm klar, dass der Verbrecher seine Rache auskosten wollte und dass die Frage blanker Hohn war.

»Das hat man mich damals auch gefragt«, fuhr Barnas fort. »Ich wünschte mir zur Henkersmahlzeit mein Leibgericht. Man erfüllte mir diesen Wunsch, und deshalb will ich vor deiner Hinrichtung auch so großzügig sein. Also, was wünschst du dir?«

»Fahr zur Hölle!«, knirschte Morgan.

Barnas entblößte grinsend seine vorstehenden Schneidezähne.

»Sehr lustig. Ja, Elisabeth erzählte mir, dass du ein recht witziger Ritter bist.«

Elisabeth? Wie kam sie dazu, dem Verbrecher etwas über ihn zu erzählen?

»Wo ist Elisabeth?«, fragte Morgan. Seit seiner Gefangennahme hatte er sie nicht mehr gesehen.

»Sie ist hier«, erwiderte der Verbrecher grinsend. »Willst du sie noch mal sehen?«

Morgan schluckte. Elisabeth war also in der Gewalt dieses Verbrechers!

Er dachte an den Überfall in der Herberge, mit dem alles angefangen hatte.

»Bei dem Überfall sollten mich deine Männer gefangen nehmen?«, fragte er aus seinen Gedanken heraus.

Barnas nickte. »Stimmt. Du brauchst dir gar nichts einzubilden, weil du ihnen einen Strich durch die Rechnung machen konntest. Sie hatten den Befehl, dich lebend bei mir abzuliefern. Ihnen waren also die Hände gebunden. Nur deshalb konntest du den Helden spielen.«

»Warum haben mich deine Männer nicht mitgenommen, als sie uns in dem Gasthof betäubten?«, fragte Morgan. »Warum haben sie nur Elisabeth gefangengenommen?«

Barnas' Miene verfinsterte sich.

»Das waren nicht meine Männer«, sagte er zu Morgans Überraschung. »Da waren irgendwelche verdammten Räuber am Werk.«

»Dieser Sholto mit dem Beil gehört nicht zu deinen Leuten?«, fragte Morgan verwundert.

»Nein. Und du kannst sicher sein, dass wir dich und Elisabeth aus den Händen dieser verflixten Kerle befreit hätten, wenn ihr nicht so entkommen wärt. Einer meiner Männer folgte euch ständig und beobachtete euch auf Schritt und Tritt.«

Er genoss sichtlich Morgans Überraschung.

»Doch kommen wir zu deinem letzten Wunsch zurück«, fuhr Barnas grinsend fort. »Ich höre.«

»Lass Elisabeth frei«, sagte Morgan. Die Worte kamen ihm ohne Überlegung über die Lippen, und als er sie ausgesprochen hatte, schalt er sich töricht. Nie würde ihm der Verbrecher diesen Wunsch erfüllen.

»Oh, wie ritterlich«, sagte Barnas da auch schon spöttisch. »Er bittet für die Dame.« Er grinste auf Morgan herab. »Nun, du hast nur einen Wunsch, den ich dir gewähre. Also überlege gut. Ich gebe dir noch ein wenig Bedenkzeit.«

Morgans Gedanken jagten sich. Sholto und Barnas waren also zwei Bandenführer. Das war die Erklärung, weshalb ihn die Räuber vom Gasthof aus nicht mitgenommen hatten wie Elisabeth. Sholto hatte nur Elisabeth haben wollen. Barnas dagegen hatte es nur auf ihn – Morgan – abgesehen, um sich zu rächen. Elisabeth war für diesen Kerl praktisch nur eine Draufgabe.

Barnas blickte auf. »Nun, hast du dir deinen Wunsch überlegt?«

Morgan hegte keine Hoffnung, doch er wiederholte:

»Lass Elisabeth frei.«

Barnas zuckte mit den Schultern. Er grinste, und Morgan glaubte seinen Ohren nicht trauen zu können, als Barnas hinzufügte: »Wohlan, dein Wunsch soll erfüllt werden.« Er hob die Stimme: »Elisabeth?«

Eine Tür klappte. Leise Schritte nahten. Dann tauchte Elisabeth in der rußgeschwärzten Türöffnung auf.

Sie wirkte völlig unbeschwert.

»Sein letzter Wunsch ist deine Freilassung«, sagte Barnas. »Ist das nicht lustig?«

Er lachte wie über einen guten Scherz.

Elisabeth Terciere schritt geschmeidig heran. Ihre grünen Augen funkelten.

Sie blieb neben Barnas stehen und blickte zu Morgan.

Dann begann auch sie schallend zu lachen.

Jetzt verstand Morgan überhaupt nichts mehr.

Endlich verstummte das Lachen der beiden.

Elisabeth sah Morgan verächtlich an.

»Es wird mir eine Freude sein, zuzusehen, wie er getötet wird«, sagte sie mit hohntriefender Stimme und einem kalten Lächeln.

## 18. Kapitel

Die Freude war Elisabeth Terciere anzusehen, als es dann soweit war. Eine böse, teuflische Freude, und zu Sir Morgans tiefer Enttäuschung kam der Zorn darüber, dass er sich von dieser Frau so sehr hatte hereinlegen lassen.

Morgan glaubte noch ihre Worte zu hören, als sie ihn auf den Burghof schleppten, wo alles für seinen Tod vorbereitet war.

»Es war ein Kinderspiel, dich um den kleinen Finger zu wickeln, du Dummkopf. Du hast dir eingebildet, du hättest mich erobert! Dabei bist du nur in meine Falle getappt. Mehrmals war ich versucht, dir ein Messer zwischen die Rippen zu stoßen. Doch ich hatte Barnas versprochen, dich zu ihm zu locken, damit er zusehen kann, wie du stirbst!«

Elisabeth Terciere war in Panik geraten, als der Überfall in der Herberge gescheitert war. Sie hatte befürchtet, er könnte die beiden flüchtenden Räuber schnappen und zum Plaudern bringen. Deshalb war sie sich Hals über Kopf aufgebrochen. Zuvor hatte sie dafür gesorgt, dass der Räuber, der den Weinhändler niedergeschlagen hatte, seine noch bewusstlosen Kumpane mitgenommen hatte. Sie hatte Kontakt mit den Räubern gehalten und später erfahren, dass einer entkommen war. Da war ihr die Begegnung mit Morgans Gefährten ein willkommener Anlass gewesen, zurückzukehren, um das teuflische Spiel fortzusetzen.

Fast hätte das Zwischenspiel mit dem Räuber Sholto ihr einen Strich durch die Rechnung gemacht. Doch mit Hyrgards Hilfe waren sie entkommen, und sie hatte Morgan leicht in die Falle locken können.

Ja, die schöne Elisabeth Terciere war eines der gerissensten Luder, die Sir Morgan of Launceston jemals über den Weg gelaufen waren.

Sie stand jetzt neben Barnas und seinen fünf Männern. Mitleidlos schaute sie zu, wie er in den Tierkäfig gestoßen wurde.

Sie hatten ihm die Fesseln abgenommen. Doch was nutzte ihm das?

Wie sollte er mit bloßen Händen den Löwen besiegen?

Denn das war der Tod, den Barnas und Elisabeth ihm zugedacht hatten: Er sollte von einem Löwen zerfleischt werden!

## 19. Kapitel

»Du hattest recht«, sagte einer der beiden Räuber. »Es ist ihre Fährte. Sie sind in der Burgruine. Ich konnte sie beobachten und ein paar Worte belauschen. Weißt du, wer der Kerl ist, der mit dem schönen Weib aus unserem Versteck verschwunden ist?«

»Nein?«

»Ein Ritter«, erklärte der andere triumphierend. »Morgan heißt er. Und die beiden anderen, die wir gefangen genommen haben, müssen Soldaten des Sheriffs sein. Sie heißen Cynan und Rhodri, wie er sagte. Und die beiden nannten sich auch so, dabei sprachen sie auch von einem Ritter. Es kann kein Zufall sein, dass sie bei uns auftauchten. Na, was sagst du dazu? Da hatten wir durch Zufall einen richtigen Ritter geschnappt.«

»Na und? Das ändert nichts an unserem Auftrag. Wir sollen den Kerl zur Hölle schicken und uns das Weib krallen. Alles andere juckt mich nicht.«

»Vielleicht doch. Ich schlage vor, wir bringen den Kerl lebend zu Sholto. Da könnte ein schönes Lösegeld herausspringen. Bei Rittern ist bestimmt etwas zu holen.«

»Quatsch, ich kannte mal einen, der war arm wie eine Kirchenmaus.«

»Aber selbst wenn er nicht viel besitzt – diese Ritter haben Beziehungen. Irgendeiner bei Hofe wird bestimmt was für sie ausspucken.«

Arian überlegte. Er war nicht so begeistert von der Idee wie Tyrus.

»Und wie wollen wir uns den Mann schnappen? Das verkompliziert doch alles.«

»Du weißt noch nicht alles. Er ist bereits geschnappt. Die Leute auf der Burg haben ihn gefangen genommen.«

»Sag nur! Ich dachte, es wären Bekannte, bei denen sie Zuflucht gesucht haben.«

»Nein. Es sind Gaukler oder so was. Da steht jedenfalls ein bunter Zirkuswagen auf dem Burghof. Ich nehme an, die wollen das Gleiche wie wir: Die Frau und den Ritter als Goldene Kuh.«

»Also gut. Mit wie vielen Leuten haben wir es zu tun?«

»Genau hab ich das nicht gesehen. Vier oder fünf, denke ich.«

»Das sind genau vier oder fünf zu viel«, bemerkte Arian.

»Unsinn. Wir werden nicht kämpfen. Wir haben doch unseren Zaubertrank. Wir reiten zufällig bei der Ruine vorbei und tun, als wollten wir rasten. Natürlich werden die Kerle misstrauisch sein und uns schnell wieder loswerden wollen, weil sie doch Dreck am Stecken haben. Wir reichen die Flasche herum, und schon schlafen sie. Dann brauchen wir nur noch das Weib und den Ritter zu befreien, und fertig.«

»Das klingt einfach. Warten wir, bis es dunkel wird und...«

Er verstummte, und seine Augen weiteten sich.

»Was war das?«, stotterte er und lauschte.

»Klingt wie ein...«

»Raubtier!«, antwortete sein Kamerad.

Da war wieder das Brüllen zu hören, das durch die Burgruine hallte.

»Was mag da los sein?«

## 20. Kapitel

Die eiserne Gittertür fiel hinter Morgan zu. Er war in dem Löwenkäfig, den Barnas' Männer aus Eisengittern im Burghof errichtet hatten. Der Löwe war durch einen Laufgang aus Gitterstäben vom Wagen in den Käfig gelangt.

Ein gewaltiger Bursche mit enormer Mähne.

Er wirkte schläfrig, wie eine riesige Schmusekatze, und musterte den Zweibeinigen fast gelangweilt. Doch Morgan wusste, dass sich das schnell ändern würde. Waffenlos war er dieser geballten Kraft ausgeliefert!

Der Löwe tat ein paar lautlose, bedächtige Schritte und legte sich dann hin, ohne sich für den Menschen zu interessieren.

»Der schläft ja ein«, sagte Elisabeth Terciere, und es klang enttäuscht.

Barnas lachte.

»Der Schein trügt, meine Liebe. Löwen greifen Menschen nur an, wenn sie von ihnen gereizt werden. Aber dann geht's rund.«

»So reizt ihn doch!«, forderte Elisabeth Terciere die Männer auf.

Sie selbst hob ein Steinchen auf und wollte es auf den Löwen werfen. Der Stein prallte vom Gitter ab und traf Barnas' Unterführer. Fluchend rieb sich der übers Bein.

»Macht dem Vieh Feuer!«, schrie Elisabeth.

Einer der Männer schob auf einen Wink von Barnas hin eine Lanze durch die Gitterstäbe. Sie reichte nicht ganz bis zu dem Löwen.

Der Löwe wandte den Kopf und bleckte die Fänge. Es sah aus, als gähne er.

Morgan verlor keine Sekunde. Er handelte.

Mit einem Hechtsprung warf er sich auf die Lanze zu.

»Vorsicht!«, rief Barnas alarmiert.

Morgan packte die Lanze mit beiden Händen und riss daran.

Es war eine Aktion, die aus Verzweiflung geboren war. Wenn er in diesem Löwenkäfig sterben musste, so sollte es nicht kampflos geschehen. Und mit der Lanze konnte er sich vielleicht die Raubkatze vom Leib halten. Dann war er zwar immer noch nicht gerettet – Barnas und Elisabeth würden so oder so für seinen Tod sorgen. Doch es blieb ihm erspart, von den Pranken und Fängen des Löwen zerrissen zu werden.

Fast hätte Morgan es geschafft.

Barnas' Mann war von der blitzschnellen Attacke überrascht. Doch er hielt die Lanze fest umklammert, riss sie zurück, und Morgan prallte in seinem Schwung gegen die Gitterstäbe, die in den Verankerungen klirrten.

Der Löwe fauchte bei dem Geräusch.

Bevor Morgan sich fangen konnte, war Barnas mit einem Satz am Gitter, schob sein Schwert hindurch und hieb Morgan auf die Finger.

Morgan schrie vor Schmerzen auf. Im ersten Augenblick dachte er, der Verbrecher hätte ihm die Hand abgehackt. Rasende Schmerzen zuckten seinen Arm hinauf bis zur Schulter.

Er konnte die Lanze nicht festhalten, rutschte aus und fiel keine drei Schritte von dem Löwen entfernt, der sich bei den schnellen und ruckartigen Bewegungen aufgesetzt hatte und jetzt sprungbereit wirkte.

Morgan blickte zu seiner verletzten Hand hinab.

Blut rann über den Handrücken. Der Schwerthieb hatte ihm die Haut aufgerissen.

Der Löwe witterte das Blut. Seine langen Schnurrhaare sträubten sich und er entblößte die gelblichen, scharfen Fänge. Ein grollendes Knurren kam tief aus seiner Kehle.

Langsam setzte sich der Löwe in Bewegung. Majestätisch, lautlos, geschmeidig.

»Na also«, rief Barnas. »Jetzt hat er Blut gewittert.«

Elisabeth Terciere rüttelte an den Gitterstäben und feuerte den Löwen mit wilden Schreien an.

Vielleicht war das genau das Falsche.

Der König der Wildnis verharrte. Seine Augen funkelten das Wesen an, das mit schriller Stimme auf ihn einschrie.

Fast abwehrend hob die Raubkatze eine der Pranken. Es sah aus wie die tapsige Bewegung eines Kätzchens, das nach einem Wollknäuel hascht. Doch der Schein trog. Der

Prankenhieb hätte Morgan vermutlich besinnungslos geschlagen.

Morgan presste die linke Hand auf die blutende Rechte und starrte wie gebannt zu dem Löwen, der jetzt zornig fauchte.

Elisabeth schrie immer noch. Sie war wie von Sinnen.

Der Löwe brüllte so sehr, dass es über den ganzen Burghof hallte.

Elisabeth verstummte erschrocken und sprang vom Gitter zurück.

Der bisher schläfrige Eindruck verlor sich schlagartig. Offenbar war dem Löwen Elisabeths Geschrei zu viel geworden. Seine Pranke knallte fast ansatzlos gegen einen der Gitterstäbe.

Der Löwe brüllte auf.

Es klang zornig und gereizt.

Elisabeth war blass geworden und von den Gitterstäben noch weiter zurückgewichen. Auch Barnas' Männer verharrten angespannt und blickten auf die brüllende Raubkatze.

Nur Barnas lächelte.

»Man darf das Kätzchen nicht unterschätzen«, sagte er. »Es hat schon drei ihrer vorherigen Besitzer verspeist, die jede seiner Reaktionen zu kennen glaubten.« Er wandte sich an einen seiner Männer. »Brenn ihm mal einen Pfeil aufs Fell.«

Der Angesprochene zog seinen Bogen von der Schulter und nahm einen Pfeil aus dem Köcher.

Der Löwe fauchte noch einmal zum Gitter hin und zog sich anschließend zurück.

Auf Morgan zu.

Der lag immer noch wie betäubt am Boden. Die Raubkatze wuchs über ihm scheinbar ins Riesenhafte. Morgan sah die funkelnden Augen, das Spiel von Muskeln und Sehnen.

*Aus!*, dachte er und schloss die Augen.

Er konnte nicht mehr aufspringen. Die Raubkatze wäre mit einem Sprung bei ihm gewesen. Und wahrscheinlich würde sie bei einer heftigen Bewegung erst recht das Opfer in ihm wittern und ihn anfallen.

Morgan spürte den heißen Atem des Löwen, und wie aus weiter Ferne hörte er Barnas lachen.

Barnas genoss seine Rache.

Laut rief er:

»Seinetwegen habe ich mein Glück verloren! Ich will sehen, wie er stirbt!«

Morgan spürte etwas Weiches, Feuchtes an seiner Wange. Es war ihm, als setzte sein Herzschlag aus.

»Jetzt hat der große Ritter das Hosenflattern!«, johlte Barnas. »Sieh nur, Elisabeth, wie er vor Angst vergeht.«

Es stimmte. Sir Morgan hatte Angst. Welch ruhmreiche Taten hatte er vollbracht! Doch niemals hatte er sich so hilflos gefühlt.

In diesem schrecklichen Moment hatte er nur einen Gedanken: *Herr im Himmel, lass es schnell vorbei sein!*

Das Stoßgebet wurde nicht erhört.

Das Weiche, Feuchte verschwand, und Morgan hörte etwas an sich vorbeitappen.

Er öffnete blinzelnd die Augen und konnte noch nicht fassen, dass der Löwe ihn verschont hatte.

Die Raubkatze glitt tatsächlich an ihm vorbei. Sie hatte ihn beschnuppert und offenbar keinen Appetit.

Morgan wagte kaum zu atmen.

Barnas lachte.

»Jetzt hat er sich vor Angst in die Hosen gemacht!«, rief er höhnisch. »Dabei geht es gar nicht so schnell, wie er gedacht hat. Das Kätzchen hat zuvor gut gespeist. Es wird noch ein wenig mit ihm spielen. Los, spick den Löwen mit einem Pfeil. Aber so, dass er nicht ernsthaft verletzt wird, oder ich werde dich vierteilen!«

Morgan sah, wie der Mann an das Gitter trat, sorgfältig zielte und den Bogen nur ein wenig spannte.

Der Löwe verharrte etwa vier Schritte von ihm entfernt und wandte den Kopf mit der gewaltigen Mähne, als sei er unschlüssig, ob er nicht doch zu der Kreatur zurückkehren sollte, die dort am Boden lag, um sie als Nachtisch zu vernaschen.

Langsam und bemüht, jede ruckartige Bewegung zu vermeiden, kroch Morgan von der Raubkatze fort.

Da zischte der Pfeil durch die Gitterstäbe.

Der Löwe brüllte auf, und Morgan erschauerte bei diesem zornigen Urlaut.

Der Pfeil war nicht tief eingedrungen. Er wippte leicht im Fell. Der Löwe schüttelte den enormen Schädel. Es hatte fast den Anschein, als sträubte sich die Mähne. Wieder stieß der Löwe ein tiefes, grollendes Brüllen aus. Die Raubkatze schüttelte sich, doch der Pfeil blieb stecken.

Und jetzt richteten sich die funkelnden Augen der Raubkatze auf Morgan, als sei er für den Angriff verantwortlich.

Morgan hatte fast das Gefühl, der Löwe fühle sich betrogen. Als signalisierten die Raubtieraugen: So, du willst frech werden, du Mensch! Das hat man von seiner Gutmütigkeit! Aber ich kann auch anders!

Der Löwe fauchte und duckte sich zum Sprung.

»So ist's richtig!«, rief Barnas. »Ein guter Schuss. Jetzt beginnt das Spiel. Ich wette, dass sich die Katze jetzt die Vorspeise holt. Was meint ihr, erst einen Arm oder ein Bein?«

Er blickte grinsend in die Runde.

Elisabeth lachte, doch jetzt klang es angespannt und gekünstelt. Zudem war sie leichenblass. Vielleicht hatte sie sich das grausige Schauspiel doch nicht so in den Einzelheiten ausgemalt, wie Barnas es jetzt genüsslich beschrieb.

Der Löwe spannte sich zum Sprung. Er starrte Morgan wie ein Riesenkater an, der die Maus in die Enge getrieben hat und sie nun noch ein wenig zittern lässt, bevor er sie sich schnappt.

Es war unmöglich, waffenlos gegen diese Raubkatze zu bestehen. Langsam richtete sich Morgan auf. Er starrte dem Löwen in die funkelnden Augen wünschte sich, über hypnotische Kräfte zu verfügen.

Totenstille herrschte im Burghof.

Plöztzlich sprang die Raubkatze.

Mit einem gewaltigen Satz schnellten die Masse Muskeln, Sehnen und Fleisch auf Morgan zu, scheinbar schwerelos, wie spielerisch.

Morgan wusste, dass er keine Chance mehr hatte. Die Katze war gereizt, und jede Abwehrbewegung würde sie noch wilder machen und handelte, ohne zu denken.

Auch er sprang. Und es war der gewaltigste Satz, den der Ritter je gemacht hatte.

Die Todesangst verlieh ihm ungeahnte Kräfte.

Er flog förmlich an den Gitterstäben hoch und riss noch im Sprung instinktiv die Beine hoch.

Die Fänge der Raubkatze verfehlten seine Stiefel um eine Handbreit. Er hätte gewiss keine Stiefel mehr gebraucht, wenn die Fänge zugeschnappt hätten.

Morgan klammerte sich an den Gitterstäben fest und hangelte sich höher.

Der Löwe brüllte. Enttäuscht oder wütend, vermutlich beides.

Morgan gelangte bis oben aufs Gitter.

Seine Brust hob und senkte sich unter keuchenden Atemzügen. Er war schweißgebadet und hatte das Gefühl, sich übergeben zu müssen, weil er sich völlig verausgabt hatte. Seine Hände zitterten und seine Knie waren weich. Doch er klammerte sich dort oben fest.

Er war grenzenlos erleichtert. Zumindest im Augenblick hatte er überlebt.

Der Löwe schnellte fauchend am Gitter hoch.

Augenblicklich stieg neue Furcht in Morgan auf, doch dann sagte er sich, dass der Löwe trotz seiner Sprungkraft nicht an ihn herankam. Natürlich war das Schutzgitter hoch genug. Sonst hätte der Käfig ja nicht seinen Zweck erfüllt. Oder konnte die Raubkatze an den Gitterstäben hochklettern?

Morgan blickte besorgt zu dem Löwen. Nein, der Bursche schien das Interesse verloren zu haben. Morgans Blick zuckte zum Publikum außerhalb des Käfigs.

Keiner klatschte Beifall, aber damit hatte Morgan auch nicht gerechnet.

Elisabeths Mund stand weit offen. Ihre Miene war nicht recht zu deuten. War es Bestürzung in ihren grünen Katzenaugen oder Bewunderung über seinen Verzweiflungssprung?

Die Männer blickten jetzt zu Barnas, als wollten sie hören, wie es weitergehen sollte.

Barnas lachte.

»Mit diesem Hopser hättest du gewiss jedes Turnier gewonnen, falls ihr Ritter solche blöden Wettkampfscherze betreibt«, rief er höhnisch. »Doch leider war das völlig umsonst.«

Er gab dem Bogenschützen einen knappen Wink.

»Schieß ihn mal da runter! Aber vorsichtig, damit er uns nicht abnippelt.«

Der Mann legte einen Pfeil auf die Bogensehne.

Bedächtig zielte er.

Morgan hing hilflos an dem Gitter. Unter ihm im Käfig wartete der gereizte Löwe. Und auf der anderen Seite standen fünf bewaffnete Männer sowie Elisabeth.

Für einen Augenblick spielte der Ritter mit dem Gedanken, sich auf sie zu werfen. Er schätzte schnell die Entfernung ab. Zu weit. Er würde vor ihnen landen, und selbst wenn er den Sprung heil überstand, würde es kein Entkommen geben. Kurz darauf hätten sie ihn wieder im Löwenkäfig, und das ganze teuflische Spiel würde fortgesetzt werden.

Nein, eher würde er sich dort oben töten lassen.

Er sah den Pfeil auf sich zurasen und schloss die Augen.

sofort zuckte ein glühend-heißer Schmerz durch seine Schulter. Der Pfeil fetzte ihm eine Furche in den Oberarm. Blut tränkte den Stoff.

Der Löwe brüllte.

Morgans rechter Arm war wie betäubt. Er klammerte sich mit der Linken fest und versuchte gegen das Schwindelgefühl anzukämpfen. Seine Hand war schweißnass.

*Nur nicht abrutschen!*, dachte er verzweifelt. Sein Arm begann vor Anstrengung zu zittern, als er sich am Gitter weiterhin festhielt.

»Du solltest ihn runterschiessen!« grüllte Barnas und bedachte den Schützen mit einem ärgerlichen Blick.

Der zuckte mit den Schultern. »Ist nicht so einfach. Wenn ich ihn nur ritze, hält er sich weiter fest. Und wenn ich ihn voll erwische, wird er kein Katzenfutter.«

Barnas' Stimme klang wie ein Knurren. »Wenn du dir keinen perfekten Schuss zutraust, dann machen wir es eben anders. Ist doch ganz einfach!«

Damit gürtete er sein Schwert und schritt auf das Gitter zu.

Morgan spannte sich bereits zum Sprung. Jetzt konnte er sich auf Barnas werfen. Damit war zwar immer noch nichts gewonnen, doch wenn er Glück hatte und dem Verbrecher das Schwert entreißen konnte...

Er konnte den Gedanken nicht fortsetzen.

Es war zu spät. Barnas hangelte sich bereits katzengewandt am Gitter empor.

Morgan hoffte, der Löwe würde den Verbrecher anspringen und ihn zwischen den Gitterstäben mit einem Prankenhieb zerschmettern.

Doch der Löwe rührte sich nicht von der Stelle und wirkte wieder ruhiger.

Morgan wartete angespannt. Barnas beging nicht den Fehler, direkt unter ihm hochzuklettern. Er hielt sich etwa drei Schritte rechts von Morgan, außer Reichweite.

Morgan sah das grinsende Gesicht, in dem die rote Narbe glühte.

Barnas hielt sich mit der Linken am Gitter fest und zückte mit der Rechten sein Schwert.

»So, das haben wir gleich«, sagte er. »Kätzchen, deine Mahlzeit kommt sofort. Pass auf, dass er dir nicht auf den Kopf fällt!«

Lachend holte er mit dem Schwert aus. Er wollte es Morgan auf die Finger schlagen, damit er die Gitterstäbe loslassen musste und in den Käfig stürzte.

Morgan dachte nur an das Schwert. Wahrscheinlich würde es ihm im Kampf gegen den Löwen nichts nutzen. Doch er hatte auch gar nicht vor, den ungleichen Kampf gegen die Raubkatze aufzunehmen. Wenn es ihm gelang, das Schwert an sich zu reißen, wollte er aus dem Käfig in die Tiefe springen. Dann konnte er sich vielleicht Elisabeth schnappen oder Barnas das Schwert auf die Brust setzen, wenn der Kerl ihm nachsprang.

Es war nur eine hauchdünne Chance, doch sie war allemal besser als keine.

Als Barnas grinsend das Schwert vorstieß, griff Morgan danach wie nach dem rettenden Strohhalm.

Genau im richtigen Augenblick.

Er schnitt sich einen Finger an der blitzenden Klinge auf, doch das nahm er gar nicht wahr. Er hielt das Schwert fest und war von wilder Entschlossenheit erfüllt, es nicht mehr loszulassen. Wie jedes andere Schwert auch, war es im oberen Teil der Klinge nicht geschliffen.

Barnas schrie erschrocken auf.

Mit solch einer tollkühnen, unglaublich schnellen Reaktion hatte er nicht gerechnet, sondern mit Angst oder mit einem Zurückzucken des Opfers.

Sir Morgan, der eben noch dem Tod ins Auge geblickt hatte, entwickelte in seiner Verzweiflung schier unglaubliche Kräfte. Während er mit der Rechten die Schwertklinge umkrampfte und Barnas' Stoßbewegungen abfing, sprang er zwei Gitterstäbe weiter, auf Barnas zu, klammerte sich mit der Linken fest und zog mit einem gewaltigen Ruck an dem Schwert.

Es spielte sich alles so schnell ab, dass Morgan es selbst gar nicht richtig mitbekam.

Er sah plötzlich etwas an sich vorbeiwirbeln und hörte einen Aufschrei aus mehreren Kehlen.

Elisabeth schrie, zwei der Räuber brüllten entsetzt, und am lautesten schrie Barnas.

Er war von Morgans Ruckbewegung überrascht worden, hatte auf dem Gitter das Übergewicht bekommen und stürzte in den Löwenkäfig.

Plötzlich ging sein gellender Schrei im Brüllen des Löwen unter.

Barnas war auf die Raubkatze gefallen.

Und das hatte dieser gewaltige Bursche nicht so gern.

Morgan sah alles verschwommen. Es war ein grausiger Anblick. In seiner Panik beging Barnas einen Fehler, der das Verhängnis nur beschleunigte. Barnas schlug nach dem Löwen.

Nun ging alles rasend schnell.

Morgan schloss die Augen, als er sah, wie der aufs Äußerste gereizte Löwe über Barnas herfiel. Es wurde ihm fast schlecht bei dem Gedanken, dass er an Barnas' Stelle jetzt dort unten hatte zerfetzt werden sollen.

Eine Ewigkeit schien zu vergehen, bevor Morgan das Unfassbare überhaupt begriff, bis ihm klar wurde, dass er zwar noch lebte, dass da aber noch Elisabeth und die anderen waren. Sein Blick zuckte von dem schaurigen Anblick im Käfig hinunter zu den anderen Gegnern.

Alle starrten entsetzt und wie erstarrt.

Morgan erkannte, dass er keine Zeit verlieren durfte.

Er schwang sich über das Gitter, ließ sich an einem Stab ein Stück hinabrutschen und sprang den Rest hinab.

Barnas' Männer wirkten wie Statuen, und in ihren Augen flackerte das Entsetzen.

Elisabeth war kreidebleich und sah aus, als würde sie ohnmächtig umfallen. Doch der Schein trog.

Morgan prallte zu Boden. Er fiel unglücklich auf die Schulter, an der ihn der Pfeil gestreift hatte, und die lange Furche riss noch mehr auf. Blut schoss aus der Wunde.

Bevor Morgan seine Benommenheit abschütteln und sich aufrappeln konnte, lösten sich Elisabeth und Barnas' Männer aus ihrer Erstarrung.

Elisabeth verwandelte sich in eine Furie.

»Mörder!«, kreischte sie wie von Sinnen und fiel über ihn her, fast so wie der Löwe zuvor über Barnas hergefallen war.

Sie schlug und biss und zog Morgan die Fingernägel durchs Gesicht. Und dabei kreischte sie immer wieder: »Mörder! Mörder!«

Ihm blieb keine Wahl. Sie war eine schöne Frau, doch sie war auch eine der gefährlichsten, die er je kennengelernt hatte.

Zudem griffen jetzt Barnas' Männer ein.

Morgan kämpfte.

Er packte die rasende Elisabeth Terciere und schleuderte sie gegen zwei der Angreifer. Die Frau riss die beiden Männer mit sich zu Boden.

Morgan packte Barnas' Schwert und fuhr herum.

Der Bogenschütze hatte einen Pfeil auf die Sehne gelegt und spannte den Bogen.

Morgan schleuderte aus der Drehung heraus das Schwert.

Er verfehlte den Bogenschützen!

Der Pfeil schnellte von der Sehne.

Morgan warf sich hin.

Hinter ihm gellte ein Schrei. Elisabeth. Der Schrei ging in ein Röcheln über.

Elisabeth war aufgesprungen und hatte sich von Neuem auf Morgan stürzen wollen, als er herumgewirbelt war.

Der Pfeil traf sie.

Morgan sah, wie sich die Augen des Bogenschützen entsetzt weiteten. Noch konnte er den Schreck des Mannes nicht deuten.

Und Morgan war jetzt ohne Schwert.

Er sprang auf den Bogenschützen zu.

Der reagierte überhaupt nicht. Fassungslos starrte er an Morgan vorbei. Der Ritter riss ihn zu Boden und schmetterte ihm die Faust ans Kinn.

Dann schnellte er auf das Schwert zu, das ein paar Schritte entfernt am Boden lag, riss es hoch und fuhr herum.

Doch von Barnas' Räubern drohte keine Gefahr. Schreckensbleich starrten sie auf Elisabeth.

Auch Morgan erschrak.

Ein Pfeil ragte aus Elisabeth' Oberkörper. Sie lag auf dem Rücken, und ihre gebrochenen Augen starrten in den Himmel.

Morgan schluckte. Er glaubte einen Kloß in der Kehle zu haben. Elisabeth hatte seinen Tod gewollt und war von Hass und Rache getrieben worden. Doch ihr Anblick rührte ihn. Er verspürte keine Genugtuung darüber, dass sie ein solches Ende gefunden hatte.

Morgans Blick zuckte zu Barnas' Männern. Zwei standen wie angewurzelt da und starrten in den Käfig zu Barnas' schrecklich zugerichteter Leiche. Zwei andere blickten fassungslos auf die tote Frau. Morgan sprang auf.

Das Schwert in seiner Hand blitzte in der Sonne auf.

Er musste wie der Leibhaftige aussehen, als er auf die Männer zustürmte. Er blutete an der Schulter, an der Hand und aus den Kratzwunden im Gesicht, die Elisabeth ihm zugefügt hatte, bevor er sie sich vom Leib hatte halten können.

Und die grauenvollen Ereignisse schienen sich in seinem Gesicht widerzuspiegeln.

Keiner der Räuber dachte mehr an Kampf. Barnas, ihr Anführer, war tot, und Elisabeth, deren Befehle sie ebenfalls befolgt hatten, war an einem Pfeil ihres eigenen Kumpans gestorben. Und da stürmte ein Ritter auf sie zu, der aussah, als sei er entschlossen, sie alle niederzumachen.

Sie warfen sich herum und ergriffen die Flucht.

Doch Morgan verfolgte sie nicht. Er verharrte. Sein Herz hämmerte, und vor seinen Augen verschwamm alles. Er war so mitgenommen, dass seine Knie nachgaben. Er sank neben dem bewusstlosen Bogenschützen zu Boden und rang um Atem.

Es dauerte eine Weile, bis er wieder klarer sah und das Schwächegefühl nachließ.

Er zwang sich, zum Löwenkäfig zu blicken.

Die Raubkatze saß neben dem, was von Barnas übrig war, und leckte sich das blutige Maul.

Von Neuem stieg Übelkeit in Morgan auf. Er erhob sich wankend und vermied es, zu Elisabeth zu blicken.

Hufschlag entfernte sich. Barnas' Männer galoppierten davon. Er sah sie durch die Bresche in der Ringmauer verschwinden. Vermutlich hatten sie ihre Pferde irgendwo in den ausgebrannten Stallungen gehabt.

Morgan vernahm ein Geräusch vom Palas her.

Sein Kopf ruckte herum.

Zwei Männer rannten auf den Burghof.

Und Morgan erkannte sie sofort wieder. Das waren die Kerle, die ihnen im Gasthof den Betäubungstrunk kredenzt hatten – Sholtos Räuber.

»Du Hund!«, schrie einer der beiden und griff ungestüm mit dem Schwert an.

Unbemerkt waren sie in die Burgruine eingedrungen und hatten an einer Fensteröffnung des ausgebrannten Palas praktisch einen Tribünenplatz bei diesem grauenvollen Schauspiel gehabt.

Dann war ihr Entsetzen in wilden Zorn umgeschlagen. Sholto hätte sie großzügig belohnt, wenn sie ihm die Frau gebracht hätten, in die er so vernarrt war. Doch dieser verdammte Ritter hatte alles zunichte gemacht. Sie glaubten, nur zu ihrem Anführer zurückkehren zu können, wenn sie ihm eine Art Versöhnungsgeschenk mitbrachten:

Die Leiche des Mannes, der mit der schönen Frau aus der Höhle entkommen war.

Sie sahen, wie Sir Morgan blutend und erschöpft zu Boden sank und dachten, leichtes Spiel zu haben, zumal sie zu zweit waren.

Doch sie sollten sich irren.

Morgan war nicht so erledigt, wie es den Anschein hatte. Und er hielt ein Schwert in der Hand. Da konnten ihn diese zwei Lumpen nicht schrecken.

Morgan parierte den Schwerthieb des Räubers. Gleich darauf täuschte er geschickt, und bevor der Räuber wusste, wie ihm geschah, prellte ihm Morgan mit wuchtigem Schlag das Schwert aus der Hand.

Er setzte den Schwerthieb fort, der den ersten Angreifer getroffen hatte, drehte sich um die Achse und traf den zweiten Gegner aus der schwungvollen Drehung heraus.

Der machte brüllend einen Luftsprung, der fast Morgans mächtigem Satz am Gitterkäfig hinauf ebenbürtig war, als ihm Morgans Schwert gegen die Beine knallte.

Augenblicklich vergaß der Mann jeden Gedanken an Kampf.

Er ließ sein Schwert los, hüpfte noch ein paarmal vor Schmerz schreiend auf und ab und presste die Hände auf die Beine.

Morgan beendete den Veitstanz, indem er dem Burschen die Klinge gegen die Brust tippte.

»Lass mich leben«, stammelte er.

Morgan erwiderte nichts darauf. Der Kerl sollte ruhig ein bisschen schwitzen. Schließlich war er dabei gewesen, als man ihn und Elisabeth betäubt und gefangen genommen hatte, und auch jetzt war er nicht aufgetaucht, um sich für seine Missetaten zu entschuldigen. Es gab da einige ungeklärte Dinge, die Morgan interessierten. Zum Beispiel, was dieser Sholto außer Entführungen trieb und weshalb er Elisabeth entführt hatte.

»Du wirst mir einige Fragen beantworten«, sagte Morgan grimmig. »Und zwar schnell und ausführlich, denn ich bin gereizter als der Löwe.«

»Von uns erfährst du kein Sterbenswort«, sagte er. »Und wenn du uns auch nur ein Härchen krümmst, müssen es deine Soldaten büßen!«

Morgan verschlug es für einen Moment die Sprache.

»Meine Soldaten?«, vergewisserte er sich.

Der Mann blickte verschlagen zu Morgan auf.

»Ja«, sagte er hämisch. »Wirf nur ja dein Schwert weg, oder deine Männer fahren zur Hölle! Wir haben sie in unserer Gewalt. Du kannst sie freikaufen. Aber das kostet dich einiges.«

Er blinzelte verwirrt, als Morgan lächelte.

»Das kostet mich ein müdes Grinsen«, erklärte Morgan. »Ihr beide erzählt mir jetzt alles, was ich wissen will, oder...«

Morgan fiel nichts Drohendes ein, und er beließ es bei einer bedeutungsschweren Pause.

Derweil war Morgan eine Idee gekommen.

»Oder ich sperre euch zu dem Löwen in den Käfig«, bluffte er.

»Dann werden deine Soldaten in der Höhle verhungern!«

Er verstummte, als Morgan leise lachte.

»Sie sind also in der Höhle«, stellte Morgan fest. »Den Weg kenne ich. Da brauche ich euch gar nicht mehr. Da kann ich euch glatt dem Löwen als Abschiedsgeschenk zurücklassen.«

Einer der beiden sprang auf und lief davon, doch er kam nicht weit. Morgan holte ihn nach ein paar Schritten ein und schlug ihn nieder.

Mit dem ohnmächtigen Räuber über der Schulter kehrte er zurück.

Der andere verriet jetzt sogar, dass es einen zweiten Zugang zu der Höhle gab, den Sholto als »Notausstieg« angelegt hatte.

*Die Befreiung der beiden Freunde müsste eigentlich kinderleicht sein*, dachte Morgan zufrieden, als alle seine Fragen beantwortet waren.

## 21. Kapitel

Der Wachtposten am Zugang der Höhle wurde von einem Niesen aus dem Schlummer gerissen.

Sir Morgan verharrte und unterdrückte einen Fluch. Einer der Männer, die er als Helfer mitgenommen hatte, war erkältet. Ausgerechnet jetzt musste der Kerl niesen!

Der Wachtposten ergriff seine Lanze und starrte angespannt in die Dunkelheit.

Jetzt war alles still.

Morgan wartete noch eine Weile, bis sich die Haltung des Räubers entspannte. Dann schlich er vorsichtig weiter.

Noch vier Schritte.

Etwas raschelte seitlich von ihm zwischen den Büschen. Diesmal war es keine Panne der Helfer. Eine Maus oder irgendein anderes Tier machte sich davon.

Der Räuber packte seine Lanze fester und sprang auf. Mondschein fiel auf das Gesicht des Mannes. Morgan hatte das Gefühl, der Räuber starre ihm direkt in die Augen.

Er atmete auf, als der Räuber die Lanze sinken ließ, den Kopf schüttelte und sich wieder bequem hinsetzte.

Hoffentlich verhielt sich jetzt der erkältete Mann ruhig!

Morgan wartete noch eine Weile, bis der Räuber gähnte und sein Kopf auf die Brust sank.

Der Mann schreckte noch einmal auf, doch da war Morgan schon heran und schlug ihn nieder. Er fing die erschlaffende Gestalt auf und ließ sie zu Boden gleiten.

Gleich darauf imitierte er einen Käuzchenschrei. Das Signal für die anderen.

Gestalten tauchten aus dem Dunkel auf.

Es waren sechs Freiwillige aus dem nächsten Ort. Morgan hatte dort die Räuber abgeliefert. Die Leichen von Elisabeth und Barnas waren inzwischen begraben worden, und der Löwe würde später mit dem Wagen fortgebracht werden.

Der Ritter gab den Männern einen Wink. Einer kümmerte sich um den bewusstlosen Räuber. Morgan und die anderen schlichen in die Höhle.

Mitternacht war längst vorüber, und die Räuber schliefen, als hätten sie ein reines Gewissen.

Sir Morgan befreite zuerst Cynan und Rhodri, die an der Felswand angekettet und im Stehen eingenickt waren.

Im rötlichen Schein des niedergebrannten Feuers sah Morgan, wie mitgenommen seine Gefährten aussahen.

Rhodri sank Morgan fast in die Arme. »Am Morgen wollten sie uns umbringen«, flüsterte er mit erstickter Stimme.

»Schnappen wir uns die Hundesöhne«, raunte Cynan und rieb sich die schmerzenden Gelenke.

Cynan ergänzte schnell die Informationen, die Morgan erhalten hatte. Im Flüsterton gab der Ritter daraufhin seine Befehle.

Männer schlichen wie gespenstische Schatten zu den Kavernen, um die Räuber im Schlaf zu überraschen.

Morgan und die Kriegsknechte pirschten sich auf Zehenspitzen zu Sholtos Lager.

Vorsichtig zog er den dicken Vorhang zur Seite. Ein Talglicht in einer Halterung an der Felswand spendete nur spärliches Licht.

Sholto lag auf dem Bauch, und neben ihm schnarchte Hyrgard leise auf dem Lager.

Morgan hob die Hand mit dem Schwert und wollte sich in Bewegung setzen.

»Haaaatschiii!«

Das Niesen schien ohrenbetäubend durch die Höhle zu hallen.

In diesem Augenblick wünschte Morgan den erkälteten Mann in den finsterten Winkel der Hölle.

Sholto schreckte aus dem Schlaf. Sein Kopf flog zu Morgan herum. Und der Räuberhauptmann reagierte schnell und kaltblütig. Er war es gewohnt, stets mit Gefahr zu rechnen, denn seit dem Mord an dem Schlachtermeister lebte er ständig auf der Flucht.

Die Ereignisse überstürzten sich. Hyrgard wachte ebenfalls auf. Sie fuhr auf dem Lager hoch und starrte Morgan aus geweiteten Augen an.

Hyrgard schrie, irgendwo in der Höhle brüllte ein Mann, und trotz des Lärms und Morgans Anspannung ärgerte er sich noch über einige muntere »Hatschis« des erkälteten Mannes, der die Gefahr heraufbeschworen hatte.

Morgan war noch drei Schritte vom Lager entfernt, als Sholto aufsprang.

Der Räuber hielt sein Beil in der Hand und holte damit aus.

Morgan verharrte mitten im Sprung.

Sholto warf das Beil!

»Vorsicht!«, schrie Morgan, denn er wusste ja die Soldaten hinter sich. Zugleich ließ er sich fallen.

Das Beil flog über Morgan hinweg und klatschte gegen den Vorhang. Zum Glück hatten sich die anderen geistesgegenwärtig aus der Kaverne geworfen.

Morgan verlor keine Zeit. Der nackte Sholto war jetzt waffenlos. Morgan ließ sein Schwert fallen und warf sich auf den Räuber.

Er riss Sholto um. Sie prallten aufs Lager. Erschrocken wich Hyrgard zurück bis zur Felswand.

Der Räuberhauptmann stieß mit dem Knie nach Morgan. Die Hände des Verbrechers pressten sich um Morgans Kehle und schnürten ihm die Luft ab. Doch so hatte der Räuber keine Hand frei, um Morgans Fausthiebe abzublocken.

Morgan traf ihn mit seiner geballten Rechten. Der Druck um seinen Hals ließ nach.

Er setzte mit einem Aufwärtshaken nach, und diesmal erwischte er den Verbrecher genau.

Cynan war auf einmal neben Sholto. Der Soldat hatte den Tonkrug ergriffen, der neben dem Lager stand und schlug ihn Sholto auf den Schädel, bevor Morgan sagen konnte, dass das nicht mehr nötig war.

Der Krug zerbarst. Morgan wälzte sich von dem bewusstlosen Räuberhauptmann fort und erhob sich.

Hyrgard starrte entsetzt auf Sholto. »Ist er – tot?«

Cynan hatte den Verbrecher untersucht. »Nein«, erwiderte er. »Er wird zwar mit einem Brummschädel erwachen, doch bis er am Galgen aufgehängt wird, wird er sich wieder erholt haben.«

»Am Galgen?« Hyrgard sah in diesem Augenblick aus, als könne sie wirklich nicht bis drei zählen.

Cynan grinste grimmig.

»Klar. Du wirst dir einen anderen suchen müssen. Aber ich gebe dir einen guten Rat: Lass dich nicht mehr mit so einem Verbrecher ein.«

Er tauschte einen Blick mit Morgan und raunte ihm zu: »Sie weiß zwar von Sholtos Missetaten, war aber nicht beteiligt. Sie hat verhindert, dass ihr Meister uns auf der Stelle mit dem Beil tötete. Sie hat uns das Leben gerettet. Ich meine, wir sollten sie laufen lassen.«

Morgan nickte. »Sie hat mich und Elisabeth befreit, wenn auch nicht ganz uneigennützig.«

Cynan und Rhodri fesselten Sholto.

## 22. Kapitel

»Eigentlich könnten wir recht zufrieden sein«, sagte Cynan, als sie am nächsten Abend in der Herberge wieder eintrafen.

»Wieso nur eigentlich?«, fragte Rhodri verwundert. »Wir haben den Auftrag erledigt und die Räuber geschnappt.«

»Gewiss«, erwiderte Cynan. »Doch wir konnten nicht den Schmuck wiederbeschaffen, den Sholtos Männer der Lady raubten. Verdammtes Pech, dass einer der Räuber seinen Anführer beklaute und damit auf Nimmerwiedersehen verschwand. Der Sheriff wird recht sauer sein, wenn wir mit leeren Händen kommen.«

»Ein kleiner Schönheitsfehler«, gab Rhodri zu. Er blickte zu Morgan hinüber, der auf dem Ritt ziemlich schweigsam gewesen war.

»Aber Morgan hat weitere Taten zu seinem Ruhm vollbracht. Er hat Barnas besiegt und mit bloßen Händen einen Löwen bezwungen.«

Morgan lächelte leicht. Er dachte an die Todesangst, die er im Löwenkäfig ausgestanden hatte, an seine Hilflosigkeit und Verzweiflung.

Sicher, es war für ihn alles gut ausgegangen, doch als bravouröse Ruhmestat wollte er dieses Abenteuer nicht gelten lassen.

»Ich hatte einfach Glück«, bekannte er.

»Das Glück des Tüchtigen«, brummte Cynan. »Teufel, da hat Johel wieder einen prächtigen Stoff für eine Ballade.«

Morgan lächelte. Er nahm sich vor, seinem Freund Johel de Vautort, dem berühmten Minnesänger, zu erzählen, wie sich alles tatsächlich abgespielt hatte. Er würde ihn bitten, auf eine Ballade über dieses Abenteuer zu verzichten.

Es war besser, über dieses Abenteuer den Mantel des Schweigens zu hüllen.

»Mann, habe ich Durst«, sagte Cynan, als sie die Pferde vor der Herberge zügelten.

»Mir tun alle Knochen weh«, bemerkte Rhodri beim Absitzen.

Sir Morgan dachte an die beiden Annes. »Da weiß ich ein vortreffliches Rezept: Ein Bad bei Anne mit anschließender Massage.«

Er zwinkerte den Soldaten vergnügt zu.

Er dachte amüsiert an die Gesichter seiner Freunde, wenn sie Anne, der Gewaltigen ausgeliefert sein würden.

Morgan versetzte die Gefährten mit schwärmenden Worten über Annes Schönheit und ihre zarten sanften Händchen in Begeisterung und spendierte ihnen dann den Preis für die Behandlung.

Nach einem Bier im Wirtshaus begaben sich Cynan und Rhodri voller Vorfreude zu Annes Badehaus.

Anne, die Hübsche, empfing sie, und ihre Wangen glühten, als die Kriegsknechte Grüße von Morgan ausrichteten, der ein wenig später kommen wollte.

Cynan war als Erster an der Reihe.

Er grinste wie ein Faun, als er frisch gebadet, aber wie erschlagen nach Annes Massage das Bad verließ.

»Die zarte Dame lässt bitten«, sagte er und zwinkerte Rhodri zu. »Wahrlich, ein Vergnügen, das du so schnell nicht vergessen wirst.«

Eine Stunde später gesellte sich ein recht verstörter und zorniger Rhodri zu Cynan. »Du hättest mich warnen sollen!«, beschwerte er sich. »Mensch, ich dachte, dieses Riesenweib verbiegt mir die Figur.« Er schüttelte sich. »Ich war heilfroh, als sie mich in Ruhe ließ.«

Erschöpft sank er auf einen Stuhl.

»Wo ist eigentlich Morgan?«

Cynan grinste. »Sicherlich nicht bei Anne. Der lacht sich bestimmt einen Ast, weil er uns reingelegt hat. Ah, da kommt er ja. Sieh nur wie er grinst.« Er senkte die Stimme. »Wir sagen einfach, wir wären bei der jungen Bademaus gewesen. Da wird er sich ärgern.«

Und so schwärmten die beiden Morgan vor, wie vortrefflich und mit zarter Hand sie von der schönen Anne massiert worden seien.

Lauernd betrachteten sie Morgan, dessen Augen blitzten.

Morgan genoss es, wie die beiden sich bemühten, ihn nach Strich und Faden zu beschwindeln.

Er sagte nicht, dass er die Wahrheit wusste.

Sie konnten nicht bei Anne der Hübschen gewesen sein.

Denn da war er gewesen, während Anne die Gewaltige seine Gefährten durchgewalkt hatte.

# 5. Verrat!

## 1. Kapitel

»Bald haben wir es geschafft«, sagte der Fuhrknecht und ließ die Peitsche knallen. Der Frachtwagen rumpelte eine Steigung hinauf.

In diesem Augenblick schlug ein Pfeil in seine Brust. Es war ihm, als hätte ihn ein Blitzschlag getroffen. Seine Brust schien zu zerreißen. Blutige Schleier wallten plötzlich vor seinen Augen.

Er schwankte auf dem Kutschbock. Wie aus weiter Ferne hörte er gellende Schreie und schrilles Wiehern. Verschwommen sah er drohende Gestalten zwischen den Felsbrocken und Büschen am Wegesrand hervorspringen. Wilde Gestalten, die mit Schwertern, Lanzen sowie Pfeil und Bogen bewaffnet waren.

Dann stürzte er zu Boden. Er glaubte noch, die Stimme seines Helfers in dem Durcheinander von Geräuschen zu erkennen.

»Gnade, wir sind nur Holzfäller und...« Die Stimme ging in ein Röcheln über.

Jemand lachte dicht neben ihm.

»Wir wissen genau, was ihr befördert«, sagte eine raue Stimme. »Los, Männer, holen wir uns die Waffen!«

*Verrat!*, dachte der Kutscher noch. Dann hüllte ihn die Dunkelheit ein.

## 2. Kapitel

Angespannt lauschten die Ritter im Tafelsaal von Launceston Castle den ernsten Worten des Sheriffs. Als er seine Ansprache beendet hatte, herrschte Betroffenheit, ja Fassungslosigkeit.

Ein geheimer Transport war überfallen worden. Als Holzfäller verkleidete Männer des Sheriffs waren von einer Räuberhorde allesamt niedergemacht worden. Die Waffen, waren verschwunden. Der High Sheriff, Sir Ronan of Launceston, hatte anklingen lassen, dass die Räuber genau gewusst hatten, welchen Weg die vermeintlichen Holzfäller nahmen und welche Beute zu machen war.

Einen Augenblick lang herrschte angespannte Stille im Saal. Dann setzte aufgeregtes Stimmengewirr ein.

Schließlich verschaffte sich ein graubärtiger Ritter Gehör.

»Ihr meint, es sei Verrat im Spiel?«, fragte er mit schwerer Stimme, und seine grünen Augen blickten verständnislos.

Der Sheriff nickte leicht.

»Ungeheuerlich!«, rief ein zweiter und sprach damit aus, was wohl alle Versammelten dachten.

»Wer war in die Geheimaktion eingeweiht?«

»Nun, zunächst einmal die hier Versammelten«, erwiderte Sir Ronan.

Betretenes Schweigen. Dann Worte der Entrüstung darüber, dass dieser Kreis in Verdacht geraten könne.

Eine knappe Handbewegung des Sheriffs, und es herrschte sofort wieder Stille.

»Außerdem die Fahrer der Wagen«, fuhr der Sheriff fort.

»Da könnte die undichte Stelle zu finden sein«, rief jemand erregt. »Wir sollten...«

Der Sheriff unterbrach ihn.

»Wir sollten unseren Verstand gebrauchen, bevor wir vorschnelle Schlüsse ziehen«, sagte er freundlich, doch bestimmt.

Der Ritter verstand die Zurechtweisung. Sein Gesicht rötete sich noch mehr.

»Die Fahrer der Wagen waren altgediente, von mir sorgfältig ausgewählte Getreue, die über jeden Verdacht erhaben waren«, fuhr der Sheriff fort.

Wieder entstand betretenes Schweigen.

»Außerdem sind alle umgebracht worden«, sagte ein anderer Ritter schließlich und kratzte sich am grauen Bart. »Das schließt zwar nicht Verrat von dieser Seite aus, doch es spricht auch nicht gerade dafür.«

»Vielleicht wollten sich die Räuber den Mitwisser vom Halse schaffen!«

»Aber wir haben doch gehört, dass es gute Männer waren, die nicht als Verräter in Betracht kommen«, ereiferte sich ein weiterer.

»Gewiss, gewiss«, beeilte sich der erste Sprecher. Er wollte nicht, dass der Eindruck entstand, er wolle die Urteilskraft des High Sheriffs infrage stellen. »Aber wer sonst könnte den Verrat begangen haben, wenn nur die ausgewählten Männer und wir von dem geheimen Transport wussten und der Überfall nicht von irgendwelchen Wegelagerern begangen wurde, die zufällig unerwartete Beute machten?«

Die Mienen der Versammelten verrieten Ratlosigkeit.

»Es wusste noch jemand von dem Plan«, sagte der Sheriff.

Überrascht richteten sich aller Blicke auf ihn.

Der Sheriff legte eine Pause ein, als wolle er die Spannung steigern. Er legte die Hände pyramidenförmig gegeneinander und sah einen nach dem anderen in der Runde an. Keiner wich seinem Blick aus.

»Sir Morgan, mein Sohn«, sagte der Sheriff dann.

»Euer Sohn? Aber, Sir Ronan!«, kam ein weiterer Ritter laut zu Wort. »Ihr wollt doch nicht allen Ernstes Euren Sohn verdächtigen?«

»Sir Morgan ist in meinem Auftrag unterwegs«, sagte der Sheriff mit kühler Stimme,. »Wenn seine Ermittlungen erfolgreich verlaufen, werden wir wissen, wer der Verräter ist.«

Die ruhig gesprochenen Worte schlugen wie ein Donnerschlag ein.

Wiederum setzte aufgeregtes Stimmengewirr ein, bis der Sheriff mit einer leichten Geste Schweigen gebot.

»Eine Erklärung ist angezeigt«, sagte er in die erwartungsvolle Stille. »Einer der Fuhrknechte war nicht gleich tot. Er erwachte aus seiner Bewusstlosigkeit, als sich die Räuber davon überzeugten, dass unter den Holzstämmen die Waffen und das Rüstzeug versteckt waren. Er hörte, was die Räuber sprachen. Daraus ging eindeutig hervor, dass sie von einem Verräter Hinweise bekommen hatten. Und es fiel auch der Name des Verräters.«

Wieder sah er einen nach dem anderen an. Alle blickten gespannt. Keiner wich seinem Blick aus.

»Die Räuber hielten den Mann wohl für tot und ließen ihn liegen. Er wurde sterbend von einer Frau gefunden. Ihr hat er gesagt, was er gehört hatte, und diese Frau hat bei einem Büttel ausgesagt. Über Umwege erreichte mich diese Nachricht über einen Meldereiter. Mein Sohn weilte dort unten, um den Transport zu übernehmen und weiterzuführen. Ich informierte ihn per Kurier über den Überfall und gab ihm den Auftrag, mit der Frau und dem Büttel zu sprechen.«

Der Sheriff legte eine Pause ein und verschränkte die Hände.

»Ich erwarte ihn morgen Abend zurück«, fuhr er fort. »Und mit großer Wahrscheinlichkeit werden wir dann wissen, wer der Verräter ist.«

## 3. Kapitel

Für Morgan gab es nach der Befragung des Büttels nur einen Schluss: Der geheime Waffentransport war verraten worden, wie es sein Vater der High Sheriff in der versiegelten Botschaft andeutete, die Morgan durch einen Kurier erhalten hatte.

»Die Räuber erwähnten also einen Namen. Vermutlich den Namen des Mannes, der ihnen Hinweise auf den Transport gab.«

»Ja, die Magd, die den Sterbenden fand, hatte Schwierigkeiten, ihn überhaupt noch zu verstehen. Aber sie ist sich ziemlich sicher, dass der Mann Durial geflüstert hat, bevor er starb.«

Morgan wollte es noch nicht recht glauben. Es gab einen Durial unter dem kleinen Kreis der Personen, die von dem Geheimtransport gewusst hatten:

Sir Durial of Stowford.

Morgan glaubte, das überhebliche Lächeln des Ritters zu sehen. Durial zählte nicht zu seinen Freunden. Schon mehrmals war er mit dem Mann zusammengerasselt. Das letzte Mal bei einem Fest wegen einer Dame...

Und es gab einige Punkte, die Sir Morgan nachdenklich stimmten:

Durial war erst seit kurzer Zeit in dieser Gegend. Man erzählte sich hinter vorgehaltener Hand, dass Sir Durial of Stowford einen lockeren Lebenswandel führe. Wie ein eitler Gockel gebärdete er sich bei den Hofdamen. – Alles in allem nicht der Sympathischste.

Morgan verdrängte den Gedanken. Er wollte sich nicht von Vorurteilen leiten lassen.

»Kennt Ihr jemand mit diesem Namen?«, erkundigte sich der Büttel, weil Morgan schwieg.

»Vielleicht«, antwortete er ausweichend.

Er stellte noch einige Fragen, doch sie ergaben nichts mehr.

## 4. Kapitel

Als Nächstes suchte Morgan die Hütte der Frau auf, die den Sterbenden gefunden hatte. Es dunkelte bei seinem Eintreffen bereits.

Als er sich der Hütte näherte, schlug ein Hund an.

»Hallo, ist da jemand?«, machte er sich bemerkbar.

Die Tür der Hütte ging auf, und im trüben Licht einer einfachen Öllampe zeichnete sich die Silhouette einer Frau ab.

Aus dem Dunkel neben der Hütte schnellte ein gewaltiger Schatten und flog heran wie eine Raubkatze. Lautlos, fast gespenstisch, bedrohlich.

Instinktiv zuckte Sir Morgans Hand zum Schwert.

Doch der große, schwarze Hund landete zwei Schritte vor ihm, verharrte sprungbereit mit leisem Knurren und starrte ihn mit funkelnden Augen an.

»Wer bist du und was willst du?« Die Stimme der Frau war scharf, jedoch wohlklingend.

Morgan ärgerte sich ein wenig über die Anrede und den Tonfall, doch er sagte sich, dass er Verständnis dafür haben musste. In dieser Waldeinsamkeit musste man misstrauisch gegenüber fremden Besuchern sein, besonders als Frau.

»Ich bin Sir Morgan und komme im Auftrag des Sheriffs, um dir einige Fragen bezüglich des Überfalls zu stellen.«

»Kommt herein, ich bin Fryska.«

Morgan setzte sich in Bewegung.

Der große Hund knurrte.

Auf ein Kommando der Frau folgte er den beiden und ließ den Ritter keinen Moment aus den Augen.

Sir Morgan sah sich um. Eine gemütliche Hütte, einfach, aber liebevoll eingerichtet. Ein Feuer prasselte in einer offenen Feuerstelle.

Er sah sich Fryska genauer an. Eine atemberaubend schöne Frau. Ihr Gesicht wurde von großen schwarzen Augen beherrscht. Unter ihrer Haube quollen pechschwarze Haarsträhnen heraus.

Er stellte seine Fragen. Ihre Miene war ernst, als sie sich daran erinnerte, wie sie den Sterbenden gefunden hatte.

»Durial?« Sie schüttelte den Kopf. »Das hat er nicht gesagt, und das habe ich auch nicht dem Büttel gesagt. Allenfalls, dass der Mann einen Pfeil im Leib hatte. Ich erinnere mich genau, was er sagte. Es war nicht viel. Er sagte: »Überfall... geheim... Verrat... und etwas von einer Frau.«

»Von einer Frau?«

»Vermutlich seine Ehefrau. Ich war natürlich aufgeregt. Ich fragte ihn, wer etwas verraten und wo es einen Überfall gegeben hatte. Doch er sagte nur noch einen Namen, der mit Dur... begann. Der Rest war unverständlich.«

Morgan nagte an seiner Unterlippe. Dieser verdammte Büttel, der ihm den Namen Durial in den Mund gelegt hatte!

Er stellte noch weitere Fragen, doch es kam nichts mehr dabei heraus.

Sie reichte ihm an der Tür die Hand zum Abschied.

## 5. Kapitel

Viel gebracht hatten seine Nachforschungen nicht, und mit dem unbehaglichen Gedanken, damit vor seinen Vater zu treten, war er nach einer Nacht im Freien wieder unterwegs.

Der Hengst schnaubte und riss ihn aus seinen Gedanken.

Hufschlag trommelte heran.

Ein Reiter jagte in gestrecktem Galopp um die Wegbiegung. Der Mann hatte es offenbar eilig. Endich erkannte Morgan den Reiter, und er trieb sein Pferd zum Galopp.

»Johel!«

Es war Johel de Vautort, der Ritter und berühmte Minnesänger, Morgans Freund.

Johels Zähne blitzten im markanten, leicht gebräunten Gesicht, als er lachend neben Morgan seinen Fuchswallach zügelte.

»Morgan! Gut dass ich dich treffe!«

Morgan reichte ihm voller Wiedersehensfreude die Hand.

»Wie geht es dir, Johel?«, erkundigte sich Morgan.

Johel de Vautort lächelte gezwungen.

»Mir geht's gut, und alles ist so weit in Ordnung«, sagte er ernst. »Doch dir könnte es gleich schlecht ergehen. Deshalb meine Eile.«

Morgan blickte ihn überrascht an.

»Da wartet jemand auf dich«, erklärte Johel. »Nicht weit von hier.«

»Wer?«

»Den Namen hat er mir nicht verraten«, antwortete Johel, und jetzt grinste er schon wieder heiter.

»Und was will er?«

»Er will dich ein bisschen tot machen.«

Morgan schluckte. Er überlegte schnell, welche Feindschaft er sich in der letzten Zeit zugezogen haben könnte, doch es fiel ihm keiner ein, der als Mörder infrage kommen würde.

»Warum?«, fragte er.

Johel zuckte mit den Schultern.

»Er handelt vermutlich im Auftrag. Der Sheriff hat kundgetan, dass du bei deiner Rückkehr den Namen des Verräters preisgeben würdest. Ist es so?«

Johel sah den Freund erwartungsvoll an.

Morgan schüttelte den Kopf. »Ich weiß nur eine Namenssilbe. Damit lässt sich allenfalls der Kreis der Verdächtigen einengen.«

Johels Miene verriet Enttäuschung. »Schade. Wir alle dachten, diese Zeugin würde den Verräter entlarven. Na, jedenfalls ist jemand äußerst nervös geworden und hat einen Mörder gedungen, der dich abfangen soll. Du wärst ahnungslos in den Tod geritten.«

Morgan begriff noch nicht ganz.

»Mein Vater hat kundgetan, ich wüsste... aber warum hat er das getan?«

Johel lachte. »Weil er weiß, dass du dadurch in Gefahr bist, hat er mir den Auftrag gegeben, Schutzengel für dich zu spielen. Ich war bei der Besprechung nicht anwesend, doch er hat mir gesagt, dass er die anderen absichtlich so informiert hat, um eine Reaktion des Verräters zu provozieren. Seit zwei Tagen reite ich den Weg ab, auf dem du kommen musst, und seit heute Morgen beobachte ich einen Bogenschützen, der sich am Wegesrand versteckt, wartet und alles für einen Schuss vorbereitet hat. Ich gehe jede Wette ein, dass er nicht dort lauert, um ein Kaninchen zu schießen.«

»Mein Vater hat mich als Köder benutzt, um den Verräter zu einem Fehler zu verleiten?« Morgan wollte es noch nicht glauben.

»So ist es.«

»Ziemlich riskant«, murmelte Morgan.

Johel knuffte ihn freundschaftlich vor die Brust.

»Dein Vater vertraut dir und ich bin deshalb unterwegs. Es ging um die Einengung derjenigen, die von dem Transport wussten – und schließlich gehörst du als sein engster

Vertrauter natürlich dazu. Wir schnappen uns den Kerl, und dann wird er uns sagen, wer sein Auftraggeber ist.«

Morgan musste lächeln.

»Wie packen wir den Kerl am besten?«, fragte Morgan.

»Ganz einfach«, erwiderte Johel grinsend. »Du wirst dich von ihm erschießen lassen!«

## 6. Kapitel

Hufschlag nahte von Süden.

Der Bogenschütze spähte über den Weg.

Den Platz für den Hinterhalt hatte er ideal gewählt. Er lag zwischen Büschen im Schatten am Wegesrand, und der Weg verbreiterte sich an dieser Stelle und bog nach Westen ab. Er hatte einen hervorragenden Überblick und konnte selbst nicht entdeckt werden.

Der Reiter war noch weit genug entfernt, doch es galt, sich vorzubereiten.

Hoffentlich war es der richtige Mann und nicht wieder ein völlig anderer wie schon ein paarmal an diesem Tag.

Mit ruhiger Hand zog er einen Pfeil aus dem Köcher und ergriff den Bogen.

Er legte den Pfeil auf die Sehne und spannte den Bogen zur Probe.

Er schätzte die Entfernung zu dem Reiter. Jetzt waren es noch etwa zehn mal zehn Yards. Genau auf zehn Fuß Entfernung würde der Pfeil treffen. Er hatte es abgemessen und einen kleinen weißen Stein als Markierung auf den Weg gelegt, damit er nicht zu früh oder zu spät schoss.

Er spähte angespannt zu dem Reiter, der sich im Trab näherte. Zufrieden lächelte er. Ja, das waren das richtige Pferd und der richtige Mann. Er hatte auch lange genug gewartet und nicht mehr gewusst, wie er die Zeit totschlagen konnte.

Er warf einen Blick zu dem weißen Markierungssteinchen und hob den Bogen. Er zielte über den Markierungsstein hinweg auf einen Baumstamm auf der anderen Seite des Weges, wo er in etwa der richtigen Höhe eine weiße Markierung in den Stamm geritzt hatte. Der Reiter würde ihm genau die Brust zuwenden, und dann brauchte er die Zielrichtung nur noch ein wenig anzupassen.

Der Reiter hielt jetzt den Kopf gesenkt. Er hatte einen langen Ritt hinter sich und war gewiss ebenso müde wie sein Pferd.

Noch etwa zehn Yards bis zum Markierungsstein.

Der Schütze konzentrierte sich.

Dann war es so weit.

Er schoss den Pfeil ab.

Genau ins Herz. Perfekt.

Der Reiter zuckte zusammen und stürzte blitzartig aus dem Sattel. Das Pferd fiel in Galopp und jagte weiter, als befürchte es, auch von einem Pfeil getroffen zu werden.

Der Reiter überschlug sich mehrmals im Staub, rollte weiter und landete fast am anderen Wegesrand.

Der Bogenschütze nickte zufrieden vor sich hin. Der Ritter und damit der Auftrag waren erledigt.

Plötzlich weiteten sich seine Augen vor Entsetzen.

Der vermeintlich Tote sprang auf und warf sich in Deckung der Büsche!

Das konnte doch nicht wahr sein! Er hätte jeden Eid geschworen, dass er genau getroffen hatte.

Sein Blick flog über den Weg. Der Pfeil lag nur ein Stück vom Markierungssteinchen entfernt auf dem Weg. Er musste förmlich von dem Ritter abgeprallt sein!

Das war natürlich eine irrsinnige Annahme.

Morgan war auf Bitten seines Freundes doppelt geschützt gewesen, denn er trug über seinem Kettenhemd auch das des Minnesängers. Damit wurde verhindert, dass ein Pfeil doch durch das engmaschige Netz schlagen konnte.

Morgan war heilfroh, dass der Kerl nicht zuerst auf seinen prächtigen Hengst geschossen hatte. Immerhin bestand die Möglichkeit, dass sich der Schütze seiner Treffsicherheit nicht so sicher war und erst das Pferd als allergrößtes Ziel erledigte, um dann den Reiter zu töten, wenn er am Boden lag.

Morgan hatte sich aus dem Sattel geworfen, sich geschickt abgerollt und war in Deckung gesprungen, denn er musste mit einem weiteren Pfeil rechnen. Er wusste, dass Johel jetzt zur Stelle sein würde. Er war vorausgeritten, um sich dann zu Fuß anzuschleichen, damit sie den üblen Burschen in die Zange nehmen konnten.

Morgan zückte sein Schwert und spähte zwischen den Büschen hindurch. Auf der anderen Seite des Weges sah er Bewegung und hörte Geräusche. Zweige bewegten sich, Blätter raschelten, Schritte waren zu vernehmen.

Morgan sprang auf.

Johels Stimme ertönte.

»Ergib dich, oder...«

Morgan hetzte über den Weg. Johel hatte den Kerl gestellt.

Ein Schrei gellte.

Morgan stockte der Atem. Angst um Johel erfasste ihn. Sollte der Freund von dem verhinderten Mörder mit einem Trick hereingelegt worden sein?

Der Schrei ging in ein Röcheln über.

»Morgan!«

Sir Morgan atmete auf. Johels Stimme.

»Alles in Ordnung?«, rief Morgan.

»Nicht ganz. Aber du kannst kommen.«

Morgan eilte zwischen die Büsche. Dann verharrte er jäh.

Ein Mann lag am Boden. Ein Schwert ragte aus seiner Brust. Sein wachsbleiches Gesicht war vor Schmerzen verzerrt. Die zitternden Hände umkrampften das Schwert.

Blut tränkte sein Hemd.

Johel de Vautort stand in angespannter Haltung vor dem Mann und hielt ein Messer in der Hand.

Seine Miene war bestürzt.

»Er wollte sich nicht ergeben«, sagte Johel mit belegter Stimme. »Er stürmte auf mich zu und holte mit dem Messer aus. Es sah verdammt gefährlich aus. Auf ein paar Schritte Entfernung hätte er mich kaum verfehlt. Für einen Schwerthieb war die Distanz zu groß. So schleuderte ich mein Schwert. Ich zielte auf die Schulter, doch er sprang ausgerechnet zur falschen Seite  und so erwischte ich ihn voll. Sein Messer zischte keine Handbreit an meinem Ohr vorbei.«

Das schreckliche Röcheln des Mannes war leiser geworden. Sein Kopf war zurückgesunken. Blut sickerte aus seinem Mundwinkel.

Morgan kniete sich neben dem Mann nieder. Er sah bereits den glasigen Frost des nahen Todes in den Augen des Mannes.

»Hilfe!«

Kaum hörbar war der wimmernde Laut des Verbrechers. Eine Blutblase zerplatzte vor seinem Mund.

Morgan wusste, dass keine Macht der Welt dem Mann mehr helfen konnte.

»Erleichtere dein Gewissen«, sagte Morgan ruhig, doch eindringlich. »Wer hat dich beauftragt, mich aus dem Hinterhalt zu töten?«

Die Brust des Mannes hob sich unter einem ächzenden Atemzug. Es war ein schlimmer Anblick, denn das Schwert, das aus der Brust ragte, hob und senkte sich mit.

»Wie heißt der Mann?«, fragte Johel drängend.

Wieder ein zitternder Atemzug, ein rasselnder Laut. Die Augen des Mannes schienen für einen Moment klarer zu werden.

»Kein... Mann...«, sagte der Sterbende mit erstickter, doch deutlich vernehmbarer Stimme.

Morgan und Johel tauschten einen überraschten Blick.

»Kein Mann?«, wiederholte Morgan.

Die Lippen des Sterbenden zuckten. Es war, als sammele er noch einmal Kraft.

»Lady...«

Das klang wie ein Hauch, doch Morgan hatte es ebenso deutlich verstanden wie Johel.

»Eine Frau hat dich beauftragt?«, vergewisserte sich Morgan. »Welche Frau?«

Er bekam keine Antwort mehr.

Es hatte den Anschein, als wollte der Sterbende noch etwas sagen, doch plötzlich sank sein Kopf zur Seite.

Der Mann war tot.

Im Angesicht des Todes überwand Morgan seine Abscheu vor dem verhinderten Mörder.

Er drückte dem Toten die Augen zu.

Kurz darauf blickte er zu Johel, der ebenso benommen war wie er. Und Johel sprach aus, was Morgan dachte:

»Kein Zweifel, er hat den Mordauftrag von einer Frau erhalten!«

## 7. Kapitel

Der Sheriff von Cornwall hörte sich mit ernster Miene den Bericht seines Sohnes an.

»Wir wollten den Kerl natürlich lebend«, sagte Johel zerknirscht, »doch er schleuderte sein Messer, und mein Schwert traf ihn unglücklich...«

Sir Ronan winkte mit einer Handbewegung ab. »Ich bin sicher, dass ihr beide euer Bestes getan habt.«

Er blickte Morgan an.

»Als ich mit der Frau sprach, dieser Fryska, sagte auch sie, dass der Sterbende von einer Frau gesprochen hat.«

Der Sheriff musterte Morgan. »Fryska?«

»Sie hatte den sterbenden Fuhrknecht gefunden«, erklärte Morgan. »Ja, sie sagte, er erwähnte eine Frau, doch sie nahm an, dass damit die Ehefrau gemeint war. Doch offenbar haben die Räuber über diese Frau geredet, die auch der Mann meinte, der mich töten wollte.«

»Dann müsste sie die Verräterin sein«, murmelte Johel.

Der Sheriff schüttelte den Kopf.

»Allenfalls eine Kontaktperson, die die Hinweise des Verräters weitergibt«, sagte er. »Schließlich habe ich keine Frau in den geheimen Plan eingeweiht.«

Morgan überlegte, welche Frauennamen mit »Dur...« in Betracht kamen.

»Wir sind also keinen Schritt weitergekommen«, stellte der Sheriff fest. »Prompt fiel der Verräter auf die Falle herein, die ich ihm stellte, und gab einen Mordauftrag. Doch ziehen wir jetzt andere Schlüsse. Der Verräter ist nach wie vor auf Launceston Castle zu suchen. Er muss entlarvt werden. Und die verloren gegangenen Waffen müssen ersetzt werden, meine Soldaten in Exeter warten darauf. Natürlich würde auch ein weiterer Transport verraten werden. Deshalb habe ich mir etwas ausgedacht, hört zu!«

Das taten sie.

Der Plan war riskant, doch zugleich so raffiniert, dass er eigentlich gelingen musste – wenn nichts Unvorhergesehenes dazwischenkam.

## 8. Kapitel

Die anderen Ritter waren begeistert, als Sir Ronan sie einweihte.

Ein Haupttrupp mit gerüsteter und gut bewaffneter Eskorte sollte Launceston mit einem Transport verlassen.

Zugleich sollten ein paar harmlose Holzfäller auf einem anderen Weg gen Süden aufbrechen und Holz transportieren. Nur ein paar Männer ohne Begleitschutz, doch auf ihren Wagen sollten die Waffen und Rüstungen versteckt sein.

Soweit die Version, die der Sheriff erzählte.

Durial of Stowford machte sich wieder einmal zum Sprecher der anderen.

»Ein wahrlich geschicktes Ablenkungsmanöver«, lobte er den Sheriff. »Die Räuber müssen annehmen, der große, gerüstete Trupp sei der Transport, und in Wirklichkeit bringen ein paar ungeschützte Männer die wertvolle Fracht fort. Genial. Es sei denn...«

Er verstummte unvermittelt und nagte an der Unterlippe.

»Es sei denn?«, hakte Sir Ronan nach.

Durial lächelte entschuldigend.

»Es sei denn, auch diesmal wird das Geheimnis verraten.«

Er bedachte Sir Morgan mit einem finsteren Blick.

Sir Ronan winkte ab. »Ich deutete es schon kurz an. Der Verräter ist entlarvt, dank Sir Morgans Nachforschungen.«

Aufgeregtes Stimmengewirr setzte ein.

»Wer ist es?«

»Er ist nicht in diesem Kreis zu suchen«, sagte Sir Ronan geheimnisvoll, und keiner außer Morgan und Johel wusste, dass der Sheriff ein doppeltes Spiel trieb. »Die Zeugin, die Sir Morgan aufsuchte, hat ihn jedoch genau beschrieben und seinen Namen genannt. Wir brauchen zum geeigneten Zeitpunkt nur noch zuzugreifen.«

Erleichterung war in der Runde zu spüren. Der Gedanke, dass ein Verräter in den eigenen Reihen sein könnte, hatte keinem behagt.

Auch Durial wirkte zufrieden.

»Es besteht also kein Risiko, dass diesmal etwas verraten wird«, fuhr Sir Ronan fort. Er sah Johel an. »Die Holzfäller, die Sir Johel de Vautort führen wird, werden nicht in den Plan eingeweiht. Sie werden denken, dass sie eine Holzlieferung zu fahren haben. Erst zu einem späteren Zeitpunkt wird die Fracht getauscht.«

Sir Ronan nannte den Ort, den Zeitpunkt und noch weitere Einzelheiten. Er ging ja davon aus, dass dieser Plan verraten wurde und wollte die »Holzfäller« keiner Gefahr auf dem gesamten Weg aussetzen. Die Räuber sollten erst zuschlagen, wenn die Fracht angeblich vertauscht war. Und dann würden sie eine große Überraschung erleben. Statt Waffen und Rüstungen würden drei Dutzend entschlossene Kämpfer auf den Wagen versteckt sein...

Und die Waffen würden gar nicht von den Holzfällern, sondern von dem gut gerüsteten und bewaffneten Haupttrupp transportiert werden...

Davon wussten die anderen nichts, und es herrschte die einhellige Meinung, dass der Sheriff einen raffinierten Plan erdacht hatte, was ja auch der Fall war.

## 9. Kapitel

Tage waren vergangen.

Die Sonne lugte über den Hügel im Osten und färbte mit ihren rötlichen Strahlen den Morgennebel, der wie ein zartes Gespinst in der Schlucht lag.

Sir Morgans Blick tastete über die sanften Hügel zur Brücke, die sich über einen Fluss spannte. Es war ein friedlicher Anblick. Nichts wies auf eine Gefahr hin.

Es war auch nicht mit Gefahr zu rechnen. Morgan dachte an den Plan seines Vaters. Danach musste der Verräter die Räuber auf die vermeintlichen Holzfäller hinweisen, die angeblich die wichtige und wertvolle Fracht beförderten. Die Falle würde zuschnappen.

Dennoch blieb Morgan wachsam. Irgendwelche Räuber und Wegelagerer, die gar nichts von dem raffinierten Spiel wussten, konnten sich von dem Transport fette Beute erhoffen und aus dem Hinterhalt zuschlagen...

Morgan versammelte sein Pferd und warf einen Blick zurück.

Wie ein gewaltiger Wurm wand sich die Kolonne aus Wagen und Reitern über die sanften Hügel hinauf zur Brücke. Helme und Schwerter schimmerten im Sonnenschein. Das Rumpeln der Wagenräder, der Hufschlag und gelegentliches Peitschenknallen der Fahrer, allesamt sorgfältig ausgesuchte Männer, drangen zu ihm herüber.

Nichts regte sich, als Morgan sein Pferd über die Brücke trieb. Kein Vogel ließ sich sehen und hören, kein Wild floh vor der nahenden Kolonne. Die Stille hatte für Morgan etwas Beunruhigendes.

Wieder überlegte er, ob es einen Fehler im Plan geben konnte. Doch dann sagte er sich, dass es keinen Grund zur Sorge gab. Sie waren zwei Dutzend bewaffneter Männer, die zu kämpfen wussten, wenn es nötig sein sollte. Wenn Räuber auftauchten, würden sie sich blutige Köpfe holen.

Er warf einen Blick über die Schulter. Die Wagen waren jetzt auf der Brücke. Stimmen schallten durch die Fahrgeräusche und den Hufschlag der vielen Pferde. Eine Stute scheute wiehernd, und sein Reiter parierte sie.

Der letzte Wagen war auf der Brücke. Die mit Lanzen und Schwertern bewehrte Nachhut folgte.

Morgan war noch ein Dutzend Yards vom anderen Ende der Brücke entfernt, als es geschah.

Und ihm und allen Männern des Transports stockte der Atem.

Ein Bersten und Knirschen erfüllte plötzlich die Luft. Die Brücke erzitterte. Entsetzte Schreie ertönten.

Die Brücke stürzte ein!

## 10. Kapitel

Cynan lauschte dem Klang der Laute und der sanften volltönenden Stimme, die aus einem der Wagen am Rande des Lagerplatzes drangen.

Johel, der berühmte Minnesänger, brachte schon wieder ein Ständchen dar.

Der schwarzbärtige Kriegsknecht grinste. »Eines muss man sagen, dieser Johel hat eine bewundernswerte Ausdauer. Die ganze Nacht war er schon zugange, und mir scheint, er bereitet die hübsche Duriana schon wieder auf die Minne vor. Hör nur, wie er mit der Stimme schmeichelt. Klingt ja fast, als streichele er verzückt an den Lauten.«

Da verstummten Lautenklang und Johels schmeichelnde Stimme. Ein helles, fast juchzendes Lachen erklang. Duriana schien die Ballade genossen zu haben.

»Jetzt streichelte er gewiss an was anderem«, fuhr Cynan fort, und seine Zähne blitzten im schwarzen Bart, als er Rhodri zulächelte.

Rhodri lächelte nicht. Seine Miene war äußerst betrübt.

»Was ist, Rhodri?«, fragte Cynan. »Ist dir eine Laus über die Leber gelaufen, oder bist du gar eifersüchtig, weil Johel die hübsche Maid mitgenommen hat?«

Rhodri schüttelte leicht den Kopf. Seine Miene war missmutig.

»Ich hab' die ganze Nacht kein Auge zugetan«, erwiderte er bekümmert.

Cynan lachte leise. »Kein Wunder, wenn dir die Schöne nicht aus dem Kopf gegangen ist!.«

Rhodris Gesicht verzog sich schmerzlich.

»Das ist es nicht. Ich habe einen schlimmen Zahn.«

Cynan musterte ihn. Erst jetzt bemerkte er, dass Rhodri ein bisschen blasser war als sonst. Und in der Tat wirkte die linke Wange noch etwas molliger als die rechte.

»Du solltest mit Kamille spülen«, riet Cynan.

»Hab' ich«, sagte Rhodri kläglich, »die ganze Nacht. Deshalb konnte ich ja auch nicht schlafen.«

»Ist es denn besser geworden?«, fragte Cynan mitfühlend.

»Kein bisschen.«

Cynan bezweifelte, dass es so schlimm sein konnte. Er kannte Rhodri.

»Lass mal sehen«, forderte Cynan ihn auf.

Rhodri öffnete den Mund.

»Nun, wenn das nicht hilft, dann müssen wir wohl oder übel zu anderen Mitteln greifen.«

»Und?«, fragte Rhodri misstrauisch.

Cynan klopfte ihm aufmunternd auf die Schulter. »Ich habe eine Schmiedezange dabei.«

Das blanke Entsetzen spiegelte sich in Rhodris Augen.

»Ich versuch's doch lieber noch mal mit Kamille«, sagte er hastig.

Cynan grinste.

»Wie du willst. Aber du weißt, dass du auf mich als Freund immer zählen kannst.«

Rhodri deutete zum Wagen hinüber.

»Wir hätten das Holz schon längst abliefern können, wenn Johel dieses Frauenzimmer nicht unterwegs aufgegabelt hätte«, murmelte Rhodri.

»Es eilt doch nicht«, sagte Cynan, »Es ist nicht mehr weit, und wir haben noch bis morgen Abend Zeit. Du solltest dich an das Leben eines Fuhrmannes gewöhnen. Ich kannte mal einen, der sagte: ›Stets langsam fahren, in der Hölle wirst du schon früh genug garen‹.«

»Blöder Spruch«, sagte Rhodri und betastete seine Wange. »Außerdem bin ich kein Fuhrmann.«

»Zurzeit doch«, gab Cynan zurück. »Sogar Johel ist zu einem solchen bestimmt worden.«

»Kannst du das verstehen?«, fragte Rhodri. Die Soldaten waren ja nicht in den Plan eingeweiht. Ihnen würde erst ein Licht aufgehen, wenn sie, statt das Holz abzuliefern, zwei

Dutzend bewaffnete Männer an Bord nehmen würden. Morgan hatte sich zwar für seine Männer verbürgt, als er sie für diese Aufgabe vorgeschlagen hatte, doch sein Vater hatte abgewinkt.

»Natürlich sind sie vertrauenswürdig, doch ich möchte vermeiden, dass einer außer uns dreien den ganzen Plan kennt. Alle anderen erfahren nur Teile, aus denen sie nur einen Schluss ziehen sollen: Dass die Beute bei den Holzfällern zu holen ist. Die Räuber könnten sich vergewissern wollen, und es ist besser, die Kriegsknechte erfahren erst im letzten Augenblick einen Teil des Spiels.«

»Ich begreife das alles nicht«, seufzte Rhodri, als Cynan auf seine Frage mit den Schultern zuckte.

»Ich auch nicht«, erwiderte Cynan. »Vielleicht hat Sir Ronan im Augenblick schlechte Verdauung, was ihm auf den Geist schlägt, oder er hat Krach mit seiner Frau.«

»Wie sprichst du vom Sheriff?«

Rhodri tastete besorgt seine Wange. Er hatte das Gefühl, die Schwellung nahm von Minute zu Minute zu.

## 11. Kapitel

Sir Morgan hatte derweil andere Sorgen. Einen Augenblick lang war er wie betäubt, als die Brücke über der Schlucht erbebte und ein Bersten und Krachen zu vernehmen war.

Schreie gellten. Gespannpferde wieherten, und Pferde scheuten auf der Brücke, deren Eichenbohlen sich senkten.

»Zurück!«, brüllte ein Mann der Eskorte, riss sein Pferd herum und jagte es in Panik gegen die Gespannpferde des ersten Wagens. Das Tier scheute zur Seite und prallte gegen das Geländer. Die Wucht des Aufpralls war so groß, dass die hölzerne Barriere brach.

Kopfüber stürzte der Reiter aus dem Sattel und verschwand mit einem markerschütternden Schrei im Fluss. Niemand achtete darauf, denn jeder war in diesem Augenblick des Schreckens mit sich selbst beschäftigt.

Morgan parierte sein scheuendes Pferd. Mit einem schnellen Blick erfasste er, dass es kein Zurück gab.

Hinter ihm brach die Brücke in zwei Hälften. Die ersten Eskortenreiter wurden bereits in den Fluss gerissen, und die Führpferde des nachfolgenden Gespanns rutschten schon hinab, auf die Bresche zu.

Die Bohlen senkten sich unter der Hinterhand von Morgans Hengst.

Der Ritter handelte verzweifelt, ohne zu überlegen. Er trieb den Hengst zum Sprung. Wie von einem Katapult geschnellt, sprang das Tier. Es war ein gewaltiger Satz, und das prächtige Tier schaffte es. Morgan hatte Mühe, beim Aufsetzen im Sattel zu bleiben. Die Hinterhand des Hengstes rutschte ab, und in das Gellen der Schreie und Krachen und Bersten mischte sich das Poltern von Gestein. Der halbe Weg schien sich unter den Hufen des Hengstes zu lösen und den Brückenbohlen in den Fluss zu folgen.

Noch einmal streckte sich das Pferd und schnellte sich auf den rettenden Weg.

Morgan schwankte im Sattel, doch in diesem Augenblick hätte er jubeln mögen. Nur ein Gedanke beherrschte ihn:

Geschafft!

Da verspürte er einen harten Schlag gegen die Brust, und es war ihm, als fege ihn eine gigantische Faust vom Pferd.

Für einen Moment glaubte er noch etwas Braunes zwischen den Bäumen oberhalb des Weges wahrzunehmen, eine schnelle Bewegung, und dann stürzte er aus dem Sattel.

Er glaubte noch, ein weiteres Bersten und Knacken zu hören. Etwas Grünliches schlug ihm ins Gesicht. Dann prallte er auf.

Schlagartig hüllten ihn Finsternis und Totenstille ein.

## 12. Kapitel

Duriana lachte hell. Sie saß neben Johel auf dem Wagenbock, und Johel hatte ihr gerade etwas erzählt. Sie war ein schlankes, doch an den richtigen Stellen wohlgerundetes Persönchen, blond, blauäugig und sommersprossig.

Bei einer Rast in einer Dorfschenke hatte sie ihn um Mitfahrt gebeten. Jetzt schmiegte sie sich an ihn. Johel de Vautort flogen die Herzen der Damen nur so zu.

»Du bist mir schon ein seltsamer Holzfäller.«

Die Worte, die sie ihm ins Ohr hauchte, rissen Johel aus seinen Gedanken. Zugleich alarmierten sie ihn. Hatte das zweifelnd geklungen oder lauernd? Er dachte an den Geheimauftrag, und eine innere Stimme mahnte ihn zur Vorsicht.

»Wieso?«, fragte er leichthin.

»Na, Holzfäller habe ich mir immer anders vorgestellt.«

Johel lauschte dem Klang der Stimme nach. Das hörte sich recht harmlos und unbeschwert an.

»Kräftiger?«, fragte er.

Sie lachte leise. »Nicht so gutaussehend!«

Johel lachte, dass die weißen Zähne in dem kühn geschnittenen, leicht gebräunten Gesicht blitzten.

»So kann man sich irren«, sagte er und versuchte zu verbergen, dass er ein wenig geschmeichelt war.

»Die Holzfäller, die ich kenne, vom Hörensagen versteht sich, sollen ungehobelte Kerle mit schwieligen Pranken sein.«

»Das sind gewiss Vorurteile.«

Johel bedachte sie mit einem Lächeln, doch das alarmierende Gefühl war wieder da.

Teufel, sollte sie nicht zufällig aufgetaucht sein?

*Unsinn*, dachte er, *niemand außer Sir Ronan, Sir Morgan und mir ist in den Plan eingeweiht. Wenn die Geheimaktion verraten worden war, dann wusste der Verräter, wo die Fracht aufgeladen wurde und brauchte vorher keinen Spitzel einzusetzen. Außerdem hatte Duriana bislang nicht die geringsten neugierigen Fragen gestellt.*

»Aber ich habe noch von keinem Holzfäller gehört, der Laute spielen und so schöne Balladen singen kann.«

»Ah, die Leute erzählen viel«, sagte Johel. »Ich kenne ein paar Kollegen, die besser mit Fiedel und Laute umgehen können als mit der Axt. Einer von ihnen hat mir das Lautespielen beigebracht. Ein richtiger Künstler ist das. Früher dichtete er Balladen, doch davon konnte er nicht leben. So wurde er Holzfäller. Holz ist nun mal gefragter als Dichtung.«

Duriana lachte. »Du bist mir ein rechter Meister der Zunge. Als Meister der Axt kann ich mir dich gar nicht vorstellen.«

»So kann man sich irren.« Johel wollte schnell vom Thema ablenken. Sein Misstrauen war inzwischen verflogen. Nein, das war kein Aushorchen gewesen, eher das Interesse einer verliebten Frau, die sich wunderte, dass ihr Galan anders ist, als sie zunächst gedacht hatte.

Da ertönte ein lauter Fluch vorn beim ersten Wagen.

Cynan zügelte heftig das Gespann.

Johel spähte angestrengt nach vorn, an dem Wagen vorbei, den Rhodri ebenfalls anhielt. Dort vorn, hinter der Wegbiegung, versperrte ein Baumstamm den Weg.

Johels Blick zuckte nach links und rechts. Nichts regte sich zwischen den Büschen und Bäumen. Doch Johel bezweifelte, dass der Baumstamm rein zufällig dort auf den Weg gefallen war.

»Was ist los?«, fragte Duriana angespannt.

Das hätte Johel ebenso gern gewusst. Es war mit keiner Gefahr zu rechnen gewesen. Niemals sonst hätte er einer Frau die Mitreise erlaubt. Wenn die Aktion verraten worden war, wie erwartet, dann mussten die Räuber davon ausgehen, dass die Beute noch gar nicht auf den Wagen war. Dass die Waffen überhaupt nicht mit diesen Wagen transportiert werden würden, dass sie nur den Köder für die Falle spielen sollten, konnte der Verräter nicht wissen.

Es konnte allerdings ein zufälliger Überfall sein. Doch welche Wegelagerer interessierten sich schon für einen kleinen Holztransport? Allenfalls Kerle, die zu faul waren, selbst Bäume zu fällen, oder?

In diesem Augenblick ertönte eine raue Stimme zwischen den Büschen am Wegesrand.

»Ergebt euch, oder ihr fahrt zur Hölle!«

## 13. Kapitel

Morgan hörte Stimmen. Er hatte das Gefühl zu schweben. Es dauerte eine Weile, bis er erkannte, dass er sich tatsächlich in einer Art Schwebezustand befand. Er hing in einem Baum.

Wie zum Teufel kam er dahin?

Sein Schädel schmerzte, und er hatte Mühe, einen klaren Gedanken zu fassen.

Er überlegte eine Weile. Dann setzte die Erinnerung ein, und er erschrak so sehr, dass er fast vom Baum abgestürzt wäre.

Sie waren überfallen worden! Obwohl der Verräter annehmen musste, dass die Waffen auf einem anderen Weg und mit anderen Wagen transportiert wurden. Folglich würden die Räuber auch nicht in die Falle tappen, die sein Vater so raffiniert geplant hatte!

Scheinbar raffiniert.

Morgan klammerte sich an der Zweiggabelung fest. Er hatte unglaubliches Glück gehabt. Sein Schutzengel musste in Hochform gewesen sein. Der Baum hatte seinen Sturz gebremst. Er war so in den Zweigen eingeklemmt, dass er in seiner Bewusstlosigkeit nicht heruntergefallen war.

Allmählich wurde sein Blick klarer, und die Kopfschmerzen und das Schwindelgefühl ließen etwas nach.

Er spähte zum Fluss, der wohl die herabgestürzten Gespanne mitgerissen hatte.

Entfernte Stimmen drangen an sein Ohr.

Er lauschte, doch er konnte nicht verstehen, was gesprochen wurde. Er drehte den Kopf und spähte angestrengt in die Richtung, aus der die Stimmen zu ihm herüberdrangen.

Bäume versperrten ihm die Sicht.

Die Räuber schafften offenbar die Beute aus der Schlucht.

Ob er es wagen konnte, herabzuklettern?

Er begann mit dem Abstieg. Erst jetzt bemerkte er, dass er Hautabschürfungen und Platzwunden davongetragen hatte und dass sein Körper schmerzte, als hätte er sich sämtliche Knochen verstaucht. Endlich hatte er festen Boden unter den Füßen und konnte die Verbrecher sehen.

Vier Männer banden Kisten an ein Seil. Die Kisten wurden aus dem Wasser gezogen.

Morgan schlich noch weiter vor und verharrte im tiefen Schatten zwischen den Baumstämmen.

»Das war's«, sagte eine heisere Stimme. Ein rotbärtiger Mann winkte hinauf.

Morgan blickte den Hang empor, schließlich folgte er einem schmalen Pfad zwischen den Bäumen hindurch. Kurz darauf konnte er Geräusche ausmachen. Irgendwo rechts vom Weg.

Er schlich weiter.

Endlich sah er zwischen den Baumstämmen die Wagen. Männer hasteten hin und her. Pferde wurden eingeschirrt. Eine raue Stimme gab Kommandos.

»Beeilt euch, wir müssen verschwinden!«

»Wozu die Hetze?«, rief ein anderer Mann. »Glaubst du, die Männer kommen so schnell aus dem Fluss zurück? Bei der Strömung kann hier keiner ans Ufer! Und die anderen haben wir erlegt!«

»Es könnte aber jemand zufällig auftauchen«, erwiderte der Mann mit der rauen Stimme, offenbar der Anführer der Verbrecher.

»Da passen unsere Posten schon auf«, maulte der andere.

Morgan kniff die Augen zusammen und spähte zu den Wagen hin. Männer kletterten auf die Fahrerbänke. Eine Peitsche knallte. Der erste Wagen setzte sich in Bewegung.

*Wenn ich jetzt ein Pferd hätte*, dachte er, *könnte ich den Kerlen zu ihrem Versteck folgen und…*

Ein anderer Gedanke nahm Gestalt an. Es war riskant, doch er war entschlossen, es zu wagen.

Die Wagen fuhren über den gewundenen Weg am Waldrand vorbei.

Sir Morgan duckte sich hinter einen Baumstamm. Das Herz klopfte ihm bis zum Hals, als er auf den letzten Wagen wartete. Er spannte sich zum Sprung.

Dann sprang er auf. Er klammerte sich am Heckbrett fest und zog sich hinauf unter die Plane.

Völlig außer Atem landete er auf irgendwelchen Kisten.

Er lauschte. Nur die Fahrgeräusche und der Hufschlag waren zu hören. Nichts wies darauf hin, dass die Verbrecher ihn bemerkt hatten.

Er wartete, bis sich sein Atem normalisiert hatte. Vorsichtig zog er die Plane ein Stück zur Seite und spähte aus dem Wagen. Kein Reiter folgte ihnen.

Zufrieden ließ er die Plane sinken. Es war nicht damit zu rechnen, dass die Kerle den Wagen durchsuchten. Sie würden ihn geradewegs in ihr Versteck bringen. Er brauchte nur rechtzeitig auszusteigen, bevor sie die Fracht abluden!

## 14. Kapitel

Es waren sechs Männer, die zwischen den Bäumen und Büschen am Wegesrand hervorsprangen. Schwerter blitzten, und einer der Männer war mit einer Armbrust bewaffnet.

Johel sah, dass Cynan zornig zum Schwert griff. Er wollte den Soldaten mit einem schnellen Ruf stoppen, doch Cynan ließ sich nicht mehr aufhalten.

Mit einem gewaltigen Satz sprang er vom Wagen und stürmte mit erhobenem Schwert auf den ersten Gegner zu, dessen Augen sich weiteten und der plötzlich wie versteinert wirkte.

Johel hatte sich ergeben wollen, denn er hielt einen Kampf für sinnlos, und außerdem war bei ihnen nicht viel zu holen. Doch als er sah, dass Cynan dem ersten Räuber mit wuchtigem Schlag das Schwert aus der Hand hieb, entschied er sich ebenfalls fürs Kämpfen.

Er zückte sein Schwert und sprang vom Wagen.

»Runter!«, raunte er dabei Duriana zu. »Bring dich in Sicherheit.«

Federnd landete er auf dem Weg und stellte sich zum Kampf.

Die Räuber hatten offenbar nicht mit Widerstand gerechnet und waren von Cynans überraschender Attacke irritiert.

Doch jetzt lösten sie sich aus ihrer Erstarrung. Gleich zwei Kerle stürmten auf Cynan zu.

Johel parierte den Angriff eines großen, breitschultrigen Kerls, dessen stoppelbärtiges Gesicht von einer enorm großen Hakennase beherrscht wurde.

Der Kerl wusste höllisch gut die Klinge zu schlagen. Er war offensichtlich der Anführer und der Kampfstärkste. Während er mit Johel die Klinge kreuzte, gab er seinen Männern Kommandos, die von kühlem Kopf und guter Übersicht zeugten. Obwohl doch seine ganze Konzentration Johel gelten musste, dirigierte er nebenbei seine Männer.

»Erledigt den Schwarzbart, lasst die Scheißarmbrust, und schlagt den anderen vom Wagen!«

Entsetzt sah Johel aus den Augenwinkeln, wie Rhodri vom Wagen geschlagen wurde, wie Cynan zwar einen Gegner zu Boden streckte, im nächsten Augenblick jedoch von einem anderen Mann hinterrücks mit dem Schwert getroffen wurde.

Johel kämpfte mit wilder Entschlossenheit weiter. Er parierte eine Attacke des Hakennasigen und konterte.

Dann hörte Johel Duriana aufschreien.

»Gib auf, oder ich mach deine Freundin kalt!«, brüllte einer der Räuber.

Johel erschrak. Sein Blick zuckte zu dem Mädchen. Ein blonder, bärtiger Kerl hielt sie umklammert und drückte ihr sein Schwert in die Seite!

Der Mann mit der Hakennase nutzte eiskalt seine Chance, als Johel für einen Augenblick abgelenkt war.

Johel konnte nicht mehr rechtzeitig ausweichen, als der Gegner nach geglückter Finte zuschlug. Der Schwerthieb streifte Johel noch an der Schulter. Die Klinge schrammte mit hellem Klang über das Kettenhemd.

Johels Arm war auf einmal wie betäubt. Er strauchelte.

Ein weiterer Hieb schleuderte ihn zu Boden.

Er stürzte in den Sand des Fahrwegs und sah den Hakennasigen drohend über sich aufragen. Der Mann holte zum Schlag aus, und in seinen kleinen schwarzen Augen, die tief in den Höhlen lagen, funkelte böser Triumph. Verzweifelt wollte Johel sein Schwert hochreißen, das ihm beim Sturz gottlob nicht entfallen war.

Doch da traf ihn etwas von hinten am Kopf. Er schlug mit der Stirn auf den Boden und verlor das Bewusstsein.

Der Hakennasige atmete tief ein und aus.

»Gut gemacht«, lobte er den Räuber, der Johel hinterrücks niedergestreckt hatte. »Der Kerl schlägt eine verdammt flotte Klinge.«

Er blickte von Johels regloser Gestalt zu Cynan und Rhodri, die ebenfalls ohnmächtig am Boden lagen.

»Hätte nicht gedacht, dass die Kerle trotz unserer Überzahl kämpfen«, sagte er und kratzte sich an den bläulichschwarzen Bartstoppeln. »Na ja, Dumme wird es immer geben.«

Dann sah er grinsend zu Duriana.

Sie wurde längst nicht mehr mit dem Schwert bedroht.

Sie war auch gar nicht ernsthaft bedroht worden.

»He, Duriana, du solltest uns gleich in Panik vor die Schwerter springen. Da hätten wir uns den Kampf erspart.

Stattdessen bleibst du sitzen und hältst Maulaffen feil! Warum hast du deine Rolle nicht eingehalten?«

Duriana zuckte mit den Schultern.

»Vielleicht wollte ich mal ein richtiges Mannsbild gegen dich kämpfen sehen«, sagte sie schnippisch.

## 15. Kapitel

Morgan hob die Plane an und spähte vorsichtig hinaus. Die Wagen rumpelten eine leichte Steigung hinauf. Links erhob sich ein bewaldeter Hang, rechts ragten ein paar Steine auf. Die Dämmerung brach herein. Morgan fragte sich, wann die Fahrt endlich zu Ende sein würde.

Inzwischen hatte er sich mit einem Schwert bewaffnet. Waffen gab es in den Kisten, von denen einige beim Sturz in den Fluss beschädigt worden waren, genug.

Eine kleine Streitmacht hätte er damit bestücken können.

Doch er hatte keine Streitmacht zur Verfügung. Er war ganz auf sich allein gestellt, und gegen die Übermacht der Räuber gab es keine Chance in einem offenen Kampf.

Er hatte mit dem Gedanken gespielt, die Kisten mit den Waffen vom Wagen zu werfen, damit sie den Räubern nicht in die Hände fielen, sich dann jedoch dagegen entschieden. Die Geräusche konnten gehört werden, und es war besser, er verhielt sich mucksmäuschenstill. Die Räuber sollten durch nichts gewarnt werden. Wenn sie den Verlust der Waffen in ihrem Versteck entdeckten, würden sie sich leicht zusammenreimen können, dass die Kisten nicht von selbst vom Wagen gefallen sein konnten. Dann würden sie danach suchen und auf der Hut sein. Nein, sie sollten sich ganz sicher fühlen.

Mit jedem Yard schien Morgans Spannung noch zu wachsen.

Er zermarterte sich den Kopf, weshalb der Plan schiefgegangen war. Der Verräter musste ihr doppeltes Spiel durchschaut haben. Eine andere Erklärung fand Morgan nicht.

Immer wieder ließ er sich durch den Kopf gehen, was er in diesem Fall bisher erfahren hatte. Er rief sich Fryskas Worte in Erinnerung und dachte an die letzten Worte des Mannes, der ihn aus dem Hinterhalt hatte töten wollen.

Im Auftrag einer Frau.

Damit gewann Fryskas Bemerkung Gewicht. Auch sie hatte davon gesprochen, dass der sterbende Mann des überfallenen Transports etwas von »Frau« gesagt hatte. Er hatte nicht nachgehakt, weil Fryska erklärt hatte, damit sei wohl die Ehefrau des Mannes gemeint gewesen. Jetzt hatte es den Anschein, als hätte der Sterbende damit eine wichtige Information geben wollen.

*Bald werde ich mehr wissen!*, dachte Morgan. Er war dem Geheimnis auf der Spur. Er wollte rechtzeitig aus dem Wagen klettern und sich anschließend im Schutz der Dunkelheit in das Versteck der Banditen schleichen. Es kam nur auf den richtigen Zeitpunkt an. Wenn er zu früh ausstieg, musste er zu Fuß der Kolonne folgen und verlor wertvolle Zeit, und wenn er zu spät ausstieg, verlor er vermutlich seinen noch wertvolleren Kopf.

Der Wagen hielt plötzlich an. Stimmen ertönten.

Vorsichtig hob Morgan erneut die Plane an und erschrak. Er sah zwei dunkle Gestalten schräg hinter dem Wagen bei einem Felsbrocken.

Morgan hatte das Gefühl, die Männer würden ihm genau in die Augen starren.

Der Wagen fuhr mit einem Ruck wieder an. Ein Pferd wieherte, eine Peitsche knallte. Das Räderrasseln hallte von den Felsen wider. Der Weg führte durch einen schmalen Einschnitt, in dem es finster war.

Morgan ließ die Plane langsam sinken. Die beiden Männer, offenbar Wachtposten, hatten sich nicht gerührt. Er schalt sich einen Narren. Natürlich hatten sie ihn im Dunkel unter der Plane nicht bemerken können.

Er musste noch einen Augenblick warten, bis ihn die Kerle nicht mehr sehen konnten, und dann aussteigen. Das Versteck konnte nicht mehr weit sein.

Er zog die Plane abermals einen Spalt hoch und spähte über die Heckklappe. Die Posten waren nicht mehr zu sehen.

Nichts wie raus!

Morgan konnte den Gedanken nicht in die Tat umsetzen. Schon wieder hielt der Wagen.

Schlurfende Schritte näherten sich.

»Alles in Ordnung?«, fragte eine tiefe Stimme.

»Jawohl!«, erwiderte ein anderer Mann, wohl einer der Fahrer.

»Da wird sich die Gnädige aber freuen«, sagte die Bassstimme. »Vor einer halben Stunde erst eingetroffen, und schon wird sie bedient.«

»Sag nur, die ist da?«

»Viktor war auch überrascht, dass sie sich persönlich herbemühte, anstatt jemand von der Bande zu schicken.«

Die Frau, die den Mordauftrag gegeben hatte, hielt sich also bei diesen Räubern auf!

Besser konnten sich die Dinge gar nicht entwickeln.

»Wie sieht sie eigentlich aus?«, fragte der Fahrer.

»Eine tolle Frau!«

»So scharf wie Duriana?«

»Da kannst du Duriana glatt vergessen.« Der Mann mit der Bassstimme lachte.

*Duriana!*, dachte Morgan. *Der Name, der mit »Dur...« begann. Hatte der Sterbende diese Frau gemeint, die offenbar zu der Bande gehörte?*

Der Fahrer schnalzte mit der Zunge, der Wagen ruckte an.

»He, nehmt mich mit ins Lager. Hab' keine Lust, zu wandern.«

»Kletter rauf!«

Morgan erstarrte.

Schritte näherten sich dem Wagenheck und verstummten. Die Plane wurde zur Seite gezogen.

Eine dunkle Gestalt tauchte auf.

Einer der Räuber kletterte zu ihm auf den Wagen!

## 16. Kapitel

»Keine Beute!«

Die Räuber fluchten. Nur Duriana blieb gelassen.

»Damit war zu rechnen.«

Der Hakennasige, der die kleine Schar anführte, starrte sie missmutig an.

»Wieso? Du meinst, dass die Ware doch mit dem anderen Trupp transportiert wird?«

Duriana zuckte mit den Schultern. »Für diese Möglichkeit ist ja vorgesorgt. Aber ich glaube eher, dass diese Männer hier den Transport durchführen. Weshalb sonst sollten sie als Holzfäller verkleidet durch die Gegend fahren?«

»Was ist nun? Hast du etwas erfahren, oder hast du nur dein Vergnügen bei den drei Kerlen gesucht?«

Duriana lächelte, und ihr Gesicht hatte so gar nichts Madonnenhaftes mehr. Es war ein Lächeln, bei dem die anderen unruhig wurden.

»Du hattest zweierlei Aufgaben zu erfüllen«, sagte der Anführer tadelnd. »Du solltest dich mit den Kerlen anfreunden, sie aushorchen und uns bei dem Überfall als Geisel in die Hände fallen, damit ein Kampf vermieden wird. Schließlich wussten wir nicht, dass wir es nur mit drei Mann zu tun bekommen. Es hätten auch ein Dutzend sein können. Doch selbst gegen die drei mussten wir kämpfen. Außerdem hast du uns kein Zeichen gegeben, ob die Beute auf den Wagen ist oder nicht.«

Duriana zuckte mit den Schultern. »Ich konnte nicht viel herausfinden. Das sind keine dummen Jungen, die sich so leicht verplappern. Doch ich nehme an, dass sie die richtige Fracht erst später in Empfang nehmen. Johel, der bestimmt ein verkappter Ritter ist, wollte mich nur ein Stück mitnehmen. Vermutlich nehmen sie dann die Ware an Bord. Klar, dass er dann keinen Fremden mehr mitnehmen darf.«

»Dann war unser Überfall also für die Katz. Ich möchte wissen, weshalb man auf Launceston diesmal nicht wie bisher genau Bescheid wusste.«

Duriana strich sich eine Haarsträhne aus der Stirn.

»Du hast doch gehört, dass sie vorsichtiger sein musste als bisher, weil man einen Verdacht hatte.«

»Und was machen wir jetzt?«

»Ganz einfach«, erklärte Duriana lächelnd. »Ihr reitet in den Ort und wartet in der Herberge auf mich.«

»Und du?«

»Ich werde noch eine Nacht mit meinen neuen Freunden verbringen.«

## 17. Kapitel

Morgans Gedanken überstürzten sich. Wenn es ihm nicht gelang, den Räuber lautlos auszuschalten, war alles aus. Und wenn es ihm gelang, musste er damit rechnen, dass man den Kerl vermisste und nach ihm suchen würde.

Morgan entschied sich innerhalb eine Augenblicks. Es war besser, er versteckte sich und wartete auf eine Möglichkeit, sich unbemerkt vom Wagen stehlen zu können.

Er duckte sich zwischen zwei Kisten und hielt den Atem an. Es war stockdunkel im Wagen unter der Plane, und es musste schon mit dem Teufel zugehen, wenn der

Räuber ihn auf dem gewiss kurzen Weg ins Lager entdeckte.

Es ging mit dem Teufel zu.

Der Räuber stolperte in der Dunkelheit gegen eine offene Waffenkiste. Metall klirrte leise. Ein dumpfer Aufprall folgte.

Der Mann wollte sich aufrappeln und tastete haltsuchend um sich.

Er stieß einen Laut des Erschreckens aus, als er einen menschlichen Körper berührte.

Morgan spürte die Hand an seiner Schulter und verlor keine Zeit. Er schnellte sich auf die Gestalt zu, die er im Dunkel mehr erahnte als sah.

Er prallte gegen den Mann und warf sich über ihn.

Der Räuber wollte schreien, doch Morgan erstickte den Aufschrei im Ansatz. Auf gut Glück schlug er mit der geballten Rechten zu. Und er traf. Ein Schmerz zuckte von seiner Faust bis zur Schulter hinauf. Er spürte, wie die Gestalt unter ihm erschlaffte.

Gebannt lauschte er.

Nichts wies auf eine weitere Gefahr hin. Die Fahrgeräusche und das Pochen der Hufe hatten die Geräusche des kurzen Kampfes im Wagen übertönt.

Wo sollte er den Mann verschwinden lassen? Jeden Augenblick konnte der Wagen im Lager der Bande eintreffen. Vermutlich wurde dann die Fracht abgeladen. Er konnte den Räuber nicht auf dem Wagen lassen.

Morgan packte den Bewusstlosen unter den Achseln und zog ihn zur Heckklappe. Er wollte gerade mit dem Räuber aussteigen, als der Wagen die Fahrt verlangsamte und schließlich mit einem Ruck stehen blieb.

Sir Morgan fühlte sich wie in einer Falle.

Angespannt spähte er durch einen Schlitz in der Wagenplane. Er sah rötlichen Feuerschein.

An den Geräuschen und den Rufen einiger Männer erkannte er, dass die Wagenkolonne am Ziel war.

»Ihr sollt gleich zu Viktor kommen und ihm berichten.«

»Wird gemacht. Viktor wird zufrieden sein. Ich wette, heute Nacht steigt ’ne große Feier. Ist Duriana mit den anderen schon zurück?«

»Noch nicht. Die werden ganz schön sauer sein, dass sie umsonst unterwegs waren und ihr den Erfolg verbuchen könnt.«

»Schirrt die Gäule aus und versorgt sie!« Schritte erklangen. Ein Pferd schnaubte.

Jemand klopfte gegen die Heckklappe.

»Eh, bist du eingeschlafen?«

Der Räuber ahnte ja nicht, dass er mit seinen Worten den Nagel auf den Kopf getroffen hatte.

Was tun?

Einen Moment lang hielt Morgan den Atem an. Doch schnell entschied er sich für einen Bluff. Morgan imitierte die tiefe Stimme des Räubers und murmelte undeutlich:

»Komme schon.« Dabei verschob er eine Kiste, als würde er sich aufstemmen.

»Du kannst den Jungs bei den Pferden helfen«, rief der Mann.

Genau das konnte Morgan nicht.

Doch er atmete auf. Im Augenblick schöpfte niemand Verdacht. Schritte entfernten sich.

Morgan hörte Männerstimmen und das Lachen einer Frau. Die Ankömmlinge wurden von ihren Kumpanen begrüßt.

Es war anscheinend eine große Bande.

Morgan konnte nur hoffen, dass sich niemand weiter für den anderen interessierte und dass es ihm gelang, in der Dunkelheit unbemerkt vom Wagen zu gelangen.

Er befand sich mitten in der Höhle des Löwen.

Und es war ihm völlig klar, dass sein Leben keinen Pfifferling mehr wert war, wenn sie ihn entdeckten.

## 18. Kapitel

Cynan fluchte. »Verdammt, verdammt!«

Er stand an einen Baum gefesselt im Wald und fühlte sich ebenso erbärmlich wie Johel und Rhodri, die sich in der gleichen misslichen Lage befanden.

»Fällt dir nichts anderes ein?«, murmelte Johel und bemühte sich zum wiederholten Male vergebens, die Stricke zu sprengen, mit denen er so eng an den Baumstamm gefesselt war, dass er sich kaum zu bewegen vermochte.

Cynan schickte einen ellenlangen Fluch hinterher, um seinen Einfallsreichtum zu beweisen.

Trotz der üblen Situation musste Johel lächeln.

Selbst Rhodri, dessen linke Wange inzwischen noch geschwollener war und der von Zahnschmerzen geplagt wurde, verzog das Gesicht zu einem säuerlichen Grinsen.

»Irgendwann muss uns doch jemand finden!«, knirschte Cynan, als ihm kein weiterer Fluch einfiel.

»Irgendwann«, stimmte Johel mit gepresster Stimme zu. »Aber bis dahin sind die Kerle über alle Berge, und wenn ich mir vorstelle, dass Duriana in ihrer Gewalt ist...«

Er sprach nicht weiter. Er machte sich bittere Vorwürfe, dass er Duriana mitgenommen hatte.

Er ahnte ja nicht, welch durchtriebenes Luder sie war.

»Ich verstehe nicht, weshalb sie uns hier angebunden haben«, seufzte Rhodri.

»Ist doch klar«, brummte Cynan. »Sie wollten verhindern, dass wir ihnen folgen.«

»Sie haben uns bewusstlos zurückgelassen und zu Fuß hätten wir sie nicht einholen können.«

»Vielleicht haben sie befürchtet, dass wir uns irgendwo Pferde besorgen können.«

»Irgendetwas kommt mir an der ganzen Sache komisch vor«, murmelte Johel. »Ich hatte fast den Eindruck, dass sie es mehr auf Duriana abgesehen hatten als auf die Beute. Habt ihr gesehen, wie sie sie angestarrt haben?«

»Ja«, brummte Cynan.

»Als wüssten sie genau, dass sie bei uns ist«, murmelte Rhodri.

»Beute ist bei Holzfällern ohnehin nicht zu erwarten«, sagte Cynan. »Schließlich haben wir nur Holz...«

Er verstummte unvermittelt und drehte den Kopf zu Johel. »Oder gibt es da irgendetwas, in das wir nicht eingeweiht sind?«

Johel überlegte, ob er den Soldaten jetzt sagen sollte, was tatsächlich gespielt wurde. Wie es aussah, war der Plan ohnehin gescheitert. Was machte es da schon aus, wenn er ihnen reinen Wein einschenkte?

Der Gedanke an Wein ließ ihn schlucken. Seit er aus seiner Ohnmacht erwacht war, hatte er einen trockenen Mund, und inzwischen verspürte er quälenden Durst.

»He, ich fragte mich die ganze Zeit über, was dieser blöde Holztransport soll«, sagte Cynan misstrauisch, als Johel schwieg. »Mir kommt da der Verdacht, dass mehr dahinter steckt. Hatten wir vielleicht unwissentlich mehr als Holz auf den Wagen?«

Johel schüttelte den Kopf. »Es war nur Holz.«

»Und Duriana«, warf Rhodri ein. »Ich vermute, die Kerle haben uns nur ihretwegen überfallen. Wenn es nicht unmöglich wäre, könnte man fast meinen, sie hätten genau gewusst, welchen Weg sie nahm, denn der Hinterhalt war vorbereitet.«

»Nichts ist unmöglich«, brummte Cynan. »Ich erinnere nur daran, dass sie sich praktisch aufgedrängt hat. Vielleicht war sie auf der Flucht vor den Kerlen und versprach sich von uns Schutz?«

Cynan stellte noch einige Spekulationen an, doch er wurde aus seinen Grübeleien gerissen.

Hufschlag näherte sich. Alle drei Gefesselten drehten die Köpfe. Ein Reiter galoppierte von Süden heran.

Cynan begann sofort zu brüllen, um den Reiter auf sie aufmerksam zu machen. Rhodri vergaß seine Zahnschmerzen und rief ebenfalls laut.

Schließlich tauchte der Reiter zwischen den Bäumen auf, die sich etwa hundert Yards entfernt zu lichten begannen. Er trieb das Pferd durch den Wald.

Ihre Rufe waren gehört worden.

»Den schickt uns der Himmel«, sagte Cynan, als er erkannte, dass der Reiter die Richtung änderte und auf sie zuhielt. »He, das ist ja gar kein Reiter, sondern...«

»Duriana!«, rief Johel ebenso überrascht.

»Die gute Fee«, murmelte Rhodri.

Duriana war atemlos und wirkte aufgeregt. Ihr Gewand war zerrissen, das Haar zerzaust. Sie parierte das Pferd und schwang sich behände aus dem Sattel.

Aus großen Augen blickte sie zu den gefesselten Männern. Dann heftete sie den Blick auf Johel und strahlte ihn an.

»Oh, mein Gott, ich dachte schon, ich finde euch nicht.«

Sie zog einen Dolch aus den Satteltaschen des Pferdes und eilte zu den Männern, um sie von den Fesseln zu befreien. Dann warf sie sich Johel in die Arme.

»Himmel, habe ich eine Angst ausgestanden«, schluchzte sie. »Diese Kerle, oh, es war grauenvoll...«

Johel legte die Arme um das Mädchen, das an seiner Brust erzitterte.

»Wie konntest du ihnen entkommen?«, fragte er mit belegter Stimme.

Sie hob den Kopf und sah ihm lächelnd in die Augen.

»Oh, das war ganz einfach. Die Kerle zwangen mich, mit ihnen zu fahren. Sie wollten erst einmal einen Vorsprung gewinnen. Sie dachten, sie hätten große Beute gemacht. Nach einer Weile hielten sie an und untersuchten die Ladung der Wagen. Doch ihr hattet ja nur Holz geladen. Sie fluchten und ließen die Wagen zurück. Sie wollten mich in ihr Versteck verschleppen...«

Duriana verstummte mit einem Schluchzen und barg den Kopf an Johels Brust.

Johel streichelte ihr sanft übers Haar.

Sie fuhr mit atemloser Stimme fort.

»Der Anführer, dieser brutale Kerl! Er schickte seine Männer unter einem Vorwand weg. Anschließend fiel er über mich her. Doch ich konnte einen Stein packen und ihn damit niederschlagen. Ich flüchtete zu Fuß...«

»Das ist nicht sein Pferd?«, fragte Johel überrascht.

»Nein, es ist eines der Wagenpferde. Ich war so aufgeregt, ich wollte nur weg.«

Johel nickte verständnisvoll. Er schob Duriana sanft von sich und blickte zu den beiden Gefährten.

»Wir müssen verschwinden. Bestimmt sind sie ihr gefolgt und können jeden Augenblick auftauchen. Waffenlos haben wir keine Chance.«

Duriana schüttelte den Kopf und lächelte. »Nein, so eilig ist es nicht.«

»Aber die anderen werden ihren Anführer finden und...«

»Ich habe ihn gut versteckt«, erklärte Duriana. Sie wirkte stolz und beinahe heiter. »Außerdem habe ich ihn gefesselt und geknebelt – es kann lange dauern, bis ihn seine Freunde finden.«

»Prächtig«, sagte Cynan anerkennend.

Auch Johel fand bewundernswert, wie umsichtig Duriana gehandelt hatte – trotz ihrer Aufregung. Irgendein Gedanke wollte Gestalt annehmen, doch noch konnte Johel ihn nicht ganz erfassen. Eine abenteuerliche Geschichte, die Duriana da erzählt hatte. Fast schon ein Stoff, aus dem sich eine Ballade machen ließ. Doch irgendetwas störte ihn daran. Aber was?

Es war wohl Zufall, dass ausgerechnet in diesem Augenblick das Pferd schnaubte und Johel unwillkürlich hinblickte.

Irgendetwas fiel ihm an dem Pferd auf. Es war zweifellos eines der Wagenpferde, doch... Es war gesattelt und trug Satteltaschen!

*Vermutlich hatte sie den Sattel vom Pferd des Räubers genommen*, dachte Johel. *Aber warum hat sie dann nicht gleich das Pferd samt Sattel genommen?*

Der Gedanke bestürzte ihn. Da meldete sich wieder das misstrauische Gefühl, das er schon einmal gehabt hatte: Als Duriana von »seltsamer Holzfäller« gesprochen hatte. Und es fielen ihm die Bemerkungen der beiden Soldaten ein, dass sie sich ihm praktisch aufgedrängt hatte.

»Wo stehen die Wagen?«, fragte er nachdenklich.

»Nicht weit von hier«, erwiderte Duriana.

»Ah, und der gefesselte Anführer dieser Bande ist gleich in der Nähe. Fein, dann nehmen wir den Kerl mit.«

»Nein, das kostet uns doch nur Zeit.« Duriana drängte sich wieder an ihn. »Wir sind mindestens drei Meilen geritten, nachdem wir die Wagen zurückgelassen hatten. Ich habe doch etwas Angst, dass die Kerle ihren Anführer früher finden. Vielleicht konnte er sich auch befreien. Lass uns verschwinden.«

Johel lächelte, und nichts verriet seine Gedanken.

Jetzt roch er förmlich, dass etwas an der Geschichte faul war, die Duriana erzählt hatte.

Es gab zu viele Widersprüche.

Eine drei Meilen weit wollte sie den schweren Sattel samt Satteltaschen geschleppt haben, um dann eines der Gespannpferde zu satteln? Nun, das war möglich, doch es passte zeitlich nicht ganz. Johel wusste zwar nicht genau, wie lange er bewusstlos gewesen war, doch es war noch nicht so viel Zeit vergangen, seit er gefesselt am Baum zu sich gekommen war.

Natürlich konnte sich Duriana in Entfernung verschätzt haben, doch Johels Misstrauen ließ sich nicht mehr zurückdrängen. Auf dem Weg zu den Wagen plauderte er harmlos mit ihr, und sein Verdacht verstärkte sich immer mehr.

Diese »belanglosen« Äußerungen von ihr ergaben für Johel Gewicht, während die Soldaten keinerlei Schlüsse daraus zogen, weil sie keine Zweifel hegten. Sie wussten ja nicht so viel wie Johel.

»Alles ging so wahnsinnig schnell, und ich war so aufgeregt«, sagte Duriana. »Nichts wie weg, dachte ich...«

»Das war richtig«, sagte Johel lächelnd, doch er dachte: *Wiederum ein großer Widerspruch. Wenn sie nur an Flucht gedacht hätte, wäre sie kaum auf die Idee gekommen, den Anführer zu fesseln und zu knebeln und den Sattel mitzunehmen.* Letzteres war ohnehin unverständlich; sie hätte gleich das gesattelte Pferd nehmen können.

»Weray war ganz schön sauer, als er nur Holz auf den Wagen fand, statt der – Beute, die er sich gewiss erhofft hatte...«

Sie sprach den Namen aus, als sei es ein alter Bekannter, und bei »statt der« zögerte sie, als hätte sie etwas Bestimmtes auf der Zunge gehabt.

»Weray?«, fragte Johel in verständnislosem Tonfall.

Sie lachte, und es klang etwas gezwungen. »Der Anführer. So sprachen ihn die anderen jedenfalls an.«

Das war eine einleuchtende Erklärung, doch es konnte Johel nicht über die anderen Ungereimtheiten hinwegtäuschen.

Später in der Nacht stellte sie erneut einige Fragen nach dem weiteren Fahrtweg von dem Hain aus, wo sie die Fracht abliefern sollten, ob sie dann frei hätten oder eine andere Ladung transportieren müssten und derlei mehr. Sie ging dabei äußerst vorsichtig und geschickt vor, doch sie konnte Johel nicht mehr täuschen.

Er drehte den Spieß um und täuschte sie, indem er ihr entsprechende Antworten gab.

Und er war überzeugt davon, dass sie den Köder schluckte, den er ausgelegt hatte.

## 19. Kapitel

Morgan atmete auf. Er hatte den gefesselten und geknebelten Räuber unbemerkt vom Wagen zwischen Büschen und Felsbrocken ins tiefe Dunkel am Fuß des Berges gebracht, der den kleinen Talkessel im Westen begrenzte.

Im Nachhinein hatte sich die Vorsichtsmaßnahme als überflüssig erwiesen; Morgan hätte den Gefangenen auch auf dem Wagen lassen können. Die Wagen standen abseits der drei Hütten, die der Bande als Quartiere dienten, weit genug entfernt, und er hätte sich nicht durch Geräusche bemerkbar machen können. Die Wagen wurden auch nicht abgeladen, wie Morgan angenommen hatte.

Er hatte eine Unterhaltung zwischen zwei Räubern belauscht, aus der hervorgegangen war, dass die Fracht am nächsten Tag, als Lieferung eines Krämers getarnt, weiterbefördert werden sollte.

Die Räuber feierten in dieser Nacht den geglückten Raubzug.

Sie saßen um ein großes Lagerfeuer. Morgan lief das Wasser im Munde zusammen und sein Magen knurrte vor Hunger, als ihm der Duft des Wildschweins in die Nase stieg, das die Räuber am Spieß brieten und verzehrten. So gestärkt tranken die Männer und johlten, als ein Mädchen zum Spiel zweier Musikanten tanzte, die recht eigentümlich musizierten.

Ein Räuber blies in völlig unberechenbaren Zeitabständen in eine Flöte und entlockte ihr dreieinhalb Töne, deren Folge kaum als melodisch zu bezeichnen war, und sein Begleiter hieb dazu unregelmäßig mit einer Keule auf ein Holzfass, in dem etwas blechern schepperte.

Kein Wunder, dass die Tänzerin des Öfteren aus dem Takt geriet und einmal fast ins Feuer plumpste. Vielleicht war sie aber auch betrunken. Sie kreischte, als sie auf einem glimmenden Ast am Rande des Feuers landete. Einer der Räuber half geistesgegenwärtig und kippte seinen Becher mit Wein über sie, um das Feuer zu löschen.

Ihr Kreischen ging im Johlen der Räuber unter.

Ja, die Stimmung war recht ausgelassen, und Morgan frohlockte. In ein paar Stunden würden die Räuber vermutlich allesamt berauscht einschlafen.

Sein Blick glitt zu den Hütten jenseits des Lagerfeuers. Das Fenster der größten Hütte war schwach erhellt. Morgan hatte dort Schatten vor dem Lichtschein beobachtet. Ein Mann und eine Frau hielten sich in der Hütte auf. Vermutlich der Räuberhauptmann und die Frau, die mit ihm gemeinsame Sache machte. Die Frau, die nach allem, was Morgan belauscht hatte, zumindest das Bindeglied zwischen der Bande und dem Verräter auf Launceston sein musste, vielleicht sogar die eigentliche Anführerin.

Morgan wog alle Möglichkeiten ab.

Er spielte kurz mit dem Gedanken, abzuwarten, bis die Räuber schliefen, sie der Reihe nach einzukassieren, auf die Wagen zu verfrachten und mit ihnen aus dem Lager zu verschwinden.

Das wäre ein tolldreister Coup!

Die Fracht sichergestellt und die Bande geschnappt!

Doch dann musste Morgan über sich selbst lächeln. Er war allein, und es waren zu viele Räuber. Außerdem gab es noch die Wachen am Zugang zu dem kleinen Tal. So verlockend der Gedanke auch war, er ließ sich nicht in die Tat umsetzen.

Vielleicht war es das Beste, er wartete einfach ab, bis die Bande am nächsten Tag mit dem Wagen losfuhr, reiste als blinder Passagier mit und sorgte unterwegs für Verstärkung, auf dass die Kerle gestellt wurden.

Oder er wartete gar nicht erst bis zum Morgen ab. Wenn es ihm gelang, zu belauschen, wohin die Waffen weiter transportiert wurden, konnte er sich noch in der Nacht davonmachen und dafür sorgen, dass die Räuber am Zielort oder auf dem Weg dorthin geschnappt wurden. Zu Fuß konnte er über den niedrigen Berg aus dem Tal gelangen und ging kein Risiko ein, entdeckt zu werden.

Ja, das war das Sicherste.

Er schlich zu der Hütte. Die tiefe Dunkelheit am Fuße der Berge war seine Verbündete. Und die Feier beim Lagerfeuer half ihm zusätzlich.

Kurze Zeit später verharrte er im Schatten neben dem rückwärtigen Fenster der Hütte. Keiner konnte ihn vom Lagerfeuer aus bemerken.

Die Fensteröffnung war von einer Decke verhüllt, die von Motten zerfressen war. Schwacher Lichtschein sickerte durch die Löcher.

Morgan lauschte mit angehaltenem Atem.

Er vernahm leise und gedämpfte Stimmen. Die beiden sprachen miteinander.

Doch es war nicht das, was Morgan zu hören hoffte.

Es war eher Liebesgeflüster.

Morgan neigte sich zu einem der größeren Löcher in der Decke und spähte in die Hütte.

Er sah einen großen, stämmigen Mann, der in seiner Cotte, die mit Silber verziert war, wie ein Edelmann wirkte.

Natürlich täuschte die noble Hülle. Die Frau sprach den Mann mit Viktor an, und das war der Anführer dieser Verbrecherbande.

Der Mann zog die Frau an sich. Mit einem leisen Lachen entzog sie sich ihm. Dabei gab sie den Blick auf Viktor frei, den sie halb verdeckt hatte.

Viktors Gesicht sah nicht ganz so edel aus wie die Kleidung.

Es war ein Gesicht, in dem ein ausschweifendes Leben seine Spuren hinterlassen hatte. Die breite Nase war einmal gebrochen. Unter den grauen Augen befanden sich dicke, rötliche Tränensäcke. Zwei tiefe Falten kerbten die Wangen bis zu den Winkeln des schmallippigen Mundes, was seiner Miene etwas Verkniffenes gab.

Die Frau konnte Morgan nur von hinten sehen. Eine üppige Figur. Morgan stutzte. Irgendetwas kam ihm bekannt vor.

Das Kleid!

In diesem Augenblick wandte sich die Frau von Viktor ab, schritt zum Tisch und schenkte sich Rotwein aus einem Krug ein.

Und im Schein der Kerzen sah Morgan ihr Gesicht.

Es war Cathri, die Witwe, die sich auffällig für ihn interessierte. Eine der Hofdamen auf Launceston Castle.

## 20. Kapitel

Viktor verharrte und starrte die Frau an. Er hielt noch eine Hand nach ihr ausgestreckt, als wolle er sie festhalten. Ringe blitzten und funkelten an seinen dicken Fingern. Langsam ließ er die Hand sinken.

»Weshalb zeigst du dich so spröde, meine Süße«, sagte er ärgerlich, und seine schwarzen Augenbrauen zogen sich zusammen. »Du hast mir versprochen, dass es eine große Feier gibt, wenn die Ware da ist.«

Langsam schritt er auf sie zu. Breitbeinig blieb er einen Schritt vor ihr stehen.

Sie wandte sich ihm zu, lächelte mit leicht geöffneten Lippen und sah ihn unter halbgesenkten Lidern an.

»Gewiss, die Ware ist da. Ihr werdet morgen früh aufbrechen, um sie zu meinem Bruder, dem kleinen Rebellen, zu bringen. So weit, so gut.«

»So weit, so gut«, äffte er ihren Tonfall nach. »Soll ich vielleicht noch warten, bis dein Bruder den Aufstand gewonnen hat?«

Sie schüttelte leicht den Kopf und nippte an ihrem Glas.

»Weshalb strapazierst du meine Geduld?«, fragte er gereizt. »Ich habe alles zu deiner vollen Zufriedenheit erledigt. Jetzt bist du an der Reihe, meine Forderungen zu erfüllen.«

»Habe ich nicht gut bezahlt?«, fragte sie.

Er nickte langsam. »Das stimmt. Doch außer Gold und einigen Waffen von der Beute versprachst du mir einen zusätzlichen Preis.«

In seinen Augen glitzerte es.

»Gewiss, den wirst du bekommen, wenn alles erledigt ist.«

Sie prostete ihm zu.

»Es ist alles erledigt worden«, brauste er auf.

»Noch nicht ganz«, entgegnete sie. »Da gibt es noch ein kleines Problem, das zu einer Gefahr für mich und damit auch für dich werden könnte.«

»Du meinst den Ritter, diesen Morgan, der im Auftrag des Sheriffs herumschnüffelte? Zugegeben, der Bogenschütze hat versagt. Doch jetzt ist der Ritter ebenso in der Hölle wie alle anderen des Trupps.«

Sie nickte. »Es war gut, dass ich nicht auf den Schachzug des Sheriffs hereinfiel und dich beauftragte, beide Trupps zu überfallen.«

»Du hättest mehr herausfinden müssen«, sagte er missmutig. »Du sitzt doch an der Quelle.«

»Die Quelle sprudelte diesmal nicht so wie sonst.«

»Jedenfalls hättest du uns ersparen können, dass ich ein halbes Dutzend meiner Männer umsonst losschicken musste – dazu noch Duriana.«

»Du vermisst sie wohl sehr«, sagte Cathri spöttisch.

Er streckte die beringten Hände aus und legte sie auf ihre Hüften. Er zog sie an sich.

»Jetzt nicht mehr«, sagte er mit belegter Stimme.

Cathri hielt das halbvolle Rotweinglas vor sich, und es war für Viktor wie eine Barriere.

Diese Frau brachte ihn noch um den Verstand.

»Wir beide werden unermesslich reich sein, wenn mein Bruder mit seinem Feldzug Erfolg hat«, sagte Cathri. »Es dürfte also auch in deinem Interesse sein, wenn ein letzter kleiner Schönheitsfehler beseitigt wird.«

Das kühlte ihn etwas ab. Er gab sie frei und trat an den Tisch, um sich ebenfalls Rotwein einzuschenken. Hastig trank er. Anschließend wischte er sich mit dem behaarten Handrücken über den Mund.

»Glaubst du etwa, dass meine Männer mich belügen und dass dieser Ritter noch am Leben sein könnte?«

»Nein. Nach der Schilderung deiner Leute bin ich überzeugt davon, dass es keinen Überlebenden gab. Damit ist Morgan keine Gefahr mehr.«

»Du meinst, er hatte eine heiße Spur und bereits seinen Vater eingeweiht?«

Cathri schüttelte den Kopf. »Wenn Morgan etwas Hieb- und Stichfestes gewusst hätte, so hätte ich das erfahren. Und wenn er beim Sheriff nur eine Vermutung äußerte, so kann mir nicht viel geschehen. Niemand weiß, dass der Anführer der sogenannten Rebellen mein Bruder ist. Außerdem ist er auch kein leiblicher, sondern als Waise angenommener Halbbruder. Nein, auch von daher lässt sich keine Verbindung zu mir herstellen. Morgan lebt nicht mehr, und sollte mich jemand verdächtigen, werde ich empört alles als lächerliche Verleumdung abtun, sollte das überhaupt nötig sein.«

Viktor grinste. »Sage ich doch. Niemand kann dir etwas beweisen. Außer mir. Und ich werde natürlich schweigen, wenn du meine Gemahlin bist.«

Sie lächelte leicht und nippte an ihrem Rotwein.

»Wie kommst du überhaupt zu der Annahme, jemand könnte dir auf die Schliche gekommen sein?«, fragte er.

»Deine Männer haben beim letzten Überfall geschludert. Einer der Fuhrknechte war nicht tot. Er wurde sterbend gefunden und nannte noch einen Namen.«

»Etwa deinen?«, fragte Viktor verwundert. »Aber den kennt doch keiner meiner Männer. Oder meinen?«

»Nein, aber einen Männernamen, den man mit mir in Verbindung bringen könnte.«

Viktor stellte sein Glas ab. Er nagte an seiner Unterlippe. Seine Augenbrauen zogen sich zusammen, und die Falten um seine Mundwinkel schienen sich zu vertiefen.

»Soll ich den Kerl umlegen lassen?«

»Nein, den kann ich noch gut gebrauchen, falls noch mehr Waffen benötigt werden. Aber du kommst der Sache schon näher. Es gibt noch eine Person, deren Aussage mir gefährlich werden könnte, wenn sie wiederholt wird. Zum Glück war das, was sie bisher sagte, nicht besonders präzise. Doch wenn man sie gezielt befragt, könnte sie sich vielleicht noch an etwas Genaueres erinnern. Deshalb muss sie zum Schweigen gebracht werden.«

Viktor grinste. »Warum hast du das denn nicht gleich gesagt. Ich schicke sofort meinen besten Mann los.«

»Nein, dein bester Mann wird für den Transport gebraucht. Diese Aufgabe wirst du selbst erledigen. Sozusagen als Liebesdienst. Das ist der Preis, den ich fordere.«

Viktor starrte sie einen langen Augenblick an.

»Also gut«, sagte er zögernd. »Wie heißt der Mann, den ich ins Jenseits schicken soll?«

Cathri lächelte zufrieden und selbstsicher. Sie hatte von Anfang an keinen Zweifel gehegt, dass ihr raffinierter Plan aufgehen würde. Und es bereitete ihr ein ungemeines Vergnügen und ein überwältigendes Gefühl der Macht, Männer wie Schachfiguren in ihrem gefährlichen Spiel hin- und herzuschieben.

Auch Viktor war eine Figur für sie, und nicht mal ein König oder ein Läufer, nur ein gemeiner Bauer. Er war ein Werkzeug, dessen sie sich bedient hatte, solange sie es gebraucht hatte.

Jetzt brauchte sie ihn nicht mehr.

Sie dachte nicht daran, mit ihm Lager und Besitz zu teilen.

Es war an der Zeit, ihn loszuwerden.

Viktor würde von drei Zeugen bei einem Mord beobachtet werden. Ehrbare Leute, deren Aussagen Gewicht haben würden. »Rein zufällig« würden sie am Ort der Tat sein, und Viktor würde nach dem Mord selbst sein Leben lassen und nicht mehr plaudern können.

Um Viktors Räuber würde sich das Bruderherz kümmern. Bei der Übergabe der Waffen würden die Räuber ahnungslos in die tödliche Falle tappen.

Niemand würde je herausbekommen, wer hinter allem gesteckt hatte.

Cathri hatte lange an diesem Plan gebrütet. Zu Beginn war sie noch bereit gewesen, Viktor an dem zu erwartenden Reichtum nach den Eroberungen ihres Bruders zu beteiligen.

Doch dann hatte Viktor klargemacht, dass er mehr wollte.

Er wollte sie.

Aber sie hatte ganz andere Pläne. Sie hatte vor, großen Hofstaat zu halten und den Reichtum in vollen Zügen zu genießen. Nicht mit diesem primitiven Räuberhauptmann an ihrer Seite, aus dem nie ein vornehmer Herr werden würde, auch wenn er sich in goldene Schale warf.

Nein, das war nicht der richtige Mann für die Zukunft, die sie sich vorstellte.

Er hatte gesagt, dass er sie in der Hand habe und sie ihm deshalb in Zukunft gefügig sein müsse.

Gefügig?

Nie war sie einem Mann untertan gewesen, sondern immer die Männer ihr. Doch die wenigsten hatten das gewusst und sich stolz für große Herzensbrecher gehalten.

Bei diesem Gedanken hätte sie am liebsten laut aufgelacht, aber sie behielt sich eisern unter Kontrolle.

»Wen soll ich töten, auf dass du für immer mir gehörst?«, fragte Viktor angespannt.

»Eine Frau«, erwiderte Cathri. »Sie heißt Fryska und lebt in einer Hütte im Wald.«

## 21. Kapitel

Sir Morgan war noch wie betäubt von dem Gehörten.

Cathri war die Verräterin!

Sie ließ von Viktors Bande Waffen rauben, um damit ihren Halbbruder zu versorgen, der irgendwo einen privaten – Krieg führte. Gewiss war das kein Aufstand von Unterdrückten, sondern ein großangelegter Beutezug.

Cathri, diese Schlange, hatte alle Fäden gezogen. Die Überfälle waren zwar von Viktors Räubern begangen worden, doch im Grunde war Cathri für den Tod der vielen Männer verantwortlich.

Er hatte gewusst, dass sie eine gefährliche Frau war, dass es ein Spiel mit dem Feuer war, sich mit ihr einzulassen, doch nie hätte er gedacht, dass sie so über Leichen ging.

Morgan lief ein Schauer über die Wirbelsäule, als er daran dachte, wie kalt sie über seinen – vermeintlichen – Tod geredet hatte. Und wie sie fast im Plauderton einen weiteren Mordauftrag gegeben hatte.

Sie wollte Fryska umbringen lassen!

*Das werde ich zu verhindern wissen*, dachte Morgan. *Ich werde vor Viktor vor Ort sein und ihn in Empfang nehmen. Und die Räuber müssen auf dem Weg geschnappt und der Transport sichergestellt werden.*

Danach blieben nur noch Cathri und ihr Halbbruder, denen das Handwerk gelegt werden musste. Und der Mann auf Launceston, von dem Cathri ihre Informationen hatte. Leider war der Name nicht gefallen. Doch er musste in Cathris Bekanntenkreis zu finden sein. Wenn sie nach

Launceston Castle zurückkehrte, würde sie dort auf Schritt und Tritt beschattet werden und...

Ein Geräusch riss Morgan aus seinen Gedanken.

Er wirbelte herum, und seine Rechte zuckte instinktiv zum Schwert.

Ein Schatten schnellte aus dem Dunkel hinter der Hütte auf ihn zu.

Er war entdeckt!

Morgan duckte sich, doch er konnte dem Hieb nicht mehr ganz ausweichen. Etwas knallte gegen seine Schulter, sodass er das Gefühl hatte, der Arm werde ihm abgerissen.

Morgan stürzte.

Im nächsten Augenblick war der Schatten schon über ihm.

Verzweiflung stieg in ihm auf.

Ein Alarmschrei, und alles war aus. Nicht nur für ihn, sondern vermutlich auch für Fryska.

Hände krallten sich um Morgans Hals. Die Luft wurde ihm knapp. Tränen schossen ihm in die Augen.

Keuchende Atemzüge schlugen ihm ins Gesicht.

Blindlings schlug er im Dunkeln zu. Seine Faust traf klatschend, und die Umklammerung lockerte sich.

Morgan hatte nur einen Gedanken: Er musste verhindern, dass der Räuber schrie und seine Kumpane alarmierte.

Er packte mit der Linken das Gelenk einer Hand, die ihn würgte, und schlug wieder mit der geballten Rechten zu.

Der Gegner stieß einen ächzenden Laut aus, doch er schrie nicht.

Morgan riss mit der Linken die Hand des Kerls von seinem Hals. Die Rechte löste sich von selbst von seinem Hals.

Morgan atmete tief ein. Seine Hände schossen vor, umklammerten den Gegner und erstickten einen Schrei, wie Morgan annahm.

Im nächsten Augenblick erschrak Morgan bis ins Mark.

Der Räuber hatte die Umklammerung nur gelöst, um ein Messer zu ziehen.

Morgan spürte, wie die Klinge über seinen Handrücken ratschte. Er warf sich zurück.

Der Angreifer setzte nach.

Morgan riss die Füße hoch und trat zu. Es gab einen dumpfen Laut, als seine Stiefelspitze etwas traf.

Der Schatten taumelte zurück und sank zu Boden.

Morgan warf sich auf ihn, doch der Mann leistete keinerlei Gegenwehr mehr.

Schwer atmend richtete sich Morgan auf. Er lauschte.

Vom Lagerfeuer schallte Lachen herüber. Dort hatte man nichts von dem Kampf hinter der Hütte bemerkt.

Und in der Hütte?

Kein Laut war zu hören. Die plötzliche Stille zerrte an Morgans Nerven.

Er spähte durch ein Loch in der Decke und atmete auf.

Cathri und Viktor tranken gerade Wein. Deshalb das Schweigen. Nichts wies darauf hin, dass sie etwas von dem Kampf gehört hatten.

Ein Glück, dass der Räuber nicht zu einem Schrei gekommen war.

Viktor prostete jetzt Cathri zu.

»Auf die Zukunft, meine Liebe.«

»Auf die Zukunft«, erwiderte Cathri lächelnd.

*Die wird anders aussehen, als ihr Verbrecher euch das vorstellt!*, dachte Morgan grimmig.

Er zog sich zurück. Jetzt war Eile geboten. Er musste verschwinden, sich ein Pferd besorgen und alles in die Wege leiten, damit dem Mörderpack das Handwerk gelegt wurde.

Doch zuerst musste er den Räuber von eben wie den anderen aus dem Verkehr ziehen. Bei der Hütte konnte er zu schnell gefunden werden.

Morgan zerriss das Hemd des Mannes und band es ihm vor den Mund. Danach wuchtete er sich die schlaffe Gestalt über die Schulter und schlich durch die Dunkelheit davon.

Der Mann regte sich erst, als Morgan mit ihm in sicherer Entfernung von den Hütten und vom Lagerfeuer war. Er stieß ein schwaches, vom Tuch gedämpftes Ächzen aus und zappelte mit den Beinen.

Morgan legte den Kerl recht unsanft hinter einem Felsbrocken ab, der die Sicht auf das Lager verdeckte. Es widerstrebte ihm, den Mann von Neuem mit einem Schlag auszuschalten; die gedämpften Laute waren keine Gefahr.

Der Mann stemmte sich auf die Ellenbogen auf. Sein Gesicht geriet in einen Streifen schwachen Mondlichts.

Morgan stutzte.

Er packte den Mann am Kragen und zerrte ihn weiter vor, um sein Gesicht besser sehen zu können.

Seine Augen weiteten sich vor Überraschung.

Der Mann war Durial of Stowford.

## 22. Kapitel

Durial starrte Morgan ebenso überrascht an.

»Morgan!«

Es klang dumpf und undeutlich hinter dem Tuch hervor.

»Dreckiger Verräter«, sagte Morgan verächtlich.

Das Bild hatte sich abgerundet. Das letzte Stückchen des Mosaiks passte.

Cathri war die Verbindung zu den Räubern, und Durial of Stowford war der Verräter auf Launceston, der ihr alle Hinweise gab, die sie für die Überfälle brauchte.

Durial, das musste doch der Name sein, den der Sterbende noch aufgeschnappt hatte, bevor er das Bewusstsein verlor.

In Wirklichkeit hatten zwei der Räuber über Duriana gesprochen, doch das sollte erst später ans Tageslicht kommen.

Durial schüttelte heftig den Kopf.

»Das Leugnen nutzt dir nichts mehr«, zischte Morgan. »Dein gemeines Spiel ist zu Ende. Und bald auch dein Leben.«

Wiederum schüttelte Durial den Kopf.

»...kein... Verräter...«, glaubte Morgan zu verstehen.

»Gib dir keine Mühe. Ich habe belauscht, was deine Komplizin Cathri mit Viktor besprochen hat.«

Morgan überlegte, wie er Durial fesseln konnte. In Ermangelung von Stricken musste er noch ein paar Stoffstreifen nehmen. Er würde den Kerl mitnehmen und in sicheren Gewahrsam geben.

Morgan hielt das Messer in der Hand, und dennoch überraschte Durial ihn.

Bevor Morgan es verhindern konnte, schossen Durials Hände hoch und rissen das Tuch vom Mund.

Morgan sprang auf ihn zu und holte mit dem Messer aus. Durial ließ ihm keine Wahl. Morgan war entschlossen, zuzustechen, um zu verhindern, dass Durial die Räuber alarmierte. Menschenleben standen auf dem Spiel. Das von Fryska und sicher von vielen anderen Menschen, wenn der Räuberbande nicht das Handwerk gelegt wurde und Waffen in die Hände von Cathris Halbbruder fielen, die damit in einen Krieg ziehen würden.

Morgan holte zum Stoß mit dem Messer aus.

Doch Durial schrie nicht.

»Ich bin kein Verräter!«, flüsterte er hastig und hob die Hände vors Gesicht, als könnte er damit den Messerhieb abwehren.

Morgan verharrte.

Er drückte Durial die Messerspitze gegen die Brust.

»Bevor du schreist, hast du die Klinge zwischen den Rippen!«, drohte er.

»Ich schreie nicht«, flüsterte Durial. Er zog die Hände vom Gesicht und starrte Morgan in die Augen. »Ich hatte Angst, du könntest die Räuber mit einem Schrei alarmieren.«

Das klang glaubwürdig. Wenn Morgan es recht bedachte, hätte Durial vor und während seines Angriffs Gelegenheit gehabt, die Räuber aufmerksam zu machen.

»Ich hielt dich für einen von der Bande«, flüsterte Durial. »Deshalb griff ich dich an. Ich habe herausgefunden, wer der Verräter ist. Es ist Cathri.«

»Ich weiß«, erwiderte Morgan. »Versuch nicht, ihr die Schuld allein anzulasten. Du hast ihr die Informationen gegeben, die sie brauchte.«

»Ja«, murmelte Durial leise und tonlos. »Diese Schuld bekenne ich.«

Das Geständnis überraschte Morgan trotz allem. Er hatte angenommen, Durial würde versuchen, sich herauszureden.

»Wir sollten verschwinden«, raunte Durial und sah sich besorgt um. »Wenn sie uns finden, bringen sie uns um. Ich weiß, wie wir die Bande schnappen können.«

»Ich auch«, erwiderte Morgan gereizt.

Er vermutete, dass Durial irgendeinen Trick versuchen wollte. Als Komplize der Räuber brauchte er kaum Angst davor zu haben, entdeckt zu werden.

Morgan hatte Durial ohnehin mitnehmen wollen. Deshalb erklärte er sich einverstanden.

»In Ordnung«, sagte er. »Verschränke die Hände im Nacken und geh vor mir her. Bei einem Fluchtversuch und beim geringsten Laut hast du das Messer im Rücken!«

Durial unternahm keinen Fluchtversuch und verhielt sich ebenso leise wie Morgan. Auf Zehenspitzen schlich er vor Morgan aus dem Tal den westlichen Hang hinauf. Morgan rutschte einmal auf einem Moospolster ab. Durial blieb stehen und hielt ihm die Hand hin, um ihn hochzuziehen.

Morgan verzichtete auf Hilfe und war auf der Hut, weil er mit einem Angriff rechnete.

Doch Durials Verhalten verstärkte die Zweifel, die in Morgan aufgekeimt waren. Sein Gefühl sagte ihm, dass

Durial doch nichts Böses im Schilde führte. Dennoch blieb Morgan wachsam.

Unbehelligt gelangten sie über den Hügel aus dem Tal.

Morgan ließ sich erschöpft von dem beschwerlichen Auf- und Abstieg und der Anspannung am Fuß einer Tanne nieder.

Er gab Durial mit dem Schwert, das er gegen das Messer getauscht hatte, einen Wink.

Durial setzte sich ihm gegenüber hin.

»Dann erzähl mal dein Märchen«, sagt Morgan. »Aber immer noch leise.«

Durial nickte. »Die Wachtposten sind zwar am südlichen Zugang zum Tal, aber es könnte sein, dass irgendeiner durch die Gegend streift und uns zufällig entdeckt.«

Er suchte in der Dunkelheit Morgans Blick. Das Weiße seiner Augen schimmerte.

»Ich konnte dich nicht leiden, doch ich danke dem Herrn, dich lebend zu sehen«, fuhr Durial fort. »Sie sagten, du seist tot wie die anderen Männer des Transports.«

Die Stimme klang jetzt erstickt. Durial schlug die Hände vors Gesicht. Seine Schultern zuckten.

Sir Durial of Stowford weinte!

Morgan schluckte. Ein Trick, mit dem der Mann sein Misstrauen und seine Wachsamkeit einschläfern wollte?

Nein, sein Gefühl sagte ihm, dass das nicht gespielt war. Durial war tatsächlich erschüttert.

»Und ich bin am Tod dieser wackeren Männer mitschuldig.« Mit zitternder Hand wischte sich Durial über die Augen.

Morgan sagte nichts. Er verspürte ein Gefühl, das er nicht ganz zu erklären vermochte. Eine Mischung aus Rührung und Mitleid.

Er hatte Durial nie gemocht, doch irgendwie sah er ihn jetzt in einem anderen Licht als zuvor. Welche Schuld er auch immer auf sich geladen hatte, er bekannte sich ehrlich dazu und litt darunter.

Stockend sprach Durial weiter.

»Ich – habe Cathri erzählt, was sie wissen wollte. Es war, als hätte sie eine übernatürliche Kraft, eine Macht über mich, der ich mich nicht widersetzen konnte. Ich war verrückt nach ihr. Ich war ihr hörig. Und dann, wenn wir im Bett lagen, animierte sie mich, mit ihr zu trinken. Der Wein enthielt irgendein Rauschmittel, wie ich inzwischen weiß. Ich war nicht mehr Herr meiner Sinne. Ich fühlte mich wie schwerelos. Sie hatte leichtes Spiel mit ihren geschickten Fragen. Vielleicht habe ich sogar noch im Schlaf ausgeplaudert, was sie wissen wollte. Ich weiß es nicht. Wenn ich nach diesen Nächten erwachte, konnte ich mich an nichts Genaues mehr erinnern. Hat sie es bei dir auch auf diese Weise versucht?«

»Nein«, sagte Morgan. »Wir haben keinen Wein getrunken. Doch erzähl weiter.«

»Als die Sache mit dem Verrat ruchbar wurde, war ich empört wie alle anderen. Ein Hundsfott von Verräter in unseren eigenen Reihen! Wie konnte ich ahnen, dass ich selbst den Verrat begangen hatte, ohne es zu wissen! Ja, ich gebe zu, dass ich sogar dich verdächtigte. Doch nach dem Mordanschlag auf dich war mir klar, dass du nicht der Verräter sein konntest. Und mir fiel ein, dass sich Cathri beiläufig bei mir erkundigt hatte, wann mit deiner Rückkehr zu rechnen sei, woher du kommst und weitere Einzelheiten. Nun, das war kein Geheimnis auf Launceston, und ich gab ihr Auskunft. Ich war eifersüchtig, weil ich dachte, sie hätte Sehnsucht nach dir. Im Nachhinein fiel mir jedoch auf, dass sie mich ausgehorcht hatte. Ich wäre also auch an deinem Tod schuld gewesen, wenn der Mordanschlag gelungen wäre.«

Morgan schwieg. Durials Betroffenheit war echt. Morgan spürte förmlich wie die Selbstvorwürfe in Durial fraßen.

»Als sie mich in der letzten Nacht wieder in ihrem Schlafgemach empfing, war ich misstrauisch«, fuhr Durial fort. »Sie stellte zwar geschickt ihre scheinbar beiläufigen Fragen, doch wenn man einmal einen Verdacht hat, ist man hellhöriger. Ich war also vorsichtiger mit meinen Worten und beschränkte mich auf ausweichende Antworten. Sie drängte mir wieder den Wein auf. Und es war wie immer. Ein Rausch, ein süßer und doch so schlimmer Rausch. Doch diesmal verflog er schneller als sonst. Der verdammte Trunk war wohl nicht so stark wie die anderen Male. Vielleicht lockerte er mir nicht wie sonst die Zunge. Dennoch gab ich ihr genügend Auskünfte – da will ich nichts beschönigen. Doch am Morgen konnte ich mich an einiges erinnern, was wir geredet hatten. Es fiel mir wie Schuppen von den Augen. Ich wollte es noch nicht wahrhaben. Immer wieder sagte ich mir, ›das kann nicht sein‹.«

Wieder wischte er sich mit fahriger Hand über die Augen.

»Ich wollte mir letzte Gewissheit verschaffen«, fuhr er fort. »Cathri verließ Launceston Castle mit einer Kutsche. Sie fuhr in der Dunkelheit und ganz allein. Keiner dachte sich etwas dabei, denn sie war für ihre Kapriolen bekannt. Man munkelte, sie fahre zu einem heimlichen Stelldichein. Ich dachte mir etwas anderes. Ich folgte ihr heimlich und beobachtete, wie sie sich mit einem Reiter traf. Leider konnte ich nicht belauschen, was sie besprachen. Sie muss dem Reiter alles erzählt haben, was sie von mir erfahren hatte. Dazu reichte sie ihm einen Brief, in dem wohl das Wichtigste notiert war. Der Reiter verschwand, und sie fuhr weiter. Ich wollte mir den Reiter schnappen, um ihn auszuquetschen. Doch in der Dunkelheit verlor ich ihn aus den Augen.«

Er legte eine Pause ein und atmete tief und seufzend, bevor er fortfuhr:

»Ich ahnte, dass ich das Unheil verhindern konnte, wenn ich diesen Reiter abfing, bevor er preisgeben konnte, was er von Cathri erfahren hatte. Verzweifelt suchte ich nach der Fährte. Da kam Cathri mit der Kutsche. Zuerst wollte ich ihr den Hals umdrehen. Doch dann entschloss ich mich, ihr weiter zu folgen. Sie führte mich zum Versteck der Bande. Doch die Räuber hatten längst auf ihre Botschaft hin gehandelt.«

»Wie bist du unbemerkt an den Wachen vorbeigekommen?«, fragte Morgan.

»Sie hielt in der Nähe des Verstecks an und gab ein Signal für die Wachen. Da war ich gewarnt und wusste, dass das Versteck in der Nähe sein musste. Über den Berg im Osten gelangte ich in das versteckte Tal. Ich konnte Viktor und Cathri belauschen.«

Er erzählte ausführlich, was er gehört hatte. Überrascht stellte Morgan fest, dass Durial auch das wusste, was er selbst hatte belauschen können. Durial hatte an der Seitenwand der Hütte gestanden und gleichzeitig gelauscht. Erst später hatte er Morgan entdeckt und für einen Räuber gehalten.

Durial wusste jedoch viele Einzelheiten mehr als Morgan. Er kannte zum Beispiel die Route, die der Transport nehmen würde. Er hielt sich ja wesentlichländger im Räuberlager auf als er selbst.

»Es bleibt mir nur noch eines, um meine Schuld wenigstens zum Teil wiedergutzumachen«, sagte Durial mit dumpfer Stimme. »Ich werde Cathri und die Räuber zur Strecke bringen.«

Und mit noch leiserer Stimme fügte er hinzu: »Und dann werde ich die Konsequenzen ziehen und meinem Leben ein Ende setzen.«

»Mit Ersterem bin ich völlig einverstanden«, sagte Morgan. »Und das andere wirst du dir aus dem Kopf schlagen. Lass uns jetzt beraten, wie wir uns die Aufgaben teilen und alles in die Wege leiten.«

## 23. Kapitel

Johel gab sich heiter und unbeschwert, und nichts verriet seine Anspannung.

Er wusste, dass es nicht mehr lange dauerte, bis sie überfallen wurden.

Er selbst hatte mit den Informationen, die er Duriana gegeben hatte, dafür gesorgt.

Und er hatte belauscht, was Duriana mit ihren Kumpanen besprochen hatte. Danach hatte er Duriana angeboten, sie weiter mitzunehmen. Er sei verrückt nach ihr, hatte er gelogen.

Sie hatte das Angebot nur zu gern angenommen. Sie müsse nur noch in der Herberge ihre Sachen holen. Dort hatte sie die Kumpane informiert.

Sie ahnte nicht, dass bei der letzten Rast die ohnehin geplanten Vorkehrungen für die Falle getroffen worden waren.

Während Johel, die Soldaten sowie Duriana in der Herberge gegessen hatten, waren zwei der Wagen ausgetauscht worden. Sie waren nur mit ein wenig Holz zur Tarnung und Panzerung beladen und transportierten drei Dutzend gerüstete und bewaffnete Männer, die sich ja nach dem Plan Sir Ronans an diesem Ort bereitgehalten hatten, damit die Räuber gefasst wurden.

Dass der Verräter diesmal keine präzisen Angaben erhalten hatte und deshalb, um ganz sicherzugehen, beide Transporte hatte überfallen lassen, das hatte der Sheriff nicht ahnen können.

»Ach, ich bin so glücklich, dass du mich noch weiter mitgenommen hast«, sagte Duriana und schmiegte sich auf der Fahrerbank gegen Johel. »Nie werde ich die schönen Stunden mit dir vergessen. du süßer Holzfäller du.« Johel lächelte sie an, und nichts verriet seine Gedanken.

Sie ging davon aus, dass bei der letzten Rast die Waffen in Empfang genommen worden waren. Das hatte sich ja Johel, wie es aussah, entlocken lassen, natürlich nur in Andeutungen. Sie wusste genau, dass gleich ihre Kumpane zur Stelle sein würden und dass sich alles wie beim ersten Mal abspielen würde. Diesmal nur mit dem Unterschied, dass sie mit der Beute verschwinden würden.

»Nie werde ich die schönen Stunden mit dir vergessen...« Das war schon als höhnischer Abschied gemeint.

»Auch ich werde dich nicht vergessen«, erwiderte Johel grinsend. »So eine wie du ist mir wirklich noch nie untergekommen.«

Sie lachte, denn sie ahnte nicht den Doppelsinn seiner Worte.

Und dann war es auch schon so weit.

Durianas Kumpane erwiesen sich als wenig einfallsreich. Der Überfall lief nach der gleichen Art ab wie der erste. Eine günstige Stelle, ein Baumstamm als Blockade hinter der Wegbiegung, und plötzlich stürmten die Räuber zwischen Büschen und Bäumen am Wegesrand hervor.

»Keine Bewegung, oder...«

Weiter kam Weray, der Anführer, nicht mehr. Einer der Bogenschützen auf den beiden ersten Wagen schoss durch einen Riss in der Wagenplane seinen Pfeil ab.

Der Pfeil traf Weray in die rechte Schulter. Schreiend taumelte er zurück und stürzte zwischen die Büsche.

Die Räuber erstarrten vor Schreck.

Die Planen der Wagen flogen hoch. Männer mit Schwertern und Lanzen sprangen von den Wagen. Ein Pfeil traf den Räuber mit der Armbrust. Röchelnd sank er zu Boden.

»Gebt auf, ihr habt keine Chance!«, rief Cynan und sprang mit blitzendem Schwert vom Wagenbock herab.

Nur einer der Räuber war vernünftig genug, die Ausweglosigkeit seiner Lage zu erkennen. Er ließ sein Schwert fallen, hob die Hände und flehte um Gnade. Sie wurde ihm gewährt.

Die anderen waren so dumm, zu kämpfen.

Johel blickte zu Duriana. Sie saß starr neben ihm, mit fassungsloser Miene, und ihre Augen spiegelten das Grauen wider.

»O Gott!«, stöhnte sie und presste eine Hand auf den Mund.

Schließlich zuckte ihr Blick zu Johel, und sie begriff anscheinend erst jetzt, dass er ihr und ihren Kumpanen eine Falle gestellt hatte.

Sie sprang auf und wollte vom Wagen klettern.

Johel hielt sie fest und tippte ihr sein Schwert in die Seite.

»Du bleibst hier, du falsches Aas«, sagte er. »Und ich wette, du wirst mir einige interessante Fragen beantworten, bevor du im Kerker über dein verkommenes Leben nachdenken kannst.«

Und so war es dann auch. Duriana sagte alles, was Johel wissen wollte. Sie hoffte auf mildere Bestrafung, wenn sie alles verriet – Namen, Anzahl der Räuber, ihre bisherigen Untaten und zukünftigen Pläne und das Versteck.

Duriana war ja über alles bestens informiert. Sie wusste mehr Einzelheiten als jeder von Viktors Räubern. Da sie mal hier und mal da nächtigte, hatte sie mal hier und mal da Einzelheiten erfahren. Nicht zuletzt von Viktor selbst.

Zwei tote Räuber wurden begraben, die verletzten Räuber und Duriana wurden von einigen Männern des Trupps als Gefangene bewacht.

Johel und der Rest der anderen Soldaten machten sich auf den Weg zum Versteck der Räuber. Sie waren nicht mehr sehr weit entfernt, als ein Reiter auftauchte: Durial of Stowford.

Morgan hatte Durial in den Teil des Plans eingeweiht, den sein Vater nur Johel und ihm preisgegeben hatte. Durial sollte die Männer des Sheriffs informieren, die vermutlich vergebens auf Johel warteten, ohne genau zu wissen, zu welchem Einsatz sie bestimmt waren.

Durial war erleichtert, dass Johel und die beiden Soldaten noch lebten. Er wie auch Morgan hatte angenommen, sie seien wie die Männer des anderen Transports bei einem Überfall der Räuber ums Leben gekommen.

Morgan war völlig fertig, als er diese Möglichkeit in Betracht zog. Seine Weggefährten und sein Freund Johel tot!

Durial erzählte alles, was er wusste, nur eines verschwieg er: Seine Rolle bei der ganzen Sache.

»Morgan wird also den Räuberhauptmann Viktor schnappen«, sagte Johel zufrieden. »Gut. Cathri ist kein Problem. Wir schicken einen Boten nach Launceston, der den Sheriff informiert, und dort wird sie gebührend in Empfang genommen. Und die Bande greifen wir uns statt im Versteck, wenn sie mit den Wagen unterwegs ist.«

Sie kannten die Fahrtroute der Wagen. Sie legten einen Hinterhalt und überraschten die Bande. Es gab ein paar Tote und Verletzte, doch schließlich gaben die Räuber auf. Und es gab noch eine erfreuliche Überraschung: Einer der Räuber hatte Morgans Hengst geritten.

## 24. Kapitel

Mondschein tauchte die Hütte in silbriges Licht.

Viktor blickte zum erleuchteten Fenster. Diese Fryska war also da. Ganz allein sollte sie dort oben leben. *Sicher eine verhutzelte, ärmliche Bäuerin*, dachte er, *an der sich niemand vergreift.*

Das machte die Sache einfacher.

Viktor hatte schon viele Menschen getötet, doch niemals eine Frau. Doch Cathri verlangte es. Bei dem Gedanken an Cathri grinste er, und sein Gesicht verlor etwas den verkniffenen Ausdruck. Wenn er diese Sache erledigt hatte, würde Cathri ihm gehören...

Ein Hund schlug an, und das helle Kläffen riss ihn aus seinen Gedanken.

Die Tür der Hütte wurde einen Spalt geöffnet. Jemand spähte hinaus.

»Wer ist da?«, rief eine Frauenstimme.

»Bist du – Fryska?«

»Ja.«

»Ich habe eine Nachricht für dich.«

»Ihr könnt kommen.« Die Tür wurde aufgeschoben. Die Frau zog sich scheinbar völlig arglos in die Hütte zurück.

Viktor schritt schneller aus. Er war nur noch ein paar Yards von der Tür entfernt, als ein dunkler Schatten auf ihn zuflog. Viktor erschrak.

Es war ein großer Hund, der dicht vor ihm landete und bedrohlich knurrte.

»Gib Ruhe!«, rief die Frau aus der Hütte.

Viktor beeilte sich, zur Hütte zu gelangen. Er trat ein, zog die Tür zu und erstarrte.

Die Frau war da. Noch dazu eine Schönheit, die er nicht erwartet hatte. Doch sie war nicht allein. Ein Mann mit einem Schwert in der Hand stand gleich neben der Tür.

Viktor schalt sich einen Narren. Er hätte damit rechnen müssen, dass sich zufällig ein Besucher bei Fryska aufhielt.

Viktor zwang sich zu einem Lächeln. Kein Grund zur Aufregung. Den Kerl würde er schon überlisten.

»Guten Abend. – Ich wollte nicht stören. Ihr seid bestimmt der Ehemann!«

Der Mann lächelte.

»Guten Abend, Viktor. Ich heiße Morgan.«

Und damit setzte ihm Morgan das Schwert an die Kehle.

Viktor erbleichte.

»Sir – Morgan. Aber...«

»Du dachtest, ich weile nicht mehr unter den Lebenden? Da siehst du, wie man sich irren kann. Dreh dich um!«

Viktor zögerte. Er ließ die Schultern hängen und wandte sich scheinbar resigniert langsam um. Doch als Morgan das Schwert etwas zurückzog, handelte Viktor. Aus der Drehung heraus sprang er Morgan an.

Fryska, die von Morgan zur Feuerstelle geschickt worden war, damit sie nicht in Gefahr geriet, schrie auf.

Doch Morgan war auf der Hut gewesen. Gedankenschnell wich er zur Seite aus, und Viktor stürzte an ihm vorbei und prallte zu Boden. Bevor der Räuberhauptmann sein Schwert zücken konnte, streckte Morgan ihn mit einem schnellen Hieb nieder. Reglos blieb Viktor liegen.

Morgan blickte zu Fryska.

»Das hätten wir«, sagte er. »Gib mir die Stricke.«

Fryska brachte die Stricke, die schon für Viktors Gefangennahme bereitlagen. Morgan fesselte den Verbrecher an Händen und Füßen.

Als er sich aufrichtete, sah er, dass Fryska ihn lächelnd betrachtete.

Er trat zu ihr. »Danke für die Hilfe.«

»Das war doch selbstverständlich!«

In diesem Augenblick schlug draußen der Hund erneut an.

Morgan warf einen Blick zu Viktor. Der Verbrecher war noch bewusstlos. Morgan eilte neben das Fenster und spähte hinaus. Plötzlich stockte ihm der Atem. Er erkannte die Gestalt, die dort draußen erschrocken verharrte, als der große Barney aus der Dunkelheit auf sie zuschnellte und knurrend vor ihr verharrte.

»Cathri!«, stieß Morgan hervor.

»Die Verräterin, die mit den Räubern gemeinsame Sache macht?«, fragte Fryska. Morgan hatte ihr in groben Zügen alles erzählt.

»Ja. Und ich möchte wissen, was sie hier treibt.«

Cathri wollte ihren hinterlistigen Plan in die Tat umsetzen. Sie hatte Viktor beobachtet, als er in der Hütte verschwunden war. Sie hatte den Aufschrei einer Frau vernommen. Viktor musste den Auftrag erledigt haben. Jetzt wollte sie zu ihm gehen. Er würde überrascht, doch nicht argwöhnisch sein. Sie wollte ihm eine einleuchtende Erklärung geben, weshalb sie ihm gefolgt war. Und dann wollte sie ihm einen Dolch ins Herz stoßen und alles so arrangieren, dass es aussah, als hätte es einen Kampf zwischen Viktor und Fryska gegeben. Schreiend wollte sie dann ins Tal laufen und aussagen, dass sie zufällig Zeugin des Mordes geworden sei. Ihren ursprünglichen Plan, für fremde Zeugen zu sorgen, hatte sie aus Zeitmangel aufgegeben. Sie hielt ihn auch für überflüssig. Niemand kannte sie in dem kleinen Ort, und keiner konnte eine Verbindung zwischen Viktor und ihr herstellen.

»Viktor, Viktor!«, rief sie jetzt. »Bist du da? Ich bin's, Cathri!«

In diesem Augenblick stieß Morgan die Tür auf und sprang mit dem Schwert in der Faust aus der Hütte. »Oh, Viktor, schaff mir den Köter vom Hals. Ich...«

Plötzlich erkannte sie, dass es nicht Viktor war, der vor ihr stand.

Sie starrte Morgan an, als sehe sie einen Geist. Doch sie fasste sich schnell.

»Morgan? Oh, Morgan, welch ein Zufall. Ich war zufällig in der Gegend und hörte, dass du hier sein sollst. Ich hatte solche Sehnsucht nach dir und...«

»Barney, fass!«

Fryska rief es zornig aus der Hütte.

Da flog der große schwarze Hund wie ein Schatten auf Cathri zu. Er riss die schreiende Frau zu Boden, In Panik schlug sie um sich, und ihr Kreischen hallte durch die Dunkelheit.

Morgan verharrte an der Tür. Einen kurzen Moment war er erschrocken.

»Pfeif den Hund zurück!«, rief er Fryska zu. »Er zerfleischt sie ja!«

Fryska tauchte gelassen hinter Morgan in der Tür auf.

»Keine Sorge«, sagte sie. »Barney beißt nicht zu. Dazu bedarf es noch eines zusätzlichen Kommandos.«

Morgan musste lächeln. Fryska hatte also für den Notfall vorgesorgt. Deshalb konnte sie es auch wagen, ganz allein in dieser Gegend zu leben.

»Barney, sei lieb!«, rief Fryska.

Der Hund ließ sofort von der Frau ab, deren Schreie in ein Wimmern übergegangen waren. Todesangst musste sie ausgestanden haben.

Sie rappelte sich auf. Es sah nicht gerade anmutig aus. Ihr Kleid war eingerissen.

»Dein falsches Spiel ist aus«, sagte Morgan.

Sie warf sich herum und rannte wie von Furien gehetzt den Hang hinunter. Mehrmals stolperte Cathri, raffte sich wieder auf, warf einen gehetzten Blick zurück zu Morgan und rannte weiter.

»Bleib aus der Reichweite des Gefangenen«, sagte Morgan zu Fryska. »Ich schnappe mir die unfeine Dame, bevor sie sich aus dem Staub macht.«

Morgan griff sein Schwert und lief los.

Cathri hatte einen Vorsprung von gut hundert Yards, doch sie konnte ihm nicht entkommen. Spätestens im Tal würde er sie fassen.

So lange brauchte er nicht zu warten.

Cathri blieb plötzlich stehen, als wäre sie gegen ein Hindernis geprallt.

Eine Gestalt löste sich aus dem Dunkel bei einigen Kiefern und trat in den Mondschein.

»Durial!«, rief Cathri. Sie lief auf ihn zu, mit vorgestreckten Armen, und wollte sich ihm an den Hals werfen. »Hilf mir, Geliebter!«

Durial benahm sich nicht wie ein Kavalier. Sein Zorn auf diese Frau, die ihm so übel mitgespielt hatte, war so groß, dass er sämtliche Manieren und alle Ritterlichkeit vergaß.

Ungerührt wich er im letzten Augenblick zur Seite.

Cathri strauchelte auf dem Hang, wurde von ihrem Schwung weiter gerissen und schlug der Länge lang hin. Bäuchlings schrammte sie noch ein Stück den Hang hinunter.

Durial trat zu ihr und starrte auf sie hinab. Er zog sein Schwert.

»Durial!«, rief Morgan entsetzt und hetzte auf ihn zu.

Durial wandte den Kopf. »Ich hab' dich schon gesehen, Morgan. Keine Sorge. Dieses Drecksstück ist meines Schwertes nicht würdig. Das Schwert ist für mich bestimmt, da jetzt alles erledigt ist.«

Morgan zog sein Schwert und war mit zwei langen Sätzen bei Durial.

»Sei vernünftig!«

»Du kannst mich nicht daran hindern!«, keuchte Durial.

»Und ob!«

Morgan griff an. Durial parierte den Schwerthieb. Er war ein guter Schwertkämpfer, und Morgan hatte einige Mühe. Doch auf einmal lenkte Cathri Durial ab. Sie sprang auf und wollte flüchten. Durial sah es aus dem Augenwinkel und schlug sie mit der Breitseite der Klinge nieder.

Danach wirbelte er zu Morgan herum. Darauf hatte Morgan nur gewartet. Mit wuchtigem Hieb schmetterte er Durial das Schwert aus der Hand. Durial rutschte aus und stürzte.

Er starrte zu Morgan empor.

»Stoß schon zu!«, keuchte er.

Morgan schüttelte den Kopf. »Jetzt hör mir mal gut zu. Du hast nicht wissentlich Verrat begangen. Du hattest das Pech, auf eine falsche Schlange hereinzufallen. Das ist deine ganze Schuld. Und als du deinen Fehler erkanntest, hast du alles getan, um ihn wiedergutzumachen.«

»Ich kann mit der Schmach nicht leben«, sagte Durial gepresst. »Stoß zu!«

»Bist du ein Ritter oder ein Feigling? Denn es bedarf mehr Mut, Problemen, und seien sie noch so groß, gefasst ins Auge zu sehen und sie zu meistern, als vor ihnen zu fliehen. Wenn du ein Ritter bist, stellst du dich den Richtern auf Erden. Wenn du ein Feigling bist, dann nimm dein Schwert und flüchte in den Tod. In diesem Fall bist du meines Schwertes nicht würdig!«

Damit wandte er sich ab. Er durchlebte bange Momente voller Anspannung. Wie mochte Durials Entscheidung ausfallen? Niemand würde ihn jemals von einem Selbstmord abhalten können. Irgendeine Gelegenheit würde er immer finden. Er allein musste die Entscheidung treffen, und Morgan konnte nur hoffen, dass seine bewusst verächtlich gesprochenen Worte den Mann zur Besinnung brachten.

Er lauschte angestrengt und dachte schon, Durial würde sein Schwert ergreifen und sich töten.

»Wir müssen sie fesseln«, rief da Durial recht lebendig. »Hast du Viktor?«

Morgan verharrte und lächelte.

Durial hatte die richtige Entscheidung getroffen. »Ja«, sagte er aufatmend. »Ich habe Viktor.«

»Die anderen haben wir auch geschnappt«, sagte Durial. »Deine Soldaten und Johel leben. Und dein Pferd haben wir auch. Die Räuber hatten es mitgenommen. Johel veranlasst, dass Cathris Bruder geschnappt wird, wenn er vergebens auf den Transport wartet. Statt Waffen zu bekommen, wird er in Ketten gelegt werden.«

»Welch gute Kunde!«, sagte Morgan bewegt. »Dies ist wohl der Tag der schönsten Überraschungen.«

Er schritt zu Durial, der immer noch am Boden hockte.

Er reichte ihm die Hand.

Durial ergriff sie zögernd.

»Ich wusste, dass du dich für den Weg eines Ritters entscheiden wirst«, sagte Morgan in überzeugtem Tonfall, obwohl er sich dessen nicht ganz sicher gewesen war. »Verzeih meine Worte.«

Damit zog er Durial hoch.

Durial drückte Morgans Hand noch einmal, bevor er sie losließ, und Morgan spürte, dass es ein stummer Dank war.

Durial setzte verlegen zu einer Erklärung an. »Ich – ich weiß nicht, weshalb ich erst durch deine Worte...«

»Vertrödeln wir nicht unsere Zeit«, unterbrach Morgan ihn schnell. »Wir sollten uns beeilen, die Gefangenen abzutransportieren. Und morgen bringst du sie nach Launceston und legst sie meinem Vater zu Füßen.«

»Und mich kannst du dann gleich dazu legen«, sagte Durial mit einem gezwungenen Lachen. Es sollte wie Galgenhumor klingen, doch Morgan hörte die Bitterkeit aus Durials Worten heraus.

»Irrtum«, sagte er. »Was du dem Sheriff zu erklären hast, kannst du ihm selbst sagen. Und zwar im Stehen. Ich sagte, du lieferst die Gefangenen an. Auf meine Begleitung wirst du leider verzichten müssen.«

Beide lachten und gaben sich erneut die Hände.

ENDE

ISBN 978-3-7502-4840-3
www.epubli.de

Printed in Poland
by Amazon Fulfillment
Poland Sp. z o.o., Wrocław

68304009R00338